宋代江浙诗韵研究

Study on the Rhymes of Poets in Jiangzhe in Song Dynasty

钱毅 著

中国社会科学出版社

图书在版编目（CIP）数据

宋代江浙诗韵研究/钱毅著.—北京：中国社会科学出版社，2019.12

（中国社会科学博士后文库）

ISBN 978-7-5203-5805-7

Ⅰ.①宋… Ⅱ.①钱… Ⅲ.①宋诗—诗律—诗歌研究—中国 Ⅳ.①I207.21

中国版本图书馆 CIP 数据核字（2019）第 290470 号

出版人	赵剑英
责任编辑	宋燕鹏
责任校对	石建国
责任印制	李寡寡

出　　版	中国社会科学出版社
社　　址	北京鼓楼西大街甲 158 号
邮　　编	100720
网　　址	http://www.csspw.cn
发 行 部	010-84083685
门 市 部	010-84029450
经　　销	新华书店及其他书店
印刷装订	北京君升印刷有限公司
版　　次	2019 年 12 月第 1 版
印　　次	2019 年 12 月第 1 次印刷
开　　本	710×1000　1/16
印　　张	27.5
字　　数	468 千字
定　　价	128.00 元

凡购买中国社会科学出版社图书，如有质量问题请与本社营销中心联系调换
电话：010-84083683
版权所有　侵权必究

第八批《中国社会科学博士后文库》编委会及编辑部成员名单

（一）编委会
主　任：王京清
副主任：崔建民　马　援　俞家栋　夏文峰
秘书长：邱春雷
成　员（按姓氏笔画排序）：
　　　　卜宪群　王立胜　王建朗　方　勇　史　丹
　　　　邢广程　朱恒鹏　刘丹青　刘跃进　孙壮志
　　　　李　平　李向阳　李新烽　杨世伟　杨伯江
　　　　吴白乙　何德旭　汪朝光　张车伟　张宇燕
　　　　张树华　张　翼　陈众议　陈星灿　陈　甦
　　　　武　力　郑筱筠　赵天晓　赵剑英　胡　滨
　　　　袁东振　黄　平　朝戈金　谢寿光　樊建新
　　　　潘家华　冀祥德　穆林霞　魏后凯

（二）编辑部（按姓氏笔画排序）：
主　任：崔建民
副主任：曲建君　李晓琳　陈　颖　薛万里
成　员：王　芳　王　琪　刘　杰　孙大伟　宋　娜
　　　　张　昊　苑淑娅　姚冬梅　梅　玫　黎　元

序 言

博士后制度在我国落地生根已逾30年，已经成为国家人才体系建设中的重要一环。30多年来，博士后制度对推动我国人事人才体制机制改革、促进科技创新和经济社会发展发挥了重要的作用，也培养了一批国家急需的高层次创新型人才。

自1986年1月开始招收第一名博士后研究人员起，截至目前，国家已累计招收14万余名博士后研究人员，已经出站的博士后大多成为各领域的科研骨干和学术带头人。这其中，已有50余位博士后当选两院院士；众多博士后入选各类人才计划，其中，国家百千万人才工程年入选率达34.36%，国家杰出青年科学基金入选率平均达21.04%，教育部"长江学者"入选率平均达10%左右。

2015年底，国务院办公厅出台《关于改革完善博士后制度的意见》，要求各地各部门各设站单位按照党中央、国务院决策部署，牢固树立并切实贯彻创新、协调、绿色、开放、共享的发展理念，深入实施创新驱动发展战略和人才优先发展战略，完善体制机制，健全服务体系，推动博士后事业科学发展。这为我国博士后事业的进一步发展指明了方向，也为哲学社会科学领域博士后工作提出了新的研究方向。

习近平总书记在2016年5月17日全国哲学社会科学工作座谈会上发表重要讲话指出：一个国家的发展水平，既取决于自然科学发展水平，也取决于哲学社会科学发展水平。一个没有发达的自然科学的国家不可能走在世界前列，一个没有繁荣的哲学社会科学的国家也不可能走在世界前列。坚持和发展中国特色社会主义，需要不断在实践和理论上进行探索、用发展着的理论指导发展着的实践。在这个过程中，哲学社会科学具有不可替代的重要地位，哲学社会科学工作者具有不可替代的重要作用。这是党和国家领导人对包括哲学社会科学博士后在内的所有哲学社会科学领域的研究者、工作者提出的殷切希望！

中国社会科学院是中央直属的国家哲学社会科学研究机构，在哲学社会科学博士后工作领域处于领军地位。为充分调动哲学社会科学博士后研究人员科研创新积极性，展示哲学社会科学领域博士后优秀成果，提高我国哲学社会科学发展整体水平，中国社会科学院和全国博士后管理委员会于2012年联合推出了《中国社会科学博士后文库》（以下简称《文库》），每年在全国范围内择优出版博士后成果。经过多年的发展，《文库》已经成为集中、系统、全面反映我国哲学社会科学博士后优秀成果的高端学术平台，学术影响力和社会影响力逐年提高。

下一步，做好哲学社会科学博士后工作，做好《文库》工作，要认真学习领会习近平总书记系列重要讲话精神，自觉肩负起新的时代使命，锐意创新、发奋进取。为此，需做到以下几点：

第一，始终坚持马克思主义的指导地位。 哲学社会科学研究离不开正确的世界观、方法论的指导。习近平总书记深刻指出：坚持以马克思主义为指导，是当代中国哲学社会科学区别于其他哲学社会科学的根本标志，必须旗帜鲜明加以坚持。马克思主义揭示了事物的本质、内在联系及发展规律，是"伟大的认识工具"，是人们观察世界、分析问题的有力思想武器。马克思主义尽管诞生在一个半多世纪之前，但在当今时代，马克思主义与新的时代实践结合起来，越来越显示出更加强大的生命力。哲学社会科学博士后研究人员应该更加自觉坚持马克思主义在科研工作中的指导地位，继续推进马克思主义中国化、时代化、大众化，继续发展21世纪马克思主义、当代中国马克思主义。要继续把《文库》建设成为马克思主义中国化最新理论成果的宣传、展示、交流的平台，为中国特色社会主义建设提供强有力的理论支撑。

第二，逐步树立智库意识和品牌意识。哲学社会科学肩负着回答时代命题、规划未来道路的使命。当前中央对哲学社会科学愈发重视，尤其是提出要发挥哲学社会科学在治国理政、提高改革决策水平、推进国家治理体系和治理能力现代化中的作用。从2015年开始，中央已启动了国家高端智库的建设，这对哲学社会科学博士后工作提出了更高的针对性要求，也为哲学社会科学博士后研究提供了更为广阔的应用空间。《文库》依托中国社会科学院，面向全国哲学社会科学领域博士后科研流动站、工作站的博士后征集优秀成果，入选出版的著作也代表了哲学社会科学博士后最高的学术研究水平。因此，要善于把中国社会科学院服务党和国家决策的大智库功能与《文库》的小智库功能结合起来，进而以智库意识推动品牌意识建设，最终树立《文库》的智库意识和品牌意识。

第三，积极推动中国特色哲学社会科学学术体系和话语体系建设。改革开放30多年来，我国在经济建设、政治建设、文化建设、社会建设、生态文明建设和党的建设各个领域都取得了举世瞩目的成就，比历史上任何时期都更接近中华民族伟大复兴的目标。但正如习近平总书记所指出的那样：在解读中国实践、构建中国理论上，我们应该最有发言权，但实际上我国哲学社会科学在国际上的声音还比较小，还处于有理说不出、说了传不开的境地。这里问题的实质，就是中国特色、中国特质的哲学社会科学学术体系和话语体系的缺失和建设问题。具有中国特色、中国特质的学术体系和话语体系必然是由具有中国特色、中国特质的概念、范畴和学科等组成。这一切不是凭空想象得来的，而是在中国化的马克思主义指导下，在参考我们民族特质、历史智慧的基础上再创造出来的。在这一过程中，积极吸纳儒、释、道、墨、名、法、农、杂、兵等各家学说的精髓，无疑是保持中国特色、中国特质的重要保证。换言之，不能站在历史、文化虚无主义立场搞研究。要通过《文库》积极引导哲学社会科学博士后研究人员：一方面，要积极吸收古今中外各种学术资源，坚持古为今用、洋为中用。另一方面，要以中国自己的实践为研究定位，围绕中国自己的问题，坚持问题导向，努力探索具备中国特色、中国特质的概念、范畴与理论体系，在体现继承性和民族性，体现原创性和时代性，体现系统性和专业性方面，不断加强和深化中国特色学术体系和话语体系建设。

新形势下，我国哲学社会科学地位更加重要、任务更加繁重。衷心希望广大哲学社会科学博士后工作者和博士后们，以《文库》系列著作的出版为契机，以习近平总书记在全国哲学社会科学座谈会上的讲话为根本遵循，将自身的研究工作与时代的需求结合起来，将自身的研究工作与国家和人民的召唤结合起来，以深厚的学识修养赢得尊重，以高尚的人格魅力引领风气，在为祖国、为人民立德立功立言中，在实现中华民族伟大复兴中国梦征程中，成就自我、实现价值。

是为序。

中国社会科学院副院长
中国社会科学院博士后管理委员会主任
2016 年 12 月 1 日

冷门绝学研究之佳作

——序钱毅《宋代江浙诗韵研究》

钱宗武

（扬州大学文学院　教授、博士生导师）

　　《宋代江浙诗韵研究》是钱毅教授主持的国家社科基金项目"宋代江浙吴音研究"的结项成果，结项等级为"优秀"。此著作人选《中国社会科学博士后文库》，在由中国社会科学出版社出版之际，钱毅教授请为之序，我欣然从之。

　　20世纪90年代末，我与钱毅初识于湖南师大。彼时，他准备从我读硕士，君我同姓，相见自欢。钱毅举止文静，清辞雅音，然抒怀述志，眉目间时现果毅之色。钱毅故里为湘省宝庆府，古来素为人文汇聚之邑，知君前路可期。因我将返广陵，郑重推荐给刘晓南教授。2005年，钱毅复来扬州攻读博士学位。2008年，我又向徐兴无教授和刘晓南教授推荐钱毅做南京大学的博士后研究工作。在汉语音韵学的研究领域，钱毅钻研有年，坚苦勤勉，卓有建树，《宋代江浙诗韵研究》即为佐证。

　　汉语语音史的研究方法较多，其中立足古文献来研究汉语语音史是重要的方法之一。《宋代江浙诗韵研究》就是一部立足古文献来考察宋代语音史以及方音史的著作。作者埋首典籍，吟咏品味，稽隐索微，勘误正讹，用心考证，胜义缤纷，尤著者请述一二。

　　考索精心，文献翔实。20世纪末编辑出版的《全宋诗》是宋代诗歌总集，皇皇72册。钱毅教授遍检《全宋诗》及《〈全宋诗〉订补》，辑出有宋一代江浙诗人1999家，诗作83965首，韵段87955个，这是首次穷尽蒐集宋代江浙传世诗歌，具体可见《宋代江浙诗韵研究》的"附录"。其中"附录（三）"详细列举了"宋代江浙诗歌特殊韵例韵谱"，让特殊韵例一一落实，有据可查。同时，《宋代江浙诗韵研究》还广泛引用宋代笔记小说、文集、诗话词话、宋人所作经传注释等等，从中考辑涉及宋代江浙语音的零星文字，其中不乏宋人亲历现场的鲜活方言材料。例如，宋代江浙诗歌用韵中支鱼通押多达262例，《宋代江浙诗韵研究》分析这一通押的方式、特征、语音取向及其语音性质时，引用了陆游《老学庵笔记》中吴谚"鸡寒上树，鸭寒下水"和"鸡寒上距，鸭寒上嘴"，以及俞琰《书斋夜话》中"吴音余为㕟，徐为齐"等材料。笔记材料有力地印证了诗歌的押韵，从而确定支鱼通押为宋代吴音特征。又如，宋代江浙诗歌用韵真文部与东钟部通押7例，其中真文押入东钟2例，东钟押入真文1例，一真一东等立押韵4例。钱毅教授推断其语音取向是真文读成东钟，即抵腭鼻尾-n读成穿鼻尾-ŋ。一真一东等立押韵中有宁海人舒岳祥七绝《十村绝句》第4首叶"东真"，无独有偶，宋末元初宁海人胡三省《资治通鉴音注》用"莫中切"注"忞"（见马君花《〈资治通鉴音注〉音系研究》，第132页）。"忞"，《广韵》眉贫切，这一音注反映出胡三省极可能用方音作注。这一语料增强了上述推断的可靠性。舒岳祥与胡三省是关系甚好的宁海同乡，由胡三省的上述音切推及舒岳祥诗歌"东真"押韵，可能亦为"真"读成"东"，-n尾读成-ŋ尾。这是音注材料与诗文用韵的完美结合。

校勘精审，求真务实。韵字校勘在诗文用韵研究中尤为重要，讹误韵字不但无济于韵段整理，更有甚者，有时会造成虚假的特殊韵段，引发错误的结论。《宋代江浙诗韵研究》在韵字校勘上颇费心力，精心校勘之处俯拾皆是。例如，陆游杂古《长歌行》："燕燕尾涎涎，横穿乞巧楼。低入吹笙院，鸭鸭觜唼唼。朝浮杜若洲，暮宿芦花夾。""楼""唼""夾"难以协韵。钱毅教授认为这首诗的句读、韵字均存讹误。从诗意上看，"低入吹笙院"一句当写燕子低空飞旋。"鸭鸭觜唼唼"与"燕燕尾涎涎"对举，暗示"鸭鸭觜唼唼"句开启另述，其与下文二句一起主要状写鸭子朝暮活动地点。故前三句、后三句各为一完整意义句，"低入吹笙院"处应标注句号或分号，"鸭鸭觜唼唼"处应标注逗号。钱仲联《剑南诗稿校注》即如此句读。同时进一步指出"夾"为

"夾"之讹。《宋代江浙诗韵研究》主要从篇章文意上判断句读之误，同时引用钱仲联的句读作旁证，分析丝丝入扣，证据确凿可信。又如，胡宿七律《送向馆使赴陕郊》"居渠鱼余军"，"军"字句："政成期月须严召，行见追锋走传军。"钱毅教授认为"军"为"车"之讹。文渊阁《四库全书·文恭集》影印本"军"作"车"。用"车"，则全为鱼模部韵字，用韵和谐；"传车"专指古代驿站的专用车辆，"严召"即君命征召。君命征召之下，当然只有"传车"最便捷，可见"传车"甚合文意。反之，用"传军"则文不达意。类似的讹误韵字，在《全宋诗》宋代江浙诗歌中还有不少，《宋代江浙诗韵研究》均作了详细的校勘，散见于正文及"附录"。这些校勘对《全宋诗》的有关研究及再版修订有着重要的材料意义。

归纳精细，结论丰富。钱毅教授考究宋代江浙诗歌韵语，不仅注意叙述语言事实，更重视爬梳整比，细绎规律条例。《宋代江浙诗韵研究》研究内容丰富，详尽地分析了宋代江浙诗歌用韵所反映的实际语音。具体如下：一是归纳出宋代江浙诗歌18韵部系统，这一韵部系统与宋代通语韵系18部相符，说明宋代江浙诗歌用韵总体以通语为依据。二是探讨宋代江浙诗韵的若干通语音变现象如佳韵系与夬韵的语音分化、灰韵系泰韵合口字向支微部演化、尤侯部部分唇音字向鱼模转化、阴入通押等。三是分析宋代江浙诗韵中56个韵字的读音，以印证、补充韵书的语音。四是研究宋代江浙诗韵中的特殊韵例，并运用"历史文献考证法"与"历史比较法"相结合的研究方法，从中归纳宋代江浙方音特征20条，诸如支鱼通押、歌鱼通押、麻皆通押等。在此基础上利用宋代江浙诗韵中特殊韵例不平衡性分布的特点来拟测不同地域间的语言差异，将宋代江浙方音大致分三部分：徐州为一部分，相当于今中原官话区；淮安、扬州为一部分，今属江淮官话区；南通、苏州、杭州、宁波、淳安等为一部分，相当于今吴语太湖片；天台、黄岩为一部分，为今属吴语台州片；金华、处州、衢州为一部分，今属吴语处衢片；温州、永嘉为一部分，今属吴语瓯江片。这种方言格局与今江浙方言格局基本一样，说明现代江浙方言格局至迟在宋代已基本定型。

古代诗文用韵有两大基本指向：一是通语语音研究，二是方言语音研究，其中通语语音研究是基础，方言语音研究是核心。同时，充分利用汉语历史文献考证汉语历史方言也正是汉语历史方言研究的重要路径。《宋代江浙诗韵研究》的依据思路正是基于上述学术判断，表明作者对于这一选题的研究价值和研究重心有着深刻认识。《宋代江浙诗韵研究》充分运用新二重证据法：历史文献考证法和历史比较法的结合，使得方音属性的确定更加科学可靠。

不过，真玉当有微瑕，《宋代江浙诗韵研究》亦有可商之处。例如概念的科学界定问题。"宋代江浙诗歌"如何界定？文中界定为"宋代江浙籍诗人诗歌"，而"江浙籍诗人"又如何界定？文中认为江浙籍诗人并不一定长期居住生活在江浙地区，他们的方言成分可能比较复杂；同时，一些非江浙籍诗人也可能长期生活在江浙地区，其语音深受江浙方言影响。事实上，此著作对此问题已经有所注意，并在实际操作上有所折中，只是对于"宋代江浙诗歌"这一概念还是应当有更明确科学准确的界定。再如，有些韵段还可进一步精细化，个别韵段的确定须从严。例如《偈》《颂》之类文体押韵较为复杂，与一般文人诗的用韵有一定区别，因此，一些无明显韵式的《偈》《颂》类诗，其中的特殊韵例应从严取舍。

钱毅教授从事的研究是冷门绝学的研究，也是传统文化最为精微的部分。《宋代江浙诗韵研究》当属冷门绝学研究的佳作。冷门绝学研究需要"板凳要坐十年冷"的奉献精神，需要"为往圣继绝学"的博大情怀，钱毅教授具有这样的精神和情怀。国家现在非常重视冷门绝学的研究，我们期待钱毅教授取得更多的成果，前路更为辉煌！

2019 年 10 月 11 日

宋代江浙语音研究的浓墨重彩一笔

——序钱毅《宋代江浙诗韵研究》

刘晓南

(复旦大学古籍所 教授、博士生导师)

语音史的传统是关注一个一个历史时代的汉语语音系统，力图将它们串联起来，建立起汉语音系发展历史的完整链条，贯通五千年甚至更为久远的语音发展脉络。但当你进入到某一具体时代，试图描写、归纳并展示那扑面而来的愈来愈丰富的语音现象时，你就会发现这个传统所形成的框架却极力要将它们扭结成为一条瘦硬的符号链，使得框架与事实之间的互不适应日益严重，问题究竟出在哪里呢？

早在一千多年前，先哲颜之推就告诉我们："夫九州之人，言语不同，生民以来，固常然矣。"正所谓古今一理，"后之视今，亦犹今之视昔。"如果承认现代方言语音及各种表现的异常复杂，那也同样得承认历史上任何一个时代的语音的多样化，诚如颜之推所言，这是自古而然的。

所以，语音史越是纵深发展，就越发要在历史长河上的不同共时层面上横向分流、辐射展开。这恐怕就是近几十年来的语音史研究中，历史语音的地域特色越来越受到重视的原因。以历史方言语音研究为标志的区域语音研究蓬蓬勃勃，既是研究深入的趋势所致，也是全面展示历史语音的必然。

只要约略回顾一下现代学者众多的研究成果，随手便可以列出一份长长的名单，能清晰地看到在"链条"不同节点上缀合的"别样场景"是如何地愈益宏大而丰富。如果暂不考虑这些成果产生的时间先后，仅从研究对象所处时代来看，有对上古《诗经》用韵中东方、西方音系的探讨（王健庵）、燕齐鲁卫陈等方音在《诗经》等文献中表现（林语堂）、又有《老子》《楚辞》等特殊押韵的方音特色（高本汉、董同龢），先秦两汉齐语语音（汪启明）、出土文献中的楚语语音（赵彤、杨建忠）等等，又有汉魏晋南北朝用韵中的地域语音（罗常培、周祖谟、丁邦新等），周隋长安音（马伯乐、尉迟治平等）、唐五代西北方音（罗常培等），唐代关中音（黄淬伯）、宋代汴洛方音及各地语音（周祖谟、鲁国尧、李范文等），一直到明清方言韵书研究的如火如荼展开……这根链条上的许多节点都被有效地横向拓展开来，借用一句古诗来形容，恰一似"红杏枝头春意闹"。

　　排在这个"扩容版"的新式链条后段的宋代，其历史方音的研究并不落后。自1941年周祖谟先生的《宋代汴洛语音》开启宋代语音研究领域以来，上世纪中后期鲁国尧先生以宋词用韵的系列研究，继续拓展空间，向纵深推进，伴随着改革开放大潮冲涌，东西南北中遍地开花，逐渐形成了中原音（或通语及汴洛音）研究、大北京音研究、西北音研究、山东音研究、江浙音研究、福建音研究、四川音研究、江西音研究、湘楚音研究等等独特的研究领域。这一大波研究区域的拓展，涉及面之广，发掘程度之深，暴发力之巨，其得风气之先，以"独领风骚"来形容亦不为过。

　　地处东南大地的江浙语音研究无疑是其中重要的一个领域。江浙地区的语音在现代主要是吴方言语音，又有江淮官话及若干小方言或方言岛的分布。作为现代汉语的一支非常独特的大型方言，遍布于江浙大地的吴方言它从何而来？早在两千多年前，西汉扬雄的《方言》中就记录了许多属于今江浙地区的吴、越方言词。上世纪初，林语堂《前汉方音区域考》据之确立"吴扬越"一系方言。由此看来，吴音之立，其来尚矣！其后，颜之推说的"南方水土和柔，其音清举而切诣"，陆法言说的"吴楚则时伤轻浅"等等，应当都是指的吴语地区方言语音，既"轻"且"柔"，真真的吴侬软语，绵绵邈远啊！漫漫二千余年之中，究竟有多少因缘际会、历多少风云变幻，留下了多少今古传奇，又有几人能知、何人能晓？"莫问侬家作底愁，细思今古事悠悠"（李纲《戏为吴语》），江浙地区语音如何发展、吴语究竟在历史上有何表现？无疑是现代语音史与方音史饶有趣味而又颇具挑战性的一大课题。

方言学家普查现代吴语诸点进行历史比较，揭示音系中的历史层次，拟测原始吴方言、南部吴语等假说。

音韵学家则另辟蹊径，发掘历史语音文献展开考察，近者如一百年前的苏州话（丁邦新），往前则元代松江音（鲁国尧），再往前，直至宋代韵书中某些吴音特点（宁继福）、江浙地区某一部分或某一地区文人诗词的某些特殊用韵（裴宰奭、李爱平、张令吾、胡运飚等）等等的揭示，这一篇一篇讨论具体语音问题论文的成功刊发，有效地将江浙语音历史的研究推进到约八百年前的宋代，犹如点点早梅引新春、涓涓细流入大海，预示着宋代江浙地区语音全面揭示的全新局面即将到来。

现在，我们欣喜地看到了钱毅同志的新著《宋代江浙诗韵研究》（下简称"钱著"）由中国社会科学出版社刊行。作为江浙文人诗歌用韵的论著，钱著充分吸收前人的经验和成果，运用文献考证与历史比较的新二重证据法，以宋代江浙文人诗歌用韵作为研究对象，索隐钩沉，潜心考索，发掘新材料，揭示新现象，经过多层面古今语音特征的比较、论证，实现了对八百年前宋代江浙语音的全方位描写，无疑成为了全面揭示宋代江浙地区语音的韵部系统及其特征的首部专著，填补了宋代语音史以及方音史的一个空白。

钱著从《全宋诗》及其补编中穷尽搜集宋代江浙诗人1999家，诗作83965首，韵段87955个，首次将宋代江浙地区所有文人的传世诗歌一网打尽，数据之庞大堪称海量，浩乎宏哉！又广泛查阅宋代笔记小说、宋人文集、诗话词话等等上百种文献，爬罗剔抉，索隐钩沉，搜寻宋人有关江浙地区语音的零散记述，调查这些宋人亲闻亲见的方言散记，好一似时空穿越，堪与现代田野调查的第一手材料相比美，形成宋代江浙语音的又一强力证据，有力地配合并支持诗歌用韵中方音特征的论证。比如，江浙诗人有较多"支—鱼通押"的韵段，它们是吴音特点吗？钱著核查宋人的笔记语料，列举陆游《老学庵笔记》的吴地谚语"鸡寒上树，鸭寒下水"及"鸡寒上距，鸭寒上嘴"，俞琰《书斋夜话》的"吴音余为奚，徐为齐"等材料，与诗歌中的混押互相印证，则"支—鱼"相混断为吴音特征即可定谳。

通过海量数据的分析、归纳、对比、求证，钱著得出如下几个重要观点。

一，宋代江浙地区诗人用韵与宋代其他地区一样，都是在礼部韵系的幌子之下，实际使用通语十八部韵系，再一次确证宋代通语音系是通行于各方言区的通用音系。确认这一点相当重要，因为这个韵系可在各方言区通行无碍，即可断定它就是当时的民族共同语之语音，其语音系统是时代的代表音系。

二，从江浙诗人用韵中归纳出跨通语韵部的混押：阴声韵12种、阳声韵18种、入声韵混押5种以及阴声韵与阳声韵混押2种、部分阳声韵与入声韵混押若干例等等，共计37种混押，运用历史比较法，跟现代吴音，江淮方音等江浙地区的方音作古今比较，又与同期历史文献中显露出来的各地方音进行对照，从古文献与现代方音对应两个方面，论证其中有吴音特点20条，同时还确认宋代对应于今江淮官话的地域如扬州等地流行的是带有浓重吴音色彩的江淮语音。

三，将宋代江浙地区的所有的方言特征进行区域分布的对照比较，根据方音特点在不同区域分布中的相对优劣态势，确立宋代江浙地区的方言可以作上下位性质的分区，似可概括为"两极六区"。所谓"两极"即同一区域中存在并列的两个方言：吴方言、江淮方言（或南朝通语），前者范围较大，后者范围较小。"六区"指吴方言下又可以区分成六个相对特色的次方言区，对照现代吴方言的分片，之间具有明显的对应关系。这可以说，现代吴方言的格局，在八百多年的宋代即已基本成型。

上述观点言之成理，持之有据，揭示江浙语音发展之途径，廓清宋代东南语音之疑云，毫无疑问，钱著因其对宋代江浙地区语音首次穷尽式的全面揭示而在近代语音史和吴方音史的历史长卷上书写了浓墨重彩的一笔。

然而，钱著的价值还不止此。其有关海量诗歌韵脚的整理考核，无异于是宋代字音在实用中的一次检阅，对韵书编纂史研究及古籍整理同样有其价值。

比如《集韵》本着"务从该广"的宗旨，在《广韵》基础上增收韵字数万，很多字音的来源扑朔迷离，叫人疑惑。如"去"字《广韵》只有上、去二读，《集韵》增列平声鱼韵丘於切一音："去，疾走也"，新增之音义从何而来？钱著整理徐侨的《云山歌》一诗，发现在这首句句押韵的古体诗中，有韵句云"有禽消摇其间兮不去，飞俛啄兮薮薇"

(《全宋诗》第52册第32809页），而全诗18个韵句，除"去"外全属支微部平声，因此"去"必读平声，方可与其它韵脚字形成"支—鱼通押"的混押。"去"的这个平声的韵读恰与《集韵》来源不明的新增音相符，提供了实际语音的支持。

在古籍整理方面，韵脚的校注也很有价值。如薛季宣《九奋·记梦》的一段话"观其臣之就位兮，厥令尹曰瞋鲑，总群鰕而将之兮，胥乃元惟鲍鱼"。"瞋鲑"一语另本点断为两个词，这不仅仅是断句或标点的不同，还涉及到韵脚字以及特殊用韵的确认。钱著经过细致考察之后认为"瞋鲑"当连读成词，不能点开。书中的一大段论证，可归纳为三点：一，"鲑"之义训为"河豚"。二，"瞋"乃"张目也"之义，即怒目奋张之态，若将"瞋鲑"断开，则"令尹曰瞋"不辞，若"瞋鲑"连用则形容河豚发怒鼓包时之形态，惟妙惟肖。三，薛季宣另有《河豚》诗云"岂其食鱼河之鲂，河豚自羡江吴乡。瞋蛙豕腹被文豹，刖如无趾黥而王……"，这首诗以"瞋蛙"来描写鲑鱼之鼓目之态，与"瞋鲑"是相通的。可知原作者使用"瞋"字形容河豚是其常用手法。这个考证，旁证、内证齐全，论证有力，颇令人信服。

当然钱著也有某些相对薄弱之处，如对现代吴音和江淮官话的了解，还可继续深入，方言间的比较还有加强的空间，某些特殊韵例或韵字的考证还有待深入等等，虽说瑕不掩瑜，然亦当引起注意！

最后，我想回到本文开始时提出的"瘦硬"框架链条与语音史的丰富表现不相协调的问题上来，愿意借此机会抛砖引玉，提出我久萦于怀的对语音史的时空维度一个思考，请钱毅同志及读者诸君批评。

"框架"与事实不吻合，是框架错了吗？就象钱著告诉我们的一样，宋代各个区域诗词用韵研究，其语音主流无一例外为十八部（个别情况是十八部的变体十七部，如四川）。十八部音系犹如一条红线，贯穿各区之中，整齐而规则；其特殊押韵游移于十八部系统之外，丰富多彩，方音特征尽在其中。无论如何，诗歌用韵中呈现的实际语音都应当区分为两个部分：一为通用的通语韵部系统十八部，一是游移于通语音系周边的方音特征，两者绝无或缺。可见，任一时代任一地区语音的完整呈现，实在是包含了有严整规则的通语音系和叫人眼花缭乱的方音表现两个部分。只有通语音与方音结合才构成完整的时代之音，通语音系是时代音的主体、是当之无愧的代表，但绝非整个时代语音的全部。原来，之前当我们说"宋代语音系统"时，其实际的语意应当是"宋代通语语音系统"亦即曰"宋代的代表音系"，它并非整个宋代的语音。其他时代皆可类推。

因此，汉语语音的发展历史中，音系的链条是存在的，为什么它曾经表现得"瘦硬"，原因就在于将时代的代表音系——通语音系当作了整个时代的语音。一个时代除了代表音系，更多的是各种方音，所以，语音史的框架除了"链条"还得有数量众多的区域空间的点与面，一种说法是"散点多线"（何九盈）。但笔者以为"线"也有主次之分。是否可以这样看：完整的语音史应当有两个层次，第一层次（或可称为上位层次）是通语音系，是时代语音的代表，它们可以依先后时代互相衔接构成为一条历史链条，而第二层次（或可称为下位层次）是散布于链条节点上的方音特点，它们在历史传承中并不一定互相连接，其中有一些在历史长河中延续了下来，更多的可能是在历史长河的大浪中被淘汰掉，成为一种栖身于文献中的历史上失落的存在。

这样来看语音史，能否彻底解决问题，仍有待检验，或许也是一条可行途径吧？！

2019 年 10 月 7 日

摘　要

中国是诗的国度，历代丰富的诗歌文献不但具有很高的文学价值，而且还有重要的语言价值，"它是认识发音的宝贵文献"，为我们研究古代语音提供了充足的原材料。

继唐诗后，宋诗继续发展，作品数量巨大，艺术成就卓著。宋代江浙地区人口众多，经济发达，文化底蕴深厚，文学创作繁荣。本书以宋代江浙诗歌83965首为研究对象来考察宋代江浙诗歌用韵。

本书主要运用"二重证据法"，即将"历史文献考证法"与"历史比较法"相结合，利用大量唐宋笔记、文集等历史文献与丰富的现代方音资料来分析宋代江浙诗歌用韵中特殊韵例的语音性质。

本书归纳出宋代江浙诗歌用韵的韵部系统为18部，其中阴声韵部、阳声韵部各7个，入声韵部4个。具体如下：阴声韵部——歌戈部、麻车部、皆来部、支微部、鱼模部、萧豪部、尤侯部；阳声韵部——监廉部、侵寻部、寒先部、真文部、庚青部、江阳部、东钟部；入声韵部——屋烛部、铎觉部、月帖部、质缉部。宋代江浙诗歌用韵的韵部系统与宋代通语韵系18部相符，说明宋代江浙诗歌用韵总体是以通语为依据的。

宋代江浙诗歌用韵显示出许多重要的通语音变现象，如佳韵系、夬韵押入麻车部，灰韵系及泰韵合口字向支微部演变，尤侯部部分唇音字押鱼模，德韵部分字押屋烛部，入声-p、-t、-k韵尾多有混押，可能演变为-ʔ韵尾，同时入声韵又与阴声韵通押，说明入声韵的三种韵尾有弱化消失趋向。

本书分析了江浙诗韵中全浊上声字入韵情况，发现全浊上声只押去声与只押上声的数量相当，而兼押上去声数量远远多于前两种情况，说明江浙全浊上声字正处在向去声演变过程中。

特殊韵字考察是诗韵研究的重要内容之一，本书考察江浙诗人用韵中的许多特殊韵字，从而弥补韵书音义失收的不足或探寻某些字音义的演变轨迹，还可印证异读等等。

本书详尽分析宋代江浙诗韵中的特殊韵例，这些特殊韵例既不符合《广韵》的用韵规定，也不符合通语用韵。其中阴声韵之间的通押有支微部、鱼模部通押，歌戈部、鱼模部通押，支微部、皆来部通押，麻车部、皆来部通押，尤侯部、萧豪部通押等；阳声韵有寒先部、监廉部通押，东钟部、江阳部通押、庚青部、江阳部通押等；入声韵有屋烛部、铎觉部通押等，另外还有阳声寒先部、监廉部与支微部通押等。经过分析发现，除仿古和临时用韵之外，这些特殊用韵绝大多数是宋代江浙方音的反映。可见，虽然宋代江浙诗人用韵总体是以通语为依据，但是江浙诗韵中的大量特殊韵例又反映出江浙诗歌用韵时也参进了许多自己的方音，因而使得江浙诗韵包含有极其浓厚的江浙方音色彩。

最后，本书依据宋代江浙诗韵中特殊韵例不平衡性分布的特点来拟测不同地域间的语言差异，即对宋代江浙方音进行分区。结果发现，宋代江浙方音大致分三部分：徐州为一部分，相当于今中原官话区；淮安、扬州为一部分，今属江淮官话区；南通、苏州、杭州、宁波、淳安等为一部分，相当于今吴语太湖片；天台、黄岩为一部分，今属吴语台州片；金华、处州、衢州同为吴方言一个小片；温州、永嘉为一部分，今属吴语瓯江片。这种方言格局与今江浙方言格局基本一致，说明现代江浙方言格局至迟在宋代已基本定型。

关键词：宋代　江浙　诗歌　方音

Abstract

China is a country of poetry. Rich literature of ancient poetry in all history have high literary value and important value of language. "The poetry is a valuable literature of understanding pronunciation." The ancient poetry provide us with sufficient raw materials for studying ancient voice.

After the poetry in Tang Dynasty, the poetry in Song Dynasty continued to develop. Song Dynasty boasted a large quality of the poetry of poems. The poetry in Song Dynasty had a remarkable achievements in the arts. In Song Dynasty, Jiangzhe（江浙）area was in a large population, economically developed, had profound cultural heritage, prosperous literature. This book attepts to make a study on the rhyming of 83965 poems in Song Dynasty, who were from Jiangzhe（江浙） area in Song Dynasty.

This book mainly uses "the multiple evidence", that is to say, the combination of "verification of historical documents" and "history of Comparative". We study the rhyme in Jiangzhe（江浙）in Song Dynasty by a large number of historical documents, such as notes, the collection of composition in Tang Dynasty and Song Dynasty, rich documents of modern dialect.

This book has generalised their rhyming system which consists of 18 rhyme categories, that's is to say, 7 Open endings, 7 Nasal endings and 4 Stop endings. Open endings: Ge-Ge（歌戈）, Ma-Che（麻车）, Jie-Lai（皆来）, Zhi-Wei（支微）, Yu-Mo（鱼模）, Xiao-Hao（萧豪）, You-Hou（尤侯）; Nasal endings: Jian-Lian（监

廉), Qin-Xun（侵寻）, Han-Xian（寒先）, Zhen-Wen（真文）, Geng-Qing（庚青）, Jiang-Yang（江阳）, Dong-Zhong（东钟）; Stop endings: Wu-Zhu（屋烛）, Duo-Jue（铎觉）, Yue-Tie（月帖）, Zhi-Ji（质缉）. The rhyming system consistents with the rhyming system used in the standard language in Song Dynasty. This fact indicts the poets in Jiangzhe（江浙）area in Song Dynasty used the same rhyme system as in the standard language.

The rhyme system by Jiangzhe（江浙）poets in Song Dynasty shows some important phonetic changes. For example, the character of Jia（佳）rhyme catepory and the character of Guai（夬）rhyme catepory fall into Ma-Che（麻车）catepory. And Hui（灰）rhyme catepory and He-kou（合口）of Tai（泰）rhyme belong to Jie-Lai（皆来）but at the same time some character rhymes fall into Zhi-Wei（支微）catepory. The labial initial characters in You-Hou（尤侯）fall into Yu-Mo（鱼模）. The characters of De（德）fall into Wu-Zhu（屋烛）catepory. Stop endings with -p、-t、-k as the final consonants mix together to a large extent, some of which become glottal -ʔ. At the same time, there are rhyme characteristics between t Open endings and Stop endings, which shows the final consonants of Stop endings tended to weaken and disappear.

Through the analysis of rhyming situation of voiced-rising-tone characters, we find the qualities of the voiced-rising-tone characters with the departng tone is same as the voiced-rising-tone characters with the rising tone. At the same time, the qualities of the voiced-rising-tone characters with the rising tone and the departng tone is far more than the front two cases. This fact shows that the voiced-rising-tone characters was in the process of evolution to the departng tone.

The analysis of specially rhymed characters is one of the the important tasks in the study of rhyme. The analysis of some specially rhymed characters in Jiangzhe（江浙）poets can make up for the shortage of rhyming books and trace their evolution and diferent pronunciation.

Abstract

  This book analyses some irregular rhyme in detail of the rhyming system in Jiangzhe（江浙）poets in Song Dynasty, which is neither cosistent with the rhyming provisions in *Guangyun* （广韵）nor cosistent with the rhyme system in the standard language. The irregular rhyme includes: category Zhi-Wei（支微）contacts with category Yu-Mo（鱼模）, Ge-Ge（歌戈）with Yu-Mo（鱼模）, Zhi-Wei（支微）with Jie-Lai（皆来）, Ma-Che（麻车）with Jie-Lai（皆来）, You-Hou（尤侯）with Xiao-Hao（萧豪）; Han-Xian（寒先）with Jian-Lian（监廉）, Dong-Zhong（东钟）with Jiang-Yang（江阳）, Geng-Qing（庚青）with Jiang-Yang（江阳）; Wu-Zhu（屋烛）with Duo-Jue（铎觉）; Han-Xian（寒先）and Jian-Lian（监廉）with Zhi-Wei（支微）, etc. Through the analysis, we find the vast majority of the irregular rhyming reflect the dialect in Jiangzhe（江浙）area in Song Dynasty, apart from imitating ancient rhyming and accidental rhyming. Although the poets in Jiangzhe（江浙）area in Song Dynasty used the same rhyme system as in the standard language, these irregular rhyming shows that the poets in Jiangzhe（江浙）in Song Dynasty occasionally use their own dialect in their poems. The rhyming system in Jiangzhe（江浙）poets in Song Dynasty contained extremely strong dialect in Jiangzhe（江浙）.

  In the last part of the arcicle, according to the unbalace distribution of the irregular rhyme, we speculate the language differences in different aeras, that's is to say, make dialect division in Jiangzhe（江浙）. We find the dialect in Jiangzhe（江浙）was divided into three parts. As a part, the dialect in Xuzhou（徐州）is Zhong Yuan Manarin（中原官话）. The dialect in Huaian（淮安）and Yangzhou（扬州）is Jiang Huai Manarin（江淮官话）. The dialect in Nantong（南通）、Suzhou（苏州）、Ningbo（宁波）and Chunan（淳安）is Tai Hu dialect（太湖片）in Wu（吴）Dialect. The dialect in Tiantai（天台）and Huangyan（黄岩）is Taizhou dialect（台州片）in Wu（吴）Dialect. As a part, the dialect in Jinhua（金华）、Chuzhou（处州）and Quzhou（衢州）is Wu（吴）Dialect. The dialect in

Wenzhou（温州）and Yongjia（永嘉）is Ou Jiang dialect（瓯江片）in Wu（吴）Dialect. The geographical distribution of the dialect in Jiangzhe（江浙）in Song Dynasty is basically same as this case in today. This fact shows that the geographical distribution of the dialect in Jiangzhe（江浙）at the latest developed their shape in Song Dynasty.

Key words：Song Dynasty；Jiangzhe（江浙）；poetry；phonology of dialect

目 录

前言 …………………………………………………………… (1)

第一章 宋代江浙诗韵的韵部系统及通语音变 ………… (17)
第一节 宋代江浙诗韵的韵部系统 ………………………… (17)
第二节 宋代江浙诗韵中的通语音变 ……………………… (23)

第二章 宋代江浙诗韵的声调 ………………………………… (58)
第一节 浊上变去 …………………………………………… (58)
第二节 阴入通押 …………………………………………… (63)

第三章 宋代江浙诗韵的韵字 ………………………………… (77)
第一节 阴声韵字 …………………………………………… (77)
第二节 阳声韵字 …………………………………………… (93)
第三节 入声韵字 …………………………………………… (99)

第四章 宋代江浙诗韵的特殊韵例 …………………………… (101)
第一节 阴声韵通押 ………………………………………… (102)
第二节 阳声韵通押 ………………………………………… (148)
第三节 阴声韵与阳声韵通押 ……………………………… (181)
第四节 阳声韵与入声韵通押 ……………………………… (192)
第五节 入声韵通押 ………………………………………… (203)

第五章 宋代江浙诗韵中的方音 ……………………………… (222)
第一节 宋代江浙方音特征综述 …………………………… (222)

第二节　宋代江浙方音特征的地域分布 …………………（230）
第三节　宋代江浙方音与宋代其他方音的比较 ……………（233）

结　语 ………………………………………………………………（242）

附录（一）　宋代江浙诗歌作者及其诗作统计（一）………（245）

附录（二）　宋代江浙诗歌作者及其诗作统计（二）………（256）

附录（三）　宋代江浙诗歌特殊韵例韵谱 ……………………（264）

附录（四）　《全宋诗》江浙诗歌校勘 …………………………（357）

参考文献 ……………………………………………………………（384）

综合索引 ……………………………………………………………（401）

后　记 ………………………………………………………………（409）

Contents

Preface ·· (1)

Chapter I   The Phonologic Systerm of the Finals and Some Sound Changes in the Standard Languagein the Rhymes of the poets in Jiangzhe in Song Dynasty ·················· (17)

1.1   The Phonologic Systerm of the Finals ·················· (17)
1.2   Some Sound Changes in the Standard Language ·········· (23)

Chapter II   The tone Classes in the Rhymes of the poets in Jiangzhe in Song Dynasty ·················· (58)

2.1   evolvion from the Rising tone into the Departing tone ·········· (58)
2.2   Contacts between Group with Open and Stop Endings ······ (63)

Chapter III   The Rhymed Characters in the Rhymes of the poets in Jiangzhe in Song Dynasty ·················· (77)

3.1   The Rhymed Characters in the Open endings ·········· (77)
3.2   The Rhymed Characters in the Nasal endings ·········· (93)
3.3   The Rhymed Characters in the Stop endings ·········· (99)

Chapter IV   The Special Rhymes in the Rhymes of the poets in Jiangzhe in Song Dynasty ·················· (101)

4.1   Contacts in the Open endings ·················· (102)
4.2   Contacts in the Nasal endings ·················· (148)

4.3　Contacts between the Open endings and the Nasal endings ··· (181)
4.4　Contacts between the Nasal endings and Stop Endings ······ (192)
4.5　Contacts in the Stop endings ·· (203)

Chapter Ⅴ　The Phonology of Dialect Reflected by the Rhymes of the poets in Jiangzhe in Song Dynasty ············· (222)

5.1　The Overview of the Features of JiangZhe Dialect in Song Dynasty ·· (222)
5.2　the Regional distribution on the Features of JiangZhe Dialect in Song Dynasty ······································· (230)
5.3　Comparison Between JiangZhe Dialect and other Dialects in Song Dynasty ·· (233)

Conclusion ··· (242)

Appendix (One)　The Statistics of the poets and poetry in Jiangzhe in Song Dynasty (One) ···················· (245)

Appendix (Two)　The Statistics of the poets and poetry in Jiangzhe in Song Dynasty (Two) ···················· (256)

Appendix (Three)　The List of Special Rhymes of the poetry in Jiangzhe in Song Dynasty ································ (264)

Appendix (Four)　Emendations of the poetry in Jiangzhe in *Full Collection of Poems in Song Dynasty* ···················· (357)

Bibliography ··· (384)

Comprehensive Index ·· (401)

Postscript ··· (409)

前　言

一　研究现状和研究目的

（一）研究现状

断代语音研究是汉语语音史研究的一个重要方面，随着汉语语音史研究的深入，断代语音研究越来越受到学术界的重视。上世纪 30 年代马宗霍（1931：29—39）撰写了《音韵学通论》，其中《唐宋用韵与〈广韵〉之出入》从诗律的角度考察了唐宋诗用韵，"执《广韵》以寻唐人诗歌用韵出入之迹"，发现晚唐诗韵"东与冬钟不分""真与文不分"等，涉及韵部合并；而宋人用韵"使尽依《礼部韵略》，已出《广韵》之范"。1944 年张世禄《杜甫诗的韵系》亦注重诗律分析，认为杜甫近体诗用韵严于古体诗。1962 年张世禄发表《杜甫与诗韵》[①]，此文涉及到诗韵所反映的唐代实际语音的探测，认为杜甫"古体诗的韵部特别放宽，一方面固然是摹古类推的结果，……可是另一方面也是由于容纳着作家实际的活语和当代的方音。从杜甫古体诗的用韵当中，可以认定这个伟大的诗人往往采取当时的秦音加进作品里去。"也就是说，杜甫"诗韵里反映着当时的长安音"。系统地从实际语音角度研究宋代诗词文用韵的时间较晚。1936 年魏建功（2001：381—391）《辽陵石刻哀册文中之入声韵》考察公元 1031 年到 1101 年间中原以北的辽地音韵中的入声韵，"于北地入声韵变读问题，不无一二消息可见也。" 1942 年周祖谟（1966A：581—655）《宋代汴洛语音考》一文主张"研究唐宋两代语音不可只谈韵书而忽略实际语言材料"，首次提出了通过宋代诗人用韵考察"实际语音"的问题，文章将

[①] 《复旦大学学报》1962 年第 1 期，后收录在《张世禄语言学论文集》，学林出版社 1984 年版，第 444—466 页。

《声音倡和图》与汴洛文士诗词结合起来考证宋代汴洛方音。鲍明炜(1957)《李白诗的韵系》注意诗韵与实际语音的关系，而后鲁国尧(1991)经历多年的宋词用韵研究，把周祖谟提出的"实际语音研究"具体到宋代通语和方言这两个既不同而又密切关联的领域，对山东、福建、四川等地词韵进行了考察，著述了系列论文，其中总结性成果《论宋词韵及其与金元词韵的比较》提出对宋词用韵的总体看法，认为"虽然有的词人（特别是闽、赣、吴地区词人）或以方言入韵，或有若干特殊用韵现象，但其大体可分18部。"为什么这个18部能通行天下，在没有官方约束的情况下，被不同方言区的人自觉遵守。"其所以如此，并非因为当时有一本大家遵守、人人翻捡的词韵书，而是因为多数人都是以当时的通语为准绳，例如闽音歌豪无别，林外据以押韵，但大多数福建人并不仿效；吴文英以庚青叶江阳，但其同乡史浩却依通语截然分用。北宋时期，经济发达、文化繁荣，汴洛的中州之音当即通语的基础，南宋虽偏安江左，并不以吴语为通语，词人按照通语押韵，相从成风，相沿成习，于是造成了宋词用韵18部的模式。"鲁先生的研究奠定了宋代实际语音研究的坚实基础，逐渐形成了宋代断代语音史的研究领域。"二十世纪八十年代以来，宋代实际语音研究不断向纵深发展，研究材料从宋词扩展至宋诗、韵文和宋代音注等材料，并逐渐由考察通语韵部系统引向通语声母系统的考索，同时展开方言的研究，山东、福建、江西、四川、江浙、北京、湖南、河南等地区诗人用韵考全面铺开，宋代通语与方言的分布与特征日见清晰。以宋代诗词文用韵为主体的宋代实际语音研究已蔚为大观，颇具规模。"（刘晓南，2001B）

就宋代江浙而言，目前所见诗文用韵的主要研究成果如下：《宋代绍兴词人用韵考》（裴宰奭，1996A）、《宋代临安词人用韵考》（裴宰奭，1996B）、《宋代临安词人用韵中所反映的宋代语音》（裴宰奭，1996C）、《宋代江浙诗人用韵研究》（张令吾，1998A）、《北宋诗人徐积用韵研究》（张令吾，1998B）、《北宋张耒古体诗用韵考》（张令吾，2004A）、《北宋张耒近体诗用韵考》（张令吾，2004B）、《吴文英张炎等南宋浙江词人用韵考》（胡运飚，1987）、《宋代江浙词人用韵考》（魏慧斌，2006）等。由上可见，宋代江浙文士用韵的研究或分具体时间段（如北宋、南宋）研究、或分不同题材（如诗歌、词等）研究，这其中除了一些个案研究外，只有裴宰奭《宋代临安词人用韵考》和张令吾《宋代江浙诗人用韵研究》

两篇群体性研究，但是《宋代临安词人用韵考》只考察宋代临安词人的用韵，没有涉及诗文用韵，《宋代江浙诗人用韵研究》则由于当年写作时主要诗歌材料——《全宋诗》出版未齐，只用到了1—25册的材料，大致相当于北宋时期的诗歌，而南宋诗歌只选取了一些单行本，如《范石湖集》《永嘉四灵诗集》《剑南诗稿校注》等，且前贤已研究过的诗人如陆游、李弥逊、楼钥等不再考察，可见未作穷尽性研究。

任中敏先生说："一切治学原则，若不能笼括对象之整体，以贯通脉络，纵使分段攻坚，逐部深入，仍不免昧惑源流，潜孳蔽障。"① 诗文用韵研究讲究穷尽性，要"笼括对象之整体"，只有对某一时间段、某一文体进行穷尽式的研究，才能较全面、较准确地反映出实际语言面貌。因此很有必要对《全宋诗》中宋代江浙诗歌用韵作一次全面考察，时间上穿越北宋、南宋，区域上贯穿江浙大地。

（二）研究目的

古代诗文用韵研究主要有文学和语言两方面的目的：文学上，研究诗律如探讨古体诗到律体诗的演变过程；研究作家风格如分析作家用韵的宽严长短，习惯用韵等，它们是形成作家风格的重要因素；研究韵脚与内容的关系，探讨思想内容和情感怎样用韵来表达。语言上，主要目的是探寻语音发展的脉络，如宋代是汉语语音发生重要变化的时期，通过宋代诗文用韵研究可以把握宋代语音变化的某些具体情况；其次，可以补充韵书的不足（鲍明炜，1990：1—12）。韵书是诗人用韵的主要依据，但是宋人用韵中有些韵字却是《广韵》失收的，宋代诗文用韵研究可补充《广韵》的不足，对此，王力（1980A：21）曾说："历代韵文本身对汉语史的价值并不比韵书、韵图低些"，"切韵以后虽然有了韵书，但是由于韵书据守传统，并不像韵文（特别是俗文学）那样正确地反映当代的韵母系统。因此，我们有必要研究唐诗、宋词、元曲的实际押韵，来补充和修正韵书脱离实际的地方。"

研究宋代江浙诗歌用韵，一方面要归纳宋代江浙诗歌用韵的韵部系统，同时将宋代江浙诗歌用韵的韵部系统与宋代通语作比较，分析宋代江浙的实际语音状况，揭示出宋代通语语音特点；另一方面则要整理宋代江浙诗歌用韵中的特殊用韵，这些特殊用韵既不符《广韵》韵系，又不合宋

---

① 任中敏著，张之为、戴伟华校理：《唐声诗·唐声诗总说》，凤凰出版社2013年版，第1页。

代通语韵系，其中"大量的特韵绝大多数应当是方音的反映"（刘晓南，2004）。作诗有着严格的诗律规定，尤其应制之诗，但日常吟咏酬唱之诗则相对宽松自由一些，其中难免夹杂方音。作诗时可以有意识地用方言点缀自己的作品，以提高诗的表现力。比如：宋胡仔《苕溪渔隐丛话》："《蔡宽夫诗话》云：诗人用事，有乘语意到处，辄从其方言为之者，亦自一体，但不可以为常耳。"①"宋释惠洪《冷斋夜话》："句法欲老健有英气，当间用方俗言为妙。如奇男子行人群中，自然有颖脱不可干之韵。"②周祖谟《宋代汴洛语音考》（1966A）、《宋代方音》（1966B）揭示出宋代方音的面貌，宋代诗词用韵确实存在着方音入韵现象，鲁国尧（1991）穷尽分析宋词用韵，认为宋代词人用韵基本是按照通语18部来押韵的，但还是透露出一些方音。古代诗文用韵中的特殊韵例一般有一定的数量，且有较广的地域性，同时所反映的方音现象不但往往被时人或后人记载在册，而且现代方音常常直接留下岁月的痕迹，换句话说，"汉语现代方言可以通过文献材料追溯其历史存在"（刘晓南，2001B）。分析宋代江浙诗人用韵所反映的方音现象，将为汉语语音史和方音史主要是江浙方音史的研究提供重要资料，使人们对江浙方音的历史及演变有更深入的认识。

二 研究范围和研究材料

（一）研究范围

时间上，本研究涉及整个宋代，即公元960年—1279年，其中分为北宋：公元960年—1127年、南宋：公元1127年—1279年；空间上，则涵盖现在江苏、浙江两省，包括上海市。

1. 江浙历史沿革

（1）江苏历史沿革

《史记·吴太伯世家》有这样的记载：

> 吴太伯，太伯弟仲雍，皆周太王之子，而王季历之兄也。季历贤，而有圣子昌，太王欲立季历以及昌，于是太伯、仲雍二人乃奔荆

---

① 廖德明校点，人民文学出版社1962年版，前集，第21卷，第138页。
② 陈新点校，中华书局1988年版，第38页。

蛮，文身断发，示不可用，以避季历。……太伯之奔荆蛮，自号句吴。

《史记正义》曰：

太伯居梅里，在常州无锡县东南六十里。至十九世孙寿梦居之，号句吴。寿梦卒，诸樊南徙吴。至二十一代孙光，使子胥筑阖闾城都之，今苏州也。①

商末，周太王之子泰伯、仲雍来到江南建立吴国，以今苏州为都城，逐渐发展壮大，领有长江下游两岸地区。春秋时期吴国强大，向北扩展，今江苏境内主要属吴国，后属越国，楚、宋、鲁各有周边一小部分。战国时期属楚国，原先境内的氏族部落，江南的百越，江北的淮夷、徐夷，他们建立的国家都先后被吴国、楚国打败。他们的语言也被逐步融合。秦统一后，分设郡县，江苏分隶会稽、东海、九江、泗水等郡。西汉承秦制，又有吴、楚等封国。汉武帝时分十三部，属徐、扬二州。后代都分别以江南和江淮之间为中心建立行政区，分属各州、郡、道、路，历代多有更替，周边地区则往往归属其他行政区。东晋南北朝时期，各代以建康（今南京）为都城，因北方士民大量南移，今江苏境内出现一些侨郡，如南兖州、南徐州等。唐属淮南东道；五代时期大部分先后处于南唐统治下，相对较为安定；宋属淮南东路、江南东路；南宋时期淮泗一带处于南北对峙地区，战争不断，人民流徙频繁，加速了语言的融合与发展。

（2）浙江历史沿革

《史记·越王句践世家》记载：

越王句践，其先禹之苗裔，而夏后帝少康之庶子也。封于会稽，以奉守禹之祀。文身断发，披草莱而邑焉。

《史记正义》引《吴越春秋》云：

---

① （汉）司马迁：《史记》，中华书局1959年版，第1445页。

> 禹周行天下,还归大越,登茅山以朝四方群臣,封有功,爵有德,崩而葬焉。至少康,恐禹迹宗庙祭祀之绝,乃封其庶子于越,号曰无余。①

越国为夏代少康的庶子无余所建,秦设会稽郡,三国时属吴国。唐朝时先后属江南东道、两浙道,渐成省级建制的雏形。五代十国时临安人钱镠建立吴越国。北宋置两浙路,故有两浙之称;南宋分为两浙东路和两浙西路,"浙东""浙西"之名始著。

综合地看,现代江浙在宋代的版图上包括两浙路、江南东路的东北部、淮南东路的东部、京东西路的东南角和京东东路的南部;南宋则主要包括两浙东路、两浙西路、淮南东路及江南东路的东北部。

在漫长的中国封建时代,宋代是文化高度繁荣的时期,无论在科学技术、哲学思想、教育、文学、艺术、史学等方面,都取得了长足的进步。宋代江浙一带的经济富庶,崇尚学术,科技进步,文化繁荣在宋史上占有辉煌的地位。以北宋为例,江浙是全国的主要产粮区,在全国有重要的经济地位。当时全国漕粮每年六百万石,两浙就占了四分之一。北宋中央的财政收入,和中唐一样,仰仗东南的漕运,"国家根本,仰给东南"②,可见,江浙在全国有着重要的经济地位。特别是北宋末年,中国文化中心已趋向东南,以杭州、苏州为轴心,江浙的影响进一步加大。经济的高度发展直接促进文化的繁荣。以书籍的印刷为例,"北宋监本刊于杭者,殆居泰半。"③南渡后,杭州更成为刻书业荟萃之地。南宋时期,私家讲学日盛,书院林立。宋洪迈《容斋随笔·四笔》引《余干县学记》:"宋受天命,然后七闽二浙与江之西东,冠带诗书,翕然大肆,人才之盛,遂甲于天下。"④陈正祥考证并以地图的形式直观地显示出宋代诗人绝大部分集中在江浙地区⑤,真所谓"东南财赋地,江浙人文薮"!众多文人学士留下了大量吟风弄月、抒情写意的诗作,这些作品一方面成为研究宋代社会,尤

---

① (汉)司马迁:《史记》,中华书局1959年版,第1739页。
② 《宋史》卷337《范镇传附从孙祖禹传》,中华书局1977年版,第10796页。
③ 王国维:《两浙古刊本考序》,《观堂集林》(外二种)卷21,河北教育出版社2003年版,第517页。
④ 上海古籍出版社1996年版,第665页。
⑤ 陈正祥:《中国文化地理》附图13、14,三联书店1982年版。

其是江浙一带政治、经济、文化、科技等各方面的重要历史资料，另一方面作为江浙方言区的人们所留下的历史文献，又是研究宋代江浙地区语音状况不可多得的原始材料。

2. 古江浙方言的发展历史及其个性

（1）人口的迁徙与古江浙方言的发展简史

人口的迁徙在很大程度上决定着方言的形成及其演变历史。"我们今天的各种方言，最初都是以从中原地区扩散开来的汉语为表层语言，各少数民族的语言为底层语言，这样相互作用，相互影响而形成的。"① 我国历史上发生过几次大的人口迁徙，这几次大的人口迁徙大多与今江浙有关，在某种程度上影响了今江浙方言的性质。因此把握好这些历史事实更有助于全面深刻地理解江浙方言的发展历史。

今江浙一带，春秋时期是吴越之地，当地土著是百越民族。先周时周太王之子太伯、仲雍等迁江南建立古吴国。夏代少康之庶子无余建都会稽（今浙江绍兴）立越国。古吴、越国是中原华夏民族的后裔，当然其方言也是中原华夏族语言的分支，而跟当时的百越语不同。《吴越春秋》卷三《夫差内传》："吴与越，同音共律。"② 古吴越两国战争频繁，在战争中两国语言不断接触融合，发展为既不同于中原华夏语又不同百越语的语言，从而成为古吴语的前身和源头。古吴语的形成普遍认为在春秋时代的末期。春秋末期，因与卫国的政治纠葛，吴国在盟会上将卫国国君逮捕并关押于吴地。在关押期间，这位来自黄河流域的国君接触到了吴地的方言，但是出于对南方蛮夷文化的轻视，他把吴地方言称为"夷言"，后被放回国，《左传》记载"卫侯归，效夷言"③。由此看来，吴地方言在这一时期已初具轮廓。往后不但吴、越人们逐渐接触融合，且北方移民迁入吴越之地的脚步从没有停止过。三国时期孙权对江南的开发就吸引了大批北方移民。《三国志·吴书》所载孙权的谋臣中有二十多位是北方人，如诸葛瑾（琅玡）、吕蒙（汝南）、韩当（辽西）。这样，语言就随之进一步混合交融。两晋之交是古吴语受到中原汉语强烈冲击的时期。西晋末年的永嘉之乱，使得中原人们大批南下，越淮渡江，来到沃野千里的江东。当时南下

---

① 王士元：《语言的变异及语言的关系》，《王士元语言学论文集》，商务印书馆2001年版，第4页。
② （汉）赵晔撰，《丛书集成初编》本；中华书局1985年版，第119页。
③ （清）洪亮吉撰，李解民点校：《春秋左传诂》，中华书局1987年版，下册，第871页。

的移民有三股：青徐、司豫和秦雍。其中青徐之移民主要集结于今江苏境内的长江两岸，人数达二三十万。谭其骧《晋永嘉丧乱后民族之迁徙》："江苏省所接受之移民，较之其他各省为多，以帝都所在故也。……则江南以今之江宁、镇江、武进一带为最，江北以今之江都、淮阴诸县地为最。"①《晋书·王导传》："俄而洛京倾覆，中州士女避乱江左者十六七，……"北人这次迁徙的南端在浙东一带，陈寅恪指出："北来上层社会阶级虽在建业首都作政治活动，然而殖产兴利，进行经济的开发，则在会稽、临海之间的地域。故此一带区域也是北来上层社会阶级居住之地。"②"在吴郡、义兴、吴兴等地，即今天的环太湖一带，由于当地的土著（吴人）势力强盛，所以永嘉后的南渡士人才不得不渡过钱塘江，到今天的浙东一带寻求发展。"③北人的这次大规模南迁，使北方方言与古吴语的融合进一步加强。这次"语言入侵"（鲁国尧，2002），使江东土著居民跟北方移民的语言必然会因接触而产生变化，或同化，或变异等。周一良在《南朝境内之各种人及政府对待之政策》说："自东晋至梁末，杂居二百余年，无论侨人吴人如何保守，无形间之影响同化乃意中事。……盖扬州之侨人不自觉中受吴人熏染，于中原与吴人之语音以外，渐型成成一种混合之语音。同时扬州土著士大夫求与侨人沆瀣一气，竟弃吴语，而效侨人之中原语音。"④不但如此，南下的士人也跟着南方人学吴语。《世说新语·排调》："刘真长始见王丞相，时盛暑之月，丞相以腹熨弹棋局，曰：'何乃渹！'刘既出，人问：'见王公云何？'刘曰：'未见他异，唯闻作吴语耳。'"⑤晋室南渡后，北方士族也大量入江南，为了笼络土著士族，他们不得不也说说吴语，所以北方来的丞相王导，言语就间杂吴语。陈寅恪《东晋南朝之吴语》据《南史》所载王敬则传等史料，提出"东晋南朝官吏接士人则用北语，庶人则用吴语，是士人皆北语阶级，而庶人皆吴语阶级。"⑥可知当时的吴语区是一种双语社会，双语阶级的官吏和士人，他们既说北语又说吴语（鲁国尧，2002）。

---

① 具体见谭其骧《长水粹编》，河北教育出版社2000年版，第275页。
② 陈寅恪：《陈寅恪魏晋南北朝史讲演录》，黄山书社1987年版，第118—119页。
③ 钱建状：《南渡词人地理分布与南宋文学发展新态势》，《文学遗产》2006年第6期。
④ 具体见周一良《魏晋南北朝史论集》，中华书局1963年版，第81—82页。
⑤ 余嘉锡撰，周祖谟等整理，中华书局1983年版，第792页。
⑥ 载《陈寅恪史学论文选集》，上海古籍出版社1992年版，第301页。

唐代末年的安史之乱迫使黄河流域的人们大批南迁，北方移民的大量涌入使得吴语受到北方汉语的影响越来越大。古吴语又一次受到中原汉语强烈冲击。北宋末年金人入侵，宋室由汴京（今河南开封）迁至临安（今浙江杭州），宋室南迁，北方人蜂拥而至。毫无疑问，吴语再次受到中原汉语的强烈冲击和影响，尤其是杭州话在语音、词汇、语法等方面都有选择性地吸收了许多北方方言的成分。明郎瑛《七修类稿》卷二十六《杭音》：杭州"城中语音，好于他郡，盖初皆汴人，扈宋南渡，遂家焉，故至今与汴音颇相似。……唯江干人言语躁动，为杭人之旧音。"① 杭州城内话接近"汴音"即北方话，而江干即钱塘江一带依然保留原来的"旧音"即吴语。清毛先舒《韵白》曰："且谓汴为中州，得音之正。杭多汴人，随宋室南渡，故杭皆正音。"② 杭州城内话至今还留下许多当年北方官话影响的痕迹，典型的例子就是吴语中存在较多的文白异读，而作为吴语的杭州话中文白异读字却较少。而南宋时代，长江南岸从镇江到南京一带则已经演变为官话区，吴语与江淮官话的界限基本明确。宋元之际，现代吴语的语音系统的基本面貌大抵已经完成（侯精一，2002：71）。宋元以后，吴语继续受到不断南移的官话的影响。现在北部吴语比南部吴语带有更多的北方话成分，而江淮官话和徽语则可以看作带有吴语底层的更早为官话同化的语言（钱乃荣，1992：8）。

（2）唐宋笔记小说、诗文中有关江浙方言的记载

现代江浙地区（包括上海市）的主体方言是吴语，又称"江南话""江浙话"，或称"吴音"。据储泰松（2001）考证，"吴音"一词最早出现在姚秦佛陀耶舍译《虚空藏菩萨经》密咒译语中，稍后梁扶南三藏僧伽婆罗译《孔雀王咒经》多次出现"吴音同""吴音"的说法。汉文文献《世说新语·排调篇》、《宋书·顾琛传》、《南齐书·王敬则传》等记载着"吴语""吴音"等文字，陈寅恪指出东晋南朝士族操北语即洛阳近傍之方音，庶人操吴语。③ 何大安（1993）认为六朝吴语已经夹杂多种层次，有非汉语层、江东庶民层、江东文读层、北方士庶层。据此可推，六朝的吴语应是东晋洛阳近傍之音与江东庶民层、江东文读层融合发展而来的。

---

① 《明清笔记丛刊》本，中华书局1959年版，第394页。
② （清）康熙刻《思古堂十四种书》本，《四库全书存目丛书》经部第217册，齐鲁书社1997年版。
③ 详见《东晋南朝之吴语》，《陈寅恪史学论文选集》，上海古籍出版社1992年版，第299—304页。

另外，江东庶民层的语言特点有耕阳不分、齐仙不分、盐元不分等，这些特点至今还保留在吴语中。现存最早显示吴语特点的作品是南朝乐府民歌中的"吴声歌曲"，它分布在以当时首都建康（今江苏南京）为中心的长江下游一带。"吴声"即"吴语方音"，"吴声歌曲"即用吴方言传唱的民间歌谣。在"吴声歌曲"中有一个典型的吴语词"侬"，虽然"侬"在当时表第一人称，而今吴语中多用为第二人称，语意有所变化，具体变化有待考察，但是有一点应该是肯定的，那就是当今吴语之"侬"是从六朝之"侬"演变而来的。

唐代"吴音（语）"成为文士的热门词汇，诗文中多次提到，如杜甫《遣兴五首》："贺公雅吴语，在位常清狂。"刘长卿《题李嘉祐江亭》："稚子能吴语，新文怨楚辞。"顾况《南归》："乡关殊可望，渐渐入吴音。"储泰松（2001）认为唐代"吴音"并不局限于江浙一带语音，而是"东晋洛阳近傍之方言（北方士庶层）与江东庶民层、江东文读层融合发展而来"的唐代南方通语的代名词。"吴音"与"秦音"共同构成唐代南北通语。我们认为，尽管唐代"吴音（语）"一词是当时南方通语的代名词，但它既然是洛阳近傍之方言与江东庶民层、江东文读层的融合体的发展，那么当然会保留许多江东吴地方言的成分。因此粗略地看，唐代"吴音（语）"一词在一定程度上可看作唐代吴地方言的代名词。

至宋，除了沿袭宋前的"吴语""吴音"外，宋代江浙诗歌中还有"吴越音""越音""浙语""杭音""南音"以及"吴讴""吴声"等说法，如：戴表元《辛丑岁七夕醉陪诸公登西湖竹阁》："江湖望阔边城起，吴越音多客思柔。"（69—43703）① 释元肇《渡越》："半月金陵路，今朝渡浙河。回头吴岫在，到耳越音多。"（59—36889）戴表元《自宣州至湖州风雪中十日始达》："渐喜家乡近，儿童浙语稠。"（69—43674）宋叶绍翁《四朝闻见录》卷二乙集："三王得不知何许人，亦无姓名。带杭音，额角有刺字，意拣罢军员也。"② 戴表元《送谢教谕》："北学中连刹，南音渐带闽。"戴表元《送徐生仁荣侍亲游山》："归来停新语，莫但作吴讴。"（69—43686）陆游《晚至新塘》："向道有诗浑不信，为君拥鼻作吴声。"（40—25134）

---

① 括号中"69"指《全宋诗》册数，"43703"指《全宋诗》页码。下同。
② 中华书局1989年版，第53页。

前　言

　　唐宋期间吴语的特征应该是十分鲜明的，从文献资料可以略见一斑。说到现代吴方言特征，恐怕总离不开"吴侬软语"四个字，是说操吴方言的人语音轻清柔美。清吴趼人《二十年目睹之怪现状》第七六回："他们叫来侍酒的，都是南班子的人，一时燕语莺声，尽都是吴侬娇语。"① 吴方言的这一特征似乎宋代就已很明显，宋代江浙诗人的作品有所记载，如：惠迪《婆饼焦》："梦破一声婆饼焦，吴音未稳带春娇。"（37—23054）舒岳祥《三月十三日效乐天体》："柳疑楚舞腰偏细，莺学吴音舌更柔。"（65—40987）两首诗生动地说明宋代吴音的轻清柔美。宋张端义《贵耳集》："德寿孝宗在御时，阁门多取北人充赞喝，声雄如钟，殿陛间颇有京洛气象。自嘉定以后，多明、台、温、越人，其声皆鲍鱼音矣。"② "鲍鱼音"是跟"声雄如钟"相对照的，应该说明吴音的纤细。

　　由于地处东南，江浙吴音与北方话有较大差距，常被人指为乖剌、不正之音。五代孙光宪《北梦琐言》卷六："唐罗给事隐、顾博士云俱受知于相国令狐公。顾虽鹾商之子，而风韵详整；罗亦钱塘人，乡音乖剌。"③宋黎靖德编《朱子语类》卷第一百三十八《杂类》："因说四方声音多讹，曰：'……若闽浙则皆边东角矣，闽浙声音尤不正。'"④

　　不但如此，吴音和操吴音的吴人还常被北方人讥讽。唐德宗年间宋若华《嘲陆畅》之"诗序"曰："云安公主下降，畅为傧相，才思敏捷，应对如流，六宫大异之。畅吴音，以诗嘲焉。"诗云："双成走报监门卫，莫使吴歈入汉宫。"⑤ "吴歈"是"吴地歌曲的泛称"⑥，应该掺杂吴地方音。唐僖宗时吴（今江苏吴县）人范摅《云溪友议》卷中《吴门秀》记载此事："陆郎中畅，早耀才名辇毂，不改于乡音。……内人以陆君吴音，才思敏捷，凡所调戏，应对如流，复以诗嘲之，陆亦酬和，六宫大哈。"⑦ 陆畅，吴郡即今苏州人，作为傧相，想必一定年轻潇洒，而且"才思敏捷""应对如流"，但乡音"吴语"味浓，遭宫人嘲讽。更有甚者，在北方人

---

① 人民文学出版社2000年版，第711页。
② 丁传靖：《宋人轶事汇编》，中华书局1981年版，第929页。
③ 《唐五代笔记小说大观》，上海古籍出版社2000年版，第1859页。
④ 《朱子语类》，王星贤点校本，中华书局1986年版，第八册，第3282页。
⑤ （清）彭定求等校点：《全唐诗》卷七，中华书局1960年版，第1册，第67页。
⑥ 见傅璇琮、许逸民等主编《中国诗学大辞典》，浙江教育出版社1999年版，第1154页。
⑦ 陶敏主编：《全唐五代笔记》，三秦出版社2012年版，第2册，第1482—1483页。

眼中，操吴音还可能是一件陋事。北宋乌程人朱彧《萍洲可谈》卷一："余表伯父袁应中，博学有时名，以貌寝，诸公莫敢荐。绍圣间，蔡元度引之，乃得对。袁鸢肩，上短下陋，又广颡尖额，面多黑子，望之如洒墨，声嘎而吴音。哲宗一见，连称大陋，袁错愕，不得陈述而退，搢绅目为'奉勅陋'"①。袁氏一定乡音极重，加上貌寝、声嘎，所以虽未开口，哲宗"连称大陋"。

以上是唐宋期间有关吴语的一些宏观特征，文献中还有许多有关唐宋期吴语具体特征的记载，现略陈几例：

北宋释文莹《湘山野录》卷中："开平元年，梁太祖即位，封钱武肃镠为吴越王。……改其乡临安县为临安衣锦军。是年省茔垄，……为牛酒大陈乡饮，……自唱《还乡歌》以娱宾曰：……时父老虽闻歌进酒，都不为之晓。武肃觉其欢意不甚浃洽，再酌酒，高揭吴喉唱山歌以见意，词曰：你辈见侬底欢喜，_{吴人谓侬为我}。别是一般滋味子，_{呼'味'为'寐'}。永在我侬心子里。歌阕，合声赓赞，叫笑振席，欢感闾里。今山民间有能歌者。"② 此故事发生在五代初年杭州附近的临安，从中可看出五代吴语的一些面貌：其一，和通语相差很大。钱镠先用通语唱还乡歌时，父老们"都不为之晓"，显然听不懂，而后来改用"吴喉"即吴音唱山歌时，父老"合声赓赞，叫笑振席，欢感闾里"。不仅听懂了歌词内容，而且听到乡音，倍感亲切。其二，"呼'味'为'寐'"说明轻唇微母读重唇明母，今天吴语依然如此。其三，第一人称单数用"侬"、"我侬"表示。其四，名词可以带"子""尾，"滋味子"和"心子里"中的两个"子"都是名词后缀。③

宋代江浙诗作中有大量的"自注"，这些材料分别从不同方面反映出宋代江浙语音的一些个性。

薛季宣（永嘉）《都场正月尽未见梅思雪中石门之游作》第2首："犺獷应难致，猿猴却患多。"诗后自注："犺、獷，……犺读如广，殆所谓狼犺也。獷，字书音黄，土人作去声呼之。狼读如朗。"（46—28618）"犺"，《广韵》去声苦浪切；"广"，《广韵》上声见荡切；"獷"，《广韵》平声胡光切；"狼"，《广韵》平声鲁当初；"朗"，《广韵》上声庐党切。

---

① 《丛书集成初编》本，中华书局1985年版，第10页。
② 中华书局1984年版，第35—36页。
③ 详见周振鹤、游汝杰（2006：176）。

薛氏自注说明两个问题：一是阳平读上去。阳平"猿"字，直截了当地"作去声呼之"，阳平"狼"字读如上声"朗"字，这应是宋代永嘉（即温州）话的特点，说明阳平与上、去声调类相混或将阳平调值读成上、去声调值。二是上去声相混，从调类上看，似乎是说去声（犴）读成上声（广），两调相混；从调值看，似乎是说去声（犴）读成上声（广）的调值。同为阳平，"猿"字读去声，"狼"字读上声，也似乎说明上、去无异。现代温州地区如鹿城温州话、乐成瓯语、上塘瓯语等，阳平字调值以31居多，阴去字调值多数为42，阳去调值主要是22，阳上调值为243，阴上调值为454或54，可见阳平与阴上、阴去的调型相似，宋代温州方音或许亦如此。

陆游（会稽）《杜门》："烧灰除菜蝗，自注：读如横字去声。送芋谢牛医。"（39—24547）"蝗"字，《广韵》收唐韵；"横"字，《广韵》收庚韵。这一材料应该反映了宋代江浙方音现象：庚青部与江阳部混押，现代绍兴话"蝗横"两字韵母相同，读-uaŋ。另外，还显示宋代绍兴话可能亦有阳平读去声的现象。

（二）研究材料

1. 基本研究材料

基本研究材料分两大部分，一是宋代江浙诗人全部诗歌用韵材料。中国是诗的国度，历代诗歌是中华文化宝库中一笔丰厚的财富。通过诗歌韵字的系联来总结一定时代的韵部系统是汉语语音史研究的重要途径。上古无韵书，魏晋南北朝时期韵书散佚，这段时期的汉语韵系研究主要依赖诗文。唐宋虽有韵书，但官韵脱离口语，在反映实际语音系统方面，比不上诗文，诗人"遣兴吟咏，多据实际语音押韵，不局限于功令，所以根据诗人诗歌的用韵材料可以考证当时的语音分韵的情况"（周祖谟，1993B：360）。正如前文所述，前人和时贤已经利用不同时期不同区域的诗歌，考证出不同时期不同区域汉语语音的韵部系统，取得了骄人的成绩。为此，我们选定宋代江浙诗人全部诗歌用韵材料来研究宋代江浙语音的语音状况。这部分材料取自北京大学古文献研究所编纂、北京大学出版社出版的《全宋诗》[①]。《全宋诗》是迄今有关宋诗的最完备的总集，皇皇72册，搜罗之富，无与伦比。全书大致按作者时代先后排列，每位作者附一小传，

[①] 北京大学古文献研究所编，北京大学出版社1991年—1998年版。

简述其生卒里籍与仕履。根据小传，我们从书中钩稽宋代江浙籍诗人计1980家，诗作83744首，涉及韵脚字很多，为了防止版本传抄中的讹误，疑问之处均校勘，核查原诗出处，必要时参校不同的版本，择善而从。

另外，《〈全宋诗〉订补》①一书对《全宋诗》进行订补，就江浙诗人而言，一是对《全宋诗》中已有的江浙诗人作品进行辑补，共计40人168首；二是补收《全宋诗》中漏收的江浙诗人及其作品，共计19人53首。这样，综合两书得到江浙诗人1999家，诗作83965首，韵段87955个。当然，随着宋代文献研究的不断深入，江浙诗人数量应该会有所增加，但是目前这些诗歌基本上能反映出宋代江浙诗人用韵的面貌。

二是相关的旁证材料，又可分三部分。第一部分是宋代其他文献，包括宋代笔记小说、宋人文集，旁及若干诗话词话，宋人所作经传注释等等，"我们尤重笔记小说诗话词话，这些文字最少拘谨，笔触灵活，不避俚俗，并且文中常常道出所记俗谈的具体乡域，可据以给语料进行比较准确的时空定位，把它看作宋人对当时方言调查的第一手材料亦不为过。"（刘晓南、罗雪梅，2006）第二部分是前辈与时贤已发表的宋代前后有关江浙语音研究的论著，如《汉魏晋南北朝韵部演变研究》（罗常培、周祖谟，2007）、《宋代方音》（周祖谟，1966B）、《论宋词韵及其与金元词韵的比较》（鲁国尧，1991）、《吴文英张炎等南宋浙江词人用韵考》（胡运飚，1987）、《宋代闽音考》（刘晓南，1999）、《宋代文士用韵与宋代通语及方言》（刘晓南，2001B）、《宋代江浙诗人用韵研究》（张令吾，1998B）、《宋代临安词人用韵研究》（裴宰奭，1996B）、《三百五十年前苏州一带吴语一斑——〈山歌〉和〈挂枝儿〉所见的吴语》（胡明扬，1981）、《明清吴语和现代方言研究》（石汝杰，2006）、《明代浙江诗人用韵研究》（漆凡，2006）等。第三部分是现代江浙方言的研究成果，主要著作有《现代吴语的研究》（赵元任，1956）、《当代吴语研究》（钱乃荣，1992）、《南部吴语语音研究》（曹志耘，2002）、《湘语与吴语音韵比较研究》（陈立中，2004）、《吴方言比较韵母研究》（郑伟，2013）等。

2. 宋代江浙诗人与诗作

确定"宋代江浙诗人"的主要依据是《全宋诗》中所附各诗人小传，"小传"中明确其籍贯、生活工作轨迹为宋代江浙的，一般直接认定为

---

① 陈新、张如安、叶石健等编，大象出版社2005年版。

"宋代江浙诗人";对于有居住地异动的诗人,则须具体考证,如李弥逊、蔡戡。

(1) 李弥逊(1089—1153),著《筠溪集》二十卷。《四库总目提要》称其连江(今属福州)人,居吴县(属平江府)。李弥逊八世祖定居福州连江,为连江人,至其祖父时就迁平江府(今苏州)吴县。徽宗大观三年(1109)进士,离乡为官。晚年归隐连江西山达十三年。可见,李弥逊与闽、吴两地均有一定关联,不过,其语言定型之地以及主要生活空间应在吴地。

(2) 蔡戡(1141—?),著《定斋集》二十卷,《全宋诗》所附小传称:"仙游(今属福建)人,居武进(今属江苏)。襄四世孙。初以荫补溧阳尉。"《四库全书总目》:"戡字定夫,其先兴化军仙游人,端明殿学士襄之四世孙也。祖绅,绍兴中官左中大夫,始寓常州武进县。戡幼承门荫,补溧阳尉。……《宋史》不为立传,故其行事不概见。"① 称戡为仙游人,是从其先人郡望所致。唐圭璋《宋词四考》《两宋词人占籍考》定戡为闽人,亦从其郡望。据居住地,我们将蔡戡诗歌置于江浙诗歌群体。

从《全宋诗》中所附各诗人小传来看,宋代江浙诗人生活的年代,最早的是由晚唐经五代入宋,如释延寿(904—975)、徐铉(917—992),严格地说他们应是晚唐五代诗人。最晚的则由宋入元,如林景熙(1242—1310)、戴表元(1244—1310)。

宋代江浙诗人1999家中,诗作不满50首的共1799家,许多仅有一、二首,比较零碎。诗作在50首以上的共200家,这200家诗歌数量多而且集中,是我们考察宋代江浙诗韵的主要依据,当然其他各家诗作也是不可缺少的依据。

3. 校勘问题

北京大学古文献研究所整理的《全宋诗》,作为网罗有宋一代的诗歌总集,是二十世纪末古籍整理的重大成果之一,堪称二十世纪宏伟的文献工程。研究宋代江浙诗韵时,发现《全宋诗》有诸多韵字讹误,我们进行了校勘。就研究古代诗歌用韵而言,韵字的正误非常重要,用错误的韵字当然不能正确分析诗韵。《全宋诗》的韵字讹误现象较多,主要有形讹、倒文、擅改原文等。

---

① (清)永瑢等撰,中华书局1965年版,卷160,第1378页。

（1）形讹。高似孙杂古《九怀·江夫人》第3韵段"裳凤芳"（51—31992）。"凤"字值得怀疑，韵律明显不协，诗句为"御清气兮前青凤"。核其出处《骚略》①以及《全宋文》②，亦作"凤"。"凤"疑为"凰"之讹。用"凰"，则韵至谐。《全宋诗》福建诗歌亦有将"凰"抄成"凤"的例子（刘晓南，1999：37）。

（2）倒文。明万历刊《戴先生文集》中《简王元刚并寄意王理得君玉》"书鱼车何"，尾联："诸公有游事，少待意如何。"（69—43686）若依万历刊本则是鱼歌通押的好例子，然而颇似"何如"之倒文。经查文渊阁《四库全书》影印本，该句果然是"少待意何如"。再看一内证，戴表元（上文"戴先生"即"戴表元"）作品中就有直接作"何如"的，如：七律《送僧无等游华亭》"疏书鱼如"（69—43695），"如"字句作"道成相问定何如"。"如何"与"何如"的意义表达没有太大区别。之所以出现倒文，可能还是语言习惯问题，"如何"就是一个固定搭配的现代常用词，这样抄手就很顺手地将"何如"改成了"如何"。

（3）擅改原文。张耒七古《年年歌》第2韵段押入声"竹玉鬱菊"，"鬱"字句为："朝烟暮雨恣陵夺，翠凤文章终鬱鬱。"（20—13037）"鬱"属物韵，"竹菊"属屋韵，"玉"属烛韵，如果没有字讹现象，这就是一则屋烛与物通押的好例子。核对文渊阁《四库全书》影印本《柯山集》卷四，"鬱"字作"郁"，"郁"，屋韵于六切。究其因，可能是抄手将原文"郁"看成"鬱"的简体。

---

① （宋）高似孙：《骚略》，《四明丛书》本，四明张氏约园1932年刊本。
② 曾枣庄、刘琳主编：上海辞书出版社、安徽教育出版社2006年版，第292册，第175页。

第一章 宋代江浙诗韵的韵部系统及通语音变

第一节 宋代江浙诗韵的韵部系统

一 古代诗歌韵部系统归纳的程序和方法

利用古代诗文来研究汉语韵部系统，必须遵循严格的程序，讲究科学的方法。

（一）辨别韵例

清江永《古韵标准·例言》说："古有韵之文亦未易读，稍不精细，或韵在上而求诸下，韵在下而求诸上，韵在彼而误叶此，或本分而合之，本合而分之，或闲句散文而以为韵，或是韵而反不韵，甚则读破句，据误本，襮乡音，其误不在古人而在我。"[①] 韵例的辨别是用韵考的基础性工作，关系到考韵的准确度，如果"本分而合之"、"闲句散文而以为韵"，就会生造一些错误韵例，"本合而分之"、"是韵而反不韵"，则有可能让宝贵的个别韵例从我们的眼皮下溜走。韵字一般处在句末，处在必入韵位置的韵字，不管是否符合《广韵》或通语韵系，都要处之为入韵字。近体诗格律严格，偶句必为入韵字，即隔句韵。系联入韵字后，再据其他入韵字的音韵关系来判断首句末字是否为入韵字，一般说来，"五律第一句，多数是不押韵的；七律第一句，多数是押韵的。"[②] 古体诗韵例较为复杂，

---

① 《音韵学丛书》本，中华书局1982年版，第3页。
② 王力：《诗词格律》，中华书局2004年版，第21页。

有偶句入韵、句句入韵、奇句入韵、四句一换韵等等。另外，还有一些特殊的用韵现象值得注意，如抱韵、交韵、进退韵、辘轳韵、步韵、和韵、限韵等（刘晓南，1999：49—52）。

（二）确定韵段

"区分韵段是用韵考的重要一环。它需要根据已知的韵例和当时或相关年代的语音现象分析判定某个或某几个韵字是否和另外的韵字构成一个韵段。"（金雪莱、黄笑山，2006）近体诗都是一韵到底，每首诗为一个韵段。古体诗的韵段确定较复杂，一般来说，凡韵字交错无规律分布的，无论是否符合《广韵》或通语韵系，都可判定为一个韵段。如：刘攽五古《与李叔夔钱子云同游兴教寺约齐都巡》"提如知庐疏醵徐初居之薁桐医渠围书"（66—40694），此诗为句句韵，16句16韵段，韵字分属支微部（提知之医围）与鱼模部（如庐疏醵徐初居薁桐渠书），二韵部交错无规律分布，整首诗就为一个韵段。

近体诗的"借韵"是宋代诗歌的重要用韵现象，它其实就是一种处于首句的"出韵"。宋人使用"借韵"是有语音根据的，这个根据就是实际语音，"实际语音主要表现在两个方面。其一是宋代通语韵系；其二是诗人所操方言的语音，这尤多见于南方诗人笔下。"① 因此，"借韵"的记录与否影响到考韵的结果。如：释斯植五律《登云汉阁》"虚微衣归稀"（63—39320），其中"虚"是首句"借韵"字，将其与其他的韵字一起作一个韵段，构成支鱼通押的韵例。除此之外，释斯植诗歌支鱼通押还有4例，具体见文末"附录三"。因此，这一支鱼通押的好韵段，如遗漏就可惜了。

古体诗往往有规则地换韵，"初唐或用八句一换韵，或用四句一换韵。然四句换韵其正也。""……或两句一韵，必多寡匀停，平仄递用，方为得体。"② 古体诗有规则地换韵时，首句一般是入韵的。王力先生说："在转韵的古风里，每转一韵，第一字总以入韵为原则。""七古转韵第一句的入韵几乎是必要的。"③ 因为七言"句法啴缓，转韵处必用促节醒拍，而后脉络紧遒，音调圆转。古今作者，皆无异轨"，故"转韵七古，凡换头之句

---

① 刘晓南《唐宋近体诗借韵的语音依据和语料价值》（《古汉语研究》1999年第1期）专述近体诗借韵，可详阅。
② （清）王士禛等著，周维德笺注：《诗问四种》，齐鲁书社1985年版，第36、56页。
③ 王力：《王力文集》卷14，山东教育出版社1989年版，第443页。

必有韵"。① 据此，我们可确认古体诗奇句的入韵。如陆游七古《秋月曲》（40—24924），韵字为：

城明○倾/绝月○裂/回雷○哉/朽酒/盘安

全诗五次换韵，其中前三次是每四句一换韵，后两次是句句韵，每两句为一韵。换韵的首句即奇句都入韵。

（三）摘录韵字

标注韵字的音韵地位时，以《广韵》为主，参考《集韵》《五音集韵》和《中原音韵》等，在明确韵字音韵地位的同时，梳理其音义的演变。遇到特殊韵段，摘录韵字前，先作充分的校勘，确认无误后才忠实地记录。有些特殊韵字构成的韵段可能暂时不能作出合理的解释，但可待日后研究或以资他人研究。鲁国尧（1991）当初在辛弃疾词韵中发现"儿"押入家车部，他"百思不得其解"，但还是忠实地将它"记录在案"，10年后鲁先生从黄庭坚词韵"儿"也押家车部的事实中顿然大悟："儿"押入家车部乃江西方音所致。鲁先生记录韵字时实事求是、严谨的做法，很值得我们效法。

（四）归纳韵部

归纳韵部的基本方法是就是韵字系联法，即"治丝之法"②。系联前，先要根据一组韵互相通押的情况来确定韵部的分合，这样就势必运用统计，目前有两种统计法：算术统计法和数理统计法。本文采用算术统计法。

算术统计法计算相互押韵的次数在总押韵中的比例来判断韵的分合。"在现有的考唐宋用韵的论著中，判断韵部合并的比例各不相同，无论怎样定都难免带有一定是主观性和随意性。受押韵中的人为或俩然因素的制约，统计要完全做到客观似无可能，比较接近客观的途径是扩大研究范围、在海量数据的前提下，将不同韵部通押的比例定在10%左右似乎比较合适。"（刘晓南，2001B）

二 宋代江浙诗韵的韵部系统

如上所述，我们运用韵字系联法来归纳宋代宋代江浙诗韵的实际韵部

---

① （清）王士禛等著，周维德笺注：《诗问四种》，齐鲁书社1985年版，第312页。
② （清）江永：《古韵标准·例言》，《音韵学丛书》本，中华书局1982年版，第3页。

系统，具体采用《宋代闽音考》（刘晓南，1999：54）的作法：立常韵、出韵、借韵、特韵四例。符合《广韵》同用、独用规定的用韵曰"常韵"；不符合《广韵》同用、独用的规定，但符合宋代通语 18 部系统的用韵，称"出韵"，上声与去声的通押，阴入通押附此；既超出《广韵》同用、独用的规定，又超出宋代通语 18 部系统的用韵归为"特韵"。借韵是有实际语音根据的，语音价值等同出韵，故将其单列。

大致确定出韵与借韵组合的数量占入韵总数的 10% 以上者，即可断定不同韵部为合并。系联合并的韵得到宋代江浙诗韵的实际韵部。由于系联统计的过程非常繁复，故省略具体操作过程，只将宋代江浙诗歌的实际韵部系统列表如下。表中数字指押韵次数。"占总数百分比"是指"出韵"、"借韵"占入韵总数的百分比，"特韵"只是备参，不参与百分比统计。

表1—1　　　　　　　宋代江浙诗韵的韵部系统

江浙诗韵韵部	通语18部	《广韵》韵目（举平以赅上去）	押韵情况				特韵	占总数百分比	备注
			常韵	出韵	借韵	合计			
歌戈	歌戈	歌戈	2141	577		2718	93	21	与麻车押76例，与萧豪押7例，与支微押10例。
麻车	麻车	麻佳部分夬部分	2097	628	176	2801	44	28.7	与皆来押14例，与鱼模押23例，与支微押7例。
皆来	皆来	佳皆灰大部分 咍泰大部分夬部分	3206	1218	110	4534	94	29.3	与支微押91例，与监廉押3例。
支微	支微	支脂之微齐祭废灰部分泰部分	5490	3559	726	9775	11	43.8	寒先、监廉、庚青分别押此部6、2、3例。
鱼模	鱼模	鱼虞模	2800	3032	345	6177	310	54.6	与支微押262例，与歌戈押43例，与尤侯押5例。

续表

江浙诗韵韵部	通语18部	《广韵》韵目（举平以赅上去）	押韵情况				特韵	占总数百分比	备注
			常韵	出韵	借韵	合计			
萧豪	萧豪	萧宵肴豪	2840	684	236	3760	36	24.5	与尤侯押35例，与东钟押1例。
尤侯	尤侯	尤侯幽	5395	431		5826	6	7.4	与支微押6例。
东钟	东钟	东冬钟	2697	2172	1074	5943	43	54.6	真文、寒先、侵寻、庚青、江阳分别与此部相押7、4、3、9、18例，与真文、庚青押1例，与屋烛押1例。
江阳	江阳	江阳唐	5023	694	28	5745	104	12.6	寒先、庚青、侵寻、真文分别与此部相押29、59、2、12例，与质缉、铎觉相押各1例。
寒先	寒先	寒桓删山先仙元	6240	1678	550	8468	202	26.3	庚青、监廉部分别与此部相押11、187例，分别与质缉、月帖、铎觉押1、2、1例。
监廉	监廉	覃谈盐添咸衔凡严	571	282	109	962	7	40.6	与江阳通押4例，江阳、寒先一起与此部相押3次。
真文	真文	真谆臻文欣魂痕	5828	1608	636	8072	420	27.8	与庚青押411例，与支微押2例，分别与质缉、月帖押4、2例，与庚青、侵寻押入质缉1例。

续表

江浙诗韵韵部	通语18部	《广韵》韵目（举平以赅上去）	押韵情况				特韵	占总数百分比	备注
			常韵	出韵	借韵	合计			
庚青	庚青	庚耕清青蒸登	6528	1170	579	8277	13	21.1	与监廉押1例。真文、江阳一起押入此部1例。侵寻、江阳一起押入此部2例。分别与质缉、月帖、屋烛押6、2、1例。
侵寻	侵寻	侵	3424			3424	350		真文、庚青分别与此部相押159、145例，真文、庚青一起与此部相押41例，分别与质缉、铎觉押2、1例，与庚青押质缉2例。
屋烛	屋烛	屋烛沃	602	1727		2329	30	74.2	与质缉押28例，与月帖押1例，质缉、月帖一起押此部1例。
铎觉	铎觉	铎药觉	842	233		1075	81	21.6	与屋烛押28例，与质缉押33例，与月帖押10例，质缉、月帖一起押此部10例。
月帖	月帖	曷末辖黠屑薛月合盍 叶帖洽狎业乏	942	1305		2247	3	58	屋烛、铎觉、质缉一起押此部3例。
质缉	质缉	质术栉物迄没陌麦昔锡职德缉	1141	2657		3798	177	70	与月帖部相押177例（其中包括含"没月"的韵段）

上表显示，宋代江浙诗歌韵部系统为18部，大致与通语18部相同，现就上表有关问题说明如下：

1. 尤侯部的出韵，借韵占总数百分比为7.4%，均小于10%，尤侯部含尤侯幽三韵，《广韵》规定三韵同用，江浙诗歌用韵中"常韵"有5395次，三韵自由通押，"出韵"只是指上去通押的韵例，比例自然不大。其实根据《广韵》的同用规定基本就可以确定此韵部。

2. 宋代江浙诗韵18部可看成宋代通语18部在江浙地区的具体表现，虽然分部相同，但江浙诗韵中各部之间存在着大量通押，具体可见表中备注栏，其中很大一部分是与通语韵系不相符的。这些不符合通语韵系的押韵中有的为仿古或临时合韵，但大多数应是方言用韵，具体详后，因此，我们可以把宋代江浙诗韵18部看成是有江浙方言特色的通语韵系。

第二节 宋代江浙诗韵中的通语音变

一 佳韵系与夬韵的语音分化

佳韵系、夬韵的分化现象宋前即有。南北朝山东诗人任昉《王贵嫔哀策文》以"家虵纱佳"为韵（王力，1980B：8），其中"家虵纱"中古属麻韵，"佳"中古属佳韵。佳韵押入麻韵。隋代诗文用韵无此现象（李荣，1961）。至唐，这一音变逐渐突出，韵书和诗文用韵中均有明显反映：裴务齐正字本《刊谬补缺切韵》把佳韵置歌麻韵之间，说明"佳不与皆音近，而转与麻相近"（周祖谟，1984：278）。初唐诗佳韵字"娃崖"可押麻，如寒山诗"涯解罢"押入假摄（钟明立，2003），《玄应音义》"挂"音古卖反，又音古骂反（周法高，1948：407）；"涯"音宜加反①。盛唐诗歌如李白诗"涯"以押麻韵为主（鲍明炜，1957）；杜甫古体诗中佳韵字"佳涯崖柴"偶押麻韵（张世禄，1984：459）。中唐韩愈诗"佳涯"（荀春荣，1982）、柳宗元诗文"涯崖"（荀春荣，1992）、白居易诗"娃罢"（刘根辉、尉迟治平，1999）均押入假摄，中唐涉及的诗人多，与麻

---

① （唐）玄应：《一切经音义》卷十六，《丛书集成初编》本，中华书局1985年版，第767页。

韵相押的佳夬系韵字亦较多，可以说佳夬系押麻韵已成常态，到晚唐、五代就更为普遍：晚唐诗歌"娃佳罢钗卦画崖涯"不同程度地押入麻韵（赵蓉、尉迟治平，1999），五代诗歌"佳涯崖画罢话"亦与麻韵相押（陈海波、尉迟治平，1998），如晚唐浙江富阳罗隐诗"涯"入韵2次，全部与麻韵相押（金雪莱，2001），董炳辉（1981）曾考证中古"涯"字韵属，他从5万首唐诗中统计出"涯"字入韵202次，其中押麻韵170次，押支韵30次，押佳韵仅2次。"涯"，《广韵》两收：佳韵五佳切，支韵鱼羁切，至《集韵》增麻韵牛加切。以上可见，在唐五代"涯"字用韵都是以和麻韵字相押为主，表明麻韵牛加切是当时使用最多的读音，换句话说，"涯"在从初唐发展到五代时期实际读音已改麻韵。《广韵》《集韵》"涯"字收音的不同，正是"涯"字历史语音发展、变化的真实记录。至宋，佳、夬韵系进一步分化。宋代汴洛文士用韵中"佳崖涯话"主要与麻押韵（周祖谟，1966A：581）。宋代福建文士诗词文用韵"涯佳崖罢挂画话"多与麻车部押韵（刘晓南，1999：97）。宋词用韵中，江西"涯"字"绝大多数押入麻车部"（鲁国尧，1992：199），四川"涯罢挂画话"（鲁国尧，1981：89）、山东"佳涯罢挂画话"（鲁国尧，1979）实际语音当转入了麻车部。发展到元代《中原音韵》，中古佳韵系与夬韵"佳涯罢画挂卦话"全部收入家麻部，不收于皆来部、支微部，至此佳韵系与夬韵部分字向麻韵系的演变宣告完成。

宋代江浙诗歌用韵中，佳韵系与夬韵"佳涯崖睚话挂画罢卦"九字的押韵情况统计如表1—2。

表1—2　　佳韵系与夬韵"佳涯崖睚话挂画罢卦"押韵情况　　（单位：次）

	佳	涯	崖	睚	话	挂	画	罢	卦
押麻车部	72	546	2		20	9	26	10	6
押皆来部	16	16	42	2	1	1	1		
押支微部		156	3						

从上表可见，宋代江浙诗歌用韵中佳韵系与夬韵的分化大体分两种情况，一是"佳涯"兼押麻车和皆来两部，但与麻车部相押占很大比例，说明"佳涯"两字在江浙的实际语音已读成麻车部。同时，《广韵》"涯"除了读佳韵外，还读支韵鱼羁切，因此宋代江浙诗歌用韵中"涯"押支微

部应该是照韵书押韵；二是"话挂画罢卦"五字几乎全押麻车部，表明这五字的实际读音已为麻车无疑。另外，"睚"字出现2例，皆押皆来部去声，《广韵》"睚"字读去声卦韵五懈切。"睚"字例少，暂不予讨论。

宋代江浙诗歌用韵中佳韵系与夬韵"佳涯话挂画罢卦"七字多押麻韵，这与上述宋代通语中佳韵系与夬韵语音分化现象相吻合，即是宋代通语演变规律在江浙地区的反映。从数据看，"话挂画罢卦"向麻车部演变的速度比"佳涯"向麻车部的演变要快，这也许暗示着佳韵系与夬韵的分化是从去声开始的。

"崖"字押麻车部2次，押皆来部42次，二者差距较大，显示出"崖"的实际语音应读皆来部。宋代福建文人用韵中"崖"用韵共20次，其中与皆来部相押多达19次（诗韵18次，词韵1次），仅1次与麻车部押韵（刘晓南，1999：99）。江西词人"崖"字无叶麻车部现象（鲁国尧，1992：199），江西诗人用韵"崖"入韵11次，全部押入皆来部（杜爱英，1998A）。从福建、江西、江浙的材料来看，宋代"崖"字主要读皆来部的事实，可以理解为佳韵系与夬韵在向麻车部演变的过程中，"崖"字演变速度比不上其他字。到元《中原音韵》（1324年），当"佳涯罢画挂卦话"等字已读家麻部时，"崖"字仍读皆来部，元《古今韵会举要》（1297年）收平声上九佳韵，明《洪武正韵》（1375年）除收二支延知切、六皆宜皆切外，增收十五麻牛加切，但是明《韵略易通》（1442年）只收皆来部，明陶承学、毛曾《并音连声字学集要》（1574年）中收宜皆切、牛加切，其后明梅膺祚《字汇》（1615年）亦收宜皆切、牛加切两读。由上可推，"崖"字的麻韵读音直到明代才真正成为实际读音。

现代江苏、浙江"崖"字读音①如表1—3。

---

① 方言读音主要来自如下著作：江苏省和上海市方言调查指导组：《江苏省和上海市方言概况》，江苏人民出版社1960年版；江苏省地方志编纂委员会：《江苏省志·方言志》，南京大学出版社1998年版；江苏省公安厅《江苏方言总汇》编写委员会：《江苏方言总汇》，中国文联出版公司1998年版；曹志耘：《南部吴语语音研究》，商务印书馆2002年版；戴昭铭：《天台方言初探》，中国社会科学出版社2003年版；北京师范学院中文系方言调查组：《桐庐方言志》，语文出版社1992年版；方松熹：《舟山方言研究》，社会科学文献出版社1993年版；曹志耘、秋谷裕幸、太田斋、赵日新：《吴语处衢方言研究》，《中国语学研究·开篇》单刊NO.12，东京好文出版2000年版等。

表1—3　　　　　　　　现代江苏、浙江"崖"字读音

徐州	盐城	沭阳	泰州	扬州	南京	苏州	上海	舟山	桐庐	天台	温州	萧山	兰溪
ia	ɑ	ɛ	ɛ	iɛ	ia	iɐ	iA	ia	ia	a	a	ia	uɑ/iɑ

江苏、浙江绝大多数地方"崖"字的主元音是-a、-ɑ、-A、-ɐ，相当于宋代麻车部，但沭阳、泰州、扬州读-ɛ、-iɛ韵，相当于皆来部。与江浙相比，现代闽音"崖"字几乎全读-ai韵，对应宋代皆来部。宋代福建、江浙"崖"字实际读音为皆来部，现代福建刚好保留了皆来部的读音，而现代江浙却随通语差不多全部改读成了麻车部。福建偏于东南一隅，受通语影响小，佳、夬韵系的分化比其他地区发展得较慢，相应地保留古读的机会就多（刘晓南，1999：100）。

另外，《广韵》还有一些麻、佳两属的字"娲娃蛙叉䫸洼哇洒"，宋代江浙诗韵"叉洼"只押麻车部，"娲娃蛙䫸哇洒"多押麻车部，这表明宋代江浙实际语音中这些字已读为麻车部。具体押韵情况见表1—4。

表1—4　　　　　　"娲娃蛙叉䫸洼哇洒"押韵情况

	娲	娃	蛙	叉	䫸	洼	哇	洒
押麻车部	19	42	16	18	2	6	5	38
押皆来部	1	4	1		1		1	2

对照现代江浙语音，这些字除"蛙"外，一般读-ua韵居多，也读-uɑ、-uA、-uo、-o、-a、-ɐ、-A等韵。"蛙"字徐州（中原官话）、沭阳、泗洪、淮安、盐城（江淮官话扬淮片）存在两读，具体见表1—5：

表1—5　　　　徐州、沭阳、泗洪、淮安、盐城"蛙"字读音

徐州	沭阳	泗洪	淮安	盐城
ua	ua	ua	ua	uɑ
uɛ	uɛ	uɛ	uɛ	uɛ

读音中-ua、-uɑ对应麻车部，-uɛ对应皆来部，这刚好反映了宋代佳、夬韵系押麻车、皆来两部的事实。

二 灰韵系、泰韵合口字向支微部演化

《广韵》灰韵系与泰韵合口向支微部的演变是宋代通语音变现象，普遍存在于宋代中原、山东、四川、湖南、江西、福建等各地诗词文用韵之中。这一历史音变隋代似有体现，沸大《委糜辞》以"媒时来怡哉疑"为韵，灰韵字"媒"、咍韵字"来哉"与之韵字"时怡疑"相押，当然，这六个韵字上古都属之部，此韵例有仿古之嫌。另外，隋代还有蟹摄咍韵平、上声"开海"两字押入支微部。"开海"与"来哉"均为开口字（李荣，1961）。上述押入支微部的蟹摄字除了合口灰韵字"媒"外，其余都是开口咍韵系字，因此，严格地说，隋代没有此现象。到唐五代，这一音变现象逐渐清晰明确。初唐诗歌中"推$_2$碨$_1$"押入支微：卢照邻"推"1次、朱宝积"推"1次、张说"碨"1次（鲍明炜，1990：77）。盛唐、中唐诗人河南诗人韩愈笔下有1例（荀春荣，1982；刘根辉，1999）："摧猜"两字与支微部押韵，"摧猜"分属蟹摄一等合口、开口。此孤例很难说是实际语音的反映，荀春荣（1982）认为很可能是"泛入旁韵"的合韵，或是"视古用韵，古音齐与灰皆通支用。"五代诗人唐彦谦《夏日访友》"翠邃呋处展暑会胲脆味趣醉去水"，14个韵字分属支微部（翠邃呋展脆味醉水）、鱼模部（处暑趣去）、皆来部灰韵系（会胲），此韵例可视为主从通韵，皆来部（灰韵系）、鱼模部押入支微部（陈海波，1998）。周祖谟（1989）考证唐代敦煌变文用韵中灰韵系泰韵合口字"嵬灰搥杯罪会"6字押支微部，同时还有蟹摄开口字"哀在怪"等也押入支微，但以灰韵系与泰韵合口字为多。南唐末宋初的江浙文士吴淑《事类赋》中"碎罪会内外"5字押支微部（王恩保，1997）。

宋代江浙诗歌用韵中《广韵》灰韵系与泰韵合口入韵共计95字，其中5字只押支微部，40字兼押皆来、支微两部，50字只押皆来部。现将其作者及其押韵次数作详细统计。作者后括号中数字即押韵次数。

1. 只押支微部（共5字）

蕾　华镇（1）

蜕　苏泂（1）周行己（1）

倅　徐积（1）

培　王令（1）

狯　程俱（1）

2. 兼押皆来、支微两部（共40字）

灰　押支微部　徐积（1）张耒（1）

押皆来部　蔡戡（1）陈傅良（1）陈起（1）陈师道（7）陈允平（2）陈造（2）陈著（4）程俱（2）戴表元（1）戴昺（1）戴复古（2）戴栩（1）范成大（16）范纯仁（2）方一夔（2）葛立方（2）葛胜仲（3）顾逢（4）何梦桂（4）洪咨夔（3）胡宿（2）黄庚（1）姜特立（1）李光（2）李弥逊（4）陆文圭（4）卢襄（1）陆游（25）李正民（2）吕祖谦（1）林景熙（1）毛滂（2）慕容彦逢（1）钱惟演（1）强至（10）秦观（1）仇远（1）沈遘（3）释道昌（1）释慧开（6）释普度（1）释如珙（1）释文珦（1）释行海（2）释智圆（1）史铸（1）释宗岳（1）舒岳祥（5）宋无（1）苏洞（1）孙觌（1）孙应时（1）王柏（2）王谌（2）王令（1）王十朋（2）汪元量（3）王镃（1）韦骧（5）卫宗武（2）翁卷（1）吴芾（6）许及之（6）徐钧（1）徐铉（1）薛季宣（1）薛嵎（2）叶茵（1）俞德邻（4）张纲（1）张榘（1）张耒（3）张玉娘（1）张蕴（1）赵公豫（1）赵师秀（1）郑刚中（5）周孚（1）朱之奇（3）邹浩（2）

嵬　押支微部　葛立方（1）林景熙（1）释文珦（1）

押皆来部　蔡肇（1）陈傅良（2）陈深（1）陈师道（1）陈允平（1）陈著（2）程俱（2）崔敦诗（1）戴表元（1）戴复古（2）杜范（2）范成大（1）范仲淹（1）高似孙（1）高翥（1）葛胜仲（1）洪咨夔（1）黄庚（1）姜特立（1）蒋之奇（2）金履祥（1）李光（1）李洪（1）林景熙（2）刘攽（1）楼钥（3）陆佃（1）陆文圭（1）陆游（16）秦观（1）沈与求（1）释道潜（2）史弥宁（1）施枢（1）释文礼（1）释宗岳（1）舒亶（1）舒岳祥（1）宋无（1）孙觌（1）孙应时（1）王柏（1）王令（3）王十朋（9）汪元量（1）韦骧（1）卫宗武（1）吴芾（2）徐积（2）许及之（1）徐照（1）薛季宣（1）薛师石（2）杨简（1）叶适（1））叶茵（1）俞德邻（1）喻良能（1）于石（1）张耒（2）赵抃（2）郑刚中（1）周端臣（1）邹浩

第一章 宋代江浙诗韵的韵部系统及通语音变

(4)

回 押支微部　释云岫（1）释智朋（1）舒岳祥（1）王令（2）朱淑真（1）邹浩（1）

押皆来部　蔡戡（5）蔡肇（3）柴望（3）陈傅良（3）陈棣（5）陈起（3）陈深（3）陈师道（20）陈允平（4）陈造（34）陈著（21）程俱（9）崔敦诗（2）戴表元（4）戴昺（2）戴复古（13）戴栩（2）丁谓（1）董嗣杲（1）范成大（30）范纯仁（9）范浚（1）方一夔（4）高翥（3）葛立方（2）葛胜仲（10）顾逢（9）何梦桂（6）洪咨夔（12）胡宿（10）华镇（3）贾似道（1）姜特立（11）金履祥（3）李光（5）李洪（10）李弥逊（11）李正民（1）林景熙（6）林宪（1）刘安上（3）刘敞（2）刘一止（6）刘宰（3）楼钥（10）陆文圭（1）卢襄（1）陆游（132）马之纯（6）毛滂（7）毛珝（1）慕容彦逢（1）钱时（3）强至（12）秦观（7）仇远（7）沈遘（12）沈括（3）沈与求（3）沈说（1）释道昌（2）释道潜（6）史浩（4）释慧晖（1）释普渡（1）释普济（1）释普岩（1）释斯植（10）施枢（4）释文礼（1）释文珦（7）释元肇（17）释行海（9）释智圆（2）史铸（6）释宗岳（1）舒岳祥（15）宋无（4）苏洞（25）孙觌（12）孙应时（9）滕岑（1）王柏（5）王谌（2）王令（10）王十朋（25）汪元量（9）王镃（8）王周（1）王遂（3）卫宗武（4）翁卷（4）韦骧（1）吴芾（28）吴惟信（2）许棐（1）徐玑（1）徐积（3）许及之（18）徐钧（2）徐照（1）薛季宣（3）薛嵎（1）叶适（7）叶茵（5）杨简（1）姚镛（3）俞德邻（6）俞桂（1）喻良能（5）于石（3）张道洽（6）张纲（1）张耒（29）张炜（2）张蕴（1）赵抃（10）赵孟坚（1）赵师秀（2）赵湘（3）郑刚中（8）周端臣（3）周孚（10）周南（2）周行己（7）朱长文（1）邹浩（25）

徊 押支微部　林景熙（1）周行己（1）

押皆来部　蔡戡（1）柴望（1）陈傅良（1）陈师道（3）陈造（3）陈著（6）程俱（1）戴表元（1）董嗣杲（1）范成大（11）范纯仁（2）范仲淹（2）方凤（1）方一夔（1）高翥

（1）葛胜仲（1）何梦桂（3）胡宿（3）蒋之奇（1）李光（2）李洪（3）李弥逊（3）林逋（2）刘攽（1）刘应时（1）刘宰（2）楼钥（2）陆佃（1）陆文圭（1）陆游（10）马之纯（1）毛滂（5）钱时（2）钱惟演（1）强至（8）仇远（1）沈遘（8）沈与求（2）释妙伦（1）释普渡（1）释斯植（1）施枢（1）释文珦（1）释行海（4）释元肇（2）史铸（1）舒岳祥（2）苏洞（2）孙觌（2）孙应时（3）唐仲友（2）王柏（1）王令（5）王十朋（8）汪元量（5）卫宗武（1）韦骧（4）吴芾（16）徐积（1）许及之（3）徐铉（2）薛季宣（2）叶适（1）俞德邻（1）喻良能（7）张耒（6）张纲（1）张榘（3）赵抃（9）郑刚中（2）周端臣（4）周行己（1）朱淑真（1）邹浩（2）

迴　押支微部　范仲淹（1）沈括（1）沈辽（1）卫宗武（1）赵抃（1）

押皆来部　陈棣（1）陈傅良（1）陈师道（1）戴表元（2）范成大（19）范仲淹（4）葛胜仲（1）洪咨夔（1）胡宿（1）蒋之奇（1）李洪（2）李弥逊（4）林逋（3）刘攽（1）刘宰（1）陆佃（3）陆游（2）吕祖谦（1）马之纯（1）慕容彦逢（1）钱惟演（5）强至（2）沈遘（6）沈与求（2）释斯植（3）释文珦（2）释行海（2）释智圆（1）舒岳祥（6）宋无（3）孙应时（2）王柏（3）汪元量（3）韦骧（17）卫宗武（1）吴芾（3）许棐（2）徐积（5）许及之（1）徐铉（4）薛季宣（1）薛嵎（1）杨简（1）喻良能（3）袁燮（1）张耒（11）张纲（3）赵抃（2）赵师秀（1）赵湘（2）郑刚中（1）周孚（1）周南（2）朱长文（2）邹浩（4）

悔　押支微部　范成大（1）

押皆来部　陈造（3）戴表元（1）戴复古（1）方一夔（1）葛胜仲（1）李正民（1）刘攽（2）楼钥（1）陆游（2）毛滂（1）沈遘（2）释道昌（1）释遵式（1）王柏（1）王令（1）吴芾（1）许景衡（1）薛季宣（1）袁燮（1）周孚（1）邹浩（1）

会　押支微部　陈傅良（1）陈造（1）范成大（1）释道潜（1）卫

宗武（1）薛季宣（1）喻良能（1）张伯端（1）张耒（1）郑刚中（1）

押皆来部　陈师道（1）陈造（2）陈著（1）程俱（1）戴表元（1）戴昺（1）戴复古（1）杜范（6）范成大（1）范仲淹（1）方一夔（1）高似孙（1）葛胜仲（1）姜特立（1）王令（2）王十朋（3）释文珦（2）刘黻（2）楼钥（3）陆文圭（1）秦观（1）释道昌（1）释慧开（1）释可湘（3）释妙伦（1）释普渡（2）释永颐（1）释元肇（1）苏洞（1）孙觌（1）唐仲友（1）韦骧（1）吴芾（3）徐积（2）叶适（1）于石（1）张伯端（1）张耒（1）赵抃（1）周行己（1）

晦　押支微部　范成大（1）沈与求（1）舒岳祥（1）叶茵（1）赵孟坚（1）郑刚中（1）

押皆来部　方一夔（1）刘黻（1）陆游（4）史铸（1）舒岳祥（1）王令（1）叶适（1）杨简（1）张耒（2）张伯端（1）赵孟坚（1）邹浩（2）

外　押支微部　白珽（1）陈师道（3）陈造（1）陈著（1）范仲淹（1）秦观（1）沈辽（1）沈与求（2）释道潜（4）释普济（1）释元肇（1）卫宗武（3）吴芾（1）徐积（1）薛季宣（1）袁燮（1）张伯端（1）张耒（1）张之纯（1）郑刚中（1）邹浩（1）

押皆来部　陈师道（1）陈造（5）程俱（3）戴表元（2）戴复古（2）方一夔（1）方一夔（1）杜范（6）范成大（2）范仲淹（1）方一夔（1）黄庚（1）姜特立（1）蒋之奇（2）李光（2）林景熙（1）刘黻（1）刘一止（1）楼钥（3）陆文圭（2）陆游（5）秦观（1）仇远（1）沈遘（3）沈辽（1）释大观（1）释道潜（3）释慧开（1）释普渡（3）释如珙（1）释文珦（1）释元肇（1）舒岳祥（2）苏洞（1）孙觌（1）王令（2）王十朋（1）吴芾（3）吴可（1）徐侨（1）徐照（1）叶适（2）喻良能（1）张耒（1）赵抃（1）郑刚中（1）

块　押支微部　薛师石（1）郑刚中（1）

押皆来部　陈师道（1）陈造（2）程俱（1）方一夔（1）李光（1）陆游（2）释道济（1）释普度（1）释斯植（1）张耒（1）郑刚中（1）邹浩（1）

曡　押支微部　崔敦礼（1）张耒（1）
　　押皆来部　陈棣（1）陈深（1）陈造（1）陈著（1）程俱（1）董嗣杲（1）范成大（2）范仲淹（1）方一夔（1）葛胜仲（1）顾逢（1）胡宿（1）黄庚（1）蒋之奇（1）楼钥（2）陆游（7）强至（1）沈遘（4）舒岳祥（1）孙觌（2）孙应时（2）王柏（1）王十朋（1）汪元量（1）韦骧（3）卫宗武（1）吴芾（2）徐积（1）许及之（1）许尚（1）徐铉（4）薛季宣（1）俞德邻（1）喻良能（2）张耒（3）张纲（1）赵抃（2）郑刚中（2）邹浩（1）

磊　押支微部　高似孙（1）
　　押皆来部　陆游（1）周行己（1）

昧　押支微部　范成大（1）秦观（1）释如净（1）卫宗武（1）赵师秀（1）
　　押皆来部　陈造（1）方一夔（1）洪咨夔（1）刘宰（1）陆文圭（1）秦观（1）楼钥（1）释慧晖（1）释慧开（1）释普度（1）释文珦（2）释行海（1）释元肇（1）王柏（1）王十朋（1）赵师秀（1）

梅　押支微部　戴复古（1）释普济（1）施枢（1）舒岳祥（1）王柏（1）徐积（1）郑刚中（1）
　　押皆来部　白珽（1）蔡戡（2）蔡肇（1）陈棣（3）陈傅良（4）陈深（1）陈师道（4）陈起（3）陈造（6）陈著（14）戴昺（4）戴复古（9）戴栩（1）丁谓（1）董嗣杲（1）范成大（14）范纯仁（1）范仲淹（5）方一夔（2）高翥（1）葛立方（1）葛胜仲（3）顾逢（1）何梦桂（3）洪咨夔（7）胡宿（4）华镇（4）黄庚（2）姜特立（4）李光（3）李洪（3）李弥逊（12）李正民（1）林逋（2）刘安上（1）刘黻（2）刘一止（2）刘应时（2）楼钥（4）陆文圭（4）陆游（53）潘屿（1）强至（4）仇远（3）沈遘（3）沈括（1）沈与求（5）释道昌（1）释道潜（1）史浩（4）释慧开（1）史弥宁（2）释斯植（1）施枢（1）释行海（4）释永颐（2）释元肇（3）释智圆（1）舒岳祥（6）苏洞（7）孙觌（3）孙应时（2）王柏（3）王谌（1）王十朋（9）王镃（3）韦骧（9）卫宗武（1）翁卷

（2）吴芾（14）吴惟信（2）许棐（1）徐玑（1）徐积（3）许及之（18）徐似道（1）薛季宣（5）薛师石（1）薛嵎（1）杨简（1）叶适（1）俞德邻（4）俞桂（3）喻良能（6）于石（2）袁燮（2）张榘（1）张耒（13）张纲（2）张蕴（1）赵抃（4）赵师秀（1）赵湘（2）郑刚中（5）周孚（1）周南（1）周行己（1）朱长文（1）朱淑真（4）邹浩（3）

煤　押支微部　范浚（1）释普岩（1）释宗岳（1）

押皆来部　陈傅良（2）陈允平（1）陈著（1）程俱（1）范成大（2）何梦桂（1）胡宿（1）华镇（1）姜特立（1）李光（1）陆游（1）钱惟演（1）沈遘（1）韦骧（1）徐积（1）杨蟠（1）

枚　押支微部　李光（1）

押皆来部　陈傅良（2）陈起（1）陈师道（2）陈造（3）方一夔（1）高似孙（1）葛胜仲（1）陆游（6）强至（2）沈遘（1）释道潜（1）史铸（1）王令（1）王十朋（1）汪元量（1）徐积（1）喻良能（1）赵抃（1）郑刚中（2）周行己（1）

媒　押支微部　王令（1）

押皆来部　蔡肇（1）陈造（4）陈著（1）程俱（1）戴复古（3）董嗣杲（2）范成大（6）洪咨夔（3）胡宿（1）姜特立（2）李光（1）林逋（2）刘攽（1）陆佃（1）陆游（9）马之纯（2）钱惟演（2）强至（5）沈遘（1）沈与求（1）释道潜（1）释文珦（1）释延寿（3）舒岳祥（1）宋无（1）王柏（1）王十朋（1）韦骧（1）吴芾（1）徐积（1）薛季宣（1）张榘（1）张耒（2）郑刚中（3）邹浩（3）

旆　押支微部　范成大（1）范浚（1）沈辽（1）

押皆来部　范成大（1）沈辽（1）王十朋（1）

杯（盃）　押支微部　范成大（1）舒岳祥（1）

押皆来部　蔡戡（1）蔡肇（1）柴望（3）陈傅良（1）陈克（2）陈深（2）陈师道（2）陈舜俞（1）陈允平（1）陈造（3）陈著（16）程俱（3）崔敦礼（1）崔敦诗（5）戴表元（3）戴昺（1）戴复古（13）戴栩（1）董嗣杲（2）范成大（24）范纯仁（2）范浚（2）范仲淹（1）方凤（2）方一夔（3）高翥

（1）葛立方（1）葛胜仲（6）顾逢（2）何梦桂（1）洪咨夔（6）胡宿（8）黄庚（4）蒋特立（3）蒋之奇（3）李光（5）李洪（5）李弥逊（7）李正民（1）林逋（1）林景熙（2）刘黻（1）刘一止（4）楼钥（10）陆佃（1）陆文圭（4）陆游（60）马之纯（1）毛滂（1）潘屿（3）钱时（1）钱惟演（3）强至（21）秦观（1）仇远（7）沈遘（3）释道昌（1）释师体（1）释文珦（5）释行海（1）释智愚（1）史铸（6）舒岳祥（15）宋无（1）苏洞（22）孙觌（3）孙应时（5）王柏（5）王谌（1）王令（2）王十朋（18）汪元量（12）王镃（2）韦骧（7）卫宗武（1）吴芾（32）吴惟信（1）徐玑（1）徐积（5）许及之（8）许景衡（3）徐侨（3）徐铉（2）徐照（1）薛季宣（2）杨简（1）杨蟠（1）叶茵（4）俞德邻（2）喻良能（9）张纲（4）张耒（18）张蕴（1）赵抃（3）赵公豫（1）赵师秀（1）赵湘（1）郑刚中（4）周孚（7）周行己（1）朱长文（8）朱淑真（2）邹浩（10）

佩 押支微部 陈造（1）王令（1）卫宗武（1）徐积（1）薛季宣（1）张耒（4）

押皆来部 程俱（1）范成大（1）林景熙（1）刘黻（1）楼钥（1）陆游（1）毛滂（1）沈遘（1）史铸（1）唐仲友（1）王令（1）韦骧（1）许及之（1）俞德邻（1）于石（1）袁燮（1）张耒（1）邹浩（1）

配 押支微部 释道潜（1）卫宗武（1）

押皆来部 陈师道（1）陈造（2）程俱（2）葛胜仲（1）姜特立（1）楼钥（1）陆游（2）沈遘（1）史铸（1）薛季宣（1）毛滂（1）韦骧（1）邹浩（1）

辈 押支微部 程俱（1）楼钥（1）卫宗武（1）薛徐积（1）季宣（1）俞德邻（1）

押皆来部 陈棣（1）陈著（1）陈造（1）戴表元（1）杜范（6）范成大（1）范仲淹（1）方一夔（1）刘黻（1）楼钥（1）陆文圭（1）陆游（6）毛滂（1）沈遘（1）释道昌（1）释文珦（1）史铸（1）王十朋（1）吴芾（2）徐积（2）许及之（1）俞德邻（1）邹浩（1）

第一章　宋代江浙诗韵的韵部系统及通语音变

背　押支微部　范成大（1）李光（1）沈辽（1）
　　押皆来部　陈师秀（1）陈造（3）戴表元（1）洪咨夔（1）黄庚（1）刘黻（1）刘一止（1）楼钥（2）陆文圭（1）陆游（8）毛滂（1）释道昌（1）释慧开（1）释普渡（1）释元肇（1）孙觌（1）王令（1）王十朋（1）汪元量（1）韦骧（1）吴芾（1）俞德邻（1）喻良能（1）周行己（1）邹浩（1）

催　押支微部　范浚（1）释普岩（1）释宗岳（1）
　　押皆来部　蔡戡（2）陈傅良（2）陈起（1）陈深（2）陈师道（12）陈造（10）陈著（7）程俱（1）戴表元（1）戴复古（5）董嗣杲（2）范成大（19）范仲淹（1）葛胜仲（3）顾逢（1）何梦桂（3）洪咨夔（12）胡宿（1）黄庚（1）李光（1）李洪（5）李弥逊（5）李正民（5）刘黻（2）楼钥（6）陆文圭（1）陆游（46）吕祖谦（1）毛滂（4）潘屿（2）钱时（1）强至（1）秦观（2）仇远（5）沈遘（6）释道潜（1）释妙伦（1）释文珦（3）释行海（1）释永颐（2）释元肇（3）史铸（5）舒岳祥（1）苏洞（7）孙觌（4）孙应时（3）王柏（1）王令（2）王十朋（3）汪元量（1）韦骧（8）卫宗武（2）吴芾（7）许棐（1）徐积（1）徐玑（3）许及之（6）徐照（1）薛嵎（1）杨简（1）叶适（4）叶茵（1）俞德邻（2）喻良能（1）张纲（3）张耒（10）张炜（1）张玉娘（2）赵抃（2）赵公豫（1）赵湘（1）郑刚中（6）周孚（1）周南（1）朱淑真（3）邹浩（6）

摧　押支微部　白珽（1）陈造（1）徐积（1）张耒（2）
　　押皆来部　蔡肇（2）陈师道（1）陈造（3）范成大（4）范纯仁（1）范仲淹（1）方一夔（1）何梦桂（1）洪咨夔（3）蒋之奇（1）李洪（1）刘黻（1）刘一止（1）楼钥（3）陆游（22）吕祖谦（1）强至（4）秦观（1）仇远（2）沈遘（6）释慧开（1）释文礼（1）释延寿（1）释智圆（1）舒岳祥（1）宋无（2）苏洞（1）孙觌（2）王令（2）王十朋（5）韦骧（3）吴芾（3）叶适（1）张耒（8）赵抃（2）郑刚中（3）邹浩（2）

堆　押支微部　李弥逊（1）卫宗武（1）赵孟坚（1）
　　押皆来部　陈棣（1）陈允平（1）陈造（1）陈著（8）程俱

· 35 ·

（1）戴复古（1）董嗣杲（1）范成大（16）范纯仁（1）范浚（1）方一夔（1）高翥（2）葛立方（1）顾逢（1）华镇（1）姜特立（2）蒋之奇（2）李洪（1）李弥逊（1）刘一止（1）刘宰（1）楼钥（2）陆佃（1）陆游（13）马之纯（1）毛滂（1）钱时（2）强至（1）仇远（1）沈遘（4）沈与求（1）释道潜（1）释慧开（1）释普度（1）释斯植（1）释文礼（2）释元肇（1）舒岳祥（1）舒岳祥（1）苏洞（6）孙觌（5）王柏（3）王十朋（2）汪元量（4）韦骧（2）卫宗武（1）翁卷（1）吴芾（7）许及之（2）许景衡（1）薛季宣（1）薛嵎（2）叶适（1）尤袤（1）喻良能（3）张耒（1）赵师秀（1）郑刚中（2）周孚（1）邹浩（1）

推　押支微部　陈傅良（2）陈造（1）陈著（1）杜范（1）葛胜仲（1）何梦桂（1）华镇（1）李正民（1）楼钥（4）陆文圭（1）陆游（3）释可湘（1）释文珦（4）王令（1）王十朋（1）吴芾（2）徐玑（1）徐积（3）许及之（2）徐钧（1）叶茵（1）俞德邻（1）喻良能（2）于石（1）袁燮（1）赵抃（1）邹浩（1）

押皆来部　陈著（1）范成大（1）范纯仁（1）顾逢（1）贾似道（1）陆游（5）强至（1）沈遘（1）孙觌（1）王十朋（1）韦骧（1）卫宗武（1）喻良能（1）郑刚中（1）周孚（1）

对　押支微部　陈师道（1）陈著（1）程俱（1）释道潜（1）王柏（1）卫宗武（1）徐积（1）薛季宣（1）袁燮（1）张耒（1）

押皆来部　赵孟坚（1）释文珦（3）楼钥（2）陈深（1）陈造（4）戴表元（1）戴复古（1）范成大（1）方一夔（1）刘黻（1）陆游（4）秦观（1）释道昌（1）释道潜（2）释慧开（1）释文珦（1）史铸（2）苏洞（1）孙觌（1）王十朋（1）吴芾（1）许及之（1）叶适（1）俞德邻（1）张伯端（1）张耒（1）郑刚中（1）邹浩（2）

队　押支微部　范成大（1）

押皆来部　葛胜仲（1）方一夔（1）楼钥（2）释道昌（1）释元肇（1）释永颐（1）史铸（1）

退　押支微部　陆文圭（1）张伯端（1）张耒（1）

押皆来部 陈造（1）程俱（1）范成大（1）范仲淹（1）方一夔（1）刘宰（1）楼钥（2）陆游（1）史铸（1）王柏（1）王令（2）王十朋（1）俞德邻（1）张伯端（1）张耒（2）郑刚中（1）邹浩（1）

最 押支微部 袁甫（1）
押皆来部 陈著（1）杜范（6）范仲淹（1）李正民（1）楼钥（2）释普度（1）王令（1）王十朋（1）徐积（1）

罪 押支微部 陈师道（1）李正民（1）陆游（1）张伯端（1）张耒（1）赵师秀（1）
押皆来部 陈造（1）方一夔（1）姜特立（1）刘黻（1）陆游（1）强至（1）孙觌（1）徐积（1）薛季宣（1）俞德邻（1）于石（1）张伯端（1）张耒（1）赵师秀（1）周孚（1）邹浩（1）

内 押支微部 程俱（1）卫宗武（1）徐积（1）赵孟坚（1）
押皆来部 陈造（2）程俱（1）范成大（1）方一夔（1）李光（1）楼钥（2）陆游（3）毛滂（1）秦观（1）释妙伦（1）释普度（3）释文珦（1）释行海（1）释元肇（1）史铸（1）释遵式（1）王柏（1）吴芾（1）吴可（1）徐积（3）张伯端（1）郑刚中（1）邹浩（2）

碎 押支微部 陈师道（1）程俱（1）华镇（1）释道潜（1）
押皆来部 陈师道（1）程俱（2）戴表元（1）方一夔（2）葛胜仲（1）洪咨夔（1）华镇（1）黄庚（1）楼钥（1）释道潜（1）释慧晖（1）释可湘（1）释普渡（1）释元肇（1）释智朋（1）孙觌（1）王令（1）吴芾（1）杨简（1）于石（1）张耒（1）邹浩（2）

阓 押支微部 释道潜（1）
押皆来部 陈造（1）楼钥（2）

溃 押支微部 释道潜（1）
押皆来部 范成大（1）方一夔（1）刘黻（1）陆游（1）韦骧（1）

魁 押支微部 沈与求（1）范成大（1）沈辽（1）徐侨（1）赵抃（1）

押皆来部　蔡肇（1）陈师道（1）陈著（2）范成大（1）葛胜仲（2）何梦桂（2）洪咨夔（1）胡宿（3）贾似道（1）蒋之奇（1）李洪（1）刘攽（1）刘一止（1）刘宰（1）陆佃（1）卢襄（1）陆游（10）强至（3）沈与求（1）释普岩（1）释元肇（1）王十朋（5）韦骧（1）卫宗武（1）叶适（1）喻良能（1）张耒（1）赵抃（2）郑刚中（1）邹浩（1）

瑰　押支微部　王令（1）

押皆来部　蔡肇（1）陈傅良（1）陈起（2）陈造（1）戴表元（1）戴复古（1）董嗣杲（1）方一夔（1）华镇（1）李洪（1）楼钥（1）陆游（1）强至（4）沈与求（1）苏洞（2）唐仲友（1）王令（1）王十朋（5）韦骧（3）徐积（1）喻良能（1）袁燮（1）张耒（1）郑刚中（1）邹浩（2）

瓌　押支微部　沈遘（1）

押皆来部　陆游（1）赵抃（2）

汇　押支微部　钱俨（1）

押皆来部　方一夔（1）陆游（1）

3. 只押皆来部（共50字）

醅　陈傅良（1）陈克（1）陈著（2）程俱（1）戴表元（1）范成大（5）范纯仁（1）范浚（1）高翥（1）洪咨夔（3）李光（1）李洪（1）李正民（1）刘应时（1）楼钥（1）陆文圭（1）陆游（22）强至（1）释文珦（1）释元肇（1）史铸（1）孙觌（1）王十朋（1）韦骧（1）吴芾（1）许及之（3）徐照（1）张纲（2）张耒（1）赵抃（2）朱之奇（1）邹浩（2）

陪　楼钥（2）蔡肇（1）陈棣（1）陈师道（5）陈造（3）陈著（6）程俱（2）董嗣杲（1）范成大（4）范之纯（10）方一夔（1）葛胜仲（1）洪咨夔（1）胡宿（2）李光（1）李洪（1）林景熙（1）刘一止（3）陆游（4）毛滂（1）慕容彦逢（1）钱惟演（1）强至（2）沈与求（1）沈遘（4）释道潜（1）史弥宁（1）释师体（1）释宗岳（2）王十朋（8）韦骧（7）吴芾（3）徐积（2）许及之（4）徐侨（2）薛嵎（1）张纲（3）张耒（1）赵抃（2）郑刚中（4）邹浩（7）

裴　强至（8）朱之奇（1）

焙　邹浩（1）

胚　强至（1）韦骧（1）

坯　强至（1）

崔　方凤（1）陆游（1）沈遘（1）释遵式（1）

诙　陆游（1）沈遘（2）薛师石（1）

偎　李光（1）卫宗武（1）

恢　戴复古（1）金履祥（1）陆游（1）韦骧（1）卫宗武（1）邹浩（1）

洄　程俱（1）戴表元（1）蒋之奇（1）宋无（1）王令（1）韦骧（1）薛季宣（1）赵公豫（1）郑刚中（1）

雷　陈傅良（1）陈师道（2）陈允平（2）陈造（9）陈著（6）程俱（5）崔敦诗（2）戴表元（3）戴昺（1）戴栩（1）杜范（1）范成大（22）范纯仁（1）范仲淹（1）方一夔（1）高翥（2）高似孙（1）葛立方（1）葛胜仲（1）何梦桂（1）洪咨夔（7）胡宿（5）华镇（1）姜特立（3）蒋之奇（2）金履祥（3）李洪（5）李弥逊（2）林景熙（1）刘安上（1）刘黻（1）刘一止（2）刘应时（1）刘宰（1）楼钥（3）陆文圭（3）卢襄（1）陆游（41）吕祖谦（2）钱时（1）强至（4）秦观（1）仇远（1）沈与求（1）沈遘（3）释道昌（2）释妙伦（1）释慧开（4）释普渡（3）释如净（5）释文礼（1）释文珦（1）史铸（1）舒岳祥（6）宋无（1）苏洞（1）孙觌（7）孙应时（1）王柏（1）王令（4）王十朋（4）汪元量（2）卫泾（1）韦骧（4）翁卷（1）许棐（1）徐玑（1）许及之（3）徐照（1）薛季宣（1）叶适（2）杨简（1）俞桂（1）喻良能（2）张纲（2）张耒（8）张蕴（1）赵抃（6）赵师秀（1）赵湘（1）郑刚中（1）周孚（3）朱长文（1）朱淑真（1）邹浩（3）

豗　范成大（1）姜特立（1）刘黻（1）陆文圭（1）毛滂（1）沈与求（1）

隈　陈造（1）戴表元（1）董嗣杲（1）范成大（1）范纯仁（1）洪咨夔（3）胡宿（2）华镇（1）姜特立（1）蒋之奇（1）李光（1）李洪（1）刘安上（1）刘黻（1）刘宰（1）楼钥（3）马之纯（1）强至（1）秦观（1）沈与求（1）沈遘（3）释道潜

（1）释斯植（1）释文礼（1）舒岳祥（1）孙觌（1）王柏（2）王令（1）王十朋（2）汪元量（1）韦骧（1）吴芾（2）徐玑（1）徐积（1）许及之（1）徐铉（1）叶适（2）俞德邻（1）喻良能（4）张纲（1）张耒（9）赵抃（1）郑刚中（2）朱长文（1）邹浩（2）

禖 毛滂（1）

痗 俞德邻（1）

颏 陈棣（1）陈著（1）程俱（2）戴表元（1）戴复古（1）范成大（2）范纯仁（4）方一夔（1）何梦桂（1）洪咨夔（1）胡宿（1）姜特立（1）蒋之奇（1）刘攽（1）陆游（1）强至（3）沈遘（2）释道潜（1）史弥宁（1）释遵式（1）孙觌（1）王令（1）韦骧（2）卫宗武（1）吴芾（5）徐积（1）俞德邻（1）张玉娘（1）赵抃（1）郑刚中（3）周孚（1）周彦质（1）邹浩（1）

毸 蔡肇（1）范成大（1）毛滂（1）孙觌（1）韦骧（1）吴芾（1）喻良能（1）张耒（1）

隤 范成大（1）洪咨夔（1）姜特立（1）刘攽（1）陆文圭（1）毛滂（1）释元肇（2）王柏（2）韦骧（1）薛季宣（2）周孚（1）

桅 程俱（1）范成大（1）葛胜仲（1）洪咨夔（1）姜特立（1）李光（1）陆游（2）沈遘（1）释元肇（1）王令（1）韦骧（1）徐积（2）叶适（1）

馁 王十朋（1）邹浩（1）张槃（1）范纯仁（1）戴表元（1）周行己（1）

漼 沈遘（1）

荟 方一夔（1）楼钥（1）释元肇（1）郑刚中（1）

鲙 陈师道（1）王十朋（1）张耒（1）赵抃（1）

绘 范仲淹（1）葛胜仲（2）陆游（1）释永颐（1）赵抃（1）

浍 程俱（1）戴表元（1）范成大（1）蒋之奇（1）宋无（1）韦骧（1）徐积（1）薛季宣（1）赵公豫（1）

桧 杜范（6）陆游（2）沈遘（1）沈辽（1）王十朋（1）俞德邻（1）

烩 程俱（1）陆游（1）

脍 戴表元（1）吴孚（1）

癞 戴表元（1）

侩　戴表元（1）

哈　王令（1）

瞴　王令（1）

诲　陆游（1）周孚（1）

蓓　释普度（1）

隈　周孚（1）

妹　刘一止（1）史铸（1）

佩　高似孙（1）葛胜仲（1）李光（1）

沛　杜范（6）方一夔（1）陆游（1）王十朋（1）

悖　戴表元（1）陆游（1）

魋　程俱（1）

兑　陈造（1）赵抃（1）

硾　陈造（1）陆游（1）赵抃（1）

颣　陈造（1）程俱（1）方一夔（1）楼钥（1）释普度（1）释文珦（1）史铸（1）郑刚中（1）

酹　方一夔（1）释文珦（1）吴芾（1）

愦　陈造（1）陆游（1）

煨　陈造（1）范成大（3）陆游（6）

猥　周行己（1）

攟　释普度（2）

郐　陆游（1）

只押支微部与兼押皆来、支微两部的韵字共44个，占95个韵字的46.3%，这明显是宋代通语灰韵系泰韵合口向支微演变现象在江浙的反映。现在我们从声调方面来观察95个韵字的分布情况。

95个韵字分属于平声、上声、去声。只押支微部共5个韵字，其中平声1个（培），上声1个（蕾），去声3个（蜕倅狯）。兼押皆来、支微两部共40个韵字，其中平声18个（灰嵬回徊迴罍梅煤枚媒杯催摧堆推瑰魁瓌），上声4个（悔磊罪汇），去声18个（会晦外块昧佩配旆辈背对队退最内碎溃阓）。只押皆来部共50个韵字，其中平声20个（醅陪裴胚坯崔诙偎煨恢洄雷颓隈禖頺毸隤桅魋），上声3个（馁濢猥），去声27个（焙痗诲荟鲙绘浍桧烩侩脍癗郐哈瞴蓓隈妹佩沛悖兑硾颣愦酹攟）。现将其列表，具体如下：

表1—6　　　　灰韵系与泰韵合口95个韵字的声调分析

	韵字总数	只押支微部	兼押皆来部、支微部	只押皆来部
平声	39	1	18	20
上声	8	1	4	3
去声	48	3	18	27

由上表可见，在向支微部转化的过程中，平声字18个兼押皆来、支微两部，1字押支微部，而上声、去声字有26个只押支微部和兼押皆来、支微两部，其中只押支微部的韵字有5个。这为鲁国尧先生（1989：363）"《广韵》灰韵系与泰韵合口字变入支微也许首先是从去声开始"的观点提供了佐证材料。

《广韵》灰韵系与泰韵合口字转入支微在宋代诗文用韵中是常见现象，说明这是宋代通语音变，但是这一现象在不同地区的表现各不一样，各地具体入韵字及其押韵次数参差不齐。现将江浙诗歌的44个只押支微部和兼押皆来、支微两部的韵字与各地用韵列表比较，具体见下表。山东、四川、江西的资料取自鲁国尧先生（1979，1981，1992）宋词用韵研究系列论文，另参考杜爱英（1998A）《宋代江西诗人用韵研究》、白钟仁（2001）《北宋山东诗词文用韵研究》、罗雪梅（2003）《宋代四川诗人用韵研究》，福建采自刘晓南师（1999，2012）《宋代闽音考》《宋代四川语音研究》，河南取谢洁瑕（2005A）《宋代中原语音研究》，并附录《中原音韵》归部以资比较。

表1—7　　　45个只押支微部和兼押皆来、支微两部的韵字与
其他各地用韵比较

	江浙		山东		四川		江西		福建		河南		中原音韵	
	支微	皆来	支微	皆来	支微	皆来	支微	皆来	支微	皆来	支微	皆来	齐微	皆来
蕾	+		+										+	
蜕	+								+	+			+	
倅	+												+	
培	+							+			+		+	

续表

	江浙		山东		四川		江西		福建		河南		中原音韵	
	支微	皆来	支微	皆来	支微	皆来	支微	皆来	支微	皆来	支微	皆来	齐微	皆来
狯	+												+	
灰	+	+	+	+				+		+	+	+	+	
回	+	+	+	+		+	+	+	+	+	+	+	+	
徊	+	+					+	+	+				+	
迴	+	+							+	+				
罍	+	+		+				+	+	+			+	
梅	+	+		+	+		+	+	+	+	+	+	+	
煤	+	+								+			+	
枚	+	+							+				+	
媒	+	+		+	+			+	+				+	
杯	+	+	+	+			+		+				+	
嵬	+	+	+	+						+	+	+	+	
催	+	+	+	+	+		+		+	+	+	+	+	
摧	+	+									+		+	
堆	+	+		+	+		+	+	+	+	+	+	+	
推	+	+		+	+	+	+	+	+	+	+	+	+	
瑰	+	+		+			+		+	+			+	
魁	+	+					+		+	+			+	
璀	+	+												
悔	+	+	+				+		+				+	
磊	+	+											+	
罪	+	+							+	+	+	+	+	
汇	+	+												
晦	+	+						+	+	+	+	+	+	
块	+	+							+	+				+
昧	+	+							+	+			+	

续表

	江浙		山东		四川		江西		福建		河南		中原音韵	
	支微	皆来	支微	皆来	支微	皆来	支微	皆来	支微	皆来	支微	皆来	齐微	皆来
溃	+	+	+	+	+				+	+	+		+	
佩	+	+	+				+			+			+	
配	+	+							+	+	+		+	
旆	+	+					+		+	+				
辈	+	+					+		+	+	+		+	
背	+	+					+	+						
对	+	+	+	+	+	+	+	+	+	+	+	+	+	+
队	+	+			+			+			+			
退	+	+	+			+	+	+	+		+		+	
最	+	+							+			+		
内	+	+						+	+	+	+		+	
碎	+	+	+	+	+	+	+	+						
阓	+												+	
会	+	+	+	+	+	+	+	+	+	+	+	+		
外	+	+	+	+	+	+	+	+	+	+	+	+		+

据上表，江浙诗歌只押支微部的"蕾蜕俖培狯"5字中，"蕾"字见于山东词韵，"蜕"字福建兼押皆来、支微两部，"培"字见于江西、河南词韵，其余2字在其他各地不见。5字在《中原音韵》中均收于齐微部。兼押皆来、支微两部的40字在各地的分布不一。

就各地情况来说，山东21韵字中兼押两部有11字，占21字总数的52.4%，只押支微部有3字，占14.3%；四川13韵字中兼押两部有5字，占38.5%，1字只押支微部；江西共26韵字，兼押12字，占46.2%，2字只押支微部，占7.7%；福建35韵字无一字只押支微，但是兼押现象严重，多达27字，占77.1%，而河南22字中除3字只押支微部外，其余19字均兼押两部，占86.4%。另外，其他各地用韵中的一些灰、泰合口字或不见于江浙诗韵，或在江浙诗韵中只押皆来。具体见下表。

表 1—8　　其他各地用韵中的一些灰泰合口字情况

韵字		雷	瑰	毸	海	鲙	桧	朘	妹	沛	碓	颣	酹	愦	儡	擂	挼
各地用韵	只押支微		河南	河南	河南江西	河南山东		河南	河南		福建	福建	福建		山东	山东	河南
	兼押皆支	河南	福建	山东	山东	山东		山东		福建				福建			
	只押皆来	福建		福建	福建	福建											
江浙押皆来		+	+	+	+	+	+	+	+	+	+	+	+	+	+	+	+
中原音韵	齐微	+	+	+	+	+	+	+	+	+	+	+	+	+	+	+	+
	皆来																

从上表看，各地只押支微或兼押支微、皆来的字在江浙诗韵中却只押皆来，这说明这些字的演变速度江浙可能慢于其他各地。

总体说来，宋代江浙诗韵灰、泰合口字大幅度地向支微部演变，其中5字只支微部，40字兼押支微、皆来两部，另外我们参考宋代江浙词韵的材料：南宋浙江词韵"蕾碎对背焙退佩队鲙会外"只押支微（胡运飚，1987），临安（即杭州）词韵"碎外会退对擂"亦只押支微部（裴宰奭，1996）。综合地看，这一语音演变的速度江浙最快，其次是河南，再次是福建、山东、江西，最慢是四川。

从演变时间看，《广韵》灰、泰合口字向支微部演变始于隋，历经唐宋，且在宋已成定局，此时灰、泰合口字实际已读成支微部，宋代《切韵指掌图》就将灰泰合口字和支脂微齐祭废诸韵系字合口字同列第十九合口图中，至元，《中原音韵》收灰、泰合口字于齐微部，这一演变宣告结束。

在这一音变过程中，"块外"两字例外，两字《中原音韵》仍收皆来部，且延续至今，现代汉语普通话读-uai韵。"块"字江浙诗韵、福建用韵兼押支微、皆来两部，"外"字江浙诗韵、山东、江西、福建、河南用韵也兼押支微、皆来两部，这表明两字在宋代和其他灰、泰合口字一起在向支微部演变，但是最终还是前功尽弃，又回到原读皆来部。这种掉队现象属音变例外。

另外，"推"字读音也较特殊。"推"，《广韵》两读：脂韵叉佳切、灰韵他回切。作为灰韵字,"推"也参与到向支微部演变的队伍中,各地押韵中除山东只押皆来部外,江西、河南、江浙都兼押两部,综合看应以押皆来部为主。但是福建押支微部15次,押皆来部1次,四川押支微部20次,押皆来部5次,二地押支微部与押皆来部的比率较悬殊。刘晓南师(1999:111)认为宋代福建"推"字的音变可能不是灰韵的普通音变,他在《宋代闽音考》中考证"推"字二音出现的时间,脂韵一音是六朝前古音,而灰韵一音起自唐代,因此,当唐宋北方以及受中原影响较多的江西、江浙普遍读推为灰韵时,偏处东南隅的福建仍读古老的脂韵是很可能的。四川偏处西南一隅,相对封闭,"推"字也完全有可能保留脂韵这一古读。

三 尤侯部部分唇音字向鱼模转化

据目前材料,隋代诗文用韵尤侯韵系字不押入鱼模部(李荣,1961)。初唐诗歌中唇音字"母亩茂阜茂妇不"等开始偶叶遇摄(鲍明炜,1990:409)。中唐白居易、元稹诗中尤侯韵系唇音字"亩母妇茂覆"均押入鱼模部(鲍明炜,1981);卢仝诗"母否"与鱼模部相押(刘根辉、尉迟治平,1999)。晚唐诗人"桴否负母亩富浮"等尤侯部唇音字叶遇摄(赵蓉、尉迟治平,1999)、五代诗人"妇富浮"押入鱼模(陈海波、尉迟治平,1998)。敦煌变文押韵中尤侯韵系的唇音字"牟谋缶茂妇母否部富"等都与鱼模部相押(周祖谟,1993A:328);敦煌曲子词中的一些方言假借字有将尤侯系字写成鱼模部字的现象,如"负心"作"附心"、"浮粉"作"傅粉"(张金泉,1986:124);南唐朱翱为徐锴《说文解字系传》所作切音中用鱼模部字作尤侯唇音字的切语下字,如唇音字"富"音福务反(王力,1982:230)。这一音变现象在唐代音义书也有反映,如慧琳《一切经音义》"覆""浮""茂""负""阜""拇"六个尤侯唇音字的切语下字全都为鱼模部字:"务""无""布""武""补"①。慧琳《一切经音义》多引《韵英》音,而《韵英》音代表的是唐代秦音,李荣(1985)据此推断"尤虞唇音字不分,秦音走在其他方言前头",换句话说,尤侯部部

---

① 上述语料分别出自唐释慧琳《一切经音义》,台北大通书局1985年版,第5、90、60、114、62、109、144、104、808页。

分唇音字向鱼模转化这一音变可能始于北方，再由北向南推广。

麻杲《切韵》中亦有同类记音，此书系唐代韵书，已佚，后经日本人辑佚，"原书很可能也是重视表现当时北方读音的一种韵书"，据辑佚，书中"母"字音"美诟反，古《切韵》用吴音作莫厚反"。（周祖谟，1983：966、983）中唐以后的汉藏对音材料也显示"富阜不否覆"等字读-u韵，与遇摄字同韵（罗常培，1961：44）。

至宋，通语韵系中一些中古尤侯系唇音字实际已普遍读鱼模部。除荆南诗韵（田范芬，2000）外，各地诗词文用韵中都存在尤侯唇音字读鱼模部现象。汴洛文士"亩部否"押鱼模（周祖谟，1966A）；河南诗词用韵"亩母否妇缶阜负"七字与鱼模部相押（谢洁瑕，2005A）；山东文士"亩母负富"押入鱼模，"谋否妇"兼押尤侯（鲁国尧，1979；白钟仁，2001）；福建文士"桴锫拇"只押鱼模，"浮俘否妇"等15字兼押两韵部（刘晓南，1999：112—117）；北宋江西诗人"浮桴不否"等12字兼押两韵部（杜爱英，1998A）；四川词韵"亩母"入鱼模，"否"字兼押（鲁国尧，1981：97），四川诗文则有16字入鱼模（刘晓南，2012：92）。

宋代江浙诗歌用韵中尤侯部唇音字共入韵45字，其中30字只押尤侯部，15字兼押尤侯、鱼模部。兼押尤侯、鱼模部的数量占总数的33.3%，比例较大，当然反映了宋代通语尤侯部唇音字向鱼模部转化的音变。

现具体统计其作者及其押韵次数，作者后括号中数字即押韵次数。

1. 只押尤侯部（共30字）

蟊　陈造（1）李弥逊（2）陆游（1）

瀌　李洪（1）孙应时（1）

掊　舒亶（1）王令（1）

蜉　释道潜（1）喻良能（1）

烰　杜范（1）

缪　陈师道（2）陈造（4）陈著（2）戴表元（1）范成大（3）方一夔（2）洪咨夔（2）李光（1）李正民（1）刘攽（1）楼钥（3）陆文圭（1）陆游（1）史铸（1）沈遘（1）释道潜（2）舒亶（1）宋无（1）孙应时（1）王令（2）王十朋（1）汪元量（2）许景衡（1）徐玑（1）薛季宣（1）俞德邻（1）于石（1）郑刚中（1）郑清之（1）

牡　史浩（1）

戉　华镇（1）

鄍　楼钥（1）

罙　史弥宁（1）王令（1）

鍪　范成大（2）刘宰（4）陆游（6）宋无（1）苏洞（1）叶梦得（1）郑刚中（1）

谬　陈造（1）楼钥（1）陆游（1）孙应时（1）王令（1）韦骧（1）

涪　洪咨夔（1）

裒　王令（1）

矛　陈著（1）崔敦礼（1）范浚（1）姜特立（1）李光（1）刘黻（1）陆文圭（1）陆游（5）强至（2）释道潜（1）释原妙（1）苏洞（1）孙应时（2）唐仲友（1）王令（2）王遂（1）韦骧（1）张耒（4）郑刚中（1）郑清之（1）周行己（3）邹浩（1）

茂　陈克（1）陈造（3）范浚（1）刘黻（1）陆文圭（1）陆游（1）史弥宁（1）释道潜（1）释文珦（1）释元肇（1）孙应时（1）卫宗武（1）郑刚中（1）

贸　华镇（1）林景熙（1）卫宗武（2）

懋　王令（1）

彪　强至（1）沈辽（1）王令（1）

蜉　方一夔（1）陆游（1）喻良能（1）

剖　陈造（1）姜特立（1）强至（1）韦骧（1）薛季宣（2）张耒（1）邹浩（1）

牟　陈师道（1）杜范（1）洪咨夔（1）陆游（1）舒岳祥（1）孙应时（1）王十朋（2）尤袤（1）

侔　蔡戡（1）陈舜俞（1）陈造（2）程俱（2）董嗣杲（1）葛胜仲（1）姜特立（3）刘宰（2）楼钥（2）陆文圭（2）陆游（2）强至（1）仇远（1）沈辽（2）史铸（1）释道潜（1）舒亶（1）孙应时（1）滕岑（1）王柏（1）王令（2）王十朋（3）王遂（1）卫宗武（1）徐玑（1）许景衡（1）薛季宣（2）薛嵎（1）于石（1）张纲（1）赵孟坚（1）郑清之（1）周行己（2）邹浩（3）

眸　陈深（1）陈造（1）陈著（2）程俱（3）董嗣杲（3）范成大

（5）范纯仁（1）方凤（1）方一夔（2）葛天民（1）葛胜仲（1）洪咨夔（1）李光（2）刘宰（1）陆文圭（1）楼钥（1）马之纯（1）强至（4）沈辽（1）沈与求（2）史弥宁（1）释道济（1）释道潜（2）释元肇（1）宋无（1）孙觌（1）孙应时（1）唐仲友（1）滕岑（1）王柏（1）王十朋（3）汪元量（2）许及之（1）许景衡（2）薛季宣（5）薛师石（1）喻良能（1）张耒（2）张炜（1）赵抃（1）赵公豫（1）朱长文（3）朱淑真（1）邹浩（5）

雊 范纯仁（1）陆游（1）孙应时（1）张耒（1）
缶 范成大（1）葛胜仲（1）张耒（4）
瞀 孙应时（1）韦骧（1）
姆 舒岳祥（2）
伏 华镇（1）
复 陈师道（1）华镇（1）释元肇（1）韦骧（1）卫宗武（1）

2. 兼押尤侯、鱼模部（共15字）

谋 押鱼模部 徐积（1）
押尤侯部 蔡戡（2）蔡肇（1）柴望（1）陈棣（2）陈傅良（5）陈克（1）陈起（1）陈深（1）陈师道（6）陈舜俞（2）陈造（17）程俱（1）戴表元（3）戴昺（2）戴复古（3）董嗣杲（3）杜范（4）范成大（8）范纯仁（1）范浚（1）方一夔（3）葛立方（2）葛胜仲（6）何梦桂（1）洪咨夔（10）胡宿（1）华镇（1）黄庚（3）姜特立（7）蒋之奇（1）李光（2）李洪（1）李弥逊（5）李正民（3）林景熙（1）刘一止（2）刘宰（6）陆文圭（5）陆游（40）马之纯（1）慕容彦逢（2）潘屿（1）强至（1）秦观（4）仇远（4）沈辽（3）沈与求（6）施枢（1）史弥宁（3）释道济（1）释道潜（3）释可湘（2）释妙伦（4）释斯植（1）释文珦（1）舒岳祥（1）宋无（1）苏洞（6）孙觌（2）孙应时（7）王柏（1）王令（7）王十朋（5）汪元量（1）韦骧（2）卫宗武（1）吴芾（7）徐积（1）徐钧（4）许及之（1）许景衡（2）薛季宣（4）薛师石（1）薛嵎（1）叶梦得（1）叶适（3）叶茵（5）于石（5）俞德邻（2）俞桂（1）喻良能（2）袁燮（3）张纲（2）张耒（9）张尧同

（1）赵抃（4）赵孟坚（2）郑刚中（4）仲并（1）周孚（2）周行己（1）邹浩（3）左纬（1）

否　押鱼模部　陈造（4）戴昺（1）楼钥（1）沈辽（1）释道潜（1）释智圆（1）王令（1）周行己（1）

押尤侯部　陈起（1）陈师道（1）陈造（5）程俱（1）范纯仁（1）戴表元（1）戴复古（1）范成大（4）方凤（1）高似孙（1）葛立方（1）洪咨夔（1）华镇（1）刘敞（1）刘宰（1）楼钥（2）陆游（4）毛滂（2）强至（5）秦观（1）仇远（2）释道潜（1）舒岳祥（1）孙应时（1）王令（1）韦骧（1）卫宗武（3）许及之（1）徐积（7）薛季宣（1）俞德邻（1）于石（1）袁燮（1）张耒（4）郑刚中（1）仲并（1）周孚（1）周行己（1）邹浩（1）

仆　押鱼模部　陈造（1）董嗣杲（1）陆游（1）袁燮（1）张耒（1）

押尤侯部　方一夔（1）楼钥（1）孙应时（1）王十朋（1）张耒（1）

部　押鱼模部　楼钥（3）陆文圭（2）袁甫（1）

押尤侯部　强至（3）

桴　押鱼模部　陈造（2）范成大（1）范纯仁（1）葛立方（1）释文珦（1）喻良能（1）

押尤侯部　李洪（1）孙应时（1）张耒（1）

浮　押鱼模部　仇远（1）释如净（1）张伯端（1）

押尤侯部　蔡戡（2）蔡肇（1）崔敦礼（1）陈棣（2）陈傅良（4）陈深（1）陈师道（4）陈舜俞（2）陈造（17）陈著（8）程俱（8）戴表元（1）戴复古（1）董嗣杲（14）杜范（1）范成大（19）范纯仁（1）范浚（4）范仲淹（2）方凤（1）方一夔（5）高似孙（5）高翥（1）葛立方（1）葛胜仲（1）葛天民（3）洪咨夔（5）胡宿（3）华镇（1）黄庚（4）姜特立（4）金履祥（1）李光（4）李洪（2）李弥逊（7）李正民（5）林景熙（3）刘敞（2）刘一止（2）刘应时（2）刘宰（3）陆佃（1）陆文圭（2）陆游（42）毛滂（2）潘屿（1）钱时（3）钱闻诗（2）强至（9）秦观（3）仇远（6）沈遘（4）沈辽（7）

沈与求（9）史浩（7）史弥宁（2）释道济（1）释道潜（11）释可湘（2）释普济（1）释斯植（2）释文珦（1）释行海（4）释原妙（2）释元肇（11）舒亶（2）舒岳祥（4）宋无（1）苏洞（1）孙觌（3）孙应时（2）滕岑（1）王柏（1）王令（5）王十朋（13）王遂（2）王谌（1）韦骧（9）卫宗武（5）翁卷（1）吴芾（8）徐玑（3）徐照（1）许及之（3）许景衡（7）薛季宣（5）薛嵎（3）杨简（1）叶茵（1）俞德邻（1）俞桂（2）喻良能（9）于石（4）袁燮（1）张纲（3）张榘（1）张耒（8）张炜（1）张玉娘（1）赵抃（7）赵公豫（1）赵孟坚（2）赵湘（1）郑清之（2）仲并（1）周南（5）朱长文（3）朱淑真（2）邹浩（6）

不 押鱼模部 陈造（2）戴栩（1）薛季宣（1）
押尤侯部 蔡戡（1）蔡肇（1）陈棣（4）陈傅良（2）陈克（9）陈师道（1）陈造（7）戴昺（1）戴复古（1）戴栩（1）范成大（6）范浚（1）方一夔（1）高似孙（1）高翥（1）洪咨夔（3）华镇（1）黄庚（3）姜特立（1）刘黻（2）刘一止（3）刘宰（2）楼钥（6）陆文圭（1）陆游（24）慕容彦逢（1）钱时（1）仇远（1）沈辽（3）沈与求（9）释文珦（1）释元肇（3）舒亶（1）舒岳祥（1）宋伯仁（1）苏洞（2）孙觌（1）孙应时（3）王令（5）王十朋（8）吴芾（6）许及之（4）许景衡（1）徐积（1）徐铉（1）薛季宣（3）叶茵（3）俞德邻（1）喻良能（2）袁燮（3）周孚（2）张耒（2）张蕴（1）赵抃（2）赵孟坚（1）郑刚中（5）郑清之（1）周行己（1）邹浩（3）

负 押鱼模部 陈著（3）戴复古（1）姜特立（2）金履祥（1）刘宰（1）陆游（1）释道潜（2）释可湘（1）释文珦（1）舒岳祥（1）释智圆（1）孙应时（1）滕岑（1）郑刚中（1）周孚（1）
押尤侯部 戴表元（1）何梦桂（1）华镇（1）陆游（3）沈遘（1）史浩（1）释文珦（1）王令（1）卫宗武（1）吴芾（1）郑刚中（1）仲并（1）

副 押鱼模部 范浚（1）
押尤侯部 陈舜俞（1）陈造（1）孙应时（1）王令（1）张耒

（1）

阜　押鱼模部　徐积（1）薛季宣（2）
　　押尤侯部　陈著（1）姜特立（1）楼钥（1）陆游（1）卫宗武（1）

妇　押鱼模部　陈著（3）陈造（1）戴表元（1）戴复古（1）仇远（1）释道潜（1）释明辩（1）舒岳祥（2）王令（1）汪元量（1）徐积（1）薛季宣（1）张耒（2）
　　押尤侯部　陈起（1）陈造（2）戴表元（1）范浚（1）葛胜仲（1）陆游（1）仇远（1）史浩（1）孙应时（1）徐积（1）于石（1）张耒（1）

母　押鱼模部　陈著（1）程俱（1）洪咨夔（1）刘黻（1）楼钥（1）仇远（1）沈辽（1）释道式（1）释延寿（1）孙应时（1）王柏（1）汪元量（1）徐照（1）薛季宣（1）郑刚中（2）
　　押尤侯部　陈师道（1）程俱（1）楼钥（1）强至（2）史浩（1）舒岳祥（1）苏洞（1）薛季宣（2）杨简（1）于石（2）邹浩（1）

富　押鱼模部　强至（1）释慧开（1）释普岩（1）释原妙（1）孙觌（1）赵抃（2）张耒（3）
　　押尤侯部　陈造（1）程俱（1）华镇（2）陆游（1）王令（1）徐积（1）

亩　押鱼模部　范成大（1）葛胜仲（1）楼钥（1）卫宗武（1）郑刚中（1）邹浩（1）
　　押尤侯部　陈棣（1）陈舜俞（1）陈著（2）范成大（1）方逢辰（1）葛胜仲（1）李光（1）陆游（5）强至（1）秦观（1）沈遘（1）舒岳祥（2）孙应时（1）王十朋（1）卫宗武（1）吴芾（1）叶适（1）郑刚中（1）仲并（1）邹浩（1）

覆　押鱼模部　林宪（1）释智朋（1）薛季宣（1）
　　押尤侯部　陈造（1）程俱（1）华镇（1）楼钥（1）陆游（1）韦骧（1）释道潜（2）张耒（1）郑刚中（1）

江浙诗歌用韵中尤侯唇音字要么押尤侯部，要么兼押尤侯、鱼模两部，还未见只押鱼模部，这显现出江浙尤侯唇音字的演变情况：一部分正在向鱼模部转化，另一部份按兵不动，仍保留尤侯部的原读，没有完全变读为鱼模部的尤侯唇音字。与宋代其他地区相比，江浙诗韵尤侯唇音字转变情况又怎样呢，我们将江浙兼押尤侯、鱼模两部的 15 韵字与其他地区用韵列表对照。具体见下表。

表1—9　兼押尤侯、鱼模两部的 15 韵字与其他地区用韵对照

		浮	谋	桴	否	阜	妇	负	母	亩	部	富	覆	副	不	仆
江浙	尤侯	+	+	+	+	+	+	+	+	+	+	+	+	+	+	+
	鱼模	+	+	+	+	+	+	+	+	+	+	+	+	+	+	+
山东	尤侯	+			+	+	+								+	
	鱼模				+	+	+	+		+	+	+		+		
四川	尤侯	+			+											
	鱼模			+	+				+	+	+			+		+
江西	尤侯	+		+			+			+					+	
	鱼模	+			+	+			+		+			+		
福建	尤侯	+	+		+	+	+	+	+	+	+	+	+	+	+	
	鱼模	+	+	+	+	+	+	+	+	+	+	+	+	+		+
河南	尤侯				+			+								
	鱼模				+	+	+	+	+							
中原音韵	尤侯				+											
	鱼模	+	+	+	+	+	+	+	+	+	+	+	+	+		+

据上表，完全押入鱼模部的数目各地不一，山东有"负亩部富副"5字，河南有"阜妇负亩"4字，四川有"母亩副仆"4字，江西有"阜母富"3字，福建则仅"桴"1字（福建另有"拇锫"2字亦只押鱼模部），而江浙了无一字，可见大致由北向南递减，反映出尤侯唇音字向鱼模的速度南方比北方慢，江浙和福建则旗鼓相当，尽管福建有3字押鱼模部，但3字都是冷僻字，冷僻字的偶押很难说明音变的完成，因此也可以说福建无一字只押鱼模。总体看，其他各地尤侯唇音字或多或少地在向鱼模部转读的时候，江浙、福建则还普遍停留在只读尤侯或尤侯、鱼模两读的阶段。

就与鱼模部的接触程度来说，15 个韵字也是参差不齐的。现在我们通过计算它们分别押尤侯、鱼模次数的比值，来看它们与鱼模部的接触程

度。具体见下表。

表1—10　　　　　15个韵字分别押尤侯、鱼模次数的比值

韵字	谋	浮	不	否	亩	副	覆	阜
押鱼模	1	3	4	10	6	1	3	2
押尤侯	310	449	169	66	26	4	10	5
比值	0.003	0.006	0.023	0.15	0.23	0.25	0.3	0.4
韵字	仆	母	妇	负	部	富	桴	
押鱼模	5	16	16	19	3	10	6	
押尤侯	5	15	13	13	2	6	3	
比值	1	1.06	1.2	1.4	1.5	1.6	2	

比值较大的7字中"桴"比值最大，由于它是生僻字，目前材料仅见于江浙、福建，虽然福建全押鱼模，但它与鱼模的接触程度还是不太可靠，有待充实材料再加论证。其他6字"仆母妇负部富"在各地都已分别转读鱼模部，江浙诗韵亦显示出独押鱼模的趋势，表明其实际读音以鱼模为主。

"否"字读音较特殊，从表1—10看，"否"字比值较小，意味着与鱼模部的接触程度低于其他字。《中原音韵》中绝大部分尤侯唇音字只读鱼模，而"否"却有尤侯、鱼模两读。从表1—9可知，宋代各地诗词文用韵"否"字都兼押两部，表明"否"字宋时已处两读阶段，因此《中原音韵》的记音应该是忠实的。明《洪武正韵》收于"十九有韵"，《韵略易通》收于二"十幽楼"上声，明陶承学、毛曾辑《并音连声字学集要》同《洪武正韵》，清樊腾凤《五方元音》收"五牛"上声，现代普通话念fəu，均同本音系尤侯部读音。

四　庚青部部分牙喉合口与唇音开口转入东钟部

《中原音韵》庚青、东钟两部并收了29个字，具体如下：崩绷鹏棚迸烹萌盲甍艋蠓孟肱觥轰薨宏紘横平嵘弘横去泓倾兄荣永咏莹。同时期的音韵资料如《古今韵会举要》《蒙古字韵》《蒙古韵略》中，这些韵字读如东钟占大多数，读如庚青占少数，"明显反映了语音演变的新情况，即由庚

青转为东钟的演变趋势"（杨耐思，1997：146）①。《中州乐府音韵类编》及后来的《中州音韵》全收于东钟。

这一音变可能始于唐代，初唐陈元光诗有1例"弘"字押东钟韵（鲍明炜，1990：26），唐五代敦煌写本的异文别字存在东钟、庚青两韵的唇牙喉合口字混用现象（黎新第，2012）；宋代诗文则有更多体现，如福建诗文各1例，均为"弘"字押东钟部（刘晓南，1999：121）；四川苏轼1例："横"字押东钟字"纵容"（唐作藩，2001：118）；金人《刘知远诸宫调》"朋""兄"各押东钟1次（徐健，1997）。现补充宋代江浙诗人的韵例，共4例，"弘""横""朋"3字分别押东钟：

①王十朋杂古《谢李侍郎赠御书》第1韵段"雄同弘"（36—22695）
②王柏七绝《羊叔子画像》"终东弘"（60—38065）
③陆游七律《久雨小饮》"横攻红同空"（39—24564）
④袁甫四言《题陈和仲尊明亭》第5韵段"筇朋松"（57—35867）

五　德韵字部分押入屋烛部

宋代江浙诗歌用韵中《广韵》德韵"国北墨得嘿"5字押入屋烛部。这种用韵早在隋代就有1例：释智果《心成颂》以"足腹缩续目促曲得伏"为韵，德韵"得"押入屋烛部（李荣，1961）。初唐2例，均为"国"字押屋烛韵（鲍明炜，1990：34）。中唐浙江湖州诗僧皎然《武源行赠丘卿岑》第6首"国"与"录曲"押韵（刘根辉、尉迟治平，1999）。反映中唐西北方音的敦煌汉藏对音材料中，德韵5字"默北惑国或"与屋沃烛同摄，罗常培（1961：65）视此为"方音的特异色彩"。唐《玄应音义》"仆"音"蒲北反"（周法高，1948：440）。"仆"，《广韵》入声读音为屋韵普木切。唐代变文用韵中无此韵例。晚唐诗人苏拯、刘蜕

---

① 对于《中原音韵》庚青、东钟并收字的现象，最近学者另有看法，如张玉来认为"这组又读字的重出安排，是周德清审音的结果，是对共同语基础方言不同读法的一种处理方式，既不是共同语的历史音变，也不是文白异读，更不是新旧读音，而是作者人为安排的结果。"（《〈中原音韵〉东钟/庚青韵间的方言性又读》，《方言》2017年第4期）杜俊平、郑伟认为"《中原音韵》的部分字在庚青、东钟两韵并收，反映的是中古曾梗摄喉牙音合口字和唇音字所发生的音变：əŋ>uŋ/P__，(i)eŋ>(i)uŋ/K__，其音变性质是词汇扩散式的竞争性音变，音变条件是钝音性的声母或介音对后接主元音的圆唇化影响。"（《〈中原音韵〉庚青、东钟两韵并收字与宋元以来南方官话》，《语言研究》2018年第3期）

各有1例:"国"字押屋烛部(赵蓉、尉迟治平,1999)。唐末五代浙江婺州诗僧贯休有3例:"得""德""北得贼黑"分别与屋韵部押韵(陈海波、尉迟治平,1998)。到宋代,德韵字押屋烛部现象遍布山东、山西、四川、江西、浙江、福建等地;大致与北宋同时的辽代,李万有1例:"北国"两字同时与屋烛韵字押韵(丁治民,2006:84),李万虽然籍贯不可考,但不会超出于大的区域——北京地区;与南宋大致同时的金代,王朋寿有2例:"德则""黑"与屋烛分别相押(丁治民,2006:152)。

目前研究成果中,宋代山东、四川、江西、福建、浙江等地此用韵统计如下。括号内文字即此用韵所出现的文体,韵字后的数字是该韵字此种用韵的次数。

山东(词):国北墨 　　　　四川(诗文):国$_3$北$_3$特$_2$得德$_2$
江西(词):北$_8$墨$_2$ 　　福建(诗词文):国$_5$北$_{13}$墨得
浙江(词):国$_2$北$_8$墨 　　江浙(诗):国$_9$北$_{12}$墨$_8$得嘿

江浙诗韵中"国北墨得嘿"5字押入屋烛部,共计28例。举例如下:

①沈与求五古《绩溪寨口》"轴触曲祝毒酷束辱哭足镞目促蹙谷国"(29—18760)

②释宗岳杂古《惠文伯居士请赞》第2首"目北福狱"(45—27831)

③郑刚中五古《郡治西厅锦被花不为治①》"屋腹曲沃绿服足缛福醁熟墨轴腹"(30—19130)

④张耒杂古《惠别》第7韵段"得曲"(20—13046)

⑤陈著五古《和单君范古意六首·樵》"束轴宿嘿足"(64—40268)

宋赵彦卫《云麓漫钞》:"国墨北惑字,北人呼作谷木卜斛。"② 宋毕仲询《幕府燕闲录》:"国子博士王某知扶风,县有李生以资拜官,每见王辄称同院。王不能平……李生徐曰:'故知王公未知县事时,自是国子博士,谓之国博,某以纳粟授官,亦谷博也。'岂非同院乎?王为之大笑。"③ 很明显,西北扶风人李生口音中"国"与"谷"同音。

在宋(辽金)代,自北向南,各地德韵字"国北墨特德得黑则"都不同程度地押入屋烛部,涉及的地域广、德韵韵字多,因此这种语音的变化

---

① 考虑行文简洁,诗题如超过10字,一般截取前10字为标题。下同。
② 卷十四,傅根清点校本,中华书局1996年版,第248页。
③ 见明陶宗仪编《说郛三种》本,上海古籍出版社1988年版,第280页。

应当属于宋代通语的音变,而不能看成是某一地区的方音特点。

　　隋唐宋之际,《广韵》德韵"国北墨特德得黑则"8字在押入质缉部的同时,也押入屋烛部,即有向屋烛转化的趋势,说明这段时间"国北墨"等字实际读音有两读,但《中原音韵》"国北墨德得黑"等字归齐微部("特"字不收,"则"字收皆来部),没有跟着屋烛韵字归入鱼模部或尤侯部,它走的是德韵字演变的一般路子。可见,这种始于隋的语音演变现象大概在宋末就停止了。

第二章　宋代江浙诗韵的声调

第一节　浊上变去

古代诗文用韵讲究声调的统一和谐，而声调统一和谐的基本要求就是四声分押。自南朝文人发现汉语四声后，人们便将它规范运用于诗文创作中。隋唐宋诗歌用韵基本上四声分押，但宋人四声分押并不是十分严整。以《广韵》四声来衡量，宋代江浙诗歌用韵的声调配合除平、上、去、入四声分押四种之外，还有上去通押，阴入通押。宋代江浙诗歌用韵四声分押格局占绝对优势，是主流，说明中古四声格局在宋代江浙基本未变。其中最稳定的是平声，入声次之，上声与去声之间、阴声与入声之间分别有较多通押。

宋代江浙诗歌用韵中四声之间混押数量较多的是上去混押。王力先生（1989：423—424）说："在四声当中，上声韵和去声韵字数最少，因此，诗人们偶然把上声字和去声字通押。又因这两个声调的字本来有点儿流动不居，有些字本有上去两读，有些去声字被人们念入上声，有些上声字被人们念入去声，尤其是全浊音的上声大约在晚唐（或更早）已经混入了去声，所以更容易造成上去通押的情形。"浊上变去是唐宋间语音演变的重要现象。这一现象大致萌芽于初唐，中唐已相当常见，说明此音变正处在变化过程中，如白居易诗歌62个全浊上声字中，只押去声14个，只押上声33个，兼押上去声15个。只押去声的14个上声字比例较小，只占总数的22.5%（国赫彤，1994），可见浊上变去远没完成。这种语音现象在晚唐、五代各地诗人用韵中继续发展。周祖谟（1966A：655）在《宋代汴洛语音考》中说："考浊上之变去，不自宋始，唐末洛阳即已转变。"周先生的话暗示唐代就已存在的浊上变去现象，在宋代应该很普遍了，不但如此，还具区域差异：河南诗歌全浊上声93字，只押上声7字，押去声26字，兼押上去声达60字（谢洁瑕，2005A）；福建诗文136个全浊上声中，38字只押上声，押去声20字，兼押上去声达78字（刘晓南，1999：165）。就个案而言，江西欧阳修诗全浊上声字多数变读去声，但仍有8例只押上声（程朝晖，1986），王安石古体诗有18例（罗德真，1990），四川苏轼诗"一批全浊上声字变读或产生去声"（唐作藩，2001：125）。

唐宋笔记、韵图、音注等文献中亦见此语音现象的实录。

唐李肇《唐国史补》卷下："关中人呼稻为讨，呼釜为付，皆讹谬所习，亦曰坊中语也。"① "稻"是全浊上声字，关中人仍念上声，只是声母转为次清，"釜"亦全浊上声字，关中人却念为全清去声。

唐李涪《李涪刊误》云："然吴音乖舛，不亦甚乎？上声为去，去声为上，……又恨怨之恨，则在去声，很戾之很则在上声；又言辩之辩，则在上声，冠弁之弁，则在去声；又舅甥之舅，则在上声，故旧之旧，则在去声；又皓白之皓，则在上声，号令之号，则在去声。"② 李涪指出全浊上声字"很、辩、舅、皓"分别与全浊去声字"恨、弁、旧、号"同音，王力（1985：259）认为"这是晚唐时代浊上变去的确证"。

宋《韵镜·调韵指微》"上声去音字"条明确指出全浊上声当读去声："凡以平侧呼字，至上声多相犯。古人制韵，间取去声字参入上声者，正欲使清浊有所辨耳。或者不知徒泥韵策分为四声，至上声多例作第二侧读之，此殊不知变也。若果为然，则以士为史，以上为赏，以道为祷，以父母之父为甫，可乎？今逐韵上声浊位并当呼为去声，观者熟思，乃知古人制韵端有深旨。"③

鲁国尧先生（1994：120）《卢宗迈切韵法述评》第11部分"全浊上变为全浊去"：

> 卢宗迈"三十六母分清浊"表将十个全浊字母及其右下角小字

---

① 上海古籍出版社1957年版，第59页。
② 《丛书集成初编》本，中华书局1991年版，第16—17页。
③ 古籍出版社1955年版，第13—14页。

"全浊"都用朱笔书写，而且在该表左下空处大书"全浊字母下字并上去声同呼"。卢书（七）"全浊字母下上声去声同呼字图"，列47组四声相承字，按语："以上十个字母并属全浊，所以上去二声字同呼。今录出者并上声去声皆有字者，庶明未晓切韵人。以全浊上声字，例调作次清或全清字母下上声字呼之（原注：如'常上尚杓'却云'常赏尚杓'，若用'赏'字为上声，则合云'商赏饷铄'，是审字母下字也，非禅字母下字也），其误远矣。"

刘纶鑫（1997）考察宋元之际胡三省《通鉴释文辩误》中反切，其中反映浊上变去的反切有14条。

现在考察宋代江浙诗韵中的浊上变去。先钩稽江浙诗韵中上去混押韵段，然后统计全浊上声字的分布，见下表。统计分三项内容：A、全浊上声字只押上声；B、全浊上声字只押去声；C、上去通押中既含全浊上声字，又含次浊和清声上声字。

表2—1　　　　　　　　　全浊上声字分布

韵部	项目	全浊上声字及其入韵次数
歌戈部	A	垛$_4$舵$_{25}$祸$_7$堕$_9$坐$_{10}$惰$_4$
	B	惰$_7$堕$_{10}$坐$_{13}$祸$_9$
	C	坐$_4$祸$_8$荷$_7$堕$_6$
麻车部	A	社$_8$下$_{20}$
	B	社$_{15}$下$_{12}$
	C	社$_3$下$_9$夏$_4$
鱼模部	A	竖$_7$肚$_9$杜$_4$纻$_4$绪$_7$序$_6$拒$_4$炬$_3$叙$_9$父$_6$聚$_6$户$_{12}$柱$_6$妇$_{11}$阜$_1$竚$_2$伫$_2$部$_3$辅$_2$杼$_3$苎$_1$负$_{10}$
	B	杜$_4$部$_6$杼$_1$腐$_3$屿$_1$距$_2$叙$_8$父$_4$聚$_{25}$户$_8$柱$_8$伫$_2$妇$_3$辅$_2$绪$_3$负$_9$
	C	竚$_1$父$_6$聚$_9$户$_{12}$柱$_4$妇$_3$阜$_1$辅$_1$
皆来部	A	殆$_4$倍$_5$罢$_3$骇$_5$怠$_8$在$_{16}$罪$_7$待$_{10}$汇$_8$
	B	汇$_1$亥$_4$解$_6$怠$_5$在$_{18}$罪$_7$待$_5$蟹$_4$殆$_3$
	C	骇$_3$在$_{12}$罪$_5$待$_8$

续表

韵部	项目	全浊上声字及其入韵次数
支微部	A	雉$_2$ 陛$_4$ 荠$_4$ 祀$_3$ 恃$_4$ 仕$_6$ 涘$_3$ 市$_{13}$ 峙$_6$ 士$_{14}$ 是$_{18}$ 弟$_6$ 似$_{18}$ 氏$_8$ 豸$_2$ 视$_6$ 被$_5$ 事$_4$
	B	妓$_1$ 恃$_3$ 仕$_3$ 涘$_4$ 市$_9$ 峙$_4$ 士$_8$ 是$_{10}$ 弟$_4$ 似$_5$ 氏$_5$ 事$_{18}$ 荠$_2$
	C	俟$_1$ 祀$_2$ 涘$_1$ 市$_4$ 峙$_1$ 士$_4$ 是$_4$ 弟$_5$ 似$_8$ 氏$_4$ 视$_3$
萧豪部	A	绍$_3$ 皂$_4$ 昊$_6$ 稻$_3$ 道$_{30}$ 抱$_{12}$ 造$_9$ 鲍$_1$ 肇$_3$ 皓$_4$
	B	浩$_2$ 道$_{10}$ 抱$_8$ 造$_4$
	C	皓$_2$ 昊$_3$ 稻$_4$ 道$_{10}$ 抱$_5$ 造$_4$
尤侯部	A	绶$_5$ 受$_8$ 负$_4$ 臼$_4$ 妇$_{10}$ 厚$_{16}$ 后$_8$ 后$_{10}$ 寿$_8$
	B	咎$_5$ 厚$_4$ 后$_6$ 后$_{15}$ 绶$_4$ 部$_1$
	C	受$_5$ 负$_1$ 臼$_5$ 妇$_3$ 厚$_9$ 后$_{12}$ 后$_6$ 寿$_3$
监廉部	A	渐$_5$ 俭$_4$
	B	槛$_1$ 领$_2$ 犯$_2$ 渐$_4$ 剡$_5$ 芡$_2$
	C	范$_5$ 淡$_2$ 剡$_3$ 撼$_2$ 菡$_1$ 渐$_1$
侵寻部	A	甚$_2$ 噤$_2$ 葚$_1$
	B	甚$_3$
	C	
寒先部	A	贱$_8$ 断$_9$ 篆$_4$ 馔$_2$ 善$_3$ 办$_4$ 伴$_5$ 限$_4$ 莞$_2$ 辨$_3$ 栈$_2$
	B	浣$_1$ 圈$_3$ 践$_8$ 缓$_{10}$ 旱$_{10}$ 限$_8$ 断$_9$ 办$_8$ 伴$_8$ 饭$_2$ 馔$_2$ 铉$_3$ 瓒$_1$
	C	诞$_1$ 键$_2$ 馔$_4$ 篆$_4$ 限$_2$ 善$_4$ 断$_2$ 办$_6$ 伴$_2$
真文部	A	近$_4$ 混$_6$ 尽$_8$
	B	菌$_4$ 尽$_5$ 近$_{12}$ 肾$_2$
	C	盾$_4$ 菌$_3$ 尽$_6$ 近$_4$ 笨$_2$ 愤$_3$
江阳部	A	上$_9$ 丈$_8$ 杖$_4$ 象$_7$ 像$_4$ 荡$_3$
	B	上$_{20}$ 丈$_{16}$ 杖$_8$ 象$_6$ 像$_2$
	C	仗$_1$ 荡$_6$ 上$_1$ 丈$_5$ 杖$_2$ 象$_3$ 像$_2$
庚青部	A	幸$_3$ 并$_4$ 静$_1$ 艇$_8$ 挺$_3$ 杏$_3$ 病$_5$
	B	幸$_3$ 并$_4$ 静$_8$ 艇$_8$ 迥$_3$
	C	幸$_2$ 悻$_2$ 并$_1$ 静$_5$ 艇$_1$
东钟部	A	动$_{10}$ 重$_2$
	B	汞$_1$ 奉$_3$ 动$_{28}$ 重$_{14}$
	C	动$_5$

我们将上表的全浊上声字按照押韵方式整理成表 2—2。从表 2—2 可看出，全浊上声字中只押去声的有 23 字，只押上声的有 29 字，二者数量大致相当，而兼押上去声达 93 字，占总数 64.1%，这应该表明宋代江浙地区全浊上声字正处在向去声演变的过程中。

表 2—2　　　　　　　　　　全浊上声字分类

全浊上声字只押去声 23 字	腐屿亥解蟹妓浩咎槛领犯芡浣圈践缓旱铉瓉肾迥汞奉
全浊上声字兼押上去声 93 字	祸堕坐惰荷社下夏杜绪叙父聚户柱仁辅杼苧阜殆骇怠在罪待汇荠恃仕溰祀市峙士似氏视事是俟昊稻道抱造绶受负臼妇厚后寿渐剡范淡撼莒甚断篆馔善办伴限诞键近尽菌盾笨愤上仗丈杖像荡幸并静艇悻动重
全浊上声字只押上声 29 字	垛舵竖肚纻序拒炬倍罢雉陛豸被绍皂鲍肇俭噤葚贱莞辨栈混挺杏病

现在将宋代江浙诗韵全浊上声字押韵各种比例与同时期福建、河南诗韵比较，具体见下表。

表 2—3　宋代江浙诗歌全浊上声字押韵比例与福建、河南诗韵的比较

诗韵	全浊上只押去		全浊上只押上		全浊上兼押上去	
	字数	占总数百分比	字数	占总数百分比	字数	占总数百分比
江浙	23	15.6	29	20.3	93	64.1
福建	20	14.7	38	27.9	78	57.4
河南	26	27.9	7	7.5	60	64.6

上表显示，宋代江浙诗韵全浊上声字只押去声比例与福建相当，只押上声比例略低于福建，而兼押上去比例略高于福建，二地全浊上声字变去声的情况大体一致，均处在演变过程中。与江浙、福建形成对照的是河南地区，全浊上声字只押去声的比例分别约为江浙、福建的两倍，相应地，只押上声比例则远低于江浙、福建，说明宋代河南地区浊上变去的速度快于江浙、福建。浊上变去是伴随浊音清化产生发展的。近代北方话浊声母

大量清化，乃至消失；南方则保留浊声母，所以宋代河南地区浊上变去速度快于地处南方的江浙、福建就很正常了。直到现代，北部吴语部分区域如宜兴、无锡、绍兴、诸暨等地全浊上声读作阳上（赵元任，1956：78），南部吴语大部分区域全浊上声未归浊去而独立成阳上（曹志耘，2002：100—101），可以推测宋代江浙吴语中全浊上声调类也是存在的，可能读成阳上。

第二节 阴入通押

阴声韵与入声韵通押（简称"阴入通押"）是近代汉语语音演变的重要现象之一，它与入声韵尾的弱化或脱落密切相关。元代《中原音韵》入声韵不复存在，归入到了阴声韵。入声韵的变化集中在宋代，反映宋初语音的《尔雅音图》有韵母22部，其中入声7部已有"入声韵母的消变"现象（冯蒸，1992：518—535），宋初梵汉对音反映的韵母25部，含入声7部（储泰松，1996：356—357），此韵母系统的显著特点之一是"入声韵尾-k、-t已脱落为喉塞音，-p尾还保存着"（蒋冀骋，1997：125）。北宋邵雍《皇极经世书声音图》所反映的入声韵尾是否已脱落这一问题，学者观点存在分歧（周祖谟，1966A；陆志韦，1988；竺家宁，1994；蒋冀骋，1997）。宋代等韵图《七音略》《四声等子》《切韵指掌图》三书中"入声兼配阴阳，反映入声韵尾的开始变化，成为了喉塞音"（蒋冀骋，1997：148）。宋代诗、词、文用韵也反映出入声韵尾的变化，存在阴声韵与入声韵的通押现象，如鲁国尧（1986A：140—147）在《宋词阴入通叶现象的考察》一文中指出：2万余首宋词中阴入通押有69首，其中50首词作入声韵的归韵与《中原音韵》完全吻合。刘晓南师（2002：679—684）在宋代福建16000余首（篇）诗、词、文中发现阴入通押22例，其中14例入声韵归韵亦符合《中原音韵》。对于宋代诗、词、文中入声韵字在《中原音韵》中的归韵与其实际押韵不相符合的，则往往从作者方音中寻找线索，鲁国尧（1986A：140—147）认为宋词中吕渭老、曹勋、秦观、刘辰翁、黄人杰等人的5次阴入通押与宋词中常见的支鱼合韵有关，而后鲁国尧（1992：187—224）《宋元江西词人用韵研究》则将刘辰翁、黄人杰这两位江西词人的韵例"放在整个宋元江西词人用韵的背景下观察",认为"这也是支微与鱼模相叶,乃方音现象"。刘晓南(2002:683)特别注重从方音角度解释入声韵字在《中原音韵》中归韵与其实际押韵不相符合的现象,如宋代福建福清人林亦之将入声陌韵"魄"押入阴声韵"妇子母酒",属尤鱼(支)通押,是宋代闽方音现象;宋代四川诗韵39例阴声韵与入声韵的通押中,除了与《中原音韵》归韵相同的17例之外,还有15例不合《中原音韵》的入派三声,其中"12例可与四川诗人阴声跨部通押的'特韵'所反映的方音现象对应"(刘晓南、罗雪梅,2007A)。

在研究宋代江浙诗歌用韵的过程中,我们发现阴声韵与入声韵通押达45例,其中16例与《中原音韵》的归部相同;15例分析其入声韵字在《中原音韵》中的归部,则对应于宋代江浙诗歌用韵中阴声跨部通押所反映的江浙方音现象。宋代词人吕渭老是秀州嘉兴人,秦观是高邮人,联系宋代江浙诗歌用韵的大背景,二人的上述词韵用例其实亦可看成江浙方音现象。

(一) 韵段确认

宋代江浙诗歌取自北京大学出版社的《全宋诗》,经过韵例辨别、音义取舍和文字校勘等工作,最终确定阴声韵与入声韵通押的韵段。

1. 韵例辨别。古诗的"大停顿处不能无韵","大停顿处"即"语法终结处"(王力,2004:47),如崔敦礼杂古《李煜不朝伐之煜降江南平为震雷薄矣》第2韵段叶"阻舳勁速覆"(38—23773),这是一首杂言古诗,共3个韵段,此为第2韵段,"阻"字句:"宇宙混同,一方阻。"阴声语韵"阻"处偶句"大停顿处",与其他三个入声屋烛部字押韵。就"韵在章中的位置"而言,有些古诗为句句韵,且"全章只押一个韵部"(王力,2004:47),如张耒七古《送子野大夫罢兖倅归汶上》"衰鸡知归麾咨辉兹职辞"(20—13117),"职"字句:"上书荐君非我职,临分一醉当无辞。"此诗为句句韵,"职"虽处奇句位置,却应入韵,构成入声职韵"职"押入阴声韵字。

2. 音义取舍。有些韵字《广韵》《集韵》收阴声、入声两读。从音义匹配的角度看,分两种情况:(1)阴声、入声词义相同,即音异义同。如"出",《广韵》阴声、入声两读:至韵尺类切,未出义训,但《集韵》此音切训"自内而外也";术韵赤律切,训"进也,见也,远也"。因此,有"出"参与的阴声韵段,我们不认定为阴声韵与入声韵通押。如释智朋杂古《寒山赞》第 1 韵段"路出"（61—38539）。（2）阴声、入声词义各不相同，即音义皆异。如"切"，《广韵》读入声屑韵千结切，训"割也，刻也，近也，迫也，义也。《说文》：折也"；霁韵七计切，训"众也"。释普济五古《偈颂六十五首》第 14 首"切翠吷外"（56—35156）。"切"字句："圆通门户开，湛然应一切。""切"应合霁韵音义，此韵不能认定为阴声韵与入声韵通押。释宗印杂古《偈颂八首》第 1 首第 1 韵段"数没"（50—31097）。"数"字句："二由一有，一亦莫守，平地上死人无数。"从诗义看，"数"当读《广韵》遇韵所据切，"算数"之义；不能读觉韵所角切，此音训"频数"。因此，此韵段为阴声韵与入声韵通押。

3. 文字校勘。有些韵段表面看起来属于阴声韵与入声韵通押，不过经校勘，发现其韵字有误，故不能认定为阴声韵与入声韵通押。因此要特别注意韵字的校勘。试举例：

（1）陈造杂古《戏作》第 5 韵段"予诘"（45—28082），阴声韵字"予"与入声韵字"诘"相押。诗句："厚味腊毒古不予，如作病何仍古诘。"此诗为句句韵，每前后两句为一韵。第 4、6 韵段分别为"余无""坚怜"。"诘"，《宋诗钞·江湖长翁诗钞》①、文渊阁《四库全书·江湖长翁集》影印本均作"语"。结合诗义，我们倾向于用"语"。"厚味腊毒"出自《国语·周语》："高位寔疾颠，厚味寔腊毒。"意谓味美之物毒烈。

（2）滕岑七古《官捕虎行》第 5 韵段"出久集"（47—29610），阴声韵字"久"与入声韵字"出集"相押。核其出处《诗渊》②，"久"作"夕"，"久"字句"人虎为患朝连久"，诗义不明，如改成"夕"，语义清晰：朝夕人虎为患。"夕"与"出集"同属质缉部。"久"为"夕"之形讹。

（3）袁燮七古《他山之石》"复匵烛欲曲录伏躅服速续熟足沐"（50—30999），除"匵"之外，其余韵字皆为入声。"匵"字句："莫嫌山骨太坚峭，足使国珍充韫匵。""匵"，《广韵》至韵求位切，训"竭也，乏也。《说文》曰：匮也。"文渊阁《四库全书·絜斋集》影印本"匵"作"匵"。"匵"，《广韵》读屋韵徒谷切，训"匵匵"。《集韵》音切同

---

① 《万有文库》本，第二集七百种，王云五主编，吴之振、吕留良、吴自牧选编，李宣龚校补，商务印书馆 1935 年版，第 1 册，第 1097 页。
② 书目文献出版社 1985 年版，第 4 册，第 2837 页。

《广韵》，训"《说文》：匧也。通作椟。"因此，至韵"匴"当作屋韵"匵"。"匧""匵"两字易混，原因有二：一是二者形似，二是二者同义，皆"木匣""木柜"之义。

（4）蔡幼学五古《浮家》"緅足粟欲仆曲谷缛裂烛属束辱促"（51—31973）。除"緅"之外，其余韵字皆为入声。"緅"字句："春风扫积素，春雨涨新緅。""緅"，《广韵》《集韵》分别读海韵仓宰切、此宰切，义训同，为古代丝织品。核此诗出处元陈世隆《宋诗拾遗》卷十七[①]，"緅"作"绿"。"绿"，《广韵》《集韵》分别烛韵力玉切、龙玉切，义训同。用"緅"，韵律不协，诗义不明；而用"绿"，"春雨涨新绿"句义清晰，且该韵段全为屋烛部韵字。故用"绿"。"緅""绿"字形相似，易抄错。

（二）韵段统计

经过上述工作，得到宋代江浙诗歌用韵中阴声韵与入声韵通押 45 例。大致可分为两种类型：第一类以阴声韵字为主杂入个别入声韵字（含一阴一入两个韵字构成的韵段），共 34 例，第二类以入声韵字为主杂入个别阴声韵字，共 11 例，现分别罗列如下：

1. 以阴声字为主杂入个别入声字（一阴一入两个韵字构成的韵段隶此），共 34 例。入声韵字的右下方小字为其《广韵》所属韵。

（1）张耒七古《送子野大夫罢奂倅归汶上》"衰鸡知归麂咨辉兹职$_{职}$辞"（20—13117）

（2）孙觌五古《和叔毅田园五首》第 3 首"羁归剧$_{陌}$"（26—17006）

（3）释昙贲杂古《偈四首》第 1 首"字字直$_{职}$[②]"（30—19418）

（4）杨简杂古《慈溪金沙冈歌》第 1 韵段"里里水义蔽大日$_{质}$"（48—30095）

（5）释宗印杂古《偈颂八首》第 1 首第 1 韵段"数没$_{没}$"（50—31097）

（6）释智愚杂古《偈颂十七首》第 4 首"医及$_{缉}$机味一$_{质}$"（57—35960）

（7）马光祖杂古《迎享送神》第 3 韵段"姪壁$_{锡}$"（60—37935）

---

① 《新世纪万有文库》本，辽宁教育出版社 2000 年版，第 268 页。
② "直"，《广韵》收入声职韵除力切，训"正也"；《集韵》增收志韵直吏切，但义训为"《说文》：措也"。结合诗句"陷却多少平直"，"直"当取《广韵》入声读音。

第二章　宋代江浙诗韵的声调

（8）释普度四言《偈颂一百二十三首》第50首"互入_缉"（61—38506）

（9）释如珙杂古《偈颂三十六首》第34首"时毕_质"（66—41217）

（10）释如珙杂古《六祖大师赞》"起得_德"（66—41227）。

（11）杨简四言《上邓宪生辰》第10首"肉_屋母"（48—30091）

（12）钱时杂古《小甕瓶》第3韵段"俗_烛取"①（55—34344）

（13）释妙伦四言《偈颂八十五首》第73首"玉_烛鱼"（62—38903）

（14）释可湘杂古《偈颂一百零九首》第106首第1韵段"玉_烛珠"②（63—39310）

（15）沈辽七古《奉送殊师利》"裾都涂湖襦孤师枯㝢无屠虚娱如麤鱼书哺余拘卢吴居隅躇夫诛趺蜜_质蓬"③（12—8310）

（16）张耒杂古《惠别》第5韵段"予息_职"（20—13046）

（17）释慧晖四言《偈颂三十首》第20首第1韵段"历_锡去"④（33—20891）

（18）崔敦礼杂古《田间辞三首》第3首第1韵段"屋_屋子"（38—23779）

（19）尤袤五古《大暑留召伯埭》"暮踞途弩罼_术㝢去"（43—26861）

（20）钱时五古《闻儿辈举渔者言喜成古调》"此美市尔里砥鹿_屋比眦死齿已语子"（55—34342）

（21）释智愚杂古《偈颂二十五首》第21首"泣_缉许"（57—35904）

（22）释崇岳杂古《偈颂一百二十三首》第65首"么窟_没"（45—27819）

（23）薛季宣杂古《渊鱼》第3韵段"活_末所"（46—28707）

（24）释妙伦杂古《寿首座请赞》"大过磨咄_没"（62—38910）

（25）王令五古《姚坚老见约偶成》"候斗昼簇_屋秀咮诟就彀究寇宥厩

---

① 此诗为句句韵，相关诗句："乃知物无贱与贵，要在制作何如耳。轮囷如瓠不脱俗，虽玉万镒吾何取。……"第2、3、4韵段为：贵耳/俗取/言篇旋怜捐天贤然。"俗取"单独成为一个韵段。

② 此诗第2韵段为"怜知"。

③ 核对相关版本，无文字讹误。此诗三十句，除"师"字句、"蜜"字句外，其余句子皆入韵。从用韵的整体和谐看，三十句中偏偏此两句不入韵的可能性比较小。故"师""蜜"两字倾向于入韵。

④ 此诗第2韵段为"心情"。

购䑏"（12—8144）

（26）刘一止五古《赋程伯禹给事漫吾亭一首》"溪畦黎圭题齐西蹊阙_月跻低迷"（25—16690）

（27）释智愚杂古《偈颂十七首》第14首"至飋_叶气睡利宜"（57—35961）

（28）释大观杂古《顽空法师赞》"锥达_曷澜旗非枝之"（62—38957）

（29）张榘杂古《题刘直孺拙逸轩》"使异水议峙矣世济拙_薛值尔计子"（62—39227）

（30）汪元量七古《竹枝歌》第6首"归栟_狎"（70—44057）

（31）唐仲友杂古《续八咏·八咏掞英词》第7韵段"度赋缺_薛聚去顾慕趣璐遇树"（47—28978）

（32）释妙伦杂古《偈颂二十二首》第5首第1韵段"解结_屑"（62—38905）

（33）释慧开杂古《偈颂八十七首》第29首"测_职窥儿疑"（57—35660）

（34）释大观四言《偈颂五十一首》第20首"差贼_德"（62—38949）

2. 以入声韵字为主杂入个别阴声韵字，共11例。阴声韵字的右下方小字为其《广韵》所属韵。

（35）崔敦礼杂古《李煜不朝伐之煜降江南平为震雷薄矣》第2韵段"阻_语舳戮速覆"（38—23773）

（36）释智愚杂古《偈颂二十五首》第8首"缺者_马洁说"（57—35903）

（37）徐积杂古《琼花歌》第15韵段"速束玉累_寘"（11—7562）

（38）释普度杂古《偈颂一百二十三首》第111首"鎚_脂目毒馥"（61—38511）

（39）释斯植杂古《寄衣曲》第1首"取_麌忆息"（63—39325）

（40）释如珙杂古《偈颂三十六首》第9首"唧㩓归_微"（66—41216）

（41）戴复古五古《客行河水东》"西_齐北色极役息"（54—33456）

（42）王周五古《志峡船具诗·橹》"楫涉爪_巧筴叶"（3—1759）

（43）俞充五古《贻溪怀古十篇·濯缨亭》"濯记_志跃薄"（12—8362）

（44）释了演杂古《偈颂十一首》第 5 首"热直灸_有①壁极"（31—20052）

（45）释智深杂古《偈》"灭橛尘缺鳖跌_虞②拙"（35—22347）

（三）语音分析

根据上文韵段的分类，我们亦分两种类型考察宋代江浙诗歌用韵中阴声韵与入声韵通押的语音依据。

1. 以阴声韵字为主杂入个别入声韵字，共 34 个韵段

个别入声韵字押入阴声韵，表明江浙诗韵中的入声韵尾较弱，使得入声韵听起来与某些阴声韵很接近。现在考察宋代江浙诗歌用韵中入声韵押入阴声韵的类型，具体做法是把例中入声韵字的押韵方式与《中原音韵》的入声归阴声相对照，看看哪些与《中原音韵》相符，哪些不符，从而判断江浙诗歌用韵中入声韵与阴声韵的关系。具体统计见下表。《中原音韵》中不收的字，据偏旁或同音字推测其韵部，并用黑体字标识该韵部以示区别。表中"江浙韵部"指与该入声韵字相押的阴声韵字所属的韵部，即宋代江浙诗歌用韵 18 韵部系统中的 7 个阴声韵部：歌戈部、麻车部、皆来部、支微部、鱼模部、萧豪部、尤侯部（钱毅，2008：25—26），此栏中"支"是"支微部"的简称，其余依次类推。"中原归部"指《中原音韵》韵部名，"齐"是"齐微部"的简称，其余依次类推。

表 2—4　　江浙诗歌用韵中押入阴声韵的入声字

入声韵字	质缉部押阴声韵									
	蜜	息	职	剧	直	历	壁	霉	窟	日	没
押韵次数	1	1	1	1	1	1	1	1	1	2	1
江浙韵部	鱼	鱼	支	支	支	鱼	支	鱼	歌	支	鱼
中原归部	齐	齐	齐	齐	齐	齐	齐	齐	鱼	齐	鱼

---

① 尤侯部"灸"押入此韵。"灸"字句："若谓世谛流通，燋盘重添艾灸。"经核此文出处《续古尊宿语要·谁庵演禅师语》（蓝吉富：《禅宗全书·语录部八》，文殊文化有限公司 1989 年印行，第 261 页），无文字讹误。

② 鱼模部虞韵"跌"押入此韵。"跌"字句："末后拘尸城畔，堛示双跌。"另外，"尘"押入此韵："四十九年，播土扬尘。"经核此诗出处《五灯会元》卷 20，无文字讹误。"灭"，《中原音韵》收入家麻"入声作去声"；"缺鳖拙"三字《中原音韵》收入家麻"入声作上声"；"橛"，《中原音韵》未收，而其音韵地位相同的"蕨"《中原音韵》收家麻部"入声作上声"，据此推断"橛"应收《中原音韵》家麻"入声作上声"。

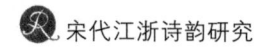

续表

	质缉部押阴声韵								
入声韵字	测	泣	及	一	入	咄	贼	毕	得
押韵次数	1	1	1	1	1	1	1	1	1
江浙韵部	支	鱼	支	支	鱼	歌	麻	支	支
中原归部	皆	齐	齐	齐	齐、鱼	鱼	齐	齐	齐

续表

	月帖部押阴声韵							屋烛部押阴声韵					
入声韵字	阙	活	缺	蠲	结	达	拙	柙	屋	肉	鹿	俗	玉	簇
押韵次数	1	1	1	1	1	1	1	1	1	1	1	1	2	1
江浙韵部	支	鱼	鱼	支	皆	支	支	支	支	尤	支	鱼	鱼	尤
中原归部	车	歌	车	车	车	家	家	家	鱼	尤	鱼	鱼	鱼	鱼

我们将34个韵段分成三部分加以分析,一是与《中原音韵》归部相同;二是与《中原音韵》归部不同,但与宋代江浙诗歌用韵中阴声跨部通押相符;三是既与《中原音韵》归部不同,又不符宋代江浙诗歌用韵中阴声跨部通押。

(1) 与《中原音韵》归部相同。共14例,具体韵段为例1—14,其中质缉部押阴声韵10例,屋烛部押阴声韵4例。

质缉部押阴声韵10例,见例1—10。涉及11个入声韵字:职剧直壁日没及一入毕得,除"没"字外,其余韵字《中原音韵》均派入齐微部。"职",《中原音韵》虽不收,据同声符的"识"可推入齐微部,"没",《中原音韵》派入鱼模部,江浙诗歌用韵亦押鱼模部。"入",《中原音韵》收两读:齐微和鱼模,江浙诗歌用韵只与鱼模部押韵。

屋烛部押阴声韵4例,见例11—14。"俗玉",《中原音韵》均派入鱼模,江浙诗歌用韵将2字押入鱼模部,二者吻合,只是声调上存在差异:"俗",《中原音韵》派入鱼模"入声作平声",例12却叶上声字"取";"玉",《中原音韵》派入鱼模"入声作去声",第13、14两例分别叶鱼模平声字"鱼""珠"。这4例中有2例为僧诗,僧人作诗"俗而粗疏,用韵不精,既取口语方音亦有音近合韵"(刘晓南、罗雪梅,2006),这样看来，其声调的差异还是可以理解的。例 11 "肉"，《中原音韵》派入尤侯"入声作去声"，杨简诗与尤侯部厚韵"母"押韵。

（2）与《中原音韵》归部不同，但与宋代江浙诗歌用韵中阴声跨部通押相符。共 11 例，具体韵段即例 15—25，涉及宋代江浙诗歌用韵阴声跨部 3 种通押。

① 支微部与鱼模部通押 7 例，见例 15—21。"蜜息历泣"4 字《中原音韵》派入齐微部；第 19 例 "礘"，《中原音韵》未收，据同韵字"执汁"等推测，应属《中原音韵》齐微部，但是此 5 字江浙诗歌用韵都押鱼模部。从通语的角度看，这些韵例不能做出合理的解释，但是联系宋代江浙诗歌用韵的大背景，可以认为是宋代江浙方音的体现，因为宋代江浙诗歌用韵中阴声韵部支微与鱼模通押现象严重，属宋代江浙方音的特征之一（钱毅，2011）。质缉部字（开口）韵尾弱化或脱落而接近或变成阴声支微部字，然后再与鱼模部通押，这大概就是其押韵之缘由。同理，例 18、20 "屋鹿"2 字韵尾弱化或脱落而接近或变成阴声鱼模部字，然后再与支微部通押。

② 歌戈部与鱼模部通押 3 例，即例 22、23、24。"窟"，《中原音韵》派入鱼模"入声作上声"，例 22 构成鱼模、歌戈部通押。"活"，《中原音韵》派入歌戈"入声作平声"，例 23 构成鱼模、歌戈部通押。例 24 "咄"，据"出"推测其应入《中原音韵》鱼模部，亦构成鱼模、歌戈部通押。宋代江浙诗歌用韵中鱼模、歌戈两部通押较多，属宋代江浙方音现象（钱毅，2008：108—110）。

③ 鱼模部与尤侯部通押 1 例，即例 25。王令五古《姚坚老见约偶成》"候斗昼簇秀味诟就彀究寇宥厩购鼰"（12—8144），"簇"字句："林梢释冬枯，土蘘壮春簇。"沈文倬校点本《王令集》①、明钞本《广陵先生文集》② 均作"蔟"。先看"簇""蔟"两字的音义："簇"，《广韵》读屋韵千木切，"小竹"；《集韵》除屋韵外，另收觉韵测角切，"作饼具"。"蔟"，《广韵》收两读：屋韵音切同"簇"字屋韵，但是义训不同，"蚕蔟"，即供蚕吐丝作茧的用竹、木、草等做成的用具；候韵仓奏切，"太蔟"，古代律名。结合诗义，当用"簇"，音屋韵千木切，"春簇"即"春

---

① 上海古籍出版社 1980 年版，第 141 页。
② 《宋集珍丛刊》本，四川大学古籍研究所编纂，线装书局 2004 年版，第 51 页。

天的小竹"。虽然"蔟"有去声候韵读音,但其义训与诗义不合。"簇",《中原音韵》收鱼模"入声作上声",故此韵段可看成鱼模部字押入尤侯部,这一用韵亦属宋代江浙方音现象(钱毅,2008:121—123)。

(3) 既与《中原音韵》归部不同,又不符宋代江浙诗歌用韵中阴声韵跨部通押,共9例,具体见例26—34。

例26—32为月帖部字押阴声韵,涉及7个韵字:阙鬣达拙柙缺结,其中"阙鬣缺结",《中原音韵》派入车遮部;"达拙柙",《中原音韵》派入家麻部。但是江浙诗歌用韵"阙鬣达拙柙"5字押入支微部,与《中原音韵》所派韵部不同。现代江浙支微部止摄阴声韵开口以读-i、-ɿ韵为主。"阙"属月帖部合口,现代江浙方言资料暂不见其语音记录,但从音韵地位一致的"月"推知其韵母大概为-ciʔ、-yeʔ、-yoʔ、-ye。可见这一押韵现代江浙语音不能支持。"鬣"为开口字,现代江浙方言资料亦未见,仍据其同韵字"切接"推其韵母为-iʔ、-ɿʔ、-i、-iəʔ、-ieʔ,与支微部大致同韵,反推也许宋代江浙实际读音二者亦同韵;"缺",在江浙诗歌用韵中与鱼模部相押,此例出自浙江金华人唐仲友之手,从现有方言资料看,现代金华方言"缺"读-yəʔ、-ɥyoʔ韵,鱼模主要读-u、-y韵(钱乃荣,1992),"缺"金华方言带有元音y,如果y读得重一点,听起来就跟读鱼模部很相似。再看周边情况,金华南部的吴语区丽水遂昌、庆元两地"缺"与部分遇摄字韵母音近(曹志耘,2002),见下表:

表2—5　　　遂昌、庆元两地"缺"与部分遇摄字韵母读音

	缺	遇摄一等	遇摄三等
遂昌	yeʔ	uɤ	ie、yɤ、uɤ
庆元	yeʔ	ɤ、uɤ	ɤ、ye

温州"缺"字韵母为-y,部分遇摄字读-u、-y韵,二者完全可协。金华、遂昌、庆元、温州同属南部吴语区,遂昌、庆元、温州三地"缺"字与部分遇摄字韵近、韵同的事实,似乎可作金华唐仲友将"缺"押入鱼模部这一韵例的旁证。"结",台州黄岩诗僧妙伦将其与蟹摄蟹韵字"解"押韵,江浙吴语"解"韵母为-a、-ɑ、-A、-ia、-iɑ、-iA,"结"韵母多为-ieʔ、-iəʔ、-ɿʔ、-iɿʔ,可见江浙吴语区"解结"不同韵。但是,黄岩北部的天台(黄岩、天台均属台州)"结"韵母读-iæʔ,"解"读-a韵,æ、a

是不圆唇元音,只是舌位高低略有不同,"结"字喉塞尾轻读的话,就近于"解"读音。妙伦曾居于天台国清教忠禅寺多年,因此"解结"两字押韵可能受到天台语音的影响。

例33 "测",《中原音韵》收入皆来"入声作上声",其余为支微部韵字,可能与支微、皆来通押有关(钱毅,2008:113—117)。

例34 "贼",《中原音韵》派入齐微部,"差"字句:"孤危不立,坐断千差。""坐断千差"本意为消除世间万法的种种差别相,达到万法一如的平等境地,因此根据语义,"差"字应读麻车部。宋代江浙诗歌用韵中麻车、支微两部有少量混押现象(钱毅,2008:124—125),大观的韵例也许与这种混押有关。换一思路看,"差"似乎可理解为"参差"之"差","千差"即"种种差别",也就是参差不齐,而"参差"之"差"属支微部,这样的话,"差贼"就与《中原音韵》的归部相同了。当然也不排除采支微部的音取麻车部的义。

综合起来看,个别入声韵字押入阴声韵字的34例中有14例与《中原音韵》的归部相同,宋代江浙诗歌用韵的这种归并基本是与通语同步的。其中以质缉部押支微部、屋烛部押鱼模部数量最多,如此集中的押韵,定有个中缘由。刘晓南师(2012:101—103)曾从支微、鱼模、屋烛、质缉四部的语音结构上找到原因:宋代通语支微部(含《中原音韵》齐微部、支思部)由中古止摄和蟹摄细音和合口一等组成,在《切韵》音系中其韵母以-i为主元音或韵尾,历经唐宋音变,各韵之间细微差别逐渐缩小,并向-i元音音位逼近,从而变为开口-i或-ei,合口-ui或-uei。与支微部通押的质缉部,来自中古臻摄、梗曾摄、深摄的入声,除塞音尾不同外,其主要元音也应是-i或-e、-ə,经过韵部的合并,主元音和韵尾都发生变化,开口成为-iʔ或-eʔ,合口成为-uiʔ或-ueiʔ。鱼模部来自中古遇摄,有洪细之分,经过唐宋音变,洪音为-u,细音为-iu,屋烛部来自中古通摄的入声,也有洪细两读,演变为洪音-uʔ、细音-iuʔ。因此出现质缉部开口押入支微部、屋烛部押入鱼模部的现象就很正常了,其实这种通押就是主要元音相同而韵尾略有差异的韵母音近通押:

iʔ——i,uʔ——u,iuʔ——iu

喉塞韵尾是一个塞音的弱化形式,读得松一点,听起来就容易与零韵尾相混。由此推论,屋烛部和铎觉部的韵尾也应是喉塞尾,如果屋烛部的韵尾仍是-k,那它很难与鱼模部通押。总之,三个入声塞韵尾-p、-t、-k,

在宋代实际用韵中都应该变成喉塞韵尾-ʔ（刘晓南，1999：143）。

与《中原音韵》归部不同有 20 例，这些韵例且不合通语。其中有 11 例可与宋代江浙诗歌阴声韵跨部通押相对应，其中 7 例对应支微部与鱼模部通押，3 例对应歌戈部与鱼模部通押，1 例对应鱼模部与尤侯部通押。

2. 以入声韵字为主杂入个别阴声韵字，共 11 个韵段

分析方法与第一类基本相同，我们首先把所有入韵的入声韵字按照《中原音韵》的分布归入相应的阴声韵，具体见下表，然后考察杂入该韵段的个别阴声韵字是否跟它们同韵部。

表 2—6　　江浙诗歌用韵中杂入个别阴声字的入声韵段中的入声字

	质缉部									月帖部							
入声韵字	忆	息	楫	筴	北	色	极	役	直	壁	唧	缺	洁	说	叶	涉	热	灭	橛	鳖	拙
押韵次数	1	2	1	1	1	1	2	1	1	1	1	2	1	1	1	1	1	1	1	1	1
中原归部	齐	齐	车	皆	齐	皆	齐	齐	齐	齐	齐	车	车	车	车	车	车	车	车	车	车

	屋烛部								铎觉部			
入声韵字	舳	戮	速	覆	束	玉	目	毒	馥	摛	濯	跃	薄
押韵次数	1	1	2	1	1	1	1	1	1	1	1	1	1
中原归部	鱼	鱼	鱼	鱼	鱼	鱼	鱼	鱼	鱼	鱼	萧	萧	萧

参照上述"以阴声韵字为主杂入个别入声韵字"的分析类型，也可将这 11 个韵段分成三部分：

（1）与《中原音韵》归部相同。经比较，11 例中有 2 例通押完全符合《中原音韵》归部，分别是例 35、36。"戮速覆" 3 字《中原音韵》都派入鱼模部，"舳"不见于《中原音韵》，但是同韵字"轴筑"等入鱼模部，因此推其亦入鱼模部，同时"阻""土"也入《中原音韵》鱼模部，很明显，例 35 韵字的归部与《中原音韵》相同。例 36 阴声韵字"者"在《中原音韵》入车遮部，入声"缺洁说"亦派入车遮部。

（2）与《中原音韵》归部不同，但与宋代江浙诗歌用韵中支微、鱼模跨部通押相符，共 4 例，具体见例 37—40。例 37 叶"速束玉累"，阴声支微部"累"与入声屋烛部"速束玉"通押，而"速束玉"《中原音韵》属鱼模部；同理，例 38、39、40 亦形成支微、鱼模两部通押。加上上述"以阴声韵字为主杂入个别入声韵字"中的 7 例，通押中涉及支微、鱼模

两部通押达 11 例，均为宋代江浙方言语音的反映。

（3）既与《中原音韵》归部不同，又不符宋代江浙诗歌用韵中阴声韵跨部通押，共 5 例，具体见例 41—45。例 41 戴复古五古《客行河水东》叶"西北色极役息"（54—33456），阴声韵字"西"和入声韵字"北极役息"《中原音韵》均入齐微部，"色"入皆来部，如果"色"不计，那么归部与《中原音韵》完全相同。戴复古是浙江黄岩人，将"色"与其他 4 个入声字一起入韵，表明可能在他的口音中"色"与其他 4 字音近。今黄岩话的读音不能支持戴氏的押韵："色"读ɐ-韵，"北极役息"分别读-ɔʔ、-ieʔ、-yoʔ、-ieʔ韵。不过，金华、永康、衢州等地这 5 个字韵母相近（"役"方言资料不收，据同韵字"疫"拟音），具体见下表：

表 2—7　绍兴、金华、永康、衢州四地"色""北""极""役""息"韵母读音

	绍兴	金华	永康	衢州
色	əʔ	əʔ	əʔ	əʔ
北	oʔ	əʔ	ə	ə
极	iɪʔ	iəʔ	iəʔ	iəʔ
役	yoʔ	iə	iə/ye	iəʔ
息	iɪʔ	iə	iɛ	iəʔ

笃志于诗的戴复古，曾登陆游之门学诗，且在浙江绍兴一带游历多年，但是现代绍兴话不能支持这一用韵。至于是否与金华、永康、衢州等地方音有关，还有待考证。

例 42—45 韵字归部与《中原音韵》不符，这些韵例从阴声韵之间押韵的角度不能作出合理解释，现代方音亦无遗存，故存疑待考。

宋代江浙诗歌用韵中阴声韵与入声韵通押共 45 例，其中以阴声韵字为主杂入一个入声韵字的占 34 例，押入声韵字为主杂入个别阴声韵字的占 11 例。45 例中有 16 例与《中原音韵》的归部相同，说明宋代江浙诗歌入声韵字与阴声韵字的归并基本上与通语同步，入声韵尾正处于削弱、脱落的过程当中；15 例虽然不符合《中原音韵》的归部，依据其入声韵字在《中原音韵》中的归部，却与宋代江浙诗歌用韵中阴声韵之间的某些通押相吻合，其中对应于支微部与鱼模部通押 11 例、歌戈部与鱼模部通押 3

例、鱼模部与尤侯部通押 1 例,而阴声韵之间的这三种通押是宋代江浙方音的反映。因此,这些阴入通押韵例可以看成是宋代江浙方言语音的体现。

  宋代历史语音研究将阴声韵与入声韵通押视为宋代通语音变的重要内容之一(刘晓南,1999:145—148),不过通语音变这一主流音变中伴随有方言语音的信息。宋代江浙诗歌用韵中阴声韵与入声韵的通押研究进一步延伸了宋代通语音变的研究范围,提升了宋代通语音变的语音价值。

第三章　宋代江浙诗韵的韵字

　　古代诗文用韵中有些韵字的读音与韵书所载读音不同，这些"不同"的读音可以立足宋代通语，利用其他文献，结合现代语音，梳理其"不同"的缘由或演变线索。有些韵字不见于《广韵》《集韵》或其他字书，则可以补《广韵》《集韵》或字书的阙遗。韵部系统的归纳是建立在韵字分析的基础上的，可以说每一韵字读音直接影响韵部的归纳。可见，韵字读音的研究有着重要的作用，"它们是汉语史和语音史应当加以重视的材料"，所以"研究诗词用韵，应该重视考察字音"。（鲁国尧，1992）

　　将讨论的韵字分成阴声、阳声、入声三大部分，每一部分又以宋代江浙诗歌韵部的先后为顺序。

第一节　阴声韵字

一　歌戈部

　　簑，《广韵》《集韵》及其他宋代常见字书、韵书均不收此字，元《中原音韵》歌戈部平声莎小韵下收"簑"不收"蓑"，《中州音韵》同；清光绪间刊闽南方言韵书《汇音妙悟》高字韵收"簑"，注曰："草名，可为雨衣。"《汉语大字典·竹部》："簑，同蓑。""簑"为"蓑"异体。宋代江浙诗韵将此字押歌戈部平声，共4例：

①程俱七绝《数日江上颇有春色偶成》第4首"何波簑"（25—16373）

②方一夔七律《杂兴三首》第3首"过坡多簑歌"（67—42278）

③方一夔七律《田家》第1首"科何多歌簻"（67—42285）
④王镃七律《述怀》第2首"波他多簻科"（68—43208）

做，《广韵》不收此字，《集韵》将"做"作为"作"去声读音的俗字列出（《集韵》"作"字共5个反切读音）："宗祚切，造也。俗作'做'，非是"，这应该是官修韵书中首次收录"做"字。后来，《中原音韵》鱼模部去声。《洪武正韵》十四个韵"左"小韵下收"作"字，音子贺切，并指出"作"俗作"做"。《字汇》"做"子贺切。唐以前文献无"做"字，只有"作"字，李蓝（2003）推断"做"是从"作"分化出来的，上古两字形同音近："做"属鱼部阴声，"作"属鱼部入声。至西汉，鱼部阴声韵字的浊辅尾脱落（或转化为同部位的元音韵尾），演变成遇摄去声暮韵，到唐宋，"做"开始独立于"作"，宋元以后逐渐成为音、形均不同于"作"的新字。

宋代江浙诗韵"做"入韵3次，其中2次押歌戈部去声，1次押鱼模部去声：
①张耒五古《无罪福》"坐过做磨"（10—6466）
②释宗岳四言《偈颂一百二十三首》第123首"个做"（45—27824）
③释宗岳五古《颂古二十五首》第17首"路做"（45—27827）

李蓝（2003）还说到：中古"做"字来自上古读鱼部阴声"作"tsagh字，其读音为宗祚切tso，发展到现代就成了去声tsu，也就是说现代"做"字的来源是单一的，由古到今的变化是一条直线：上古"作"tsagh→中古"做"tso→现代"做"tsu，但是这似与宋代江浙诗人中"做"字押歌戈、鱼模两部的事实不符。从宋代江浙诗韵"做"字押歌戈、鱼模两部的事实大致可推宋代"做"字有个韵、暮韵两读。

蠡，《广韵》止、果、通三摄，共四音：
①支韵吕支切，训"《匈奴传》有谷蠡也。又音鹿。"
②荠韵卢启切，训"蠡吾，县名，在涿郡。又彭蠡，泽名。"
③戈韵落戈切，训"瓠瓢也。又礼、鹿二音。"
④又音"鹿"。

丁谓五律《海》"蠡波多何"，诗句："积润容零露，无涯任酌蠡。"（2—1160）"蠡"取戈韵音义。陆游五古《送子龙赴吉州掾》"已止此蠡鬼橇篾耻水毁礼旨指美峙几启比耳齿里履累子死纸"，诗句："汝行犯胥涛，次第过彭蠡。"（40—25186）"蠡"取荠韵音义。韦骧五古《暑雨言怀和潘倅十八韵》"和沱荷科罗波蓑哦蛾多拖鼍蠡莪醝呵歌跎",诗句:"屡促低弦轸,频倾浊酒蠡。"(13—8508)"蠡"下注:"四库本作螺。""螺",《广韵》《集韵》分别音戈韵落戈切、卢戈切,义训皆为"蚌属"。《集韵》"螺蠡"两字是一起作为"蠃"的或体出现的,这表示"螺蠡"具有相同的义项:蚌属。表面看"蚌属"这一义训与诗义不合,但是螺这种蚌类软体动物是有贝壳的,贝壳大的可作酒杯,因而"螺"往往成为了"螺类酒杯"的代名词,如北周庾信诗《园庭》:"香螺酌美酒,枯蚌藉兰肴。"注:"……《王子年拾遗记》曰:'汉武帝思怀李夫人,侍者觉帝容憯怨,乃进洪梁之酒,酌以文螺之卮。卮出波祗之国。'知螺可用为酒卮也。"① 可见"酒蠡"与"酒螺"义同,可以互换。基于此义,"蠡"与"螺"可视为异体,《四库》本改"蠡"为"螺",当看作异文。

"蠡"字荠韵、戈韵俱见江浙诗韵,且《中原音韵》卷上齐微上声、歌戈平声阳均收"蠡"字;支韵虽不见江浙诗韵,而《中原音韵》卷下"蠡"字云:"《单于传》谷蠡,音离,又音螺,瓠瓢也。"可知宋代"蠡"字确有支、荠、戈三韵读音。现在看"蠡"的入声读音。"蠡"字入声"鹿"只现于支、戈两韵的又音,但查《广韵》"鹿"所在的屋韵中无"蠡"字,《广韵》屋韵禄(力谷切)小韵中收"鹿"与"谷"。"谷"字义训为:"《汉书·匈奴传》有谷蠡王,蠡音离。"又屋韵谷(古禄切)小韵收"谷"字,"……又欲、鹿二音。"又《汉书》卷94上:"置左右贤王,左右谷蠡。"唐颜师古注:"谷音鹿。蠡音卢奚反。"② 由此推知,并非"蠡"音"鹿",而是"谷"音"鹿",为"谷"又音。余廼永(2000)《新校互注宋本广韵》(增订本)对此有详尽阐述,现照录如下:

  蠡 四十六·二③吕支切。注:"《匈奴传》有谷蠡也。又音鹿。"按"又"乃"谷"之讹写,盖四五一·三屋韵卢谷切处但有谷字;又卢谷切"谷"注:"《汉书·匈奴传》有谷蠡王,蠡音离。""离"音吕支切。二字注中之音正相互注也。"蠡"于一六三·五戈韵落戈切注亦同误,其言云:"匏瓢也。又礼、鹿二音。""礼"见二六八·四

---

① 许逸民校点:《庾子山集注》,中华书局1980年版,第279页。
② (汉)班固撰,中华书局1962年版,第11册,第3751页。
③ 两数字中前一个指韵字在《新校互注宋本广韵》(余廼永,2000)中的页码,后一个指行数。下同。

茅韵卢启切，下正有蠡字；而"鹿"之音，则袭前讹也。否则，"谷蠡"之名，二字俱同一音，天下有此怪名乎？又谷字于屋韵之以"卢谷"为切，是同字岂得作切耶？此亦反切之例外也。《切韵》系书无蠡字，后增。①

迦，释可湘杂古《偈颂一百零九首》第 3 首"迦和陀呵歌"（63—39301）。据刘晓南师（1999：127—128）考证，《切韵》系列韵书收"迦"于戈韵，宋以前"迦"当读戈韵，《五音集韵》隶麻韵，"迦"至迟在北宋时期即已转为麻韵，《中原音韵》只收于家麻部。周祖谟先生（1989：194—219）将唐敦煌变文"迦"归假摄，晚唐、宋代诗文用韵"迦"基本上只押麻韵。可湘诗"迦"与歌戈韵相押，应是宋前读音。

揣，强至五古《次刘才邵送魏彦成韵》"苛可伙颇簸垛播傩揣左舵舸朵"，诗句："谁云出处间，此事难预揣。"（10—6898）《广韵》二读：纸韵初委切，训"度也，试也，量也，除也"；果韵丁果切，训"摇也"。强至诗"揣"字押歌戈部，当音果韵丁果切，但果韵的义训"摇也"不合诗义。诗中"预揣"之"揣"字应为"度也，试也"，因此，从义训的角度看，"揣"应读纸韵初委切。

二 麻车部

他，《广韵》歌韵托何切，《集韵》歌韵汤何切，《韵会》属歌字母韵，《中原音韵》亦只入歌戈部，《洪武正韵》入十四歌，但字义多从《洪武正韵》的《词林韵释》则分别收何和韵、嘉华韵，表明"他"明代当有两读。宋代江浙诗韵"他"入韵共 35 次，其中 23 次押歌戈部，12 次押麻车部。各举两例：

①施枢七律《雨吟》"和罗莎多他"（62—39116）
②释云岫七绝《天宁火后》"他多"（69—43536）
③贾似道七绝《阴阳牙》"牙夸他"（64—39979）
④释如珙七绝《颂古四十五首》第 38 首"差沙他"（66—41225）

"他"在宋代福建文士用韵中以押歌戈部为常，诗歌用韵中只押押歌

---

① 详见《新校互注宋本广韵·校勘记》，第 17 页。

戈，押麻车部6次：押词韵4次、韵文用韵2次。刘晓南师（1999：151）认为："他"押麻车部只见于词韵及韵文，且以词韵为多，反映出宋人用韵时因文体不同（词俗诗雅）而押韵取音不同的趋向，进而推知宋代"他"的麻车部读音是俗读。江浙诗人用韵中"他"字12次押麻车部，而福建诗韵竟无1例押麻车部，二地差别很大，不过江浙诗韵这12例中有6例为僧诗，这其中还包括3首"颂"诗。僧人诗作尤其是"颂""偈"讲究口语化，口语化的语言往往包含一些俗读，因此江浙诗歌"他"读麻车部多为僧诗的事实也反映出据文体取音的趋向。可见，"他"在宋代以读歌戈部为主，麻车部读音只出现在口语化的文体如词、颂、偈等之中，并影响其他文体，元以后，歌戈部读音逐渐消退，俗读占主导地位，且延续至今，现代汉语读-a韵母。

陈造杂古《楚辞三章送郭教授趋朝》第3首第3韵段"懦堕过和课他"（45—28262），"他"与歌戈上去声押韵，诗句为"一息怳三秋兮胡为去我而他之"。"他"，《广韵》无此音读。查《集韵》，"馱"字有一或体，即"他"。"馱"，《广韵》个韵唐佐切，训"畜负物也"。

打，上古当属耕部，阳声韵。《广韵》亦收阳声韵，有两音：梗韵德冷切、迥韵都挺切。《集韵》同。但是自唐代后期开始，"打"字大概即有阴声一读。《全唐诗》卷八七八《打麦谣》："打麦，麦打。三三三，舞了也。"诗后注："元和九年六月三日，盗杀宰相武元衡。先是，长安中有此谣。"①"打也"押韵，"也"是马韵字。表明唐代后期长安口语中"打"字可能已读阴声。到宋代，通语及大多方言都读阴声。各地诗词文中"打"基本都以阴声入韵，如《全宋词》"打"入韵8次只押家麻部。宋元韵书真实记录了这一音变，《增修互注礼部韵略》四十一迥韵"顶"小韵收"打"，都挺切，训"击也。……陆音顶。又马韵，重增。"又三十五马韵收"打"，都瓦切，训"击也。……又迥韵。重增。"宋元之际戴侗《六书故》卷十四云"打，都挺、都冷二切。又都假切。击也。"《古今韵会举要》二十一马："打，都瓦切。击也。又迥韵。"二十四迥："打，击也。音顶。又马、梗韵。"二十三梗与耿静通："打，都冷切。击也。又马韵，《平水韵》增。"而且由此可推，早于《古今韵会举要》的《平水韵》也收了"打"字麻韵读音。《中原音韵》只于家麻韵上声中收

---

① （清）彭定求等校点，中华书局1960年版，第25册，第9945页。

有"打"字。宋代笔记小说中亦有类似记载：欧阳修《归田录》主要记载北宋朝廷故事和士大夫逸闻，此书云："今世俗言语之讹，而举世君子小人皆同其谬者，惟打字耳。打丁雅反。其义本谓考击，……以字学言之，打字从手从丁，丁又击物之声，故音谪耿为是。不知因何转为丁雅也。"说明北宋都城东京（即今河南开封）一带"打"字实际已读马韵丁雅切。（钟明立，2007）

"打"从阳声韵演变成阴声韵，走的是阳声韵韵尾脱落，变成发音部位相同的阴声韵的途经，大文豪欧阳修应该是不明此原理，才发出"不知因何转为丁雅也"的感慨。

另外，如上所言，宋代通语及大多方言将"打"字读成阴声，但吴语区却依然保留魏晋旧读，即读阳声韵。当时文献有明确载录：宋代苏州人叶梦得《避暑录话》卷四："欧阳文忠记打音本谪耿切，而举世讹为丁雅切。不知今吴越俚人，正以相殴击为谪耿音也。"① 宋沈括《梦溪笔谈·补笔谈》卷一："打字音丁梗反，……皆吴音也。"② 周祖谟先生（1966B：59）《宋代方音》引用了沈括的这条记载，并指出："沈括谓打音丁梗反……是吴音，是北宋时大部分地区读音已与切韵不同。"宋朱熹《晦庵先生朱文公文集》卷七十一《杂著·偶读漫记》："'打'字，今浙西呼如谪耿切之声。"③ 可见《广韵》所载"打"字之音，在宋代只见于吴语。现代江浙绝大部分吴语区"打"韵母仍存阳声读音：苏州、上海、嘉兴 tā、湖州 tā、桐乡 tãŋ、临海 tãŋ、宁波 tæ。宋代通语及其他地区的丁雅切一读，也延续至今，现代除江浙吴语外"打"基本读 ta。

宋代江浙诗韵"打"押麻车部 1 次，为僧诗：道昌杂古《颂古》第 40 首第 2 韵段"下打"（30—19359）。宋代江浙"打"实际语音应读阳声，此例读阴声，有两种解释：一、可能道昌口语中"打"读鼻化韵甚至于阴声韵。道昌是雪之宝溪（今浙江湖州）人，现代湖州"打"读 tā；二、受通语及其他方言区读音影响所致。僧人往往游历四方，受其他方音的影响也是情理之中的事。

哑，《广韵》四音：马韵乌下切，训"不言也"；祃韵衣嫁切，训

---

① 《丛书集成初编》本，中华书局 1985 年版，卷下，第 94 页。
② 《历代笔记丛刊》本，上海书店出版社 2003 年版，第 239 页。
③ 《朱子全书》本，上海古籍出版社、安徽教育出版社 2002 年版，第 24 册，第 3420 页。

"哑哑，鸟声"；陌韵乌格切，训"笑声"；麦韵于革切，训"笑声"。《集韵》增收麻韵于加切，训"哑呕，小儿学言"。陈著七律《用弟观韵二首》第 2 首 "麻哑沙家鸦"，诗句："粉儿乳子等蓬麻，书种精神见始哑。"（64—40225）"哑"合《集韵》麻韵于加切音义。可见《集韵》增音是有实际语音根据的。释妙伦杂古《偈颂八十五首》第 29 首 "下哑假把"，诗句："闻著衲僧，有口如哑。"（62—38898）"哑"合马韵乌下切音义。陆游五古《予素不工书故砚笔墨皆取具而已作诗自嘲》"宅百册择画麦获白帛哑"，诗句："从渠膏粱子，窃视笑哑哑。"（41—25509）"哑"用为入声。

伯，《广韵》陌韵博陌切，训"长也，又侯伯"。《集韵》同。江浙诗韵却与麻韵字相押，如陈造五古《泊瓜步》"夜乍舍藉卸下怕价柘谢讶伯"，诗句为 "扣虱复王伯"（45—27977）。《汉书》卷 64 下："及其衰，亦三百余年，故五伯更起"。唐颜师古注："伯读曰霸。"①《洪武正韵·十五祃》收于"霸"小韵中，并引上述《荀子·五霸》中的句子及杨倞注，同时指出"（五）霸""谓之伯盖取牧伯长诸侯之义，后人恐与侯伯字相混故借用霸字以别之"。陈造诗"伯"即"霸"音义。

雅，《广韵》只有上声一读：马韵五下切，训"正也"，但《集韵》增平声麻韵牛加切，训"人名"，这一读音反映在孙覿诗歌：七绝《题妙觉寺壁》"花雅纱"（26—16916），不过从诗句"叶底红稀不见花，枝头绿暗可藏雅"看，"雅"不合《集韵》平声麻韵之义。

三　鱼模部

污、汙，是一对异体字，《正字通·水部》："污、汚、汙、洿同。本作污。"《广韵》《集韵》收"汙"字暮韵，相当于通语鱼模部。《集韵》另收"汙"字麻韵乌瓜切，义训"凿地也"。古代掘地为坑当酒尊。《礼记·礼运》："汙尊而抔饮。"郑玄注："汙尊，凿地爲尊也。"孔颖达疏："汙尊而抔饮者，谓凿池汙下而盛酒，故云'汙尊'。"② 江浙诗歌有 2 例以此义入韵：

---

① （汉）班固撰，中华书局 1962 年版，第 9 册，第 2811 页。
② （清）阮元校刻：《十三经注疏》，中华书局 1980 年版，第 1445 页。

①李弥逊五排《春雪》"霞賖珈花加遮夸漥斜拏哗瑕窊呀娲华鸦沙麖丫騧虵哑涯葭秅挝家吁车"（30—19266）

②葛立方五排《余赴官宫庠与道祖通判》"芽洼车霞葭遮賖槎涯筶谺蛙茄虾夸榾緺窊耶葩沙污哗荼巴鸦瓜衙呀加笯嘉家花蛇叉麻华差奢牙斜拏瑕夸櫺遐嗟纱砂"（34—21802）

先对李弥逊诗作校勘。"吁"字句："剑歌悲杂缶，陶饮乐胜汙。"《全宋诗》"吁"字下出校语"明本、四库本作汙"。"吁"，《广韵》况吁切，训"叹"。从音义看，当从明本、四库本作"汙"，"汙"与"缶"相对为文，"汙"即"汙尊"之义。

葛诗"污"字句："鱛舟行櫂短，蚁酒酌尊污。""尊污"即"尊汙"，为押韵之便，由"汙尊"颠倒成"尊汙"。

邪，《广韵》两读：麻韵似嗟切，训"鬼病，亦不正也"；以遮切，训"琅邪，郡名"。《经典释文·毛诗音义（上）》收《北风》："（其虚）其邪"，注"邪"音"馀又音徐"。"馀、徐"在《广韵》中皆属鱼韵，分别为以诸切、似鱼切。检《集韵》鱼韵"余"小韵中收"邪"，羊诸切，训"缓也。《诗》：其虚其邪"。释文珦五古《寄教西岑》"疏庐虚邪与书葉蘧予舒"，诗句："十日更倡酬，间踪颇虚邪。"（63—39548）"邪"取《集韵》羊诸切音义。

俎，《集韵》臻鱼切、庄所切、庄助切，义大致同。秦观杂古《蔡氏哀词》第2韵段"虞俎居躯"（18—12122），同样是秦观的诗"俎"字押上声：七古《和蔡天启赠文潜之什》"土雨乳苦语舞户俎"（18—12137）。现代汉语普通话只保留上声一读。

趣，《广韵》两读：厚韵仓苟切，训"趣马"；遇韵七句切，训"趣向"；《集韵》四读：虞韵逡须切，训"向也"；厚韵此苟切，训"促也，或作趋"；遇韵逡遇切，训"《说文》疾也"；收为"趋"的或体，"趋"，烛韵趋玉切，训"速也"。周行已五律《寄题江南李氏四照亭》"虚趣舒朱"，诗句："葱葱佳气合，衮衮众山趣。"（22—14367），此"趣"取《集韵》平声虞韵逡须切音义。葛胜仲五古《禅净寺》"户数步许趣路"，诗句："却坐留芳轩，松竹发佳趣。"（24—15600）此"趣"取遇韵七句切。慕容彦逢五古《次韵叶权之南宫春兴》"绿足目瞩屋燠仆肃沐宿速趣"，诗句："君歌我乃赓，聊以慰局趣。"（22—14664）"趣"押屋烛部，合《集韵》烛韵趋玉切。

宁，李洪杂古《子清弟赴丹阳赋古调饯之》第 4 韵段"赋黍宁"，诗句："冠盖使客应荐贤，不日姓名彻当宁。"（43—27137）"宁"，《广韵》鱼韵直鱼切、语韵直吕切，二者同义，训"门屏间"。但是此义不合诗句之义。这里涉及古代用字问题："宁"即"貯"，"貯"为后起字。《说文·宁部》："宁，辨积物也。"清段玉裁《说文解字注》："'宁'与'貯'，盖古今字。""貯"，《广韵》语韵丁吕切，训"居也，积也"。"宁"当取丁吕切音义。

履，《广韵》《集韵》均止摄，《广韵》力几切，《集韵》两几切、里弟切。三音义同。《中原音韵》齐微部上声，《洪武正韵》三荠良以切，《韵略易通》十三西微上声，《五方元音》十二地上声。可见直至明代，众韵书"履"均读止摄。江浙诗韵"履"基本押支微部，但有 9 例押入鱼模部，具体如下：

①王令杂古《山中词》第 2 韵段"步履俯顾鼠伛"（12—8075）

②张耒五古《寓陈杂诗十首》第 6 首"履去虑屡墓负腐去"（20—13085）

③张耒五古《秋怀十首》第 2 首"注暮故屡布露趣履"（20—13329）

④张耒五古《感春十三首》第 11 首"步屿路履屡去鹭布暮素"（20—13351）

⑤张炜五古《游葛岭玛瑙寺瞻孤山尊》"履墓雾句"（32—20324）

⑥陆游七古《仗锡平老自都城回见访》第 3 韵段"履①去句"（39—24623）

⑦陆游五古《夜出偏门还三山》"路履墓句户暮"（39—24705）

⑧释智朋五古《偈颂一百六十九首》第 92 首第 1 韵段"处处履"（61—38528）

⑨于石五古《山中》第 1 首"去履路处"（70—44115）

宋代江西词韵（鲁国尧，1992）、福建诗文用韵（刘晓南，1999：224—225）亦有此现象，宋代诗词用韵"履"押支微、鱼模两部的事实，可能暗示宋代南方江西、江浙、福建一带"履"有鱼模部读音。后来韵书收录"履"读鱼模较晚，见于清乾隆年间所编《钦定叶韵汇辑》卷20：

---

① "履"字句"敲门剥啄云没履"，明弘治刊《涧谷精选陆放翁诗集·前集》作"敲门剥啄云满屦"。

"履，力主切"。现代汉语普通话"履"读-y韵，赣语、闽语、吴语读-i、-y、-u韵，如赣语读-i韵；漳州、建瓯闽语，苏州、桐庐、衢州杜泽吴语读-i韵；福州闽语、上海、温州、天台吴语读-y韵；厦门闽语读-u韵。"履"在闽语、吴语中读-i、-y、-u三韵，似乎可反推宋代闽语、吴语"履"支微、鱼模部两读。

四 支微部

衰，《广韵》三读：支韵楚危切，训"小也，减也，杀也"；脂韵所追切，训"微也"；灰韵仓回切，是缞的异体字。《集韵》《五音集韵》同。《中原音韵》齐微部、皆来部两收。《洪武正韵》"衰"字收七灰：仓回切，训"减也，杀也"；所追切，训"微也、减也，耗也"。明谢榛《四溟诗话》卷三："凡字有两音，各见一韵，……四支'衰'，减也；十灰'衰'，音崔，杀也。"① 宋代江浙诗韵"衰"押支微、皆来两部。押支微部者，如袁燮七绝《览镜二首》第1首"衰髭迟"，诗句："朝来览镜一何衰，发秃容枯半白髭。"（50—31010）押皆来部者，如叶适五律《赠听声欧阳承务》"衰来台灰"，诗句："无心立臧否，有术验荣衰。"（50—31248）《全宋诗》出注："原作哀，据四库本改。"两"衰"字，同为"衰减"之义。现代江浙方言"衰"读-ɛ、-ɜ、-uɛ、-yɛ、-ei、-ai等韵，现代汉语普通话念uai韵，对应皆来部。

眦，《广韵》卦韵士懈切，训"睚眦"。陆游五古《致斋监中夜与同官纵谈》"怪卖坏眦大械廨态嗢戒怠拜"，诗句："或言修罗战，百万起睚眦。"（39—24713）整个韵段押皆来部，"眦"合《广韵》音义。现代汉语普通话"睚眦"之"眦"读tʂʅ，相当于支微部读音。经查《广韵》，"眦"有一或体为"眥"。"眥"，《广韵》真韵疾智切，训"目眦"；霁韵在计切，训"目际"，二者义同。《集韵》："眥，《说文》曰：'目匡也。'或书作眦。"《集韵》"眦"读卦韵仕懈切，训"眦睚，恨视。亦书作眥。"《汉书》卷60："报睚眦怨。"唐颜师古注："眦即眥字，谓目匡也。"②

齸，《广韵》脂韵力追切，旨韵力轨切。宋代江浙诗韵中只见押上声，

---

① 《丛书集成初编》本，中华书局1985年版，第48页。
② （汉）班固撰，中华书局1962年版，第9册，第2679页。

不见押平声。沈辽七古《寄题野翁无闷堂》第 1 韵段"里水趾李里起几玮晷喜粑蘁止",诗句为"老向江南治蓬藋"(12—8315),"蘁"读上声力轨切。

贲,《广韵》四音:微韵符非切,训"姓也";文韵符分切,训"三足龟";魂韵博昆切,训"勇也";真韵披义切,训"贲饰也"。陈舜俞五古《赠刘道原》"原言门翻贲冤尊琨园尊蹲元荪猿论辕恩垣阍",诗句:"洁身比夷齐,见义勇育贲。"(8—4951)"贲"合魂韵博昆切音义。范仲淹五古《酬和黄太博》"议赐士弃志毙至秘器示贲愧地位继翅视",诗句:"土木朽且陋,黼黻谬增贲。"(3—1911)"贲"合真韵披义切音义。

霓,《广韵》平声齐韵五稽切,训"雌虹";去声霁韵五计切,训"虹";入声屑韵五结切,训"虹"。三者音异义同。平声用韵如:胡融五古《登石台山与刘次皋李撰》"倪跻黎携梯秭脾驰琦漪湄箕基奇□姿窥嵬霏低巍题犀霓期畦声涯稽悽篱齐知栖祇蹊而睡",诗句"鼻息干云霓"(47—29119);入声用韵如:葛胜仲五古《跋胡德辉诗卷》"北臆域尺霓历识默",诗句"亦不误雌霓"(24—15604)。现代汉语普通话"霓"只有平声读音。

质,《广韵》阴声韵、入声韵两读:至韵陟利切,训"交质,又物相赘";质韵之日切,训"朴也,主也,信也,平也,谨也,正也"。薛季宣五古《得符速走之官》"志意志馈事睡异寺质仕遂吏累寘寄暨坠寐试治利宜瘁悖",诗句"先春输典质"(46—28645),"质"合去声陟利切音义。王柏杂古《挽蔡文叔》第 3 首"质寠息则得习迹惕国及尽一绋繄极",诗句"莫甄槁质"(60—38061),"质"合入声质韵之日切音义。

归,释智圆五古《寓兴》"归睡忌坠意",诗句:"郑声淫复荡,鲁受齐人归。"(3—1507)诗中"归"与支微部去声韵字相押,"归"字后自注"音馈","馈",《广韵》至韵求位切,这表明"归"字应有支微部去声一读,而"归"《广韵》只收于平声微韵举韦切,训"还也"。诗中"归"字音义与《广韵》不符。查《集韵》"馈"收有或体"归",义训"《说文》饷也"。这一音切恰合诗中"归"字音义。"归"的常用音义是平声微韵举韦切,归还之义,去声音义少见,所以作者才特意加注以示区别。清朱骏声《说文通训定声》将"归"看成"馈"的通假字:"归,假借为馈。"①

---

① 中华书局 1984 年版,第 597 页。

另有 1 例较为特殊，沈括七古《慈姥矶》第 2 首："朝发铜陵暮扬子，年年白浪江中归。江人收身苦宜早，一生却向江中老。"（12—8009）此诗共四句，每两句一韵，第 1 韵段"子归"押韵，第 2 韵段"早老"押韵。"归"为"还"之义，宜读《广韵》平声微韵举韦切；"子"，《广韵》上声止韵即里切，《集韵》增去声志韵将吏切，可见二字调类不同，一般不能押韵。沈括（1032—1095）是钱塘（今浙江杭州）人，今杭州话"子归"调类调值不同，不过丹阳、嘉兴、沭阳话"子归"两字调类调值相同或相近，具体见下表：

表3—1　　　杭州、丹阳、嘉兴、沭阳"子归"读音

	杭州	丹阳	嘉兴	沭阳
子	$tsɿ^{51}$	$tsɿ^{44}$	$tsɿ^{51}$	$tsɿ^{214}$
归	$kueɪ^{323}$	kue^{22}	kue^{51}	$kuəi^{214}$

由上可见，"子归"在嘉兴、沭阳话中调类调值完全相同，丹阳话调型相似，反推宋代也许三地方音亦如此，这样一来，如果依照三地读音，"子归"完全可协。沈括"曾于仁宗至和元年即 1054 年以父周荫为海州沭阳主簿。……哲宗元祐初徙秀州，后移居润州"。[①] 丹阳、嘉兴宋代分属润州、秀州。沈括诗的押韵可能受到丹阳、嘉兴、沭阳三地方音的影响。

五　皆来部

大，《广韵》两读：泰韵徒盖切，个韵唐佐切，泰韵训"小大也"，个韵无义训，但据《集韵》此音的义训"巨也"推知二音同义。两读似乎有时间先后，泰韵一读见于唐中宗龙兴二年（706）的《王韵》，《王韵》以前《切韵》残卷不见有个韵读音，个韵一读初见于开元天宝间《唐韵》（蒋斧本），似为唐代新起之音。（刘晓南，2003）《集韵》增三音：他盖切、他佐切、他达切，但这三音都不是大小的"大"字的实际读音，因此《古今韵会举要》不收他盖切、他达切两音。《蒙古字韵》收六佳、十四

---

① 《全宋诗》，北京大学出版社 1993 年版，第 12 册，第 8008 页。

歌去声，相当于《广韵》泰、个两音。《中原音韵》收"大"于皆来、歌戈、家麻三部去声，表明当时"大"已有麻车部读音。但明代《洪武正韵》祃韵未收"大"，《韵略易通》收于十八家麻。

江浙诗韵"大"主要押皆来、歌戈二部上去声，前者相当于徒盖切，后者相当于唐佐切，与韵书相符。但有1例押麻车部：释宗岳杂古《偈颂一百二十三首》第72首"杷大大"（45—27820）。

现代江浙"大"字读音复杂，见下表：

表3—2　　　　　　　　　现代江浙"大"字读音

扬州	南京	苏州	上海	杭州	宁波	金华	温州
ta	tɑ	dəu	du	dɑ	dəu	duɣ	dɣu_白
tɛ				do_{又读}			da_文

扬州、南京属官话区，"大"读清音，韵母-a、-ɑ；由宋室南迁而形成的带有官话色彩的杭州话韵母亦音-ɑ，这三地"大"韵母应源自《中原音韵》家麻部。江浙吴语区各地的声母为全浊音，应来自个韵唐佐切，各韵母中的-u实质是歌韵的读音，因为吴语太湖片苏沪嘉小片歌戈韵与模韵多混。由上可见，现代吴语保留了"大"的个韵读音。扬州"大"的另一读音 tɛ 对应皆来部。江浙诗韵"大"押歌戈部12例，押皆来部9例，二者数量接近，也许暗示"大"在宋代通语中可能有歌戈部、皆来部两读，麻车部读音应是后起音，也许是口语读音。

培，《广韵》两读：灰韵薄回切，训"益也，堤也，助也，治也，随也，重也"；厚韵蒲口切，训"培塿，小阜"。《集韵》增收咍韵蒲来切，训"封也"；尤韵房尤切，人名。刘黻七绝《和建小学韵呈赵求仁使君》第3首"来培才"，诗句"读书种子赖栽培"（65—40730），"培"取《广韵》灰韵薄回切音义。林宪七古《梁源异松图行为台州赵》"眸矛浮虬头抽飗搜休廋樛俦尤流留优丘培羞陬周求悠稠疏猴收秋俘愁"，诗句"或云五季方栽培"（37—23099），"培"应读尤候部平声，与《集韵》尤韵房尤切音同，而意义却不同。"培"合尤韵音取灰韵或咍韵义。

杀，《广韵》两读：怪韵所拜切，训"杀害，又疾也，猛也，亦降杀"；黠韵所八切，训"杀命。《说文》戮也"。陈造五古《赤口滩》"最杀镦退辈汇湃界碍待大概"，诗句："前年将家上，正值江流杀。"（45—

28012）"杀"取去声怪韵所拜切音义。张耒五古《春蔬》"叶茁列啜血杀屑说"，诗句："神官计功罪，沉魄受阴杀。"（20—13347）"杀"合黠韵所八切音义。

六 萧豪部

凹，郑清之七绝《和白雪老禅二偈》第 2 首"凹茅包"（55—34654），"凹"押肴韵。"凹"，《广韵》入声洽韵乌洽切，训"下也"；不见肴韵读音。唐释玄应《一切经音义》（《丛书集成初编》本，下同）卷十："凹，乌交反。"《慧琳音义》卷四九："凹，鶂交反。"《集韵》肴韵收"凹"，于交切，训"窊也"，与"垇"同小韵（"垇"，《广韵》于交切，训"地不平也"），这似乎是韵书收"凹"肴韵的最早记录。《五音集韵》同《集韵》。经宋人改编的今本《玉篇》卷三十亚部收"凹"，乌交切。宋毛晃《增修互注礼部韵略》肴韵"垇"下注"亦作凹"。元熊忠《古今韵会举要》从《增修互注礼部韵略》，且洽韵不收"凹"。《中原音韵》"凹"三收：萧豪平声阴、萧豪去声、家麻去声，萧豪平声阴直接来自《集韵》肴韵；萧豪去声应为"垇"的又音，"垇"，《集韵》效韵于教切，训"土洼"；家麻去声大概是入声洽韵乌洽切转为阴声后形成的。《中州音韵》衣交切、么叫切，训"凹，同垇，地凹不平也"。清戈载《词林正韵》"凹"收于第八部爻韵，《词林正韵》是总结唐宋词押韵之作，这表明也许此音是"凹"在唐宋较为普遍的读音。

唐宋诗文用韵中还有一些"凹"字音平声肴韵之例：据北京大学"《全唐诗》分析系统"，《全唐诗》"凹"字出现 8 次，8 个诗人各 1 例，其中徐成、姚合、陆龟蒙、易净、牛僧孺、白居易 6 人诗中"凹"，均处句中，不属韵脚字，不过按照诗律却都在平声位置，因此也许不读入声乌洽切。但是释归仁五律《酬沈先辈卷》"敲抛凹抄"，吕岩七绝《梅溪烟雨》"凹郊梢"，两诗中"凹"应该读平声肴韵。宋代诗歌中亦有大量"凹"，从所处位置看，要么居句中，要么居句尾。宋诗居句中的"凹"跟唐诗处句中的一样，许多用例按照诗律应在平声位置，涉及诗人有释普度、道枢、包恢、高登、陆游、释居简、祖钦、宋祁、何异等；居句尾的"凹"为韵脚字，如：

①（江西）欧阳修七古《答谢景山遗古瓦砚歌》"高牢毛咻劳蜩尧槽

飙皋岩腰萧朝蒿烧凹豪淆包缲涛妖刀瑶",诗句:"败皮弊网各有用,谁使镌镵成凸凹。"(6—3741)

②(四川)释居简七绝《颂古五首》第5首"桥凹交",诗句:"进步竿头踏段桥,太虚凸处水天凹。"(53—33304)

"凹"平声肴韵读音大概唐代才出现,最初只在口语中流行,后收于《集韵》等韵书,逐渐成为书面语。《现代汉语大词典》收二音:其一$_c$ɑo,义训"低于周围(跟'凸'相对)";其二$_c$uɑ,注〈方〉,表明为方言词,义训为"同'洼',用于地名"。《现代汉语方言大词典》(综合本)第二卷949页"凹"读-uɑ或-vɑ,其中济南、西安、乌鲁木齐读阴平,徐州、扬州、成都、贵州、洛阳、太原读去声。义训"低于周围,凹陷",不限于作地名。袁庆述(2005)根据古代和近代文献材料考索出-uɑ类音为方言白读。

操,《广韵》平声豪韵七刀切,训"操持";去声号韵七到切,训"持也,又志操"。沈与求五古《夹竹桃花》第1韵段"操好",诗句:"遥遥儿女花,挺挺君子操。"(29—18767)"操"取号韵音义。"志操"之"操",现代普通话却读平声,这是语音演变规律的例外。李荣(1982:111)指出:"糙"《广韵》读去声号韵士到切,但现代普通话读平声,不读去声,"大概是怕读成去声,和一个粗野的字眼犯了。这是忌讳造成的音变规律的例外。"现代普通话"操"的平声读音应该例此。

七 尤侯部

不,《广韵》三读:平声尤韵甫鸠切,上声有韵方久切,入声物韵分勿切,均训"弗"。《中原音韵》收"不"于鱼模部入声作上声。现代普通话"不"读去声。江浙诗韵3种押韵,分别对应《广韵》三读,举例如下:

(1)押尤侯部平声

如徐铉七律《使浙西先寄献燕王侍中》"流楼秋游不"(1—86),"不"的这种押韵是其最常见的用韵,占"不"押韵类别的绝大多数。此类"不"含有疑问语气,相当于句末否定词"否"。

(2)押尤侯部上声

如华镇五古《神功盛德诗·惟天四章》第4首"戊久后有后不"

(18—12289）。宋代江浙诗韵"不"押尤侯部上声的比例要大于其他地区，如宋代福建诗文中仅 1 例（刘晓南，1999：157），山东（鲁国尧，1979）、四川（鲁国尧，1981）、江西（鲁国尧，1992）词"不"字只押尤侯部平声。这也许与江浙方音有关，宋朱熹《晦庵先生朱文公文集》卷七十一《杂著·偶读漫记》："浙人谓'不'为'弗'，又或转为'否'。"①

（3）押入声

①张耒七古《再寄》"日失实出尢物卒崛骨术惚窟一黜屈籺匹佛不疾"（20—13133）

②楼钥杂古《金峨本老领优婆塞众求》"佛不骨没鹘窟物"（47—29540）

张耒诗"不"字句作"妄意功名心实不"，似表疑问语气。楼钥诗句："人道是，我却不"，"不"与"是"相对，显然"不"表否定。宋代"不"字入声读音的论述可参鲁国尧（1989）、刘晓南师（1999：156—157）。

取，《广韵》虞韵七庾切，又厚韵仓苟切，两音义同。"取"上古属侯部，《广韵》兼收于虞韵、厚韵，也许反映了上古侯部向中古虞韵的演变。江浙诗韵"取"分别与鱼模、尤侯两部相押，押鱼模部 41 次，押尤侯部 8 次，可见宋代"取"基本已读鱼模部。现代普通话只读 $tɕ^hy^{55}$，相当中古虞韵。江浙诗韵韵例如下：

（1）押鱼模部

①陈造七古《戏作》第 9 韵段"取苦"（45—28082）

②周南五古《读信州赵昌甫诗》"缕苦取堵"（52—32267）

（2）押尤侯部

③楼钥七古《钱清王千里得王大令保》第 4 韵段"手友久溜右取首漏朽有丑后"（47—29378）

④舒岳祥杂古《罪言》第 2 韵段"秀有取"（65—40921）

现代北部吴语"取"韵母读-y、-yʏ、-yɥ、-i、-ɿ，基本对应宋代鱼模部音；南部吴语则多读-iəɯ、-iɯ、-iau，对应宋代尤侯部读音。

---

① 《朱子全书》本，上海古籍出版社、安徽教育出版社 2002 年版，第 24 册，第 3420 页。

第二节 阳声韵字

一 监廉部

唧,《广韵》《集韵》及字书均不见此字,诸葛赓七律《归休亭》第 3 首"凡衫唧岩函"(3—1995),"唧"押监廉部平声,诗句:"云归洞口鹿常卧,叶落巢门鸟自唧。""唧"的词义为叼、衔之类。《汉语大字典》将"唧"看成"衔"的异体,并以唐李贺诗《苦昼短》为书证:"天东有若木,下置唧烛龙。"

二 侵寻部

簪,《广韵》两读:侵韵侧吟切,训"《说文》曰:首笄也";覃韵作含切,无义训,但据《集韵》同一反切义训推知为"《博雅》:笄谓之簪"。"簪"是连缀、固定衣物或冠发的细竹针。可知侵覃二韵大致同义。江浙诗韵"簪"入韵 28 次,其中押侵寻部 22 次,如徐铉七律《和陈洗马山庄新泉》"簪心岑林吟"(1—99);押监咸部 6 次,如董嗣杲五古《游盘塘山后废寺》"贪蓝簪甘岚龛潭谈庵南"(68—42625)。这表明宋代江浙"簪"字以读侵韵为主。

三 真文部

尹,《广韵》上声余准切,训"正也,……又姓,……";《集韵》增平声于伦切,训"孚尹,玉采"。徐积四言《送江倅》第 5 韵段"尹人",诗句:"汉之朱博,赵张龚尹。"(11—7614)诗中"尹"为姓,据词义当读《广韵》余准切。

寅,《广韵》真韵引人切,训"辰名";脂韵以脂切,训"敬也,亦辰名"。真韵如:刘一止七律《元日》"寅春辛新真"(25—16670),脂韵如:俞德邻七律《初度留山阳》"旗思寅危茨"(67—42431)。

四　寒先部

甄，《广韵》仙韵居延切，训"察也，一曰免也"；真韵侧邻切，训"姓也。……陶甄。"《增修互注礼部韵略》通用十七真韵之人切，训"陶也。又姓。……又察也。又仙韵。甄陶字真、先二韵，可通押。"通用一先韵稽延切，训"陶也，察也，免也。……又真震二韵。"通用二十一震韵之刃切，训"掉也。"《中原音韵》收先天部平声阴。《洪武正韵》同《增修互注礼部韵略》。宋代江浙诗韵有以"陶甄"之"甄"押入寒先部的情形。宋孙奕《履斋示儿编》卷十八："惟甄有三训，音真者陶甄也，音坚者察也、免也，见于十七真、二仙韵中，粲然可考。然学者皆押陶甄在仙字韵，独真字韵反未尝押，此皆相承之久，信耳不信目之过也。"①

江浙诗韵"陶甄"之"甄"押入寒先部共21次，不押真文部。如：

① 韦骧七律《睦州千峰榭》"然年篇全甄"，诗句："芜废不唯兴此地，当知民物尽陶甄。"（13—8473）

② 李弥逊七律《次韵康平仲》第2首"泉然天贤甄"，诗句："谁谓瓯闽甘远俗，他时物物待陶甄。"（30—19303）

"陶甄"之"甄"唐五代诗人用韵多押寒先部，如北京地区诗人用韵入韵共6次，其中5次押寒先部，1次押真文部（丁治民，2006：36）。至宋，各地诗文用韵中"陶甄"之"甄"押寒先部，如福建诗文中只押入寒先部，凡10见（刘晓南，1999：159）；北京地区诗韵中入韵1次，押入寒先部（丁治民，2006：36）。

溅，《广韵》先韵则前切，训"疾流貌"；线韵子贱切，训"溅水"。江浙诗韵各有反映，先韵如：陆游七古《探梅》"溅边铅仙年缘钱船"，诗句："我游东村冲暮烟，断桥流水鸣溅溅。"（39—24801）线韵如：陆游五古《假寐见海山异甚作小诗》"溅面见电"，诗句："海如黛色深，浪作雪点溅。"（39—24799）

攒，《广韵》换韵在玩切，训"聚也"。《集韵》换韵则旰切，训"聚也"；又徂畔切，训"聚也，穿也"。《五音集韵》徂玩切，三韵书均只读去声。南宋毛晃《增修互注礼部韵略》增平声一读，欢韵徂官切。《中原

---

① （清）鲍廷博辑，《知不足斋丛书》本，中华书局1999年版，第9册，第146页。

音韵》只收于桓欢韵平声阳，这种改变反映了宋以前的平去二读，宋元以后平声一读渐占主导的演变。宋代江浙诗韵"攒"押寒先部平声32例，表"攒聚"义。如：

①沈辽七绝《观蕉叶》第1首"寒残攒"，诗句："唯有庭蕉会人意，芳心欲展微攒。"（12—8249）

②叶适五古《送冯传之》"门昏论存源痕翻鲲攒干吞温观燔浑坤奔藩根湍"，诗句："将军建实垒，寸甓宜自攒。"（50—31206）

③潘屿五律《停鞍》"鞍寒干难攒"，诗句："铃音边报急，醉里亦眉攒。"（64—39919）

④黄庚七律《寄月山少监》"宽攒难寒安"，诗句："一片襟怀海样宽，眉头肯为别离攒。"（69—43580）

经"北京大学《全唐诗》分析系统"检索，唐代诗人用韵"攒"入韵59次，全押寒先部平声。宋代福建诗人用韵"攒"入韵9次，亦全押寒先部平声（刘晓南，1999：161）。

舡，《广韵》江韵许江切，训"舡，船貌"；《集韵》枯江切，义训同《广韵》。据《广韵》《集韵》读音，"舡"应属宋代通语江阳部，但是贾似道七绝《论枣核形》"舡"与寒先部"前"、监廉部"尖"押韵（64—39971），其实"舡"即"船"，属寒先部。此诗监廉部字"尖"押入寒先部。辽释行均《龙龛手镜》收录大量或体字、俗体字，其中"舡"许江反，"又俗音舩"。金韩道昭《五音集韵》"舡"，"与船义同，俗用字也。"明焦竑《俗书刊误》："船，俗作舡。"可见，"舡"是"船"（或"舩"）之俗体。也有将"船、舩"看作"舡"之俗体，如元李文仲《字鉴》"舡"字，"俗作船、舩"。又，林逋七绝《秋江写望》"眠天舡"（2—1234），"舡"字句："最爱芦花经雨后，一篷烟火饭鱼舡。""舡"亦即"船"，此诗韵字皆寒先部。晚唐诗人张祜"舡"押入寒先部7次，赵蓉、尉迟治平（1999）认为"舡"读寒先"有可能是训读现象"。

潜，《广韵》平声删韵所奸切，上声潸韵数板切，《集韵》增去声所晏切。三音义同。《中原音韵》入寒山部平声阴。《洪武正韵》仍收平、上、去三声。江浙诗韵押平声、上去声，如：楼钥五律《程文简公挽词》第2首"攀山还潸"（47—29494），仲并五古《奉和陈德召游惠山见寄》"眼挽粲满款莞栈纂苋产碗痯馆板潸暖馔简践短罕管散懒返伴算晚诞"（34—21531）。现代普通话"潸"只读平声。

嘆、歎

《广韵》收"嘆"字平声寒韵他干切，训"长息，与歎同"；去声翰韵他旦切，训"嘆息"。《集韵》寒韵收"叹"为"歎"或体，训"太息也"。"嘆"是"歎"的异体字，二者可换用。江浙诗韵"嘆"入韵 21 次，其中押平声 13 次，押去声 8 次；"歎"入韵 47 次，其中押平声 28 次，押去声 19 次；两字合计入韵 68 次，押平声 41 次，押去声 27 次，这大致反映出宋代"嘆歎"以读平声为主，各举 1 例：

"嘆"：楼钥五古《送杨嗣勋校书守眉山》"难山班攀斑艰还间嘆关闲环悭"（47—29338）。

"歎"：张耒杂古《友山》第 17 韵段"繁殚援歎"（20—13049）。

五　江阳部

忘，《广韵》去声漾韵巫放切，训"遗忘，又音亡。"但是平声阳韵"亡"小韵下无"忘"，周祖谟据又音校补①。《集韵》平、去两收。隋诗"忘"只押平声（李荣，1961），初唐诗则平、去兼押（鲍明炜，1990：274—294），宋代江浙诗韵"忘"入韵 120 次，其中 13 次押阳唐部上声、去声，如：

①沈辽七古《读书》第 1 韵段"忘壮怅"（12—8283）

②郑刚中五古《别茂直》"望向忘状吭上谅浪巷"（30—19056）

③吴芾五古《和董伯玉不向东山久韵》第 2 首"向旷忘访"（35—21854）

④周孚五古《再寄汤朝美》"忘上望浪恙妄丧壮障嶂酿"（46—28769）

宋代福建诗韵"忘"入韵 76 次全押平声（刘晓南，1999：162），福建（鲁国尧，1989）、山东（鲁国尧，1979）、四川（鲁国尧，1981）等地词韵亦只协平声。因此总体看，宋代"忘"应以平声为主。《中原音韵》江阳部平、去两收。现代汉语平、去兼读，如北京、济南、太原、苏州、南昌等地念去声，长沙、广州、厦门、福建等地念平声。

苍，《广韵》平声阳韵七冈切，训"苍色也，又姓"；上声荡韵粗朗

---

① 详见《广韵校本》，中华书局 1960 年版，下册，第 462 页。

切,训"莽苍"。江浙诗韵"苍"多押平声,如陈著杂古《剡县解雨五龙潭等处送》"粳苍祥滂凉香望忘将乡",诗句:"稼如茨兮黍与粳,十日不雨兮彼苍。"(64—40316)但也有押上声的情形,如陆游五古《游法云》"港苍两往辋想丈享杖掌",诗句:"云山互吞吐,水草遥莽苍。"(40—25120)"苍"合《广韵》荡韵粗朗切。

枪,《广韵》两读:阳韵七羊切,训"稍也";庚韵楚庚切,训"欃枪,袄星",即彗星。江浙诗韵均有体现,阳韵如:陆游七律《冬夜泛舟有怀山南戎幕》"塘香霜长枪",诗句:"谁信梁州当日事,铁衣寒枕绿沉枪。"(39—24473)庚韵如:刘黻七古《饯湖南赵提举》"兵惊程耕声生鲸枪争成撑清擎兴",诗句:"邦民爱公欲植棠,愿公为我销欃枪。"(65—40692)

鎗,《广韵》庚韵楚庚切,训"鼎类";《集韵》增阳韵千羊切,但为"玱"的或体,训"《说文》玉声也"。江浙诗韵"鎗"押庚青部,如陆游七古《独处》"行鸣鎗声明英",诗句:"地炉火死冻脚硬,欲作薄粥愁空鎗。"(40—25109)"鎗"合庚韵楚庚切音义。但"鎗"以与阳唐部押韵为主,如:

①徐积杂古《富贵篇答李令》第3段"郎王堂坊芒煌床行阳锵廊羊长觞吭冈鸯箱障香房扬凰翔鎗裳隍旁亡墙藏伤梁",诗句:"一言合意青云翔,须臾睚眦磨刀鎗。"(11—7583)

②徐积七古《送张宜父赴南从幕府》第1段"香潢张章苍央旁郎长鹴强疆亡梁伤狼良商堂鎗殃羊",诗句:"歌姬舞女金满堂,不须为盗持刀鎗。"(11—7593)

③释普济七绝《颂古十一首》第10首"忘鎗旁",诗句:"光境俱忘与未忘,杀人利剑活人鎗。"(56—35160)

④释原妙杂古《偈颂十二首》第4首第2韵段"殃鎗",诗句:"抛出轮王三寸铁,分明遍界是刀鎗。"(68—43176)

由以上例句可见,押阳唐部的"鎗"义为兵器,与《集韵》所载阳韵义训不符。隋唐诗歌"鎗"亦押阳唐部,《先秦汉魏晋南北朝诗·隋诗卷八·杂歌谣辞》录《长白山歌》:"长白山头百战场,十十五五把长鎗。不畏官军十万众,只怕荣公第六郎。"[①]《全唐诗》"鎗"入韵10次,其中

---

① 逯钦立辑校,中华书局1983年版,第2741页。

2次押庚青部，8次押阳唐部，词义亦为兵器，如姚合《从军行》："常恐虚受恩，不惯把刀鎗。"岑参《东归留题太常徐卿草堂》："顷曾策匹马，独出持两鎗。"从音义看，此"鎗"相当于阳韵"枪"，也许唐宋将阳韵"鎗"用作阳韵"枪"之异体。明清仍将"鎗"当兵器解。明《篇海类编·珍宝类·金部》："鎗，兵器。"清《戴斗夜谈》："京师相传有十可笑：光禄寺茶汤，太医院药方，神乐观祈禳，武库司刀鎗，营缮司作场，养济院衣粮，教坊司婆娘，都察院宪纲，国子监学堂，翰林院文章。"① 现代《第一批异体字整理表》视"鎗"为"枪"之异体。②

六　庚青部

嬛，《广韵》仙韵许缘切，训"便嬛，轻丽貌"；仙韵于缘切，训"身轻便貌"；清韵渠营切，训"好也"。《集韵》增删韵胡关切，训"女字"。释文珦五古《悠悠万里行》"青程城兵鸣情嬛撑零声宏生盈倾宁名"，诗句："父母念孝养，室家叹孤嬛。"（63—39508）"嬛"合清韵渠营切，但意义不符，经核《集韵》清韵葵营切收"嬛"，义训"独也"，正合诗义。

輧，《广韵》先、青两韵兼收：部田切，训"四面屏蔽妇人车"；薄经切，训"兵车"。两义大致相同。李弥逊五古《次韵叶观文游鼓山》"禅莲缘然烟船鲜輧泉眠"，诗句："凌高寓远目，孤云共轩輧。"（30—19245）"輧"合先韵音义；范成大五古《次韵庆充避暑水西寺》"清溟萍汀亭腥星刑萤輧丁冥"，诗句："炎官纷陆梁，空飞赤云輧。"（41—25791）"輧"合青韵音义。

七　东钟部

衷，《广韵》平声陟弓切，训"善也，正也，适也，中也"；去声陟仲切，无义训，但《集韵》去声陟仲切义训"折衷也"，可知《广韵》去声陟仲切的义训亦为"折衷也"。可见"衷"平、去两读异调同义。秦观五

---

① 详见清杜文澜辑《古谣谚》，中华书局1958年版，第641页。
② 详见顾雪峰编著《校编本〈第一批异体字整理表〉》，苏州大学出版社2005年版，第58页。

古《秋夜病起怀端叔作诗寄之》"空缝重讽共用众蝀宋仲凤仲贡送讼葑閧中幪梦动恸纵洞䩰衷弄"（18—12133），"衷"读去声。现代普通话"衷"读阴平。

茸，《广韵》钟韵而容切，《集韵》增上声乳勇切。两音义同，训"草生貌"。许景衡五古《成正仲水乡秋兴寄王履》"汹垅拥宠动壅恐茸恸踵偬重涌种勇"（23—15508），"茸"押东钟部上声，合《集韵》，表明《集韵》增音有实际语音的依据。

赣，徐积四言《送云鹤山人》"赣用中众讼动纵重衷诵"，诗句："是非甘公，卦非焦赣。"（11—7608）"赣"押东钟部，但是《广韵》"赣"无东钟部读音。"赣"，《广韵》感韵、勘韵二声：古禫切，训"木名，在豫章"；古暗切，训"赣榆县，在琅邪郡"。不过《集韵》将"赣"收为"憃"之异体，丑用切，训"愚也"。可知"赣"有用韵一读。

红，释智策杂古《偈》第2韵段"象想象红"，诗句："直饶东涧水流西涧水，南山烧炭北山红。"（37—23400）查验其出处《嘉泰普灯录》卷13①，无文字讹误。"红"与阳唐上去声韵相押，《广韵》只收平声东韵户公切，训"色也"。不过《集韵》增收"红"为去声"绛"之或体，古巷切，训"《说文》大赤也"，智策诗"红"合此音义。

第三节　入声韵字

一　铎觉部

索，《广韵》三读：铎韵苏各切，训"尽也，散也，又绳索"；陌韵山戟切，训"求也"；麦韵山责切，训"求也，取也、好也"。铎韵如释智朋杂古《偈颂一百六十九首》第22首"索错铎"，诗句："滞货无价，烂钱无索。"（61—38522）；陌韵、麦韵如陆游七古《夏雨叹》"额坼拍索责策脉"，诗句："日高糶米奴未回，坐知薄饭未容索。"（40—25130）

缚，《广韵》阴入两读：过韵符卧切，无义训，《集韵》符卧切之义训

---

① （宋）正受撰，秦瑜点校：《云门宗丛书》本，上海古籍出版社2014年版，上册，第382页。

"束也",推知《广韵》"缚"符卧切义同此;药韵符钁切,训"系也"。"束"与"系"义同。江浙诗韵阴、入两读俱存:

押阴声韵:毛滂五古《赠陈进士》"轲饿缚颇课坐卧大破座唾作贺"(21—14078)。

押入声韵:陆游七古《锦亭》第3韵段"乐薄缚"(39—24392)。

二 月帖部

哲、鴂,上古均属月部,《广韵》"哲"入声薛韵知薛切,"鴂"入声屑韵古穴切。但华镇诗歌将两字押入支微部阴声韵:五古《咏古十六首》第6首"桂悴蔽计懘契逝睨际翳锐哲脆鴂"(18—12292)。《全宋诗》"哲鴂"两字后均出注。

"哲"字句:"铦芒释纷难,未足论明哲。"注释:"原按:哲,读去声,音制。傅玄《祀景帝登歌》:执竞景皇,克明克哲。旁作穆穆,惟祗惟畏。"

"鴂"字句:"时无豪杰士,横议喧鶗鴂。"注释:"原按:鴂,本音玦。《尔雅》'鴗鶂鷑鴂'是也。鶗鴂即鵙鴂。《集韵》:'涓惠切,音桂。本作鳺。'考《离骚》'恐鶗鴂之先鸣兮',王逸注:'一名买鶙。'扬雄《反骚》'恐鵙鳺之将鸣兮',颜师古注:'鵙鳺一名买鶙,一名子规,一名杜鹃,常以立夏鸣,则众芳歇,而农事兴。'此入霁韵,正依《集韵》音桂也。"

"制",《广韵》祭韵征例切。三国晋宋时代"祭"韵属祭部,与祭部相承的入声韵部是屑部,屑部包括屑薛月黠四韵,祭部同屑部相押。祭部与入声屑部通押的例子很多(周祖谟,2001:164—165)。清顾炎武《音学五书·唐韵正(卷十七)》:"哲,陟列切。去声则音制。"并引用大量魏晋书证。① 华镇诗歌"哲"读阴声,可视为魏晋古读。"鴂",则用《集韵》阴声霁韵涓惠切。

---

① 《音韵学丛书》本,中华书局1982年版,第483—484页。

第四章 宋代江浙诗韵的特殊韵例

宋代江浙诗歌用韵中有一些特殊韵例，简称"特韵"。它们既超出《广韵》同用、独用的规定，又超出宋代通语18部系统的用韵。"特韵"反映出诗人采用不同于韵书、通语的语音押韵，具体有三种可能：一是据方音，二是仿古韵，三是临时音近合韵（刘晓南、罗雪梅，2006）。仿古韵是"有意模仿古人用韵，在诗文标题上或行文中明显表露出来模仿古人的意图"（刘晓南，1999：124），如张耒《次渊明饮酒诗》第9首"开怀乖棲泥谐迷回"（20—13075），明言是次陶渊明饮酒诗。这种用韵往往有明显标志，易于辨别，且为数不多，由于不能反映实际语音，故此章不予讨论。临时音近合韵，顾名思义，具有临时性，是灵活、宽松用韵的表现，如僧诗即有音近合韵，"僧人作诗的特点是俗而粗疏，用韵不精，既取口语方音亦有音近合韵，尤以偈颂突出"（刘晓南、罗雪梅，2006）。应该说这种合韵不无价值，故略加讨论。诗文用韵不避方音，"作家往往不自觉地使用方音"[①]。判断方音押韵时，主要采用二重证据法，将"历史文献考证法"与"历史比较法"相结合（鲁国尧，2007）。宋人文集、笔记、诗话等文献材料中有关江浙语音的记录，较为可靠，是十分宝贵的第一手材料。一般来说，方言有较强的继承性，古时方言的某些特点往往一直保留到现代方言中，因此可利用现代方言来以今证古。所以我们参考了大量的现代江浙方言材料，包括方言调查报告、论著、方言志等，行文中如未出注者则均见文末参考文献。另外，也适当利用元明清的江浙方言资料，具体有二：一为原始文献，可与宋代文献互补；二为诗词曲用韵材料，这些材料亦含某些方音押韵，可辅助判断宋代方音押韵。因此，这些

[①] 《唐代诗文韵部研究·序言》（鲍明炜，1990），张世禄先生撰。

材料也是分析宋代方音押韵时不可或缺的重要佐证。

引用韵段时一般只举例。所有特殊韵例制成韵谱附于文末。

第一节 阴声韵通押

一 歌戈、麻车通押

歌戈部包括《广韵》歌戈两韵系，麻车部包括《广韵》麻韵与佳夬两韵的一部分。歌戈、麻车两部通押简称"歌麻通押"。江浙诗韵歌麻通押76例，涉及40人。如：

1. 韦骧（杭州）七律《咏萤》"赊嗟加波车"（13—8444）
2. 吴芾（台州仙居）七古《对海棠怀江朝宗》"花过和家差夸摩何瘥那跎嗟华涯哦"（35—21869）
3. 姜特立（处州丽水）五绝《嘉泰壬戌归省坟墓感仲》第2首"家何"（38—24195）
4. 尤袤（无锡）五古《淮民谣》第10韵段"斜家何"（43—26854）
5. 薛季宣（温州）七古《折枝水仙》第1韵段"纱波罗"（46—28657）
6. 舒岳祥（宁海）七古《九日敏求与侄璋九万载》第2韵段"赊跎"（65—40920）

76例中69例分布在江苏南部和浙江，大致相当于现代江浙吴语区，另有江苏北部今江淮官话扬州、淮安、南通等地5人7例：

7. 徐铉（扬州）七律《梦游三首》第1首"何家斜花赊"（1—91）
8. 徐铉（扬州）五古《送薛少卿赴青阳》"歌华加涯赊霞家夸沙斜嗟"（1—96）
9. 徐铉（扬州）七律《和元宗元日大雪登楼》"和华花斜家"（1—142）
10. 张耒（淮阴）七绝《春宫》"靴奢花"（20—13242）
11. 崔敦礼（南通）杂古《田间辞三首》第2首第3韵段"下沱"（38—23779）

12. 陈造（高邮）杂古《行春辞三首》第 1 首"陀波嘉和家过哗歌"（45—28260）

13. 周端臣（南京）七绝《古断肠曲三十首》第 19 首"莎纱花"（53—32967）

唐代歌麻混押，元稹（鲍明炜，1981）、韩愈（荀春荣，1982）诗作中有其例。反映唐五代西北方音的 5 种汉藏对音中果、假两摄字的对音主元音除 2 例标为-o 之外，其余均为-a（罗常培，1961：35）。另外，敦煌变文有 3 例（周祖谟，1993A：331）、敦煌曲子词 4 例（张金泉，1986）。宋代其他地区文士亦有此用韵现象，如山东词人辛弃疾等 12 例（鲁国尧，1979）；四川文士有 18 例，其中诗韵 12 例，其性质与西北方音相同（刘晓南，2012：140—142）；河南诗人有 8 例（谢洁瑕，2005A）；福建文士 5 例（刘晓南，1999：208）；金代山西 3 人有歌麻通押韵例（乔全生，2008：141）。韵图对歌麻通押现象也有反映，《四声等子》把假摄字附于果摄图内，这表明歌、麻读音相近。可见，歌麻通押在中古比较普遍。

宋代江浙诗韵歌麻通押韵例大致分两部分：

一是江苏南部和浙江即今江浙吴语区的 69 例。这些韵例现代吴音基本能印证。果摄在吴语的 77 个方言点中，41 个点（约占 53%）读-o 韵（陈立中，2004：142），可以说吴语区果摄韵母读-o 韵是较普遍的现象。而对假摄来说，吴语 77 个主要方言点中有近 65% 的方言点韵母主要元音为-o（陈立中，2004：149）。同时，少数歌韵字与部分麻韵字有读-A 或-a 韵的现象，如上海话中歌韵"拖娑_{文读}挪他"等字与麻韵帮组、知系文读、见系白读韵母相同，读-A 韵。可见，吴语歌麻相叶。紧邻江浙的闽北地区的有 4 例，今闽方言中歌麻白读完全协韵，北宋江西诗人亦存 12 例，今江西方言不能印证，但从地域上看，与其东邻闽北形成一个歌麻通押的特殊板块（刘晓南，1999：209），现在我们不妨把此方言板块的范围扩充到江浙地区。

二是江淮官话扬州淮安一带 7 例。现在看这 7 例韵字在所在地的现代方音。今南京话戈韵字一般读-o 韵，"纱花"读-a、-ua 韵；高邮话"波和过歌"韵母为-o，"嘉家"韵母为-ia，"家"还可读-a 韵；淮阴话"靴"读-y 韵，"奢"读-i 韵，"花"读-ua 韵；扬州话"何"读-o 韵，"歌"读-ɣɯ 韵，"赊"读-iɪ 韵，"花夸家加霞沙斜"等字主元音为-a。淮安话

"歌"读-o韵,"者"读-ɛ韵,"下"读-a或-ia韵。可见现代方音均不能印证这些押韵。但周端臣诗"莎"可能是根据声符"沙"读麻韵①,"莎"与"纱花"押韵则成为可能。

二 歌戈、萧豪通押

歌戈、萧豪通押简称歌豪通押。萧豪部主要包括《广韵》豪韵系洪音。共6人7例(含1例歌豪鱼通押)。具体如下:

1. 丁谓(苏州)五律《草》"高袍莪皋"(2—1155)
2. 王令(扬州)杂古《梦蝗》第8韵段"多呶"(12—8088)
3. 释慧晖(浙江上虞)四言《偈颂四十一首》第17首第2韵段"座鹠"(33—20890)
4. 王十朋(温州乐清)七绝《左原诗三十二首·西高山》"燎诃多"(36—22749)
5. 释慧开(杭州)杂古《偈颂八十七首》第20首"讨破"(57—35660)
6. 释慧开杂古《偈颂八十七首》第42首"步堕道"(57—35661)
7. 周密(湖州)杂古《将进酒》第1韵段"袍罗歌"(67—42501)

例2王令诗歌中"呶"字句:"我欲为子言,幸子未易呶。"第7、9韵段分别为:就手箄朽否/人宾欣陈。因此断定"多呶"押韵。"呶",《广韵》肴韵女交切,训"喧呶";《集韵》除肴韵外,增麻韵女加切,义训同《广韵》。"呶"读肴韵,还是麻韵难以确定。不过,结合王令其他诗歌用韵大致可看出"呶"读音,如七古《寄王正叔》押萧豪部韵字,最末韵字为"呶",诗句"以代面语相喧呶"(12—8137),大致类推此诗"呶"读《广韵》肴韵。

例6释慧开诗作:"死心室内,移身移步。日日香灯,朝朝话堕。稽首齐安王,铁蛇横大道。""步堕道"入韵,其中"步",《广韵》暮韵薄故切,属鱼模部。

例7周密杂古《将进酒》第1韵段"袍罗歌"(67—42501),"袍"字句:"莫舞郁轮袍,莫酌金叵罗。"此诗共5韵段,换韵句均入韵,故认

---

① 属于"类化音变"(刘晓南,1999:127)。

定"袍"押韵。

另外，楚州山阳徐积有 1 例，不过为和韵诗：杂古《和李自明》第 3 韵段"莎哦诃和磋教阿多"（11—7625），"教"字句："君虽病肝，其心可用教。"但是被和者李自明生平不详，此例姑存待考。

根据现有研究成果，歌豪通押在福建、四川两地诗文用韵中大量出现，其中福建文士诗词文 14 人 80 例（刘晓南，1999：168），四川诗文用韵有 17 人 29 例（刘晓南，2012：132）。歌豪通押无疑是宋代闽音、蜀音的共同方音现象。

江浙诗韵与歌戈两韵系相押的韵字以效摄开口一等字为主，共 5 个（袍$_2$、高、皋、讨、道），还有开口二等 1 字（呶）、开口三等 2 字（鹩、燎）。今苏州话中"高袍"等豪韵字读-æ 韵母，"莪"不见方言材料，但据其声符"我"推知，韵母读-ɜu，二者不叶。上虞话属吴语太湖片临绍小片，从绍兴话中大致可求上虞吴语。今绍兴话中歌戈韵系字韵母基本读-o、-ou、-u 等韵，豪韵系读-ɑʊ 韵，可见二者亦不能相叶。今温州话"道讨宝草老"等豪韵字读-ɜ 韵母，"坐磨过破"等字读-o、-ɔu、-a、-u、-øy 等韵，歌、豪不同韵。

上述吴语方音均不能支持相应的歌豪通押韵例。现在来看江淮官话区的 1 例，今扬州话"多"念 to，"呶"字不见方言数据，但是效摄字基本读-ɔ 韵。-ɔ、-o、-ʊ 均为舌面后圆唇元音，但有舌位高低的区别：-ɔ 后半低圆唇元音，-o 后半高圆唇元音，-ʊ 后次高圆唇元音，它们在听感上较接近，因此王令诗是有押韵的可能，属音近合押。

总体看，地处现代江浙吴语区的 6 例，相关现代江浙方音均不能印证。倒是义乌方言果、效二摄字韵母基本相同，读-o 韵（方松熹，1999）。另外，今金华兰溪话部分果摄字读成效摄字，如：玻菠簸 = 包抱豹 po，破 = 炮 pʰɔ，摩魔 = 毛茅 mɔ，左佐 = 早枣 tsɔ，搓 = 操 tsʰɔ，戈 = 高羔交$_{白读}$教$_{白读}$kɔ（赵则玲，2003）。7 例中有 2 人 3 例是僧诗，僧诗用韵相对宽松，此 3 例极可能是偶然合韵。王令的韵例可目为音近合押。

因此，宋代江浙诗韵歌戈、萧豪两部之间的押韵暂看作临时合韵。

三 支微、鱼模通押

支微部指《广韵》止摄支脂之微四韵系和蟹摄齐韵系、祭废两韵的大部分；鱼模部指《广韵》遇摄鱼虞模三韵系。宋代江浙诗歌用韵支微部、鱼模部通押（简称支鱼通押）涉及101人，共计262例。这一通押是双向呈现的：一方面止摄字押入鱼虞模，其中某些长韵中蟹摄细音及灰泰合口韵字也参与押韵；另一方面遇摄字押入支微部，其中包含个别尤侯部唇音字。

在具体考察支微、鱼模通押之前，先对部分韵段的韵字音义作补充说明，并对某些韵段作校勘说明。

1. 释智圆七律《病起二首》第2首"差居藁书蜍"（3—1568）

首二句："湖天淡荡雁参差，行乐揩箅绕所居。""参差"之"差"《广韵》支韵楚宜切。照此读音，此诗则可视为首句借用支韵，形成支鱼通押。智圆另一首诗"参差"之"差"即读支韵：七律《闲咏》"私差丝时思"（3—1570），"差"字句："造化无余岂有私，如何庶物自参差。"

2. 陈舜俞杂古《题娄亿墓》"车朱铢书辜趋涂呼驱知胡徒殂弩诸墟"（8—4958）

此诗亦收于曾枣庄、刘琳《全宋文》，文题为《娄亿墓志铭》①。在句读、文字上二者略有不同。一是《全宋文》在"兮"字处不断句而形成句句韵，如"知"字句："有司五上吾名兮，礼部曾不一知。"句中"兮"处不断句，合成一句；另外，《全宋诗》末四句："高者我难诹兮，厚者行难语。诸百恨寂默兮，秋草之墟。"《全宋文》将"诸"字属上："高者我难诹兮厚者行难语诸，百恨寂默兮秋草之墟。"从句意看，倾向于"诸"属上。二是"知"，《全宋文》作"如"，从文句看，"知"较妥。

3. 罗适杂古《慈母石》第2韵段"思悲资饥书儿"（11—7739）

鱼模部韵字"书"押入支微部。"书"字句为："拾薪为我代灯烛，鬻衣为我买诗书。""诗书"颠倒即为"书诗"，二者语义无别。如为"书诗"，此诗韵字则全属支微部字。此诗出自元陈世隆《宋诗拾遗》卷22②，查对原文即为"诗书"，所以处之为支微、鱼模通押。

4. 王令五古《同孙祖仁王平甫游蒋山作》"纡除虚俱拘无晡殊余徂居初屠都胡隅书区濡涂呼旗图蹰诛吁庐虞驱娱墟锄"（12—8118）

"旗"字句："楼船下三江，千里悬旌旗。"明钞本《广陵先生文集》

---

① 上海辞书出版社、安徽教育出版社2006年版，第71册，第101页。
② 《新世纪万有文库》本，辽宁教育出版社2000年版，第348页。

"旗"作"旂"①。"旂",《广韵》鱼韵以诸切,义训"周礼曰:鸟隼曰旂,州里所建也"。"旗"与"旂"不便取舍,暂从《全宋诗》。

5. 王令五古《道士王元之以诗为赠多》"鲕披縻为铍奇低羆谁之夷治嗤时龟儿师鬵追非思期饥卑移疵推訾夷羲姬疲驰随亏提支痍醨迷私迟皮知辞居奚咨诗遗宜"(12—8128)

"居"字句为:"若寒馁贫贱,此于我何居。""居",《广韵》两读:鱼韵九鱼切,训"当也、处也、安也";之韵居之切,训"语助"。句中"居"当为"语助",读之韵居之切。"居"的"语助"义用法见宋前文献,如《礼记·檀弓上》:"何居?我未之前闻也。"郑玄注:"居读为姬姓之姬,齐鲁之间语助也。"②《左传·襄公二十三年》:"谁居?其孟椒乎?"郑玄注:"居音基。"③清胡鸣玉《订讹杂录·何居谁居》:"何居,音基。语助也。"④ 故此例不算在支微、鱼模通押之列。

6. 秦观七律《文英阁二首》第1首"携迷啼藜去"(18—12155)

"去"字句:"回首三山楼阁晚,断云流水自东去。""去",《广韵》上声语韵羌举切,训"除也";去声御韵丘倨切,训"离也";《集韵》增平声鱼韵丘于切,训"疾走也"。此诗韵例表明《集韵》的平声增收是有实际语音根据的。"去"读平声鱼韵,其他韵字属支微部,从而构成支微、鱼模通押。

7. 华镇七古《陪和宋宴城楼罢留望江》第4韵段"倚苇女"(18—12312)

"女"字句:"三阁香消春梦残,空传玉树江南女。"此诗换韵句入韵。第5韵段为"丑狗手有酒钮"。"女"似乎可与第5韵段构成鱼尤通押,但第5韵段首字"丑"属奇句,与后文"狗手有酒钮"相叶。按照此诗韵例,"丑"字句为换韵句,当领起下一韵段。故"女"当属上。

8. 李弥逊七古《夏日登台晚云层叠若众》"宜吁欹随差低姿眉奇螭卑驰西梯栖移"(30—19257)

"吁"字句为"风伯退听停嘘吁"。"吁"有异文,文渊阁《四库全书》影印本、明本"吁"作"吹"。《广韵》"吁"属虞韵,"吹"属支韵,二者义同,如以"吹"入韵,则全诗押支微部;以"吁"入韵,则为

---

① 《宋集珍本丛刊》本,四川大学古籍研究所编纂,线装书局2004年版,第17册,第41页。
② (清)阮元校刻:《十三经注疏》,中华书局1980年版,第1273页。
③ 同上书,第1978页。
④ 《丛书集成初编》本,商务印书馆中华民国二十五年初版,第20页。

鱼模部韵字押入支微部。故存疑待考。

9. 陆游五古《幽居即事九首》第4首"乳字士苎","士"字句："年来不把酒，杯榼委尘士。"（41—25513）

支微部"士"押入鱼模部，是一个难得的支鱼通押韵例。不过结合语义看，"士"似有误，应为"土"，文渊阁《四库全书》影印本作"（尘）土"。用"土"，不仅文意顺畅，而且韵律和协，故从《四库全书》本。

10. 薛季宣杂古《九奋·记梦》第9韵段"鲑鱼"（46—28722）

《全宋诗》相关诗句：

……骖苍虬兮飞廉御，丰隆车兮为后属。磣磦驱驼其左右兮使风伯为清<u>路</u>，都离宫兮忘<u>反</u>。命群臣兮燕<u>衎</u>，菹蘩蕴兮形<u>盐</u>。列鲸胎兮鼋卵，张钧天兮广漠<u>野</u>。鼓蛇蘷兮雷鼉<u>鼓</u>，铿浮磬兮□龙<u>钟</u>。歌湘灵兮奇相，舞三行兮清<u>酤</u>。戛止兮柷<u>敔</u>，观其臣之就位兮厥令尹曰<u>瞋</u>。<u>鲑</u>总群虾而将之兮，胄乃元惟鲍<u>鱼</u>。缘蛙声之聒聒兮，位高于五<u>谏</u>。鳣鱼大而无庸兮，处之冗<u>散</u>。郁郁余心之悁默兮，周章而寒<u>产</u>。欲陈词而梦觉兮，嗟言之而已<u>晚</u>。匆匆余见斯情物兮，徒临流而惋<u>叹</u>。①

根据句读，韵字如下：属反盐野钟酤瞋鱼/谏散产晚叹，其中"谏散产晚叹"5个韵字押韵明晰，自成1个韵段，其余8个字分属于不同韵部，其押韵组合很难判别。很自然让人怀疑这8个韵字的准确性。于是，我们进行了文字校勘，运用他校法和理校法研判其句读：

此诗亦见于《全宋文》：

……骖苍虬兮飞廉御，丰隆车兮为后属。磣磦驱驼其左右兮，使风伯为清<u>路</u>。都离宫兮忘<u>反</u>，命群臣兮燕<u>衎</u>。菹蘩蕴兮形<u>盐</u>，列鲸胎兮鼋卵。张钧天兮广漠<u>野</u>，鼓蛇蘷兮雷鼉<u>鼓</u>。铿浮磬兮□龙<u>钟</u>，歌湘灵兮奇相<u>舞</u>。三行兮清<u>酤</u>，戛止兮柷<u>敔</u>。观其臣之就位兮，厥令尹曰<u>瞋</u>。<u>鲑</u>总群虾而将之兮，胄乃元惟鲍鱼。……②

---

① 为醒目和比较，在相关文字下加上横线等符号。
② 上海辞书出版社、安徽教育出版社2006年版，第257册，第98页。

比较两处句读，《全宋诗》《全宋文》的主要区别有两点：

一是语意截止句的确定。《全宋文》的语意截止句比《全宋诗》更准确。元程端礼指出："凡诗铭韵语，以韵为句，未至韵皆读。"① 黄侃认为：诗歌"意具而后成句，意不具而则为读"②。王力（1989：19）说："咱们研究诗句的时候，应该以有韵脚的为一句的终结，……""意具"即语意截止，语意截止处即有"韵"，"为一句的终结"，可使用句号或与之作用相当的符号如分号、疑问号和感叹号等；"意不具"即语意没有截止，语意没有截止之处即"读"，"未至韵"，可使用逗号或与之作用相当的符号。《全宋文》将《全宋诗》中5个"意不具"句（即用逗号的句子）改成"意具"句（即用句号的句子），具体见上面两段文字中加下划单横线处；同时，《全宋文》将《全宋诗》中5个所谓的"意具"句改成所谓的"意不具"句，具体见上面两段文字中加下划双横线处。

二是《全宋诗》有两处"当属上读而误属下"的韵字："舞""鮭"，具体见上面两段文字中加下划波浪线处。"当属上读而误属下"割裂词语，导致词不达意，有时还会影响韵律的和谐。

"歌湘灵兮奇相，舞三行兮清酤"中"相""舞"割裂，语义不清，应于"舞"字后停顿，成为"意具"句，"舞"入韵。《全宋文》："铿浮磬兮□龙钟，歌湘灵兮奇相舞。三行兮清酤，戛止兮柷敔。"这四句话的意义比《全宋诗》诗句的意义准确，同时"舞"与"鼓""敔"押韵，从而解决了押韵的问题。

"观其臣之就位兮厥令尹曰瞋。鮭总群蝦而将之兮"中"瞋"不能与后文的"鱼"相押，语义也相当模糊。"瞋""鮭"不能断开，"鮭"当属上，成为"意具"句，"鮭"入韵，"鮭"与后文的"鱼"押韵。根据句式特点，参照后句"胥乃元惟鲍鱼"句末"鲍鱼"二字，大致可推知"瞋鮭"当连用成词。"瞋鮭"与"鲍鱼"同属鱼类。"瞋鮭"即突眼的河豚。"瞋"，《广韵》真韵昌真切，训"张目也"。"鮭"，《广韵》齐韵古携切，训"鱼名"，《集韵》齐韵涓畦切，训"鱼名。《山海经》：'敦薨之水多赤鮭。'"郭璞注《山海经》"鮭"字："今名鯸鮐为鮭鱼。""鯸鮐"又作"鯸鮔"。《文选·左思〈吴都赋〉》："王鲔鯸鮐，鲫龟鳝鲭。"李善

---

① 详见《程氏家塾读书分年日程》，黄山书社1992年版，第72页。
② 详见《文心雕龙札记》，中华书局1962年版，第131页。

注引刘逵曰："鯸鲐鱼，状如科斗，大者尺余，腹下白，背上青黑，有黄文，性有毒。"① 元陶宗仪《南村辍耕录》卷九："《类篇》鱼部引《博雅》云：'鯸鮔，鈍也，背青腹白，触物即怒，其肝杀人。'正今人名为河豚者也。"② 薛季宣七古《河豚》："岂其食鱼河之鲂，河豚自羡江吴乡。瞋蛙豕腹被文豹，刖如无趾黥而王。……"（46—28686）其中"瞋蛙"，意思是"突眼的青蛙"，薛氏是用"突眼的青蛙"类比河豚的眼睛特征。

校勘后，此诗韵字如下：……/属路/衍卵/鼓舞敔/鮭鱼/谏散产晚叹，其中"鮭鱼"构成支鱼通押。

11. 薛季宣杂古《九奋·沉湘》第 5 韵段"愬雾度寓故遇止渚处"（46—28723）

相关诗句："……。悲女媭之婵媛兮，临流而止余。涕滂沱兮，心悲江渚。……"

"止余"处断句有误，此句读文意不畅。"余"当属下，于"止"字处断句。此例亦见曾枣庄、刘琳《全宋文》③，其断句即如此。

12. 徐侨杂古《云山歌》"微依晞晖去薇枝啼几楼围时箕期夷离怡宜"（52—32809）

此诗 18 句，句句韵。除"去"外，其余 17 句为支微部平声韵字。类推"去"入韵，"去"字句："有禽消摇其间兮不去，飞俛啄兮薪薇。""去"，《广韵》读上声、去声，《集韵》增平声丘于切，训"疾走"。据《集韵》可确定为支微、鱼模通押。

13. 钱时七古《篙师叹》第 1 韵段"稀饥鱼"（55—34344）

"鱼"字句："今年禾黍秋旱死，不有下涧民枯鱼。"此为换韵古诗，共 12 句，四句一韵，其余韵段分别为"熟足蹙"、"弹难蛮"、"当上放"。如果将阴声韵字"鱼"与下文入声韵字"熟足蹙"组成韵段，虽然符合阴声韵、入声韵通押这一宋代通语音变现象，但与此诗整体押韵特点不符。故"鱼"属上，与"稀饥"构成支微、鱼模通押。

14. 贾似道七绝《红铃》第 1 首："红肩红胁不为奇，连连赢得也防虞。今铃落了终难复，无情去斗却成灰。"（64—39980）

---

① （梁）萧统编，（唐）李善注，中华书局 1977 年版，上册，第 83 页。
② 《元明史料笔记丛刊》本，中华书局 1959 年版，第 116 页。
③ 上海辞书出版社、安徽教育出版社 2006 年版，第 257 册，第 100 页。

韵字：奇虞灰，"灰"等灰韵系字在宋代通语中有向支微部演变的趋势，因此"灰"可当成支微部字看待，构成支微（灰）、鱼模通押。

15. 戴表元七绝《雨中过泉教张子开》第 1 首："平生剡梦十八九，短策还经静者居。一曲好溪山起处，数声疏雨雪初来。"（69—43718）

《全宋诗》所用底本为《四部丛刊》影印明万历九年《戴先生文集》。宋代江浙诗歌"来"常与支微部韵字押韵，宋代"来"有支微一读，此诗即构成支微、鱼模通押。但是明刻六卷本、文渊阁《四库全书》影印本作"来初"。此异文不便取舍。

首先考察支微、鱼模通押所涉及诗人（共 101 人）区域分布，具体见下表（"扬淮"指淮安、扬州、南京、镇江等江淮官话洪巢片中江苏省境内方言点；"泰如"指泰州、南通、如皋等江淮官话泰如片江苏省境内方言点；"太湖"指苏州、无锡、常州、上海、湖州、杭州、宁波等北部吴语方言点即吴语太湖片；"婺州"指吴语婺州片；"处衢"指丽水、衢州等南部吴语方言点即吴语处衢片；"台州"即吴语台州片；"瓯江"即吴语瓯江片①；"淳安"今属徽语严州片。下文同）：

表 4—1　　支微、鱼模通押所涉及诗人（共 101 人）区域分布

	扬淮	泰如	太湖	淳安	婺州	处衢	台州	瓯江	合计
人数	14	3	43	4	6	6	13	12	101

由上表可见，支微、鱼模通押遍布江浙各地，其中北部吴语地区居多。诗人生活年代从北宋初期一直绵延至南宋末年，有关诗人如北宋初衢州赵湘（959—993）、钱塘钱易（968—1026）、南宋末钱塘邓牧（1247—1306）、江阴陆文圭（1250—1334）等。支微、鱼模通押贯穿整个宋代，应该是宋代江浙方言的一大语音特色。

从押韵方式看，宋代江浙诗韵支微、鱼模通押可分为三种情况：一是一支一鱼押韵，二是支微部韵字押入鱼模部，三是鱼模部韵字押入支微部。例句分别如下：

1. 赵奉五古《过乌江》"水处"（29—18807）

---

① 吴语的分区以《中国语言地图集》第 1 版为准。

2. 许及之五绝《药畹》"滋图"（46—28411）

3. 徐积五古《赠陈留逸人》第 2 首第 4 韵段"累如呼图壶"（11—7596）

4. 林景熙五古《秦吉了》"语主鬼"（69—43475）

5. 杨简五古《偶作》第 18 首第 1 韵段"易拟喜虑"（48—30084）

6. 黄庚五古《燕子楼》第 2 韵段"去悴媚"（69—43549）

例1诗作："晓望泰山云，暮饮乌江水。云水寄萍踪，何日归根处。""水处"押韵。例2诗作："种药怜苗润，分畦戒蔓滋。休藏肘后法，医国是良图。""滋图"相押。例1、例2为一支一鱼押韵。例3"累"字句："或问其所欲，何物可相累。"支微部"累"与鱼模部"如呼图壶"相押。

例5"虑"字句："一轮秋月明，云为岂思虑。""虑"押入支微部。例6"去"字句："春风燕子来，秋风燕子去。""去"与支微部"悴媚"相押。

现在将第一、二种情况合在一起考察，用"支→鱼"表示；第三种情况用"鱼→支"表示。"支→鱼"、"鱼→支"的数量及区域分布见下表。

表4—2　　　支微、鱼模通押方式（共262例）及区域分布

	扬淮	泰如	太湖	淳安	婺州	处衢	台州	瓯江	合计
支→鱼	20	6	44	6	7	6	10	23	122
鱼→支	9	3	55	27	3	3	10	30	140
合计	29	9	99	33	10	9	20	53	262

由上表可看出，"支→鱼"、"鱼→支"两种通押的数量相当。

现在考察"支→鱼"。这一用韵共 122 例。统计杂入鱼模部的支微部韵字成下表。

表4—3　　　　　　　杂入鱼模部的支微部韵字

	字数	用字
精庄	20	子$_8$死$_6$士$_3$事$_3$斯$_2$此$_2$师$_2$楼$_2$史寺滋慈刺丝差$_{参}$~字似髓韲使
见知章日	37	迟$_6$水$_4$知$_3$起$_3$睡$_2$时$_2$诗$_2$归$_2$止$_2$鬼诡几鲑饥纪宜旗姬棋弃炊之坠锥垂枝持厄谁蕊齿儿侯市恃瑞施
其他	27	地$_4$累$_4$飞$_2$里$_2$泪$_2$稀$_2$衣$_2$提医谓威鼓你离陂泥弟豨豨欷喜睢洧猗被围晖

第四章 宋代江浙诗韵的特殊韵例

由上表可见，杂入鱼模部的支微部韵字共74个，除4个蟹摄字"悽鲑泥弟"之外，其余70字皆属止摄。从声母看，这批止摄字中精庄组19个，见知章组、日母36个，其他25个。从韵母看，70个止摄字中三等开口48个、合口22个。

下面看这74字中的代表字在现代江浙吴语区的读音，具体见下表。

表4—4　　　　　　支微部韵字在现代江浙吴语区读音①

	死	子	事	髓	迟	知	睡	锥	鬼	归
江阴	sɿ	tsɿ	zɿ	zEI	zɿ	tsɿ	zEI	tsEI	kuEI	kuEI
苏州	sɿ文 si白	tsɿ	zɿ	zE	zɿ	tsɿ	zE	tsE	kuE文 tɕy白	kuE
上海	sɿ	tsɿ文 tɕi白	zɿ	zø	zɿ	tsɿ	zø	tsø	kuE文 tɕy白	kuEI
杭州	sɿ	tsɿ	szɿ	sɥEI	zɿ	tsɿ	szɥEI	tsɥEI	kuEI	kuEI
绍兴	sɿ	tsɿ	zɿ	ze	dzɿ	tsɿ	dze	tse	kue文 tɕyɥ白	kue
宁波	ɕi	tsɿ	zɿ	zEI	dzɿ	tsʮ	zE	tsEI	kuEI文 tɕyɥ白	kuEI
天台	sɿ	tsɿ	zɿ	—	dzɿ	tsɿ	zei文 zʮ白	tɕy	kuei文 ky白	kuei文 ky白
温州	sɿ	tsɿ	zɿ	sei文 ɕi白	dzɿ	tsɿ	zai	tsɿ	tɕy	kai回 tɕy当~
金华	sɿ	tsɿ	szɿ	zɿ	dzʮ	tsɿ	szei	tsᵘei	tɕy	kui
衢州	sɿ	tsɿ	szɿ	szei	dʑɥ	tʃɥ	ʒɥei	tʃɥei	kuəi	kuəi

现代吴语止摄读音较复杂，开口一般读-i，而精、知、庄、章组大多读-ɿ，不过无锡老派、苏州、上海老派部分人知、章组读-ʮ。就合口而言，止摄见组字在吴语大部分地区白读为-y，另外少部分地区精、知、章及喻

---

① 表中音标右下角"文""白"分别代表"文读""白读"。下文表格同此。

三少部分字也读-y、-u。如：

苏州-y：龟白读鬼白读鳜白读贵白读亏白读馗白读跪白读柜白读围白读喂白读

上海-y：龟白读鬼白读贵白读亏白读馗白读跪白读柜白读围白读喂白读纬白读

天台-y：痴白读水白读睡白读追锥醉白读虽吹炊脆白读鬼白读贵白读跪白读危旧读围旧读椅旧读位旧读

温州-y/-u：跪龟柜鬼贵/位围

金华-y：迟水鬼吹龟贵围跪柜

遂昌、庆元-y：水吹亏龟贵围跪柜醉追

现代吴语遇摄一等模韵绝大多数读-u，三等鱼虞韵除知、庄、章组外一般读-y。庄组读-ɿ、-ʅ、-u等，知、章组读-ɿ、-ʅ、-ʮ、-u等。

由上所述，现代吴语止、遇两摄韵母音同、音近的现象较为普遍，如止摄开口精、知、庄、章组与遇摄知、庄、章三组均可读-ɿ、-ʅ；止摄见组、精、知、章及喻三少部分与遇摄鱼、虞、模三韵可读-y、-u。据此，我们可反推宋代江浙吴语区诗人用韵支微押入鱼模应是其方音的反映。

另外，这一押韵中南通崔敦礼、释元肇6例：

1. 崔敦礼杂古《刘银僭号岭南虐其民潘》"隅鑪屠苏诛郛濡累徒歔"（38—23773）

2. 崔敦礼杂古《太白远游》第16韵段"车途垂"（38—23775）

3. 崔敦礼杂古《华阳洞天》第4韵段"蕊予"（38—23778）

4. 崔敦礼杂古《下水府》第3韵段"水鼓"（38—23779）

5. 崔敦礼杂古《田间辞三首》第2首第4韵段"予事"（38—23779）

6. 释元肇五古《许来亭》"趣睡住去遇泪树"（59—36902）

据南通方言调查报告（鲍明炜、王均，2002），"睡"念 ɕye，"泪"念 le，"垂"念 tɕʰye，"水"念 ɕye，"事"念 sɿ，而鱼模部韵母为-u、-y，-ye韵中-y只是介音，"睡垂水"三字与鱼模部字的押韵是很勉强的，"泪事"两字则无法协鱼模；倒是通泰方言的其他方言点中上述三字有鱼模读音，如东台（睡泪水白读）、大丰（睡白读泪水白读）、如皋（泪白读）、姜堰（睡泪水白读）、泰州（水白读）。其实，通泰方言中普遍存在止摄合口和蟹摄合口三四等部分字读鱼模现象（顾黔，2001：179—180）。因此，或许这就是崔敦礼、元肇诗用韵的语音基础。

支微部字押鱼模部的122个韵段中，江淮官话扬淮一带7人14例，涉及的支微部字及其在诗人所在地的现代读音如下：

第四章 宋代江浙诗韵的特殊韵例

表 4—5　　　　支微部韵字在江淮官话扬淮一带读音

	韵例	韵字及读音
张榘（镇江）	1	威 uI
释普度（江都）	3	稀 馓 士 你①
释彦岑（南京）	1	你 li
徐积（楚州山阳）	3	饥 tɕi、累 lɛi、起 tɕʰi
张耒（淮阴）	1	弃 tɕʰi
王令（扬州）	3	睢 suəi②、旗 tɕʰi、死 sʅ
秦观（高邮）	2	师 sʅ、洧 kəi③

扬淮方言鱼模部字韵母为 -u、-y，可见现代扬淮方言不能支持宋代扬淮地区支微押鱼模的韵例。扬淮诗人的用韵可能另有所据。

接着考察"鱼→支"，指支微部韵字为主杂入鱼模部韵字，共 140 例。鱼模部韵字统计如下表。

表 4—6　　　　　　杂入支微部的鱼模部韵字

	字数	用字
精庄	14	取$_5$所$_3$雎$_2$须$_2$雏$_2$醑稰齺趄苴祖聚初数
见知章日	48	书$_{12}$去$_9$语$_7$如$_5$矩$_5$苦$_5$处$_4$居$_4$鱼$_3$乳$_2$汝$_2$举$_2$具$_2$车$_2$癯$_2$暑$_2$躇$_2$珠$_2$鼠$_2$主$_2$茹$_2$据$_2$古驹炬踞岖驱愚虞娱驭注朱诸煮姝输柱黍除楮濡儒襦午遇
其他	22	余$_{14}$女$_9$虚$_5$甫$_2$雨$_4$许$_2$缕$_2$庐$_2$无$_2$宇吁誉喻貐嘘浒怒芦虑土赋渡

上表中，杂入支微部的鱼模部韵字精庄组 14 个，见知章组、日母 48 个，其他 22 个，合计 84 个。现在看 84 个鱼模部字中代表字在今江浙的读音，见下表。

---

① 目前未见现代江都方音书面资料，故暂阙。
② 据韵母音韵地位相同的"为$_{作\sim}$"字，推断其韵母。（北京大学中国语言文学系语言教研室：《汉语方言字汇》〈第二版重排版〉，语文出版社 2003 年版，第 172 页）
③ 据韵母音韵地位相同的"轨"字，推断其韵母。（江苏省公安厅《江苏方言总汇》编写委员会：《江苏方言总汇》，中国文联出版公司 1998 年版，第 1154 页）

表4—7　　　　　　　　现代江浙吴语区鱼模部韵字读音

	书	如	处	鼠	去	珠	输	主
江阴	ɕy	ʑy	tɕʰy	tɕʰy	kʰEI文 tɕʰy白	tɕy	ɕy	tɕy
苏州	sʮ	ʑʮ	tsʰʮ	tsʰʮ	tɕʰy文 tɕʰij白	tsʮ	sʮ	tsʮ
上海	sɿ	zy zɿ	tsʰɿ	tsʰɿ	tɕʰy文 tɕʰi白	tɕy	sɿ	tɕy文 tsɿ白
湖州	sɿ	zɿ	tsʰɿ	tsʰɿ	tɕʰiz	tsɿ	sɿ	tsɿ
杭州	sʮ	szʮ	tsʰʮ	tsʰʮ	tɕʰy文 tɕʰi白	tsʮ	sʮ	tsʮ
绍兴	ɕyʮ	ʑyʮ	tɕʰyʮ	tsʰʮ	tɕʰyʮ文 tɕʰi白	tsyʮ	ɕyʮ	tsyʮ
宁波	sʮ	zʮ	tsʰʮ	tsʰʮ	tɕʰyʮ文 tɕʰiz白	tsʮ	sʮ	tsʮ
天台	ɕy	ʑy	tɕʰy	su文 tsʰɿ白	kʰy文 kʰei白	tɕy	ɕy	tɕy
温州	sɿ	szɿ	tsʰɿ	tsʰɪi	tɕʰy文 kʰi白	tsɿ	sɿ	tsɿ
永嘉	sʮ	zʮ	tsʰʮ	tsʰei	tsʰʮ	tsʮ	sʮ	tsʮ
瑞安	səy	zəy	tɕʰy	tɕʰi	tɕʰy文 kʰi白	tɕy	səy	tɕy
平阳	ɕy	ʑy	tɕʰy	tɕʰi	tɕʰy文 kʰi白	tɕy	ɕy	tɕy
金华	ɕᵘy	ɕzᵘy lu文	tɕʰᵘy	tsʰᵘy文 tsʰɿ白	tɕʰᵘy文 kʰə白	tɕᵘy	ɕᵘy	tɕᵘy
汤溪	ɕi	—	—	tsʰɿ	kʰəɯ	tɕi	ɕi	tɕi

上表显示，现代江浙吴语存在鱼虞模读同支脂之微语音现象，尤其上

海、湖州、汤溪等地鱼模读支微现象严重,这可看成宋代江浙吴语区这种押韵的语音基础。

下面看江淮官话区韵例:泰如1人2例,扬淮2人2例。

(一) 泰如1人2例

1. 崔敦礼(南通)杂古《华阳洞天》第3韵段"巍迟之溪车隋"(38—23778)

2. 崔敦礼杂古《中水府》第6韵段"底㮕止"(38—23779)

今南通"车﹏马炮"读 tɕy;从"胥"得声的"婿"读 ɕy,"㮕"亦为"胥"声字,推知可能亦读 ɕy;"迟之止"韵母为-ɿ,"溪底"韵母为-i。显然,现代南通话不能支持崔氏的用韵。

(二) 扬淮2人2例

1. 秦观(高邮)七律《文英阁二首》第1首"携迷啼藜去"(18—12155)

2. 张耒(淮阴)五古《书事寄晁应之》"齐低泥携蹊啼西迷裾闺溪鹂鸡黧蹄萋睽栖题凄"(20—133715)

今高邮"去"读 tɕʰy 文读/kʰəi 白读,由声符"居"推知"裾"淮阴话读 tɕʰy,而二地方音中支微部字韵母一般为-ɿ、-i,可见鱼模部三字与各自方音中支微部字韵母不同。因此宋代扬淮地区的这三例在现代扬淮方音中找不到语音根据。

今江淮官话区南通释元肇、崔敦礼6例支微部字押入鱼模部,在今南通方音中找不到语音依据,但是南通所属的泰如片其他地方方音能支持这一用韵;崔敦礼还有2例是鱼模部字押入支微部,今南通话亦不支持此读音。扬淮的韵例在今扬淮方言中亦找不到证据,不过"东晋以前,吴语本北抵淮河"(鲁国尧,2003A:12),"现代江淮方言也是南朝通语的嫡系后裔"(鲁国尧,2003B:130)。因此,可以说江淮方言应该含有吴语的底层,这样看来,江淮方言区的韵例似可视为其吴语底层的透露。

宋代江浙诗韵阴入通押有11例与阴声韵支微、鱼模通押相对应:

1. 徐积杂古《琼花歌》第15韵段"速束玉累"(11—7562)

2. 沈辽七古《奉送殊师利》"裾都涂湖襦孤师枯孥无屠虚娱如麤鱼书晡余拘卢吴居隅蹰夫诛跌蜜蘧"(12—8310)

3. 张耒杂古《惠别》第5韵段"予息"(20—13046)

4. 释慧晖四言《偈颂三十首》第20首第1韵段"历去"(33—

20891）

5. 崔敦礼杂古《田间辞三首》第3首第1韵段"屋子"（38—23779）
6. 尤袤五古《大暑留召伯埭》"暮踞途弩罼寓去"（43—26861）
7. 钱时五古《闻儿辈举渔者言喜成古调》"此美市尔里砥鹿比眦死齿已语子"（55—34342）
8. 释智愚杂古《偈颂二十五首》第21首"泣许"（57—35904）
9. 释普度杂古《偈颂一百二十三首》第111首"鎚目毒馥"（61—38511）
10. 释斯植杂古《寄衣曲》第1首"取忆息"（63—39325）
11. 释如珙杂古《偈颂三十六首》第9首"唧擁归"（66—41216）

　　支微、鱼模通押现象亦见于宋元笔记，南宋山阴（即绍兴）人陆游《老学庵笔记》卷二载淮南谚："'鸡寒上树，鸭寒下水'；验之皆不然。有一媪曰：'鸡寒上距，鸭寒上嘴'；上距谓缩一足，下嘴谓藏其咮于翼间。"① 这条谚语押韵，"水嘴"属支微部，"树距"属鱼模部，可见淮南方音中支鱼通押，而六朝时淮南即属吴语旧地。宋元之际，苏州俞琰《书斋夜话》卷一："吴音余为奚，徐为齐，杭州人金为斤，阴为因，……皆乡音也。"② "奚齐"是蟹摄齐韵字，江浙诗韵中已与止摄字合为支微部。这表明宋元吴音把鱼模部字读成支微部。另外，此语料亦说明宋元吴音闭口韵尾-m 向抵腭韵尾-n 演变。《田家五行志》中有"占祥谚"："猪来贫，狗来富。猫儿来，开质库。"清秀水（今浙江嘉兴）人杜文澜在《古谣谚》③ 中给"猪来贫"作注曰："一云鸡来贫。盖鸡之得失，寻常有之，何足为异。因猪鸡音近，俗传之误。"《田家五行志》作者有争议，有的认为是元朝吴江人娄元礼，有的认为是元末明初陆泳，他在吴中"采方言习俗，作《田家五行》，以占丰歉"。不管作者是谁，有一点是可以明确的：此谚语来自吴地。因此，"猪鸡音近"说明了吴地"猪鸡"两字可能声母相混，也可能是韵母相近，即支鱼不分。

　　这一通押在宋代其他地区诗、词用韵中亦有反映，现将宋代各地区支微、鱼模通押韵例数量比较如下表。各地押韵数量统计出处如下：

---

① 中华书局1979年版，第25页。
② 《宛委别藏》本，清阮元辑编，江苏古籍出版社1988年版，第72册，第12页。
③ 中华书局1958年版，第539页。

第四章　宋代江浙诗韵的特殊韵例

江浙词韵：《论宋词韵及其与金元词韵的比较》（鲁国尧，1991）
安徽诗韵：《宋代徽语考》（丁治民，2007）
福建：《宋元福建词人用韵研究》（鲁国尧，1989）；《宋代闽音考》（刘晓南，1999）
江西诗韵：《北宋江西诗人用韵研究》（杜爱英，1998A），词韵：《宋元江西词人用韵研究》（鲁国尧，1992）
四川：《宋代苏轼等四川词人用韵考》（鲁国尧，1981）；《宋代四川语音研究》（刘晓南，2012）
河南：《宋代中原语音研究》（谢洁瑕，2005A）
北京：《唐辽宋金北京地区韵部演变研究》（丁治民，2006）
山东：《北宋山东诗文词用韵研究》（白钟仁，2001）

表4—8　　　　宋代各地区支鱼通押韵例数量比较

	江浙	安徽	福建	江西	四川	河南	北京	山东
诗	261	72	22	24	51	6	1	2
词	14		14	36	3	1		1
文			30		51		4	1
合计	275	72	66	60	105	7	5	4

可见，宋代南北诗人均存支鱼通押现象，不过南方诗韵表现尤为突出，可认为是宋代吴、闽、皖、赣、蜀等南方方言的共同语音特点①。

四　歌戈、鱼模通押

歌戈部、鱼模部通押（简称歌鱼通押）指歌戈部分字与鱼模部分字相押。宋代江浙诗韵中歌鱼通押共31人43例，有1例是歌豪通押中羼入鱼模部字，属歌、豪、鱼通押。其余均属歌戈与鱼模相押。如果将歌豪通押的字认作歌戈部字，则43例中押鱼模部为主杂入歌戈部韵字的韵段28个（一歌一鱼通押隶此），以押歌戈部为主杂入鱼模部韵字的韵段15个；31个诗人中扬淮5人，太湖5人，淳安1人，婺州1人，处衢6人，台州3

---

① 田范芬（2000）《宋代荆湖南路诗人用韵考》中宋代湖南诗韵未见支微、鱼模通押。

人，温州 10 人，泰如、徐州不见诗例。诗歌数量具体分布如下：

表 4—9　　　　　　　　歌鱼通押数量具体分布

	扬淮	太湖	淳安	婺州	处衢	台州	瓯江	合计
歌→鱼	3	4		1	5	2	13	28
鱼→歌	3	1	1		4	3	3	15
合计	6	5	1	1	9	5	16	43

从数量看，"歌→鱼"的数量大大超过"鱼→歌"，似乎表明江浙诗韵中歌鱼通押以歌戈韵字混入鱼模部这一形式为主，或可理解为歌戈读成鱼模。

1. 以押鱼模部为主杂入歌戈部韵字有 28 个韵段，举例如下：

（1）徐积（楚州山阳）七古《三月三日作》第 1 韵段"去何"（11—7631）

（2）陆游（越州山阴）杂古《放翁自赞四首》第 3 首"居驴歌书癯间"（41—25736）

（3）刘黻（温州乐清）五古《畏虎行》"斧苦户祸黼"（65—40696）

（4）赵友直（上虞）七律《南源庙》"图过湖途呼"（70—43964）

例 1 诗句："今朝乃是三月三，三分春色二分去。一分春色能几多，吟翁老病无如何。"第 2 韵段为"时溪枝"。"去何"押韵。例 2 "歌"字句："闻鸡而起，则和宁戚之牛歌。""歌"必入韵。例 3 "祸"字句："形影自相吊，祝神为驱祸。""祸"与其他鱼模部韵字混押。例 4 "过"字句："乾坤何处不披图，觅胜谁从此地过。""过"处入韵位置。

押入鱼模部的歌戈部韵字共 16 个，其中牙音 7 字，唇音 4 字，喉音 3 字，舌音、齿音各 1 字：

牙音 7 字：过$_5$歌科可果裹卧

唇音 4 字：波破魔么

喉音 3 字：祸$_5$何$_3$和

舌音 1 字：多

齿音 1 字：坐

押韵字数最多的是牙音字，多达 7 字，差不多占此类歌戈部韵字的一半。喉音有 3 字，其中"祸""何"出现频率高，分别达 5 次、3 次。唇音虽有 4 字，但均只出现 1 次。可见，主要是歌戈部中部分牙喉音字押入鱼模部。

2. 以押歌戈部为主杂入鱼模部韵字有15个韵段，用韵举例如下：

（1）张耒（楚州淮阴）七古《晨起苦寒》第2韵段"河歌鹅如"（20—13117）

（2）姜特立（丽水）五古《喜雨寄曾少卿》"沱何壶歌和波租磨"（38—24196）

（3）薛师石（永嘉）七律《水心先生惠顾瓜庐》"芜过呵河歌"（56—34818）

（4）何梦桂（严州淳安）七律《挽宁谷居士何公三首》第2首"湖歌多窠萝"（67—42183）

歌戈部韵字亦以牙喉音字居多，如"歌过窠鹅河呵何和"等。

现在来看现代江浙方言能否支持这种现象。据陈立中（2004：142）《湘语与吴语音韵比较研究》，吴语的77个方言点中有46个点（约占方言总数的60%）程度不等地存在中古果摄字主要元音念-u韵的现象，与很大部分鱼模部字韵母相同。具体而言，如"果摄一等见系字常与遇摄合口一等见系字混读"（颜逸明，1994：101）。现代江浙歌、鱼字读音如下表。

表4—10　　　　　现代江浙吴语歌戈、鱼模部字读音

	苏州	上海	宁波	温州	黄岩	扬州	淮阴
多	təu 文 tɒ 白	tu	təu	təu	tᵊu	to	to
火	həu	hu	həu	fu	xu	xo	xo
破	pʰu	pʰu	pʰəʋ	pʰøy 文 pʰa 白	pʰu	pʰo	pʰo
靴	çio	çy	çyʮ	çy	çyʮ hyʮ	suəi	çi
肚	dəu	du	du	døy	dᵊu	tu	tu
虎	həu	fɣ xu	fɣ	fu	xu	xu	xu
普	pʰu	pʰu	pʰu	pʰu	pʰu	pʰu	pʰu
鼓	kʰəu	ku	ku	ku	ku	ku	ku

歌鱼在现代江浙吴语点基本同韵，江淮官话扬州、淮阴方言不同韵。从现代江浙吴语基本鱼歌同韵的事实，可反推或许宋代苏南、浙江方音中鱼歌同韵亦同韵。

明刘基《郁离子·冯妇》："东瓯之人谓火如虎，其称火与虎无别也。"① 东瓯属今浙江温州，说明元末温州瓯江流域将果摄果韵"火"读成"遇摄姥韵"虎"，由上表看出现代温州话"火虎"两字同音，读 fu。据石汝杰（2006：169）考察，明冯梦龙《山歌》的押韵有较明显的原则，其中突出的一条就是"以吴语音系押韵"，如"乌罗"韵由果、遇两摄组成，与今苏州音系相同，"两摄混押的例子较多"，如："罗陆梭""夫婆箍""矬酥图""夫矬何"等。清代江苏吴江潘耒年轻时师从顾炎武，所著《类音》是研究时音之作，其卷一《古今音论》："歌韵之字，吴音读作模韵。"② 清代吴语小说保留着吴语歌鱼混同的鲜活材料，广东吴趼人《二十年目睹之怪现状》第34回："各省的方音，虽然不同，然而读到有韵之文，却总不能脱韵的。比如此地上海的口音，把歌舞的歌字读成'孤'音，凡五歌韵里的字，都可以类推起来：'搓'便一定读成'粗'音，'磨'字一定读成'模'音的了。""上海音是把五歌韵，混了六鱼、七虞。"③

可见，宋代江浙方音中的歌鱼混读现象历经元明清，一直延续至今。

江浙之外，与之接壤的闽地有10例歌鱼通押韵例，其中诗3例，词4例，文3例，作者8人，来自闽地各方，且现代闽语亦存歌鱼读同现象，故可定为宋代闽音特征（刘晓南，1999：173）。四川诗文共4例，其中诗歌1例，初步推定"宋代四川方音中歌戈部部分牙音字的韵母与鱼模相通"（刘晓南，2012：139—140）。江西词人1例（鲁国尧，1992），河南诗人2例（谢洁瑕，2005A）。

宋代江浙诗人阴入通押中有3例与阴声韵歌鱼通押相对应：

1. 释崇岳杂古《偈颂一百二十三首》第65首"么窟"（45—27819）
2. 薛季宣杂古《渊鱼》第3韵段"活所"（46—28707）
3. 释妙伦杂古《寿首座请赞》"大过磨咄"（62—38910）

---

① 《明清笔记丛书》本，魏建猷、萧善芗点校，上海古籍出版社1981年版，第37页。
② 清雍正年间遂初堂刻本。
③ 上海文化出版社1956年版，第201页。

例 1 "窟"，《中原音韵》归鱼模部"入声作上声"；例 2 诗句："蘦蘦何嗟，靡生靡活。胥失其沦，上下靡所。""活所"入韵，"活"，《中原音韵》归歌戈部"入声作平声"，第 2、4 韵段分别：天泉/泥棲归悲思；例 3 "咄"，《中原音韵》不收，据"出"推测其应入《中原音韵》鱼模部。

五　麻车、皆来通押

麻车部、皆来部通押（简称麻皆通押），这里所说的不是指佳夬韵部分字押麻车部，而是指佳夬以外的皆来部字与麻车部字相押。

此种押韵，张令吾（1998：41）指出 1 例：麻车部"嗟"押入皆来部，没有皆来部押入麻车部的韵例。现统计出 14 例，其中皆来部为主杂入麻车部韵字有 6 例，麻车部为主杂入皆来部韵字有 8 例。下面分别进行讨论。

1. 麻车部押入皆来部，涉及麻车部"嗟₂嘉车夜骂邪"6 字

（1）王令（扬州）五古《上杭帅吕舍人》"佳偕娃乖谐皆怀钗淮埋骸鞋阶嗟崖斋涯柴"（12—8177）

（2）王十朋（温州乐清）七绝《林下十二子诗·菊子秀》"嘉①阶怀"（36—22650）

（3）郑清之（鄞县）七绝《雨中即事简二友》第 6 首"车佳阶"（55—34642）

（4）王柏（金华）杂古《挽时金判》第 3 首"迈昧悔怪夜嘅"（60—38059）

（5）陈著（鄞县）杂古《似法椿长老还住净慈》第 2 韵段"慨废载骂吠坏"（64—40306）

（6）舒岳祥（宁海）七古《正仲②次韵谢证明亦翁之》"佳哉开邪嗟题怀低苔"（65—40916）

"嗟"为开口三等字，据同摄开口三等韵字"冶野也夜"拟测"嗟"字韵母-iɑ；皆来部"皆阶柴埋"等字扬州话读-ɛ、-iɛ、-uɛ等韵，可见现

---

① 文渊阁《四库全书》影印本"嘉"作"佳"。
② "正仲"，是宋末刘庄孙（1234—1302）的"字"（昌彼得等编：《宋人传纪资料索引》，中华书局 1988 年版，第五册，第 3978 页），他与舒岳祥、胡三省同为宁海人，三人关系密切。

代扬州话麻韵开口三等字"嗟"与皆来部字相差较远，不能相叶。扬州话属江淮官话洪巢片，与之毗邻的泰如片绝大部分地区，假摄三等字文读跟皆来部主元音相同或相近。

表4—11　　　　　　　　江淮官话泰如片"夜排"读音

		泰州	大丰	东台	泰兴	如皋	南通
麻车部	夜	ε文	ie文	ie文	iɑ	iɑ	iɑ
		iɑ白	iɑ白	iɑ白			
皆来部	排	ε	e	e	ε	ε	a

扬州话受周边方音如泰如方言的影响是很可能的，如扬州"冶"有-iɪ、-ε两韵，其中-ε韵读音似泰如方音。宋代，也许整个扬泰地区，假摄麻韵三等字文读与皆来部字主元音相同或相近。因此，王令诗"嗟"协皆来部是有实际语音依据的。

王十朋、郑清之、王柏、陈著、舒岳祥的5例从具体韵字看，似可看成皆来部押入麻车部，属吴语显著特点，与下文7例一起讨论。

2. 皆来部押入麻车部（包括2个一皆一麻韵段）

（1）释道枢（吴兴四安即今浙江泗安）七绝《颂古三十九首》第12首"斋家沙"（37—23258）

（2）高似孙（鄞县）《九怀·思禹》第2韵段"下埃"（51—31990）

（3）释普济（四明奉化）五古《偈颂六十五首》第51首"下也拜"（56—35159）

（4）释智愚（四明象山）五绝《山行示思穆侍者》"怀些"（57—35956）

（5）施枢（丹徒）七绝《后坞示壁天端》"斋家花"（62—39102）

（6）陈著（鄞县）七律《谢童志道书》"怀赊花嗟涯"（64—40182）

（7）陈著四言《僧雍野堂赞》"界把架下大假坏"（64—40318）

（8）宋无（吴即今苏州）七律《公子家》"槐鸦琶花家"（71—44773）

中古蟹摄开口一、二等洪音字韵母一般拟音-ai、-Ai、-ɑi，麻韵拟音-a、-ia、-ua，二者主元音相同或相近，其差异在于前者有-i韵尾，后者则没有。唐宋语音中，一些蟹摄开口洪音字的-i韵尾表现不稳定，通语音系中佳夬韵"涯佳画"等字归入麻车部，显示其-i 韵尾脱落。江浙通语音系"佳涯话挂画罢卦"多押皆来部，说明江浙通语音系中这些字-i 韵尾脱落趋势明显，已接近通语麻车部。这是与宋代整个通语音变一致的，但江浙诗韵在佳夬韵之外还有 7 个皆来部字偶押麻车部，通押字范围超过通语。

押入麻车部的 7 个皆来部字"斋₂怀₂埃槐界坏拜"中"斋埃界拜"4 字属开口，"怀槐坏"3 字属合口。现在来看"怀坏斋界"在现代江浙吴语的读音。

表 4—12　　　　　现代江浙吴语"怀坏斋界"读音

	苏州	上海	温州	宁波	桐庐	金华	黄岩
怀	ɦuE	ɦuE ɦua	va文 ga白	ɦua	ɦuE文 ɦua白	ʔuɛ文 ʔuɑ白	ɦuA
坏	ɦuɒ	ɦuA	va	ɦua	ɦuɑ文 ɦuɑ白	ɦuɛ文 ɦuɑ白	ɦuA
斋	tsɒ	tsA	tsa	tsa	tsɛ文 tsa白	tsɛ	tsA
界	tɕiɐ文 kɒ白	kA	ka	ka tɕia	tɕiɛ文 ka白	tɕie	kA

由上表可见，与麻车部相押的皆来部字在江浙吴语中都不同程度地存在着读-a、-A、-ɑ 等韵的现象。

就开口而言，江浙吴语麻韵字的韵母大体有两类：一类主元音是-o、一类主元音是-a。现代江浙吴语蟹摄二等字-i 韵尾脱落而读开韵尾，与麻车部韵母主元音相同，读-a 韵，这是现代吴语语音的主要特点之一，反推宋代可能亦如此。

麻车部押入皆来部中王十朋、郑清之、王柏、陈著、舒岳祥的 5 例，其实也可看成皆来部押入麻车部，即皆来部字"阶怀迈眛悔怪慨废载吹坏"等与麻车部字同韵。

因此，我们认为，宋代江浙诗韵皆来部韵字押入麻车部为江浙吴语方音特征。

施枢系丹徒人氏，丹徒属镇江，现代镇江方言属江淮官话。施枢七绝《后坞示壁天端》麻车部"家花"借"斋"，表明"斋"与"家花"音近，现代镇江"斋"念 tsɛ，"家"念 ka 或 tɕia，"花"念 xua，"斋"与"家花"韵母距离较远，不能协韵。施氏这一押韵有二种解释，一是受其南部吴语影响而致，施氏有作浙东转运司幕的经历。二是作为六朝吴语旧地,宋代丹徒方音吴语已非吴语,但应保存一定的吴语底层,如用底层吴语入韵则不足为奇。

宋代诗韵中福建漳州陈淳有 1 例:"怀"押入麻车部,应是受吴语影响的产物(刘晓南,1999:216—217)。四川诗韵有 20 例,文韵 6 例,其中 33 个皆来部韵字押入麻车部达 19 例(诗韵 16 例、文韵 3 例),推断"宋代四川方言中,有较大部分皆来部字实际读音-i 韵尾脱落或读得含混"(刘晓南,2012:146—149)。

六 支微、皆来通押

宋代通语中蟹摄细音与部分合口一等字归入止摄形成支微部,支微部、皆来部通押(简称支皆通押)中"皆来部"不含蟹摄这一部分韵字,仅指蟹摄洪音一等开口与二等即皆来部部分字。

张令吾(1998:42—44)整理宋代江浙诗韵支皆通押中支微部字押入皆来部有 33 例,涉及支微部字 20 个,并且指出此押韵为"宋代吴语区用韵特征";南宋浙江词人有 3 次,均为支微部字押入皆来部,未作语音性质分析。(胡运飚,1987)

江浙诗韵中支微部和皆来部之间多有牵涉,共 91 例,主从通押 84 例,其中支微部韵段夹杂个别皆来部韵字 19 例,皆来部韵段夹杂个别支微部韵字 65 例;一支一皆等立通押 7 例。从韵字的分布看,"一支一皆"等立通押接近"支微部韵段夹杂个别皆来部韵字"这一主从通押,因此将其合于这一主从通押。

1. 支微部韵段夹杂个别皆来部韵字

共 26 例(含一支一皆等立通押的 7 例),涉及皆来部韵字"来$_{13}$开$_2$哀$_2$排戒碍在载街派海"。举例如下:

(1)秦观杂古《蔡氏哀词》第 3 韵段"嗤遗开知"(18—12122)

(2)张耒杂古《龟山祭淮词二首·送神》第 5 韵段"悲来"(20—13046)

(3)周行己七古《竹枝歌上姚毅夫》第 5 首"衰哀归辉亏"(22—14364)

(4)楼钥杂古《题庠老颐菴》"止齿戒忌底水理"(47—29542)

(5)叶适五律《王祕监令人挽诗》"帷归排挥"(50—31252)

张耒诗末四句："水沦沦兮石碌碌,空祠草长兮风雨入君屋。山中春兮鸟鸣悲,明月皎皎兮中夜来。""悲来"为最末韵段,前二句"碌屋"押韵。周行己诗作:"壶倾蜡烬乐事衰,堂上歌声有余哀,主人谢客客已归。风荡重阴月还辉,皎皎千里光无亏。"此组诗题共5首,均为句句韵,且一韵到底。

26例中"来"押入支微部达13次,其中3例止摄字"悲"、"谁"、"诗"分别与"来"相押①之外,其余10例均以押支微部字为主杂入"来"。"来",先秦两汉均属之部,魏晋入咍部,江东陆云诗《高岗》"颐思来诗"(丁邦新,1975),应为古音保留。"来",《广韵》咍韵落哀切,而《集韵》增收之韵陵之切,《集韵》较《广韵》增收许多时音,《集韵》这一增音是有实际语音依据的,应该就是吴音。

宋代江浙诗韵"来"读为止摄这一语音现象见录于当时文献。

长洲(今苏州)人王楙《野客丛书》卷六:"今吴人呼来为厘,犹有此音。"②

江苏昆山人龚明之《中吴记闻》:"吴人呼来为厘,始于陆德明'贻我来牟'、'弃甲复来'皆音厘。盖德明,吴人也。"③

平江吴郡(郡治在今江苏吴县)范成大《吴郡志》卷二:"吴语谓来为厘,本于陆德明'贻我来牟'、'弃甲复来',皆音厘。德明,吴人,岂遂以乡音释注,或自古本有厘音耶?"④

吴人记录吴音,应当是可信的,他们均指出吴语"来"音"厘"。陆德明,苏州人,是由陈隋入唐的著名经学家、训诂学家,他博采诸儒训诂,考证各本异同,撰成《经典释文》。"贻我来牟",出自《诗经·周颂》;"弃甲复来",出自《左传·宣公二年》。范成大认为两句中"来"可能是陆德明按照其方音作注,也可能照古读。

处州龙泉叶绍翁《四朝闻见录》"戊集"中《台臣用谣言》:"浙西有

---

① 张耒杂古《龟山祭淮词二首·送神》第5韵段"悲来"(20—13046)。释智愚杂古《偈颂二十四首》第18首:"此山无路,及门者谁。会得摆手同归,不然随我来。"(57—35908)"谁来"押韵。徐木润六言《题忠愍公送婿邢得诏归》第1首:"中军叹韩甥去,潮州喜湘侄来。欲识邢郎高谊,但看郑老钱诗。"(69—43460)韵字为"来诗"。
② 上海古籍出版社1991年版,第81页。
③ 《说郛三种》本,上海古籍出版社1986年版,第359页。
④ 中华书局1985年版,第11页。

大臣许某者,以国恤亲丧奏乐,又所居颇侵学宫,为仇家飞谣于台臣曰:
'笙歌拥出画堂来_{音离},国恤亲丧总不知。府第更侵夫子庙,无君无父亦无师。'竟以是登于劾章。"① 此"谣言"为韵语,"来"注"音离","来知师"押韵。

江浙诗人常给"来"字出注,称其读止摄,应是怕人们将"来"读成《广韵》咍韵,故特出注,而这出注之音很可能就是不同于韵书的方音,如:

(1)林季仲(浙江永嘉,今温州地区)七绝《袁居士来自桐庐索诗赠》第1首"眉来_{自注:力之反}移"(31—19970)

(2)戴复古(浙江黄岩)七律《清凉寺有怀真翰林运使之来》"碑遗悲诗来"(54—33558)。《南宋群贤小集》本《中兴群公吟稿戊集·石屏戴氏之》卷三"来"下注:"音'离'"。

(3)叶茵(江苏笠泽,今苏州)七绝《遇风》"来_{自注:音离}飞机"(61—38239)

又,曹勋杂古《吴歌为吴季子作》为句句韵,韵字为"来知依时鬼",首句"佳人一往兮不来"(33—21039),"来"字后有"自注":"邻知切"。曹勋为阳翟(即今河南禹州)人,但从诗题看,此诗是吴歌之作,吴歌当然与吴方言密切相关,此诗"来"读"邻知切"似可看成吴方言的反映。

韵书是直接记载语音的主要语言材料。南宋浙江江山人毛晃、毛居正父子修订《礼部韵略》时"吴音化的倾向很重"(鲁国尧,1994:99),其中将"来"补入支韵细音"黎"、"梨",共2例(刘晓南,2009)。

现代浙江南部吴语"来"与"厘"读音相同,主要是"来"白读与"厘"音同,如温州、瑞安念 lei,永嘉、苍南、平阳念 li;又,江山、广丰"来"、"厘"二字念 li。

综上所述,宋代江浙诗韵"来"读支微基本可视为吴音的反映,这一语音特征延续至今。宋代江西诗韵有5例(杜爱英,1998A);福建文士有6例(刘晓南,1999:221);四川文人11例,其中诗韵9例(刘晓南,2012:143)。江西、福建两地因与浙江毗连,可能为受吴音影响之作。

"开哀戒碍在载排街派海"等字,上古分别属支、之、微等部,中

---

① 中华书局1989年版,第199页。

古则转入蟹摄，江浙诗韵将这些字零星地押入支微部；"戒派"上古分属职、锡部，中古为怪、卦韵，江浙诗人亦将其押支微部。敦煌变文中皆来部与支微部相押7例，"可能由于中唐以后西北河西一带的方音咍灰佳皆等韵的元音偏前，读为 æ、uæi，或 e、ue"（周祖谟，1993A：334、350），而现代江浙吴语佳皆咍等字韵母亦可读-æ、-e、-ɛ、-ɐ，均为前元音，可推宋代江浙方音咍灰佳皆等韵字似亦存元音偏前现象，故大致与支微部相叶。宋代四川诗韵中，除"来"之外，皆来部"哀斋盖"等13字押入支微部，可能暗示宋代四川方音咍灰佳皆等字元音亦偏前（刘晓南，2012：144）。

阴入通押中有1例与此押韵相对应：

释慧开杂古《偈颂八十七首》第29首"测窥儿疑"（57—35660）

"测"字句："格外一机，万灵莫测。""测"处入韵位置，与支微部韵"窥儿疑"押韵。"测"，《中原音韵》派入皆来部"入声作上声"。

2. 皆来部韵段夹杂个别支微部韵字

这里所说的个别支微部韵字，只指止摄字。共65例，作者39人，地区分布如下表。

表4—13　"皆来部韵段夹杂个别支微部韵字"的诗人数量及押韵数量分布

	徐州	泰州	扬淮	太湖	淳安	婺州	处衢	台州	瓯江	合计
诗人数量	1	1	5	22	1	2	1	3	3	39
押韵数量	1	1	17	35	1	2	2	3	3	65

诗人数量、押韵数量均集中在北部吴语区，达22人35例。扬淮一带韵例则集中在个别诗人，如楚州张耒7例。

杂入皆来部的支微部韵字，其开合分布如下。

开口字（8个）：知₂施时璃饥飔异气

合口字（32个）：翠₁₁归₆巍₄醉₄吹₂围₂垂睡锥逐渭₂味₂悲₂类₂飞晖榱闱随槌危萎谓泪悴尉坠萃隧崇遂

首先看吴语区此类押韵，举例如下：

（1）钱昭度七律《野墅夏晚》"腮材来杯归"（1—589）

（2）张耒七古《洛水》"濑贝翠鲙"（20—13126）

（3）邹浩五古《送张舜谐游上庠》"来媒材台徊陪巍埃摧开回"（21—13926）

（4）李弥逊七绝《席上偶成》第1首"垂怀迴"（30—19321）

（5）苏洞七绝《往回临安口号八首》第6首"随来开"（54—33957）

（6）戴表元七古《余既题畲斋有闻纸田之》"馁悔外耒浍会醉膧悖侩碎背对脍辈"（69—43663）

现代江浙吴语止摄合口字与灰哈皆等韵字韵母混同。下表为止摄合口字中代表字的读音，并附以皆来部字以资比较。

表4—14　　　　　　　　现代江浙吴语止摄合口字读音

	宜兴	苏州	上海	诸暨	宁波	金华	黄岩	衢州	温州
归	kuɐɪ	kuE	kuE	kue	kuEɪ	kuI	kue 文 ky 白	kuɐɪ	kæi 文 tɕy 白
醉	tsɐɪ	tsE	tsE 文 tsø 白	tse	tsEɪ	tsɐɪ	tse 文 tsʮ 白	tsɐɪ	tsæi 文 tsʅ 白
垂	dzɐɪ	zE	zø	dze	dzEɪ	tsʰuei	dzʮ	dʑɪenʅ	dzʅ
该	kɐɪ	kE	kE	ke	kɛɪ	kɛ	ke	kɛ	ke
赛	sɐɪ	sE	sE	se	se	sɛ	se	sɛ	se

现代江浙吴语止摄合口字与灰哈皆韵字韵母混同的事实，可反推宋代江浙诗韵支微部字押皆来的语音证据。

接着看徐州（李处全）、泰州（周麟之）的2个韵例及扬淮一带的18个韵例，举例如下：

（1）李处全（徐州丰县）七律《蜕龙洞》"回巍来雷垓"（45—27712）

（2）周麟之（海陵即今江苏泰州）七古《呈郼人李签判》第6韵段"外翠背"（38—23543）

（3）徐积（楚州山阳）七古《赠郎朝散》"倅对外醉"（11—7598）

（4）王令（扬州）五古《秋日》"晦退颓泪"（12—8105）

（5）周端臣（建业）七律《灵隐山前即事》"归嵬来苔杯"（53—32965）

这些区域杂入皆来部的止摄字以合口为主，而现代方音基本能支持这些用韵。今徐州丰县方言"巍"ue,"回"xue,"来"lɛ,"雷"le,据与"垓"音韵地位相同的"该"推知"垓"ke,可见止摄合口"巍"与蟹摄"回来雷垓"韵母相同或相近。今泰州方言"翠"tsʰuəi,"外"vɛ,"背"pei,止摄合口"翠"与蟹摄"外背"韵母主元音有高低之别。扬州方言"泪"与"退"、"晦"韵母均为uɪ。楚州山阳即今江苏淮安方言"醉"tsɛi,"对"tɛi,"外"uɛ,可知"醉"与"对"韵母相同,"醉"与"外"韵母主元音相同。南京方言"归"kuəi,"来"lɛ,"苔"tɛ,"杯"pəi。

杂入皆来部的支微部韵字中还有8个开口字,9例:知₂飔璃施时饥异气。具体如下:

（1）徐积（楚州山阳）四言《送李推官》第6韵段"戒内气"（11—7612）

（2）沈辽（钱塘）七绝《龙潭》"知来雷"（12—8257）

（3）沈辽七绝《台下》第1首"时开来"（12—8315）

（4）邹浩（常州）七律《澹山》"知隈栽来开"（21—14048）

（5）范浚（婺州兰溪）七绝《四睡次三兄茂载韵》第2首"璃催来"（34—21495）

（6）薛季宣（永嘉）杂古《诫台瓦鼓诗》第4韵段"垍隤嵬飔"（46—28707）

（7）张镃（临安）杂古《戏赠杨伯时》第1韵段"开来嵬饥"（50—31562）

（8）袁甫（鄞县）七古《见牡丹呈诸友》第1韵段"最异对"（57—35853）

（9）方逢辰（淳安）七绝《赠大佛老子卖药斋僧》"施呆来"（66—41193）

徐积《送李推官》第5、7韵段分别由3个韵字构成,即"明廷兄"、"逸失职",类推第6韵段亦有3个韵字。袁甫《见牡丹呈诸友》首二句:"从来洛花天下最,姚黄魏紫尤奇异。""异"处入韵位置。范浚、方逢辰诗"璃施"2字的用韵为借韵。

依照《广韵》,这8个韵字不能与皆来部押韵。现代江浙方言这批字韵母大多为-i、-ɿ、-ʅ之类读音,与皆来部韵字不同音。这一押韵可能与古音有关。"知飔时饥"上古分属支、之、脂诸部,而"来腮台埃雷嵬"

等皆来韵字上古分属之、微等部,因此按照古音,二者可叶。"璃施"上古均属歌部,"催呆"上古属微部,"来"上古属之部,歌部与微、之部可通过旁转的形式实现押韵。"气"与"内"上古均属物部,"戒"上古属职部,物、职二部亦可以旁转形式押韵。"异"属上古职部,"最"与"对"分属月部、物部,物、职二部可旁转。

支微押入皆来中的 32 个止摄合口字叶皆来集中北部吴语区,主要反映了宋代江浙吴音的特征,8 个止摄开口字押入皆来可能为古音的保留。这种押韵现象在宋代南方闽、赣、蜀诗词用韵中普遍存在,其中江西诗词 27 例(鲁国尧,1992;杜爱英,1998A),福建文士 18 例(刘晓南,1999:217—220),四川诗文 12 例(刘晓南,2012:145),可确定为宋代南方方音的共同特征。江西、福建之例或许是吴语影响的产物,尤其是福建止摄通押的 18 例集中在闽北、闽中、闽东,闽南无一例,而今闽地北、中、东三地区方言均不能印证,因此,这 18 例很可能是受到其北边吴语影响而产生的。山东词作只 4 例,涉及"归里醉"三字(鲁国尧,1979),可目为偶然合韵。

七　萧豪、尤侯通押

萧豪部、尤侯部通押简称萧尤通押。宋代江浙词韵 29 例(魏慧斌,2009:101),其中南宋浙江词韵 3 例(胡运飚,1987)。宋代江浙诗韵萧尤通押 19 人 35 例,具体分布如下表。

表4—15　　　　萧尤同押的诗人数量及押韵数量分布

	扬淮	太湖	淳安	台州	婺州	处衢	瓯江	合计
诗人数量	3	6	1	3	2	2	2	19
押韵数量	5	8	1	3	3	8	7	35

萧尤通押分三种情况,一是个别萧豪部字押入尤侯部,共 18 例;二是个别尤侯部字押入萧豪部共 9 例;三是一萧一尤相押,共 8 例。第一、二种情况属主从通押。如果将一萧一尤相押的 8 例看成第二种情况,那么第一、二种情况大致持平。每种情况分别列举 3 例,第 1—3 例为第一种情况,第 4—6 例为第二种情况,第 7—9 例为第三种情况。具体韵例如下:

1. 王令四言《噫田操四章章六句寄呈》第 1 首 "秋薅攸" （12—8068）

2. 释宗岳七绝《送光长老住显亲》"条牛休"（45—27834）

3. 戴复古五律《送季明府赴太平倅》第 4 首 "州头艘忧侯"（54—33541）

4. 姜特立七古《赏花醉吟》"倒老窨酒"（38—24121）

5. 薛季宣五古《秋空辞》第 3 韵段 "考口道"（46—28698）

6. 叶适七绝《因在秀州寄王道夫诗三首》第 2 首 "浮豪高"（50—31271）

7. 姜特立五古《子陵》第 1 韵段 "高侯"（38—24116）

8. 叶适杂古《登北务后江亭赠郭希吕》第 4 韵段 "好否"（50—31222）

9. 高似孙杂古《小山丛桂》第 1 韵段 "幽流霄瑶噉留"（51—31996）

例 1 扬州王令诗 "薅" 与 "攸" 两字均有异文。"薅" 字句："我之人耕，载芟载薅。""薅" 下注："一本作春载来耨。""攸" 字句："岂不惮劳，将食无攸。""攸" 下注："明本作敖。""耨"，《广韵》侯韵奴豆切，训 "《说文》薅器也"。结合诗意，取 "薅" 与 "攸"。例 7 诗句："不为故人屈，清名日月高。当时若相汉，不过比元侯。""高"、"侯" 处入韵位置。例 8 诗句："城颓路阙总令好，不知于人安稳否。" 此为最末韵段，"好否" 押韵。

从主从通押的角度看，宋代江浙诗韵萧尤通押中 "从" 的部分涉及洪细音字统计见下表。

表 4—16　萧尤通押中 "从" 的部分涉及的洪音、细音字

主从通押		韵字	数量	
个别萧豪部字押入尤侯部（18 例）	洪音	艘₂好₂骚牢皋豪高薅鳌少老媪	12	19
	细音	条苗摇妙调谣绕	7	
个别尤侯部字押入萧豪部（9 例）	洪音	叟	1	9
	细音	浮牛刘流逗酒口否	8	

杂入尤侯部的萧豪部韵字洪音 12 个，细音 7 个，洪音字占 2/3；与之相反，杂入萧豪部的尤侯部韵字洪音 1 个，细音 8 个，细音字占绝大多

数。而一萧一尤通押中"萧豪"洪、细音字相当;"尤侯"以细音字为主,达8个,洪音字只2个,具体见下表。将主从通押、一萧一尤通押结合起来看,可进一步明确杂入萧豪部的尤侯部韵字以细音字为主。

表4—17　　　　　一萧一尤通押所涉及的洪音、细音字

一萧一尤通押		韵字		数量
萧	洪音	高$_2$橐悼好嗷	5	9
	细音	摇霄瑶了	4	
尤	洪音	侯钩	2	10
	细音	鯸游羞由幽流留否	8	

现代扬淮一带如扬州,北部吴语如杭州、宁波,尤、萧韵母距离较远,不能协韵。而南部吴语金华、云和$_{丽水}$、温州等地,萧、尤部分韵字主元音相同或相近,可协韵。具体见下表。

表4—18　　　　　　现代江浙萧、尤部分字读音

	浮	休	头	口	高	豪	条
杭州	veɪ vY	çY	tʰɤɯ	kʰɤɯ	kɔ	ɦɔ	diɔ
宁波	vœY	çY	dœY	kʰœY	kɔ	ɦɔ	diɔ
金华	vu	çiɯɯ	diɯɯ tʰiɯɯ	kʰiɯɯ	kɑu	ʔɑu	diɑu
云和$_{丽水}$	vu	hiɤu	dəu	kʰəu	kəu	əu	diɑu
温州	vø$_文$ v3$_白$	çiɤu	dəu	kʰau	k3	ɦ3	diɛ
扬州	fu	çiɤɯ	tʰɤɯ	kʰɤɯ	kɔ	xɔ	tʰiɔ

可见,宋代江浙诗歌用韵萧尤通押,现代南部吴语可以验证,因此可逆推萧尤同韵为宋代南部吴语的语音特征。

从现有研究成果看,这一通押在宋元江西地区颇为突出,韵例分布江西全境:词韵 35 例(鲁国尧,1992),北宋诗韵 20 例(杜爱英,1998A);个案中欧阳修诗文 4 例(程朝晖,1986),王安石诗韵 2 例(罗德真,1990),黄庭坚诗词文 9 例(林亦,1991),众多韵例大面积地分布全境,再加上可与现代江西方音相对应,鲁国尧先生(1992)断定此通押

"透露了当时江西方言的痕迹"。同时代的其他地方情况多样，福建文士38例（其中诗韵11例），集中于闽东、闽北。现代闽东福州萧尤同韵，而闽北韵例现代闽北音不能印证，但由于闽北地理而邻江西，故可认为此现象为受江西方言影响遗迹（刘晓南，1999：176—177、222—224）。四川诗文87例，其中诗韵58例，文韵29例，从通押方式看，主要涉及细音；萧尤通押应该是宋代四川方音现象（刘晓南，2012：134—136）。荆南诗、词用韵各1例（田范芬，2000），现代湘方言部分地区萧尤同韵，如益阳话、岳阳南部各乡土话。

综上所述，萧尤通押，不同程度地存在于宋代南方吴、闽、赣、湘、蜀等地诗文用韵，可视为宋代南方方音的共同语音特征。

八 支微、歌戈通押

宋代江浙诗韵支微部、歌戈部通押（简称支歌通押）10例，其中1例间杂入声质韵字。具体如下：

1. 释延寿七律《山居诗》第67首"过飞机归非"（1—27）
2. 张耒七绝《寒食》"过飞归"（20—13265）
3. 释道行杂古《偈十首》第5首"是可垛"（30—19222）
4. 陆游七绝《试笔》"过危时"（40—25260）
5. 陆游七律《读赵昌甫诗卷》"过诗枝期时"（40—25380）
6. 陈傅良杂古《忆笻杖》第6韵段"欹波何"（47—29248）
7. 杨简杂古《慈溪金沙冈歌》第1韵段"里里水义蔽大日"（48—30095）
8. 吴惟信七绝《空斋》"过知枝"（59—37082）
9. 释如珙七绝《颂古四十五首》第23首"过知宜"（66—41223）
10. 汪元量杂古《夷山醉歌》第2首第12韵段"嗟师歌"（70—44016）

例3"是"字句："一不成，二不是。""是"处入韵位置，与后文"可垛"押韵。例6"欹"字句："君不见杜陵桃竹欹，常恐失之君山湖上之风波。"此诗换韵句入韵，第5韵段为"草倒保"，"草"为换韵句韵字；第6韵段为最末韵段，类推换韵句"欹"入韵。例7"日"属《广韵》入声质韵，《中原音韵》派入齐微"入声作去声"，"日"押入此韵段为阴入通押，与其他支微部韵字一起与歌戈部字"大"押韵。例10"歌"字句："美人美人劝我酒，有客有客听我歌。""歌"与"嗤师"押韵，第13韵段为"睡地"。

另有3例需作说明：

（1）徐积四言《书江氏芝草记后》第2韵段"意继会瘥美"（11—7638）

"瘥"字相关语句："二十六丧，收敛聚会。在囿之北，同日俱瘥。""瘥"，《广韵》平声戈韵昨禾切，训"疖"。如无文字讹误，则戈韵"瘥"押入支微部，形成支歌通押。但是还有两个问题需要解决，一是声调问题，"瘥"，《广韵》平声戈韵，而其他支微部字均为上声、去声；二是"瘥"训"疖"，即疮疖之义，而此义与诗句意义不符。第一个问题似可看成是平声与上、去声的混押，第二个问题就不好解释了。经核作者文集《节孝集》明嘉靖刘祐刻本①（《全宋诗》底本）、文渊阁《四库全书》影印本，"瘥"皆作"瘗"。"瘗"，《广韵》祭韵於罽切，训"埋"。取"瘗"，用韵至谐，语意顺畅，故"瘥"当作"瘗"。"瘥"与"瘗"形近，"瘗"易讹成"瘥"。

（2）李弥逊七古《春日同游梅花坡分韵赋》"坡罗迤多波犧歌涡和跎"（30—19253）

"犧"，《广韵》支韵许羁且切，训"犧牲"，按《广韵》读音，此诗则为支韵押入歌戈部，但是"犧牲"这一语义和诗句中"犧"字意义不符，诗句"对此不忍空樽犧"，"犧"为酒樽之义。经查《集韵》，"犧"增收戈韵读音：桑何切，训"酒尊名"，此音义正合诗歌音义，故"犧"取《集韵》戈韵音义。

（3）施枢五绝《玉蕈》"和知枝诗"（62—39122），首二句："幸从腐木出，敢被齿牙和。"

此诗出自宋林洪《山家清供》卷下，"和"字有异文：《丛书集成初编》本作"和"②，《说郛》本作"私"③。从诗意看，似用"私"为妥。

从江浙诗韵这一押韵的方式与特征看，以"支微部为主夹杂歌戈部

---

① 《宋集珍本丛刊》本，四川大学古籍研究所编纂，线装书局2004年版，第15册，第615页。
② 中华书局1985年版，第19页。
③ 中国书店1986年版，第4册，卷23，第22页。"和"字句："幸从腐水出，孰被齿牙私。"

第四章　宋代江浙诗韵的特殊韵例

韵字"（即"歌入支"）为主，达8例，与之相反，"歌戈部为主夹杂支微部韵字"（即"支入歌"）仅2例。可见，宋代江浙诗韵支歌通押以"歌入支"这一押韵形式为主。从韵字的开合看，支微部韵字以开口字为主。

"歌入支"中歌戈部韵字有"过$_6$大歌"，加上"支入歌"中歌戈部韵字"可垛波何"，共计7个，其中牙喉音4个（过歌可何），舌音2个（大垛）、唇音1个（波）。其中"过"6例，涉及5人，这5人分别来自楚州淮阴（张耒）、湖州（吴惟信）、越州山阴（陆游）、余杭（释延寿）、永嘉（释如玒）。来自不同区域的诗人，包括著名诗人陆游，不约而同地将"过"作为借韵押入支微部韵字，这不能简单地用偶然合韵来加以解释，而应该是当时某种语音特征的反映，表明"过"很可能读 i 或 ui 之类韵母。现代吴语部分果摄三等字可读舌面前元音-i、-ui 等，如海门、德清、云和、江山、乐清念-i；常山念-i 或-ui 等；宣州片年陡、湾址也念-ui。同时，果摄一等字也有这种读法，如"左手"之"左"，苏州白读念 tsi，海盐、海宁念 tɕi，"个"云和念 ki，"坐火"常山念 zi、xui。不但如此，吴语果摄字韵母还可念成舌尖元音，如"茄"字温州念 dzɿ。而止摄开口字大多念 i、ɿ、ʅ（陈立中，2004：143—144）。这样一来，歌戈读支微就是很自然的事了，由现代反推宋代江浙方音可能存在这种语音现象；延至明代亦有文献记录，明末苏州冯梦龙编订的《山歌》"在语言上保存了不少于三百五十多年前苏州一带吴语的特色"（胡明扬，1981），其中卷九记录有相关读音：《杂咏长歌·镬子》"冯评"曰："吴语再蘸曰左嫁人。左，俗音际。"①"俗音"应该就是吴地方音。此"俗音"保留至今，如上所述"左手"之"左"，今苏州白读即念 tsi，音同"际"。这大概是今苏州话"左"字读支微部的较早记录。

例6 支韵"欹"与歌戈部"波何"相押。"欹"，从奇得声，上古属歌部，至汉转入支部，魏晋时还保存支歌通押（丁邦新，1975）。陈傅良系温州人，此例或许表明宋代瑞安语音留有魏晋古读。

支歌通押，宋代福建文人有1例：许将七绝《端午帖子词》"坡池"相押，可能为魏晋古读（刘晓南，1999：205—206）。

---

① （明）冯梦龙编纂，刘瑞明注解：《冯梦龙民歌集三种注解》，中华书局2005年版，第553页。

九　鱼模、尤侯通押

宋代江浙诗韵有5例鱼模部与尤侯部通押（简称鱼尤通押）。宋代通语中尤侯部唇音字有向鱼模部演变的趋势。从前文可知，宋代江浙诗人用韵中绝大多数尤侯部唇音字兼押尤侯、鱼模两部。因此，这里的尤侯部字是指唇音之外的舌齿牙喉音字。具体如下：

1. 邹浩（常州）五古《闻彦和过桂州》第2首"后诟旧胠厚雾仆构缪"（21—13963）

2. 崔敦礼（南通）杂古《太白招魂》第15韵段"羞胡鱼"（38—23777）

3. 姜特立（丽水）五古《送虞察院》"有口阜酒久剖叟钮丑手圃取娄朽守耦牖臼首斗友"（38—24136）

4. 陆游（会稽）杂古《稽山农》第1韵段"居友酒久叟"（39—24809）

5. 孙因（慈溪）杂古《越问·越纸》第3韵段"首久楮有"（60—37943）

例2"羞"字句："魂兮归徕，列珍羞些。""羞"入韵，"些"为句末语气词。第14韵段为"山缘栾鲜悬"。例4"居"字句："华胥氏之国，可以卜吾居。""居"，《广韵》平声之韵居之切，训"语助"；鱼韵九鱼切，训"当也，处也，安也"；《集韵》除收平声之韵、鱼韵外，增去声御韵居御切，训"……一曰处也"，诗中"居"取《集韵》御韵去声。

还有2例说明如下：

（1）郑刚中五古《忆书》"书余逾濡留衢庐珠居鱼墟无虚呼如娱孤舒疏锄"（30—19055）

"留"字句："下自予从学，笔力之传留。""留"有异文，作者文集《北山集》清康熙三十六年郑世成刻本空缺，《金华丛书》本作"留"，文渊阁《四库全书》影印本作"摹"。"留"，《广韵》尤韵力求切；"摹"，《广韵》模韵蒙晡切。"留"与"摹"二字不便取舍。取"留"，则构成鱼尤通押；而取"摹"，整个韵段则押鱼模部。

（2）卫宗武七古《和张石山古风约郊行》第5韵段"雨负后"（63—39448）

此为和韵诗，所和之人"张石山"生平、籍贯不详①，姑录此例于此。

可明确为鱼尤通押的5例中除例2外，其余4例皆为鱼模部韵字押入尤侯部，这4例就区域而言，3例在现代北部吴语区，1例在现代南部吴语区。4个鱼模部韵字"雾圃居楮"分别与尤侯部押韵，很可能表示这4个鱼模部韵字的韵母与尤侯部韵字的韵母相同或相近。但是北部吴语区的3例，现代吴音基本不能支持。如常州"雾"念 vɤ（或 vu、vəʔ），"后"念 ɦei、"旧"念 dʑɯ；绍兴"居"念 tɕyɣ，"友酒久"韵母 iɤ；慈溪方言资料②不收"楮"，据与其同小韵的"睹"字推测韵母 u，"首"韵母 e，"久有"韵母 i。现在看南部吴语区的1例：丽水姜特立五古《送虞察院》"有口阜酒久剖叟钮丑手圃取娄朽守耦牖臼首斗友"（38—24136），与上声、去声字相押的"娄"，《广韵》平声两读，未见上声读音：力朱切，训"《诗》曰：弗曳弗娄。《传》曰：娄，亦曳也"；落侯切，训"空也"。不过，《集韵》增上声、去声：陇主切，训"卷娄，犹拘挛也"；朗口切，"塿"之或体，训"培塿，小阜"；龙遇切，"屡"之或体，训"数也"。《附释文互注礼部韵略》四十五厚韵收"娄"，郎斗切，训"与'塿'同"。此诗"娄"字句为："高篇许编缀，泰华侪部娄。""部娄"即"培塿"。"娄"应读朗口切或郎斗切。"圃"押入尤侯部，这是一个典型的主从通押，诗句："苏李隔遥天，王刘同魏圃。"核对相关版本，韵字无误。"圃"，《广韵》两读：合口一等姥韵（模韵上声）博古切、合口一等暮韵（模韵去声）博故切，皆训"园圃"。现代丽水方言模鱼部"圃"等模韵系字韵母为-u 或-y，侯尤部"有口久剖"等韵母为-ɤɯ 或-iɤɯ，二者不同韵；不过模鱼部鱼韵见系个别字跟尤侯部流摄开口字有同韵现象，周边汤溪（曹志耘，2002：225、240—242）、兰溪、东阳（秋谷裕幸，赵日新等，2002：70—74）等南部吴语亦如此，具体见下表。

---

① 卫宗武与张石山关系较为密切，卫氏的有些诗文就为张石山而作，如《慰张石山幼子亡》（63—39445）、《张石山迁居》（63—39462），《全宋文》（上海辞书出版社、安徽教育出版社2006年版，第352册，第237页）中亦有一篇《张石山戏笔序》，此文是卫宗武为张石山的作品《戏笔》所作序言。《张石山戏笔序》有"石山张君"字样，暗示"石山"可能是地名，但具体区域不详，据《中国地名大辞典》（国立北平研究院1930年版，第701页），"石山"为东汉琅琊郡县名、元陕西雅州。还可为"镇名"，分属辽宁锦县、江苏铜山、安徽黟县。

② 王淼：《慈溪方言语音研究》，宁波大学硕士学位论文，2009年。

表4—19　　丽水、汤溪、兰溪、东阳鱼韵见系个别字、流摄开口字韵母读音

	锯	去_{来~}	许	口	斗_{一~}	手
丽水	ɣɯ	y	ɥ	ɜ	ɣɯ	iɣɯ	iɣɯ
汤溪	ɯ	əɯ	ɣ ɯ	ɯ	əɯ	məɯ
兰溪	ɣɯ	ʂʅ	ɣɯ	ɣɯ	ɣɯ	iɣɯ
东阳	əɯ	əɯ	uɣ	əɯ	əɯ	iəɯ

另外，例4的用韵今绍兴话虽不支持，但这一用韵可能受宋代四川方音的影响。因为陆游曾在四川生活多年，而宋代四川诗韵中的鱼尤通押以及宋代笔记中苏轼读"口"音"孔五切"、读"过"为"古"的文献记载，综合证明鱼尤通押为宋代四川方音的反映（刘晓南，2007；2012：137—139）。

现在看例2：崔敦礼（南通）杂古《太白招魂》第15韵段"羞胡鱼"（38—23777），尤侯部"羞"与鱼模部"胡鱼"相押。唐颜师古《匡谬正俗》卷三："丘之与区，今读则异，然寻按古语，其声亦同。……且今江淮田野之人，犹谓区为丘，亦古之遗音也。"[①] 这则语料告诉我们，唐代通语"丘区"读音不同，而在江淮土话"区"读为"丘"，即鱼模读尤侯。而这一读音为"古之遗音"，"区"、"丘"古音分属侯部、之部，二者可旁转而音近。东汉郑玄注《礼记·曲礼（上）》"礼不讳嫌名"："嫌名，谓音声相近，若禹与雨，丘与区也。"[②] 郑玄用"丘"、"区"来例释"嫌名"，即表明"丘"、"区"二字"音声相近"。由唐至宋，"江淮田野"之音"谓区为丘"应该依然保存，南通崔敦礼的上述用韵即反映出"区"（鱼模部）、"丘"（尤侯部）的密切关系，只是崔氏诗歌为尤侯部韵字押入鱼模部。"谓区为丘"这一古音亦记载于清代文献，应为当时语音。如清江永《古韵标准·平声第十一部》："今方音呼一区田为一丘田，正犹郑氏注《曲礼》谓嫌名若丘与区也。"[③] 章太炎《新方言》卷八："今验南方

---

① 《丛书集成初编》本，中华书局1985年版，第22页。
② （清）阮元校刻《十三经注疏》本，中华书局1980年版，第1251页。
③ 《音韵学丛书》本，中华书局1982年版，第44页。

土田契籍及方俗语音,皆谓一区田为一丘田。"① 江永所言"方音"未明确具体区域,有可能包括江淮。章太炎则说得很明确,区域是南方,并且进一步指出为"土田契籍及方俗语音"。不过,整体地看,这两份文献倒能支持宋代吴语区鱼模部韵字押入尤侯部即鱼模读尤侯的4例。现代南通方音仍支持崔敦礼上述用韵:"羞"-y韵,"胡"-u韵,"鱼"-jy韵。

宋代江浙诗韵中阴入通押有1例与此通押相对应:

王令五古《姚坚老见约偶成》"候斗昼簌秀呋诟就毂究宼厩购鷇"(12—8144),"簌",《广韵》屋韵千木切,《中原音韵》收鱼模"入声作上声"。

鱼模部、尤侯部通押在宋代其他区域也有反映,四川诗文用韵35例(刘晓南,2012:137—139),江西诗韵有6例,其中北宋4例(杜爱英,1998A),南宋2例(章江艳,2012);福建诗文有12例,现代闽南话一批流摄非唇音字如"有久牛"等"有-u韵的白读,与鱼模部差近"(刘晓南,1999:183—184)。

十 鱼模、麻车通押

宋代江浙诗韵鱼模部与麻车部(简称鱼麻通押)相押23例,全为古体诗。入韵的麻车部字有7个:下$_{17}$者$_3$野社夜遐槎,其中"下"多达17次。

1. 释遵式七古《释大方广佛华严经贤首》第1首"者土"(2—1106)
2. 王令四言《终风操》第4韵段"下雨"(12—8069)
3. 王令杂古《山中词》第2韵段"步履俯顾鼠伛下"(12—8075)
4. 沈辽七古《鄞江上作》第1韵段"去下树"(12—8260)
5. 华镇五古《巫山神女诗》第2韵段"许下雨"(18—12303)
6. 张耒杂古《龟山祭淮词二首·迎神》第2韵段"舞下雨怒"(20—13046)
7. 张耒杂古《惠别》第1韵段"御夜"(20—13046)
8. 张耒杂古《惠别》第5韵段"羽下"(20—13047)
9. 李从训五古《五马山》"祖谱姥下堵处古楚聚鼓午补俎舞祜"

---

① 《章氏丛书》本,浙江图书馆校刊,江苏广陵古籍刻印社1981年版,第7册,第115页。

（31—20085）

  10. 崔敦礼杂古《太白远游》第 16 韵段"浦者"（38—23775）

  11. 范成大杂古《幽誓①》第 2 韵段"下虞"（41—26055）

  12. 李洪杂古《迎送神辞》第 2 首"籲霊愫注步愬下去顾路稌古"（43—27140）

  13. 释崇岳杂古《偈颂一百二十三首》第 27 首第 1 韵段"所社"（45—27816）

  14. 陈造杂古《送龙辞三章②》第 1 首"鼓处雨顾下府伫"（45—28260）

  15. 薛季宣杂古《欸乃歌》第 2 韵段"梧湖车遐如"（46—28702）

  16. 薛季宣四言《采薇歌》第 2 韵段"下处"（46—28711）

  17. 薛季宣杂古《梁山歌》"下野御者所去"（46—28712）

  18. 薛季宣杂古《九奋·启愤》③ 第 6 韵段"辅侮户下"（46—28718）

  19. 薛季宣杂古《九奋·记梦》第 3 韵段"处下户"（46—28722）

  20. 高似孙杂古《欸乃辞》第 1 韵段"渚予下罦"（51—31994）

  21. 王柏杂古《朱昭父挽些》"浦暮路度素错驻语遽呼瞿悟下古"（60—38057）

  22. 王应麟杂古《吴刺史庙祭神辞》"浒父雨黍芋渚下稰舞宇圃祜苦土女古"（66—41282）

  23. 邓牧杂古《汉阳郎官湖》第 2 韵段"槎湖鱼厨孤俱卮"（70—44262）

  例 2 诗句："岩岩南山，有川其下。徒能必云，不能必雨。""下雨"押韵。例 3"下"字句："古之不较其为短长兮，何独计其高下。"第 3 韵段系皆来部韵字，故"步履俯顾鼠伛下"押韵。例 4 首二句："秋潮拍江余欲去，二年穷谷江之下。"此为换韵诗，换韵句（含首句）入韵，"下"处入韵位置。例 5 诗句："伊人竟何许，宛在阳台下。宋生未见称，朝暮

---

① 《幽誓》与其他三首诗《憨游》《交难》《归将》同时被收于曾枣庄、刘琳《全宋文》（上海辞书出版社、安徽教育出版社 2006 年版，第 224 册，第 242 页），列于赋体《楚辞》之下。
② 此诗亦见曾枣庄、刘琳《全宋文》（上海辞书出版社、安徽教育出版社 2006 年版，第 256 册，第 52 页）。
③ 《九奋》亦见曾枣庄、刘琳《全宋文》（上海辞书出版社、安徽教育出版社 2006 年版，第 257 册，第 94—98 页）。

自云雨。"这四句为此诗最末诗句,"许下雨"押韵,第 1 韵段押真文部韵字。例 7 首二句:"洞箫奏兮瑶瑟御,日不足兮继以夜。"第 2 韵段为"修谋","御夜"押韵。例 11 前 8 句:"天风厉兮山木黄,岁晼晚兮又早霜。虎号崖兮石飞下,山中人兮孰虞。予造辄兮挟辀,纷不可兮此淹留。灵晔兮遄迈,趣驾兮远游。"从韵例看,前 4 句为句句韵,第 1、2 句构成第 1 韵段"黄霜",第 3、4 句构成第 2 韵段"下虞",第 5 至 8 句为第 3 韵段"辀留游"。"虞",《广韵》平声虞韵遇俱切,《集韵》增收去声元具切,二者义训同为"度"。此诗取《集韵》去声读音。例 15 "遐"字句:"龙驾兮鸾车,帝何之兮升遐,我不见兮泣涕涟如。"此诗为句句韵,共 3 韵段。例 16 "下处"为第 2 韵段,第 1、3 韵段分别为:薇饥/巅年。例 18 "下"字句:"愉昭明而震起兮,谌发挥于天下。"第 7 韵段为"池微","下"与"辅侮户"押韵。例 23 "槎"字句:"还乘贯月槎,夜过郎官湖。"此诗共 3 韵段,换韵句入韵。第 1、3 韵段分别为:归池移/空童蓉风公同中钟峰,其中"归"与"空"分别是换韵句韵字。因此,类推"槎"入韵。另外,支微部"卮"押入此韵段。

不能确定的 1 例:徐积四言《送蔡守》第 28 韵段"者下歌"(11—7616)。查文渊阁《四库全书》影印本,"歌"字句后还有二句:"作歌送侯,侯其鸣珂。"若依《四库》本,"者下"为一韵段,"歌珂"为另一韵段。

"下者野社遐"5 字上古属鱼部,而鱼模部字主要源于上古鱼部,因此,从音理上讲,上古这 5 字可与鱼模部字押韵,如《诗经·小雅·北山》第二章叶"下土"①,《楚辞·九歌·湘夫人》最末韵段叶"浦者与"②,《诗经·大雅·公刘》第三章叶"野处旅语"③。宋代《休斋诗话》"马音母,野音墅"是叶古音④。"夜"上古属铎部,上古韵文与鱼模部字押韵,如《诗经·大雅·荡》第五章叶"呼夜"⑤。例 7 "御夜"押韵,《楚辞·离骚》"御夜"亦相押,只是韵字顺序不同,诗句:"吾令凤鸟飞

---

① 王力:《诗经韵读 楚辞韵读》,中国人民大学出版社 2004 年版,第 278 页。
② 同上书,第 419 页。
③ 同上书,第 326 页。
④ 郭绍虞:《宋诗话辑逸》下册,中华书局 1980 年版,第 486 页。
⑤ 王力:《诗经韵读 楚辞韵读》,中国人民大学出版社 2004 年版,第 335 页。

腾兮，继之以日夜。飘风屯其相离兮，帅云霓而来御。"① "槎"上古属歌部，《诗经》《楚辞》不作韵字，故不便具体考证其用韵。但从古音的角度看，它还是可以通过旁转的形式与鱼部通押。

因此，整体看，鱼麻通押应为仿古用韵。

十一 支微、麻车通押

宋代江浙诗韵中有7例支微部与麻车部通押（简称支麻通押）。具体如下：

1. 蒋堂（宜兴）五绝《栀子花》"枝花"（3—1712）
2. 张耒（淮阴）五古《秋兴三首》第3首"啼悲姿离期施西嗟"（20—13314）
3. 吴芾（台州仙居）七古《对海棠怀江朝宗》"花过和家差夸摩何瘥那跎嗟华涯哦"（35—21869）
4. 戴复古（台州黄岩）五律《建昌道上》"赊差家花"（54—33484）
5. 杜范（台州黄岩）五古《咏芙蓉与菊花》"花差霞华葩加牙涯"（56—35274）
6. 陈著（明州鄞县）杂古《送前人之董氏馆》第2韵段"趾裔夜世"（64—40297）
7. 汪元量（杭州）七古《慈元殿赐牡丹》第2韵段"枝家"（70—44052）

这7例中"差"入韵3次：第3、4、5例，均为"参差"之"差"：例3"差"字句："意君为花必少驻，那知事复成参差。"此例还有歌戈部韵字。例4"差"字句："人情甘淡薄，世事苦参差。"例5"差"字句："糁糁纷点缀，戢戢相参差。""参差"之"差"，《广韵》支韵楚宜切，宋代诗歌一般押入支微部，如淳安方一夔七绝《秋花十咏·莲花》"衣差时"（67—42305），"差"字句："十里红裙间绿衣，西风吹乱碧参差"。这3首诗均将"参差"之"差"押入麻车部，似乎表明此"差"读麻车部，查《广韵》，"差"还有佳韵楚佳切的读音，即"差错"之"差"。这3例中五古、七古、五律各一例；作者都是台州人，3位台州诗人不约而

---

① 王力：《诗经韵读 楚辞韵读》，中国人民大学出版社2004年版，第156页。

同地将"参差"之"差"与其他麻车部押韵,暗示实际语音即他们的方音中"参差"之"差"很可能读成"差错"之"差",这一语音现象可从今台州方言中得到验证,如台州路桥方言"参差"、"差别"、"出差"等不同意义的"差"韵母同为A①。这一用韵,宋代四川词人程垓也有1例:《鹧鸪天·泪湿芙蓉城上花》"花差家华涯他"②,首二句:"泪湿芙蓉城上花,片飞何事苦参差。"现代某些西南官话的口语中"参差"之"差"读成"差错"之"差",鲁国尧先生(1981)推断"也许宋代程垓的口语也是这样"。

例1诗作:"庭前栀子树,四畔有桠枝。未结黄金子,先开白玉花。"(3—1712)"枝"有异文,宋阮阅《诗话总龟》(前集卷2)③、文渊阁《四库全书》影印本《春卿遗稿》作"杈"。"(桠)枝"即树木的分枝、"(桠)杈"表示树木分枝处,二者均合诗意。例2"嗟"字句:"眷言及农亩,岁晚空咨嗟。""咨嗟"有异文,《宛丘先生文集》明代小草斋钞本、清代康熙吕无隐钞本均作"嗟咨"。"咨嗟"与"嗟咨"仅词序之别,词义相同,皆表慨叹之义。此两例异文,从文意上不易取舍,故姑存之。

例6诗句:"山之趾,水之裔,花柳之时风月夜。避喧何必武陵源,得闲便是羲皇世。"祃韵"夜"处入韵位置,押入支微部。今宁波话不能支持陈著诗用韵,"夜"等假摄开口三等字韵母为-ia,止摄开口三等字"趾"韵母为-ɿ,蟹摄开口三等字"裔""世"韵母分别为-ɿ④、-ʮ。这可能与他"通判扬州"的经历有关,今扬州话假摄开口三等字与支微部字韵母相近:假摄开口三等字韵母读-i 或-iɪ,如"些"-i、"夜"-iɪ,支微部字韵母主要读-ɿ。

例7诗作:"九重羯鼓声动地,万年枝上回春意。天遣姮娥散一枝,一枝先到山人家。焚香再拜睹国色,雨露沾濡知帝力。我愿人间春不老,长对此花颜色好。"(70—44052)共8句,句句韵,两句一韵,其中"枝

---

① 见林晓晓《浙江台州路桥方言同音字汇》(《方言》2012年第2期,第145页)。天台方言"参差"意义的"差"韵母为ɿ,"出差"意义的"差"韵母为a,"差别"意义的"差"有文白两读:文读韵母为a,白读韵母为o(戴昭铭,2003:38—41)。
② 唐圭璋编:《全宋词》,中华书局1965年版,第3册,第2012页。
③ 周本淳校点,《中国古典文学理论批评专著选辑》本,人民文学出版社1987年版,第23页。
④ 《当代吴语研究》(钱乃荣,1992:80)不收"裔"字,据同韵字"制"推测其韵母。

家"构成第 2 韵段。核其出处《诗渊》①，无文字讹误。今杭州方言"枝家"韵母分别读-ŋ②、-ia，二者不叶。

综上，台州 3 位诗人都将"参差"之"差"押入麻车，且现代台州路桥方言能支持这一用韵，因此可初步认定"差"的这一读音为台州方言的特殊读音。明州鄞县陈著、杭州汪元量分别将"夜"与"家"押入支微部，表明"夜""家"的韵母与支微部韵字韵母相同或相近，不过现代宁波、杭州方音"夜""家"与支微部韵字韵母不同。由于韵例太少，不便判断其语音性质，故暂存疑。

十二 支微、尤侯通押

宋代江浙诗韵中支微部与尤侯部（简称支尤通押）通押，共 6 例：
1. 秦观杂古《曾子固哀词》第 4 韵段"修词"（18—12121）
2. 薛季宣杂古《谷里章》第 12 韵段"衰移之垂旗求"（46—28706）
3. 薛季宣杂古《东坡》第 3 韵段"久起止已"（46—28706）
4. 叶适杂古《梁父吟》第 9 韵段"亩此酉"（50—31217）
5. 释如珙杂古《偈颂三十六首》第 12 首"喜候"（66—41216）
6. 宋无杂古《枯鱼过河泣》第 4 韵段"由池之时"（71—44743）

还有 1 例有异文：王令七古《寄李常伯满粹翁》"求游不搜彪喉疵收周留投矛流偷牛羞馁哀陬抽"（12—8086），"疵"字句："青天白日所同见，众亦不敢加瑕疵。"《全宋诗》以文渊阁《四库全书·广陵集》影印本为底本，北京图书馆所藏明抄本"疵"作"疣"，沈文倬校点本《王令集》"疵"亦作"疣"③。

例 1 诗句："公既生而多艰兮，踵祖武而好修。既轻车又良御兮，遂大放乎厥词。"第 3、5 韵段分别为：封征鸣/章冥昌。例 2 "求"字句："辂车华盖日月旗，荒墟之中不可求。""求"处入韵位置，第 13 韵段为"青生耕成"。例 3 "久"字句："我思古人，寥其久矣。"此诗共 3 韵段，每韵段 4 个韵字。第 2 韵段为"实室髹出"，"久"与下文"起止已"入

---

① 书目文献出版社 1985 年版，第四册，第 2502 页。
② 《当代吴语研究》（钱乃荣，1992：79）不收"枝"字，据同韵字"支"推测其韵母。
③ 上海古籍出版社 1980 年版，第 38 页。

韵。例6"由"字句:"鲲兮鲲兮,尔泣何由。""由"与下文"池之时"组成韵段,第3韵段为"鲤水鲔"。

这一用韵只见于古体诗,未见近体诗韵例。6例中有3例为一个尤侯部韵字押入支微部的主从通押;2例为一支一尤的等立通押;剩下1例即例4为一个支微部韵字"此"押入尤侯部的主从通押。因此,整体上看,其通押方式为个别尤侯部字押入支微部。

韵例中尤侯部韵字共7个:久亩修求酉由候,从上古音的角度看,这7个韵字分属3个韵部:

之部:久亩

幽部:修求酉由

侯部:候

6例通押中上古属之部的"久亩"2字《诗经》中均可与"以喜鲤止理"等押韵,如《邶风·旄丘》第二章第2韵段叶"久以"①,《小雅·六月》第六章叶"喜祉久友鲤矣友"②,《小雅·甫田》第三章叶"止子亩喜右否亩有敏"③,《大雅·绵》第四章叶"止右理亩事"④。因此,例3、例4很可能是仿《诗经》押韵之作。其他5个尤侯部韵字"修求酉由候"的用韵,在《诗经》等上古韵文中未见这5个字押之部的韵例,它们押入支微部应该没有仿古韵的可能,要讨论其语音性质,目前尚无充分的语言证据。宋代四川文士用韵中亦有此押韵,达9例,其中上古幽、侯二部"羞咎後"3字押入支微部,刘晓南师(2012:152—153)根据前人《汉书》音注的研究成果:唐代颜师古音注"之尤"相叶、"尤侯"相叶各存2例,认为"唐代西北长安音中可能还有之尤相叶,这倒增加了宋代西部实际语音中支尤相叶的可信度",不过,"唐代西北音毕竟与宋代的四川音有时空的间隔,且宋代四川的支尤同押亦仿古气息太浓,要确定其是否属于实际语音,尚有困难。"

今高邮话(秦观)"修"韵母为-mɯ,"词"韵母为-ɿ;温州话(薛季宣、叶适、释如珙)尤侯部字"求酉候"韵母读-au,支微部字韵母一般读-ɿ;苏州话(宋无)"池之时"韵母为-ʅ,"由"韵母为-iɤ。

---

① 王力:《诗经韵读 楚辞韵读》,中国人民大学出版社2004年版,第156页。
② 同上书,第246页。
③ 同上书,第286页。
④ 同上书,第309页。

第二节　阳声韵通押

宋代通语18部韵系中阳声韵部共7个：东钟部、庚青部、江阳部、真文部、寒先部、侵寻部、监廉部，它们分别来自中古通、梗、曾、江、宕、臻、山、深、咸等9个韵摄的舒声。宋代江浙诗歌用韵中阳声韵的用韵与宋代通语基本一致，但阳声韵之间出现大量通押。这些押韵既超出《广韵》用韵之规定，也不符合通语18部系统。阳声韵之间的最大区别就是韵尾的差异，其中有闭口-m、抵腭-n、穿鼻-ŋ，刘晓南师（2012：161—162）认为"整个阳声韵的结构，大致以韵尾为纲呈二元对立的语音格局。"他结合"弇侈音"将这一"语音格局"图示如下：

　　　　　弇音　　　　　　　　　侈音
闭口：侵寻＊em　　　　　　　监廉＊am
抵腭：真文＊en　　　　　　　寒先＊an
穿鼻：庚青＊eŋ　　东钟＊uŋ　江阳＊aŋ

从上可见，不同阳声韵部之间的语音差异就在于主元音或韵尾的区别。阳声韵通押大致分为两种情况：

一是不同阳声韵尾之间的通押。这一通押主要是主元音相同而韵尾不同的韵部通押，如同属弇音的真文部与侵寻部通押、同属侈音的寒先部与监廉部通押等。还有一部分是主元音、韵尾均不同的韵部通押，如弇音庚青部与侈音寒先部通押。

二是相同阳声韵尾之间的通押。这一通押指韵尾相同的"弇音"与"侈音"之间通押，如同属穿鼻韵尾的庚青部（弇音）与江阳部（侈音）通押。

一　不同阳声韵尾间的通押

宋代江浙诗歌用韵中不同阳声韵尾之间的通押计18种，共1023例。具体见下表。

第四章　宋代江浙诗韵的特殊韵例

表4—20　　　　　　　　不同阳声韵尾之间的通押统计

		徐州	泰如	扬淮	太湖	台州	婺州	处衢	瓯江	淳安	合计
n-ŋ	寒先—庚青				8	2				1	11
	寒先—东钟				3			1			4
	寒先—江阳		3	5	14		6		1		29
	真文—庚青	7	5	45	172	15	81	13	11	62	411
	真文—东钟				2	1			4		7
	真文—江阳		1	4	4		1			2	12
	真文—庚青—江阳									1	1
	真文—庚青—东钟					1					1
n-m	寒先—监廉			28	90	11	27	8	4	19	187
	真文—侵寻	1	1	17	73	14	25	10	4	14	159
ŋ-m	江阳—侵寻				1		1				2
	江阳—监廉		1		3						4
	东钟—侵寻				2		1				3
	庚青—侵寻	5	1	17	65	12	26		7	12	145
	庚青—监廉				1						1
	侵寻—庚青—江阳				1				1		2
n-ŋ-m	真文—庚青—侵寻			3	10	2	21			5	41
	江阳—寒先—监廉				2					1	3
	合计	13	12	123	448	58	189	32	33	117	1023

"徐州"指江苏北部徐州、宿迁一带，即今中原官话区。"淳安"指今徽语严州方言，含建德。

（一）舌音真文、庚青通押

真文部与庚青部通押是抵腭韵与穿鼻韵通押的一种，真文、庚青两部韵字均为舌音，它们主元音相同，可拟为-e，二者之间的通押应是韵尾-n、-ŋ的混同。从上表可见，宋代江浙诗人用韵中这一押韵数量最多，达411例，这应是宋代江浙诗人用韵的一大特色。具体而言，宋代江浙诗人真文、庚青两部通押分为三种情况：一是真文部字杂入庚青部字，共195例，二是庚青部字杂入真文部字，共187例，三是一真一庚通押29例。两部通押，虽然绝对数量不少，但由于所占两韵部用韵总量的比例较小，仅为2.4%，未达到两部合并条件，但是这么多的通押韵例说明一个重要的问题，那就是庚青部的穿鼻韵尾与真文部的抵腭韵尾关系密切，混读较多。南宋浙江词人用韵中深臻梗曾四摄通押的次数占它们入韵总数的36.4%，说明"三个鼻韵尾在南宋时期的浙江方言里就已合流"（胡运飚，1987）。我们的研究对象是整个宋代江浙诗歌，所得出的臻梗曾三摄通押次数只占三摄押韵总数的2.4%这一结论，当然是针对整个宋代江浙诗人而言的。两个不同的百分比，说明就整个宋代江浙诗人而言，臻曾梗三摄还没有达到合并的程度，但是宋代江浙地区某一时期某一区域某些作者的用韵就有可能不同，南宋浙江词韵深臻梗曾四摄舒声韵尾合流即其表现，属个案现象。

下面分中原官话区、江淮官话区、吴方言区三部分讨论宋代江浙诗韵真文、庚青两部通押情况。

第一部分：中原官话区

只有彭城（今江苏徐州）陈师道1人7例：

1. 七古《次韵寄答晁无咎》第4韵段"成人名"（19—12662）
2. 七古《寄邓州杜侍郎》第3韵段"人行行生"（19—12680）
3. 七律《何复教授以事待理》"人名声惊成"（19—12740）
4. 五古《示三子》"忍省哂稳"（19—12635）
5. 七古《赠知命》第2韵段"陵军人真云"（19—12649）
6. 七绝《梅花七绝》第5首"胜闻军"（19—12668）
7. 七律《送傅子正宣义》"轻滨亲身纯"（19—12741）

真文押入庚青3例、庚青押入真文4例。第1例为次韵诗，但不知所次的对象，如果除去此例，真文押入庚青就只有2例。真文押入庚青均为"人"押入庚青部。此通押的主要韵字在今徐州、宿迁方言中的读音如下：

表4—21　　　徐州、宿迁方言"人军真亲胜陵省轻"读音

人	军	真	亲	胜	陵	省	轻
zə̃	tɕyə̃	tsə̃	tɕʰiə̃ tɕʰiŋ~家	səŋ	liŋ	səŋ	tɕʰiŋ

今徐州、宿迁一带臻摄字一般不含鼻韵尾，读成鼻化韵，梗曾摄字则读后鼻韵尾。除"亲"又读（亲家）可叶庚青部外，其余真文部韵字与庚

青部不能叶韵。

第二部分：江淮官话区

泰如 1 人 5 例，扬淮 17 人 45 例，共 50 例，其中真文押庚青 23 例，庚青押真文 24 例，一真一庚等立通押 3 例，可见真文押庚青与庚青押真文的韵例大体相当。举例如下：

1. 徐积（楚州山阳）四言《寄太康知县周宣德》第 11 韵段"人倾行"（11—7605）
2. 张蕴（扬州）七绝《瓜洲》"人兵城"（63—39380）
3. 朱南杰（润州）七律《除夜怀刘朋山为坑司干官》"春情声成明"（63—39396）
4. 徐铉（广陵）七律《从驾东幸呈诸公》"城春亲尘津"（1—64）
5. 张耒（楚州淮阴）五古《同毅夫贺无斁教授》"笋隼蕴敏轸紧准听"（20—13107）
6. 崔敦礼（南通）七古《泊福山港》"津尘轮情村亲灵"（38—23763）
7. 张耒（楚州淮阴）杂古《叙雨》第 4 韵段"豚凭"（20—13048）
8. 王洋（楚州山阳）七古《路居士山水歌》第 1 韵段"昏明"（30—18936）

上述韵例中的代表韵字在泰如、扬淮读音如下：

表 4—22　　　　泰如、扬淮真文、庚青部韵字读音

	春	准	亲	人	津	城	兵	行	听	明
镇江	tsʰuən	tsən	tɕʰin	lən	tɕin	tsʰən	pin	ɕin	tʰin	min
扬州	tsʰuən	tsuən	tɕʰiŋ	lən	tɕiŋ	tsʰən	piŋ	ɕiŋ	tʰiŋ	miŋ
淮安	tsʰuən	tsuən	tɕʰin	zən	tɕin	tsʰən	pin	ɕin	tʰin	min
南通	tsʰyẽ	tɕyẽ	tɕʰŋ	iẽ	tsẽ	tsʰɛ̃	pəŋ	səŋ	tʰŋ	məŋ

由上表看出，今扬淮地区方言基本能印证镇江、扬州、淮安等地用韵：镇江、淮安方言中真文、庚青两部舒声字均收抵腭韵尾；扬州方音臻梗曾三摄舒声字以收穿鼻韵尾为主。南通方言臻摄舒声字多读鼻化韵，曾梗摄舒声字多读穿鼻韵尾，但有个别臻摄字如"亲"读成穿鼻韵尾，曾梗

摄字如"城"则读鼻化韵。其实，南通方言臻摄与曾梗摄较多字同韵，如"征贞纶氛"韵母为-ɛ̃，"廷冥腥磷薪云"韵母为-əŋ。因此，今江淮官话区的语音基本能支持这一用韵。

第三部分：吴方言区

诗人数量、韵例数目统计如下：太湖（即北部吴语区）61人172例、台州8人15例、婺州12人81例、处衢9人13例、温州8人11例。另外，今严州徽语淳安（含建德）7人62例，鉴于地理位置和历史语音的关系，姑列于此，以资比较。具体押韵组合方式及数量见下表。

表4—23　　今江浙吴语区真文与庚青通押的具体组合方式及数量
（含今徽语严州片淳安）

	太湖	台州	婺州	处衢	瓯江	淳安	合计
真文押入庚青	89	7	37	5	7	25	170
庚青押入真文	74	6	35	8	1	36	160
一真一庚	9	2	9		3	1	24
合计	172	15	81	13	11	62	354

用韵举例如下：

1. 葛胜仲七古《寄题吴江王文孺解元䏦庵》第3韵段"窘准影"（24—15626）
2. 朱淑真七绝《闲步》"尘城明"（28—17972）
3. 释如珙杂古《偈颂三十六首》第30首"停生村"（66—41217）
4. 邹浩七律《风起有感》"蒸邻因亲辛"（21—13979）
5. 顾逢五律《石湖山居》第1首"纷闻生君"（64—40024）
6. 何梦桂七绝《赠古歙汪恕斋》"精真人"（67—42196）
7. 许景迂七古《东湖生双莲花守者以为》第3韵段"成新"（53—33000）
8. 周密七古《荒塚谣》第2韵段"行云"（67—42504）
9. 于石七古《赠王法官》第8韵段"平人"（70—44129）

上述主要韵字在今江浙吴方言区的韵母读音见下表。

第四章　宋代江浙诗韵的特殊韵例

表 4—24　　　　　今江浙吴方言区真文、庚青部韵字韵母读音

	常州	苏州	松江	杭州	宁波	黄岩	温州	衢州	金华	丽水
真	əŋ	ən	əŋ	ən	ɿŋ	iiŋ	ʌŋ	ɲeŋ	iin	eŋ
门	əŋ	ən	əŋ	ne	ŋə	ŋe	ʌŋ	ne	ne	eŋ
村	ŋəŋ	ne	ŋəŋ	ne	ŋəŋ	ŋə	θ	ŋe	uən	uɛ
匀	yŋ	yin	yŋ	yin	yoŋ	yiŋ	yoŋ	yŋ	ɥyin	yeŋ
精	iŋ	iin	iŋ	in	ɿŋ	iiŋ	əŋ	iŋ	iin	ieŋ
蒸	əŋ	ne	ŋe	ne	ŋɿ	ŋii	ŋe	ɲeŋ	ne nii	ieŋ
生	əŋ	ãn Ãne	əŋ ẽ	ẽn ã	ã	ɜɿ	ŋe	ən iaŋ / iAi		ã
更	ən	ne	ŋe	ne	ŋa	ŋa	ŋe	ɿɜ	ne	ã

上表显示今吴方言区臻、梗、曾三摄韵字基本能叶韵。"吴方言区韵尾 n、ŋ 的对立绝大部分地点消失"（钱乃荣，1992：16），"臻摄、梗摄字常常用同样的鼻音作韵尾"，要么读 n 尾，要么读 ŋ 尾，少数读鼻化韵或阴声韵（颜逸明，1994：37、71、99）。

中古梗、曾二摄舒声与臻摄舒声通押其实是主元音相同的不同鼻音韵尾之间的转化。在先宋江浙方言语音材料中，这一转化就体现出来，如汉代会稽严忌、无锡高彪的诗文内阳声韵真耕两部相混（丁启阵，1991：97、113）。会稽上虞人王充《论衡》的《自纪篇》就有 2 例此通押韵例（罗常培、周祖谟：2007：101—102）。唐代江浙诗人用韵亦存真文、庚青通押，如盛唐丹阳储光羲 1 例（孙捷、尉迟治平，2001）、晚唐吴兴姚合 2 例（赵蓉、尉迟治平，1999）。宋后，这一语音现象继续发展，胡明扬（1981）归纳明末《山歌》有十个韵部，其中"庚青真文侵寻"这一韵部显示出庚青、真文两部的合并，可见明代苏州话穿鼻韵尾、抵腭韵尾亦混读。

（二）闭口鼻韵与抵腭鼻韵、穿鼻韵通押

根据韵的弇侈与鼻韵尾特点分为三种：

第一种，弇音真文部与侵寻部通押、侈音寒先部与监廉部通押。这两种通押是主元音相同条件下，抵腭鼻韵与闭口鼻韵即 *en：*em 或 *an：*am

的混押。

第二种，舌音庚青部与侵寻部通押。这种通押是主元音相同条件下，穿鼻韵与闭口鼻韵即 *eŋ：*em 的混押。

第三种，舌音真文部、庚青部与侵寻部通押。这种通押涉及3个韵部，是主元音相同条件下，抵腭鼻韵、穿鼻韵与闭口鼻韵即 *en：*eŋ：*em 的混押。

上述三种押韵的韵例如下：

其一，真文部（抵腭鼻韵）与侵寻部（闭口鼻韵）通押，共159例，其中徐州中原官话区1例、江淮官话区（泰如、扬淮）18例、吴方言区126例、徽语区淳安14例。如：

1. 李若谷（徐州丰县）五律《寄嵩岳吉上人》"深偏①身新宸"（2—1249）

2. 周麟之（海陵即今江苏泰州）杂古《中原民谣·归德府》第6韵段"深军"②（38—23561）

3. 张耒（楚州淮阴）五古《冬日放言二十一首》第9首"心深门寻"（20—13090）

4. 释遵式（天台宁海）五古《礼佛迴向偈》第1韵段"心尊"（2—1097）

5. 戴栩（永嘉）七律《送庐陵胡季昭梦昱以上》"新贫人身深"（56—35118）

6. 何梦桂（淳安）杂古《蛟龙歌》第2韵段"嗔亲秦人唇身心"（67—42157）

其二、寒先部（抵腭鼻韵）与监廉部（闭口鼻韵）通押。共187例，其中江淮官话区扬淮28例、吴方言区140例、徽语区淳安19例。如：

---

① 此诗出自明傅梅《嵩书》（《故宫珍本丛刊》本，海南出版社2001年版，第253册，第236页），经核原文，"偏"作"伦"。用"偏"，诗义不明。"伦"之繁体"倫"与"偏"字形相近，故致讹。

② 诗句："民言我宋潞仁深，况此旧名归德军。"第5、7韵段分别为：早道镐/蹋复。第5韵段"镐"字句，《全宋诗》依照文渊阁《四库全书》影印本作"只恨居民戴胡情"，而《金陵诗徵》本"只恨居民泣丰镐"。从此诗整体韵例看，当用《金陵诗徵》本诗句。前20句中四句一韵，每韵段均由三个韵字组成，且首句即换韵句入韵，韵段分别为：府阻土/初图舆/宇五辅/符车区/早道镐；后6句为句句韵，二句一韵：深军/蹋复/时归。

1. 徐积（楚州山阳）杂古《莫饮吴江水寄陈莹中》第 3 韵段 "箭剑面"（11—7561）

2. 释慧晖（会稽上虞）七绝《偈颂四十一首》第 6 首 "前边蟾"（33—20887）

3. 陆游（越州山阴）杂古《长歌行》第 1 韵段 "院夾"（39—24518）

4. 陈著（鄞县）七律《载酒过俞叔可运干夜话》"闲檐簾甜嫌"（64—40205）

5. 方逢振（淳安）七古《送侄隆吉作遂安教谕》第 1 韵段 "掾选县厌"（68—42811）

其三，庚青部（穿鼻韵）与侵寻部（闭口鼻韵）通押。共 145 例，其中徐州中原官话区 5 例、江淮官话区（泰如、扬淮）18 例、吴方言区 110 例、徽语区淳安 12 例。如：

1. 徐积（楚州山阳）杂古《李阳冰篆》"经肩泓森枪霆成阴清溟营星衡庭楹音撑横平兵声情精鹏城廷轻淫冰盲惊盈名坑生"（11—7646）

2. 陈师道（彭城）七律《答颜生见寄》"音更清评情"（19—12700）

3. 王十朋（温州乐清）五绝《州宅杂咏·荔》"星心"（36—22844）

4. 袁燮（鄞县）七绝《病起见梅花有感四首》第 4 首 "心惊襟"（50—31015）

5. 方逢振（淳安）七古《送侄隆吉作遂安教谕》第 4 韵段 "林情"（68—42812）

其四，真文部（抵腭鼻韵）、庚青部（穿鼻韵）与侵寻部（闭口鼻韵）通押。共 41 例，其中江淮官话区扬淮 3 例、吴方言区 33 例、徽语区淳安 5 例。如：

1. 徐积（楚州山阳）七古《赠倪敦复》"清名宾成情深轻吟"（11—7582）

2. 袁燮（鄞县）五古《与范总干》"境尹问敏隐牣谨省令尽馑请润枕品轸稳咏觐敬"（50—30988）

3. 何梦桂（淳安）五古《赠唐乐天星翁》"人民身星金君贫形尘钧真纭"（67—42137）

寒先部与监廉部通押的数量最多，达 187 例，真文部与侵寻部通押的数量次之，为 159 例。从押韵方式看，寒先押入监廉 32 例、监廉押入寒先 142 例，一寒一监 13 例，可见监廉押寒先占绝对比例；真文押入侵寻 78 例、侵寻押入真文 66 例、一真一侵 14 例，如果将一真一侵看成侵寻押入真文，则真文押入侵寻与侵寻押入真文的韵例基本相当。总体上，这两类通押应反映出-m 尾向-n 尾变化的轨迹。闭口鼻韵尾-m 的语音变化是近代汉语的重要现象，"就汉语共同语来说，到了十三、四世纪，才有少数-m尾字转化为-n尾"（杨耐思，1981），不过在汉语方言中，这种演变的发生要早得多。可以说，-m 尾的语音变化是从方言里发生，由方言逐步扩展，然后影响到共同语的音变。就吴地而言，监廉部-m 尾与寒先部-n 尾的混押先宋即已出现。何大安（1993）根据《晋书·五行志》"以健为舰"推测六朝江东庶民语音的"第三个特点"即"《广韵》的监、元不分"。"六朝江东"泛指长江下游以南区域，含江苏以南、浙江、安徽等地，大致相当于今江淮官话区、吴方言区。也就是说，六朝江浙一带监廉即与寒先相混。宋代这一用韵频频出现于江浙诗词，如词人周邦彦、吴文英、张炎、周密、仇远等均有不少押韵现象（鲁国尧，1991；胡运飚，1987）。宋代其他地方亦有此类通押，如江西诗人 24 例（杜爱英，1998A）、词人 69 例（鲁国尧，1992）；福建文士 34 例（刘晓南，1999：192）；四川文士 92 例（诗 59 例、文 32 例）（刘晓南，2012：166）、词 1 例（鲁国尧，1981）。

江浙一带，真文部与侵寻部通押宋前即出现，如初唐杭州许敬宗《歊器赋应诏》"深"押入"源存门魂"等韵字，丹阳包融《酬忠公林亭》"尘"押入"侵阴林"等韵字（鲍明炜，1990：169、380）；盛唐吴兴钱起《赠阙下裴舍人》"新"押入"林阴深"等韵字（赵蓉、尉迟治平，1999）。宋代其他地方此类通押情况如下：江西诗人 7 例（杜爱英，1998A）、词人 26 例（鲁国尧，1992）；福建文士 20 例（刘晓南，1999：192）；四川文士 204 例（诗 139 例、文 65 例）（刘晓南，2012：165、166）、词 9 例（鲁国尧，1981）。

宋代江浙诗韵侵寻部尽管与真文、庚青两部大量通押，但所占各自总入韵数的比例较小，均约为 5%，不能将其合并，我们认为这应是江浙方音在用韵中的表现。江浙通语音系中，诗人们应该能区分这三韵部，但方音有归并趋势，以致在诗歌中不经意流露出来，这说明宋代江浙方音中侵寻、监廉两部许多韵字的闭口鼻尾与抵腭鼻韵尾、穿鼻韵尾读音相近。宋以后，这一语音现象在江浙大地继续推进，如明代《山歌》侵寻与真文、庚青合为一部，盐咸廉纤（即监廉部）与寒山桓欢先天（即寒先）合为一部（胡明扬，1981），要指出的是，明代语音-m尾演变成-n尾已是通语现象，尽管如此，从语言的承继性和江浙人口的相对稳定性来看，《山歌》-m尾、-n尾合并仍应看作自宋以来一脉相承的江浙语音特点。现代江浙吴方言深、咸二摄舒声-m尾均消失，深摄舒声读抵腭鼻韵尾、穿鼻韵尾都有，咸摄舒声大多韵尾脱落或读鼻化韵，少数地方如吴语宣州片读抵腭鼻韵尾，有些地方如丹阳、常熟和遂昌等，部分字读穿鼻韵尾。

（三）侈音江阳、寒先、监廉通押

侈音江阳部、寒先部、监廉三部之间通押，也就是 *aŋ：* an、*aŋ：*am、*aŋ：*an：*am 的混押。

其一，江阳部（穿鼻韵）与寒先部（抵腭韵）通押，即 *aŋ：*an 的通押。共29例，其中江淮官话区泰如3例、江淮官话区扬淮5例、吴方言区21例。如：

1. 崔敦礼（通州静海）杂古《华阳洞天》第2韵段"寒言难旁"（38—23778）

2. 贾似道（天台）七绝《论蟑螂形》"螂长番"（64—39970）

3. 徐积（楚州山阳）四言《送江倅》第1韵段"祥焉"（11—7614）

这种通押方式分三种情况：一是江阳部字杂入寒先部，共13例；二是寒先部字杂入江阳部，共10例；三是寒先、江阳二部各一字，共6例。

中古山、宕两摄主元音相同或相近，随着-n尾和-ŋ尾的相混或脱落，两摄舒声读音也就有可能相同，江浙诗歌用韵中山、宕两摄的通押即其表现。今江淮官话区泰如片3例均出自通州静海崔敦礼，通州静海即今江苏南通，今南通方言山摄除了极个别见母字"间艰简柬谏"与宕摄字"姜蒋酱"等韵母均读-iẽ之外，韵母一般读鼻化韵-ĩ、-ʋ̃、-ø̃、-ã、-uã；宕摄则读鼻化韵-iẽ、-õ、-uõ、-yõ。江淮官话区扬淮片5例分别出自徐积（楚州山阳）1例、张耒（楚州淮阴）1例、陈造（高邮）1例、释普度（江都）2例。今江淮官话区江阳、寒先两部字基本读鼻化韵，且主元音相同或相近。具体见下表：

表 4—25　　　　　　　今江淮官话区江阳、寒先两部字读音

	帮	当	茫	般	丹	瞒
盐城	pã	tã	mã	pæ̃　põ	tæ̃	mõ
南京	pã①	tã	mã	pã	tã	mã
句容	pã②	tã	mã	pã	tã	mã

现代吴方言亦可印证此类押韵，如桐庐方言寒先部开口字如"班栏弹难"分别与江阳部开口字"帮狼堂囊"读音相同，韵母均为-aŋ，寒先部合口字如"官贯宽环"与江阳部合口字"光逛筐黄"读音相同，韵母均为-uaŋ。义乌方言：担＝当 tan，蛮＝忙 man，欢＝荒 huan。温州方言寒先、江阳两部字韵尾脱落，部分韵字音同或音近：

温州莘塍瓯语：栏＝狼 lɔ

班 pɔ，帮 po

温州鹿城话：连＝良 li，先＝香 ɕi，烟＝央 i

此类通押也出现在宋代其他各地文士用韵中。北宋江西诗韵 8 例（杜爱英，1998A），词韵 1 例（鲁国尧，1992），且今江西方言可印证，因此今江西方言与宋代江西诗歌中江阳、寒先两部相押有渊源关系；四川文士 12 例（诗 7 例、文 5 例），但现代四川方言"大体不能与宋代对应"（刘晓南，2012：167—168）；河南诗韵 2 例（谢洁瑕，2005A）；福州诗韵 1 例（刘晓南，1999：196）。

其二，江阳部（穿鼻韵）与监廉部（闭口韵）通押

此类通押即 *aŋ：*am 的混押，4 例：

1. 释可观（华亭）杂古《自题像》"庵长俩"（27—17926）

2. 崔敦礼（通州静海）杂古《太白招魂》第 29 韵段"湘堪"（38—23777）

3. 释宗印（盐官）杂古《偈颂八首》第 3 首第 3 韵段"床三"（50—31098）

---

① 江阳、寒先两部 6 字韵母《南京话音档》（刘丹青，1997：121）为-aŋ，《江苏省和上海市方言概况》与《江苏方言总汇》均为-ã。

② 句容方言宕摄韵母记音略有差异：《江苏省和上海市方言概况》为-aŋ，《江苏方言总汇》为-ã。

4. 陈起（钱塘）七绝《酬成贤良》"璋参菴"（58—36766）

例1诗作："维摩诘不坏于身，而随一相老竹庵。坏与不坏，初无欠长。到处江山风月，不是这个伎俩。""庵"与"长俩"构成一个韵段。例2为杂言古诗，此为诗歌"乱曰"部分，共10句，句句韵，共5韵段。诗句："怀洞庭兮悲潇湘，把瑶草兮思何堪。"第28、30韵段分别为：极息/展浅。例3诗句："进前退后绕禅床，掣电之机落二三。"此为最末韵段，第2韵段为"虺髓"。例4首句借韵，首二句："献璞无成喜弄璋，世间得失事相参。"

另有2例有异文：王十朋五古《题一览亭》"敢窗淡莒揽坎茭感噉槩惨憾胆览"（36—22806），"窗"字句："肩舆蹑峥嵘，眼界惊坎窗。"文渊阁《四库全书·梅溪集》影印本"窗"作"窘"。戴复古五古《求先人墨迹呈表兄黄季文》"上网壮酿想响壤嶂样放惨状荡恚往唱丧相赏仰莽圹望"（54—33453）。"惨"字句："把玩竹林间，寒风凛悽惨。"文渊阁《四库全书·石屏诗集》影印本"惨"作"怆"。

江阳部与监廉部通押在宋代其他地区亦有反映，如福建文士3例：监廉部"缆"押入江阳部，江阳部"江"、"厐"分别押入监廉部，今闽东、闽北方言能印证（刘晓南，1999：195、196）。四川文士9例（诗5例、文4例），主要出自成都府路，但是今成都方言不能印证（刘晓南，2012：168、169）。

崔敦礼是南通人，今南通方言"湘"念 ɕiē，"堪"念 kʰŭ，二者不叶，其他泰如方言读音大体相当。但今扬淮方言江阳、监廉两部字基本读鼻化音，而且其韵母主元音基本相同，请看"湘堪"读音：

表4—26　　　　　　　　今扬淮方言"湘堪"读音

	淮阴	句容	高邮	南京
堪	kʰæ̃	kʰã	kʰæ̃	kʰã
湘	ɕiæ̃	ɕiã	ɕiæ̃	ɕiã

今上海松江方言资料不录"庵"，据同韵的"南参"推其韵母念-e，而"长"念 tsã，"俩"念 liã，例1"庵"与"长俩"不叶。盐官隶属浙江海宁市，今海宁方言"床"念 zõ，"三"念 sɛ，二者韵母差异很大，不

能叶韵。今杭州方言"庵"念ʔE，"参~加"念tsE，杭州方言资料不见"璋"字，据音韵地位相同的"章"推其读音为tsɑŋ，"璋"与"参庵"韵母相差较大，二者不叶。不过，今吴方言其他区域江阳、监廉两部字有同韵现象，如苏州方言馅_{白读}=壤酿嚷攘ȵiã，桐庐方言"沾庵参斩三"与"章肮仓长桑"读-aŋ韵，义乌方言贪=汤tʰan、蓝=狼lan、浙南莘塍瓯语、鳌江瓯语咸摄"胆"念tɔ，宕摄"党"念to，二字读音相近。龙游、广丰、常山、云和、庆元等南部吴语区宕两摄字均可读鼻化音，主元音基本上为-ɑ、或-a等。

其三，江阳部（穿鼻韵）、寒先部（抵腭韵）、监廉部（闭口韵）通押，即 *aŋ: *an: *am 的通押。3例：

1. 释慧晖（会稽上虞）六言《偈颂三十首》第14首"现光参"（33—20890）

2. 卫宗武（华亭）七古《喜晴》"寒干艰蟠悭屼看观张潺端丸山盘宽颜翰还三殚间难"（63—39457）

3. 方逢振（淳安）七古《茶具一赟鲜于伯机》"泉先便煎川眠然搏年廉钱篇端铛边烟仙前穿渊天"（68—42811）

现在综合考察上述阳声韵通押情况，得出下列关系式（"<"表示小于）：

1. 侈音 江阳-aŋ 叶监廉-am（4例）＜江阳-aŋ 叶寒先-an（29例）＜监廉-am 叶寒先-an（187例）

2. 弇音 庚青-eŋ 叶侵寻-em（145例）＜真文-en 叶侵寻-em（159例）＜庚青-eŋ 叶真文-en（411例）

由第1个关系式中数量的递增可以推测出-am→-an，-aŋ→-an 两种先后发生的关系（"→"表示发展到）。从这一关系式可看出宋代江浙方言中侈音鼻音韵尾的前鼻化演变，江阳叶监廉数量最少，可以看作是大量-am 并入-an 后，-aŋ 亦逐渐并入-an，但发展不很成熟。这一变化直观表示如下：-m→-n←-ŋ。

第2关系式中两种通押的发展趋势是很明显的，那就是庚青叶侵寻、真文叶侵寻，均为闭口鼻尾向抵腭鼻尾、穿鼻尾转化。现代吴方言深摄舒声字都不读闭口鼻尾，而是要么读抵腭鼻尾，要么读穿鼻尾，其中以读穿鼻尾居多，可图示为：-m→-ŋ。

接下来的问题是庚青、真文两部韵尾的发展趋势。依照通语并结合江

第四章　宋代江浙诗韵的特殊韵例

浙侬音鼻尾，宋代江浙诗韵弇音鼻尾的变化趋势似乎也应随大流：-ŋ 尾混入-n 尾，但是事实并非如此。今吴方言"鼻音韵尾只有一个，一般是-ŋ"（袁家骅，2001：57）。前文已述，今江浙吴方言臻、梗、曾三摄舒声字混读现象严重，即-m、-n、-ŋ 韵尾混同。今吴方言的 77 个代表点中 39 个点，臻摄完整或部分地读成后-ŋ 尾，占方言点总数的 50.6%，如金坛、江阴、宜兴、上海（老派）、宁波、天台、黄岩、临海、温州、丽水等地；梗、曾两摄舒声字韵尾的主流类型是-ŋ 尾，完整或部分保留-ŋ 尾的方言点约占方言点总数的 70% 和 96%（陈立中，2004：9—122）。因此，我们认为宋代江浙诗韵庚青、真文两部通押反映了庚青、真文两部舒声字鼻尾或许是抵腭鼻尾向穿鼻尾演变，即-n→-ŋ。

（四）真文分别与东钟、江阳通押

其一，真文部与东钟部通押，7 例：

1. 钱鏐（钱塘）七律《谢子瞻内翰浙西开府》"丛门轮存□"（13—8698）
2. 许及之（永嘉）五绝《食蕨》"根空功"（46—28411）
3. 叶适（永嘉）杂古《梁父吟》第 2 韵段"文崇"（50—31217）
4. 释普岩（四明）杂古《偈颂二十五首》第 16 首第 1 韵段"筍众"（51—32104）
5. 舒岳祥（宁海）七绝《十村绝句》第 4 首"东真"（65—41027）
6. 释如珙（温州）杂古《偈颂三十六首》第 32 首"人峰"（66—41217）
7. 释如珙杂古《偈颂三十六首》第 35 首"人通风"（66—41218）

第 1 例为七律，尾联空缺，从前三联韵字看，尾联韵字属真文部的可能性较大。另有 1 例说明如下：汪元量七律《客感和林石田》"云春驯忠□"（70—43992），"忠"字句："朱子不仁唐逆贼，□□□诳汉忠。"此句文字严重残缺。孔凡礼《增订湖山类稿》与此有别："朱子不仁唐逆贼，□□□诳汉忠臣。"① "唐逆贼"与"汉忠臣"相对。从用韵、诗意看，似以《增订湖山类稿》为准，《全宋诗》漏"臣"字。因此，此例不属真文部与东钟部通押，只是真文部内部的押韵。

7 例中古体诗 4 例，近体诗 3 例。从押韵方式看，真文押入东钟 2 例，

---

① 中华书局 1984 年版，第 10 页。

东钟押入真文1例，一真一东等立押韵4例。现在的问题是怎么看待这4例等立押韵，是将它看成真文押入东钟还是东钟押入真文呢？而这一处理直接关系到真文部与东钟部通押的语音取向。由上文可知，宋代江浙诗韵中或许真文部抵腭鼻尾-n向庚青部穿鼻尾-ŋ演变，而今吴方言通摄舒声（东钟部）字大多保留中古-ŋ尾，臻摄舒声（真文部）字有读-ŋ尾现象。因此，4例一真一东等立押韵似看成真文押入东钟为妥。综合起来看，也许表明真文部与东钟部通押的语音取向是真文读成东钟，即抵腭鼻尾-n读成穿鼻尾-ŋ。无独有偶，宋末元初宁海人胡三省《资治通鉴音注》用"莫中切"注"忞"（马君花，2008：132）。"忞"，《广韵》眉贫切，这一音注反映出胡三省可能用方音作注。这一语料增强了上述推断的可靠性。舒岳祥与胡三省是关系甚好的宁海同乡，由胡三省的上述音切推及舒岳祥诗歌"东真"押韵，可能亦为"真"读成"东"，-n尾读成-ŋ尾。不过，今宁海方言"真"韵母为-iŋ，"东"韵母为-oŋ，二者不叶。

现在看诗句其他韵字在今吴方言中的读音：杭州方言"从"韵母为-oŋ，"门轮存"韵母分别为-ne、-uen、-ɿeŋ；永嘉方言"空功崇峰通风"等通摄字韵母亦为-oŋ，"根文人"韵母为-aŋ；今宁波方言"筍"韵母为-əŋ，"众"韵母为-oŋ。可见，现代方言均不能支持诗人的用韵。不过，今吴方言区其他各地存在臻、通二摄同韵的现象，如：

苏州　豚=疼 dən　勤=穷 dzin
上海　军=龚 tɕioŋ
天台　荀询=嵩淞 ɕyoŋ，春椿=冲充 tɕʰyoŋ
江山　文=峰 foŋ，门=蒙 moŋ
温州　春=冲 tɕʰioŋ，群=穷 dzioŋ

另外，今严州淳安方言臻摄部分字如"门轮存根"与通摄部分字如"从空功东通风峰众"韵母相同，读-ən韵。

此通押现象，宋代福建建州文士有2例，其中1例现代闽音可印证（刘晓南，1999：195）；北宋江西诗僧德洪3例（杜爱英，1998B）；四川诗人11例，当为宋代四川方音（刘晓南，2012：175—179）；河南诗人1例：韩维诗歌"翁"押入"尘轮"（谢洁瑕，2005A）。

其二，真文部与江阳部通押，12例

12例共涉及10位诗人，遍布江浙各地：

今江淮官话区（4人）

通州静海（1人）崔敦礼　　楚州山阳（1人）徐积　　高邮（1人）秦观　　江都（1人）释普度

今吴方言区（5人）

吴江（1人）孙锐　　常州（1人）孙觌　　杭州（2人）沈辽、释文珦　　婺州义乌（1人）喻良能

今严州方言（属徽语）（1人）

淳安钱时

此种押韵举例如下：

1. 徐积杂古《富贵篇答李令》第2韵段"郎王军堂坊铓煌床行阳锵廊羊长觞吭冈鸯箱障香房扬凰翔鎗裳隍旁亡墙藏伤梁"（11—7583）

2. 孙觌七绝《谢公惠梅花》"芳忘春"（26—17019）

3. 喻良能七绝《齐山》"藏身人"（43—27033）

4. 释文珦七古《过苕溪》第2韵段"浪人津"（63—39558）

5. 沈辽杂古《圆明师为余鼓琴作昭君》第2韵段"忘论"（12—8328）

另有1例需作说明：江都尚用之七古《和张洵蒙亭诗韵》"湘旁光苍塘香觞凉床辰琅芒方王茫良忘乡"（30—19429）"辰"杂入江阳部。此诗为句句韵，"辰"字句："饮余相与坐方床，论文日暮兴何辰。"张洵是宋代浚仪（今河南开封）人，徽宗宣和间官广南西路提点刑狱，其有七古《蒙亭倡和长句》。尚用之此诗为次韵张洵七古《蒙亭倡和长句》之作。还要指出的是，此诗用"辰"字诗意不明。"辰"误，当作"长"。张洵七古《蒙亭倡和长句》即作"长"（24—15759），此诗出处元陈世隆《宋诗拾遗》卷七作"长"①。"长"作"辰"系形讹，"辰"与"长"之繁体"長"形近，故易致讹。

12例以古体诗为主，占8例，近体诗4例。从押韵方式看，真文押入江阳7例，江阳押入真文4例，一真一江等立通押1例。真文部韵字共10个，其中合口7个，开口3个。可见这一通押中真文部韵字的倾向性较强，以合口为主。具体统计如下：

合口　春$_3$军$_2$闻$_2$论文昏云

---

① 《新世纪万有文库》本，辽宁教育出版社2000年版，第108页。

开口　人₄身津

现在看各方言区诗人的用韵。

今江淮官话区 4 人 5 例，均为真文押入江阳。（一）泰如 1 人 1 例：通州静海崔敦礼杂古《下水府》第 6 韵段"祥狼光忘闻"（38—23779），此为最末韵段，末四句："山苍苍兮水汤汤，神之威兮俨不忘。刳肝为辞兮沥血，陈神之听兮闻不闻。"今南通方言"闻"与其他江阳部韵字不叶："闻"韵母为-ɛ̃，"狼汤"韵母为-õ，"祥"读-iɛ̃ 韵，"光忘"读-uõ 韵。（二）扬淮 3 人 4 例：徐积 2 例，秦观、释普度各 1 例。徐积 2 例"军闻人"押江阳部，今淮阴方言"军"读-yən 韵、"闻"读-uən 韵、"人"读-ən韵，江阳部字读-iã、-ɑŋ、-uɑŋ 韵，可见"军闻人"与江阳部韵字的主元音和韵尾都不同，二者押韵困难。

今吴方言区 5 人 5 例。（一）太湖片 4 人：吴江孙锐、常州晋陵孙觌、钱塘沈辽和释文珦。孙锐诗"光"押入"云军"，今苏州方言"光"读-uɒŋ韵，"云军"读-yn 韵；孙觌七绝《谢公惠梅花》"芳忘春"（26—17019），末二句："多谢风流濠上掾，凌晨分我一枝春。""春"入韵，与"芳忘"相押，常州吴语"春"读-uən 韵，"芳忘"读-ɑŋ 韵；释文珦诗"浪"押"人津"，沈辽杂古《圆明师为余鼓琴作昭君》第 2 韵段"忘论"（12—8328），诗句："中间悲怨或易忘，如今羁愁那可论。"此诗共 2 个韵段，除此韵段外，另一韵段由遇摄上、去声字组成，故确认"忘论"相押，今杭州方言"浪忘"读-ʌŋ 韵，"忘"还有-uʌŋ 韵读音，"人津/论"读-ən/-uən 韵。太湖片 4 例，现代方言均不能印证。（二）处衢片 1 人：义乌喻良能七绝《齐山》"藏身人"（43—27033），首二句："龛岩宜号祕密藏，翠微应呼清净身。""藏"入韵，为借韵。今义乌方言"藏"文读-an 或-uan 韵、白读唇化韵-ŋʷ，"身人"读-ən 韵。"藏"与"身人"不叶。

今严州方言（属徽语）1 人 2 例：淳安钱时七绝《感蛙》"昏祥狂"（55—34321），七绝《过九里湾二首》第 1 首"浪春人"（55—34330），首句"昏""浪"均入韵，为借韵。今淳安方言"昏春人"分别读-en、-uen、-in 韵，"浪祥狂"分别读-ã、-iã、-uã 韵。可见，今淳安方言不能印证钱时诗韵。

综上，10 位诗人所在地的现代方音均不能印证他们的用韵。这一通押福建词人有 1 例："春"入江阳部，且现代闽音可证（刘晓南，1999：

195）；四川文士 3 例（诗 2 例、文 1 例），现代成都话不能印证（刘晓南，2012：172、173）；河南诗人 1 例：韩维诗歌"频香"相押（谢洁瑕，2005A）。

（五）寒先分别与庚青、东钟通押

其一，寒先部与庚青部通押，共 11 例。

作者及其里籍、押韵数量如下，作者右下角数字为押韵数量：

吴语太湖片（7 人 8 例）

（无锡）袁默$_1$　（苏州）李弥逊$_1$　（吴江）释原妙$_2$　（越州山阴）陆游$_1$　（剡县）释行海$_1$　（临安）释文礼$_1$　（武林）释斯植$_1$

吴语台州片（2 人 2 例）

（黄岩）戴敏$_1$　　戴复古$_1$

徽语严州方言（1 人 1 例）

（淳安）方逢辰$_1$

11 例中寒先押入庚青 6 例，庚青押入寒先 3 例，一寒一庚 2 例，无明显语音取向。各举例如下：

1. 释行海七绝《碁》"难行争"（66—41364）
2. 释原妙杂古《偈颂十二首》第 4 首第 1 韵段"千生横"（68—43176）
3. 陆游七绝《对酒戏咏二首》第 1 首"生眠边"（40—25290）
4. 释文礼七绝《颂古五十三首》第 4 首"生圆妍"（54—33690）
5. 袁默杂古《钓鱼台》第 2 韵段"年行"（12—8389）
6. 释原妙五绝《偈颂六十七首》第 19 首"生年"（68—43163）

另外，还有 1 例韵字有误：许及之七古《崧高行上周密使寿》"声明惊情营鸣京兵清倾絃城平衡成程撑名檠鲸行嵘"（46—28302），此诗为句句韵，先韵"絃"押入庚青部，"絃"字句："天子神武恢八絃，一贤制难真长城。"核对文渊阁《四库全书·涉斋集》影印本，"絃"作"紘"。"絃"为"弦"的俗体，《广韵》先韵胡田切，训"弓弦"；"紘"，《广韵》耕韵户萌切，训"冠卷也，又八紘"。"八紘"泛指天下，诗句"天子神武恢八紘"是指天子的神武张布于全天下。用"絃"，语意不通；用"紘"，语意通畅，且此诗全协庚青部韵字。"絃"当作"紘"。"絃"与"紘"字形相似，故致讹。

这些韵字在现代江浙吴方言区韵母读音请见下表。

表4—27　　　　　今江浙吴方言寒先部、庚青部韵母读音

	常州	苏州	绍兴	黄岩	遂昌
难	æ文 æ白	ɛ	ã	ɛ	aŋ
年	ĩ文 I白	iI	ĩ	ie	iẽ
生	əŋ	ən文 aŋ白	əŋ文 aŋ白	ã	iaŋ
行~为	iŋ	in文 aŋ白	ɪŋ	ã ɒ̃文	aŋ

由上表可看出，今吴方言区寒先、庚青两部韵字基本不能叶韵。不过，处州遂昌方音这两部部分字韵母完全相同或主元音相同，如寒先部开口"难山颜眼产"与庚青部开口"横行~为"读-aŋ韵，寒先部合口"弯灌"与庚青部开口"梗"韵母为-uaŋ，庚青部开口"彭猛柄打争耕生"韵母为-iaŋ。

此通押河南诗韵1例，庚青部字"冷"押入寒先部字（谢洁瑕，2005A），江西词韵2例，"生灯"与"肯"分别押入寒先部（鲁国尧，1992）；北宋江西诗人亦有2例，也是庚青部字押寒先部（杜爱英，1998A）。而福建诗文7例中除1例外，其余6例均为寒先部字押入庚青部，且集中在福州，今福州话能印证（刘晓南，1999：197）。

其二，寒先部与东钟部通押，共4例：

1. 华镇（绍兴）四言《神功盛德诗·神州三章》第2首第2韵段"隆年"（18—12287）

2. 毛滂（衢州江山）七律《入石颐寺》"残盘濛寒宽"（21—14134）

3. 陆游（越州山阴）七绝《春晚出游六首》第4首"叹功中"（40—25294）

4. 释普岩（四明）杂古《偈颂二十五首》第20首"宗风中逢船"（51—32104）

例2经核其出处《莫干山志》卷五，"（濛）濛"作"（濛）漫"①。例3"叹"为借韵，《广韵》平、去两读：他干切和他旦切，义训同，此诗取平声读音。

从现代方言看，五地的方音均不支持相应的押韵。吴方言寒先部字韵

---

① 周庆云著，周延礽续补，上海大东书局1936年版，第121页。

尾大多脱落，东钟部字大多读穿鼻尾-ŋ，如绍兴方言"年"读-ĩ韵，"叹"读-æ̃韵，"隆功中"读-oŋ韵。但现代南部吴语却存在寒先与东钟读音相近甚至相同的现象，如衢州常山方言山、通二摄韵母均读鼻化音，同时二摄的主元音相近或相同："肝岸汉寒"与"松₋树"念-õ韵，"浓龙"念-iõ韵，"山办盏"与"冬风虫"念-ã韵。温州话部分山摄字白读或俗读与通摄字同韵，如"沿俗读卷白读串白读穿白读"与"荣容融溶中终忠终冲充宠"读-yoŋ韵。

宋代四川诗僧道颜有1例："颂"与"面线"相押，但今四川方音不能印证，"大概反映了四川个别地方某些字的方言特殊读音"（刘晓南，2012：180）；福建诗人张伯玉有1例（刘晓南，1999：180），朱熹叶音亦存1例（刘晓南，2001A），二者结合起来可印证为闽音。

（六）侵寻分别与东钟、江阳通押

其一，侵寻部与东钟部通押，共3例：

1. 张耒（楚州淮阴）杂古《惠别》第13韵段"心风"（20—13047）
2. 陈造（高邮）七绝《题龚养正孩儿枕屏二首》第2首"音重龙"（45—28213）
3. 徐侨（婺州义乌）七律《五云寺》"深林峰琴吟"（52—32820）

例1"心"字句："南风之来兮，入予裾悦余心。""心"入韵。此为最末韵段，第12韵段为"龙从"，那么为什么没有将第12、13韵段合为一个韵段呢？理由有二，一是此诗共13韵段，其他12个韵段均由2个韵字组成，因此类推第12、13韵段宜独立成韵。二是"龙从"属《广韵》钟韵，"风"属《广韵》冬韵。根据韵段从分不从合的原则，将二者分成2个韵段。例2为七绝，首句"音"为借韵。例3东钟部韵字"峰"押入侵寻部，"峰"字句："峦阜几重遮入路，陇冈百里护来峰。"此诗出自《毅斋诗集别录》，核清阮元辑《宛委别藏》本①、明正德刻本②，均无异文。

例1押韵有仿古之嫌。"风"，古音属侵部，"到魏晋以后就转入冬部"（罗常培、周祖谟，2007：38、61）。"心"，古音属侵部。汉代韵文"心"与"风"常相押，如西汉刘歆《朝陇首》叶"风心"，东汉张衡《九辩》

---

① 江苏古籍出版社1988年版，第102册，第29页。
② 《宋集珍本丛刊》本，四川大学古籍研究所编纂，线装书局2004年版，第70册，第602页。

叶"风心",汉代《易林》叶"风心""心风"(罗常培、周祖谟,2007:215、216、296)。因此,我们认为"心风"相押大有仿古的可能。"风"押侵寻部字,宋代文士还有1例:河南诗人曹勋五古《独酌谣二首》第1首第2韵段"风襟"(谢洁瑕,2005A)。

今淮阴、高邮方言通摄字如"龙从风重"读-oŋ韵,深摄字"心音"淮阴读-in韵、高邮读-iŋ韵,显然,通、深二摄字韵母相差较大,二者不叶。今义乌方言深摄字读-in、-ən、-uən等韵,通摄字读-oŋ韵,二摄不同韵。但是处衢地区有侵寻、东钟同韵现象,如云和方言鼻音尾只有-ŋ,通摄字"东通风"与深摄字"深针沉"均可读-əŋ韵。例3中4个侵寻部字夹杂1个通摄"峰",可能暗示宋代义乌方言"峰"有侵寻部读音。

这一通押,宋代河南文士还有1例:宝月《念奴娇》"封"押入侵寻部(谢洁瑕,2005A)。四川文士3例,其中释慧性诗韵2例,且为偈颂,文韵1例,今四川方言深、通二摄韵母不同,这一用韵难寻语音依据(刘晓南,2012:179、180)。

其二,侵寻部与江阳部通押,共2例:

1. 张耒(楚州淮阴)七绝《预作冬至》"琅光林"(20—13280)
2. 郑刚中(婺州金华)四言《黎解元庄严观音像见而》第1韵段"相心"(30—19161)

例1诗作:"紫坛曾从奠琳琅,亲被天人玉冕光。今日黄州山下寺,五更闻雁满霜林。""(霜)林",文渊阁《四库全书》影印本《宋诗钞》与《御定佩文斋咏物诗选》均为"(林)霜",如用"(林)霜",虽然"琅光霜"协韵,但是从诗句来看,"诗之原有意境全无"(张令吾,1998B),因此,我们倾向于"(霜)林"。例2诗句:"端严净妙,具慈悲相。广大智慧,具慈悲心。"此诗12句,四句一韵,第2、3韵段分别为:水已/貌道,可见"相心"入韵。

今淮阴方言"林"念lin,"琅"念laŋ,"光"念kuɛ̃;金华方言"相"念ɕiAŋ,"心"念siŋ,二地方言均不叶。侵寻部与江阳部通押韵例太少,现代方言又不能支持它,其语音性质不便判断。这一押韵宋代四川诗、文各1例,"涨"与"当"分别与侵寻部字相押,今四川方言亦不能印证(刘晓南,2012:179)。

第四章　宋代江浙诗韵的特殊韵例

（七）监廉、庚青通押，1例：

释原妙杂古《偈颂十二首》第6首"冰帆"（68—43176）

诗作："有时热閙閙，有时冷冰冰。有时如牵驴入井，有时如顺水张帆。"庚青部"冰"与监廉部"帆"相押。原妙，吴江人。今吴江黎里方言"冰"读 piŋ^{52}、"帆"读 vE^{24}，吴江盛泽方言"冰"读 piŋ^{44}、"帆"读 vE^{24}，二地方言均不能与之对应。

（八）真文、庚青、江阳通押，1例：

何梦桂杂古《昨日王德父何昭德回后》"清荧瑛鸣垌邻惊君苓央"（67—42160）

"邻"字句："吾忘吾独兮，吾与禽兽兮为邻。""君"字句："聊遗吾形兮放吾情，美背曝兮不可以遗君。""央"字句："吾其徜徉乎此山以终吾生兮，其乐无央。"真文部"邻君"、江阳部"央"入韵。何氏，严州淳安人。前文已论述"真文、庚青通押"中真文大量杂入庚青，下文将论述"庚青、江阳通押"亦是宋代江浙诗歌用韵的特殊用韵之一，这一复杂通押可看成"真文、庚青通押"与"庚青、江阳通押"的叠加。

（九）侵寻、庚青、江阳通押，共2例：

1. 张耒七绝《离京后作七首》第2首"浪情心"（20—13292）
2. 释如珙七绝《寄灌顶长老》"吟床明"（66—41233）

第1首诗："水谙送客浑无浪，风解留人却有情。今夜榆林系帆宿，却从北斗望天心。"此诗题共7首，其余6首首句均入韵，类推此诗首句"浪"入韵，韵字为"浪情心"。第2首诗首句亦入韵。前文已述，"侵寻、庚青通押"145例，下文将述"庚青、江阳通押"这一特殊用韵，因此，这一复杂通押为"侵寻、庚青通押"与"庚青、江阳通押"两式的叠加。

（十）真文、庚青、东钟通押，1例：

释可湘杂古《偈颂一百零九首》第83首"真听功"（63—39308）

诗作："赵州转藏，动必全真。婆子开缄，语惊时听。从前汗马无人识，只要重论盖代功。""真文、庚青通押"与"庚青、东钟"（具体见下文"相同阳声韵尾间的通押"）是宋代江浙诗韵的两种重要特殊押韵方式，此通押也可看成这两种特殊押韵方式的合用。

二 相同阳声韵尾间的通押

宋代江浙诗韵中相同韵尾阳声韵之间通押包括如下 3 种押韵组合：(1) 庚青部与江阳部通押，(2) 东钟部与江阳部通押，(3) 东钟部与庚青部通押。

（一）庚青部与江阳部通押，涉及 40 人 59 例，如：

1. 释如净（明州）七绝《偈颂十首》第 7 首"棚强场"（52—32368）
2. 舒岳祥（台州宁海）七古《生日仲素惠羊酒作此奉谢》第 2 韵段"荒浆黄肠煌争粮生襄扬"（65—40913）
3. 程俱（衢州）五律《杂兴十首》第 10 首"长生争婴"（25—16236）
4. 孙应时（余姚）杂古《唐侯仲友之守台为浮梁》第 4 首"平宁征经争疆"（51—31697）
5. 释明辩（湖州）七绝《偈八首》第 4 首"争堂"（29—18481）
6. 崔敦礼（南通）杂古《太白招魂》第 13 韵段"生乡"（38—23777）

江浙词人吴文英亦有此类押韵（胡运飚，1987；鲁国尧，1991；魏慧斌，2009：125—126）。庚青与江阳通押，从诗人里籍看，集中在北部吴语即吴语太湖片，共计 20 人 31 例；其他各地情况如下：泰如 2 人 3 例，扬淮 4 人 4 例，台州 4 人 7 例，金华 2 人 2 例，衢州 1 人 1 例，温州 6 人 10 例，淳安 1 人 1 例。时间上，自北宋初（如徐铉）绵延至南宋末（如戴复古），可见此种通押是整个宋代江浙地区普遍存在的一种押韵现象。

上述 6 例分别代表三种押韵方式：第 1 种是庚青部字杂入江阳部，如例 1、例 2，计 34 例；第 2 种是江阳部字杂入庚青部，如例 3、例 4，计 19 例；第 3 种是一庚一江相押，如例 5、例 6，计 6 例。第 1 种押韵方式 34 例，差不多是第 2 种方式的 2 倍，显示出庚青部字杂入江阳部的大趋势，这样的话，可以把第 3 种方式的 6 例也计入第 1 种方式，那么庚青部字杂入江阳部达 40 例，所占比例更大。因此，基本确定这一主从通押的组合方式是江阳部为"主"、庚青部为"从"，即某些庚青部字读音与江阳部字读音相近。

经统计，押入江阳部的庚青部字共 32 个，具体如下：

生$_7$明$_2$争$_2$氓更耕粳坑兴丁烹（亨）缾并棚盲盟虻蝾鸣冥撑荣影誉灵莹泠营铃恒英缨

第四章　宋代江浙诗韵的特殊韵例

庚青部字押入江阳部，可能反映两个层次的语音现象。32个庚青部字中有"更盟氓盲虻甍明烹並粳坑影撑英"等14字上古属阳部，与中古阳唐同源，中古转入庚青。这一演变大约始于汉代（王显，1984：131—155），但各地演变速度不一，中原一带直至魏晋这批字还继续保留阳部古读，而且这一语音在魏晋北民不断大量南迁的过程中广泛扩散开来，就连偏于东南一隅的闽地也受感染，闽地宋代文士用韵中"行枪"押入江阳部，就是证明。这一用韵被认为是"魏晋以来渡江的汉人首先带至吴，然后辗到南下植于闽"（刘晓南，1999：205）。巴蜀方言在形成过程中也不断受到中原移民的影响，宋代四川诗歌用韵"横庆明"等12字押江阳（刘晓南，2012：174）。魏晋人口南迁首当其冲的地带就是吴地，这是不争的史实，因此，上述14字的江阳读音也应是中原移民带入吴地的上古音遗迹。这是庚青部字押入江阳部所反映的第一个语音层次，即古音层次。

其他18个字中"兴棚恒"3字上古属蒸部，中古属曾摄，另外的15个字上古属耕部，中古属梗摄，可见这18个字上古与阳唐不同源。此类押韵，宋代福建文士亦有3例，"生成省"分别押入江阳部，现代闽语可印证（刘晓南，1999：204—205）。四川诗韵"生诚惊"等8个庚青部字也押江阳部，应是受当时四川方音影响所致。须指出的是福建、四川押入江阳的庚青部字只梗摄字，而江浙除梗摄字外还有3个曾摄字。因此，宋代江浙诗韵中的这一通押现象应属同一语音性质，也就是说是宋代江浙方音的反映。鲁国尧先生（1991）将宋代江浙词韵中的庚青与江阳通押断定为吴音特点。这是庚青部字押入江阳部所反映的第二个语音层次，即方音层次。

今江浙方言梗、曾二摄字与宕摄字主元音相似或相同现象相当普遍。这一押韵中梗、曾摄字代表字读音如下。

表4—28　　　　　　　　现代江浙梗曾摄字与宕摄字读音

	生	撑	争	棚	长	乡
苏州	sən文　saŋ白	tsʰaŋ	tsən文　tsaŋ白	bən文　baŋ白	zaŋ	ɕiaŋ
上海	sən文　sã白	tsʰã	tsən文　tsã白	bã	zã	ɕiã
桐庐	səŋ文　saŋ白	tsʰəŋ文　tsʰaŋ白	tsəŋ文　tsaŋ白	bəŋ文　baŋ白	dzaŋ	ɕiaŋ

续表

	生	撑	争	棚	长	乡
天台	saŋ	tsʰaŋ	tsaŋ	baŋ	dziaŋ	hiaŋ
金华	sən 文　sʌŋ 白	tsʰʌŋ	tsʌŋ	bən①	dʑiʌŋ	ɕiʌŋ
遂昌	ɕiaŋ	tsʰiaŋ	tɕiaŋ	biaŋ	də̃	ɕiaŋ
衢州	sən 文　ʃuã 白	tʃʰuã	tsən	bən	dʒuã	ɕiã
温州	siɛ	tsʰiɛ	tsiɛ 文　dziɛ 白	biɛ	dzi	ɕi
扬州	sən	tsʰən	tsən	pʰoŋ	tsʰaŋ	ɕiaŋ
南通	sẽ	tsʰɛ̃	tsẽ	pʰʌ̃	tsʰõ	ɕiɛ̃

由上表可见，江浙吴方言梗、曾二摄字普遍存在文白两读，其中白读与宕摄字韵基相同，完全可以叶韵。这类白读韵母大致分两种情况，一是收-ŋ尾，如苏州、桐庐、天台、金华、遂昌；二是读鼻化韵，如上海、衢州。江淮官话南通方言"乡"与"生撑争"主元音为-ɛ，二者可协；但吴语温州方言、江淮官话扬州方言不协。

今严州淳安1例为钱时五古《游齐山仓使遣赠长歌和韵》"壮乡王往并状况相匠创诳上嶂量妄旷丧恙谤盎访怅畅杖"（55—34341），庚青部"并"押入江阳部，而"并"古音属阳部，因此，这一用韵反映了此类通押的第一个语音层次。

今吴方言、江淮官话南通方言梗、曾二摄字与宕摄韵同或韵近的事实，可反推宋代江浙诗韵的语音依据。

反映第二语音层次即方音层次的这一通押，宋前吴地即已出现。何大安（1993）根据文献资料，推测六朝江东庶民的语音特点，其中"第一个特点就是耕阳不分"，文献资料之一是《三国志》所记建业（即今南京）童谣中用"阁成"反切出"冈"字读音。根据反切原理，"成"与"冈"韵母、声调相同；文献资料之二是《后汉书》《世说新语》反映出浙东、浙南可能呼"鼎"为"铛"。"成鼎"均属古音耕部。因此，"耕阳不分"其实就是"耕"读"阳"。

至宋，已成为吴音的重要特点之一。宋以降，这一通押继续发展。明《山歌》编者在全书开头说："凡'生'字、'声'字、'争'字，俱从俗

---

① 金华方言"棚"，《南部吴语语音研究》（曹志耘，2002：273）记音：baŋ。

谈，叶入江阳韵，此类甚多，不能备载。""俗谈"大致相当白读，也就是说"生声争"等字白读可叶江阳韵（石汝杰，2006：171）。明正德《松江府志》"问如何曰宁馨"，"宁馨"后出注："宁音如曩，馨音如沆。"① "宁""馨"均为庚青部字，松江人读成江阳部"曩""沆"。清顾炎武《音学五书·唐韵正》："今吴人读行为胡良反。"② 清李汝珍《李氏音鉴》卷四《古人方音论》引苏佑《逌旃璅言》："吴人呼'生'为'丧'，呼'行'为'杭'。"③ 两句话刚好反映庚青、江阳通押的两个语音层次，"生"读"丧"为第二语音层次，"行"读"杭"（胡良反）为第一语音层次。清代江浙地方志中有"庚从阳"的记载，如光绪《罗店镇志》："争，俗呼如侧羊反，叶阳韵。"④ 罗店镇，属今上海宝山区，宝山话庚青字"争"俗读音叶阳韵。

现代江浙吴方言庚青部字读江阳部这一语音现象可谓历史悠久，最初只有庚青部中的古阳部字读阳唐，由中原植入，时间在魏晋。至宋，许多非古阳部的梗、曾二摄字也读阳唐，这一用韵韵例多，覆盖江浙各地。此类语音现象历经明清一直延续至今，成为现代江浙吴音的重要特点之一。

（二）东钟部与江阳部通押，共18例，如：

1. 释了演（杭州）四言《偈颂十一首》第6首"两桶"（31—20052）

2. 金履祥（金华）四言《北山之高寿北山何先生》第3首"崇张"（68—42575）

3. 薛季宣（温州永嘉）杂古《跋蜡虎图》"霜黄乡梁扬旁忙防吭长央亡肠从忘王踉惶翔望堂羊方常螗偿戕方藏"（46—28692）

4. 贾似道（天台）七绝《红黄》"红黄张"（64—39975）

5. 王十朋（温州乐清）七绝《蜀先生》"双容龙"（36—422682）

6. 姜特立（丽水）五古《黄正言为邑宰累罢郡送行》"同容公风从望中恭松蓬踪通"（38—24119）

另有几例韵字有异文，不易确定，这些韵例暂不列入此通押。现说明

---

① 《天一阁藏明代方志选刊续编》本，上海书店出版社1990年版，第5册，第216页。
② 中华书局1982年版，第294页。
③ 顾廷龙主编，《续修四库全书》编纂委员会编：《续修四库全书》，上海古籍出版社1996年版，第260册，第447页。
④ （清）潘履祥编纂，杨军益标点，上海社会科学院出版社2006年版，第26页。

如下：

毛滂五古《汪发强中见遗佳篇笔势》"风中空凶逢王冬供"（21—14082），"王"字句："亦岂务炳烺，邂逅乃自王。"文渊阁《四库全书·东堂集》影印本"王"作"工"。

王十朋七古《送僧游径山》第2韵段"龙双"（36—22707），诗句："径山禅伯僧中龙，向来名节真无双。"此诗12句，共5韵段，前四句为一韵段，后八句中每两句为一韵段。第1、3韵段分别为：葛钵/许语。文渊阁《四库全书·梅溪集》影印本"龙"作"庞"。

王十朋七古《送会稽林簿弃官还乡》第1韵段"苍浓"（36—22707），诗句："望秦秦望山苍苍，未秋先作归意浓。"此诗12句，句句成韵，每二句一韵，共6个韵段。其他韵段分别为：好早/鸿瓮/捷躖/沦人/有斗。"未秋先作归意浓"一句，文渊阁《四库全书·梅溪集》影印本作"未秋先作秋意凉"。《全宋诗》以《四部丛刊》影印本为底本，此本虽"刊印粗陋，但后来各刊本均出此本"（36—22584）。

徐照五古《自君之出矣》第3首"浓床"（50—31397），诗作："自君之出矣，懒妆眉黛浓。愁心如屋漏，点点不移床。"《全宋诗》以《永嘉四灵·徐道晖集》（徐乃昌据毛晋影抄残宋本刻）为底本，《宋元四十三家集·兰轩诗集》（明潘是仁刻）、《南宋群贤小集·芳兰轩集》（清顾修读画斋刻）末句"床"作"踪"。

张朴五律《木笔花》"墙工空穷"（68—42911），首二句："亭亭花一树，乍发小东墙。"核此诗出处清王寿颐《光绪仙居县志》卷23，"东墙"作"墙东"①。

另有2例是次韵诗，由于所次对象是东晋陶渊明，因此有仿古的成分：吴芾四言《和陶停云》第2首"濛江窗从"（35—21833），诗作："眷兹衡宇，草树溟濛。坐对五柳，遥望九江。亦足寄傲，东轩南窗。独恨无人，载酒相从。"舒岳祥四言《停云诗》第2首"濛江窗从"（65—40889），诗作："千山月白，露气濛濛。四顾㤥慌，素霭成江。飞萝扫屋，悬泉挂窗。之子不至，世孰吾从。"诗题"并序"云："刘正仲和渊明《停云》以贶予。此诗余昔尝和之，……复和之，以答正仲。"这二首诗皆

---

① 《中国地方志集成·浙江府县志辑·光绪仙居县志》，上海书店1993年版，第48册，第677页。

第四章　宋代江浙诗韵的特殊韵例

为和陶渊明《停云》之作，核陶渊明诗《停云一首》第2韵段叶"濛江窗从"①。

东钟部与江阳部通押有三种押韵方式，例1、例2为东钟部与江阳部等立通押，共3例；例3、例4个别东钟部字押入江阳部，共7例；例5、例6个别江阳部字押入东钟部，共8例。从韵例分布看，没有明显的语音取向。

江阳部由江摄、宕摄舒声组成，包括江、阳、唐三韵。江韵上古属东韵，后从东韵分出，《切韵》中保持独立地位，唐以后转入阳唐（刘晓南，1999：187）。两汉魏晋时期江部押东、冬（罗常培、周祖谟，2007：33；丁邦新，1975），但北周陈隋之间已有显著变化，大部分跟阳唐合用（周祖谟，1993A：232）。江浙诗韵江阳部纯江韵字与东钟部相押，共3例，涉及江韵"双₃窗江庞"等4字，具体如下：（1）例5"双"与东钟部"容龙"相押，（2）薛季宣五律《诚台雪望怀子都五首》第3首"双窗江瑽"（46—28633），（3）唐士耻五古《绿槐阴》第1韵段"踪双庞"（60—37829）。虽然（2）、（3）均为东钟部字押入江阳部，但是由于这些江阳部字都属上古东韵，因此，这2例还是可以和（1）一样看成纯江韵字与东钟部押相押，这一用韵应是魏晋音的反映。

现在看其他韵例。

例1　杭州释了演诗："前来半斤，后来八两。斤两分明，一对漆桶。""两桶"押韵。杭州地区还有2例，均为个别江阳部字押入东钟部：（1）释慧开杂古《月泉赵寺丞寿像赞》"宫样空通风同"（57—35674），"样"押入东钟部平声字，诗句："孔孟屋里，做模打样。""样"，《广韵》《集韵》均去声漾韵，无平声读音。（2）俞桂五律《寓归》"浪钟浓蛩蓉"（62—39055），"浪"为借韵。从整体上看，杭州地区的用韵的语音取向似乎为个别江阳部字读东钟部。不过，这一用韵今杭州方言不能印证：江阳部字读-ɑŋ、-iɑŋ韵，东钟部字读-oŋ韵。

例2　金华金履祥四言《北山之高寿北山何先生》第3首"崇张"（68—42575），诗作："昔在理宗，维道之崇。既表程朱，亦跻吕张。""崇张"押韵。此用韵金氏还有1首，即同题组诗第5首"乡宫"（68—42575），诗作："咨尔夫子，设教于乡。即命于家，长此泮宫。"经核此诗

---

① 袁行霈：《陶渊明集笺注》，中华书局2003年版，第1页。

无文字讹误，"泮宫"指古代的国立高等学校。"乡宫"押韵。这一通押，宋代四川苏轼韵文共3例，其中有1例为"乡"与"宫"相押：《屈原庙赋》第1韵段"宫乡"，这一用韵为苏轼所操方音的反映（刘晓南，2012：180—181）。今金华方言东钟部字读-oŋ、-ɥoŋ韵，江阳部字读-Aŋ、-iAŋ韵，可见金华方言不能支持此韵。

例3 温州永嘉薛季宣《跋蜡虎图》为句句韵，"从"押入江阳部。"从"字句："得之纸本君何从，仙人道士形已忘。"核文渊阁《四库全书·浪语集》影印本，无异文。东钟部与江阳部通押，除了上述例5王十朋纯江韵字"双"与东钟部"容龙"相押和薛季宣此例之外，温州地区还有3例：（1）薛季宣四言《麦秀歌》"宫墉通亡雍宗颙中霧"（46—28711），"亡"处偶句位置，必入韵，诗句："恻我心摧，悼人亡兮。""兮"为句末语气词，所有偶句句末均为"兮"，其韵脚为"兮"前一字"亡"。《跋蜡虎图》用韵今永嘉方言能加以印证：江阳部韵字读-ɔ、-ɥɔ、-cɥ韵，三个韵母的主元音相同，只是介音存在差异，另外还有少量字读iɛ韵，而-yo韵包含有一些东钟部字，如"从""钟"等；东钟部一般读-oŋ、-ɥoŋ韵。因此从今永嘉方言看，《跋蜡虎图》"从"完全可叶其他江阳部字。《麦秀歌》"亡"今永嘉方言读-cɥ韵，其余东钟部字"宫通宗/雍中"读-oŋ/-ɥoŋ韵，"亡"与"宫通雍宗中"不同韵。（2）永嘉叶适七古《伟叔蔡兄来永嘉屡辱投赠》第2韵段"容堂行"（50—31216），此诗为换韵诗，换韵句入韵，共3个韵段：（后）酒走/（容）堂行/（掌）怅浪，括号内字为换韵句（含首句）韵字，故"容"入韵。今永嘉方言"容"读-ioŋ韵，"堂行_{道也}"读-ɔ韵，不能印证其用韵。上述2首诗用韵可能是东钟部与江阳部相关韵字的主元音相近所致。（3）瑞安陈傅良杂古《题沈仲一所藏周氏群公》第3韵段"上重颂用"（47—29251），此诗是句句韵且换韵，共3个韵段：华家嗟/木落熟读/上重颂用，所以"上"虽处奇句位置，亦入韵。今瑞安话"重颂用"三字韵母为-yo，"上"字韵母为-iɛ，二者不能叶韵。

例4 天台贾似道诗"红"为借韵。除此以外，台州还有宁海释可湘1例：杂古《偈颂一百零九首》第48首"赃踪风"（63—39305），"赃"字句："凌霄队里，昔曾合火分赃。""赃"与"踪风"押韵。今天台方言"红"读-oŋ韵，"黄张"分别读-uɔ̃、-iaŋ韵。"红"，主元音-o为半低后元音；"黄"，主元音-ɔ为半高后元音，二者只是舌位高低之别，再加上鼻化韵与穿鼻韵在听觉上相近，宽松地看，"红""黄"相协。今宁海方言东钟部字读-oŋ、-yoŋ韵，江阳部字读-ɔ̃、-uɔ̃、-yɔ̃韵，大致可证可湘诗的用韵。

例6丽水姜特立诗"望"押入东钟部，"望"字句："上下数百载，凛然两相望。"另外，姜特立七绝《乙卯春自郡归赏牡丹适》第2首"浓忙妆"（38—24121），首二句："梦想看花归意浓，归来底事别花忙。""浓"为借韵。姜特立这2例很有特点，说明东钟、江阳二部关系很密切。这些韵字在今丽水地区读音如下：

表4—29　　今丽水、遂昌等地江阳、东钟两部韵字韵母读音

	望	忙	光	从	容	风	浓
丽水	ɔŋ	ɔŋ	ɔŋ	ɔŋ	iɔŋ	ɔŋ	iɔŋ
遂昌	ɔŋ	ɔŋ	ɔŋ	iɔŋ	iɔŋ	əŋ	iɔŋ
云和	ɔ̃	ɔ̃	ɔ̃	iɔ̃	ioŋ	əŋ	iɔ̃
庆元	ɔ̃	ɔ̃	ɔ̃	iɔ̃	ɕĩ	ɔŋ	iɔ̃

由上表可见，今丽水方言江阳、东钟二部字均读-ɔŋ或-iɔŋ韵，二者完全叶韵。而且丽水地区其他各地如遂昌、云和、庆元江阳、东钟二部字韵母亦可叶韵。这也许是宋代丽水方音的一大特点。

还有湖州释道昌、苏州叶茵各1例。释道昌杂古《颂古五十七首》第32首第2韵段"春床光"（30—19357），此诗共2韵段，换韵句（含首句）入韵，第1韵段为"法物讷"。今湖州方言"春"读-oŋ韵，"床"读-ɔ̃韵，"光"读-uɔ̃韵，如上述台州2例一样，"春"与"床光"大致可协。叶茵五绝《水竹墅十咏·竹风水月》"藏中空"（61—38198），首二句："造物无尽藏，散在林泉中。""藏"为借韵。今苏州方言"藏"读-ɒŋ韵，"中空"读-oŋ韵，二者不协。

综上所述，宋代江浙诗人用韵中东钟部与江阳部通押虽然没有明显的语音取向，不过其语音性质较为清晰：江阳部纯江韵字与东钟部相押的3例是魏晋语音的痕迹。其他15例中一部分能找到语音依据，现代方音能够证明其用韵，因此可看成宋代江浙方音的反映，如薛季宣杂古《跋蜡虎图》"从"押江阳部、姜特立《黄正言为邑宰累罢郡送行》"望"押东钟部、《乙卯春自郡归赏牡丹适》"浓"押江阳部；另一部分的韵字在现代方音中韵母相近，这一用韵大致可视为音近协韵，涉及诗人有永嘉薛季宣与叶适、台州贾似道与释可湘、湖州释道昌；还有一部分韵例现代方音不能支持，但是从其押韵特点看，可能反映出宋代江浙某地区特殊读音，如杭州3例、金华2例整体上看是个别江阳部字读东钟部，也许暗示宋代杭州、金华方音江阳部某些字的主元音与东钟部的主元音趋同。剩下2例（瑞安陈傅良、苏州叶茵各1例）由于零碎分散，其语音性质不明，暂录存疑。

这一押韵在宋代其他地区亦有用例，如山东词人辛弃疾有3例（鲁国尧，1979）；福建文士19例，且集中在闽南漳、泉二州，应是宋代闽南话读书音的反映（刘晓南，1999：188—189）；江西词人郭应祥1例（魏慧斌，2009：108）；除苏轼韵文3例外，四川诗文还有9例（刘晓南，2012：180）。

（三）东钟部与庚青部通押，共9例：

1. 周麟之（海陵即今江苏泰州）七绝《破虏凯歌二十四首》第18首"听攻宫"（38—23567）

2. 释文礼（临安天目山）七绝《颂古五十三首》第2首"行公空"（54—33689）

3. 贾似道（天台）七绝《淡紫》"明红逢"（64—39976）

4. 方一夔（淳安）七律《送人赴学官二首》第2首"旌公骢躬丛"（67—42289）

5. 秦观（高邮）杂古《曾子固哀词》第3韵段"封征鸣"（18—12121）

6. 华镇（绍兴）七绝《六月旦有芝生于小厅之》第2首"成生重"（18—12364）

7. 释行巩（婺州永康）七绝《偈颂三首》第2首"重明声"（65—41061）

8. 叶适（永嘉）杂古《梁父吟》第14韵段"钟耕"（50—31218）

9. 释如琪（永嘉）杂古《临济大师赞》第1韵段"明宗"（66—41227）

例5"封"字句："公神禹之苗裔兮，肇子爵而鄫封。""封"入韵，第2韵段为"舆师"。例8诗句："计其食此兮，月不能一钟。耻一夫之释耒兮，故为无所用于耕。"“钟耕"押韵，第13、15韵段分别为：訨泥/隐兴。

这一通押有三种押韵方式，例1—4为第一种方式：个别庚青部字押入东钟部（简称庚入东），共4例，这4例均为首句入韵，系借韵；例5—7为第二种方式：个别东钟部字押入庚青部（简称东入庚），共3例；例8、例9为第三种方式：东钟部与庚青部等立通押，共2例。

从韵例分布看，这一押韵虽然没有明显的语音取向，但还是呈现一定的押韵特征。如第一种押韵方式"庚入东"，宋代通语中存在庚青部部分牙喉合口字以及唇音字转入东钟部的音变现象，而这里所说的东钟部与庚青部通押中的庚青部字，除唇音（明）之外，其余为开口喉音（行）、舌音（听）、齿音（旌）。可见，这是有别于宋代通语音变的语音现象。第二种押韵方式"东入庚"，"重封"与庚青部相押，其中"重"出现2次。

东钟部与庚青部通押早在齐梁陈隋、唐即已出现。齐扬州吴郡（今江苏吴县）张融《海赋》"穷攻丛笼风崩"（周祖谟，1996：735），登韵唇音"崩"押入东钟，此例可视为庚青部部分牙喉合口字及唇音字向东钟部演变这一宋代通语音变的萌芽[①]；隋代2例：阙名《杨德墓志》登韵"能憎朋"与东韵"蘩"相押（李荣，1961），释僧灿《信心铭》"能空"（李荣，1961；周祖谟，1996：736）；初唐诗人3例：王梵志诗"能"分别与"通""从"押韵，张说诗"丰"与"平鸣成"相押（鲍明炜，1990：26；张鸿魁，1992：539—540；蒋冀骋，2005：240）[②]；中唐诗人2例：韩愈诗叶"丰中声"，雍裕之诗叶"空生"（刘根辉、尉迟治平，1999）；晚唐诗人3例：杜牧诗"柄"分别与"公空""翁中空"押韵，贾岛诗"綮"押入通摄诸字（赵蓉、尉迟治平，1999）。

上述几位诗人除扬州吴郡（今江苏吴县）张融、南徐州彭城郡（今江苏武进）僧灿、蜀人雍裕之以外，其余几位均为西北或中原人：

张说：原籍范阳（今河北涿州市），世居河东（今山西永济），后徙洛阳

[①] 周祖谟（1996：736）将"东登合韵"看作"比较特殊的例子"，认为其原因是"作者可能对韵母的读音要求不严"。

[②] 鲍明炜（1990：397）认为曾摄登韵"弘、能"押入通摄，"大概是方音的结果"。蒋冀骋（2005：240）亦认为登韵"不与'庚青'相韵而与'东钟江'合韵，可能是方音的缘故"。

韩愈：河阳（今河南省焦作孟州市）
杜牧：京兆万年（今陕西西安）
贾岛：河北道幽州范阳县（今河北省涿州市）

可见这一通押现象齐梁陈隋出现于吴地，而唐代则集中于北方如西北或中原。至宋代，文献指出东入庚为"关中"语音，如北宋刘攽《贡父诗话》："关中以中为蒸，……"①在诗文用韵中，此押韵不仅出现在北方区域，如北宋山东诗2例（白钟仁，2001）、辽代石刻韵文1例：无名氏《张建立墓志》叶"名□嵘荣旌成生灵情中"，东钟部"中"押入庚青部诸韵字（黎新第，2009）；而且扩展至南方区域，如闽、赣两地诗文。宋代泉州蒲寿宬诗作东钟部"虫"押入庚青部，南宋朱熹《楚辞集注·楚辞辩证》："今闽人谓雄为形者，正古之遗声也。"②今厦门、泉州、漳州等闽南方言通、梗两摄部分字有同音现象，这两份材料应是宋代闽南方音的体现（刘晓南，1999：162；2001）。北宋江西诗人东钟部与庚青部通押有5例，南宋杨万里诗歌有3例，对于这一用韵现象，杜爱英（1998A）同意廖珣英（1963、1964）的观点，是"用韵宽泛"所致，但又认为或许受到方言影响。因此，综合起来看，联系宋代建炎之后大批"北人"南迁的史料，"东入庚"宋代南北铺开的局面，可视为"北音南移"的结果（刘晓南，1999：163）。

这样看来，宋代江浙诗歌用韵东钟部与庚青部通押中的两种主从通押各有押韵理据。"庚入东"与宋代通语音变"庚青部部分牙喉合口字及唇音字转入东钟部"有一定关联，"东入庚"则为"北音南移"而留下的方音。

今江浙方音基本不能支持这一用韵：江浙吴语东钟部字韵母主要为-oŋ、-ioŋ，庚青部字韵母主要为-ɤŋ、-iŋ、-eŋ、-ieŋ、-aŋ等，不能叶韵。江淮官话泰州方言"听"读-iŋ韵，"攻宫"读-oŋ韵；高邮方言"鸣"读-iŋ韵，"征"读-ɤŋ韵，"风"读-oŋ韵，可见泰州、高邮方言亦均不叶韵。不过，个别区域东钟部字有读作庚青部的现象，如丽水方言"松"ziEŋ（松树）、sɔŋ（脆），"僧"tsEŋ；高淳"登""东"同韵，读-ɤŋ。

---

① 《丛书集成初编》本，中华书局1985年版，第7页。
② 《朱子全书》本，上海古籍出版社、安徽教育出版社2002年版，第19册，第199页。

宋代江浙诗韵东钟、江阳、庚青三部之间通押现象严重，尤以庚青与江阳通押、东钟与江阳通押更为突出，说明或许宋代江浙东钟、江阳、庚青中这些互押之字某一读音（譬如白读）有相同或相似韵基，因为只有韵基相同或相似的韵才能相协。

第三节　阴声韵与阳声韵通押

宋代江浙诗韵中阴声韵与阳声韵之间的通押有如下 6 种组合：（1）支微部与寒先部通押，（2）支微部与监廉部通押，（3）支微部与庚青部通押，（4）皆来部与寒先（含监廉）部通押，（5）支微部与真文部通押，（6）萧豪部与东钟部通押。

一　支微、寒先通押，共 3 人 6 例

1. 张耒（楚州淮阴）杂古《叙雨》第 8 韵段"官飞"（20—13048）

2. 张耒（楚州淮阴）七古《次韵君复七兄见赠》第 3 韵段"旦晚睡"（20—13145）

3. 崔敦礼（通州静海）杂古《太白远游》第 7 韵段"驰山"（38—23775）

4. 崔敦礼（通州静海）杂古《太白招魂》第 7 韵段"嵋连"（38—23776）

5. 叶适（温州永嘉）杂古《梁父吟》第 7 韵段"几免远"（50—31217）

6. 叶适（温州永嘉）杂古《梁父吟》第 10 韵段"畎米柀刈"（50—31217）

例 1 相关诗句："神君仁兮念下民，抚民灾兮号帝阍。帝念神君兮诏雨官，叱驭六龙兮奋互飞。骞挚飞电兮鼓雷震，俾霈尔泽兮正无限。"此诗为句句韵，第 7、9 韵段分别为：民阍／震限。例 2 为次韵诗，所次对象

（张）君复是张耒的从兄①，从兄即堂兄。张耒有多首诗涉及张君复，如《同七兄及崧上人自坟庄还寺》（20—13167）、《喜七兄疾愈二首》（20—13223）。因此，此诗用韵可看作张氏兄弟实际语音的反映。例2"睡"字句："还丹欲问仆仆仙，一菴更伴腾腾睡。""睡"与上文"旦晚"押韵，构成第3韵段，第4韵段为"胧空同"。例3诗句："乘兴任夫所适兮，鸣驷忽其西驰。栽若木于西海兮，采琼蕊乎昆山。""驰山"入韵，第6、8韵段分别为：清京清/冥星。例4诗句："魂兮无西，西当太白，横绝峨嵋些。地崩山摧，天梯钩连些。""嵋连"入韵，第6、8韵段分别为：橹虎/蛇麻。例5支微部"几"与寒先部"免远"相押，第6韵段为"民兵"。例6寒先部"畎"与支微部"米柀刈"押韵，第9韵段为"亩此酉"。

还有3例韵字有异文，略述如下：（1）沈括五律《游二禅师道场》"禅时妍边"（12—8019），"时"字句："只知行道处，不记住山时。"核此诗出处《诗渊》"时"作"年"②。（2）孙应时五古《读士元传》"支危姿之谁师麾为宜寄巇疵期施悲知"（51—31716），"巇"字句："造次杯酒间，而欲生岭巇。""巇"，《广韵》上声阮韵语偃切，训"山形如甑"；又上声狝韵鱼蹇切，训"山峰"。《集韵》基本相同。其他韵字属支微部平声，如果韵字不误的话，这是寒先读支微的好例证，只是声调有异。核文渊阁《四库全书·烛湖集》影印本"巇"作"巇"。"巇"，《广韵》平声支韵许羁切，训"巇崄"。"巇""巇"可分别与"崄"组合成词"崄巇""崄巇"，同为险峻之类的意思。从声调角度看，似用"巇"为妥。（3）赵师秀五律《奉赋朱新父足庵》"稀机园非"（54—33862），"园"字句："长日书千册，清风竹一园。"经核其出处《诗渊》"园"作"围"③。

此通押涉及3人：楚州淮阴张耒、通州静海崔敦礼、温州永嘉叶适，各2例。6例均为古体诗，其中支微部、寒先部各1字的等立通押3例，支微部为主杂入个别寒先部字1例，寒先部为主杂入个别支微部字2例。由于韵段总数太少，从押韵方式与特征上看不出明显的语音取向。

另外，宋代江浙词韵疑似1例：南宋四明（即宁波）词人吴文英《金盏子·卜筑西湖》"里繁市是意委翠绮起"，"繁"字句："来往载清吟，

---

① 邓子勉编著：《宋人行第考录》，中华书局2001年版，第253页。崔铭：《张耒籍属及亲族再考》，《文学遗产》（网络版）2013年第1期。
② 书目文献出版社1985年版，第5册，第3816页。
③ 书目文献出版社1985年版，第5册，第3366页。

为偏爱吾庐,画船频繁。"① 除"繁"之外,其余韵字皆属支微部,而"繁"属寒先部山摄元韵,在韵字无误的前提下,这就是支微、寒先通押的好例子(胡运飚,1987)。不过,"繁"疑误。经核吴文英词作的相关文集如《梦窗词集》(《彊村全书》本)、《梦窗四稿》(《四明全书》本)、《梦窗词汇校笺释集评》② 及《梦窗词集校笺》③ 等,"繁"均作"縏",因此,进一步结合"繁"字句看,"繁"当作"縏"。"縏"与"繁"因形似而讹④,故此例不能算作支微、寒先通押。

二 支微、监廉通押,共2人2例

1. 释师体(黄岩)六言《偈颂十八首》第9首"憨壁泥"(35—22331)
2. 释可湘(台州宁海)杂古《偈颂一百零九首》第42首"髓焰"(63—39304)

例1中夹杂质缉部梗摄字"壁"。"壁",《广韵》锡韵北激切,《中原音韵》派入齐微"入声作上声"。

另有2例经校勘,发现韵字有误,非此类通押,现说明如下:

(1)杨简七古《历代诗·宋》"继裔世帝俨"(48—30101),末二句:"孝宗之末嗣秀王,揖逊而朝诚鲜俨。""俨",《广韵》俨韵鲁⑤掩切,属监廉部,如果韵字正确,则是监廉部字押入支微部的例子。不过"俨",《广韵》训"敬也,《说文》曰:昂头也。一曰好貌",这与诗意不合。经核"(鲜)俨",文渊阁《四库全书》影印本、《四明丛书》本《慈湖遗书》均作"(鲜)俪"。"鲜俪"意谓"罕见其匹"(《汉语大词典》),汉扬雄《扬子法言》卷九:"颜渊以退为进,天下鲜俪焉。""鲜俪"注曰:"言少双也。"⑥ 宋邓椿《画继》卷三:"蜀学之盛,古今鲜俪也。"⑦ 宋谢

---

① 唐圭璋编:《全宋词》,中华书局1965年版,第4册,第2909页。
② (宋)吴文英著,吴蓓笺校,浙江古籍出版社2012年版,第496页。
③ 《中国古典文学基本丛书》本,孙虹、谭学纯校笺,中华书局2014年版,第3册,第1028页。
④ 《宋词用韵研究》(魏慧斌,2009:21)亦校"繁"作"縏"。
⑤ "鲁",《广韵校本》下册(周祖谟,2004:339)、《新校互注宋本广韵》(余廼永,2000:336)均校作"鱼"。
⑥ 《诸子集成》本,中华书局1954年版,第7册,第39页。
⑦ 《中国美术论著丛刊》本,人民美术出版社1964年版,第30—31页。

采伯《密斋笔记》卷四："进士起家之荣,古今鲜俪。"① 此诗是有关宋朝皇帝更替的叙事诗,"嗣秀王"指赵伯圭,是宋孝宗的同母兄。赵伯圭政绩突出,名望较高,故赞其"鲜俪","罕见其匹"。《全宋诗》"(鲜)俨"当作"(鲜)俪"。

（2）释元肇五律《蜘蛛》"檐潜织黏炎"（59—36875），"织"字句："露含晷眼细,月镂藕丝织。""织",《广韵》去声、入声两读:去声志韵职吏切,入声职韵之翼切,二者义近。除"织"外,其余为监廉部平声字,"织"如读去声志韵,此韵段看成支微部志韵押入监廉部,但声调不协;"织"如读入声职韵,《中原音韵》"织"派入齐微"入声作上声",声调亦不协。这样看来,"织"可能有问题。此诗为五言律诗,"织"字两句属颔联。依照诗律,律诗颔联、颈联一般要求分别对仗。对仗主要体现为三点,一是"相对位置上的字属于相同的词类";二是"相对应的词组属于相同的结构类型";三是"两个句子整体上的语法结构关系相同"（耿振生,2009：44）。对仗能使诗词在形式上显得整齐匀称。"织"字句照理说应讲究对仗:名词"露"对"月",动词"含"对"镂",偏正短语"晷眼"对"藕丝";但是出句"细"为形容词,而对句"织"为名词或动词,按照诗律,"织"字处以形容词为佳。另外从诗意看,用"织",对句诗意不明。揣摩诗句,"织"极可能是"纤"的讹写。"纤",《广韵》平声盐韵息廉切,属宋代通语监廉部,训"细也,微也"。如用"纤",则韵律和谐,诗意明畅。"织"之繁体"織"与"纤"之繁体"纖",字形相近,极易误抄。"丝织"为现代常用词语,《全宋诗》编纂者亦可能受其影响将"丝纤"抄成"丝织"。查此诗出处《淮海挐音》卷上"织"作"纖"②。《字汇》："纖,同纖。"可见"纖"为"纤（纖）"的异体。

支微部与监廉部通押的 2 例,均为僧人创作的古体诗,其中支微部与监廉部各出 1 字的等立通押 1 例,支微部杂入监廉部字 1 例（含入声锡韵字"壁"）。

宋代江浙诗韵的上述两种通押,可能与江浙吴语古山、咸两摄字韵尾的弱化、脱失有关。现代江浙吴语古山、咸两摄字"没有一处是用脚踏实地的-n 或-m 辅音性韵尾的,……大概不是用半鼻音的元音就是用纯口音

---

① 《丛书集成初编》本,中华书局 1985 年版,第 38 页。
② 《成簣堂丛书》本,日本东山天皇元禄乙亥仿宋刻本,民友社大正二年（1913 年）版。

的元音"（赵元任，1956：66），也就是说，古山、咸两摄字在现代江浙吴语中鼻化现象和鼻音韵尾脱失现象严重（陈立中，2004：133）。具体来说，就山摄舒声而言，开口一二等寒、山、删韵字以读韵母-ɛ̃、-æ和-ɛ、-æ为主，开口三四等仙、先韵字一般读韵母-ĩ、-iĩ、-iẽ、-iɛ̃或-ɪ、-ɪɪ、-ie、-iɛ；合口一等桓韵字读-uø类韵，合口二等山、删韵字读韵母-uæ、-uɛ、-uE、-ø等，合口三四等元、仙、先韵字多读韵母-æ̃、-uæ、-yẽ和-ye、-yø。现代江浙吴语古咸摄字的读音与山摄字大致相同，而现代吴语止摄字几乎都读-i、-ɿ类韵母，蟹摄开口三等祭、废韵和开口四等齐韵读-i、-ɿ、-ie等韵母，现代江浙吴语古山、咸两摄舒声开口三四等字韵尾弱化、脱失后与止摄、蟹摄开口三四等字的韵母相近、相同。现在分析上述吴语区诗句的用韵，支微部与寒先部通押中温州叶适有2例（例5、例6），其中例5的用韵现代温州方言基本能支持："免"读-i韵母，"远"读-jy韵母，"几{尾韵}"读 tsɿ{文}、ki{白}，"免""几"可叶。而用现代温州方言读音检验，例6则不叶："畎"读韵母-y，"米"读韵母-ei，"刈"读韵母-i，"柀"字方言资料不收，据与其音韵地位相同的"彼"推测其读韵母-ei。支微部与监廉部通押的2例皆出自台州僧人笔下，但是依照现代台州黄岩方言、宁海方言读音，此2例难以相协：黄岩"憨"读-ɛ韵母，"泥"读-ij韵母；宁海"焰"读-ie韵母，"髓"读-ʅ韵母。

支微部与寒先部通押中还有4例出自楚州淮阴张耒、通州静海崔敦礼的诗歌。楚州淮阴今属江淮官话扬淮区，通州静海今属江淮官话通泰区。现代淮阴方言山摄字多读鼻化韵，如"官"读韵母-õ，"旦"读韵母-ã，"晚"读韵母-uã；止摄"飞睡"分别读韵母-ei、-uei，张氏的2例在现代淮阴方言中找不到证据。江淮官话通泰区山、咸两摄字鼻音化现象严重，如南通方言"山"读韵母-ã，"连"读韵母-ĩ，止摄"驰帽"分别读韵母-ɿ、-e。由此看来，崔氏2例皆难以成韵，不过"连"与"驰"倒是大致可协。

总结一下。宋代江浙诗韵中支微部分别与寒先部、监廉部的通押共5人8例，这两种通押涉及止摄和蟹摄部分字与山、咸两摄字的实际语音关系问题。止、蟹两摄字不带韵尾或以元音作韵尾，山、咸两摄字分别以-n、-m为韵尾。要实现这两种通押，止、蟹两摄与山、咸两摄韵字的韵腹须相同或相近，而且韵尾要相同。这两种通押的"音理模式"图解[①]如下，其中"CVC"表示完整的韵母结构：韵头—韵腹—韵尾，">"表示"演变为"，箭头表示通押的基本语音走向。

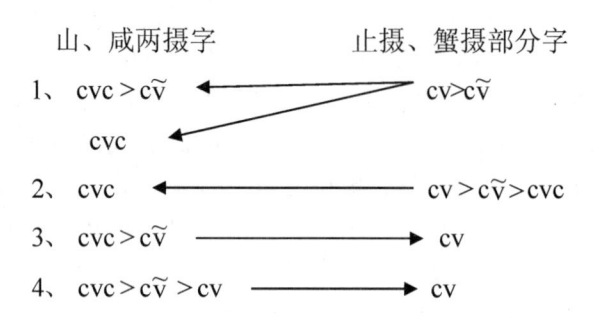

```
        山、咸两摄字                 止摄、蟹摄部分字
1、  cvc > cṽ  ←─────────────  cv > cṽ
         cvc  ←─────┘
2、  cvc  ←──────────────────  cv > cṽ > cvc
3、  cvc > cṽ  ──────────────→  cv
4、  cvc > cṽ > cv  ──────────→  cv
```

就韵腹来说，如果止、蟹两摄韵字的主元音鼻音化，那么大致可以与山、咸两摄韵字相押（即上图第 1 种"音理模式"）。就韵尾而言，则有两种可能，一是止、蟹两摄字带上鼻韵尾（即上图第 2 种"音理模式"），二是山、咸两摄字的-n、-m 韵尾弱化（即上图第 3 种"音理模式"）或脱失（即上图第 4 种"音理模式"）。从现代江浙语音特点来看，宋代江浙诗韵的这两种通押得以实现的关键环节是山、咸两摄字韵尾弱化或脱失，因为一方面，山、咸两摄字韵尾弱化后就演变成半鼻音韵母，半鼻音韵母则有可能与止、蟹两摄字押韵；另一方面，山、咸两摄字韵尾弱化程度更深乃至出现脱失，其韵母就演变成不带韵尾或以元音作韵尾，这样一来，脱失了-n、-m 韵尾的山、咸两摄字则有机会与止、蟹两摄字同韵合流。据上文的分析，宋代江浙诗韵的这两种通押应属于第 3、4 种"音理模式"。

三 皆来、寒先（含个别监廉部字）通押，共 3 人 3 例

1. 张耒（楚州淮阴）七绝《雨霁》"还徊"（20—13278）
2. 陈著（鄞县）五律《挽陈菊坡枢密二首》第 2 首"开间关山"（64—40308）

[①] "音理模式"借鉴《通泰方言音韵研究》（顾黔，2001：256）。

3. 方逢振（淳安）杂古《示湖田菴僧》"川盘龛泉田缘渊专蠋颠煎眠禅穿鞭前嵬耕坚燃年天钱千贤"（68—42811）

例1 诗句："丰隆故犯青冥上，列缺应逢返照还。楼外细蟾呈窈窕，枝间少女故徘徊。"经校对原文出处，无文字讹误。"还"，《广韵》两读：删韵户关切，训"反也，退也，顾也，复也"；仙韵似宣切，训"还返"。《集韵》基本相同。从诗意看，"还"当读阳声删韵或仙韵，而"徊"，《广韵》《集韵》均读灰韵。其他字书、韵书"还"亦均读阳声韵，无阴声韵读音。这样就形成阳声寒先部与阴声皆来部通押。张耒的出生、成长地是今江苏淮阴。今淮阴方言可反推张氏用韵："还~原"读韵母-ei 或-uã，皆来部字读韵母-ei、-uei、-ɛ、-uɛ、-yɛ，如"徊"读-uei 韵。

现代普通话"还"韵母两读：-uan、-ai，其中-uan 大致对应《广韵》删韵，"返回""恢复"等义；-ai 大致对应通语皆来部读音，"仍旧""却"等义。《汉语大字典》将-uan 看作-ai 的旧读。

例2 首二句："身到西枢府，黄扉一蹴开。"经核文渊阁《四库全书·本堂集》影印本，无异文。"开"处入韵位置。"开"是阴声哈韵字，属皆来部；"间关山"属阳声寒先部舒声。陈著系鄞县人。今宁波、苏州等北部吴语区部分山摄一、二等字韵尾脱失，与蟹摄字韵母相同或相近。具体可见下表。

表4—30　宁波、苏州等北部吴语区"开乖/滩间关山"等字读音

	开	乖	滩	间中~	关	山
	蟹开一哈	蟹合二皆	山开一寒	山开二山	山合二删	山开二山
宁波	kʰe	kuE ʔuE	tʰE	tɕi kE	kuE	sE
苏州	kʰE	kuE文 kuɒ白	tʰE	tɕiɪ文 kE白	kuE	sE
上海	kʰE	kuA	tʰE	tɕi kE	kuE	sE
嘉兴	kʰEᵉ	kuɑ	tʰEᵉ	tɕie	kuEᵉ	sEᵉ

不但如此，少数咸摄一、二等字在今宁波、苏州等北部吴语区韵尾亦脱失，与蟹摄字韵母相同。如苏州方言，淡＝蛋＝代 dE，褴＝兰＝来 lE，盏＝宰 tsE，三＝山＝鳃 sE，惭＝才 zE，减＝拣＝改 kE。

例3 为句句韵，这是一个长韵段，以寒先部字为主，共23个，另有1

个监廉部字（龛）、1个皆来部字（嵬）。经核对，无文字讹误。"龛"字句："我来庐墓分一龛，纸窗摇动卓锡泉。""嵬"字句："又不见高公嵬，天遣妖魔下玉輧。"23个寒先部字中除"盘"为合口一等外，其余为三、四等。方逢振是淳安人。今浙江淳安方言山、咸两摄舒声韵母为-ã、-iã、-uã、-ā，如：盘_{合一桓}龛_{开一覃}读-ã韵，泉_{合三仙}煎_{开三仙}前_{开四先}读-iã韵，川_专穿_{合三仙}读-uã韵；蟹摄韵母为-e、-ue、-ɑ、-uɑ等，可见今浙江淳安方言不能支持方氏用韵。

还有1例有异文：陈尧臣七绝《留题宝相寺》"开山闲"，首二句："白云楼殿翠林开，终日轩窗四面山。"（29—18883）文渊阁《四库全书·会稽掇英总集》影印本"开"作"间"。从诗意看，似当取"间"。

联系前文的支微部与寒先部、监廉部通押，发现宋代诗韵中寒先部、监廉部的实际语音较为复杂，不过其语音变化的路径还是较清晰的，大致显现出洪细殊途的趋势：支微部与寒先部、监廉部通押，主要是寒先部、监廉部即山、咸两摄舒声开口三四等字韵尾鼻化乃至脱失后，与支微部字韵母相近或相同；皆来部与寒先部、监廉部通押，主要是寒先部、监廉部即山、咸两摄舒声一二等字韵尾鼻化乃至脱失后，与皆来部字韵母相近或相同。现图示如下①：

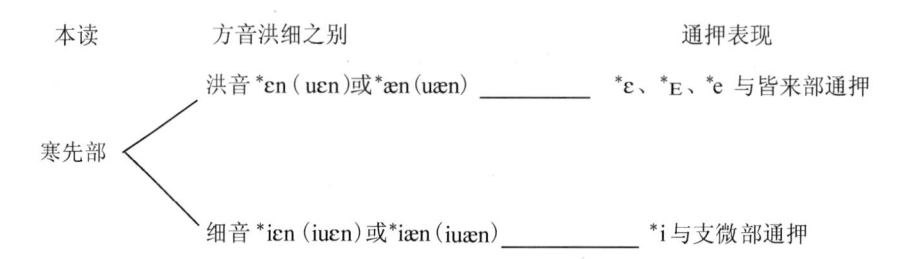

本读	方音洪细之别	通押表现
寒先部	洪音 *ɛn(uɛn)或*æn(uæn)	*ɛ、*ɐ、*e 与皆来部通押
	细音 *iɛn(iuɛn)或*iæn(iuæn)	*i 与支微部通押

监廉部字的变化轨迹基本同寒先部，故略。结合上文及此图，可看出宋代宁波、苏州等北部吴语区及淮阴方言山、咸两摄舒声洪音字读开韵尾，主元音基本不变，进而与部分蟹摄字韵母混同。而山、咸两摄舒声细音字则与止摄、部分蟹摄字同韵，且其主元音的舌位明显高化。

---

① 参见《宋代四川语音研究》（刘晓南，2012：136）。

四 支微、庚青通押，共2人3例

1. 秦观杂古《曾子固哀词》第1韵段"时升"（18—12121）
2. 秦观杂古《蔡氏哀词》第1韵段"英仪离持"（18—12122）
3. 胡融五古《登石台山与刘次皋李揆》"倪跻藜携梯秭脾驰琦漪湄箕基奇□姿窥嵬霏低魑题犀霓期畦声涯稽悽篦齐知栖衹蹊而陲"（47—29119）

例1前四句："皇受命而熙洽兮，实千祀而一时。协气郁而四塞兮，与盛德其俱升。"从韵例看，"时升"必押韵，第2韵段为"舆师"。例2首二句："惟夫人之高谊兮，真一时之女英。""英"处入韵位置。核对相关版本，例1、例2均无文字讹误。例3"声"字句："周节万夫敌，猛将闻鼓声①。""声"必入韵。"嵬"为灰韵合口字，前文已述，宋代通语灰韵系字有向支微部演变的趋势，其中就包括"嵬"，因此"嵬"可视为支微部字。

整体来看，宋代江浙诗韵中支微部与庚青部通押的押韵方式应是庚青部字押入支微部。庚青部、支微部韵字具体分布如下：

庚青部

梗摄庚韵：英　梗摄清韵：声　曾摄蒸韵：升

支微部

止摄支韵：仪离脾驰琦漪奇窥魑涯篦知衹陲　止摄脂韵：湄姿

止摄之韵：时持箕基期而

止摄微韵：霏　蟹摄齐韵：倪跻藜携梯秭低题犀霓畦稽悽齐栖蹊

蟹摄灰韵：嵬

庚青部"英声升"分属梗摄庚韵、梗摄清韵、曾摄蒸韵。支微部字涉及止摄四韵：支、脂、之、微和蟹摄二韵：齐、灰。从语音取向看，庚青

---

① "声"字有异文。《全宋诗》据《宋诗拾遗》卷十八（元陈世隆编，《新世纪万有文库》本，辽宁教育出版社2000年版，第2册，第284页）收录此诗。不过《台州金石录》卷七（国家图书馆善本金石组编：《历代石刻史料汇编》，北京图书馆出版社2000年版，第8册，第94页）"声"作"鼙"。"鼙"，《广韵》齐韵部迷切，训"骑上鼓"。"鼓鼙"是古代常用复音词，指古代军中鼓类乐器。"声"疑"鼙"之讹，但从语义及词语搭配看，不便取舍，暂用"声"。

部字押入支微部可能暗示着庚青部"英声升"3字读为支微部。庚青部读为支微部这一语音现象记载于当时文献。宋刘攽《贡父诗话》："关中……丹青之青为葽也。"① 宋李廌《西塘集耆旧续闻》："关中人……丹青之青则为葽音。"② 宋陆游《老学庵笔记》："四方之音有讹者，则一韵尽讹。……秦人讹'青'字，则谓'青'为'葽'，谓'经'为'稽'。"③ 上述宋代文献所载"青"为"葽"均仅出现于关中秦地，周祖谟（1966B：657）对此已有较详细讨论：

> 关中言青为葽，青为《广韵》青韵字，葽为齐韵字，青韵有尾音-ng，而齐韵无韵尾辅音，谓青为葽，则青韵读似齐韵。唐五代之间西北方音即已如此。罗常培先生《唐五代西北方音》第三十七页所载藏汉对音《千字文》写本青韵字与齐韵字韵母皆作 ye 是也。今陕西西陲及甘肃平凉等地读音，青等字亦无韵尾-ng。

"青"属梗摄青韵，"葽"属蟹摄齐韵。周先生的论述给我们如下信息：宋代关中地区言"青"为"葽"表明"青韵读似齐韵"，青韵的尾音-ng 疑脱失。这一语音现象在唐五代西北方音中就已存在，藏汉对音《千字文》写本青韵字与齐韵字同韵即其明证。此语音现象延续至今。宋代关中读"青"为"葽"的语音现象，在 11 世纪的回鹘汉对音《玄奘传》中亦有反映，如梗摄字对音韵母为-i：开口三等"明"mi、"静"tsi、"敬"ki，开口四等"丁"ti、"灵"li、"经"ki；蟹摄开口四等如"栖"对音 si；另外，止摄字开口三等对音可读-i 韵母，如"李"li、"持"či、"机"ki（聂鸿音，1998）。综合文献记载和《千字文》《玄奘传》等对音资料，基本可确认宋代关中方音梗摄青韵（可能还包括部分庚韵、清韵）字读为蟹摄齐韵（可能还含部分止摄），即部分梗摄字鼻韵尾脱失与部分止、蟹摄字韵母合流（孙伯君，2012）。

但是地处江浙的秦观、胡融怎么会以关中秦音入韵呢？受《宋代闽音考》的启发，可能是"北音南移"（刘晓南，1999：163）的体现。宋代

---

① 《丛书集成初编》本，中华书局 1985 年版，第 7 页。
② 同上书，第 43 页。
③ （宋）陆游著，李剑雄、刘德权点校：《唐宋史料笔记丛刊》本，中华书局 1979 年版，第 77—78 页。

以前，北人陆续南迁，尤其是历经唐代安史之乱、藩镇割据以及唐末战争、五代纷争，引发了较大规模的晚唐五代北方人民南迁，南迁之士"多避江淮间"①，"天下衣冠士庶避地东吴"②，也就是说南迁之地多集中于江浙。南迁的北方人民包括西北关中人士，这些西北流寓之士的迁入自然将西北关中秦音带到了江浙等南方地区。

五 支微、真文通押，共 2 人 2 例

1. 顾逢七绝《谢徐容斋送米》"尘春诗"（64—39998）
2. 金履祥四言《北山之高寿北山何先生》第 8 首第 1 韵段"隐只"（68—42576）

例 1 支微部之韵"诗"押入真文部。"诗"字句："高廪如山堆积者，肯思白发老人诗。"查出处《诗渊》③，无文字讹误。不过，从语意看，"白发老诗人"更妥，因为"思"的对象一般是人，而且在韵律上也和谐了。

例 2 诗句："夫子曰止，臣非索隐。士各有志，亦既耄只。天子曰猷。咨尔夫子，汝予交修。讲殿维帷，尔优尔游。"《北山之高寿北山何先生》这一组诗共 12 首，每首句数不等，其中每首九句的有三首，包括此首，这三首诗的押韵形式一致：共两韵，均为前四句为一韵，2 个韵字；后五句为一韵，3 个韵字。另二首分别为第 7 首、第 9 首，其韵段分别为：考道/都儒渠，蹈耄/吁予渠。因此，类推此诗的韵段似亦如此：隐只/猷修游。故第 1 韵段"隐只"，支微部"只"与真文部"隐"相押。金履祥是婺州（即今金华）人。今金华方言"隐"读 ʔiin，"只"读 tsəʔ，二者不协。

六 萧豪、东钟通押，共 1 人 1 例

释如珙六言《偈颂三十六首》第 6 首："尽大地冷啾啾，逼十方闹浩

---

① 详见唐韩愈《考功员外卢君墓铭》，（清）董诰等编《全唐文》卷五六六，中华书局 1983 年版，第 2538 页。
② 详见唐李白《为宋中丞请都金陵表》，（清）董诰等编《全唐文》卷三四八，中华书局 1983 年版，第 1561 页。
③ 书目文献出版社 1985 年版，第 1 册，第 125 页。

浩。放过布袋和尚，穿却解空鼻孔。"（66—41216）"浩孔"押韵。

释如珙是永嘉人，此诗出自《雁荡山灵岩禅寺语录》，经核对，无文字讹误。上声皓韵"浩"与上声董韵"孔"押韵。"浩"常与上声皓韵字押韵，如宋代姜夔五古《和转庵丹桂韵》"好葆浩早抱扫倒讨"（51—32054），南宋永嘉人潘柽号"转庵"，他是永嘉四灵诗派的开创者。姜氏诗中含"浩"在内的所有韵字皆属皓韵，"浩"字句："谁怜老垂垂，却入闹浩浩。""（闹）浩浩"是喧闹之义（蒋礼鸿，1997：343），此词语亦出现在其他诗作中，与萧豪部韵字相押，如释了演《偈颂十一首》第 3 首："昨日闹浩浩，今朝静悄悄。静悄悄处闹浩浩，闹浩浩处静悄悄。"（31—20052）

今永嘉方言效摄一等字如"浩褒毛牢早扫讨"等读韵母-ɔ，三、四等字如"苗标刁"读韵母-yə，二等字如"闹交敲抄吵梢"等主要读韵母-ɔ，少数二等字如"饱包抛貓"读韵母-əu。通摄一等字如"孔东通空"等读韵母-oŋ，三等字如"恭钟种从重凶用颂"等鼻韵尾脱失，读韵母-yɔ。可见，按照今永嘉方言读音，"浩孔"不协韵。不过，通摄三等字由于鼻韵尾脱失，且有与效摄二等字相同的主元音-ɔ，因而效摄二等字与通摄三等字大致可协。

宋代四明释普岩五古《偈颂二十五首》第 10 首与如珙的用韵很相似，只是"浩"作"閧"。诗作："入院数日来，人事闹閧閧。两脚走如烟，眼不见鼻孔。"（51—32103）"閧"，《广韵》通摄送韵胡贡切，故可与通摄董韵"孔"相协。在词义上，"（闹）閧閧"与"（闹）浩浩"均可表喧闹。

第四节　阳声韵与入声韵通押

宋代江浙诗韵中阳声韵与入声韵之间的通押有如下组合：（1）真文、质缉通押，（2）真文、月帖通押，（3）侵寻、质缉通押，（4）侵寻、铎觉通押，（5）庚青、质缉通押，（6）庚青、月帖通押，（7）庚青、屋烛通押，（8）寒先、质缉通押，（9）寒先、月帖通押，（10）寒先、铎觉通押，（11）江阳、质缉通押，（12）江阳、铎觉通押，（13）庚青、侵寻与质缉通押，(14) 真文、庚青、侵寻与质缉通押，(15) 东钟、屋烛通押。共22人28例。

一 韵例

（一）真文、质缉通押，4人4例

1. 释了演杂古《偈颂十一首》第7首"云色"（31—20052）
2. 释昙玩杂古《偈二首》第1首第3韵段"分得"（32—20337）
3. 王柏杂古《挽蔡文叔》第3首"质窟息则得习迹惕国及尽一绋繄极"（60—38061）
4. 释普度杂古《偈颂一百二十三首》第26首"尺寸日"（61—38504）

例1诗作："时当亚岁，节届书云。不萌枝上唤春归，无影树头增秀色。""云色"押韵。例3"尽"字句："公虽九原兮，疑遗忠之尚尽。"经核《续金华丛书》本《鲁斋王文宪公文集》、文渊阁《四库全书·鲁斋集》影印本均无异文。"尽"，《广韵》轸韵慈忍切、即忍切。例4"寸"字句："行得一尺，不如离却一寸。""寸"入韵。

（二）真文、月帖通押，2人2例

1. 释智深杂古《偈》"灭橛尘缺鳖跂拙"（35—22347）
2. 高似孙杂古《九怀·苍梧帝》第1韵段"君活"（51—31990）

例1"尘"字句："四十九年，播土扬尘。""尘"处入韵位置。鱼模部虞韵"趺"押入此韵。例2首二句："望九疑兮云雨，心惨惨兮思君。冉冉兮愁痕，楚波深兮斑竹活。""君活"押韵，第2韵段为"将网"。

（三）侵寻、质缉通押，2人2例

1. 沈遘五古《漕舟》第1韵段"金极"（11—7523）
2. 孙应时五古《毗陵龚君以密见投古风》第1首"今音吟深林心沉瑟"（51—31703）

例1诗作："漕舟上太仓，一钟且千金。太仓无陈积，漕舟来无极。畿兵已十万，三垂戍更多。庙堂方济师，将奈东南何。"四句一韵，共2韵段，第2韵段为"多何"。例2末二句："相期昆仑颠，弄月鸣瑶瑟。""瑟"，《广韵》栉韵所栉切，训"乐器"，属宋代通语质缉部。其余韵字属侵寻部，二者难协。核文渊阁《四库全书·烛湖集》影印本"瑟"作

193

"琴"。"瑶"与"琴"古代常连用,"瑶琴"即古琴的一种,是玉饰的琴。宋何薳《春渚纪闻·古琴品饰》:"秦汉之间所制琴品,多饰以犀玉、金彩,故有瑶琴、绿绮之号。"① 不过,"瑶"与"瑟"古代亦可连用,如陆游七古《月中过蜻蜓浦》"日溢失出枏瑟","瑟"字句:"缓篙溯月勿遽行,坐待湘妃鼓瑶瑟。"(39—24627)"(瑶)琴"与"(瑶)瑟"词义无别,二者难以取舍,暂依《全宋诗》取"瑟"。

(四)侵寻、铎觉通押,1 人 1 例

赵汝譡五古《夏日与客饮水云馆》"心今深阴吟酌禽簪"(53—32990)

"酌"字句:"颇忻溪庖鲜,笋荔供斟酌。""酌"入韵,此诗出处《诗渊》"(斟)酌"作"(酌)斟"②。《全宋诗》将"酌斟"倒为"斟酌"。

(五)庚青、质缉通押,6 人 6 例

1. 薛季宣杂古《九奋·赋巴丘》第 1 韵段"嵘庭生晶翼行"(46—28721)

2. 释普度杂古《偈颂一百二十三首》第 17 首"得明力绩"(61—38503)

3. 释大观杂古《芝岩禅师赞》"棘出横立羃藉"(62—38958)

4. 释文珦七古《蔷薇洞》"立名"(63—39685)

5. 释行巩四言《偈颂三首》第 1 首"清出"(65—41061)

6. 陆文圭七古《跋赵太祖与韩王蹴鞠太》第 1 韵段"星敌策"(71—44559)

例 1 "翼"字句:"载微手足兮惟行,云雾飞腾兮匪翼。""翼"处入韵位置。例 2 "明"字句:"四边界至,故是分明。""明"入韵。例 3 "横"字句:"慈云峰顶,机用纵横。""横"入韵。例 4 诗作:"不知建业蔷薇树,何似淮泗草木立。因入谪仙诗句里,等闲随处得虚名。""立名"押韵。例 5 诗作:"横眸碧汉,万国风清。垂手红尘,千峰日出。""清出"押韵。行巩《偈颂三首》其他 2 首亦为有韵诗。例 6 共 2 韵段,换韵句(含首句)入韵,首二句:"紫微垣近一小星,作戏敢与太阳敌。""星"

---

① 张明华点校,《唐宋史料笔记丛刊》本,中华书局 1983 年版,第 117 页。
② 书目文献出版社 1985 年版,第 5 册,第 3627 页。

入韵。第 2 韵段"人臣身","人"为换韵句韵字。

（六）庚青、月帖通押，2 人 2 例

1. 释觉海五古《偈》"明歇悦"（16—10984）
2. 释大观杂古《渡芦达磨赞》"答合涉横匝"（62—38956）

例 1 诗作："碧落静无云，秋空月有明。长江莹如练，清风来不歇。林下道人幽，相看情共悦。"按照标点，韵字为"明歇悦"，阳声庚青部韵字"明"押入入声月帖部。经核此诗出处宋普济《五灯会元》，第 2 句词序不同："秋空明有月"①。例 2 "横"字句："无枝叶处，枝叶纵横。""横"入韵。

（七）庚青、屋烛通押，1 人 1 例

高似孙杂古《欸乃辞》第 3 韵段"醒渌"（51—31994）

此为末两句："翁不语兮嗔偏醒，欸乃一声兮天水渌。""醒渌"押韵。第 2 韵段为"梁网望缨"。

（八）寒先、质缉通押，1 人 1 例

蔡肇七古《江州》第 3 韵段"客眠"（20—13653）

诗作："浔阳江上陶彭泽，五株杨柳青山宅。元和之中白司马，送客江头明月下。当时尽作庐山客，林下题诗石上眠。"此诗共 6 句，句句韵，每两句一韵，共 3 韵段：泽宅/马下/客眠。核其出处宋王象之《舆地纪胜》卷 30《江南西路·江州》②，韵字无异文。

（九）寒先、月帖通押，2 人 2 例

1. 徐积杂古《哭崔刑部》第 1 韵段"安诀"（11—7634）
2. 于石七古《次韵徐觉风铃》第 7 韵段"言月"（70—44130）

例 1 诗作："前年离长安，与公为死诀。长安门外长乐坡，胸中壮气浑消磨。其时夜宿灞桥上，梦中勒马犹西望。江淮之上情愈劳，去年曾寄西山高。今年今日春将归，春风不似秋风时。山阳数月雨不止，泥深穷巷行人稀。忽闻公死终南山，坐中忽过东西关。黄泉一去几万里，呼嗟公兮何时还。盂有水兮无食荐，烹有茶兮无酒奠。魂兮来兮不可知，来若飘风去如电。报恩之事终有期，未必儒生只贫贱。"共 22 句，前 8 句为句句韵，每两句一韵：安诀/坡磨/上望/劳高。后 14 句共 3 个韵段：归时稀/山

---

① 《中国佛教典籍选刊》本，中华书局 1984 年版，下册，第 1039 页。
② 赵一生点校，《浙江文丛》本，浙江古籍出版社 2012 年版，第三册，第 976 页。

关还/荐奠电贱。

例2末四句:"物情万变伏还起,人生几何安足恃。何如物我两忘言,云在青山水在月。"为句句韵:起恃/言月。第5韵段为"人身尘"。

(十) 寒先、铎觉通押,1人1例

戴复古杂古《寄赵鼎臣》第1韵段"阁殿县"(54—33473)

前6句:"学如刘子政,不使校书天禄阁。文如李太白,不使待诏金銮殿。倚楼终日看庐山,赢得虚名闻九县。""阁"入韵。

(十一) 江阳、质缉通押,1人1例

释大观杂古《汉章云法师赞》"祥场立忘扬光章"(62—38957)

"立"字句:"空假中之列三分,一与三之不立。""立"入韵。

(十二) 江阳、铎觉通押,1人1例

释普度杂古《偈颂一百二十三首》第9首"纲错药"(61—38503)

首二句:"前佛性命,后佛纪纲。""纲"入韵。

(十三) 庚青、侵寻与质缉通押,1人2例

1. 释原妙杂古《偈颂六十七首》第50首"绫金入寻林"(68—43165)

2. 释原妙杂古《示淳谦首座持钵》"室睛营临"(68—43174)

例1"入"字句:"打成一片时,针劄不入。""入"押韵。例2首二句:"千家万家,总是维摩丈室。""室"入韵。

(十四) 真文、庚青、侵寻与质缉通押,1人1例

汪元量杂古《夷山醉歌》第1首第5韵段"湿急入立黑陌沉北深辛白失箓横夕"(70—44016)

诗句:"金铜泪迸露盘湿,画阑桂柱酸风急。鸠居鹊构苍隼入,蛇出燕巢白狐立。东南地陷妖氛黑,双凤高飞海南陌。吴山日落天沉沉,母子同行向天北。关河万里雨露深,小儒何必悲苦辛。归来耳热忘头白,买笑挥金莫相失。呼奚奴,吹觱篥,美人纵复横,今夕复何夕。"考虑到句式的紧凑性,可将"呼奚奴,吹觱篥,美人纵复横,今夕复何夕"中前两句合为一句。此句读并不影响诗意的表达。这样一来,此韵段形成句句韵。"沉""深""辛""横"等阳声韵字押入此入声为主的韵段。

(十五) 东钟、屋烛通押,1人1例

王令杂古《梦蝗》第4韵段"目秃哭读梦"(12—8087)

"梦"字句："上天未闻间,忽作遇蝗梦。""梦"处入韵位置。第5韵段为"前冤间"。

二 押韵分析

首先看宋代江浙诗歌用韵中阳声韵与入声韵通押的特征。22人中僧人占9位,僧诗14首,占韵段总数的一半。22人分布于今扬淮官话区(4人)、北部吴语区(13人)和南部吴语区(5人),具体如下:

今扬淮官话区:楚州山阳₁、江都₁扬州₁、江宁₁

今北部吴语区:丹阳₁、江阴₁、吴江₁、杭州₄临安₂、余姚₁、鄞县₂、黄岩₁

今南部吴语区:兰溪₁、金华₁、永康₁、温州₂

阳声韵涉及真文、侵寻、庚青、寒先、江阳、东钟等6韵部,入声韵涉及质缉、月帖、铎觉、屋烛等4韵部。从阳声韵与入声韵所属韵摄、韵的角度看,28例可分为3种情况:

一是阳声韵与入声韵同摄同组韵
二是阳声韵与入声韵同摄异组韵
三是阳声韵与入声韵异摄

具体见下列表格。将同一韵摄中四声相配的阳声韵、入声韵看成同组韵,如通摄东、董、送、屋四韵四声相配,我们称之为通摄东组韵。如阳声轸韵与入声物韵均属臻摄,而轸属真组韵,物属文组韵,我们将轸韵与物韵视为同摄异组韵。异摄则指阳声韵与入声韵分属不同韵摄。

表4—31　　　　阳声韵与入声韵同摄同组韵(2例)

韵例	寒先部与月帖部通押		东钟部与屋烛部通押	
	于石七古《次韵徐觉风铃》第7韵段"言月"		王令杂古《梦蝗》第4韵段"目秃哭读梦"	
韵字	言$_{山元}$	月$_{山月}$	梦$_{通送}$	目$_{通屋}$秃$_{通屋}$哭$_{通屋}$读$_{通屋}$
韵部	寒先	月帖	东钟	屋烛

说明:"韵字"一栏中"言"右下角二字分别为"言"所属的韵摄和韵。其余韵字类此。

表4—32　　部分阳声韵与入声韵同摄同组韵（5例）

	真文部与质缉部通押		庚青部与质缉部通押		江阳部与铎觉部通押		庚青部、侵寻部与质缉部通押			真文部、庚青部、侵寻部与质缉部通押			
韵例	王柏杂古《挽蔡文叔》第3首"质窟息则得习迹惕国及尽—绋繁极"		陆文圭七古《跋赵太祖与韩王蹴鞠太》第1韵段"星敌策"		释普度杂古《偈颂一百二十三首》第9首"纲错药"		释原妙杂古《偈颂六十七首》第50首"绫金入寻林"			汪元量杂古《夷山醉歌》第1首第5韵段"湿急入立黑陌沉北深辛白失簛横夕"			
韵字	尽臻轸	质臻质 绋臻物 窟臻没 迹梗昔 惕梗锡 息曾职 极曾职 则曾德 得曾德 国曾德 习深缉 及深缉 繁深缉	星梗青	敌梗锡 策梗麦	纲宕唐	错宕药 药宕药	绫曾蒸	金深侵 寻深侵 林深侵	入深缉	辛臻真	横梗庚	沉深侵	湿深缉 急深缉 入深缉 立深缉 黑曾德 北曾德 陌梗陌 白梗陌 夕梗昔 簛臻质 失臻质
韵部	真文	质缉	庚青	质缉	江阳	铎觉	庚青	侵寻	质缉	真文	庚青	侵寻	质缉

第四章 宋代江浙诗韵的特殊韵例

表4—33　　　　　阳声韵与入声韵同摄异组韵（4例）

	真文部与质缉部通押		庚青部与质缉部通押			寒先部与月帖部通押	
韵例	释普度杂古《偈颂一百二十三首》第26首"尺寸日"		释普度杂古《偈颂一百二十三首》第17首"得明力绩"		释大观杂古《芝岩禅师赞》"棘出横立羃藉"	徐积杂古《哭崔刑部》第1韵段"安诀"	
韵字	寸_{臻慁}	尺_{梗昔} 日_{臻质}	明_{梗庚}	绩_{梗锡} 得_{曾德} 力_{曾职}	横_{梗庚}	羃_{梗锡} 藉_{梗昔} 棘_{曾职} 出_{臻术} 立_{深缉}	安_{山寒}	诀_{山屑}
韵部	真文	质缉	庚青	质缉	庚青	质缉	寒先	月帖

表4—34　　　　　阳声韵与入声韵异摄（6例）

	真文部与质缉部通押		真文部与月帖部通押				侵寻部与质缉部通押	
韵例	释了演杂古《偈颂十一首》第7首"云色"	释昙玩杂古《偈二首》第1首第3韵段"分得"	释智深杂古《偈》"灭橛尘缺鳖拙"		高似孙杂古《九怀·苍梧帝》第1韵段"君活"	沈遘五古《漕舟》第1韵段"金极"	孙应时五古《毗陵龚君以密见投古风》第1首"今音吟深林心沉瑟"	
韵字	云_{臻文} 色_{曾职}	分_{臻文} 得_{曾德}	尘_{臻真}	灭_{山薛} 橛_{山月} 缺_{山屑} 鳖_{山薛} 拙_{山薛}	君_{臻文}	活_{山末}	金_{深侵}	极_{曾职} 今_{深侵} 音_{深侵} 吟_{深侵} 深_{深侵} 林_{深侵} 心_{深侵} 沉_{深侵} 瑟_{臻栉}
韵部	真文 质缉	真文 质缉	真文	月帖	真文	月帖	侵寻	质缉 侵寻 质缉

续表（6例）

韵例	侵寻部与铎觉部通押		庚青部与质缉部通押				庚青部与月帖部通押			
	赵汝谠五古《夏日与客饮水云馆》"心今深阴吟酌禽簪"	薛季宣杂古《九奋·赋巴丘》第1韵段"嵘庭生晶翼行"	释文珦七古《蔷薇洞》"立名"	释行巩四言《偈颂三首》第1首"清出"			释觉海五古《偈》"明歇悦"		释大观杂古《渡芦达磨赞》"答合涉横匜"	
韵字	心深侵 今深侵 深深侵 阴深侵 吟深侵 禽深侵 簪深侵	酌宕药	嵘梗耕 庭梗青 生梗庚 晶梗清 翼曾职 行梗庚	名梗清	立深缉	清梗清	出臻术	明梗庚	歇山月 悦山薛	横梗庚	答咸合 合咸合 涉咸叶 匜咸合
韵部	侵寻	铎觉	庚青	质缉	庚青	质缉	庚青	月帖	庚青	月帖

续表（5例）

韵例	庚青部与屋烛部通押	寒先部与质缉部通押	寒先部与铎觉部通押	江阳部与质缉部通押	庚青部、侵寻部与质缉部通押
	高似孙杂古《欸乃辞》第3韵段"醒渌"	蔡肇七古《江州》第3韵段"客眠"	戴复古杂古《寄赵鼎臣》第1韵段"阁殿县"	释大观杂古《汉章云法师赞》"祥场忘扬光章立"	释原妙杂古《示淳谦首座持钵》"室睛营临"
韵字	醒梗迥 渌通屋	眠山先 客梗陌	殿山霰 县山霰 阁宕铎	祥宕阳 场宕阳 忘宕阳 扬宕阳 光宕唐 章宕阳 立深缉	睛梗清 营梗清 临深侵 室臻质
韵部	庚青 屋烛	寒先 质缉	寒先 铎觉	江阳 质缉	庚青 侵寻 质缉

接着分析此类通押的语音性质。根据"阴阳对转"的语音发展规律，

古阴声韵、阳声韵、入声韵的韵尾可以相互转化。就阳声韵而言，一方面其鼻韵尾脱落后则转为阴声韵，另一方面其鼻韵尾演变成塞音韵尾则转为入声韵；就入声韵而言，一方面其塞音韵尾脱落后则转为阴声韵，另一方面其塞音韵尾演变成鼻韵尾则转为阳声韵（唐作藩，2002：51）。宋代江浙诗歌用韵中阳声韵、入声韵之间的通押可能与这一语音发展规律有关，问题是阳声韵、入声韵究竟如何实现通押的呢？从音理上看，要实现阳声韵与入声韵之间的通押，可能有3条途径：

一是阳声韵向入声韵转化，带上与入声韵相同的塞音韵尾，从而得以与入声韵通押；

二是入声韵向阳声韵转化，带上与阳声韵相同的塞音韵尾，从而实现与阳声韵通押；

三是阳声韵与入声韵均转化为阴声韵，使得二者以阴声韵的形式押韵。

按照押韵的主从关系，28例可分为3种类型：阳声韵字混入入声韵部10例，入声韵字混入阳声韵部7例，阳声韵与入声韵韵字等立11例。三种类型的通押数量相当，无明显的押韵倾向，也就是说，从押韵的主从关系看不出此类通押的实现途径。

现在看现代江浙地区古阳声韵、入声韵的语音情况。今扬淮官话古阳声韵中深臻曾梗通各摄大多读鼻音韵尾-n、-ŋ，咸山二摄读鼻化韵①。"古鼻音韵尾（阳声韵）今吴语有的鼻尾脱落，有的仍读鼻尾韵，有的读鼻化韵。古'咸'、'山'摄字多读开尾韵，'深、臻、曾、梗、通'各摄基本上仍读鼻尾韵。……'宕、江'摄以及'梗'摄的庚、耕韵和'曾'摄的登韵多数是鼻化韵。"（颜逸明，1994：99）另外，跟晋语古阳声韵字可读入声②一样，江浙个别区域的极少数古阳声韵字亦可读入声，如江苏启东吕四方言"恐~怕"读 $tɕ^hyɔʔ$③。扬淮官话保留入声韵，收喉塞尾〔ʔ〕（袁家骅等，2001：35）；"吴语韵母大都分舒声韵和入

---

① 江苏省和上海市方言调查指导组：《江苏省和上海市方言概况》，江苏人民出版社1960年版，第5—10页。
② 具体可参马文忠《大同方言舒声的促变》，《语文研究》1985年第3期；温端政《试论山西晋语的入声》，《中国语文》1986年第2期；张光明《忻州方言的舒声促化现象》，《语文研究》2006年第2期；乔全生（2008：333）。
③ 转郑张尚芳《方言中的舒声促化现象说略》，《语文研究》1990年第2期。

声韵两大类，入声韵带喉塞尾。"（颜逸明，1994：98）其中北部吴语代表苏州方言（袁家骅等，2001：60）、浙北杭嘉湖方言音系（徐越，2007：30）存入声韵，收喉塞尾〔ʔ〕；南部吴语"大多数点要么所有入声字都带〔ʔ〕尾，要么都不带〔ʔ〕尾"（曹志耘，2002：89），例如浙江龙游、常山、遂昌、云和等地咸深山臻宕江曾梗通等诸韵摄入声韵均读〔ʔ〕尾，而永康（袁家骅等，2001：82）、汤溪、温州（曹志耘，2002：89）古入声字无塞尾。

还要特别指出的是，今南部吴语中"不少地点的古阳声韵和入声韵已经全部或部分丢失辅音韵尾"。丢失了辅音韵尾后，古阳声韵和入声韵的韵母基本相同。金华汤溪方言表现突出，"古代同摄同组的阳声韵和入声韵在丢失辅音韵尾之后，其元音部分基本上保持了同样的读法。"具体而言，"除通摄以及部分臻摄、宕摄、江摄、曾摄字以外，在其余韵摄，相应的古阳声韵和入声的今韵母读法表现出惊人的一致性"，如咸摄"咸杂"-ɤ，深摄"林立"-ei，山摄"肝割"-ɤ，臻摄"均桔"-iei，宕摄"汤托"-o，江摄"讲角"-uo，曾摄"冰逼"-ei，梗摄"坑客"-a、"横划"-ua。金华方言、温州文成方言也有类似的语音现象（曹志耘，2002：91—94）。这一语音现象，曹志耘（2002：91）称之为"阳入同变"。

因此，综合押韵特征、押韵倾向和现代江浙语音，我们认为宋代江浙诗歌用韵中阳声韵与入声韵通押得以实现，很可能走第3条途径：阳声韵与入声韵均转化为阴声韵，使得二者以阴声韵的形式押韵，即"阳入同变"。另外，可能还有一种第3条途径的过渡性押韵形式：阳声韵转为鼻化韵后与已转为阴声韵的入声韵大致相协。

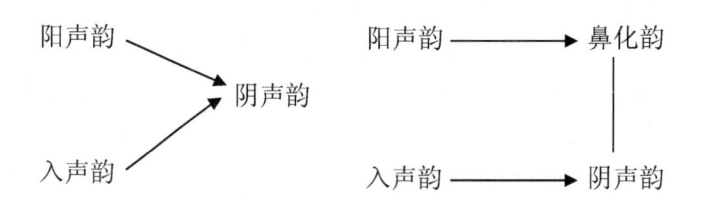

```
阳声韵 ↘                阳声韵 ——→ 鼻化韵
         阴声韵                    │
入声韵 ↗                入声韵 ——→ 阴声韵
```

此类通押中"阳声韵与入声韵同摄同组韵"2例（表4—31）；"部分阳声韵与入声韵同摄同组韵"5例（表4—32），这7例如用"阳入同变"解释还是说得过去的：如"言/月"分属山摄元韵、月韵，"梦/目秃哭读"分属通摄送韵、屋韵，"尽/质一"分属臻摄轸韵、质韵。"阳声韵与入声韵同摄异组韵"4例（表4—33）可能表明"同摄异组韵"的主元音相近，如"安/诀"虽然同属山摄，但"安"属寒组舒声，"诀"属先组促声，二者相押也许暗示其主元音相近。至于"阳声韵与入声韵异摄"17例（表4—34）押韵可能是更大范围的音近相押，如"云/色"中"云"属臻摄舒声文韵，"色"属曾摄促声职韵，其同组平声为蒸韵，"云色"相押至少表明二者的主元音接近。事实上，文韵、职韵（蒸韵）含有相近的主元音，因为宋代江浙诗韵中真文部与庚青部通押相当普遍，其中就包括文韵与蒸韵的混押。

第五节 入声韵通押

宋代江浙诗歌用韵中入声韵内部的通押主要有5种组合：（1）屋烛、铎觉通押，（2）屋烛、质缉通押，（3）铎觉、质缉通押，（4）铎觉、月帖通押，（5）质缉、月帖通押。

一 屋烛、铎觉通押，16人28例，如：

1. 蒋堂（苏州）五古《闵山》"续腹福肃录木竹谷玉族秃恶俗沐育彀黩麓酷复"（3—1706）
2. 陈傅良（温州瑞安）杂古《题沈仲一所藏周氏群公》第2韵段"木落熟读"（47—29251）
3. 姜特立（丽水）五古《中古》第2韵段"俗作卓"（38—24205）
4. 薛季宣（温州永嘉）杂古《谷里章》第11韵段"恶郭泊曲"（46—28706）
5. 葛立方（江阴）杂古《横山堂三章》第3首第2韵段"廊屋"（34—21825）
6. 王十朋（温州乐清）七古《读东坡诗》第13韵段"玉学"（36—22856）

现统计所涉及诗人的区域分布，见下表。

表4—35　　　屋烛、铎觉通押所涉及诗人的区域分布

	太湖	婺州	处衢	瓯江	合计
诗人数量	5	2	2	7	16

各地诗人具体分布如下：

太湖（即今北部吴语区）5人：蒋堂（苏州），葛立方（江阴），卫泾（秀州嘉兴），楼钥（明州鄞县），舒岳祥（宁海）

婺州2人：喻良能（义乌），陈亮（永康）

处衢2人：姜特立（丽水），毛珝（三衢即今衢州）

瓯江7人：薛季宣、叶适（温州永嘉），王十朋，翁卷，刘黻（温州乐清），陈傅良、王景月（温州瑞安）

从通押方式与特征看，上引6个例子分别代表了三种通押方式，其中主从通押二种：例1、例2以押屋烛部为主，杂押入少数铎觉部字（简称"铎→屋"），共计8例；例3、例4以押铎觉部为主，杂押入少数屋烛部字，共计10例（简称"屋→铎"）。例5、例6为一屋一铎的典型等立通押（简称"一铎一屋"），共计10例。具体如下表：

表4—36　　　屋烛、铎觉通押韵例数量的区域分布

		太湖	婺州	处衢	瓯江	合计
主从通押	铎→屋	3		1	4	8
	屋→铎	1		3	6	10
等立通押	一屋一铎	1	2		7	10
合计		5	2	4	17	28

综上二表，这一通押在今江浙吴语各地均有反映，其中南部吴语区居多，尤以瓯江片为甚，多达7人17例，占韵例总数的57.1%。

中古通摄与江、宕二摄入声韵的主元音不同而韵尾相同，均收-k尾。宋代江浙诗歌用韵屋烛、铎觉两部通押应该说明宋代江浙诗人的语音中这两部韵字的主元音接近。现代江浙吴语基本上能支持这一押韵，具体见下表：

表 4—37　　　　　　现代江浙吴语屋烛、铎觉两部韵字读音

	屋	玉	木	曲~折	读	俗	学	落	廓	恶善~	作
江阴	ʔoʔ	ɦioʔ	moʔ	tɕʰioʔ	doʔ	zoʔ	ɦioʔ	loʔ		ʔoʔ	tsoʔ
苏州	oʔ uɤʔ	ŋioʔ	moʔ	tɕʰioʔ	doʔ	zoʔ	jioʔ文 ɦioʔ白	loʔ	kʰoʔ	oʔ	tsoʔ tsɤʔ口
永康	ʔu	ŋioʔ	mu	tɕʰio	du	szu	ɦAu	lAu		ʔAu	tsAu
丽水	uʔ	dʑiu	muʔ	tɕʰiuʔ	duʔ	dʑiu	ɦioʔ	ləʔ	kəʔ	əʔ	tsəʔ
温州	u	ŋyo	mo mu旧	tɕʰyo	dəu	jyo	ɦio	lo	ko kʰo	o	tso

从上表看出，北部吴语区江阴、苏州方音屋烛、铎觉两部韵字韵母相同，主要读-oʔ、-ioʔ；南部吴语区温州方音屋烛部读-o、-yo等韵，铎觉部读-o韵。而永康、丽水两地方音屋烛、铎觉两部韵字韵母均有较大差距。

二　屋烛、质缉通押，22人28例，如：

1. 程俱（衢州开化）五古《晁无斁将之录示近诗有》第1首"墨足玉辱福哭出筑秃粟绿独触"（25—16313）

2. 林景熙（温州平阳）五古《哭薛榆溆同舍》"陆掬木服蹙淑宿竹斛卜录酷屋熟术玉速谷"（69—43520）

3. 张耒（淮阴）杂古《逐蛇》第5韵段"集白卜戟克"（20—13050）

4. 戴复古（黄岩）七古《嘉定甲戌孟秋二十有七》第9韵段"立粟卒"（54—33470）

5. 高似孙（鄞县）杂古《小山丛桂》第3韵段"曲虬惚汹瑟日复郁毓伏"（51—31996）

6. 金履祥（婺州兰溪）四言《华之高寿鲁斋先生七十》第4首"秩服"（68—42576）

宋代通语质缉部登韵对应的入声德韵字押入屋烛部，属通语音变，江浙诗韵亦有此音变，具体见前文。这里所谈质缉部韵字不含此类字，如例1夹杂德韵字"墨"。

宋代江浙诗歌这一押韵还有 6 例涉及异文与次韵：

（1）徐积（楚州山阳）四言《送赵守》第 1 韵段"密沐"（11—7607），诗句："齐有高密，有沂有沐。""沐"，《全宋诗》出注："疑当作沭。"文渊阁《四库全书·节孝集》影印本作"沐"。"沐"与"沭"均可指河名，且皆在山东境内。《集韵》屋韵收"沐"，义训"水名，在青州"；《广韵》术韵收"沭"，训"水名，在琅邪"。

（2）张耒（楚州淮阴）七古《雪中狂言五首》第 4 首"百白续毕"（20—13359），"续"字句："春泥冰消土脉动，垅亩渐纵午羊续。""续"，清康熙吕无隐钞本《宛丘先生文集》作"蹟"。"蹟"，《广韵》昔韵资昔切。

（3）陈造（高邮）七古《次韵许节推①喜雪》"肃缩六熟卜笃属速暴宿蔌玉屋独肉骨足蓄瀑粟逐目欲蹙腹趣曲福轴毂"（45—28067）。

（4）卫宗武（华亭）五古《和人杂咏六首》第 5 首"旭俗绿术鹄"（63—39432）。

（5）卫宗武（华亭）五古《再和易后韵为前韵六首》第 2 首"鹄术绿俗旭"（63—39432）。

（6）舒岳祥（宁海）七古《次韵和李寁父焰火行》第 2 韵段"烛续席"（65—40913）。

（1）、（2）涉及异文，难以取舍，（3）、（6）的次韵对象"许节推"、"李寁父"生平及籍贯不详，（4）、（5）不能明确次韵对象。因此，这 6 例暂不纳入这一通押中。

现统计所涉及诗人的区域分布，见下表。

表 4—38　屋烛部与质缉部通押所涉及诗人的区域分布

	楚州	太湖	台州	婺州	处衢	瓯江	合计
诗人数量	1	11	4	1	3	2	22

从通押方式与特征看，上述 6 例分别代表三种通押方式，其中主从通押二种：例 1、例 2 以押屋烛部为主，杂押入少数质缉部字（简称"质→

---

① "节推"是官名，"节度推官"的简称。许节推是陈造房州诗社的成员之一（陈小辉：《宋代诗社研究》，江西人民出版社 2012 年版，第 110 页），但其"名"、生平及籍贯不详。

屋"），共 13 例；例 3、例 4 以押质缉部为主，杂押入少数屋烛部字，共 13 例（简称"屋→质"）。例 5、例 6 为一质一屋的等立通押（简称"一质一屋"），共 2 例。具体如下表：

表 4—39　　　　屋烛部与质缉部通押韵例数量的区域分布

		楚州	太湖	台州	婺州	处衢	瓯江	合计
主从通押	质→屋		1	3		7	2	13
主从通押	屋→质	2	10	1				13
等立通押	一质一屋		1		1			2
合计		2	12	4	1	7	2	28

从总体押韵数量看，"质→屋"、"屋→质"大致持平，无明显押韵趋向。不过，就具体区域而言，二种主从通押的韵例分布有较明显的趋向性：太湖片"质→屋"、"屋→质"的押韵数量分别为 1、10，处衢、瓯江二片"质→屋"合计 9 例，无"屋→质"韵例。

中古通、梗二摄入声均收 -k 尾，臻摄入声收 -t 尾，深摄入声收 -p 尾，宋代江浙诗歌用韵屋烛、质缉两部通押也许说明宋代江浙诗人的语音中这两部韵字韵尾趋同、韵腹接近。

现在看这一通押韵例的代表字在现代江浙的读音。具体见下表。

表 4—40　　　　现代江浙屋烛、质缉两部韵字读音

	屋	玉	木	读	俗	日	出	白	色	立
淮阴	oʔ	y	moʔ	toʔ	soʔ	zʅʔ iaʔ	tsʰuəʔ	poʔ	səʔ	lieʔ
湖州	ʔoʔ	ʔŋ.ioʔ	ʔmoʔ	doʔ	zoʔ	ŋieʔ zəʔ	tsʰəʔ	bA	səʔ	ʔlieʔ
苏州	oʔ uɤʔ	ŋioʔ	moʔ	doʔ	zoʔ	zɤʔ文 ŋiɪʔ白	tsʰɤʔ	bɒ	sɤʔ	liɪʔ
宁波	ʔoʔ	ŋyoʔ	mɔʔ	dɔʔ	zɔʔ	ŋⁱiʔ ziɪʔ zɿʔ	tsʰɔʔ	bɐ	sɐʔ	liɪʔ

续表

	屋	玉	木	读	俗	日	出	白	色	立
杭州	ʔoʔ	fiyIʔ ɦiʔ	moʔ	doʔ	szoʔ	ʑɐʔ	tsʰɐʔ tsʰɐʔ	bɐʔ	sɐʔ	liIʔ
绍兴	ʔuoʔ	ȵyoʔ	moʔ	do	dzoʔ	ȵⁱiʔ zoʔ ziʔ	tsʰeʔ tsʰeʔ tsʰiʔ	bA	soʔ	liʔ
天台	uʔ	nyuʔ	muʔ	duʔ	zyuʔ	niIʔ	tɕʰyʔ	baʔ	søʔ	liIʔ
黄岩	ʔoʔ	ȵyoʔ	moʔ	doʔ	zoʔ	ȵieʔ	tsʰoʔ	bɐʔ	sɐʔ	lieʔ
金华	ʔuoʔ	ȵyə	mo	doʔ toʔ	szoʔ szo	ȵieʔ ȵieʔ	tɕʰyə tɕʰuyoʔ tsʰoʔ	bə baʔ bɐʔ pəʔ	soʔ	liə
衢州	ʔuo ʔouʔ	ȵyəʔ	məʔ	dəʔ	ʃɤʃʔ	ȵieʔ ɤʃʔ	tʃʰyəʔ	bA	soʔ	lieʔ
江山	oʔ	ȵioʔ	moʔ	doʔ	soʔ	nəʔ	tɕʰyɛʔ	baʔ	soʔ	liEʔ
温州	u	ȵyo	mo mu 旧	dou	jyo	zai 文 ȵiai 白	tsʰy 文 tsʰŋ 白	ba	se	li 文 lei 白

由上表可见，屋烛、质缉两部韵字除了湖州、绍兴、江山、温州四地不同韵之外，其他各地韵母相同或相近。江淮官话区淮阴"屋俗"与"白"同韵-oʔ；吴语太湖片苏州"屋"-uɤʔ与"日出色"-ɤʔ韵母相近，宁波"日出"与"屋木读俗"同韵-oʔ，杭州"出"与"屋木读俗"同韵-oʔ；台州片黄岩"出"与"屋木读俗"同韵-oʔ；婺州片金华"屋玉"与"日出白色"韵母相近；处衢片衢州"俗"与"日出"同韵-ɤʃʔ，"木读"与"色"同韵-əʔ。因此，总体上看，现代江淮官话区淮阴方言与江浙吴音能支持这一押韵。

三 铎觉、质缉通押，22人33例，如：

1. 华镇（会稽）杂古《神功盛德诗·亨龙三章》第1首"作翼泽锡"（18—12288）

2. 楼璹（鄞县）五古《织图二十四首·蔈帛》"尺帛惜著"（31—19601）

3. 戴栩（永嘉）七古《杨子京益壮楼》第 1 韵段"铄石泽"（56—35110）

4. 卫宗武（华亭）五古《送林松壑》"客壑著鹤"（63—39442）

5. 方一夔（淳安）五古《感兴二十七首》第 11 首"握角邈北鹜逐学榷璞"（67—42229）

6. 林景熙（温州平阳）五古《李两山侍郎仲氏儒而医》"略瘼泽蘖乐壑薄作漠托伯索鹤脉爵落药"（69—43510）

7. 王令（广陵）杂古《于忽操》第 3 首第 2 韵段"突缚"（12—8070）

8. 释崇岳（处州龙泉）四言《偈颂一百二十三首》第 64 首"白啄"（45—27819）

现统计所涉及诗人的区域分布，见下表。

表 4—41　　　铎觉、质缉通押所涉及诗人的区域分布

	扬淮	泰如	太湖	淳安	处衢	瓯江	合计
诗人数量	3	1	13	1	1	3	22

从通押方式与特征看，上述 8 例分别代表三种通押方式，其中主从通押二种：例 1、例 2、例 3 以押质缉部为主，杂押入少数铎觉部字（简称"铎→质"），共 7 例；例 4、例 5、例 6 以押铎觉部为主，杂押入少数质缉部字，共 22 例（简称"质→铎"）；例 7、例 8 为一铎一质的等立通押（简称"一铎一质"），共 4 例。具体如下表：

表 4—42　　　铎觉、质缉通押韵例数量的区域分布

		扬淮	泰如	太湖	淳安	处衢	瓯江	合计
主从通押	铎→质	1		5			1	7
	质→铎	2		16	1	1	2	22
等立通押	一铎一质	1	1			2		4
合计		4	1	21	1	3	3	33

从押韵总数看，"质→铎"多达 22 例，占这一押韵总数的 64.7%。"质→铎"中质缉部字出自臻摄、梗摄和曾摄入声，无深摄入声。具体如下：

臻摄没韵：骨、鹘

梗摄陌韵：客₆、伯₃、白₃、泽₂、索₂、额、宅

麦韵：脉、责、摘

曾摄德韵：北、得、贼

质缉部韵字共计 15 个，其中梗摄 10 个、曾摄 3 个、臻摄 2 个，其中梗摄陌韵 7 字，且 5 字反复出现，尤其"客"押韵 6 次。

现在看"铎→质"、"一铎一质"两种押韵形式中质缉部字的分布情况。

臻摄质韵：栗

没韵：突

梗摄陌韵：白₃、客₂、泽₂、迫

麦韵：策

昔韵：碧₂、石₂、惜₂、奕、掷、炙、尺、赤、适、瘠、籍、席

锡韵：笛、雳、寂、锡

曾摄职韵：翼

德韵：贼

深摄缉韵：泣

从三种通押方式看，入韵的质缉部字集中在梗、曾两摄入声，因此，这一押韵基本对应于梗、曾两摄舒声与宕、江两摄舒声通押即庚青部与江阳部的通押。由于梗、曾、宕、江四摄入声均收 -k 尾，联系"质→铎"占押韵总数 64.7% 的事实，铎觉、质缉两部通押的语音取向大体上应是梗、曾两摄韵字主元音混同于宕、江两摄韵字主元音。

现考察这一押韵代表字在现代江浙的读音。见下表。

表 4—43　　　　　现代江浙铎觉、质缉两部韵字读音

	学	落	作	郭	恶善~	客	白	泽	北	骨
南通	xoʔ 文 ɕiaʔ 白	loʔ	tsoʔ	kuoʔ	ŋoʔ	kʰɛʔ	pʰoʔ	tsʰɛʔ	poʔ	kuɜʔ
扬州	ɕiaʔ	laʔ	tsaʔ	kuaʔ	aʔ	kʰəʔ	poʔ	tsəʔ	pɔʔ	kuəʔ

续表

	学	落	作	郭	恶善~	客	白	泽	北	骨
苏州	jioʔ文 ɦoʔ白	loʔ	tsoʔ tsɤʔ口	koʔ	oʔ	kʰɒʔ	bɒʔ	zɤʔ文 zɒʔ白	poʔ	kuɤʔ
上海	ɦiaʔ文 ɦoʔ白	loʔ	tsoʔ	koʔ	oʔ	kʰɑʔ	ba	zəʔ	poʔ	kuəʔ
宁波	ɕoʔ ɦyoʔ ɦyɪʔ	lɔʔ	tsɔʔ	kɔʔ	ʔɔʔ	kʰɐʔ	bɐʔ	dzəʔ	pɔʔ	kuəʔ
绍兴	ɦoʔ ɦyoʔ	loʔ	tsoʔ	koʔ	ʔoʔ	kʰʌʔ	bʌʔ	zəʔ	poʔ	kuoʔ
淳安	hɑʔ	lɑʔ	tsɑʔ	koʔ	vuʔ	kʰɑʔ	pʰɑʔ	tsʰɑʔ	pəʔ	kueʔ
龙泉	ɔʔ	loʔ	tsoʔ	kʰoʔ	oʔ	kʰa	paʔ	tsaʔ	peʔ	kuʌʔ
温州	ɦo	lo	tso	ko	o	kʰa	ba	dza	pai	ky

由表可见，铎觉、质缉两部韵字在扬州、龙泉、温州韵母都分别不同，而其他各地存在韵母相同或相近的现象。江淮官话区南通"白北"与"学落作恶"韵母同为-oʔ，"郭"韵母-uoʔ，与"白北"韵母-oʔ主元音相同；吴语太湖片苏州、上海、绍兴"北"与"学落作郭恶"韵母亦同为-oʔ；太湖片宁波"北"与"学落作郭恶"同韵-ɔʔ；徽语严州片淳安"客白泽"与"学落作"同韵-ɑʔ。因此，今江淮官话南通方言，吴语太湖片如苏州、上海、绍兴、宁波等方言，徽语严州片淳安方言，均可大致支持这一押韵。

四 铎觉、月帖通押，10例：

1. 袁甫（鄞县）杂古《石松子》"雪绝越劣结著活灭伐竭撷嚼诀说别穴涸"（57—35849）

2. 陈著（鄞县）五古《和单君范古意六首·圃》"法歇灭列勺拙"（64—40268）

3. 华镇（会稽）四言《神功盛德诗·猗欤四章》第4首"洛作格芙"（18—12289）

4. 程俱（衢州开化）七古《二十八舍歌示钱定国显道》第1韵段"角恶阔"（25—16261）

5. 卫宗武（华亭）五古《赏桂》"索酌约岳狎礴萼达乐角薄落诺"（63—39430）。

6. 方一夔（淳安）五古《远游四十韵》"度爵索薄药鹗脚锷漠恶却涸昨阔斫药窦落缚着约霍跃诺钥酌乐镬洛玃嚼郭托廓错攫略泊壑鹤"（67—42270）。

7. 释原妙（吴江）杂古《偈颂六十七首》第43首"杀药著"（68—43165）。

8. 戴复古（黄岩）杂古《嘉定甲戌孟秋二十有七》第11韵段"达略"（54—33470）。

9. 释普济（四明奉化）四言《偈颂六十五首》第43首"裂乐"（56—35158）。

10. 释如琪（温州）四言《偈颂三十六首》第28首"著灭"（66—41217）。

有2个韵例要作说明，一是例2陈著（鄞县）五古《和单君范古意六首·圃》（64—40268）。这是一首和韵诗，所和对象是单君范。宋末剡源先生戴表元《单君范墓志铭》："吾剡源有为明经之学单氏，讳庚金，字君范。君范初与余俱以词赋行州里间，有微名。"① 可知，单君范与戴表元为同乡，剡源（即今浙江奉化剡源）人。故这一例计入此通押。二是沈辽（钱塘）七古《泰叔召食鲙》"割落"（12—8268），"落"字句："不得相从饱便腹，空听高吟何洒落。"月帖部曷韵"割"与铎觉部铎韵"落"押韵。不过"落"有异文，文渊阁《四库全书·云巢编》影印本"落"作"脱"。"脱"属月帖部，《广韵》山摄末韵徒活切、他括切等。如用"脱"，"割脱"则为月帖部内部的押韵。从文意看，倾向于"脱"，故这一韵例不计入此通押。

现统计所涉及诗人的区域分布，见下表。

表4—44　　　铎觉、月帖通押所涉及诗人的区域分布

	太湖	台州	淳安	处衢	瓯江	合计
诗人数量	6	1	1	1	1	10

① 详见宋戴表元《剡源集》，《丛书集成初编》本，中华书局1985年版，第240页。

从通押方式与特征看，上述 10 个韵例包含三种通押方式，其中主从通押二种：例 1、例 2 以押月帖部为主，杂押入少数铎觉部字（简称"铎→月"），共 2 例；例 3 至例 7 以押铎觉部为主，杂押入少数月帖部字，共 5 例（简称"月→铎"）；例 8、例 9、例 10 为一铎一月的等立通押（简称"一铎一月"），共 3 例。具体如下表：

表 4—45　　　　铎觉、月帖通押韵例数量的区域分布

		太湖	台州	淳安	处衢	瓯江	合计
主从通押	铎→月	2					2
	月→铎	3		1	1		5
等立通押	一铎一月	1	1			1	3
合计		6	1	1	1	1	10

由上述二表看来，这一通押集中在今吴语太湖片一带，共 6 例，其他江浙各地台州、淳安、开化、温州各 1 例；在押韵方式与特征上三种押韵形式无特别明显的倾向性，不过如果将等立通押"一铎一月"视为主从通押"月→铎"，那么"月→铎"可达 8 例，这样一来似乎昭示了此种押韵的倾向性即月帖部混入铎觉部，说明月帖部山摄入声-t 尾、咸摄入声-p 尾混入铎觉部江、宕二摄入声-k 尾，而且月帖、铎觉两部韵字的韵腹接近。

现在考察这一押韵代表字在现代江浙的读音。见下表。

表 4—46　　　　现代江浙铎觉、月帖两部韵字读音

	勺	落	作	角	药	达	灭	阔	杀	法
吴江盛泽	dzoʔ	loʔ	tsɔʔ	koʔ	ɦiaʔ	daʔ	mɪʔ	kʰuəʔ	saʔ	faʔ
吴江黎里	zoʔ	loʔ	tsoʔ	koʔ	ɦiAʔ	dAʔ	mɪʔ	kʰuəʔ	sAʔ	fAʔ
苏州	zoʔ	loʔ	tsoʔ / tsɤʔ □	koʔ	jiaʔ	daʔ	miɪʔ	kʰuɤʔ	saʔ	faʔ
上海	zoʔ	loʔ	tsoʔ	koʔ / kɐʔ	ɦiiʔ / ɦiɐʔ	dɐʔ	miɪʔ / mɪʔ	kʰauʔ	sɐʔ	fɐʔ

续表

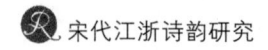

	勺	落	作	角	药	达	灭	阔	杀	法
绍兴	zoʔ	loʔ	tsoʔ	koʔ	ɦiAʔ	dæʔ dAʔ	miʔ	kʰuoʔ	sæʔ sAʔ	fAʔ
宁波	zoʔ zɐʔ	loʔ	tsɐʔ	kɔʔ	ɦiiʔ ɦiɐʔ	dɐʔ	mⁱɪʔ	kʰɐuʔ	sɐʔ	fɐʔ
黄岩	ziɐʔ	loʔ	tsɐʔ	kɔʔ	ɦieʔ	dɐʔ	mieʔ	kʰɐuʔ	sɐʔ	fɐʔ
淳安	sɔʔ	lɑʔ	tsɑʔ	koʔ	iɑʔ	tʰɑʔ	miəʔ	kʰɑʔ	sɑʔ	fɑʔ
衢州开化	ziɛʔ	loʔ	tsɐʔ	kɔʔ	iɛʔ	dʌʔ	miɛm	kʰuʌʔ	sʌʔ	fʌʔ
温州	ɦia	lo	tso	ko	ɦia	da	mi	kʰo	sa	xo

由上表可见，铎觉、月帖两部韵字在今江浙吴语、徽语严州片淳安方言均不同程度地存在着韵母相同或相近现象，如吴语太湖片吴江盛泽、苏州"药"与"达杀法"-iaʔ，吴语太湖片吴江黎里"药"与"达杀法"-iAʔ；吴语太湖片上海"角药"与"达阔杀法"韵母相同或相近："角"与"达杀法"-ɐʔ，"药"-iɐʔ，"阔"-ɐu；吴语太湖片绍兴"药"-iAʔ与"达杀法"-Aʔ的韵腹相同；吴语太湖片宁波"勺药"与"达阔杀法"韵母相同或相近："勺"与"达杀法"-ɐʔ，"药"-iɐʔ，"阔"-ɐu；吴语台州片黄岩"勺"与"达阔杀法"韵母相近："勺"-iɐʔ，"达杀法"-ɐʔ，"阔"-ɐu；吴语处衢片衢州开化"勺药"与"灭"均读-iɛʔ；吴语瓯江片温州"勺药"-ia韵与"达杀"-ɑ韵的韵腹相同，"落作角"与"阔法"-o；徽语严州片淳安"落作"与"达阔杀法"-ɑʔ，"药"-ia与"达阔杀法"-ɑʔ的韵腹相同。因此，今吴语太湖片吴江、苏州、上海、绍兴、宁波方言，吴语台州片黄岩方言，吴语处衢片衢州开化方言，吴语瓯江片温州方言，徽语严州片淳安方言，均大致支持这一押韵。

五　质缉、月帖通押

质缉部与月帖部通押83人177例，其中含"没月"相押的63例，所和之人不可考的和韵诗6例，剔除这两部分押韵，得到质缉部与月帖部实际通押108例，其中主从通押97例、等立通押11例。现在主要考察97例主从通押的情况。质缉部与月帖部的主从通押分为两种形式：一是以押质缉部为主杂入少数月帖部韵字，简称月帖部字押入质缉部；二是以押月帖部为主杂入少数质缉部韵字，简称质缉部字押入月帖部。

（一）月帖部字押入质缉部，42例，如：

1. 陆游（越州山阴）七古《湖山寻梅二首》第1首第1韵段"白脉雪"（41—25643）

2. 喻良能（义乌）五古《魄陶》"日秩折劫蛰迹秩檄扶月息适"（43—26923）

3. 叶适（永嘉）七古《送戴汉老》第1韵段"宅窟绝"（50—31233）

4. 苏洞（越州山阴）五古《鲁墟行》"日宅食活伯贼德得敌慝色厄击迹恻出一藉急易毕匹魄"（54—33877）

5. 陈淳祖（瑞安）五古《看云》"出日一术失说"（63—39405）

这一押韵涉及诗人29人，具体地理分布如下：今江淮官话扬淮片5人，吴语太湖片12人、台州片1人、婺州片3人、瓯江片6人，徽语严州片2人。

现统计押入质缉部的月帖部字及其入韵次数，见下表：

表4—47　　　　押入质缉部的月帖部字及其入韵次数

一等		二等		三等				四等	
山摄	咸摄	山摄	咸摄	山摄		咸摄		山摄	咸摄
曷韵	末韵	合韵	黠韵	鎋韵	月韵	薛韵	叶韵	乏韵	屑韵	帖韵
达$_1$	末$_4$沫$_3$抹$_2$活$_2$	合$_1$	杀$_1$	鸭$_1$	发$_4$月$_3$	绝$_7$雪$_5$折$_3$别$_2$说$_2$缺$_2$灭$_1$热$_1$爇$_1$彻$_1$歠$_1$列$_1$裂$_1$纈$_1$	叶$_1$	法$_1$	血$_2$决$_1$洁$_1$切$_1$	浃$_1$

押入质缉部的月帖部字共31个，其中一二等洪音8个，三四等细音23个，细音字数量将近洪音字的3倍。31个月帖部字中18字只入韵1次，

13 字入韵 2 次以上：绝$_7$雪$_5$末$_4$发$_4$月$_3$沫$_3$抹$_2$折$_2$活$_2$别$_2$说$_2$缺$_2$血$_2$。

（二）质缉部字押入月帖部，55 例，如：

1. 胡宿（常州）七古《谢御书飞白扇子歌》第 3 韵段"切节雪绝日札"（4—2055）

2. 余壹（江阴）杂古《重修朝宗门楼集句呈王》第 6 韵段"客发彻"（33—21243）

3. 姜特立（丽水）五古《子陵》第 2 韵段"歇灭日"（38—24116）

4. 陆游（越州山阴）五古《读唐书忠义传》"节色决血"（40—25421）

5. 卢方春（永嘉）五古《陟驼巘》"折洁说歇热结血舌出"（63—39383）

6. 方一夔（淳安）杂古《大雪》"缬折灭血绝折鳖热歇白列说"（67—42261）

这一押韵涉及诗人 33 人，具体地理分布如下：今江淮官话扬淮片 3 人、泰如片 1 人，吴语太湖片 16 人、台州片 3 人、处衢片 2 人、婺州片 2 人、瓯江片 5 人，徽语严州片 1 人。

现统计押入月帖部的质缉部字及其入韵次数，见下表：

表 4—48　　　　　押入月帖部的质缉部字及其入韵次数

臻摄				梗摄			曾摄		深摄
质韵	术韵	物韵	没韵	陌韵	麦韵	昔韵	职韵	德韵	缉韵
日$_4$ 蜀$_1$ 室$_1$	出$_4$	屈$_2$	骨$_5$ 没$_3$ 窟$_1$	白$_4$ 客$_4$ 陌$_1$ 隙$_1$	隔$_2$麦$_1$ 脉$_1$责$_1$ 厄$_1$策$_1$	石$_1$	色$_5$侧$_1$ 测$_1$亿$_1$ 食$_1$稷$_1$	北$_2$得$_2$ 墨$_1$默$_1$ 国$_1$黑$_1$ 惑$_1$刻$_1$	立$_1$ 入$_1$ 邑$_1$

押入月帖部的质缉部字共 36 个，其中 25 字只入韵 1 次，11 字入韵 2 次以上：骨$_5$色$_5$白$_4$客$_4$出$_4$日$_4$没$_3$北$_2$得$_2$隔$_2$屈$_2$。

月帖部的山摄入声收 -t 尾、咸摄入声收 -p 尾，质缉部的臻摄入声收 -t 尾、深摄入声收 -p 尾、梗、曾两摄入声收 -k 尾。月帖、质缉两部的大量通押表明两部韵字韵母的相近即韵腹、韵尾趋同。

今北部吴语丹阳、苏州等方言质缉、月帖两部字的韵母混读严重。具体见下两表：

表 4—49　　　　丹阳方言缉、月帖两部字的韵母读音

	一等	二等	三等	四等
咸摄	合韵、盍韵 -uæʔ、-æʔ、-yæʔ、-ɑʔ	洽韵、狎韵 -ɑʔ、-iɑʔ	叶韵、业韵 -iʔ、-æʔ、乏 -ɑʔ	帖韵 -iʔ
山摄	曷韵 -uæʔ、-æʔ、-ɑʔ、末韵 -uæʔ、-æʔ、-ɑʔ、-oʔ	黠韵、鎋韵 -ɑʔ、-iɑʔ、-uɑʔ	薛韵、月韵 -iʔ、-æʔ、-yæʔ、-ɑʔ、-y ʔ	屑韵 -iʔ、-yʔ
深摄			缉韵 -iʔ、-æʔ、-uæʔ	
臻摄	没韵 -uæʔ、-æʔ、-ɔʔ		质韵、迄韵 -iʔ、-æʔ、术韵、物韵 -iʔ、-yʔ、-æʔ、-yæʔ	
梗摄		陌韵、麦韵 -uæʔ、-æʔ	陌韵、昔韵 -iʔ、-æʔ、-yʔ	锡韵 -iʔ
曾摄	德韵 -uæʔ、-æʔ		职韵 -iʔ、-æʔ、-yʔ	

表 4—50　　　　苏州方言缉、月帖两部字的韵母读音

	一等	二等	三等	四等
咸摄	合韵、盍韵 -əʔ、-aʔ	洽韵 -iəʔ、-oʔ、-aʔ、-iaʔ 狎韵 -aʔ、-iaʔ、-ɑʔ	叶韵 -əʔ、-iəʔ、-oʔ、-aʔ 业韵 -iəʔ 乏 -aʔ	帖韵 -iəʔ、-iaʔ
山摄	曷韵 -əʔ、-aʔ 末韵 -əʔ、-oʔ、-uəʔ、-uaʔ	黠韵 -uəʔ、-aʔ、-uaʔ 鎋韵 -əʔ、-aʔ、-uaʔ	薛韵 -əʔ、-iəʔ、-yəʔ、-aʔ 月韵 -əʔ、-iəʔ、-yəʔ、-aʔ	屑韵 -iəʔ、-yəʔ、-iaʔ
深摄			缉韵 -əʔ、-iəʔ	
臻摄	没韵 -əʔ、-iəʔ、-uəʔ		质韵 -əʔ、-iəʔ　迄韵 -iəʔ 术韵 -əʔ、-iəʔ、-yəʔ 物韵 -əʔ、-yəʔ	

续表

	一等	二等	三等	四等
梗摄		陌韵 -əʔ、-iəʔ、-aʔ、-ɑʔ、麦韵 -əʔ、-iəʔ、-uəʔ、-aʔ、-ɑʔ	陌韵、昔韵 -əʔ、-iəʔ、-yəʔ、-aʔ、-ɑʔ	锡韵 -iəʔ
曾摄	德韵 -əʔ、-iəʔ、-uəʔ、-oʔ		职韵 -əʔ、-iəʔ、-yəʔ、-ɑʔ	

南部吴语温州方言质缉、月帖两部字的韵母也存在相同现象，如：

-i 韵：咸摄"叶业妾协"、山摄"折热别列"、深摄"立笠"、臻摄"毕笔必匹"、梗摄"碧壁璧劈敌"、曾摄"力即"。

-y 韵：咸摄"鸽"、山摄"割葛说血绝月"、臻摄"出术骨忽"、梗摄"核役"。

-a 韵：咸摄"搭塔塌拉"、山摄"达扎察杀"、梗摄"划择册额"、曾摄"或"。

六　其他

（一）屋烛、月帖通押，1例：

释慧晖五古《颂十六首》第 2 首"月铁曲节"（33—20892）

这是一首五言古诗，共 8 句，押偶句韵，第 5、6 句："唱出归家歌，恣吹还乡曲。""曲"入韵。"曲"属通摄烛韵，"月"属山摄月韵，"铁节"属山摄屑韵。《切韵》音系中通、山两摄韵字的韵腹和韵尾均有较大差距，这一押韵很难成立。慧晖，会稽上虞人。今上虞及其周边余姚、绍兴等地方言"曲月"韵母分别相同，可印证这一用韵。具体见下表：

表 4—51　　　　上虞、余姚、绍兴方言"曲月"读音

	上虞	余姚	绍兴
曲	tɕʰioʔ	tɕʰyoʔ	tɕʰyoʔ
月	ɦioʔ	ɦyoʔ	ɦyoʔ

第四章　宋代江浙诗韵的特殊韵例

（二）屋烛、质缉、月帖通押，1例：

戴复古五古《阿奇晬日》"谷熟硕日必发笔术敌北白缺直祝识益"（54—33463）

屋烛部韵字：谷熟祝，质缉部韵字：硕日必笔术敌北白缺直识益，月帖部韵字：发缺。

这一押韵可看成"屋烛、质缉通押"与"质缉、月帖通押"两式的叠加。

（三）铎觉、质缉、月帖通押，10例：

1. 卫宗武五古《约友秋赏》"策发落魄约白获错客驳酌壑宅"（63—39430）

2. 卫宗武五古《为叶宾月赋》"魄发刻若约膈虐豁凿客"（63—39431）

3. 卫宗武五古《雪晴》"折发落绝格灭索铁月赫膈白"（63—39433）

4. 卫宗武五古《次岁雪后作》"辖白腊札麦特掷洁帛阙刻蝶穴发豁嚣节若业说月绝灭雪"（63—39435）

5. 卫宗武五古《次韵酬李黄山》"策发落魄约白获错客驳酌壑宅"（63—39438）

6. 卫宗武七古《自王园归约诸友山行》第5韵段"窄恶乐蜡"（63—39450）

7. 陈著五古《四月十一日与妇小酌玉》"侧白色的闃客日发恻息一药昔黑"（64—40276）

8. 陈著杂古《送春醉吟》"薄脚刻迹著发拍著怍客酌逆白"（64—40294）

9. 舒岳祥五古《寇攘之余谷五斗才易一》"陌博翻栅窄客擘食帻席拆息石翼只策"（65—40895）

10. 方逢振五古《毛伯玉以六月廿七日来》"月绝血杀篦折涸发说诀易雪穴"（68—42810）

这一押韵可看成"铎觉、质缉通押"与"质缉、月帖通押"两式的叠加。

（四）屋烛、铎觉、质缉、月帖通押，3例：

1. 袁甫五古《江东巡部纪行》"陌埒足目摘侧矗白翻烛没秃簇沐窟圩浴伏礴宿侧瘠百忆脉极足麓福奕度列设月杰集识镬惜尺逐玉籍灭日臆力

职"(57—35850)

2. 戴埴杂古《雹》"射翻愕烁薄滑恶剥角灼幕拆洽落尺刷德雪鬱剧一刻法凿逼削剥热结灼杀革决洛错灭落决慝律熟络"(63—39390)

3. 戴埴七古《彗星》"出席乐直译臆色阒易职剥弱略慝猎域笔灭赫曲北辖宅佚室壁毕客食酌足格法饰刷肃妾息"(63—39391)

这一押韵较为复杂,牵扯4个入声韵部。似可看成"屋烛、铎觉通押"、"铎觉、质缉通押"以及"质缉、月帖通押"三式的叠加。

现在将入声韵部的上述前5种主要通押汇总成下表。

表4—52　　　　　　　　入声韵通押数量

通押条例	通押数量（例）	对应的阳声韵部
屋烛：铎觉	28	东钟：江阳
屋烛：质缉	28	东钟：庚青、真文
铎觉：质缉	33	江阳：庚青、真文
铎觉：月帖	10	江阳：寒先、监廉
质缉：月帖	108	庚青、真文：寒先、监廉

从上表可以看出,入声韵部通押可与对应的阳声韵部通押相呼应,如屋烛、铎觉通押对应东钟江阳通押,屋烛、质缉通押对应东钟、庚青通押与东钟、真文通押,铎觉、质缉通押对应江阳、庚青通押与江阳、真文通押,铎觉、月帖通押对应江阳、寒先通押与江阳、监廉通押。

入声韵部的通押反映入声各韵的韵基即韵腹、韵尾趋同。具体如下:屋烛、铎觉两部韵字的韵尾均为-k,二者的通押应是韵腹的趋同。质缉部含梗、曾、臻和深四摄入声,韵尾为-k、-t、-p,因此与屋烛的通押涉及到韵腹、韵尾的趋同。铎觉、质缉通押同样要求韵腹、韵尾相同或相近。月帖部含山、咸两摄入声,韵尾为-t、-p,与铎觉的通押涉及到韵腹、韵尾的趋同。质缉、月帖通押牵扯韵尾-k、-t、-p的混同,同时还要求韵腹趋同。

今江浙地区吴语韵母主要分为舒声韵和入声韵两个大类,其中入声韵带喉塞尾,《切韵》音系入声-p、-t、-k三种塞音韵尾消失（赵元任,1956:68、87）,不过,吴语东瓯片有些特殊,有入声而无入声韵,因而温州话"滴敌"与"低题"同韵,"答夺"与"端团"同韵,"落夺"与

"当唐"同韵,"捉局"与"钟共"同韵(颜逸明,1994:98)。同时,许多不同韵摄的字其韵母也相同,因而入声的混读现象很严重。如吴语的代表语音苏州话"一三四等的咸山、深臻、曾梗各摄,凡开合口、等和所拼声母相同者,韵母绝大部分相同,大都是 iəʔ 或 iʔ;宕摄一等、江摄二等(不含文读)和通摄一等的今韵母叶相同,都是 oʔ"。(汪平,1996:26)

宋代江浙诗韵中入声韵部之间的通押,一方面反映了宋代通语的音变(鲁国尧,1991;刘青松,1998;刘晓南,1999:141;刘晓南,2012:95),另一方面,基本可以得到现代江浙吴语入声语音特征的印证,因此又可视为宋代江浙吴音的反映。宋代江浙诗人在用韵中可能会不可避免地用到方音,因为"方言无形中支配着他们的用韵"(鲁国尧,1992)。所以,综合来看,宋代江浙诗韵中入声韵部的通押是立足宋代通语音变的宋代江浙吴音的反映,只是每一具体通押所反映的语音情况各有差别。

第五章 宋代江浙诗韵中的方音

第一节 宋代江浙方音特征综述

前文我们逐一考察了宋代江浙诗歌用韵中的特殊韵例，现作简要的整体概述。

一 阴声韵通押

1. 歌戈、麻车通押。40人76例，其中今江浙吴方言区69例，江淮官话区扬州、淮安、南通等地7例。现代江浙吴语基本能印证这些韵例。

2. 歌戈、萧豪通押。6人7例（含1例歌豪鱼通押），其中江浙吴方言区6例，江淮官话区扬州1例。相关现代江浙吴语、扬州方言均不能支持这一用韵。不过，义乌方言果、效二摄字韵母基本相同，读-o韵。另外，今金华兰溪话部分果摄字读成效摄字，如：玻波籤=包抱豹 pɔ，破=炮 pʰɔ，摩魔=毛茅 mɔ，左佐=早枣 tsɔ，搓=操 tsʰɔ，戈=高羔交 _{白读} 教 _{白读} kɔ。但是这一通押不涉及义乌、兰溪等金华地区的诗人。据刘晓南师研究，歌戈、萧豪通押是宋代闽音、蜀音的共同方音现象，宋代其他各地几乎看不到这一押韵。江浙地区的7例，暂视为临时合韵。

3. 支微、鱼模通押。101人262例，对应的阴入通押11例。现代江浙吴音完全能印证这些韵例。宋代南北诗人均存支微、鱼模通押现象，不过南方诗韵表现尤为突出，可认为是宋代吴、闽、皖、赣、蜀等南方方言的共同语音特点。

4. 歌戈、鱼模通押。31人43例：歌戈部字押鱼模部28例，鱼模部字押歌戈部 15 例。对应的阴入通押 3 例。现代江浙吴音中歌戈读鱼模现象较普遍，据陈立中（2004：142）《湘语与吴语音韵比较研究》，吴语的 77 个方言点中有 46 个点（约占方言总数的 60%）程度不等地存在中古果摄字主要元音念-u 韵的现象，与很大部分鱼模部字韵母相同。基本可判断歌戈读鱼模为宋代江浙吴地方音。

5. 麻车、皆来通押。14 例：皆来部为主杂入麻车部韵字有 6 例，麻车部为主杂入皆来部韵字有 8 例。对应的阴入通押 1 例。现代江浙吴语蟹摄二等字-i 韵尾脱落而读开韵尾，与麻车部韵母主元音相同，读-a 韵，这是现代吴语语音的主要特点之一。可确认皆来部韵字押入麻车部为江浙吴语方音特征。

6. 支微、皆来通押。91 例，分为两种类型：一是支微部韵段夹杂个别皆来部韵字 26 例（含一支一皆等立通押的 7 例），对应的阴入通押 1 例。其中皆来部"来"押入支微部达 13 次，可断为宋代吴音的反映。"开哀戒碍在载排街派海"等字，上古分别属支、之、微等部，中古则转入蟹摄，江浙诗人将这些字零星地押入支微部；"戒派"上古分属职、锡部，中古为怪、卦韵，江浙诗人亦将其押支微部。敦煌变文中皆来部与支微部相押 7 例，"可能由于中唐以后西北河西一带的方音哈灰佳皆等韵的元音偏前，读为 æ、uæi，或 e、ue"（周祖谟，1993：334、350），而现代江浙吴语佳皆哈等字韵母亦可读-æ、-e、-ɜ、-ɐ，均为前元音，可推宋代江浙方音哈灰佳皆等韵字似亦存元音偏前现象，故大致与支微部相叶。二是皆来部韵段夹杂个别支微部韵字 65 例。支微押入皆来的 32 个止摄合口字叶皆来集中北部吴语区，主要反映了宋代江浙吴音的特征，8 个止摄开口字押入皆来可能为古音的保留。这种押韵现象在宋代南方闽、赣、蜀诗词用韵中普遍存在，应为宋代南方方音的共同特征。

7. 萧豪、尤侯通押。19 人 35 例。集中在今南部吴语区。今南部吴语金华、云和丽水、温州等地，萧豪、尤侯部分韵字主元音相同或相近，因此可逆推萧豪、尤侯通押为宋代南部吴语的语音特征。

8. 支微、歌戈通押。10 例：以"支微部为主夹杂歌戈部韵字"（即"歌入支"）8 例，"歌戈部为主夹杂支微部韵字"（即"支入歌"）2 例。"歌入支"中歌戈部字有"过₆大歌"，加上"支入歌"中歌戈部字"可垛波何"，共计 7 个，这其中"过"字竟然出现 6 次，涉及 5 人，这 5 人分别来自楚州淮阴（张耒）、湖州（吴惟信）、越州山阴（陆游）、余杭（释延寿)、永嘉(释如珙)。来自不同区域的诗人,包括著名诗人陆游,不约而同地将"过"字押入支微部,这不能简单地用偶然合韵来加以解释,而应该是当时某种语音特征的反映,表明"过"很可能读 i 或 ui 之类韵母。现代吴语部分果摄三等字可读舌面前元音-i、-ui 等,如海门、德清、云和、江山、乐清念-i;常山念-i 或-ui 等;宣州片年陡、湾址也念-ui。同时,果摄一等字也有这种读法,如"左手"之"左"苏州白读念 tsi、海盐、海宁念 tɕi,"个"云和念 ki,"坐火"常山念 zi、xui。不但如此,吴语果摄字韵母还可念成舌尖元音,如"茄"温州念 dzʅ。而止摄开口字大多念 i、ɿ、ʅ(陈立中,2004:143—144)。这样一来,歌戈读支微就是很自然的事了,由现代反推宋代江浙方音中可能存在这种语音现象。

9. 鱼模、尤侯通押。5 例:其中 4 例为鱼模部韵字押入尤侯部,这 4 例就区域而言,3 例处现代北部吴语区,1 例处现代南部吴语区,现代吴音均不能支持。另外 1 例南通崔敦礼诗尤侯部"羞"与鱼模部"胡鱼"相押,现代南通方音仍支持这一押韵:"羞"韵母-y,"胡"韵母-u,"鱼"韵母-jy。

10. 鱼模、麻车通押。23 例:入韵的麻车部字有 7 个:下$_{17}$者$_3$野社夜迓槎。"下者野社迓"5 字上古属鱼部,而鱼模部字主要源于上古鱼部。"夜"上古属铎部,上古韵文中与鱼模部字押韵。槎"上古属歌部,《诗经》《楚辞》不作韵字,故不便具体考证其用韵。但从古音的角度看,它还是可以通过旁转的形式与鱼部通押。因此,整体看,这一通押视为仿古用韵。

11. 支微、麻车通押。7 例,其中"参差"之"差"入韵 3 次。"参差"之"差",《广韵》读支韵,音楚宜切,宋代诗歌一般押入支微部,这 3 首诗均将"参差"之"差"押入麻车部,似乎表明此"差"字读麻车部;3 首诗作者都是台州人,他们不约而同地将"参差"之"差"与其他麻车部押韵,暗示实际语音即他们的方音中"参差"之"差"很可能读成"差错"之"差",这一语音现象可从今台州方言中得到验证,如台州路桥方言"参差"、"差别"、"出差"等不同意义的"差"韵母同为-ᴀ。这一用韵,宋代四川词人程垓也有 1 例:《鹧鸪天·泪湿芙蓉城上花》"花差家涯他","差"字为前段第二句:"片飞何事苦参差。"现代某些西南官话的口语中"参差"之"差"读成"差错"之"差",鲁国尧先生(1981)推断"也许宋代程垓的口语也是这样"。台州 3 位诗人都将"参差"之"差"押入麻车,且现代台州路桥方言能支持这一用韵,因此可初步认定"差"字这一读音为台州方言的特殊读音。明州鄞县陈著、杭州汪元量分别将"夜"与"家"押入支微部,表明"夜"与"家"的韵母与支微部韵字韵母相同或相近,不过现代宁波、杭州方音"夜"与"家"与支微部韵字韵母不同。由于韵例太少,不便判断其语音性质,故暂存疑。

12. 支微、尤侯通押。6 例:尤侯部字共 7 个:"久母修求酉由候",从上古音的角度看,这 7 个韵字分属 3 个韵部:之部(久亩)、幽部(修求酉由)、侯部(侯)。上古之部"久亩"2 字《诗经》中均可与"以喜鲤止理"等字押韵,因此含"久亩"二字的韵段可能是仿《诗经》押韵之作;《诗经》等上古韵文未见"修求酉候由"这 5 个字押之部的韵例。现代高邮、苏州、温州等方言均不能支持此通押。

二 阳声韵通押

1. 真文、庚青通押。411 例。江淮官话泰如、扬淮两片以及江浙吴语区语音均能支持这一用韵。如现代"吴方言区韵尾 n、ŋ 的对立绝大部分地点消失"(钱乃荣,1992:16),"臻摄、梗摄字常常用同样的鼻音作韵尾",要么读 n 尾,要么读 ŋ 尾,少数读鼻化韵或阴声韵(颜逸明,1994:37、71、99)。这是宋代南方方言的一大共同特点。

2. 真文、侵寻通押。159 例,其中徐州中原官话区 1 例、江淮官话区(泰如、扬淮)18 例、吴方言区 126 例、徽语区淳安 14 例。

3. 寒先、监廉通押。187 例,其中江淮官话区扬淮片 28 例、吴方言区 140 例、徽语区淳安 19 例。总体上,真文、侵寻通押与寒先、监廉通押这两类通押应反映出 -m 尾向 -n 尾变化的轨迹。这说明宋代江浙方音中许多侵寻、监廉两部字的闭口韵尾向抵腭韵尾演变。

4. 江阳、寒先通押。29 例,其中江淮官话区泰如片 3 例、扬淮片 5 例,吴方言区 21 例。中古山、宕两摄主元音相同或相近,随着 -n 尾和 -ŋ 尾的相混或脱落,两摄舒声读音也就有可能相同,江浙诗人用韵中山、宕两摄的通押即其表现。今江淮官话区江阳、寒先两部字基本读鼻化韵,且主元音相同或相近。现代吴语如桐庐、义乌、温州等地方言亦可印证此类押韵。

5. 江阳、监廉通押。4 例,诗人所在地(通州静海、华亭、盐官、钱塘）的现代方音均不能印证其用韵。不过，今吴方言其他区域江阳、监廉两部字有同韵现象，如苏州方言馅_白读_ = 壤酿嚷攘 ȵiã，桐庐方言"沾庵参斩三"与"章肮仓长桑"读-aŋ韵，义乌方言贪 = 汤 tʰan、蓝 = 狼 lan，浙南莘塍瓯语、鳌江瓯语咸摄"胆"念 tɔ，宕摄"党"念 to，二字读音相近。龙游、广丰、常山、云和、庆元等南部吴语区宕两摄字均可读鼻化音，主元音基本上为-ɑ、或-a 等。

6. 真文、东钟通押。7例。语音取向可能是真文读成东钟，今吴方言存在臻摄字读作通摄的现象。

7. 真文、江阳通押。10人12例，10位诗人所在地的现代方音均不能印证其用韵。这一押韵的语音依据有待进一步研究。

8. 寒先、庚青通押。11例，诗人所在地的现代方音均不能印证其用韵。不过，处州遂昌方音这两部部分字韵母完全相同或主元音相同，如寒先部开口"难山颜眼产"与庚青部开口"横行_～为_"读-aŋ韵，寒先部合口"弯灌"与庚青部开口"梗"韵母为-uaŋ，庚青部开口"彭猛柄打争耕生"韵母为-iaŋ。

9. 寒先、东钟通押。4例，诗人所在地（绍兴、衢州江山、越州山阴、四明）的现代方音均不能印证其用韵。但现代南部吴语却存在寒先与东钟读音相近甚至相同的现象，如衢州常山方言山、通二摄韵母均读鼻化音，而且二摄的主元音相近或相同："肝岸汉寒"与"松_～树_"念-õ韵，"浓龙"念-iõ韵，"山办盏"与"冬风虫"念-ã韵。温州话部分山摄字白读或俗读与通摄字同韵，如"沿_俗读_卷_白读_串_白读_穿_白读_"与"荣容融溶中终忠终冲充宠"读-yoŋ韵。

10. 侵寻、东钟通押。3例，诗人所在地（楚州淮阴、高邮、婺州义乌）的现代方音均不能印证其用韵。但是处衢地区有侵寻、东钟同韵现象，如云和方言鼻音尾只有-ŋ，通摄"东通风"与深摄"深针沉"均可读-əŋ韵。

11. 侵寻、江阳通押。2例，诗人所在地（楚州淮阴、婺州金华）的现代方音均不能印证其用韵。

12. 庚青、江阳通押。59例。今江浙吴语、江淮官话南通方言梗、曾二摄字与宕摄韵同或韵近的事实，可反推宋代江浙诗人用韵的语音依据。

13. 东钟、江阳通押。18例。东钟部与江阳部通押虽然没有明显的语音取向，不过其语音性质较为清晰：江阳部纯江韵字与东钟部相押的3例是魏晋语音的痕迹。其他15例中一部分能找到语音依据，现代方音能够证明其用韵，因此可看成宋代江浙方音的反映，如薛季宣杂古《跋蜡虎图》"从"字押江阳部、丽水姜特立《黄正言为邑宰累罢郡送行》"望"字押东钟部、《乙卯春自郡归赏牡丹适》"浓"字押江阳部；另一部分的韵字在现代方音中韵母相近，这一用韵大致可视为音近叶韵，涉及诗人有永嘉薛季宣与叶适、台州贾似道与释可湘、湖州释道昌；还有一部分韵例现代方音不能支持，但是从其押韵特点看，可能反映出宋代江浙某地区特殊读音，如杭州3例、金华2例整体上看是个别江阳部字读东钟部，也许暗示宋代杭州、金华方音江阳部某些字的主元音与东钟部的主元音趋同。剩下2例（瑞安陈傅良、苏州叶茵各1例）由于零碎分散，其语音性质不明，暂录存疑。

14. 东钟、庚青通押。9例。东钟部与庚青部通押中的两种主从通押各有押韵理据。"庚入东"与宋代通语音变"庚青部部分牙喉合口字及唇音字转入东钟部"有一定关联，"东入庚"可能为"北音南移"而留下的方音。今江浙一带方言基本不能支持这一用韵，不过，个别东钟部字有读作庚青部的现象，如丽水方言"松"有 dziŋ 和 sɔŋ 两读，"僧"读 tsɛiŋ；高淳"登""东"同韵，读-əŋ。

三 阴声韵与阳声韵通押

1. 支微、寒先通押。6例。楚州淮阴张耒、通州静海崔敦礼、温州永嘉叶适每人各2例。

2. 支微、监廉通押。2例。全部出自台州诗僧（师体、可湘）。

上述两种通押基本可与现代江浙方音古山、咸两摄字韵尾的弱化、脱失相对应。现代江浙吴语古山、咸两摄字"没有一处是用脚踏实地的-n 或-m 辅音性韵尾的，……大概不是用半鼻音的元音就是用纯口音的元音"（赵元任，1956：66），也就是说，古山、咸两摄字在现代江浙吴语中鼻化现象和鼻音韵尾脱失现象严重（陈立中，2004：133）。具体来说，就山摄舒声而言，开口一、二等寒、山、删韵字以读韵母-ẽ、-ɛ̃、-ɜ-和-æ为主，开口三、四等仙、先韵字一般读韵母-ĩ、-iĩ、-iẽ、-iɜ̃或-ɪ-、-iɪ、-ie、-iɛ；合口一等桓韵字读-uø类韵，合口二等山、删韵字读韵母-uæ、-ɜu、-au、

-ø等，合口三、四等元、仙、先韵字多读韵母-æ、-uæ、-yẽ 和-ye、-yø。现代吴语古咸摄字的读音与山摄字大致相同（钱乃荣，1992；陈立中，2004）。而现代吴语止摄字几乎都读-i、-ๅ类韵母，蟹摄开口三等祭、废韵和开口四等齐韵读-i、-ๅ、-ie等韵母（钱乃荣，1992）。可见，现代江浙吴语古山、咸两摄舒声开口三、四等字韵尾弱化、脱失后与止摄、蟹摄开口三、四等字的韵母相近、相同。今江淮官话扬淮片、泰如片方言不能印证张耒、崔敦礼诗的押韵。

3. 皆来、寒先（含个别监廉部字）通押。3例。淮阴张耒七绝《雨霁》"还徊"，今淮阴方言可反推张氏用韵："还~原"韵母-ei 或-uã，皆来部字韵母-ei、-uei、-ɛ、-uɛ、-yɛ，如"徊"读-uei 韵。鄞县陈著五律《挽陈菊坡枢密二首》第2首"开间关山"，今宁波、苏州等北部吴语区部分山、咸摄一、二等字韵尾脱失，与蟹摄字韵母相同或相近。淳安方逢振杂古《示湖田菴僧》"川盘龛泉田缘渊专蠲颠煎眠禅穿鞭前鬼耕坚燃年天钱千贤"，今淳安方言不能支持方氏用韵。

4. 支微、庚青通押。3例。整体来看，其押韵方式应是庚青部字押入支微部。这一押韵见于宋代文献，为关中秦音的表现。受《宋代闽音考》的启发，这可能是"北音南移"（刘晓南，1999：163）的体现。这些南迁的西北流寓之士很可能将西北关中秦音带到了江浙等南方地区。

5. 支微、真文通押。2例。例少存疑。

6. 萧豪、东钟通押。1例。释如琪六言《偈颂三十六首》第6首"浩孔"。孤例存疑。

四　阳声韵与入声韵通押

有寒先与月帖通押、东钟与屋烛通押等15种组合，28例：阳声韵与入声韵同摄同组韵2例、部分阳声韵与入声韵同摄同组韵5例、阳声韵与入声韵同摄异组韵4例、阳声韵与入声韵异摄17例。

综合押韵特征、押韵倾向和现代江浙语音，我们认为宋代江浙诗人用韵中阳声韵与入声韵通押得以实现，很可能是阳声韵与入声韵均转化为阴声韵，使得二者以阴声韵的形式押韵，即"阳入同变"。

阳声韵与入声韵同摄同组韵2例与部分阳声韵与入声韵同摄同组韵5例如用"阳入同变"解释还是说得过去的：如"言/月"分属山摄元韵、

月韵,"梦/目秃哭读"分属通摄送韵、屋韵,"尽/质一"分属臻摄轸韵、质韵。阳声韵与入声韵同摄异组韵 4 例可能表明"同摄异组韵"的主元音相近,如"安/诀"虽然同属山摄,但"安"属寒组舒声,"诀"属先组促声,二者相押也许暗示其主元音相近。至于阳声韵与入声韵异摄 17 例押韵可能是更大范围的音近相押,如"云/色"中"云"属臻摄舒声文韵,"色"属曾摄促声职韵,其同组平声为蒸韵,"云色"相押至少表明二者的主元音接近。事实上,文韵、职韵(蒸韵)含有相近的主元音,因为宋代江浙诗韵中真文部与庚青部通押相当普遍,其中就包括文韵与蒸韵的混押。

五 部分入声韵通押

1. 屋烛、铎觉通押。28 例。全部处今江浙吴语区。现代江浙吴语基本上能支持这一押韵,北部吴语区江阴、苏州方音屋烛、铎觉两部韵字韵母相同,主要读-oʔ、-ioʔ;南部吴语区温州方音屋烛部读-o、-yo 等韵,铎觉部读-o 韵。

2. 屋烛、质缉通押。28 例。除楚州淮阴张耒 2 例之外,其他 27 例集中在今江浙吴语区。现代江淮官话区淮阴方言与江浙吴语能支持这一押韵。

3. 铎觉、质缉通押。33 例。分布于今江淮官话区、江浙吴语区、徽语区。今江淮官话南通方言,吴语太湖片如苏州、上海、绍兴、宁波等方言,徽语严州片淳安方言,均可大致支持这一押韵。

4. 铎觉、月帖通押。10 例。分布于今江浙吴语区、徽语区。今吴语太湖片吴江、苏州、上海、绍兴、宁波方言,吴语台州片黄岩方言,吴语处衢片衢州开化方言,吴语瓯江片温州方言,徽语严州片淳安方言均大致支持这一押韵。

5. 质缉、月帖通押。108 例。分布在今江淮官话区、江浙吴语区、徽语区。今北部吴语丹阳、苏州等方音质缉、月帖两部字的韵母混读严重。南部吴语温州方言质缉、月帖两部字的韵母也存在相同现象。

宋代江浙诗韵中入声韵部的通押是立足宋代通语音变的宋代江浙吴音的反映,只是每一具体通押所反映的语音情况各有差别。

通过上述整体梳理,运用"历史文献考证法"与"历史比较法"相结合的基本研究方法，初步归纳特殊韵例所反映的宋代江浙方音特征 20 条，具体如下：

（1）歌戈、麻车通押，（2）支微、鱼模通押，（3）歌戈、鱼模通押，（4）麻车、皆来通押，（5）支微、皆来通押，（6）萧豪、尤侯通押，（7）支微、歌戈通押，（8）真文、庚青通押，（9）真文、侵寻通押，（10）寒先部、监廉部通押，（11）江阳、寒先通押，（12）江阳、监廉通押，（13）真文、东钟通押，（14）庚青、江阳通押，（15）东钟、江阳通押，（16）东钟、庚青通押，（17）支微、寒先（或监廉）通押，（18）皆来、寒先（含个别监廉部字）通押，（19）支微、庚青通押，（20）部分入声韵部通押。

第二节 宋代江浙方音特征的地域分布

现代江浙境内主要的方言是吴方言，其次江苏北部有中原官话和江淮话，浙江南部有少部分的闽方言，西边的淳安、建德（部分）属徽语。其中吴方言所占区域最大，涵盖江苏南部、整个浙江，《中国语言地图集·汉语方言》将吴语划分为六片：太湖片、台州片、瓯江片、婺州片、处衢片、宣州片，江浙就占了前五大片。《中国语言地图集》给吴语分区的最主要依据是"塞音"三分，即"古全浊声母多数点今仍读浊音，与古清音声母今仍清音有别。"这是吴语声母的最大特征。韵母方面还有很多区别特征，如蟹摄二等字不带-i 尾；咸山两摄字不鼻尾，读口音或半鼻音等（侯精一，2002：71—73）。

上一章，我们分析了宋代江浙诗歌用韵所反映的方音特征 20 条，从地域看，20 条方音特征的分布有不平衡性，有些特征较多出现在某一地区，其他地区不见或偶然一见；有些特征尽管各个地区都有，但入韵字，入韵数量等各不相同。因此，可以利用这种"不平衡性"来拟测不同地域之间的语言差异。我们将这些特征排列相应的区域，得到宋代江浙方音特征的地域分布概况表 5—1，第 20 条部分入声韵通押情况复杂，另立表 5—2。"支歌"指"支微、歌戈通押"，"支"是"支微部"的简称，"歌"是"歌戈部"的简称。表中其他通押形式亦为简称。

第五章 宋代江浙诗韵中的方音

表 5—1　　　　宋代江浙方音特征的地域分布概况（1）

	支歌	东庚	真东	歌鱼	支皆	支鱼	歌麻	萧尤	江寒	真庚	真侵	庚江	东江	寒监	麻皆	支寒监	皆寒监	支庚	江监
徐州	-	-	-	-	-	+	-	-	+	+	-	-	-	-	-	-	-	-	-
淮安	+	-	-	+	+	+	+	-	+	+	+	-	+	-	+	-	+	-	-
扬州	-	+	-	+	+	+	+	+	+	+	-	+	+	-	-	-	-	+	-
南通	-	-	-	-	+	-	+	+	+	+	-	-	-	-	-	-	-	-	+
苏州	-	-	-	+	+	+	-	+	+	-	-	-	+	+	-	-	-	-	-
杭州	+	+	+	+	+	+	+	+	+	+	+	+	+	-	-	-	-	-	+
宁波	+	-	-	+	+	+	-	+	+	+	-	+	+	-	+	-	-	-	-
淳安	-	+	-	+	+	+	-	+	-	+	-	+	+	-	+	-	-	-	-
天台	-	+	+	+	+	+	-	+	+	+	+	+	+	-	-	-	+	-	-
黄岩	-	-	-	+	+	+	+	+	+	+	-	+	+	-	+	-	-	-	-
金华	-	+	-	+	+	+	+	+	+	+	+	+	+	-	-	-	-	-	-
丽水	+	-	-	+	+	+	+	+	+	+	+	+	+	-	-	-	-	-	-
衢州	-	-	-	+	+	+	+	+	+	+	+	+	+	-	-	-	-	-	-
温州	+	-	+	+	+	+	+	+	+	+	+	+	+	+	+	-	-	-	-

表 5—2　　　　宋代江浙方音特征的地域分布概况（2）

	屋铎	屋质	铎质	铎月	质月
徐州	-	-	-	-	-
淮安	-	+	-	-	+
扬州	-	-	+	-	+
南通	-	-	+	+	+
苏州	+	+	+	+	+
杭州	-	+	+	+	+
宁波	+	-	+	+	+
淳安	-	-	+	+	+
天台	-	+	+	-	+

续表

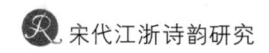

	屋铎	屋质	铎质	铎月	质月
黄岩	-	+	-	-	+
金华	+	+	-	-	+
丽水	+	-	-	-	-
衢州	+	+	-	+	+
温州	+	-	+	+	+

表中"+"表示有该种通押,"-"表示不见该例,横读上表,表中大致由"+"构成六个矩形,这六个矩形似乎可以代表宋代江浙方言的内部划分:最上端是徐州,属今中原官话。淮安、扬州地处江苏北部,为江淮官话。南通、苏州、杭州、宁波、淳安分处苏南(南通除外)、浙北,大体相当于今吴语太湖片,或称北部吴语区;天台、黄岩地处浙江东部沿海,今属吴语台州片;金华、丽水、衢州处在浙江中部、南部,今属吴语婺州片、处衢片;温州位于浙江东南,今属吴语瓯江片。

从表5—1可见,宋代扬州方音与吴语太湖片虽很接近,但差距亦很大。现代扬州方言属江淮官话,西晋时扬州一带仍属吴语区,永嘉丧乱后,北方移民带来的北方话对吴语发动了"语言入侵"(鲁国尧,2002),最终北方话占有了吴语的许多地盘,其中就包括扬州,所以宋代扬州话虽与北部吴语有很大差距,但毕竟有西晋吴语的底子,与吴语有很多相似性。

南通与苏州、杭州、宁波、淳安划归同一区域。南通地区今有四种方言:如海话、南通话、海启话、四甲话,其中如海话属江淮官话通泰片;南通话是江淮方言的延伸,很大程度表现江淮方言与吴方言北片交错过渡的一些特征。海启话则属吴方言太湖片苏沪嘉小片;四甲话性质类似南通话,具有江淮方言与吴方言北片某些特征(鲍明炜,2002)。南通与苏北吴语同一区域说明其方言的吴语色彩很浓,但与苏北吴语还是有一些差距,如表中"歌鱼""支皆""麻皆""萧尤""东江"5种通押,在苏北吴语较为突出,而南通却没有用例。南通在南北朝到隋代是海中沙洲,直到4世纪以前这属吴地,居人与江南一带多有流通往来。东晋时,出现大量北方移民,人口大增。隋唐早期,这一带又出现了大批经扬、泰转徙定居的外地移民。唐末黄巢起兵,北方山西、河南、山东等北方士民纷纷移居（鲍明炜、王均，2002：1—2）。所以受北方官话和南方吴语的影响，宋代南通有江淮官话、吴语之分，但似乎以吴语为主。

从另一角度看，这里涉及到江淮方言和吴语的边界问题。现代方言的田野调查，"可以细致地就许多语音（词汇）特点之间的联系与差异画出地域分布的同语线，从而描述方言与次方言的分野。"（刘晓南，1999：238）如：史皓元、石汝杰、顾黔（2006）设计9条属性检测标准，对江淮官话、吴语的边界问题进行了详尽调查，即是这方面的一次重大实践。但文献语言的调查，"由于受制于文献语言的非口语性和不完全性，很难据以画出准确的同语线"（刘晓南，1999：238），只能大致拟测区域间语言差异。所以我们很难画出宋代南通一带江淮官话与吴语的同语线，只知其方言有过渡性。

淳安话今属徽语，上表中宋代淳安诗人的特韵与北部吴语区诗歌用韵很接近，因此，我们将其划归北部吴语区即吴语太湖片。可以认为宋代淳安大致以吴语为主，后来继续发展，才演变成现在的徽语。

金华、丽水、衢州三地特韵构成一个矩形，表明宋代三地方言相近。从历史看，衢州是唐代分婺州信安县所置。处州（今丽水）开发较晚，东汉末才置平昌、松阳二县，而此二县靠近秦时已设置的大末县（即今衢州前身）。可见三地有较深的历史渊源，方言相近就是情理中事。现代金华话属吴语婺州片，丽水、衢州属吴语处片衢片，则是宋后发展的结果。

宋代江浙诗歌用韵所反映方音特征的不平衡分布所形成的六大区域，大致与现代江浙方言区域分布相对应，也就是说现代江浙方言的区域分布在宋代即已具雏形，其中江浙吴语的划分与周振鹤、游汝杰（2006：87—88）根据现代方言区划和南宋政区界线相重合的部分所拟的宋代江浙吴语的分区基本一致。

第三节　宋代江浙方音与宋代其他方音的比较

除江浙之外，宋代其他地区诗文用韵及方音的研究已取得了丰硕的成果，如北京（丁治民，2006；乔全生，2008）、山东（鲁国尧，1979；李爱平，1985；白钟仁，2001)、河南（周祖谟，1966A；谢洁瑕，2005A）、湖南（田范芬，2000）、江西（程朝晖，1986；罗德真，1990；鲁国尧，1992；杜爱英，1998A；李无未、李红，2008）、福建（鲁国尧，1989；刘晓南，1999）、四川（鲁国尧，1981；唐作藩，2001；刘晓南，2012）等七大地区的实际语音状况逐渐清晰。现将宋代江浙方音的上述20条特征与宋代其他七大地区方音进行比较，具体见下表。几点说明：表头所列宋代江浙方音特征以数字表示，数字对应上文条目序数。与宋代江浙方音对应的标记为"＋"，不能对应的为空白，不能确定属于方音的混押，标记为"－"。末尾附上现代江浙吴音，简称"现代"。

表5—3　　宋代江浙方音特征与宋代其他七大方音比较

	1	2	3	4	5	6	7	8	9	10	11	12	13	14	15	16	17	18	19	20
北京	-	-						-	-					+				+		
山东	-		-		-		+	+	+	-			-	-		+				-
河南	+																			
湖南						+		+	+	+										
江西	-	+												+						
福建	+	+	+	-	+		+	+	+	+	-	+	+	+	+					+
四川	+	+	+	+		+		+	+	+		+	+	+	+					
现代	+	+	+	+	+	+	+	+	+	+	+	+	+	+	+		+	+		+

第1条"歌戈、麻车通押"，北京金代10例，其中元好问9例，均为"碑""碑铭""墓表""墓铭"等"文"的用韵，另1例为刘从益的五言古体诗（丁治民，2006：143—144；乔全生，2008：141—142）。山东词韵12例，其中辛弃疾11例，李清照1例（鲁国尧，1979）。北宋山东诗人7例，其中王禹偁1例、晁说之2例、晁补之3例、李之仪1例（白钟仁，2001）。北京、山东这一用韵的诗人覆盖面极为狭窄，可视为诗人个别现象，难以断定为方音。河南诗词8例（谢洁瑕，2005A），宋代邵雍《皇极经世书·声音倡和图》、宋代韵图《四声等子》《切韵指掌图》歌麻合图。唐代河南诗歌即歌戈、麻车相协（周祖谟，1966A：604、605），再加上现代河南洛宁、林县方音歌戈、麻车韵字的韵母相当相接近，大致确认歌戈、麻车通押是宋代河南方音。北宋江西诗歌12例（杜爱英，

1998A),江西吉安音注7例（李无未、李红，2008：134），相关研究成果均不能确定为方音现象。福建5例，今福建方音"歌""麻"的白读音完全相协，为宋代福建方音（刘晓南，1999：208—209）。四川18例，说明宋代四川方音中歌""麻"的"音色相对要接近得多"，因而出现叶韵（刘晓南，2012：140—142）。

第2条"支微、鱼模通押"，宋代北京诗1例、文4例（丁治民，2006：109—110），山东诗2例、词1例、文1例（白钟仁，2001），河南诗6例、词1例（谢洁瑕，2005A），上述三地用例偏少。相比之下，其他地区数量较大，江西诗词60例（杜爱英，1998A），江西吉安音注13例（李无未、李红，2008：104），福建诗词文66例（刘晓南，1999：179），四川诗词文105例（鲁国尧，1981；刘晓南，2012：122）。联系江西、福建、四川的现代语音，可推知上述用韵是江西、福建、四川方音入韵的结果。这一用韵应是宋代广大南方地区如江西、福建、四川、江浙共同的方音特征。另外，安徽诗72例，且现代徽州方音可验（丁治民，2007）。

第3条"歌戈、鱼模通押"，河南诗2例（谢洁瑕，2005A），江西词韵1例（鲁国尧，1992），二地例少，似属偶然。福建10例，其中诗3例、词4例，文3例，闽地鱼模字的白读与歌戈字韵或主元音相同，因此歌戈、鱼模通押是宋代闽音的反映（刘晓南，1999：173—176）。四川诗1例，文3例，显示"宋代四川方音中歌戈部部分牙音字的韵母与鱼模相通"（刘晓南，2012：139—140）。

第4条"麻车、皆来通押"，四川诗文26例，其中麻车押入皆来7例，集中在四川西部，今四川乐山方音麻韵部分字读-ei韵，与皆来字韵母相同，另一部分皆来押入麻车19例，推测宋代四川方音"有较大部分皆来部字实际读音中-i韵尾脱落或读得含混"，所以与麻车部韵近而叶韵（刘晓南，2012：146—149）。福建仅1例：漳州陈淳七古《仙霞岭歌》皆韵"怀"押入麻韵诸字，"这种用韵是早期吴语影响的产物"（刘晓南，1999：216—217）。

第5条"支微、皆来通押"，宋金北京12例（丁治民，2006：110、111、145），山东词韵4例（鲁国尧，1979），河南6例（谢洁瑕，2005A），可视为一般合韵。江西词8例（鲁国尧，1992），诗19例（杜爱英，1998A），吉安音注灰咍、佳皆与支微互注8例（李无未、李红，2008：107），不能确认为为方音。福建支微部合口字押入皆来18例，皆来押入支微 2 例，今闽音不能验证，考虑到这些韵例作者来自闽北、闽中、闽东，靠近吴地，因此"有可能是受早期吴语影响的方音现象"（刘晓南，1999：217—220；刘晓南，2012：242）。四川诗文 36 例，其中皆来入支微（含等立通押）24 例，"来"字叶支微 11 次，"极可能是宋代四川方音中'来'读'厘'音的特殊现象"，另一部分是支微入皆来 12 例，涉及支微合口字 4 个"巍醉椎槌"，共 4 例，支微开口字"时事"等 9 个，共 8 例。支微押入皆来"应当反映了宋代南方方音的共同语音特征"。（刘晓南，2012：142—146）

第 6 条"萧豪、尤侯通押"，河南 2 例（谢洁瑕，2005A），系偶然合韵。江西词 35 例（鲁国尧，1992），诗 20 例（杜爱英，1998A），吉安音注萧豪、尤侯二者互注 29 例（李无未、李红，2008：131），且今江西方音可印证，因此这一通押应当"透露了当时江西方言的痕迹"（鲁国尧，1992）。福建 38 例，集中在闽东、闽北，今闽东方音完全可印证，今闽北建瓯萧豪、尤侯的白读音可协。四川 89 例，其中诗 58 例，词 2 例，文 29 例，宋代笔记《道山清话》有"好"作"吼音"的记载，这一押韵是宋代四川的方音现象（刘晓南，2012：134—136）。湖南 2 例，诗、词用韵各 1 例，现代湘方言部分地区萧尤同韵（田范芬，2000）。

第 7 条"支微、歌戈通押"，山东诗 2 例、文 1 例，其语音性质不明（白钟仁，2001）。江西诗韵 3 例，词韵 1 例，今江西余干话支微部分字与歌戈大部分字韵母相同，读-o，因此这一押韵是江西方言特点（杜爱英，1998A）。吉安音注中止摄与果摄混注 5 例，不过是假性音注（李无未、李红，2008：100）。福建 1 例，为诗韵，可能为魏晋古读的保留（刘晓南，1999：205—206）。

第 8 条"真文、庚青通押"，真文部与庚青部通押是抵腭韵与穿鼻韵的通押，真文、庚青两部韵字均为舁音，它们主元音相同，二者的通押是韵尾-n、-ŋ 的混同。北京宋、金时期 12 例（丁治民，2006：116、151）。河南 70 例，内含真文、庚青、侵寻通押的 15 例，"真文、庚青大量混押是宋代河南语音的一个显著而重要的特征"（谢洁瑕，2005A）。山东 98 例（白钟仁，2001），江西 158 例，其中诗韵 30 例（杜爱英，1998A），词韵 128 例（鲁国尧，1992），吉安音注臻摄与梗曾摄合用 35 例（李无未、李红，2008：117）。福建 225 例，而且显示真文部-n 尾向庚青部-ŋ 尾演变（刘晓南，1999：192—195）。四川则比较特殊，诗韵 447 例，占真文、庚青押韵总数的 10.2%；文韵 168 例，真文、庚青押韵总数的 16.3%；词韵 39 例，占两部押韵总数的 24.5%，诗词文通押合计所占两部押韵总数的平均值为 17%，因此宋代四川诗韵中真文、庚青合并为真青部。湖南诗韵 53 例（田范芬，2000）。

第 9 条、第 10 条"真文、侵寻通押"和"寒先部、监廉部通押"，这两种通押是主元音相同条件下，抵腭鼻韵与闭口鼻韵即 *en:*em 或 *an:*am 的通押。其中真文、侵寻通押可看作阳声韵弇音之间的通押，寒先部、监廉部通押可看作阳声韵侈音之间的通押。

真文、侵寻通押，北京地区宋代 5 例（丁治民，2006：116），视为合韵。河南 33 例（谢洁瑕，2005A），山东 27 例（鲁国尧，1979；白钟仁，2001），福建 37 例（刘晓南，1999：192），湖南 32 例（田范芬，2000），四川 204 例（刘晓南，2012：164），均视为方音现象。江西诗韵 7 例（杜爱英，1998A），词韵 26 例（鲁国尧，1992），吉安音注臻摄、深摄混用 48 例（李无未、李红，2008：117），这一通押的分布在诗词用韵与音注上尽管存在差异，但是整体看来，也应看作方音。

寒先部、监廉部通押，北京地区辽 1 例，金 3 例（丁治民，2006：116），看作合韵。河南词韵朱敦儒 15 例、曾觌 1 例（鲁国尧，1991），有方音用韵倾向。山东词韵 22 例（鲁国尧，1979），诗文 6 例（白钟仁，2001），金元 30 例（李爱平，1985），这一押韵反映了宋代山东方音寒先、监廉两部韵字混读，-m 尾 与-n 尾区分不清。福建诗文 37 例（刘晓南，1999：192），湖南诗韵 10 例（田范芬，2000），四川诗文 91 例，词韵 1 次，亦应为宋代闽、湘、川三地方音的反映。江西诗韵 24 例，词韵 69 例，吉安音注山摄、咸摄混用 35 例（李无未、李红，2008：160），正如真文、侵寻通押一样，这一通押的分布在诗词用韵与音注上也存在差异，不过整体上亦可看作方音。

第 11 条"江阳、寒先通押"，河南 2 例（谢洁瑕，2005A），为偶然合韵，福建仅 1 例；福州陈藻《梨花赋》第 5 韵段叶"光裳阳姜妆王苍张郎傍房班"，寒先部"班"字押入江阳部（刘晓南，1999：196），仅此 1 例，语音不明。江西诗韵 8 例（杜爱英，1998A），词韵 1 例（鲁国尧，1992），吉安音注混用 3 例（李无未、李红，2008：142），且现代江西方言可以印证。四川 12 例（刘晓南，2012：167），现代四川方言不能印证这一押韵。相比较而言，江浙诗韵的数量最多，达 29 例，其中今江淮官话区 8 例、今江浙吴方言区 21 例。且今江淮官话、江浙吴语均能证之。

第 12 条"江阳、监廉通押",山东沧州无棣李之仪 1 例:杂古《为僧作真赞》首二句:"虎头燕颔,将军之相。"(17—11216)此诗为句句韵,前后两句为一韵,故"颔相"成韵①。江西词韵欧阳修、德洪各 1 例(鲁国尧,1992),不能确定其语音性质。福建 3 例,其中诗 2 例、词 1 例(刘晓南,1999:192),今闽音能印证。四川诗 5 例、文 4 例,作者主要出自成都府路,虽然今成都方音不能与之对应,但是结合江阳、寒先通押和寒先、监廉通押来看,江阳、监廉通押应是诗人受方音影响的自然流露(刘晓南,2012:168—169)。

第 13 条"真文、东钟通押",河南 1 例:韩维七绝《寄太素》"翁"字押入真文部字"尘轮"(谢洁瑕,2005A),孤证难以立论。福建 2 例,出自建州,现代建瓯音与之相对应(刘晓南,1999:199)。江西诗僧德洪 3 例,真文部字押入东钟(杜爱英,1998B)。四川 11 例,为宋代四川方音(刘晓南,2012:175—179)。

第 14 条"庚青、江阳通押",北京 3 例,可能为方音(丁治民,2006:116—117)。山东仅见诗韵 4 例,语音现象的性质不明(白钟仁,2001)。江西诗韵 6 例,吉安音注中江宕摄与曾梗摄相押 17 例,今赣方言能印证,因此视为"宋代江西江西方音的反映"(杜爱英,1998A;李无未、李红,2008:161—162)。福建 6 例(刘晓南,1999:203—205)与今闽音对应。四川 33 例,20 个梗摄字杂入江阳部,其中 8 个韵字上古属耕部,其与江阳的通押反映宋代四川方音中梗摄舒声部分字有"反映更早历史层次的白读音,读近宕摄"(刘晓南,2012:172—175)。因此,跟江西、福建一样,被看作方音现象。

第 15 条"东钟、江阳通押",山东词人辛弃疾 3 例,文 1 例,诗 2 例②

---

① 《北宋李之仪诗词用韵研究》(白钟仁,2000:282)对此诗作的韵段处理似有误。具体分析见下文。
② 诗韵的 2 例均为晁公遡之作。另外,白钟仁(2000:282)《北宋李之仪诗词用韵研究》一文认为沧州无棣李之仪杂古《为僧作真赞》叶"相(松)容",为东阳通押。其实这一韵段有误。诗作:"虎头燕颔,将军之相。雪桧霜松,山僧之容。以是而见,胡来汉现。挨转面目,瞻之不足。盛哉七百聚徒,何殊在网之鱼。若也向此提撕,却成土上加泥。"(17—11206)此诗句句韵,前后两句为一韵,共 12 句,6 个韵段:颔相/松容/见现/目足/徒鱼/撕泥。白先生一文不明此诗押韵特点,误将第 1、2 韵段合为一个韵段,以致遗漏了第 1 韵段"颔相",这是江阳、监廉通押的很好韵例。

（白钟仁，2001），可能是仿古。福建19例，其中诗9例、词2例、文8例，15例为闽南文士之作（刘晓南，1999：187），今闽南方言如厦门话东阳相混。四川诗文12例，其中大文豪苏轼即有3例，当为方音用韵，只是两部韵字的混合规模等深层次问题还有待探讨（刘晓南，2012：180—181）。

第16条"东钟、庚青通押"，辽代石刻韵文1例：无名氏《张建立墓志》叶"名□嵘荣旌成生灵情中"，东钟部"中"杂入庚青部（黎新第，2009）。山东诗韵2例，皆出自晁说之，东钟部韵字"风梦"分别杂入庚青部，"可能是山东方言的表现"（白钟仁，2001）。江西诗韵5例，这一用韵或许受到方言影响（杜爱英，1998A）。福建1例，泉州蒲寿宬五古《蚊》东钟部韵字"虫"押入庚青部（刘晓南，1999：162），今厦门、泉州、漳州等闽南方言通、梗两摄部分字有同音现象，结合笔记、移民史等史料，学者认为这一押韵始于西北秦地，是秦音的反映，宋代建炎之后大批"北人"南移至江浙、闽等南方地区，才得以南北铺开，因此，南方地区的这一押韵可视为"北音南移"的结果（刘晓南，1999：163）。四川15例，主要为梗摄字杂押东钟部，暗示宋代语音中梗摄的舒声字"可能还保留了后鼻韵尾的白读音"（刘晓南，2012：175—176）。

第17、18条"支微、寒先（或监廉）通押"，第19条"皆来、寒先（含个别监廉部字）通押"，前者8例，后者3例，均可看成寒先、监廉两部韵字转化为鼻化韵或阴声韵，从而实现与支微、皆来部的通押。今江浙吴音古山、咸两摄字"没有一处是用脚踏实地的-n或-m辅音性韵尾的，……大概不是用半鼻音的元音就是用纯口音的元音"（赵元任，1956：66），也就是说，"古山咸摄字往往全失去鼻音"（赵元任，1956：87）。就目前研究成果来看，这两种通押不见于宋代其他地区，仅见于江浙地区，且现代江浙吴音与之对应，因此是宋代江浙吴音的反映。

第19条"支微、庚青通押"，3例，庚青部韵字"升英声"分别杂入支微部。庚青部读为支微部这一语音现象记载于宋代诸多笔记文献，为关中秦音的反映。跟"东钟、庚青通押"一样，这一押韵很可能是"北音南移"（刘晓南，1999：163）的体现，西北流寓之士将西北关中秦音带到了江浙等南方地区，宋代江浙语音中庚青部个别韵字可能读-i、-ɿ。金末道士侯善渊词韵1例：《益寿美金花》"性始"相协（丁治民，2002），今晋方言并州片方音与之一致（乔全生，2008：201）。

第20条"部分入声韵部通押",北京宋7例,其中德质部与月业部通押4例、德质部与药铎部通押2例,屋烛部与药铎部通押1例(丁治民,2006:117、118)。河南诗词四种押韵形式,德缉部与薛帖部通押26例,铎药部与薛帖部通押、铎药部与德缉部通押各1例,屋烛部与德缉部通押10例(谢洁瑕,2005A)。山东词韵入声分为铎觉、屋曲、德业三部,"p尾、t尾、k尾已混,当时入声韵尾可能是〔ʔ〕尾"(鲁国尧,1979)。江西词人屋烛、德质分别杂入铎觉1例、3例;11例主要押屋烛,夹杂个别其他入声韵部字;月帖与德质中弇元音类、侈元音类的混用达19.7%(鲁国尧,1992)。福建文士质缉部与月帖部合韵85例,其中杂入质缉部的月帖部字以细音字居多,使用2次以上的4个常用字"说月雪绝"白读音为-eʔ,与质缉部的主元音非常接近,"或许这个白读在宋代闽音中已经存在,它很可能就是宋代闽籍文士月帖部通押质缉部的实际语音依据之一。"杂入月帖部的质缉部梗曾两摄11字中使用2次以上的有"色白客"等,它们在现代闽音中亦大多有文白二读,白读音接近月帖部(刘晓南,1999:130—133)。四川诗韵入声分为质缉、月帖、屋烛、觉铎等4个韵部,其中不同韵尾的入声字之间大量通押。宋代四川入声韵尾倾向于喉塞尾(刘晓南,2012:94—96)。

综上,宋代江浙方音的20条韵母语音特征与宋代北京、山东、河南、湖南、江西、福建、四川等七大地区语音相比较,相同的条目数量如下:

北京:2;山东:4;河南:4;湖南:4;江西:9;福建:13;四川:14。

北京、山东、河南等北方地区数量小,江西、福建、四川等南方地区数量较大,湖南文士的用韵研究尚未充分,从现有研究成果比较得出仅得4项相同的条目,随着研究的深入,可能会有更多的发现。

宋代江浙与江西、福建、四川三地的语音特征全部吻合的达7条:(1)支—鱼通押,(2)萧—尤通押,(3)真—庚通押,(4)真—侵通押,(5)寒—监通押,(6)庚—江通押,(7)东—庚通押。可以说,这7条语音特征是宋代南方诸多地区共同语音特征。尤其值得一提的是宋代江浙方音与宋代福建闽音的语音比较。宋代江浙方音和福建闽音语音相同的数量较多,表明二者的关系密切。特别是一些福建文士用韵中的押韵用宋代通语和现代闽语都不能解释、印证,但是这些用韵在江浙诗韵中大量存在,且现代吴语可以对应,福建文士的这些用韵无疑是受到江浙吴语的影响，如漳州陈淳诗皆韵"怀"押麻韵 1 例、止摄合口字杂入皆来部 18 例"咍"韵"来"字押支微部 6 例等（刘晓南，1999：216—222）。究其原因，"吴闽一衣带水，自古以来在文化风习、语言素质上早已进行交织"，主要表现为吴语南移，"中原移民在侨置郡县习染吴越"（张光宇，1994），"闽方言先民'路过'江东时"不可避免地要习吴方言（张光宇，1996）。吴方言、闽方言关系密切而复杂，学者对此进行了较深入的研究，取得了丰硕的研究成果，如《吴语中的闽语成分》（丁邦新，1998：246—256），《汉语方言史和方言区域史的研究》（丁邦新，1998：188—208），《吴闽方言关系试论》（张光宇，1993），《吴语在历史上的扩散运动》（张光宇，1994），《论闽方言的形成》（张光宇，1996）等，我们截取宋代这一段时间，将江浙、福建二地诗文所反映的韵母语音特征进行了简单比较，这对现代吴方言、闽方言的发展史研究有着积极的推动作用。

结　语

宋代江浙诗韵研究主要包括如下几个方面的工作：

一、归纳宋代江浙诗歌18韵部系统。其中阴声韵7部（歌戈部、麻车部、皆来部、支微部、鱼模部、萧豪部、尤侯部）、阳声韵7部（监廉部、侵寻部、寒先部、真文部、庚青部、江阳部、东钟部），入声韵4部（屋烛部、铎觉部、月帖部、质缉部），宋代江浙诗歌用韵的韵部系统与宋代通语韵系18部相符，说明宋代江浙诗歌用韵总体以通语为依据。

二、探讨宋代江浙诗韵的通语音变现象。主要有：

1. 佳韵系与夬韵的语音分化。一是"佳涯"兼押麻车和皆来两部，但与麻车部相押占很大比例，说明"佳涯"两字在江浙的实际语音已读成麻车部。二是"话挂画罢卦"五字几乎全押麻车部，表明这五字的实际读音已读麻车部。《广韵》还有一些麻、佳两属的字"娲娃蛙叉騧洼哇洒"，宋代江浙诗韵"叉洼"只押麻车部，"娲娃蛙騧哇洒"多押麻车部，这表明宋代江浙实际语音中这些字也已读麻车部。

2. 灰韵系、泰韵合口字向支微部演化。宋代江浙诗歌用韵中《广韵》灰韵系与泰韵合口入韵共计95字，其中5字只押支微部，40字兼押皆来、支微两部，50字只押皆来部。

3. 尤侯部部分唇音字向鱼模转化。宋代江浙诗歌用韵中尤侯部唇音字共入韵45字，其中30字只押尤侯部，15字兼押尤侯、鱼模部。兼押尤侯、鱼模部的数量占总数的33.3%，比例较大，当然反映了宋代通语尤侯部唇音字向鱼模部转化的音变。

4. 庚青部部分牙喉合口与唇音开口转入东钟部。宋代江浙诗歌中"弘""横""朋"3字分别押东钟，共4例。

5. 德韵字部分押入屋烛部。江浙诗韵中"国北墨得嘿"5字押入屋烛部，共计28例。

三、讨论宋代江浙诗韵的声调。主要有浊上变去和阴入通押，其中阴入通押共45例，其中以阴声韵字为主杂入一个入声韵字的占34例，押入声韵字为主杂入个别阴声韵字的占11例。45例中有16例与《中原音韵》的归部相同，说明宋代江浙诗歌入声韵字与阴声韵字的归并基本上与通语同步，入声韵尾正处于削弱、脱落的过程当中；15例虽然不符合《中原音韵》的归部，依据其入声韵字在《中原音韵》中的归部，却与宋代江浙诗歌用韵中阴声韵之间的某些通押相吻合，其中对应于支微部与鱼模部通押11例、歌戈部与鱼模部通押3例、鱼模部与尤侯部通押1例，而阴声韵之间的这三种通押是宋代江浙方音的反映。因此，这些阴入通押韵例可以看成是宋代江浙方言语音的体现。

四、分析宋代江浙诗韵中56个韵字的读音。其中阴声韵部共31字：簑、做、蠡、迦、揣、他、打、哑、伯、雅、污、汙、邪、俎、趣、宁、履、衰、眦、藠、贲、霓、质、归、大、培、杀、凹、操、不、取；阳声韵部共21字：唧、簪、尹、寅、甄、溅、攒、舡、潜、嘆、欸、忘、苍、枪、鎗、嬛、耕、衷、茸、赣、红；阳声韵部共4字：索、缚、哲、鸠。

五、研究宋代江浙诗韵中的特殊韵例。

1. 阴声韵通押12种：歌①—麻通押、歌—豪通押、支—鱼通押、歌—鱼通押、麻—皆通押、支—皆通押、萧—尤通押、支—歌通押、鱼—尤通押、鱼—麻通押、支—麻通押、支—侯通押。

2. 阳声韵通押14种：真—庚通押、真—侵通押、寒—监通押、江—寒通押、江—监通押、真—东通押、真—江通押、寒—庚通押、寒—东通押、侵—东通押、侵—江通押、庚—江通押、东—江通押、东—庚通押。

3. 阴声韵与阳声韵通押6种：支—寒通押、支—监通押、皆—寒（含个别监廉部字）通押、支—庚通押、支—真通押、萧—东通押。

4. 阳声韵与入声韵通押15种：真—质通押、真—月通押、侵—质通押、侵—铎通押、庚—质通押、庚—月通押、庚—屋通押、寒—质通押、寒—月通押、寒—铎通押、江—质通押、江—铎通押、庚—侵—质通押、真—庚—侵—质通押、东—屋通押。

5. 部分入声韵通押5种：屋—铎通押、屋—质通押、铎—质通押、铎—月通押、质—月通押。

---

① "歌"是"歌戈"韵部的简称。其余通押形式亦作此处理。

运用"历史文献考证法"与"历史比较法"相结合的基本研究方法，从上述特殊韵例中归纳宋代江浙方音特征20条：

（1）歌—麻通押，（2）支—鱼通押，（3）歌—鱼通押，（4）麻—皆通押，（5）支—皆通押，（6）萧—尤通押，（7）支—歌通押，（8）真—庚通押，（9）真—侵通押，（10）寒—监通押，（11）江—寒通押，（12）江—监通押，（13）真—东通押，（14）庚—江通押，（15）东—江通押，（16）东—庚通押，（17）支—寒（或监廉）通押，（18）皆—寒（含个别监廉部字）通押，（19）支—庚通押，（20）部分入声韵部通押。

利用宋代江浙诗韵中特殊韵例不平衡性分布的特点来拟测不同地域间的语言差异，即对宋代江浙方音进行分区。结果发现，宋代江浙方音大致分三部分：徐州为一部分，相当于今中原官话区；淮安、扬州为一部分，今属江淮官话区；南通、苏州、杭州、宁波、淳安等为一部分，相当于今吴语太湖片；天台、黄岩为一部分，为今属语台州片；金华、处州、衢州同为吴方言一个小片；温州、永嘉为一部分，今属吴语瓯江片。这种方言格局与今江浙方言格局基本一样，说明现代江浙方言格局至迟在宋代已基本定型。

将宋代江浙方音20条语音特征与宋代北京、山东、河南、湖南、江西、福建、四川等七大地区语音特征作比较，发现相同的条目数量中北京、山东、河南等北方地区较少，江西、福建、四川等南方地区较多，其中支—鱼通押、萧—尤通押等7种通押是宋代江浙、江西、福建、四川等地共同语音特征的反映。

附录（一） 宋代江浙诗歌作者及其诗作统计（一）

此统计只含诗作不满 50 篇的作者，共 1799 人，诗作 7031 首。姓名后括号中的数字即诗歌篇数。

徐州 13 人、86 首
陈洎（16）晁端彦（5）寇国宝（1）李复圭（1）宋汝为（1）李若川（13）李若谷（3）李淑（4）刘衍（1）颜复（3）颜太初（3）姚孝锡（32）郑望之（3）

扬州 30 人、124 首
陈良（4）陈亚（10）郭某（1）李长民（10）李端民（4）李定（1）李衡（10）李璜（2）李朴（1）李易（13）李泳（7）李渊（2）吕溱（1）马永卿（4）满执中（5）莫仑（1）桑世昌（2）尚用之（5）史正志（5）释惠崇（14）释礼（2）释齐谧（1）释智嵩（2）王氏（1）萧元宗（1）张康国（1）周李（1）张琰（5）张挺卿（1）朱明之（7）

泰州 17 人、62 首
曹辅（27）丁天锡（1）胡瑗（2）胡志康（1）潘及甫（2）释希孟（1）王觌（1）王观（6）王俊乂（1）徐守信（5）杨冠（1）查许国（1）查钥（3）周日东（6）周郾（2）张仲（1）周仲仁（1）

通州 7 人、27 首
高睎远（1）潘文虎（4）钱仲鼎（3）阮之武（7）释本如（1）释契适（10）姚原道（1）

楚州 7 人、90 首
龚开（49）廉布（5）令狐佽（1）令狐挺（1）释咸静（29）孙吴会（1）汤炳龙（4）

海州　5人、9首

董贞元（1）胡松年（3）李慎言（3）吕生（1）朱师服（1）

泗州　2人、2首

李稹（1）杨介（1）

高邮军　10人、29首

陈知微（1）崔公度（2）龚炳（1）龚准（2）秦觏（3）秦湛（1）释元实（1）孙觉（15）孙升（2）徐文（1）

真州　8人、11首

仇博（1）沈季长（1）释了性（1）孙昌龄（1）孙锡（1）吴敏（4）汪泌（1）张翼（1）

杭州　173人、809首

贝守一（9）蔡潭（1）草堂后人（1）陈麟（1）陈枢才（2）柴相（1）褚伯秀（7）鲍当（10）邓牧（13）东必曾（1）东湖散人（1）杜应然（1）关景仁（2）关景山（2）关士客（1）关希声（1）关澥（3）关注（4）龚大明（8）郭秉哲（2）郭知运（9）范师孟（1）范晞文（3）方逢辰（41）方仲谋（1）方氏（5）富严（1）韩玉文（1）何士昭（1）何万里（1）何应龙（48）何铸造（1）洪梦炎（1）洪涛（1）洪彦华（10）洪扬祖（1）洪铖（2）胡楚（2）胡朝颖（4）金丽卿（1）金应桂（1）郎简（1）李俦（2）李从训（1）李守勉（1）李廷忠（1）李希周（1）李巙（4）林杜娘（1）林焞（1）刘时可（1）刘意（1）龙靓（2）庐会龙（1）陆冼（1）吕人龙（6）罗相（3）苗氏女（1）倪垕（1）倪祖常（1）裴相如（1）钱大椿（1）钱端琮（1）钱端礼（4）钱鏖（2）钱厚（6）钱昆（3）钱景湛（3）钱景臻（1）钱明逸（1）钱默（1）钱丕（1）钱俨（1）钱彦远（1）钱易（19）钱樆（1）钱昱（3）钱勰（22）钱暄（1）钱藻（3）谯令宪（2）单夔（1）邵梅溪（1）沈晦（12）沈汝谐（2）沈清臣（3）盛度（3）盛旷（1）施德操（2）石余亨（1）史徵（1）释法淳（1）释净昙（2）释净元（3）释洪寿（1）释慧光（1）释惠觉（1）释了演（28）释守璋（1）释思慧（12）释思净（1）释惟尚（3）释文莹（3）释玄本（1）释彦允（2）释有权（14）释遇安（1）释元净（18）释元照（4）释昙颖（13）释云知（1）释真净（1）释智深（13）释宗印（11）孙邦（6）唐恪（1）唐肃（2）唐询（17）滕茂实（8）王稷（1）卫富益（1）闻九成（4）吴某（3）吴驲

246

(1) 吴说 (13) 吴衍 (2) 奚商衡 (3) 谢恺 (1) 谢景温 (14) 谢绛 (12) 谢涛 (2) 谢绪 (3) 徐安国 (35) 徐伟达 (1) 许广渊 (19) 薛昂 (4) 薛泳 (1) 颜几 (1) 杨翱 (1) 杨伯岩 (3) 杨璇 (1) 姚述尧 (1) 叶简 (3) 叶李 (3) 叶林 (6) 叶时 (2) 俞烈 (2) 俞应符 (1) 俞应金 (1) 俞煜 (1) 虞策 (1) 宇文孝叔 (1) 元积中 (2) 元绛 (32) 元居中 (3) 元耆宁 (1) 章鉴 (1) 章诩 (1) 章楶 (3) 赵必拆 (1) 赵卯发 (2) 赵汝淔 (12) 赵汝谈 (15) 赵汝諲 (3) 赵至道 (1) 周邦 (2) 周邦彦 (43) 周邠 (14) 周才 (2) 周莘 (1) 周韶 (1) 朱清 (2) 朱真静 (5)

湖州　88人、387首

陈炳 (5) 陈文增 (1) 陈振孙 (1) 成无玷 (1) 丁注 (1) 葛闳 (11) 葛郯 (2) 壶发 (1) 贾安宅 (1) 贾收 (4) 郎叔 (1) 黎民瑞 (1) 林峰 (1) 林靖之 (1) 刘岑 (2) 刘度 (1) 刘峤 (1) 刘三戒 (1) 刘述 (7) 刘坦之 (1) 刘焘 (7) 刘谊 (6) 刘铸 (1) 卢秉 (13) 卢革 (3) 鲁百能 (2) 陆蒙老 (10) 莫汲 (1) 莫济 (2) 钱选 (44) 钱泳 (1) 芮辉 (1) 芮枢 (1) 沈长卿 (3) 沈端节 (4) 沈平 (2) 沈谐 (2) 沈瀛 (1) 沈作喆 (2) 施士衡 (2) 释道枢 (4) 释居慧 (3) 释净端 (42) 释守珣 (42) 释维琳 (3) 释显彬 (1) 释赞宁 (8) 陶迁 (2) 王翰 (1) 王孝严 (2) 韦居安 (3) 韦奇 (1) 吴可几 (3) 吴倜 (1) 谢采 (1) 席炎 (1) 徐雪庐 (1) 姚? (1) 姚显 (1) 姚寅 (2) 杨潜 (1) 杨询 (1) 叶参 (1) 余亢 (1) 俞纯父 (1) 俞灏 (7) 俞可 (1) 俞汝尚 (9) 俞征 (1) 臧恂 (1) 臧冼 (1) 赵与訔 (1) 张大亨 (1) 张汤 (1) 张湍 (1) 张维 (12) 张先 (25) 张修 (1) 张沄 (2) 章潜 (1) 章谦亨 (8) 周操 (1) 周知微 (3) 周之深 (2) 周师成 (12) 朱端常 (1) 朱肱 (1) 朱眼 (13)

秀州　55人、182首

卜祖仁 (1) 常颛孙 (1) 常令孙 (1) 常棠 (20) 陈垲 (3) 储泳 (28) 董将 (1) 高子凤 (7) 龚大 (1) 李甲 (3) 李行中 (5) 李智远 (1) 娄干曜 (1) 娄机 (1) 娄续祖 (3) 陆正 (1) 鲁訔 (3) 鲁应龙 (1) 吕谞 (1) 吕渭老 (1) 莫若晦 (1) 尼正觉 (1) 戚明端 (1) 钱良臣 (1) 钱闻礼 (1) 沈揆 (4) 释法成 (8) 释法葵 (3) 释法平 (3) 释梵卿 (2) 释可观 (3) 释若愚 (1) 释昙莹 (7) 释惟政 (4) 释圆日

（1）释子温（30）孙伯垓（3）唐天麟（1）王彦和（1）王子昭（1）闻人安道（1）闻人安寿（1）闻人偲（1）闻人符（1）闻人宇（1）闻人滋（1）殷澄（1）叶隆礼（1）赵汝能（1）张掞（1）郑子恩（1）知和庵主（1）朱伯虎（3）朱日新（1）朱之纯（5）

苏州　132人、549首

成钦亮（1）程师孟（40）崇大年（1）俦其备（1）丁惟（1）丁堰（1）邓希恕（2）范纯礼（2）范良龚（1）范师道（3）范寅孙（1）范正国（1）范正民（2）范周（4）富临（1）耿镃（3）龚程（1）龚况（8）龚明之（5）顾然（2）顾禧（37）郭附（1）郭令孙（1）郭章（3）胡长卿（3）胡交修（3）胡清（2）胡元功（1）胡元质（1）黄策（1）黄拱（1）黄宏（1）黄颜（1）黄由（13）蒋恢（9）郏侨（3）李弥大（5）李弥正（1）林干（4）林积（1）凌万顷（1）凌云（1）刘蒙山（1）陆卿（1）陆绾（1）马先觉（8）梅灏（1）梅泽（4）麋师旦（1）莫俦（2）尼法海（1）钱氏（1）钱惟治（6）钱昭度（9）麹贞（2）沈诚（1）沈东（1）沈规（2）沈清友（1）盛明远（1）盛文韶（1）释冲邈（26）释道川（32）释德聪（1）释法具（17）释法全（20）释梵思（10）释广灯（1）释妙总（4）释普鉴（9）释清（1）释昙颖（13）释惟茂（1）释显（2）释遇贤（4）释宗敏（2）孙起卿（1）孙锐（31）孙绍远（1）孙纬（1）孙雄飞（3）孙元忠（1）孙载（3）唐子寿（1）汤仲发（6）王伯广（2）王梀（1）王艺（1）王绎（1）卫樵（3）魏汝贤（1）温良玉（1）吴感（1）吴平子（1）项寅宾（4）许洞（3）许式（1）徐葳（2）徐冲渊（12）徐彦孚（1）徐仲谋（1）徐宗斗（1）颜度（3）颜发（6）严焕（2）姚申之（6）姚俞（2）杨邦弼（2）杨友夔（3）杨则之（5）叶清臣（11）叶大年（2）乐备（4）章康（4）章清（1）章宪（12）章潮（1）赵汝淳（10）赵师鲁（1）赵时远（5）郑传之（1）郑亶（3）郑戬（1）郑起潜（4）郑作肃（1）周燔（1）周沔（1）钟孝圆（2）朱公绰（1）朱晞颜（2）

常州　111人、418首

曹棐（1）曹确（2）陈棠（1）陈照（1）陈之茂（2）成郎中（1）丁宝臣（8）丁逢（8）丁鹭（1）冯多福（1）葛次仲（4）葛密（9）葛书思（3）耿秉（1）龚复（1）郭霖（3）郭三益（7）过孟玉（2）何涓（1）胡理（6）胡世将（4）胡宗师（2）胡宗愈（5）胡宗

哲（1）黄远（1）惠迪（2）惠端方（1）惠哲（1）霍权（1）季咸（1）蒋白（1）蒋重珍（6）蒋湝（2）蒋捷（2）蒋静（7）蒋王粲（3）蒋孝言（1）蒋之翰（2）蒋之英（3）靳更生（1）李堪（18）李氏女（2）李祥（7）李宗孟（1）吕天策（7）缪鉴（25）倪恩（13）裴若讷（2）钱公辅（8）钱凯（1）钱绅（4）钱遹（1）单锷（1）单锡（2）邵叶（2）施大任（1）史声（2）守亿（1）释自龄（3）释宗本（2）孙大雅（1）太史章（5）王呈瑞（1）王九龄（2）王宁（2）王昇（1）王志道（32）吴从善（2）吴亶（1）吴汉英（1）吴竿（1）吴宗旦（3）许琮（15）徐良佐（1）薛极（1）薛抗（10）姚祐（1）杨端叔（2）尤带（1）尤檕（1）尤山（1）尤棐（1）尤燀（1）尤焴（2）余干（13）余壹（1）余中（1）喻陟（5）虞大熙（1）虞太博（1）元溥（2）袁点（1）袁复一（1）袁默（9）袁植（3）臧辛伯（2）赵希鱄（4）赵彦珑（1）张伾（20）张观（1）张景修（27）张举（3）张尚（1）张思（3）张䜣（1）张抑（1）张奕（1）张雍（7）张宰（2）张铸（2）周谌（2）

润州　75人、461首

蔡载（5）陈从右（2）陈珹（1）陈东（32）陈序（3）崔瑀（3）刁绎（37）刁约（9）刁湛（1）丁宣（1）窦从周（1）高述（3）葛繁（1）葛郛（2）葛起耕（30）葛起文（5）贡宗舒（1）顾时大（1）顾松年（1）洪拟（8）洪兴祖（1）蒋华子（4）焦千之（6）金坚（2）李公异（3）李天才（2）梁栋（28）凌岩（9）柳谨（1）柳说（1）刘无极（1）刘汝进（1）刘嗣庆（1）刘昭（1）陆秀夫（1）吕江（9）丘岳（1）瞿汝文（3）邵必（4）邵彪（4）邵元（5）释可祖（28）释了心（1）释蕴常（10）苏庠（32）孙应凤（6）谭知柔（5）汤模（1）汤乔年（1）汤志道（1）王存（11）闻人武子（2）吴山（1）吴淑（2）吴遵路（2）许必胜（17）许开（4）姚辟（6）俞希旦（1）虞荐发（1）翟思（2）张釜（10）张坚（3）张绍文（17）张肃（1）张志道（2）章琰（1）章谊（6）钟明（1）钟颖（1）朱斗文（1）朱南杰（41）诸葛赓（6）诸葛鉴（1）诸葛舜臣（1）

睦州　47人、119首

蔡开（1）陈一向（5）邓朴（1）方德麟（2）方逢振（20）方万里（2）方元修（2）方子静（1）感兴吟（1）何洪（1）何鸣凤（1）洪渐

(1) 胡楚材（5）江表祖（1）江公著（2）姜大民（1）君端（1）李蕚（1）李恭（1）陆德舆（1）陆埈（4）马大同（8）莫若冲（4）莫若拙（1）钱文（1）邵定翁（10）邵桂子（7）释法清（3）释善能（3）释仪（1）宋天则（4）滕岑文（1）王进之（2）王用享（2）汪斗建（1）魏新之（2）翁合老（1）吴恩齐（2）吴文忠（1）徐纲（1）姚潼翔（1）扬镇（1）赵必范（1）赵彦肃（1）赵彦櫹（1）赵与东（2）周迈圣（2）

衢州　68人、172首

柴随亨（28）柴元彪（33）陈应祥（2）程如（1）程宿（1）董士廉（1）方千里（1）冯熙载（1）何恭（1）何亮（1）何新之（1）江溥（1）江景房（1）江汝明（1）江纬（1）蒋凯（1）蒋芸（3）刘牧（1）刘颖（1）刘章（1）刘正夫（1）留梦炎（1）陆律（2）陆睨（2）吕防（3）毛伯英（1）毛国华（1）毛国英（1）毛开（9）毛汪（2）毛维瞻（4）毛沂（1）毛友（6）毛友妻（1）毛浙（2）毛衷（1）缪志道（1）任大中（4）慎镛（1）舒清国（1）王介（2）王沔之（1）汪忱（1）徐存（1）徐大观（1）徐大忠（1）徐逢原（1）徐嘉言（1）徐霖（5）徐琦（1）徐崧（1）徐应镳（3）徐元娘（2）徐璋（1）余端礼（2）袁采（1）詹中正（3）赵岋（1）赵山开（1）赵岘（1）张恪（1）张汝勤（5）郑魏珽（1）郑仲熊（1）周圻（1）祝勋（1）祝禹圭（1）邹补之（1）

婺州　124人、553首

曹冠（4）陈亮（14）陈良佑（3）陈公凯（1）陈绍年（1）陈舜道（10）陈希声（5）陈晓臣（1）陈琰（3）陈岩肖（3）陈尧道（1）杜濬之（3）杜汪（3）范端臣（3）范端果（3）冯澄（1）郭燔（1）郭俨（2）何基（22）何坦（5）何子举（9）洪贵叔（1）胡南（2）胡峰（4）胡则（7）黄景昌（1）姜霂（1）江衍（1）蒋孝忠（1）金似孙（1）李诚之（1）李大同（3）厉天翁（4）林大中（1）林去轻（1）林子是（1）柳叙（1）刘仕龙（1）刘应龟（2）刘祖尹（1）楼照（3）吕殊（3）吕文老（1）吕英父（1）吕祖俭（26）马光祖（8）梅执礼（2）倪公武（10）潘畤（2）潘桂（3）潘良贵（32）钱亿年（7）乔梦符（2）乔行简（2）邱一中（1）桑柘区（1）邵度（6）邵浩（2）邵津（1）时澜（1）时少章（10）时汸（1）释保暹（25）释大观（6）释怀志（2）

释如珏（3）释若芬（10）释师一（34）释行巩（14）释元妙（4）释直觉（1）释宗回（1）宋沉（2）宋牲（1）宋自适（8）宋自逊（2）孙构（1）唐季度（3）唐季渊（2）唐良骥（2）唐示耻（4）唐仲温（1）滕元发（5）王淮（3）王介（1）王谨礼（1）王偁（10）王庭（10）王相（1）王执礼（6）汪大章（1）吴瑀（2）许复道（4）许元发（14）许中应（4）徐次铎（10）徐端甫（1）徐木润（6）杨本然（1）杨诚之（2）杨迈（1）杨舜举（1）叶衡（4）叶岂潜（3）叶秀发（6）印首坐（2）应材（1）于房（1）俞成（1）俞澹（1）俞自得（1）俞紫芝（16）张淏（1）张森（1）张志行（2）赵必瞻（2）赵浍夫（1）赵若恢（1）赵虞臣（2）郑良嗣（1）朱杰（1）朱孟翁（1）朱释老（1）宗泽（35）

越州　134人、504首

岑全（1）陈邦固（1）陈东之（2）陈胜（1）褚珵（1）崔存（2）杜思恭（1）杜衍（24）方鸿飞（1）冯钢（1）傅松卿（3）傅莹（1）高鹏飞（19）高选（3）顾临（4）郭绰（1）郭亢（1）何云（1）胡衍（1）黄度（9）黄巨澄（1）黄义贞（1）金壁（1）孔舜亮（1）厉元吉（1）李孟博（1）李唐卿（1）李知退（4）刘少逸（1）陆轸（2）卢刚（1）陆放翁妾（1）陆壑（4）陆经（6）陆升之（10）陆淞（5）陆宰（2）吕定（25）吕声之（34）潘矩（1）齐廓（2）齐唐（15）钱伯言（7）钱惟济（5）阮愈（1）单庚金（1）沈绅（4）沈潏（1）石待举（1）石斗文（1）石端成（2）石公弼（7）石麟之（1）石牧之（1）石声之（1）石象之（5）石延庆（2）释重喜（1）释大眼（1）释德韶（2）释法聪（1）释鉴（1）释净全（7）释可复（1）释如哲（1）释守仁（9）释咸润（10）释晓通（1）释彦强（1）释益（1）释遇臻（1）释渊（1）释元善（1）释仲皎（19）释仲休（2）苏滨（2）孙炳炎（1）孙介（20）孙沔（4）孙应符（11）孙应求（11）孙嘉（2）孙子秀（2）钭元珍（3）唐震（1）唐珏（2）万德斯（1）王宾（1）王厚之（1）王润之（1）王煓（1）王易简（13）王沂孙（2）王英孙（3）王燨（1）吴大为（7）夏龙五（1）许景迁（5）徐天锡（1）徐天佑（6）杨炜（1）杨寅（2）姚宏（1）姚宽（35）姚勔（1）姚舜明（1）余弼（1）余京（1）俞亨宗（1）虞宾（1）詹骙（1）张燨（3）赵必成（2）赵必蒸（6）赵崇槟（2）赵崇璠（1）赵崇琏（3）赵崇泞（1）赵崇璜（4）赵良垓（1）赵良坡（6）赵良坦（3）赵师龙（1）赵师吕（2）赵

汝昻（1）赵汝洙（1）赵与槟（2）赵与辟（3）赵彦镗（1）朱鼎元（1）朱光（1）朱万年（1）朱袭封（1）诸葛兴（9）

明州　165人、561首

曹粹中（1）曹一龙（1）陈苾（1）陈大方（3）陈大雅（1）陈蒂（1）陈阜（1）陈槩（1）陈观（8）陈晋锡（1）陈蒙（4）陈栖筠（2）陈丕（1）陈曦（2）陈协（1）陈埙（3）陈宗仁（2）戴机（1）戴士真（5）杜醇（1）范楷（1）丰苾（1）丰稷（13）陈芑（1）丰有后（1）冯輗（1）冯兴宗（1）傅行简（2）高衡孙（1）高阅（1）高文虎（12）高元之（5）高祖之（10）顾文（1）皇甫明子（3）蒋睿（1）李抚辰（1）林孝雍（1）林溥（1）刘厚南（1）刘似祖（1）刘熺（2）陆垕（1）罗仲舒（10）楼常（1）楼光（1）楼璹（45）楼鏴（1）楼昪（24）马元演（1）尼妙云（1）任三杰（1）任允迪（1）沈焕（1）沈希颜（2）史安之（1）史才（3）史昌卿（1）史常之（2）史吉卿（2）史浚（2）史俊卿（10）史蒙卿（1）史弥巩（1）史弥坚（1）史弥志（4）史弥逊（1）史守之（1）史嵩之（3）史唐卿（1）史卫卿（11）史文卿（8）史宜之（1）史诏（2）释本真（2）释持（5）释道渊（1）释端裕（12）释法恭（5）释法忠（13）释觉先（1）释了一（20）释普崇（1）释普父（3）释仁勇（8）释瑞仙（3）释若谷（1）释思彻（1）释善月（1）释印（1）释智（1）释智朋（1）释祖镜（6）舒璘（1）孙梦观（1）孙因（15）王伯庠（1）王该（1）王珩（3）王㧑（1）王暨（1）王时会（1）王时叔（3）王说（1）王寘（1）王庭秀（2）王应凤（1）王应麟（10）王致（3）王正功（3）王正己（1）王宗道（1）汪大猷（6）汪思温（2）汪姝（5）汪翔龙（2）翁逢龙（13）翁元龙（2）魏杞（1）魏岘（2）魏宪叔（1）吴秉信（1）徐敏（1）徐灼（1）薛澄（3）薛靖（2）薛居宝（4）薛敏思（1）薛朋龟（7）薛琦（2）薛似宗（2）薛师点（1）薛师傅（3）薛师鲁（1）薛唐（3）薛循祖（30）薛扬祖（3）薛寅（1）杨四太尉（1）杨王休（2）杨琛（1）杨再十一（5）姚颖（1）姚正子（1）姚挚（4）叶澄（1）应㒦（2）余畴（1）余晦（1）余天锡（1）俞充（21）袁毂（1）袁韶（2）袁似道（1）袁灼（1）张郢（1）张即之（3）赵汝遇（1）赵善湘（1）赵希彭（3）赵与滂（7）赵筴夫（1）郑若冲（1）郑士洪（1）周锷（9）

台州　145人、536首

车瑾（1）陈柏（2）陈辅（17）陈公辅（24）陈洪（1）陈景（26）陈骙（1）陈良翰（1）陈耆卿（44）陈仁玉（5）陈润道（1）陈天端（3）陈庸（1）陈愿（1）陈章（1）戴成祖（1）戴飞（1）戴龟朋（1）戴良齐（3）戴敏（10）戴木（2）戴卿逸（1）戴汝白（1）戴泰（1）戴雨耕（1）戴震伯（1）丁木（1）丁石（1）丁世昌（4）董楷（2）董烈（1）杜知仁（2）方琛（1）方洵武（2）方岳（1）房元龙（1）高翔（1）葛寅炎（1）郭磊卿（3）郭晞宗（2）胡子期（1）黄超然（4）黄岩（17）江朝宗（2）江琼（1）姜应龙（1）蒋旦（1）蒋晋（5）金卞（1）李庚（15）李简（1）李景雷（1）李景文（4）李仲弓（2）林放（2）林师蒇（2）刘澜（2）刘俟（12）刘知过（2）罗适（19）吕徽之（12）孟大武（4）牟大昌（1）潘时举（10）钱可则（2）任玭（1）石嶅（3）释本（2）释道闲（4）释法如（1）释法照（4）释景深（2）释普绍（1）释清台（2）释如胜（1）释如琰（5）释如庵主（1）释昙密（15）释行机（9）释行肇（16）释证悟（2）释智策（2）释智勤（1）释与咸（1）释子鸿（1）释子文（1）宋之端（3）万哲（2）王衢（2）王景华（1）王景云（1）王居安（8）王齐舆（1）王卿月（1）王氏（1）王汶（7）王象祖（1）王苟（1）王奕（3）王珏（2）王澡（1）翁森（29）吴机（9）吴梅卿（1）吴咏（1）吴嘉（1）吴子良（2）谢采伯（1）谢深甫（1）谢升俊（2）谢奕金（1）谢奕信（1）谢奕修（1）谢郏（1）谢耘（1）徐大受（10）徐庭筠（1）徐逸（5）杨侃（4）叶梦鼎（6）张次贤（3）张逢原（1）张朴（2）张汝谐（2）张同甫（2）赵孟偀（1）赵潜夫（1）赵汝谀（1）赵时桌（1）赵炎（1）赵与虤（3）赵占龟（1）郑大惠（2）郑霖（8）郑瀛（6）周洎（1）周牟（1）周仲卿（1）朱应龙（2）左鄯（1）左瀛（1）左玙（1）左誉（4）左知微（1）

温州　230人、878首

鲍朝宾（1）鲍璨（4）蔡必胜（1）蔡盘（31）蔡幼学（6）曹豳（8）曹逢时（1）曹稻孙（1）曹绛（1）曹叔远（2）曹元发（1）常棽（1）陈宝之（1）陈昌时（9）陈淳祖（7）陈德翔（2）陈庚生（4）陈供（1）陈观国（3）陈龟年（2）陈壶中（2）陈简轩（2）陈经邦（1）陈经正（1）陈桷（2）陈均（4）陈揆（1）陈某（25）陈鹏飞（4）陈谦（10）陈日方（4）陈唐佐（1）陈岘（9）陈栩（1）陈武（1）陈彦

才（1）陈一斋（1）陈宜中（3）陈虞之（2）陈云龙（1）陈埴（1）陈宗臣（1）戴颙（1）戴蒙（1）戴溪（1）戴仔（3）董天庆（1）方来（6）方云翼（1）丰翔（1）高得心（1）高彦竹（2）葛秋崖（3）顾冈（1）韩兼山（1）韩应（3）何伯谨（1）何逢原（1）侯畐（7）胡之纯（1）黄汉章（2）黄友（2）蒋廷玉（6）孔梦斗（1）李季可（1）李浃（1）李彭老（2）李少和（1）林芘（2）林宾旸（2）林伯元（1）林东愚（1）林东屿（1）林斗南（1）林棐（2）林景怡（1）林景英（7）林亮功（1）林灵素（5）林鲁（1）林某（1）林升（1）林石（3）林石田（1）林起鳌（1）林千之（3）林天端（2）林一龙（8）林泳（1）林元卿（3）林曾（2）林正（5）刘大辩（1）刘锡（2）刘次春（1）刘木（2）刘汝春（1）刘天益（2）刘瞳（1）刘镇（3）刘植（25）娄寅亮（1）卢方春（7）卢祖皋（13）马宋英（1）毛宏（1）梅时举（2）木待问（3）尼法灯（1）倪梦龙（1）潘柽（20）潘亥（4）潘希白（6）彭仲刚（1）钱宏（2）钱文婉（1）钱文子（3）丘静山（2）邵经国（1）沈大廉（2）沈躬行（1）沈琪（1）沈希尹（1）盛烈（16）史弥应（2）释本先（3）释从瑾（41）释怀玉（1）释介谌（1）释景元（8）释南雅（11）释钦（3）释深（14）释昙贲（38）释昙玩（2）释惟谨（5）释文观（4）释贤（1）释晓荣（2）释行元（1）释义怀（4）释永安（1）释仲渊（1）释宗觉（3）宋恭甫（1）宋晋之（1）宋可菊（1）宋庆之（15）宋习之（1）宋之才（3）孙元卿（3）万规（2）王鬵（1）王巩（1）王景月（2）王开平（1）王柟（3）王闻诗（1）王自中（2）汪立中（3）翁敏之（1）吴表臣（1）吴端（4）吴涧所（2）吴礼（1）吴通（1）吴肖岩（1）萧振（2）谢隽伯（3）谢无竞（1）谢子强（1）夏元鼎（3）许瑞安（1）徐德辉（5）徐鼎（1）徐觐（3）徐起滨（1）徐献可（2）徐俨夫（4）徐谊（5）徐泳（6）徐自明（2）薛弼（2）薛董（1）薛魁祥（1）薛美（2）薛叔振（1）薛仲庚（2）杨氏妇（1）姚所韶（1）叶杲（7）叶堪之（1）叶槐（1）叶群（1）叶味道（1）应节严（1）翟瀣（1）张阐（1）张声道（2）张子龙（3）赵必㠉（1）赵崇滋（6）赵崇渊（1）赵处淡（26）赵立夫（3）赵某（6）赵汝回（43）赵汝铎（1）赵汝迕（3）赵汝驭（6）赵希迈（45）甄龙友（8）郑伯熊（9）郑伯英（5）郑鼎夫（2）郑访（1）郑氏（1）郑吾民（1）周端朝（5）周茂良（1）周去非（1）周坦（1）周无所住（17）周绪（2）周自

中（2）朱黼（1）朱岩伯（2）朱元升（8）

处州 90人、338首

鲍彪（1）鲍輗（7）鲍慎由（7）鲍同（2）蔡仲龙（1）陈邦钥（1）陈存（5）陈汝锡（5）陈坰（1）龚相（4）龚原（1）管师复（1）何偶（6）何澹（25）何佾（1）何执中（2）何宗斗（1）胡份（2）胡权（1）胡升（1）江涛（1）姜邦达（2）姜邦佐（2）蒋存诚（1）李陵（1）李清叟（1）李思聪（3）梁安世（8）梁泰来（2）潘景夔（1）潜说友（5）史弥大（3）释慈辩（1）释道年（4）释道行（46）释彦孜（1）释圆照（1）释自闲（1）释宗一（1）汤思退（1）王琮（29）王信（5）汪真（9）吴伯凯（2）吴谨微（5）吴戬（1）吴遵（1）徐用亨（1）叶涛（1）叶蓥（7）叶子强（6）俞文豹（4）詹度（1）张伯常（2）张仁及（1）章公权（1）章良能（2）赵崇洁（2）赵奉（4）赵巩（1）赵琥（4）赵济（2）赵雷（2）赵善漮（3）赵善涟（4）赵顺孙（7）赵汝域（4）赵瑞（2）赵元鱼（2）赵祎（2）赵与簿（3）赵镇（2）赵泽祖（2）郑集（1）郑克已（15）郑括苍（1）郑汝谐（3）郑应开（1）周启明（1）周述（4）周镛（1）朱存（16）朱筠（1）朱庆弼（1）朱庆明（1）朱庆朝（2）朱涛（2）朱天民（1）朱熙载（1）朱藻（1）

江宁府 63人、124首

陈自修（1）崔中（1）刁衍（4）杜釜（1）段缝（1）段拂（1）范同（1）冯浩（3）甘文政（1）何若（1）洪湛（1）侯蕃（1）江宾王（1）李处端（1）李处全（5）李琮（3）李回（2）李坚（4）李涧（1）李楸（2）刘绾（1）刘应炎（1）卢郢（2）苗昌言（1）明不亏（1）潘汇征（1）平天祐（1）钱时敏（1）秦桧（1）秦梓（2）邵忱（1）邵缉（1）释道震（5）释觉海（1）释彦岑（6）苏庠（32）孙盖（1）王纶（1）王先莘（1）王庄（1）王拙（1）魏良臣（2）魏元若（1）吴璞（1）巫伋（1）徐洪（1）阎彦昭（1）俞道婆（3）俞城（2）张德兴（1）张复（1）张珪（1）张璕（1）张谘（1）钟离松（1）周绛（1）周信庵（1）朱大德（1）朱慮（1）朱旷（1）朱南强（1）朱绍远（1）

附录（二） 宋代江浙诗歌作者及其诗作统计（二）

此表为诗作在 50 首以上的诗人，共 200 家，诗歌 76934 首。"出处"一栏两个数字中前者为《全宋诗》册数，后者为《全宋诗》的起始页码。

表 6—1　宋代江浙诗歌作者及其诗作统计（二）

编号	姓名	生卒年或生活年代	籍贯	诗歌数量及出处	
				数量	出处
1	释延寿	904—975	余杭	95	1—18
2	徐铉	917—992	广陵	431	1—62
3	赵湘	959—993	衢州	155	2—861
4	钱惟演	962—1034	钱塘	106	2—1056
5	释遵式	964—1032	天台	70	2—1097
6	丁谓	966—1037	长洲	160	2—1143
7	林逋	968—1028	钱塘	326	2—1190
8	释智圆	976—1022	钱塘	413	3—1497
9	蒋堂	980—1054	苏州	42	3—1701
10	王周	1012 年进士	明州奉化	61	3—1752
11	范仲淹	989—1052	吴县	311	3—1857
12	胡宿	995—1067	晋陵	427	4—2051
13	赵抃	1008—1084	西安	735	6—4125
14	陈舜俞	?—1075	乌程	157	8—4945
15	杨蟠	?	章安	131	8—5034
16	张伯端	983—1082	天台	112	10—6457

附录（二） 宋代江浙诗歌作者及其诗作统计（二）

续表

编号	姓名	生卒年或生活年代	籍贯	诗歌数量及出处	
				数量	出处
17	强至	1022—1076	杭州	835	10—6898
18	范纯仁	1027—1101	吴县	400	11—7397
19	沈遘	1028—1067	钱塘	175	11—7496
20	徐积	1028—1103	楚州山阳	744	11—7551
21	沈括	1031—1103	钱塘	64	12—8008
22	蒋之奇	1031—1104	常州宜兴	134	12—8020
23	王令	1032—1059	广陵	488	12—8067
24	沈辽	1032—1085	钱塘	425	12—8242
25	韦骧	1033—1105	钱塘	1164	13—8413
26	朱长文	1039—1098	吴郡	167	15—9780
27	舒亶	1041—1103	明州慈溪	148	15—10385
28	陆佃	1042—1102	越州山阴	227	16—10645
29	释道潜	约与苏轼、秦观同期	钱塘	603	16—10715
30	周彦质	1073年进士	江山	100	17—11296
31	秦观	1049—1100	高邮	468	18—12063
32	华镇	1051—？	会稽	400	18—12287
33	陈师道	1053—1102	彭城	711	19—12631
34	吴可	？	金陵	67	19—13012
35	张耒	1054—1114	楚州淮阴	2268	20—13027
36	蔡肇	？—1119	润州丹阳	105	20—13642
37	邹浩	1060—1111	晋陵	979	21—13916
38	毛滂	1060—？	衢州江山	284	21—14078
39	周行己	1091年进士	永嘉	161	22—14352
40	慕容彦逢	1067—1117	宜兴	96	22—14660
41	刘安上	1069—1128	永嘉	66	22—14943
42	许景衡	1072—1128	温州瑞安	481	23—15505
43	葛胜仲	1072—1144	常州江阴	644	24—15593
44	叶梦得	1077—1148	吴县	138	24—16185
45	卢襄	1107年进士	衢州	73	24—16213

续表

编号	姓名	生卒年或生活年代	籍贯	诗歌数量及出处	
				数量	出处
46	程俱	1078—1144	衢州开化	698	25—16235
47	李光	1078—1159	越州上虞	509	25—16375
48	刘一止	1080—1161	湖州归安	322	25—16669
49	陈克	1081—？	临海	92	25—16892
50	孙觌	1081—1169	常州晋陵	722	26—16903
51	李正民	1112年进士	江都	293	27—17456
52	张纲	1083—1166	金坛	246	27—17883
53	朱淑真	1131年前后在世	钱塘	338	28—17949
54	张守	1084—1145	常州晋陵	136	28—18009
55	释明辩	1085—1157	湖州	62	29—18481
56	沈与求	1086—1137	德清	315	29—18752
57	左纬	约生于哲宗元佑初	黄岩	64	29—18816
58	王洋	1087？—1154—？	山阳	710	30—18917
59	郑刚中	1088—1154	婺州金华	680	30—19045
60	李弥逊	1089—1153	吴县	693	30—19228
61	释道昌	1089—1171	雪之宝溪	66	30—19350
62	林季仲	1121年进士	永嘉	176	31—19944
63	张九成	1092—1159	祖籍开封，徙居钱塘	273	31—19985
64	张炜	1094—？	杭州	81	32—20323
65	释慧晖	1097—1183	上虞	137	33—20886
66	范浚	1102—1150	兰溪	163	34—21481
67	仲并	1132年进士	江都	203	34—21528
68	葛立方	？—1164	江阴	238	34—21789
69	吴芾	1104—1183	台州仙居	1149	35—21833
70	陈棣	？	青田	218	35—22013
71	史浩	1106—1194	鄞县	488	35—22112
72	释师体	1108—1179	黄岩	84	35—22330
73	王十朋	1112—1171	温州乐清	2187	36—22584
74	林宪	与范成大、杨万里为友	吴兴	56	37—23094

附录（二） 宋代江浙诗歌作者及其诗作统计（二）

续表

编号	姓名	生卒年或生活年代	籍贯	诗歌数量及出处	
				数量	出处
75	崔敦礼	？—1181	通州静海	82	38—23762
76	姜特立	1125—？	丽水	876	38—24074
77	刘应时	与范成大同期	慈溪	105	38—24225
78	陆游	1125—1209	越州山阴	9271	39—24249
79	范成大	1126—1193	吴	1947	41—25746
80	尤袤	1127—1194	无锡	78	43—26851
81	喻良能	1157年进士	义乌	867	43—26916
82	李洪	1129—？	扬州	391	43—27133
83	释宗岳	1131—1202	处州龙泉	251	45—27814
84	陈造	1133—1203	高邮	2039	45—27947
85	许及之	？—1209	永嘉	1091	46—28281
86	薛季宣	1134—1173	永嘉	503	46—28615
87	周孚	1135—1177	丹徒	394	46—28732
88	赵公豫	1135—1201	常熟	89	46—28936
89	唐仲友	1136—1188	金华	58	47—28977
90	徐似道	1166年进士	黄岩	74	47—29099
91	吕祖谦	1137—1181	婺州	115	47—29136
92	陈傅良	1137—1203	温州瑞安	520	47—29218
93	楼钥	1137—1213	明州鄞县	1243	47—29317
94	滕岑	1137—1224	严州建德	110	47—29599
95	崔敦诗	1139—1182	通州静海	122	48—29826
96	蔡戡	1141—？	武进	253	48—30034
97	杨简	1141—1226	慈溪	163	48—30079
98	钱闻诗	1181年知南康军	吴	56	48—30115
99	马之纯	1144—？	金华	93	49—30967
100	袁燮	1144—1224	鄞县	177	50—30985
101	释道济	1148—1209	天台临海	52	50—31100
102	叶适	1150—1223	温州永嘉	395	50—31199
103	徐照	？—1211	温州永嘉	261	50—31357

续表

编号	姓名	生卒年或生活年代	籍贯	诗歌数量及出处	
				数量	出处
104	翁卷	"永嘉四灵"之一	乐清	148	50—31405
105	许尚	?	华亭	85	50—31458
106	张镃	1153—?	祖籍成纪,南渡后居临安	1055	50—31523
107	孙应时	1154—1206	余姚	631	51—31696
108	高似孙	1184年进士	鄞县	188	51—31982
109	葛天民	与姜夔等多有唱和	台州黄岩	99	51—32062
110	释普岩	1156—1226	四明	50	51—32102
111	周南	1159—1213	平江	140	52—32251
112	释如净	曾住建康府清凉寺	明州苇江	221	52—32361
113	卫泾	1160—1226	昆山	74	52—32798
114	徐侨	1160—1237	婺州义乌	85	52—32809
115	徐玑	1162—1214	永嘉	171	53—32856
116	周端臣	1192年寓临安	建业	118	53—32958
117	刘宰	1166—1239	金坛	540	53—33341
118	戴复古	1167—?	黄岩	953	54—33453
119	释文礼	1167—1250	临安	79	54—33689
120	赵师秀	1170—1219	永嘉	170	54—33834
121	苏泂	1170—?	越州山阴	881	54—33865
122	高翥	1170—1241	余姚	195	55—34117
123	王遂	1202年进士	金坛	96	55—34274
124	钱时	1175—1244	淳安	323	55—34313
125	洪咨夔	1176—1236	于潜	1003	55—34461
126	郑清之	1176—1251	鄞县	356	55—34618
127	薛师石	1178—1228	温州永嘉	114	56—34813
128	戴栩	1208年进士	温州永嘉	177	56—35096
129	释普济	1179—1253	四明奉化	155	56—35155
130	张尧同	?	秀州	101	56—35172
131	沈说	?	处州龙泉	57	56—35185

续表

编号	姓名	生卒年或生活年代	籍贯	诗歌数量及出处	
				数量	出处
132	杜范	1182—1245	黄岩	281	56—35259
133	释慧开	1183—1260	杭州	218	57—35658
134	袁甫	1214年进士	鄞县	135	57—35846
135	史铸	?	山阴	77	57—35878
136	释智愚	1185—1269	四明象山	548	57—35903
137	释永颐	?	钱塘	118	57—35983
138	史弥宁	宁宗嘉定中知邵州	鄞县	181	57—36038
139	陈起	?	钱塘	158	58—36756
140	许棐	理宗嘉熙间隐居秦溪	海盐	193	59—36842
141	释元肇	1189—?	通州静海	387	59—36870
142	戴昺	1219年进士	天台	138	59—36967
143	吴惟信	与高似孙有唱酬	湖州	208	59—37058
144	姚镛	1191—?	剡溪	54	59—37090
145	张侃	?	祖籍大梁，徙家扬州，高宗绍兴末渡江居湖州①。	405	59—37099
146	毛珝	?	三衢	83	59—37478
147	王柏	1197—1274	金华	476	60—37993
148	王同祖	1238年入金陵制幕	金华	100	61—38137
149	宋伯仁	1199—?	湖州	300	61—38155
150	叶茵	1199—?	笠泽	353	61—38196
151	释普度	1199—1280	江都	183	61—38502
152	赵孟坚	1200—?	海盐	106	61—38661
153	李曾伯	1198—?	祖籍济南，侨居嘉兴	590	62—38693
154	王湛	?	阳羡	75	62—38806
155	释妙伦	1201—1261	台州黄岩	151	62—38896
156	释大观	曾住临安法相禅院	鄞县	125	62—38947

① 《全宋词》《全宋文》皆将其视为扬州人。

续表

编号	姓名	生卒年或生活年代	籍贯	诗歌数量及出处	
				数量	出处
157	武衍	?	临安	114	62—38965
158	俞桂	1232年进士	仁和	127	62—39038
159	施枢	1232年应乡试	丹徒	187	62—39094
160	张槩	?	南徐	57	62—39225
161	张道洽	1205—1268	衢州开化	100	62—39247
162	释可湘	1206—1290	台州宁海	176	63—39301
163	释斯植	与胡三省、陈起同期	武林	150	63—39319
164	张蕴	?	扬州	65	63—39373
165	卫宗武	?—1289	华亭	394	63—39416
166	释文珦	1210—?	于潜	1045	63—39505
167	薛嵎	1212—?	温州永嘉	277	63—39863
168	柴望	1212—1280	江山	62	64—39905
169	潘玙	与柴望、贾似道等有交	四明	77	64—39917
170	贾似道	1213—1275	天台	181	64—39967
171	顾逢	与陈泷、汤仲友等同期	吴郡	257	64—39997
172	陈著	1214—1297	鄞县	1248	64—40098
173	刘黻	1217—1276	乐清	313	65—40678
174	舒岳祥	1219—1298	台州宁海	850	65—40888
175	释如珙	1222—1289	温州永嘉	164	66—41215
176	释行海	1224—?	剡	311	66—41339
177	陈允平	?	鄞	148	67—41987
178	何梦桂	1229—?	淳安	482	67—42136
179	方一夔	尝从何梦桂学	淳安	486	67—42215
180	俞德邻	1232—1293	原籍永嘉，侨居京口	382	67—42387
181	周密	1232—1298	祖籍济南，南渡后居湖州	441	67—42497
182	金履祥	1232—1303	婺州	127	68—42575
183	董嗣杲	宋末元初	杭州	683	68—42601
184	徐钧	宋末元初	兰溪	294	68—42827

附录（二） 宋代江浙诗歌作者及其诗作统计（二）

续表

编号	姓名	生卒年或生活年代	籍贯	诗歌数量及出处	
				数量	出处
185	释原妙	1238—1295	吴江	148	68—43161
186	王镃	宋末元初	平昌	230	68—43198
187	方凤	1240—1321	浦江	103	69—43327
188	林景熙	1242—1310	温州平阳	317	69—43474
189	释云岫	1242—1324	庆元府昌国	126	69—43531
190	黄庚	出生宋末	天台	438	69—43547
191	戴表元	1244—1310	奉化	485	69—43636
192	赵友直	宋末元初	上虞	80	70—43956
193	汪元量	宋末元初	钱塘	488	70—43991
194	于石	1247—?	兰溪	211	70—44115
195	仇远	1247—?	钱塘	659	70—44156
196	白珽	1248—1328	钱塘	64	70—44272
197	陆文圭	1250—1334	江阴	596	71—44521
198	张玉娘	宋末元初	松阳	119	71—44623
199	宋无	1260—?	吴	218	71—44741
200	陈深	1260—1344	吴	124	71—44778
	合计			76934	

附录（三） 宋代江浙诗歌特殊韵例韵谱

说明：

1. 此韵谱分为阴声韵、阳声韵、入声 3 大部分，阴声韵与入声韵通押附于阴声韵通押之后，阴声韵与阳声韵通押、阳声韵与入声韵通押附于阳声韵通押之后。

2. 通押条目下"某某—某某"，指通语韵系中某部与某部之间的韵字混押。每一条目包括通押数量、具体韵段两项基本内容。

3. 数目较小的通押，由于正文已列出全部韵例，此韵谱则仅列其条目。

一 阴声韵

一、歌戈—麻车

共 76 例。

1. 徐铉七律《梦游三首》第 1 首"何家斜花赊"（1—91）
2. 徐铉五古《送薛少卿赴青阳》"歌华加涯赊霞家夸沙斜嗟"（1—96）
3. 徐铉七律《和元宗元日大雪登楼》"和华花斜家"（1—142）
4. 沈辽七绝《齐山偶题三首》第 1 首"波夸花"（12—8325）
5. 韦骧七律《咏萤》"赊嗟加波车"（13—8444）
6. 张耒七绝《春宫》"靴奢花"（20—13242）

附录（三）　宋代江浙诗歌特殊韵例韵谱

7. 邹浩六言《云溪文庆长老画像赞》"呵歌下何"（21—14076）
8. 许景衡五古《庚子岁作》"华涯嗟耶哦家何"（23—15511）
9. 程俱七古《二月二日富阳城东》第1首第2韵段"花歌何"（25—16244）
10. 程俱五古《借居毗陵东门四首》第2首"涯华鸦车麻何"（25—16252）
11. 释普鉴七古《五派·沩仰》"个话破"（27—17933）
12. 朱淑真七绝《春燕》"过斜花"（28—17982）
13. 释道川杂古《参玄歌》第1韵段"波呵歌沙"（29—18442）
14. 释道川七律《颂古二十八首》第3首"窠何车讹戈"（29—18444）
15. 释道川七绝《颂古二十八首》第20首"花麻罗"（29—18447）
16. 张炜七律《春晚郊行有怀》"多华花家纱"（32—20328）
17. 吴芾七古《对海棠怀江朝宗》"花过和家差夸摩何瘥那跎嗟华涯哦"（35—21869）
18. 吴芾七律《送丘尉赴试南宫》"多嘉家赊华"（35—21935）
19. 吴芾七绝《寄韩子云总领》"花歌何"（35—21975）
20. 吴芾七绝《再和绝句寄韩子云》"花歌何"（35—21975）
21. 吴芾七绝《又登碧云亭感怀三十首》第5首"荷花遮"（35—21985）
22. 吴芾七律《梅花下饮茶又成二绝》第1首"过霞茶"（35—21995）
23. 吴芾七律《梅花下饮茶又成二绝》第2首"花多何"（35—21995）
24. 释从瑾七绝《颂古三十八首》第24首"魔花家"（37—23405）
25. 崔敦礼杂古《田间辞三首》第2首第2韵段"下沱"（38—23779）
26. 姜特立杂古《赋桐庐陈守瑞粟图》"禾差嗟讹歌瓜华夸嘉麻颇苛科和阿多摩那坡何"（38—24085）
27. 姜特立五古《特立夜直读荆公客至当》"何过歌科跎波磨醝讹蟠多佳和花嗟河酡呵"（38—24089）
28. 姜特立七律《辛亥春夜雪忽积竹松欹》"花戈过家"（38—24098）

29. 姜特立五绝《废桑畦种花》第1首"窠花禾"（38—24105）

30. 姜特立七古《喜仲春有闻》"葩华加过夸鸦"（38—24144）

31. 姜特立五古《闽中得家书》第2韵段"者裹"（38—24156）

32. 姜特立七绝《虞察院生日》第1首"和涯家"（38—24164）

33. 姜特立五绝《嘉泰壬戌归省坟墓感仲》第2首"家何"（38—24195）

34. 姜特立七绝《岁稔》"禾家哗"（38—24205）

35. 范成大七绝《初见山花》"靸华花"（41—25861）

36. 尤袤五古《淮民谣》第10韵段"斜家何"（43—26854）

37. 释崇岳杂古《示汪居士》"沙家讹差差花涯"（45—27837）

38. 陈造杂古《行春辞三首》第1首"陀波嘉和家过哗歌"（45—28260）

39. 许及之七绝《劝农口号十首》第4首"家多它"（46—28423）

40. 许及之七绝《劝农毕事呈同官》第4首"家多他"（46—28424）

41. 许及之七绝《庆都县》"河赊华"（46—28440）

42. 薛季宣五律《雪销》"花罗和多何"（46—28632）

43. 薛季宣七古《折枝水仙》第1韵段"纱波罗"（46—28657）

44. 薛季宣杂古《九奋·启愤》第14韵段"和它瑕嘉何"（46—28719）

45. 薛季宣杂古《九奋·沉湘》第8韵段"沙波"（46—28723）

46. 陈傅良杂古《暮之春六章章五句》第1首"嘉涯华家何"（47—29218）

47. 陈傅良七律《春晚一首约同志泛舟》"何花沙佳蛙"（47—29263）

48. 陈傅良七律《用前韵①招蕃叟弟仍和蕃》第2首"何花沙佳蛙"（47—29263）

49. 徐照五古《题侯侣之九歌图》"画化价亚驾镙袎下话跨些骂"（50—31393）

50. 周端臣七绝《古断肠曲三十首》第19首"莎纱花"（53—32967）

51. 郑清之七古《育王老禅屡惠佳茗比又》第6韵段"靸鲊家"（55—34624）

---

① "前韵"指《春晚一首约同志泛舟》之韵。

附录（三）　宋代江浙诗歌特殊韵例韵谱

52. 许棐五古《染丝上春机》第 2 首"价破"（59—36865）
53. 张侃五绝《华珠二绝》第 1 首"花波"（59—37146）
54. 赵孟坚杂古《青春能几何》第 2 首第 1 韵段"何何梭花〇〇〇〇霞家何"（61—38674）
55. 施枢七律《春雪》"多叉花鸦芽"（62—39113）
56. 释可湘杂古《偈颂一百零九首》第 4 首"么价下马"（63—39301）
57. 释可湘杂古《偈颂一百零九首》第 109 首"马雅下货"（63—39310）
58. 释可湘七绝《问庵》"么家茶"（63—39317）
59. 陈著七绝《饮于梅山弟家醉书八首·感慨前事》"何斜家"（64—40127）
60. 陈著七律《七十见梅有感》"磨涯家哗筢"（64—40221）
61. 陈著七古《丙戌二月廿五日梅山弟》第 7 韵段"家多他"（64—40291）
62. 赵顺孙七律《伤景吟》"河波何多霞"（64—40420）
63. 舒岳祥七古《桂台》"我卧舍镲夏夜座下麝把堕果过和社左播大"（65—40919）
64. 舒岳祥七古《九日敏求与姪璋九万载》第 2 韵段"赊跎"（65—40920）
65. 释行海七绝《怀昭樵屋并越中诸友》"花多何"（66—41372）
66. 释行海七绝《赠日者应菊坡》"坡华花"（66—41376）
67. 释行海七绝《湖上感春》"歌花家"（66—41378）
68. 翁森七古《四时读书乐》第 4 首第 2 韵段"火者"（68—42915）
69. 赵崇璠七律《丛桂轩·老翠》"娑华葩花霞"（68—42919）
70. 释云岫七绝《问法》"河花何"（69—43535）
71. 释云岫七绝《秋夜看月》"多何花"（69—43541）
72. 黄庚七绝《梁燕》"窠花家"（69—43610）
73. 戴表元七绝《西塞山图》"蓑家花"（69—43716）
74. 汪元量七律《贾魏公府》第 1 首"家过衙何麻"（70—43995）
75. 汪元量七绝《戎州》第 4 首"窠涯夸"（70—44039）
76. 汪元量七古《昌州海棠有香》第 2 首第 1 韵段"娑嘉花"（70—

44052）

二、歌戈—萧豪

共7例，含1例歌鱼豪通押。（略。见正文）

三、支微—鱼模

共262例：主从通押222例（支微入鱼模85例、鱼模入支微140例），等立通押37例。

（一）主从通押：支微入鱼模85例

1. 钱易七古《西游曲》第2韵段"书车离"（2—1186）
2. 释智圆七律《孤山闲居即事寄己师》"丝居疏虚于"（3—1513）
3. 释智圆七律《病起二首》第2首"差居藁书蜍"（3—1568）
4. 陈舜俞杂古《题娄亿墓》"车朱铢书辜趋涂呼驱知胡徒殂孥诸墟"（8—4958）
5. 张伯端六言《禅定指迷歌》第5韵段"字据所"（10—6469）
6. 徐积五古《赠陈留逸人》第2首第4韵段"累如呼图壶"（11—7596）
7. 徐积四言《送赵漕偁》第5韵段"渠余书饥"（11—7607）
8. 徐积四言《送裴守》第2韵段"顾务恕辅度付裕起①取序去"（11—7611）
9. 蒋之奇五律《清光亭》"陂湖符俱无"（12—8023）
10. 王令五古《弱弱谁氏子》"姝俱如都舒吁睢如除虞夫朱腴间欤"（12—8096）
11. 王令五古《同孙祖仁王平甫游蒋山作》"纡除虚俱拘无晡殊余徂居初屠都胡隅书区濡涂呼旗图蹢诛吁庐虞驱娱墟锄"（12—8118）
12. 王令七古《南徐怀古》"苦虎主死"（12—8146）
13. 沈辽七古《奉送殊师利》"裾都涂湖襦孤师枯孥无屠虚娱如麤鱼书晡余拘庐吴居隅蹰夫诛趺蜜②蕣"（12—8310）

---

① 文渊阁《四库全书》影印本作"赴"。
② 入声质韵"蜜"押入此韵段。

14. 周彦质七绝《宫词》第 17 首 "书虚知"（17—11297）

15. 华镇五古《广述二首》第 1 首 "虎阻鼠聚侮御死主武卤古甫"（18—12298）

16. 华镇五律《题黄主簿足轩》"迟余鱼虚书"（18—12320）

17. 华镇七律《凤凰台》"诗墟疏书徐"（18—12331）

18. 邹浩七古《次韵答詹成老谢密云龙》"语雨紵数髓乳伍取瘉御与黍"（21—13956）

19. 释咸静五古《拟寒山自述》第 6 首 "使污句祖"（22—14790）

20. 释咸静杂古《十二时》第 1 首 "子卤睹"（22—14790）

21. 程俱五古《天宁潜老以山中春莫三》第 1 首 "去语此缕"（25—16249）

22. 释道川杂古《颂古二十八首》第 27 首 "刺怖路步互虎"（29—18448）

23. 释道川杂古《颂古二十八首》第 28 首第 2 韵段 "慈疏鱼"（29—18448）

24. 陈东杂古《大雪与同舍生饮太学初》第 1 韵段 "起土苦"（29—18746）

25. 王洋七古《路居士山水歌》第 17 韵段 "语沮几"（30—18936）

26. 王洋七古《咏蜡梅》第 1 韵段 "似数语"（30—18961）

27. 顾禧杂古《震泽行》第 5 韵段 "雨语此"（32—20585）

28. 顾禧杂古《海棠秋》第 2 韵段 "语雨市"（32—20585）

29. 释彦岑杂古《偈》"举虎主住住你"（33—20796）

30. 史浩七古《东湖游山》第 5 韵段 "去路泪"（35—22112）

31. 史浩七古《雪夜行舟骂鬼》第 7 韵段 "语止汝"（35—22116）

32. 史浩五古《童卯须知·舅姑篇》"夫姑愉肤珠晡娱俱吁诬图拘躯于乎诛孚殊须襦持厨需无渝模巫枯臾苏徒岖盂途隅腴臞乌雏符株铢榆蹰"（35—22175）

33. 释师体五古《偈四首》第 3 首第 6 韵段 "无虚珠藿"（35—22336）

34. 钱氏七古《题壁》第 5 韵段 "赋遇起"（37—23091）

35. 崔敦礼杂古《刘锡僭号岭南虐其民潘》"隅鑪屠苏诛郛濡累徒歘"（38—23773）

36. 崔敦礼杂古《太白远游》第 16 韵段"车途垂"(38—23775)
37. 陆游七律《即事六首》第 3 首"知余须"(40—25494)
38. 陆游五绝《郭氏山林十六咏·小烂柯》"棋无殊"(41—25740)
39. 薛季宣杂古《九奋·沉湘》第 5 韵段"愬雾寓故遇止渚处"(46—28723)
40. 陈傅良五古《送林正仲丞王山》"归庐除迟歔如书驱衢"(47—29221)
41. 陈傅良七绝《九日奉呈同僚四绝句》第 1 首"迟余鱼"(47—29269)
42. 陈傅良七绝《丁端叔和九日诗至用韵》第 1 首"迟余鱼"(47—29269)
43. 陈傅良七绝《再用前韵①简丁端叔》第 1 首"迟余鱼"(47—29270)
44. 陈傅良七绝《酬王判官和九日韵②》第 1 首"迟余鱼"(47—29271)
45. 钟明七古《书义倡传后》第 1 韵段"浦渚主句赴里俟傅顾慕伫雾被屦许暮"(48—29878)
46. 徐照杂古《釜下吟》"菰锅和乌胡呼枯图逋嚅觚乎鲑蔬芋夫"③(50—31402)
47. 戴复古五古《湖北上吴胜之运使有感》第 3 韵段"怒恕素去怙"(54—33456)
48. 钱时杂古《题方大夫家训》第 3 韵段"如锥庐书"(55—34347)
49. 薛师石五律《喜徐玑至》"归庐初书疎"(56—34821)
50. 戴栩七古《上丞相寿》第 1 韵段"瑞濩数"(56—35109)
51. 戴栩七古《程郎中生日》第 2 韵段"归氇于"(56—35112)
52. 戴栩七绝《赠黄叔向二绝》第 1 首"时书疎"(56—35123)
53. 陈耆卿七古《种麦》第 4 韵段"斯除踞"(56—35198)
54. 释元肇五古《许来亭》"趣睡住去遇泪树"(59—36902)

---

① "前韵"指《九日奉呈同僚四绝句》之韵。
② "九日韵"指《九日奉呈同僚四绝句》之韵。
③ 歌戈部字"锅和"亦入此韵段。

附录（三） 宋代江浙诗歌特殊韵例韵谱

55. 唐士耻七古《凤山逸士周遇仙谣》第 4 韵段 "去坠住"（60—37830）

56. 马光祖杂古《迎享送神》第 2 韵段 "姬吴湖庐都隅图居鱼书吾樵"（60—37935）

57. 释普度杂古《偈颂一百二十三首》第 16 首 "皷士路午"（61—38503）

58. 释普度杂古《布袋赞》第 1 韵段 "住去你"（61—38517）

59. 张榘七绝《题包虎》第 1 首 "威须车"（62—39232）

60. 释可湘杂言《偈颂一百零九首》第 64 首 "寺著住"（63—39306）

61. 释斯植五古《与子入山来》"睡树水处去"（63—39327）

62. 释斯植七古《从军行》"数虎雨起舞土"（63—39338）

63. 陈仁玉七古《仙都山独峰大雪歌》第 2 韵段 "子古语伍罟"（63—39414）

64. 卫宗武五古《二疏》"慕去伍许忤组累语府处"（63—39418）

65. 陈著五律《挽黄提举震三章》第 3 首 "谁①与鱼居庐"（64—40309）

66. 刘黻七古《与李叔夔钱子云同游兴》"提如知庐疏醵徐初居之藇桐医渠围书"（65—40694）

67. 龚开杂古《题自写苏黄像》第 6 韵段 "死步肚"（66—41279）

68. 何梦桂五古《上夹谷书隐先生六首》第 5 首 "豨如疏飞庐"（67—42141）

69. 何梦桂七绝《赠章月岩乃子德父》"豨疏书"（67—42212）

70. 何梦桂七绝《观燕哺雏》"飞雏乌"（67—42212）

71. 方一夔七律《景德观陈道士圃多菊觅》"归都壶芜珠"（67—42294）

72. 方一夔七律《次对稼隐病后见寄》"炊虚鱼殊如"（67—42298）

73. 林景熙五古《秦吉了》"语主鬼"（69—43475）

74. 林景熙五古《游九锁山·大涤洞天》"柱古斧侮炬诡鼓舞拊许乳雨怒户"（69—43517）

75. 黄庚七古《题东山玩月图》第 7 韵段 "地素赋"（69—43594）

---

① 文渊阁《四库全书》影印本作"殊"。

76. 梁泰来七古《龟山亦好轩》第1韵段"居书庐余知"（70—43918）

77. 汪元量《湖州歌九十八首》第53首"枝①居鱼"（70—44030）

78. 于石五古《路傍女》第1韵段"去住杼户虎虑顾遇土暮误路语死处"（70—44123）

79. 于石杂古《有虎行》第2韵段"妇子语母主死侮虎"（70—44134）

80. 于石七律《读史》第2首"斯渠书居疏"（70—44146）

81. 仇远七律《书与士瞻上人十首》第4首"儒揄途泥湖"（70—44249）

82. 邓牧杂古《汉阳郎官湖》第2韵段"槎②湖鱼厨孤俱卮"（70—44262）

83. 陆文圭七古《出镇口止见小峰》"弟语所"（71—44546）

84. 陆文圭七古《题张南山庆九十诗卷》"五土苦舞齿乳喜"（71—44558）

85. 陆文圭七律《东人索酒》"余如稀书衣"（71—44580）

（二）主从通押：鱼模入支微140例

1. 赵湘四言《宋颂》第2韵段"熙为衣知思之归枝奇书诗辞兹遗"（2—864）

2. 赵湘七律《宿成秀才水阁》"虚师鸶棋诗"（2—882）

3. 释智圆五古《西施篇》第1韵段"女美绮"（3—1507）

4. 释智圆七绝《招元羽律师》"庐迟时"（3—1540）

5. 释智圆五古《偶作》第4韵段"士此止子禩暑死"（3—1556）

6. 释智圆五古《自勉》第2韵段"古所语死似齿许止去饵是此"（3—1556）

7. 释智圆七律《新栽小松》"余宜时衰知"（3—1570）

8. 王周五古《自喻》"器志赋意试味地据寄辔畏避沸纬讳喻虑致庇媚悴智"（3—1761）

9. 张伯端七绝《绝句六十四首》第8首"苴之机"（10—6461）

① "枝",《全宋诗》出注："原校：吴本作株。"
② 麻车部麻韵字"槎"押入此韵段。

10. 强至五古《祠仙姑回马上作》"轨祀喜里氏女举此止所庀美已子鬼尔"（10—6902）

11. 强至五古《冬日偶书呈县学李君择之》"姿饥宜随嬉时谁厄余驰羲姬眉"（10—6904）

12. 范纯仁七律《富相公挽词五首》第5首"貐嬴时垂谁"（11—7457）

13. 罗适杂古《慈母石》第2韵段"思悲资饥书儿"（11—7739）

14. 蒋之奇五古《峡山》"寺沸逝意翠笴喙志二坠际辔至驭施憩气媚被珥异记字濞地势畏赐次志"（12—8025）

15. 王令七古《古庙》"扉榱依旗眉箕怡威迤嘘①鸡支非词呷西谁期尸狸脾持资危随驰祠嬴饥祈祇归时肥厄低衣禧之遗飞时移知"（12—8100）

16. 王令七古《送曹杜赴试礼部》"蘷枝归脂维扉谁处②嘻衣洟为稀私闱期姬违丝辉之辞饥知卑思彝奇期羁迟慈"（12—8118）

17. 沈辽杂古《赠磻翁龙尾砚》第7韵段"士具嗣"（12—8253）

18. 袁默杂古《石女冢》第4韵段"虚思归凄狸"（12—8389）

19. 秦观七律《文英阁二首》第1首"携迷啼藜去"（18—12155）

20. 华镇五古《咏古十六首》第9首"茹类贵致炽至士味意位义异誉愧"（18—12293）

21. 华镇七古《陪和宋宴城楼罢留望江》第4韵段"倚苇女"（18—12312）

22. 华镇七律《送湖南提刑安学士》第2首"余时枝西祺"（18—12332）

23. 华镇七律《病中闻梅已放就邻人求之》"余枝吹枝诗"（18—12335）

24. 华镇七绝《四海》"余谁枝"（18—12360）

25. 华镇七绝《过永城寄知县陈宣德同》第1首"余池丝"（18—12364）

26. 张耒五古《书事寄晁应之》"齐低泥携蹊啼西迷裾闺溪鹈鸡鼷蹄

---

① 明钞本《广陵先生文集》"嘘"作"戯"，见四川大学古籍研究所编纂《宋集珍本丛刊》，线装书局2004年版，第17册，第28页。

② 明钞本《广陵先生文集》"处"作"时"，见四川大学古籍研究所编纂《宋集珍本丛刊》，线装书局2004年版，第17册，第40页。

萋暌栖题凄"（20—13377）

27. 邹浩杂古《双璧歌寄马叔宝》第 2 韵段"所此耳"（21—13945）

28. 葛胜仲七绝《蒙文中县丞以诗送苦笋》第 5 首"无枝时"（24—15691）

29. 葛胜仲七绝《蒙文中县丞以诗送苦笋》第 6 首"无枝时"（24—15691）

30. 李光五古《仲兄去岁落一齿书来怅》"持隳师垂睢儿离悲之糜曦欺龟饴期"（25—16390）

31. 李光五古《庚午春予得罪再贬昌化》"徙弛士稚泪纪喜美水里矣屣耳轨死几致楮起吏"（25—16391）

32. 张纲七古《次韵苏养直①破房谣》第 2 韵段"紫死浒"（27—17890）

33、蒋旦七律《柘川渔火》"余湄时迟枝"（29—18617）

34. 陈东七绝《送友人丧二绝》第 2 首"巍车②飞"（29—18749）

35. 李弥逊七古《夏日登台晚云层叠若众》"宜吁欹随差低姿眉奇螭卑驰西梯栖移"（30—19257）

36. 释道昌杂古《偈三首》第 1 首第 1 韵段"知记鼠"（30—19350）

37. 张九成七绝《论语绝句》第 7 首"如之疑"（31—20017）

38. 顾禧杂古《采桑行》第 4 首"仪蹰衣"（32—20584）

39. 顾禧杂古《采桑行》第 5 首"衣衣襦"（32—20584）

40. 史浩七绝《童丱须知·张设八篇》第 4 首"除衣围"（35—22181）

41. 史浩七绝《童丱须知·稻粱八篇》第 2 首"书诗知"（35—22184）

42. 周麟之四言《景灵宫乐章·尚书彻馔吉安之曲》"时娱祗熙"（38—23568）

43. 崔敦礼杂古《华阳洞天》第 3 韵段"巍迟之溪车隋"（38—23778）

44. 崔敦礼杂古《中水府》第 6 韵段"底糟止"（38—23779）

45. 陆游七律《书感》"机居非衣矶"（39—24516）

46. 陆游七绝《杂兴四首》第 3 首"庐扉归"（39—24588）

47. 许及之五古《送盖总领上计三首》第 2 首"依吹归微书饥痍希"

---

① 苏庠（1065—1147），字养直，丹阳（今属江苏）人。（22—14603）
② "车"，《广韵》读麻韵和鱼韵。此诗取鱼韵读音，训"车辂"。

（46—28292）

48. 许及之七古《得赵昌甫诗集转呈转庵①》"毁甫苦使水矩髓喜取子"（46—28300）

49. 许及之七古《再次转庵韵》"毁甫苦使水矩髓喜取子"（46—28300）

50. 许及之七古《次韵转庵读中兴碑》"知疑丝睢危垂簏辞奇窥持如"（46—28307）

51. 许及之七古《射鹰行》第5韵段"须儿夷"（46—28313）

52. 许及之七古《次韵转庵榴花韵》"毁甫苦使水矩髓喜取子"（46—28316）

53. 许及之七古《再次韵转庵韵》"毁甫苦使水矩髓喜取子"（46—28317）

54. 许及之七古《再次韵转庵催结局韵》"毁甫苦使水矩髓喜取子"（46—28317）

55. 许及之七绝《滹沱河》"鱼飞微"（46—28442）

56. 陈傅良杂古《西庙招辞》"斯斯楣圻肥眉簏迟薮螭嬉危衣时夷累知依非之陂弥怩其须"②（47—29219）

57. 陈傅良七古《送杨似之提举湖南》"辔至是水士茹四悴记字意议"（47—29223）

58. 陈傅良《和孟阜③老梅韵》第1首"披余为肌欹希驰归嗤期"（47—29227）

59. 陈傅良《和孟阜老梅韵》第2首"披余为肌欹希驰归嗤期"（47—29227）

60. 陈傅良杂古《还徐叔子犀带》"犀治垂围螯韦离窥衣罹余丝欹墀麾畿闱怡螭讥归嬉飞斯宜非颐为支儿时知迟悲之危持移"（47—29247）

---

① 潘柽，字德久，号转庵，永嘉（今属江浙温州）人。（38—24221）
② 此例亦见曾枣庄、刘琳《全宋文》（上海辞书出版社、安徽教育出版社2006年版，第267册，第4页）。
③ 张东野，字孟阜，宋代永嘉人，陈傅良与其唱和较多。生平可参陈傅良《分韵送王德修诗序》《祭张孟阜》（《全宋文》，第267册，第436页；第268册，第331页）。清康熙《永嘉县志》卷七《进士》称其为淳熙进士，"泰兴簿"。（《中国地方志集成·浙江府县志辑59》，上海书店1993年版，第684页）

61. 陈傅良五古《咏梅分韵得蕊字》"蕊美泚女"（47—29253）

62. 楼钥七绝《天台道中口占》"篱熙书"（47—29419）

63. 杨简五古《偶作》第18首第1韵段"易拟喜虑"（48—30084）

64. 徐照五古《畏虎》"跙羆悲姿期炊儿枝为"（50—31393）

65. 高似孙七律《赵崇晖送鱼蟹》"稀衣肥非芦"（51—31988）

66. 徐侨杂古《云山歌》"微依晞晖去薇枝啼几楼围时箕期夷离怡宜"（52—32809）

67. 徐侨五古《送施持正司理解官》"弟至致计利义尔此礼避具旎轨几委鄙已理倚是地止喜始"（52—32812）

68. 郑瀛七古《伏虎崖》第1韵段"威窥驱"（53—32842）

69. 郑瀛七古《官塘竞渡》第2韵段"意渡些"（53—32843）

70. 戴复古杂古《衡山何道士有诗声杨伯》第4韵段"珠枝皮"（54—33472）

71. 王遂杂古《题朝散郎刘公庙》"余窥西池儿支之尸依"（55—34288）

72. 钱时五古《义猫行》"比女喜鼠子耳乳理处已体旨汝觜止死举此"（55—34341）

73. 钱时五古《闻儿辈举渔者言喜成古调》"此美市尔里砥鹿①比毗死齿已语子"（55—34342）

74. 钱时五古《余与吕守之买舟西归林》"弟耳里此美水里始起似理宇几趾语雨"（55—34342）

75. 钱时七古《篙师叹》第1韵段"稀饥鱼"（55—34344）

76. 钱时杂古《读书灯》"似世弃鼻具地事处诣炬字睡"（55—34345）

77. 钱时七古《中秋约子温兄子山弟小酌》第1韵段"字崎踽"（55—34348）

78. 钱时七古《袁尚右座中王屯田出与》第5韵段"语史理"（55—34348）

79. 钱时七古《闻里中蚕饥不肯食山桑》第4韵段"时余泥"（55—34350）

80. 钱时七古《有送大本渊明菊者成长句》第3韵段"里许喜"

---

① 入声屋韵字"鹿"押入此韵段。

（55—34350）

81. 钱时杂古《市桥间竹鸡声》"里止汝"（55—34351）

82. 薛师石杂古《渔父词》第2首"儿离鱼"（56—34815）

83. 戴栩七律《送赵端行殿试》"如绯衣飞韈"（56—35117）

84. 释智愚杂古《偈颂二十一首》第15首"枝蛇丝师期戏诸"（57—35963）

85. 何基杂古《西山孝子吟》"旨礼已比祉美祀耳里似轨瀡跬市菲黍佴里齿只几矣始耻理拟纸徵梓尾庢子起"（59—36838）

86. 孙锐三言《云长公赞》第1韵段"士义主"（61—38498）

87. 释大观杂古《罗汉赞》"缕地器贵"（62—38956）

88. 释斯植五律《登云汉阁》"虚微衣归稀"（63—39320）

89. 释斯植杂古《寄衣曲》第2首第1韵段"雨里水"（63—39325）

90. 薛嵎五律《天童寺》"居微归机飞"（63—39866）

91. 薛嵎五律《王九山挽诗》第3首"儒欺枝知期"（63—39891）

92. 薛嵎七律《林景云令祖夫妻随其子》"居期时帷迟"（63—39892）

93. 贾似道七绝《论螳螂形》第2首"皮窥输"（64—39970）

94. 贾似道七绝《红铃》第1首"奇虞灰"①（64—39980）

95. 陈著五古《梅山弟家醉中》"嗜地味数置沸气坠"（64—40275）

96. 陈著杂古《送儿沆再之台学并似许》"义喜士汝意鸷易味地议子"（64—40301）

97. 王奕七古《春晖亭为桦川子赋》第1韵段"如晖归"（65—40663）

98. 刘黻五古《梅使君守横浦擒寇闵雨》》"痏起垒李驶靡缕雨嫩始语匕主里"（65—40693）

99. 刘黻七古《三十一岁吟》"湄书痴篱儿鸡"（65—40697）

100. 刘黻五律《谢胡编校惠药医膝病遂》"愚非归稀依"（65—40712）

101. 刘黻七绝《钱潘吴二察院去国五首》第4首"书儿时"（65—40726）

---

① "灰"等灰韵系字在宋代通语中有向支微部演变的趋势，因此"灰"字可当成支微部字看待，从而构成支（灰）鱼通押。

102. 刘黻杂古《横浦操》第1韵段"泚阯处"（65—40732）

103. 释如珙杂古《偈颂三十六首》第11首"死主子"（66—41216）

104. 释如珙七绝《寄明藏主》"珠疑时"（66—41231）

105. 释如珙五古《寄端书记》"柱水已耳午子"（66—41233）

106. 王应麟五古《唐开成年墓志石》"毁似子里侈水始止靡美轨否死谏氏祀理耻纪女绮齿似俚市滓比尔杞燧是史"（66—41281）

107. 何梦桂五古《赠天台陈道人》"睡去事意雨"（67—42138）

108. 何梦桂五古《上夹谷书隐先生六首》第6首"几姝衣非稀濡"（67—42141）

109. 何梦桂五古《拟古五首》第2首"鬼里笥止水注世"（67—42141）

110. 何梦桂五古《雪楼程御史次方山房①韵》第2首"处士起轾地事"（67—42142）

111. 何梦桂五古《雪楼程御史次方山房韵》第3首"水意睡许子寐"（67—42143）

112. 何梦桂五古《送野塘王经历三十韵》"嘻期麟围悲归辞䃘夷颐宜机皮追移车衣威飞辉鳌螭慈癯知斯私晖蹰师"（67—42145）

113. 何梦桂五古《题邵古香乾坤一亭》"谁楣悲羁驹池髭"（67—42147）

114. 何梦桂五古《慰严溪张君贡士》"睎雏悲书怡归眵衣儿知期"（67—42148）

115. 何梦桂五古《次山房岐丝吟韵》"岐丝朱违初几知迟思知"（67—42149）

116. 何梦桂七律《贺中斋黄大卿得子》"雏嶷迟儿枝"（67—42171）

117. 何梦桂七绝《赠童笔生》"书奇锥"（67—42195）

118. 何梦桂七绝《岳帅降笔命作画屏四景诗·工部游春》"癯微归"（67—42200）

119. 方一夔五古《喜雨》"起水煮喜味美"（67—42225）

120. 方一夔五古《出塞行五首》第1首"暑矢市死使鼻恃"（67—

---

① 此诗用韵属次韵，是和韵诗的一种。被和诗的作者方山房即方逢振，为方逢辰弟弟，与何梦桂同为严州淳安人，宋景定三年进士，学者称之山房先生，有《山房集》，已佚。今存《山房遗文》。（68—42807、42808）

附录（三）　宋代江浙诗歌特殊韵例韵谱

42241）

121. 方一夔五古《寄徐雪冈二首》第2首"避值去逝"（67—42246）

122. 方一夔杂古《太湖石狮子笔架》第3韵段"威帷书"（67—42255）

123. 方逢振七绝《江湖稳处》"虚诗知"（68—42809）

124. 宋庆之五古《兰溪道中》"市雨土鬼起被此水里"（68—42908）

125. 释原妙杂古《偈颂十二首》第8首"至睡觑刺"（68—43176）

126. 柴元彪五古《同朱山长游江郎》"峙侍纸里鲤乳髓死始祀圮址士喜视旨矢里倚耳子此纪"（68—43195）

127. 方凤七古《怀古题雪十首·韩王堂雪》第1韵段"遇第计"（69—43341）

128. 林景熙七古《偈严子陵祠》第2韵段"醅鬼死"（69—43477）

129. 林景熙五古《妾薄命六首》第2首第2韵段"去颟媚"（69—43480）

130. 林景熙五古《原易》"瑞秘四泗字氏意具据伪事地喟"（69—43508）

131. 黄庚五古《燕子楼》第2韵段"去悴媚"（69—43549）

132. 戴表元五律《老态》"如时医诗"（69—43681）

133. 于石五古《伯劳》"几已矢靡氏此类理义乳子彼"（70—44121）

134. 仇远五古《答陈宗道见寄》第1首"似水子美怒耳"（70—44158）

135. 陆文圭五古《杂诗五首》第3首"吠类去睡"（71—44523）

136. 陆文圭五古《婺州傅仁赘诗求见依韵和之》第4韵段"士耳数视已"①（71—44524）

137. 陆文圭七古《庚子七月书事》第1韵段"鱼龟夔"（71—44547）

138. 陆文圭七古《己卯题吴江长桥二首》第1韵段"尾水死蚁

---

① 此诗26句，共4韵段：主语/靡轨比/聚宇/士耳数视已。"数"字句必入韵，且夹杂在"士耳〇视已"之中，故"士耳数视已"视为1个韵段：鱼模部"数"字押入支微部。前3个韵段分别为2个鱼模部韵段、一个支微部韵段，那么能否将整首诗看成鱼模、支微两部混押的一个韵段呢？韵段的划分需从严。此诗前3个韵段换韵自然：前4句押鱼模部"主语"、第5—12句押支微部"靡轨比"、第13—16句押鱼模部"聚宇"，因此，我们将前16句分为3个韵段，后10句为1个韵段即第4韵段。

○○○○里雨苇履洧喜鬼尾靡理水李"（71—44555）

139. 陆文圭七古《宁普李照磨筑室奉亲名》第 1 韵段"书衣晖归"（71—44555）

140. 蔡槃五律《病中》"时知移书"（72—45690）

（三）等立通押：37 例

1. 秦观杂古《曾子固哀词》第 2 韵段"舆师"（18—12121）

2. 秦观五古《流杯桥》"洧取"（18—12154）

3. 华镇四言《神功盛德诗·神州三章》第 2 首第 1 韵段"叙纪"（18—12287）

4. 华镇七古《灯》第 2 韵段"疏衣"（18—12307）

5. 张耒杂古《龟山祭淮词二首·迎神》第 5 韵段"御弃"（20—13046）

6. 释咸静五古《拟寒山自述》第 5 首"祖事土死"（22—14790）

7. 赵奉五古《过乌江》"水处"（29—18807）

8. 释慧晖五古《偈颂四十一首》第 38 首"处子"（33—20889）

9. 崔敦礼杂古《华阳洞天》第 4 韵段"蕊予"（38—23778）

10. 崔敦礼杂古《下水府》第 3 韵段"水鼓"（38—23779）

11. 崔敦礼杂古《田间辞三首》第 2 首第 4 韵段"予事"（38—23779）

12. 陆游五律《园中杂咏二首》第 2 首"时诗俱裾"（39—24748）

13. 许及之五绝《药畹》"滋图"（46—28411）

14. 薛季宣杂古《诫台瓦鼓诗》第 5 韵段"楚倚"（46—28707）

15. 薛季宣四言《适薄歌》第 3 韵段"纪母"（46—28710）

16. 薛季宣杂古《九奋·记梦》第 9 韵段"鲑鱼"（46—28722）

17. 徐照七古《瑞安道房观陈友云古柏》第 4 韵段"地去"（50—31395）

18. 高翥七古《贺杨东山休致》第 1 韵段"事赋"（55—34144）

19. 释慧开杂古《偈颂八十七首》第 9 首"子许"（57—35659）

20. 释慧开四言《偈颂八十七首》第 73 首"事虋"（57—35664）

21. 陈起五古《寄题当湖隐渌亭》"聚思树寺"（58—36772）

22. 释普度四言《偈颂一百二十三首》第 8 首"稀步"（61—38503）

23. 释可湘四言《偈颂一百零九首》第 62 首"柱施"（63—39306）

24. 释斯植五古《古乐府》第 6 首 "午里"（63—39325）
25. 卫宗武七古《赠范道人》第 6 韵段 "锢累"（63—39458）
26. 车若水五古《儓言》第 2 韵段 "补子"（64—40425）
27. 刘黻四言《四先生像赞·象山陆文安公》第 2 韵段 "居归"（65—40732）
28. 舒岳祥杂古《杂言》第 2 韵段 "谓雨"（65—40921）
29. 释如珙七古《颂古四十五首》第 33 首 "地去"（66—41224）
30. 方凤七古《鸿门谶同皋羽作》第 4 韵段 "举死"（69—43336）
31. 方凤七古《题春寿堂》第 6 韵段 "主史"（69—43343）
32. 林景熙五古《题水云深处》第 2 韵段 "地处"（69—43520）
33. 戴表元七绝《雨中过泉教张子开》第 1 首 "居来①"（69—43718）
34. 于石七古《祈雨》第 7 韵段 "雨士"（70—44132）
35. 陆文圭五律《挽陈葵心》"宜隅儿俱"（71—44574）
36. 张玉娘杂古《拜新月二章》第 2 首 "除悽"（71—44624）
37. 张玉娘杂古《明月引》"晖蜍虚悽"（71—44624）

四、歌戈—鱼模

共 43 例：主从通押 35 例（歌戈入鱼模 19 例、鱼模入歌戈 15 例），等立通押 9 例。

（一）主从通押：歌戈入鱼模 19 例

1. 赵抃七律《忆信安五弟拊》"过庐余书歔"（6—4163）
2. 张耒七绝《绝句二首》第 2 首 "蒲雏何"（20—13298）
3. 陈东七绝《徐氏哀词代作》"过胡无"（29—18749）
4. 顾禧杂古《海棠秋》第 5 韵段 "数雾仆卧"（32—20585）
5. 释从瑾七绝《颂古三十八首》第 11 首 "科书无"（37—23403）
6. 姜特立七绝《寄虞大卿四首》第 3 首 "多湖乌"（38—24173）
7. 陆游杂古《放翁自赞四首》第 3 首 "居驴歌书癯闾"（41—25736）
8. 陈傅良七古《送郡守汪充之移治严陵》第 2 韵段 "贾苦果鼓五所

---

① "来"在宋代江浙诗韵中常押入支微部，故将其看成支微部。"来"字句 "数声疏雨雪初来"，明刻六卷本《剡源先生文集》作 "数声疏雨雪来初"。

吐阻"（47—29229）

  9. 赵善涟五律《怀归》"余疏书何"（48—30339）

  10. 叶适五古《送陈漫翁》"裹语绪许柱雨惧负阻吐聚处"（50—31232）

  11. 徐照杂古《黄哺歌》第 3 韵段"父祸苦所"（50—31399）

  12. 徐照七古《废居行》第 3 韵段"虏主祸"（50—31402）

  13. 徐照杂古《釜下吟》"菰锅和乌胡呼枯图逋嚅翩乎鲑蔬芋夫"①（50—31402）

  14. 徐照杂古《放鱼歌》"浦所吐俎鲰祸"（50—31402）

  15. 苏洞七绝《次韵颖叟弟耕堂杂兴六首》第 1 首"闾书何"（54—33940）

  16. 刘黻七古《焦溪茶》"无腴如珠枯余魔裾苏渔俱书"（65—40681）

  17. 刘黻五古《畏虎行》"斧苦户祸馷"（65—40696）

  18. 戴表元五律《简王元刚并寄意王理得》"书鱼车何"②（69—43686）

  19. 赵友直七律《南源庙》"图过湖途呼"（70—43964）

  （二）主从通押：鱼模入歌戈 15 例

  1. 张耒七古《晨起苦寒》第 2 韵段"河歌鹅如"（20—13117）

  2. 王洋五律《赠辨侍者》"魔多如罗"（30—18969）

  3. 姜特立七绝《寄虞大卿四首》第 2 首"都哦歌"（38—24173）

  4. 姜特立五古《喜雨寄曾少卿》"沱何壶歌和波租磨"（38—24196）

  5. 姜特立杂古《东坡》"婆歌图"（38—24198）

  6. 陈造杂古《楚辞三章送郭教授趋朝》第 1 首第 4 韵段"庐何阿婆"（45—28261）

  7. 翁卷五律《送蒋德瞻节推》"湖波多过和"（50—31417）

  8. 薛师石七律《水心先生惠顾瓜庐》"芜过呵河歌"（56—34818）

  9. 戴栩七古《杨子京益壮楼》第 3 韵段"步过大"（56—35110）

  10. 戴栩七律《贺水心先生七十》"湖何多波莎"（56—35114）

  11. 张道洽七律《梅花七律》第 6 首"枯婆波多何"（62—39253）

---

① 支微部字"鲑"亦入此韵段。
② "何"字句"少待意如何"，文渊阁《四库全书》影印本作"少待意何如"。

12. 贾似道七绝《论灶鸡形》"拖铺啰"（64—39970）
13. 贾似道七绝《论土狗形》"拖铺锣"（64—39971）
14. 贾似道七绝《拖肚黄》"粗拖多"（64—39974）
15. 何梦桂七律《挽宁谷居士何公三首》第2首"湖歌多窠萝"（67—42183）

（三）等立通押：9例

1. 徐积七古《三月三日作》第1韵段"去何"（11—7631）
2. 程俱杂古《古钓台歌送阮阅休美成》第13韵段"语可"（25—16240）
3. 郑刚中七绝《马伏波请征蛮据鞍矍铄》"波如"（30—19103）
4. 释崇岳四言《偈颂一百二十三首》第31首"互过"（45—27817）
5. 释妙伦杂古《偈颂八十首》第65首第4韵段"坐露①"（62—38902）
6. 王奕七古《春晖亭为桦川子赋》第6韵段"过暮"（65—40663）
7. 释如珙杂古《偈颂三十六首》第3首第1韵段"聚么"（66—41215）
8. 释如珙五古《偈颂二十首》第20首"路卧过去"（66—41230）
9. 郑吾民五古《诸葛庐》"卧顾兔破"（72—45684）

五、麻车—皆来

共14例，其中麻车入皆来6例，皆来入麻车（包括等立通押1例）8例。（略。见正文）

六、支微—皆来

共91例：主从通押84例（皆来入支微19例、支微入皆来65例），等立通押7例。

宋代通语中蟹摄细音与部分合口一等字归入止摄形成支微部，本文"支微—皆来"中的"皆来"不含蟹摄这一部分韵字，仅指蟹摄洪音一等

---

① 此诗八句，句句韵，每两句一韵，共4个韵段，前3个韵段为：炉嘘/火堕/水鬼。

开口与二等即皆来部部分字。

（一）主从通押：皆来入支微19例

1. 张伯端五古《无心颂》"鄙委罪已讳义会水履被喜意已比止毁美市是稚外易揆始起咒字耳伪体碍累里迩水拟彼矣"（10—6470）

2. 王观五古《九日石庄阻雨》"归违霏其开期"（11—7492）

3. 王令杂古《于忽操》第1首第4韵段"之来施为"（12—8069）

4. 王令杂古《江上词》第3首第2韵段"时薇来"（12—8076）

5. 王令七古《寒林石屏》"持携来瑰祈皮窥奇螭差髭枝垂微遗疵疑锥移培挥赀悲藜隳离帷非吹归支欷讥"（12—8076）

6. 秦观杂古《蔡氏哀词》第3韵段"嗤遗开知"（18—12122）

7. 周行己七古《竹枝歌上姚毅夫》第5首"衰哀归辉亏"（22—14364）

8. 卢襄杂古《桐君祠作招仙歌》第1韵段"之微衣芝蕤来"（24—16213）

9. 郑刚中五古《郑翁以紫石斛承粗山一》"二致块腻细置会外翠晦邃在"（30—19119）

10. 林季仲七绝《袁居士来自桐庐索诗赠》第1首"眉来①移"（31—19970）

11. 陆游七绝《夜食炒栗有感》"衰饥来"（39—24369）

12. 薛季宣杂古《谷里章》第18韵段"谁来熙移知疑"（46—28706）

13. 楼钥七律《赠别卢甥申之归吴门》"来驰离诗斯"（47—29466）

14. 楼钥杂古《题庠老颐菴》"止齿戒忌底水理"（47—29542）

15. 叶适五律《王祕监令人挽诗》"帷归排挥"（50—31252）

16. 戴复古七律《清凉寺有怀真翰林运使》"碑遗悲诗来②"（54—33558）

17. 释慧开杂古《护国嗣源长老请赞》"提派梨儿"（57—35675）

18. 叶茵七绝《遇风》"来③飞机"（61—38239）

19. 陈深七古《我思古人》第3韵段"驶靁轨海溰曳愦"（71—

---

① 自注：力之反。
② "来"，文渊阁《四库全书·石屏诗集》影印本作"仪"。《南宋群贤小集》本《中兴群公吟稿戊集·石屏戴氏之》卷三"来"下注："音'离'。"
③ 自注：音离。

44778）

（二）主从通押：支微入皆来 65 例

1. 钱昭度七律《野墅夏晚》"腮材来杯归"（1—589）
2. 徐积七古《赠郎朝散》"倅对外醉"（11—7598）
3. 徐积四言《送李推官》第 6 韵段"戒内气"（11—7612）
4. 王令五古《寄洪与权》"会待对解戴快外爱拜带最稗话虿败再菜奈瘵态碎怠退大萃"（12—8095）
5. 王令五古《秋日》"晦退颓泪"（12—8105）
6. 王令杂古《春梦》第 1 韵段"爱解睡"（12—8136）
7. 沈辽七绝《龙潭》"知来雷"（12—8257）
8. 沈辽五古《杂诗》第 3 首"悔对悴外"（12—8279）
9. 沈辽七绝《清泠台二绝句》第 1 首"飞①迥埃"（12—8310）
10. 沈辽七绝《台下》第 1 首"时开来"（12—8315）
11. 张耒五古《出长夏门》"对内快派邃翠会外"（20—13069）
12. 张耒七古《洛水》"濑贝翠鲙"（20—13126）
13. 张耒七绝《写情二首》第 2 首"晖回来"（20—13241）
14. 张耒七绝《青桐道中值雨凡数里舟》第 2 首"归迥来"（20—13267）
15. 张耒七绝《送春》"归迥杯"（20—13281）
16. 张耒五古《六月八日苦暑二首》第 2 首"萎怀开哀来迥台哉"（20—13313）
17. 张耒五古《别外甥杨克一》"外芥渭味蟹对"（20—13323）
18. 宗泽六言《述怀二首》第 2 首"巍来哉"②（20—13667）
19. 邹浩五古《送张舜谐游上庠》"来媒材台徊陪巍埃摧开回"（21—13926）
20. 邹浩七律《澹山》"知隈栽来开"（21—14048）
21. 邹浩七律《高山》"锥嵬回雷来"（21—14049）
22. 葛胜仲五古《余谪沙阳地僻家远遇寒》第 3 首"对瘵悔爱忿"

---

① 文渊阁《四库全书》影印本"飞"作"来"。
② "无论平起式还是仄起式，六言诗对'首句是否用韵都没有严格的要求，可以用韵，也可以不用韵。'"（卫绍生：《六言诗体研究》，社会科学文献出版社 2009 年版，第 152 页）

（24—15606）

23. 程俱杂古《读神仙传六首》第 6 首第 3 韵段"尉喙狯"（25—16240）

24. 程俱七古《题叶翰林阅骏图》"来台莱街骀埃侪开雷徊哀颓锥灰騧偕鬼堆煤鑪"（25—16275）

25. 孙觌五古《牛山道中》"碎坠喙会"（26—16986）

26. 孙觌五律《朝议胡公挽词二首》第 2 首"榱摧回哀鬼"（26—16998）

27. 朱淑真七律《冬至》"吹①回开灰来"（28—17990）

28. 李弥逊七律《奉陪赵彦术登叠嶂还饮》"围瑰开梅杯"（30—19282）

29. 李弥逊七绝《席上偶成》第 1 首"垂杯迥"（30—19321）

30. 李弥逊七绝《席上偶成》第 2 首"垂怀迥"（30—19321）

31. 张九成五古《读书》第 1 首"外芥渭味蟹对"（31—19990）

32. 范浚七绝《四睡次三兄茂载韵》第 2 首"璃催来"（34—21495）

33. 周麟之七古《呈郫人李签判》第 6 韵段"外翠背"（38—23543）

34. 范成大五古《送汪仲嘉侍郎使虏分韵》"盖塞对外旆佩醉髴海待"（41—25841）

35. 范成大五古《自石林回过小玲珑岩窦》"碍怪濑态翠隧外待盖块对大"（41—25857）

36. 范成大七古《游仰山谒小释迦塔访乎》"堆阶开阫雷崖来苔斋埋巍埃"（41—25860）

37. 范成大七古《腊月村田乐府十首·卖痴獃词》第 1 韵段"睡岁买"（41—26031）

38. 李洪七律《寒食日从驾聚景园》"闹徊杯来回"（43—27169）

39. 李洪七绝《听雨轩四首》第 2 首"吹雷杯"（43—27194）

40. 李处全七律《蜕龙洞》"回巍来雷垓"（45—27712）

41. 许及之五古《次韵陈大用分韵得对字》"对辈愦缋琲爱黛佩废载类"（46—28288）

42. 许及之五律《潘茂和才叔远访雨后饯别》第 2 首"梅埃醅归"

---

① "吹"，《全宋诗》出注："元刻本作催。"

(46—28329）

43. 薛季宣杂古《诚台瓦鼓诗》第 4 韵段"坫隤嵬颸"（46—28707）

44. 楼钥五古《王成之给事囷山堂》"翠对会最快外介阘睐迈大败碍濑邃兑晦内逮解荟爱"（47—29343）

45. 楼钥五古《题范宽秋山小景》"大翠会对迈昧背陿待带在界柰芥外"（47—29351）

46. 高元之五古《大小晦山》"翠濑碎背"（48—30337）

47. 张镃杂古《蚊》第 4 韵段"罪退祟"（50—31556）

48. 张镃杂古《戏赠杨伯时》第 1 韵段"开来嵬饥"（50—31562）

49. 谢直五古《辰十月八日同希周扫松》第 2 首"盖桧外晦醉"（51—31978）

50. 高似孙杂古《九怀·秦游》第 2 韵段"埃莱归"（51—31992）

51. 周端臣七律《灵隐山前即事》"归嵬来苔杯"（53—32965）

52. 赵汝譡五古《赠景建将入都赠别》"翠辈会对绘汇背遂佩内艾爱昧退耒"（53—32986）

53. 刘宰五古《分韵送王去非之官山阴》"再载待爱碍退代佩海槩霭戴载嘅礚害倍贷逮怼外昧辈悔罪改在缋来睐耐慨背海会"（53—33402）

54. 赵师秀五古《哭徐玑五首》第 3 首"类罪昧岁"（54—33837）

55. 苏泂七绝《往回临安口号八首》第 6 首"随来开"（54—33957）

56. 释普济五古《偈颂六十五首》第 14 首"切①翠吷外"（56—35156）

57. 释慧开七绝《偈颂八十七首》第 15 首"槌回来"（57—35659）

58. 袁甫七古《见牡丹呈诸友》第 1 韵段"最异对"（57—35853）

59. 李曾伯七律《寿城凯还宴将帅乐语口号》"围回枚催台"（62—38695）

60. 李曾伯七律《永州四十里头偶赋题郡驿》"巍开催梅醅"（62—38788）

61. 舒岳祥七绝《纪梦》"危梅来"（65—41014）

62. 方逢辰七绝《赠大佛老子卖药斋僧》"施呆来"（66—41193）

---

① "切"，《广韵》有入声、阴声两读：入声屑韵千结切，训"割也，刻也，近也，迫也，义也。《说文》：折也"；霁韵七计切，训"众也"。结合诗句"圆通门户开，湛然应一切"看，"切"应合霁韵音义。

63. 黄庚七古《题东山玩月图》第 3 韵段"背外碎翠"（69—43593）

64. 戴表元七古《余既题畲斋有闻纸田之》"馁悔外耒浍会醉廥悖侩碎背对脍辈"（69—43663）

65. 邓牧五古《九锁山十咏·翠蛟亭》"翠外会"（70—44261）

（三）等立通押：7 例

1. 王令五古《答问诗十二篇寄呈满子权·水车龙谢》"奈谓"（12—8104）

2. 张耒杂古《龟山祭淮词二首·送神》第 5 韵段"悲来"（20—13046）

3. 陈克七绝《题赵次张所藏贼头子二首》第 2 首"思街"（25—16892）

4. 王十朋七绝《启》"疑哀"（36—22679）

5. 释智愚杂古《偈颂二十四首》第 18 首"谁来"（57—35908）

6. 王柏四言《畴依》第 19 首第 1 韵段"载易"（60—37994）

7. 徐木润六言《题忠愍公送婿邢得昭归》第 1 首"来诗"（69—43460）

七、萧豪—尤侯

共 35 例：主从通押 27 例（萧豪入尤侯 18 例、尤侯入萧豪 9 例），等立通押 8 例。

（一）主从通押：萧豪入尤侯 18 例

1. 陈舜俞杂古《淮阴阻风谇风伯》第 2 韵段"留艘裘馂忧流侯修谋周休尤"（8—4958）

2. 王令四言《噫田操四章章六句寄呈》第 1 首"秋薅攸"（12—8068）

3. 释了演杂古《偈颂十一首》第 1 首"绕口擞斗"（31—20052）

4. 释智深七绝《颂古十二首》第 3 首"钩鳌游"（35 22347）

5. 姜特立五古《对镜》"好丑朽久有酒"（38—24135）

6. 姜特立五古《齿脱》"少久好有取手老"（38—24144）

7. 姜特立七绝《闲吟》"侯求骚"（38—24204）

8. 释崇岳七绝《送光长老住显亲》"条牛休"（45—27834）

9. 薛季宣杂古《春愁诗效玉川子》"鏂愁刍①谋缪紬楼浮钩头牢绸忧柔虯尤喉不由周留休舟舳游丘讴秋輖眸牛头"（46—28693）

10. 薛季宣杂古《九奋·遡江》第4韵段"皋流幽舟"（46—28721）

11. 释道济杂古《馄饨》"豪手斗走吼"（50—31103）

12. 高似孙杂古《黄居中潇湘图歌》"高流洲愁尤舟休"（51—31984）

13. 释如净七绝《偈颂十六首》第12首"苗休秋"（52—32382）

14. 戴复古五律《送季明府赴太平倅》第4首"州头艘忧侯"（54—33541）

15. 钱时杂古《示櫺默》第1首第2韵段"流头游摇"（55—34346）

16. 释慧开杂古《法孙天龙长老思贤请赞》"丑斗臼手妙调厩后"（57—35674）

17. 王柏杂古《蒋叔行挽辞》第2首"丘留求流楸游秋谣"（60—38057）

18. 舒岳祥七古《生日仲素惠羊酒作此奉谢》第1韵段"酒有口媪姆"（65—40913）

（二）主从通押：尤侯入萧豪9例

1. 姜特立七古《应致远谒放翁》第4韵段"牛膏涛"（38—24113）

2. 姜特立五古《赠染髭宋道人》"少笑逗"（38—24119）

3. 姜特立七古《赏花醉吟》"倒老窑酒"（38—24121）

4. 薛季宣五古《秋空辞》第3韵段"考口道"（46—28698）

5. 叶适七古《朱娘曲》第2韵段"老否好"（50—31215）

6. 叶适七绝《因在秀州寄王道夫诗三首》第2首"浮豪高"（50—31271）

7. 马光祖五古《迎享送神》第4韵段"刘萧飘尧迢膏高"（60—37935）

8. 王柏杂古《和立斋②抱膝吟三章》第3首第1韵段"叟晓倒"（60—38033）

---

① "刍"，《广韵》虞韵测隅切，训"刍豢。《说文》云：刘草也。"《集韵》增收尤韵，训"草也"。此诗押入尤侯部。

② 《宋元学案》卷82（《续修四库全书》，上海古籍出版社1996年版，第519册，第499页）"王立斋先生侃"条："王侃，字刚仲，金华人。"又可参车若水《祭立斋先生文》（《全宋文》，第346册，第210页）

9. 俞德邻七绝《次韵周遗直京城苦雨五首》第 3 首 "流高陶"（67—42448）

（三）等立通押：8 例

1. 王令杂古《翩翩弓之张兮诗三章寄》第 2 首第 1 韵段 "觥囊"（12—8072）
2. 王令杂古《山中词》第 1 韵段 "游高"（12—8075）
3. 秦观杂古《蔡氏哀词》第 8 韵段 "羞悼"（18—12122）
4. 姜特立五古《子陵》第 1 韵段 "高侯"（38—24116）
5. 薛季宣杂古《九奋·行吟》第 8 韵段 "摇由"（46—28723）
6. 叶适杂古《登北务后江亭赠郭希吕》第 4 韵段 "好否"（50—31222）
7. 高似孙杂古《小山丛桂》第 1 韵段 "幽流霄瑶嗽留"（51—31996）
8. 释普度《偈颂一百二十三首》第 113 首 "了钩"（61—38512）

八、支微—歌戈

共 10 例。（略。见正文）

九、鱼模—尤侯

共 5 例。（略。见正文）

十、鱼模—麻车

共 23 例。（略。见正文）

十一、支微—麻车

共 7 例。（略。见正文）

十二、支微—尤侯

共 6 例。（略。见正文）

十三、阴声韵—入声韵

共 45 例。（略。见正文）

二 阳声韵

一、真文—庚青

共 411 例，其中主从通押 382 例（真文入庚青 195 例、庚青入真文 187 例），等立通押 29 例。

（一）主从通押：真文入庚青 195 例

1. 徐铉七律《奉和御制暑中书怀》"新①鸣轻生青"（1—122）
2. 徐铉七律《送张学士赴西川》"臣冥星亭刑"（1—139）
3. 龚宗元七古《捣砧词》第 2 韵段"井紧影"（4—2316）
4. 范纯仁五古《自警》"营称行倾能胜评明萌矜增憎凭轻兵醒民廷精陵声冰铭"（11—7405）
5. 徐积七古《寄朱少府》第 1 韵段"猛冷紧"（11—7603）
6. 徐积四言《寄太康知县周宣德》第 11 韵段"人倾行"（11—7605）
7. 徐积七排《送人从军》"军名兵盈缨城生"（11—7670）
8. 袁默杂古《君山》第 4 韵段"人英兵声平"（12—8389）
9. 陈师道七古《次韵寄答晁无咎》第 4 韵段"成人名"（19—12662）
10. 陈师道七古《寄邓州杜侍郎》第 3 韵段"人行行生"（19—12680）

---

① "新"，《四部备要》排印宋明州本《骑省集》、徐乃昌影宋重刻本《徐文公集》均作"清"。

11. 陈师道七律《何复教授以事待理》"人名声惊成"（19—12740）
12. 张耒五排《过卫真太清宫追怀章圣》"兵神新生旌营行名成耕声情"（20—13176）
13. 宗泽五律《雨晴渡关二首》第1首"尘兵明生城"（20—13663）
14. 宗泽七绝《马上自占》"秦京城"（20—13665）
15. 宗泽七绝《憩全节铺爱其称为驻马》"人名情"（20—13666）
16. 宗泽五古《渭南道中逢二蜀兵出印》"听政正尽盛俊庆赠争印圣柄瞑衮信泯病"（20—13666）
17. 邹浩七律《过中都王彦章庙》"臣城名生明"（21—13983）
18. 邹浩七绝《月下怀同盟》第2首"轮星庭"（21—13995）
19. 邹浩七绝《中秋日泛湖杂诗》第5首"军能登"（21—13996）
20. 邹浩七律《闻归田之命怀同废诸公》"人名耕缨诚"（21—14029）
21. 邹浩七绝《对牡丹》"尘明城"（21—14035）
22. 邹浩七绝《写黄庭》第3首"人清生"（21—14036）
23. 邹浩七律《闻俞清老游天台》"身城迎声生"（21—14041）
24. 邹浩七绝《送米》第1首"尘倾卿情平"（21—14044）
25. 七律《寄元老》第1首"身情明英清"（21—14046）
26. 邹浩七律《钦道》"人生情平名"（21—14051）
27. 邹浩七绝《画山》第3首"春明横"（21—14059）
28. 邹浩七绝《呈明远》"唇醒瓶"（21—14070）
29. 毛滂七古《题雷峰塔南山小景》第3韵段"人清盟"（21—14099）
30. 释咸静杂古《十二时》第3首"寅明睛"（22—14790）
31. 刘一止五古《道中杂兴五首》第4首"井醒畛"（25—16670）
32. 李正民四言《大宋中兴雅》第8韵段"庭羹狞"（27—17504）
33. 张纲七古《次韵苏养直破虏谣》第3韵段"军惊京"（27—17890）
34. 朱淑真七绝《闲步》"尘城明"（28—17972）
35. 朱淑真七绝《愁怀二首》第2首"新情声"（28—17974）
36. 朱淑真七绝《无寐二首》第2首"神成明"（28—17975）
37. 朱淑真七绝《夏夜有作》"人庭醒"（28—17983）
38. 王洋七古《听琴赠远师》第4韵段"温清行"（30—18947）
39. 王洋七古《寄周秀实》第2韵段"永静鼎运景"（30—18953）
40. 王洋七古《大笑鸟》第6韵段"闻鸣更"（30—18963）

附录（三）　宋代江浙诗歌特殊韵例韵谱

41. 王洋七绝《近陋室以斗升酿家妇谓》第 1 首"罂邻声"（30—19023）

42. 郑刚中七古《赵子礼劝农回有诗和者》第 1 首"春耘坰宁情平兵耕名称登恩晴鸣"（30—19128）

43. 郑刚中七古《赵子礼劝农回有诗和者》第 2 首"春耘坰宁情平兵耕名称登恩晴鸣"（30—19128）

44. 李弥逊七古《黄山在歙郡之北雄丽杰》第 4 韵段"青鳞冥"（30—19256）

45. 林季仲五古《和梁守饯诸贡士》"京英精新衡名荣程"（31—19966）

46. 郑作肃五古《中秋登青原台》"兵倾平登晴明澄清凌轻身情"（31—19981）

47. 张九成七绝《论语绝句》第 53 首"人生争"（31—20022）

48. 张炜七绝《窗底》"春英声"（32—20333）

49. 仲并七绝《次韵病起二首》第 1 首"频明争"（34—21560）

50. 葛立方七绝《题卧屏十八花·海棠》"匀缯陵"（34—21799）

51. 葛立方杂古《九效·天运①》第 5 韵段"令柄运"（34—21823）

52. 葛立方五古《八月二十日与馆中同舍》第 2 首"行荣生声人"（34—21829）

53. 吴芾五古《夏日同官会饮白鹤寺双瀑亭李道济②作诗纪事因次其韵》"胜盛仞竞镜迥凭称俊愠润正醒静趁瞬兴暝咏"（35—21849）

54. 姚宽七绝《苧萝山》第 1 首"春倾情"（35—22065）

55. 七律《郑丞生日》第 1 首"新成明嵘觥"（36—22602）

56. 崔敦礼杂古《楚州龙庙迎享送神辞》第 1 首"廷冥云腥氛明禋③"（38—23780）

57. 崔敦礼杂古《楚州龙庙迎享送神辞》第 2 首"楹馨英牲纷傧宁"④（38—23780）

---

① 此诗又见曾枣庄、刘琳《全宋文》（上海辞书出版社、安徽教育出版社 2006 年版，第 201 册，第 20 页）。
② 李道济，南宋名僧，1129 年生于天台。
③ "禋"，《全宋诗》作"事"，且出注："原作禋，据《永乐大典》改。"
④ 此例的校勘见"附录四《全宋诗》江浙诗歌校勘举例"。

58. 陆游五古《寄陈鲁山正字》"敬静镜命鬓请径定正订"（39—24257）

59. 陆游七绝《梦游三首》第2首"盆鞁醒"（40—25241）

60. 陆游七绝《秋日山居·夜坐》"伸荧铃"（41—25725）

61. 范成大五古《上元纪吴中节物俳谐体》"并琼晴城成撑精明萦衡轻横呈清门生棚争更迎英饧声诚惊茎行荆檠情盯评"（41—25968）

62. 李洪五排《偶成律句十四韵》"轻鲸惊成罂城勍清名铿颓萍声评"（43—27153）

63. 许及之七律《题外祖母夫人李氏墓陟》"亲情声名倾"（46—28352）

64. 楼钥七古《送袁和叔尉江阴》"行横汀平声耕龄名陵宁城旌生征嬴清凭兄情氓衡迎坰荣烹腥羹刑经卿籯京程檠形庭盟精更溟惊青兵营轻身人能肱听"①（47—29318）

65. 楼钥七古《登育王望海亭》第1韵段"云亭冥形青乘"（47—29319）

66. 楼钥七绝《太湖响石》"云城声"（47—29450）

67. 蔡戡七律《奉酬介卿惜春之什》"旬情惊盈平"（48—30069）

68. 蔡戡七律《齐子余侍郎挽诗》第1首"人卿荣诚名"（48—30071）

69. 蔡戡七绝《题墨梅》"真明成"（48—30074）

70. 叶适五古《与英上人游紫霄观戏述》"鸣荣生行平榛②明咛饧横情坑行程鹇"（50—31219）

71. 郑克己七绝《芦花》"人声明"（50—31448）

72. 张镃杂古《蚊》第5韵段"名称鹰听溟兴庭灵尘伦停萤腥轻形星"（50—31556）

73. 张镃七律《五月十六日夜南湖观月》"人更横明生"（50—31589）

74. 张镃七律《皇太子生辰二首》第1首"萱星丁刑宁"（50—31606）

---

① 此诗为句句韵，"身""人"相关句子："人物酬应审重轻，一言行之可终身。谨毋失己毋失人，赠人以言岂吾能。"
② "（荆）榛"，《水心先生文集》清光绪八年瑞安孙衣言校注本作"（榛）荆"。

附录（三）　宋代江浙诗歌特殊韵例韵谱

75. 张镃七律《游新市赵侍郎园》"新明横声名"（50—31616）
76. 张镃七绝《寒食前一日西湖闲泛三首》第1首"人平明"（50—31651）
77. 张镃七绝《桥亭观月》"轮明更"（50—31661）
78. 张镃七绝《暂归桂隐杂书四首》第1首"旌晴人"（50—31662）
79. 张镃七绝《至华藏寺先呈琏长老》"迎真瞑①"（50—31663）
80. 张镃七绝《玉照堂观梅二十首》第11首"巾行晴"（50—31672）
81. 张镃五绝《琅华洞天》"尘灵精"（50—31678）
82. 周南七绝《寄友人》"身荣清"（52—32265）
83. 刘宰七绝《读苏武传》"人诚情"（53—33350）
84. 刘宰七律《贺陈子扬致仕追赠父母》第1首"亲荣情名明"（53—33374）
85. 刘宰七律《贺陈子扬致仕追赠父母》第2首"亲荣情名明"（53—33375）
86. 钱时七绝《泊嘉禾》"云平明"（55—34327）
87. 钱时七绝《当食自喜二首》第1首"身惺经"（55—34338）
88. 钱时七律《联辉阁诗》"云兴灯僧登"（55—34340）
89. 钱时七古《机春歌》第3韵段"形闻停"（55—34343）
90. 钱时杂古《小甓瓶》第1韵段"瓶明文声"（55—34344）
91. 钱时七古《示樉默》第2首第2韵段"命正进"（55—34346）
92. 钱时杂古《横途归路》"荣鸣泠人青平迎成"（55—34351）
93. 赵立夫五律《腊月偶书》"寅成声轻倾"（55—34443）
94. 戴栩五律《宿山寺》"尘盟清声明"（56—35102）
95. 释普济杂古《偈颂六十五首》第3首"晴人僧"（56—35155）
96. 释普济杂古《偈颂六十五首》第27首"定认柄病"（56—35157）
97. 杜范七绝《枕上偶成三首》第3首"邻京声"（56—35304）
98. 释慧开七绝《贺吴丞相生日》"辰青明"（57—35670）
99. 袁甫四言《题陈和仲尊明亭》第1韵段"尊明亭"（57—35867）
100. 张侃杂古《明月堂闻松风》第6韵段"人生平"（59—37125）
101. 马光祖杂古《迎享送神》第6韵段"门人庭衡成迎云鸣"（60—

---

① "瞑"，《南湖集》清乾隆鲍廷博校刻本作"瞋"。

· 295 ·

37935）

102. 王柏五古《和立斋踢月韵》第 2 韵段"迎星盟新"（60—38003）

103. 王柏七古《和立斋番君吟》第 1 韵段"精文形"（60—38012）

104. 王柏七古《和立斋番君吟》第 5 韵段"仍稜分"（60—38012）

105. 王柏七古《再咏番易方节士》第 1 韵段"精文形"（60—38012）

106. 王柏七古《再咏番易方节士》第 5 韵段"仍稜分"（60—38012）

107. 王柏七绝《三衢纪所闻》"孙听刑"（60—38046）

108. 王柏四言《桐花散翁挽诗》第 5 韵段"城汯征"（60—38050）

109. 王柏七律《科举》"文程情荣平"（60—38067）

110. 王同祖七绝《明堂观礼杂咏十三首·车驾宿太庙》"臣英名"（61—38139）

111. 王同祖七绝《明堂观礼杂咏十三首·和宁门观驾》"晨明更"（61—38139）

112. 王同祖七绝《秋日金陵制幕书事》第 2 首"民兵营"（61—38145）

113. 叶茵五绝《翠波》"云汀青"（61—38231）

114. 叶茵七律《新春》"春轻行兄生"（61—38232）

115. 叶茵七绝《严子陵》"人生名"（61—38232）

116. 叶茵七律《梅》"神成生更嵘"（61—38235）

117. 释普度七绝《偈颂一百二十三首》第 29 首"魂曾层"（61—38504）

118. 释普度杂古《偈颂一百二十三首》第 70 首"静听应尽令"（61—38508）

119. 李曾伯五古《谒南岳》"境永影准顷醒尽径咏称并竟瞬顶"（62—38702）

120. 李曾伯七绝《宜兴山房十首》第 5 首"昏灯藤"（62—38726）

121. 李曾伯七绝《自和山房十咏》第 5 首"昏灯藤"（62—38726）

122. 李曾伯七律《甲午淮幕和萧应父赠郑》第 2 首"滨倾生精平"（62—38737）

123. 李曾伯七律《因赋风筝与黄郎偶》"身轻程声明"（62—38746）

124. 王谌五律《宿北山》第 2 首"人惊清鸣平"（62—38809）

125. 王谌五律《答章伯和问疾》"旬灵醒青扃"（62—38811）

126. 施枢七律《春多日》"旬情行酲清"（62—39095）

127. 张蕴七绝《瓜洲》"人兵城"（63—39380）

128. 朱南杰七律《除夜怀刘朋山为坑司干官》"春情声成明"（63—39396）

129. 卫宗武五古《北山回櫂》"静蚓影迥"（63—39430）

130. 卫宗武五律《挽常蒲溪端明二首》第 2 首"门声楹铭情"（63—39472）

131. 卫宗武七律《清明前有远役呈野渡》"旬盟程成生"（63—39476）

132. 卫宗武五绝《春日》"仁停青"（63—39488）

133. 释文珦五古《秋光》"紧影井省"（63—39517）

134. 潘玙七律《梅花二首》第 2 首"尘盟清生名"（64—39919）

135. 潘玙七律《湖舡分得行字韵》"春明行情生"（64—39919）

136. 潘玙七律《梨山李王祠》"春生荣声名"（64—39920）

137. 潘玙七律《湖居》"滨轻清城情"（64—39925）

138. 贾似道七绝《白麻头》"银明赢"（64—39977）

139. 贾似道七律《总言》第 1 首"能情频旬倾"（64—39984）

140. 陈著杂古《夜梦在旧京忽闻卖花声》"声声名生萦迎睛盛平声声评榛城倾酲鸣京明横并情更"（64—40289）

141. 方逢辰七古《赠术士刘衡鉴》第 1 韵段"衡贫明平"（66—41197）

142. 方逢辰七古《赠五星陈东野》第 1 韵段"根行生"（66—41198）

143. 释如珙杂古《偈颂三十六首》第 30 首"停生村"（66—41217）

144. 何梦桂五古《和卢可菴①悲秋十首》第 4 首"晴声奔鸣"（67—42140）

145. 何梦桂五古《拟古五首》第 3 首"鸣零燐征星陵"（67—42141）

146. 何梦桂五古《赠相士许松坡》"命顿分问镜柄愠病竞性廷②"（67—42148）

---

① 卢珏，字登父，号可菴，淳安人，宋末进士。（68—42813）
② "廷"字句："劝君且归休，吾方神游廷。""廷"，《广韵》《集韵》均收二读：平声青韵、去声径韵，义同为朝廷之类。此诗"廷"读去声。

147. 何梦桂五古《诫子》第1韵段"敏省儆领"（67—42152）

148. 何梦桂杂古《赠天台遇仙翁》第2韵段"君听星灵翎冥形辛"（67—42153）

149. 何梦桂杂古《偶书塔坞水中石》"泠芹神平荣萍身"（67—42161）

150. 何梦桂七古《赠地理钱季实》第6韵段"真成情"（67—42162）

151. 何梦桂七律《和尉衙落成赠阮梅仙》"门荆成名明"（67—42185）

152. 何梦桂七绝《入菴偶成》第3首"分青听"（67—42206）

153. 何梦桂七绝《四禽吟·雁》"身城名"（67—42207）

154. 方一夔五古《续评史二首·向子平》"缨琼精争名身①倾卿"（67—42240）

155. 方一夔七古《立冬前后大雷电震者数日》"城行泓冥溟腥鳞形庭刑停星"（67—42253）

156. 方一夔七律《神仙》"尘瀛精横名"（67—42278）

157. 方一夔七律《溪上》"村应层蒸蝇"（67—42292）

158. 方一夔七绝《梅花五绝》第2首"分成生"（67—42305）

159. 周密七绝《题三友图》"陈盟清"（67—42508）

160. 周密杂古《古塞下曲》第3韵段"频城名"（67—42513）

161. 周密七绝《南郊庆成口号二十首》第5首"春明成"（67—42523）

162. 周密七绝《南郊庆成口号二十首》第15首"民平成"（67—42523）

163. 周密七古《程仪父求石鼓文作歌赠之》第7韵段"靳领鼎"（67—42530）

164. 周密五古《幽碧》"云馨盟贞君"（67—42537）

165. 周密七绝《湘江风雨图》"云灵庭"（67—42554）

166. 金履祥七绝《题青冈时兄友山楼》"春青刑"（68—42589）

167. 徐钧七绝《春申君》"秦荣英"（68—42831）

168. 徐钧七绝《鲁仲连》"秦名城"（68—42832）

---

① "身"，旧抄《方时佐先生富山懒稿》作"生"。

169. 徐钧七绝《聂政》"仁生名"（68—42832）

170. 徐钧七绝《季布》"臣曾陵"（68—42836）

171. 徐钧七绝《明帝》"论明行"（68—42838）

172. 徐钧七绝《吴汉》"人兵名"（68—42839）

173. 徐钧七绝《苏章》"人情名"（68—42842）

174. 徐钧七绝《陈蕃》"尘清成"（68—42843）

175. 徐钧七绝《昭烈帝》"分能兴"（68—42846）

176. 徐钧七绝《李白》"人生名"（68—42858）

177. 徐钧七绝《贾岛》"文登僧"（68—42862）

178. 蒋芸七律《寄张霖溪》"身明清行声"（68—43144）

179. 张汝勤七律《答蒋解元芸》"身明清行声"（68—43145）

180. 柴元彪七律《及第留吴门访史君黄松》"神清城更声"（68—43191）

181. 方凤七古《怀古题雪十首·孙康书雪》第1韵段"薪灯能"（69—43343）

182. 汤炳龙七律《陆君实挽诗》第2首"身能兴朋膺"（69—43452）

183. 释云岫杂古《偈颂二十三首》第11首"冰新尘晴灵明"（69—43532）

184. 黄庚七律《题四畅图》"人情声名成"（69—43577）

185. 黄庚七绝《秋霁》"新晴明"（69—43612）

186. 汪元量七律《临川水驿》"尘城兄行明"（70—44022）

187. 于石五古《感兴》第1首"仁情轻贫秦兄羹"（70—44119）

188. 于石五古《感兴》第5首"鸣矰群生人仁兄"（70—44120）

189. 于石七律《孤雁》"群城兄声情"（70—44143）

190. 于石七律《月夜纳凉》"尘明清声情"（70—44148）

191. 于石七绝《杂兴四首》第1首"云屏经"（70—44150）

192. 于石七绝《早梅》"春清生"（70—44153）

193. 于石七绝《柳子厚》"文星灵"（70—44154）

194. 王进之七律《春日田园杂兴二首》第2首"身更羹行莺"（71—44727）

195. 陈深七绝《南湖史君制暗香汤奇甚》第2首"春声生"（71—44797）

(二) 主从通押：庚青入真文 187 例

1. 徐铉七律《从驾东幸呈诸公》"城春亲尘津"（1—64）
2. 徐铉七律《九日落星山登高》"成宾人纶身"（1—113）
3. 钱昭度七绝《春阴》"青人春"（1—589）
4. 赵抃七古《和范御史①见赠》"人名循贫嚚苟峋珉新绅辰仁真陈滨身秦鳞亲辛伦宸燹狺闉邻珍欣均津筠"（6—4131）
5. 陈舜俞七律《晚秋田间》"零巾薪晨人"（8—4972）
6. 徐积七古《赠吕帅》第 3 韵段 "紧尹猛"（11—7587）
7. 徐积七古《送吕掾归扬州》第 2 韵段 "城津春云"（11—7587）
8. 徐积四言《送张漕正》第 8 韵段 "臣身倾"（11—7606）
9. 沈辽五古《送智印师还会稽》"云纷闻芬文军䜣群垠耘薰濆粉名②"（12—8244）
10. 陈师道五古《示三子》"忍省哂稳"（19—12635）
11. 陈师道七古《赠知命》第 2 韵段 "陵军人真云"（19—12649）
12. 陈师道七绝《梅花七绝》第 5 首 "胜闻军"（19—12668）
13. 陈师道七律《送傅子正宣义》"轻滨亲身春"（19—12741）
14. 张耒杂古《登高》第 2 韵段 "云垠鲲昏辰坤蹲孙朋分鳟仑"（20—13051）
15. 张耒五古《见黄仲达感秋意》"村根存轩浑璠京奔论言昏"（20—13087）
16. 张耒五古《同毅夫贺无斁教授》"笋隼蕴敏轸紧准听"（20—13107）
17. 张耒五古《春日杂书八首》第 1 首 "润迅问进寸应③"（20—13349）
18. 邹浩七古《送李子威致仕还乡》第 3 韵段 "青新人"（21—13949）
19. 邹浩七律《简李子温推官》"兄伦新尘人"（21—13979）

---

① 范御史即范师道（1005—1063），长洲即江苏苏州人，进士及第（5—3442）。此诗是赵抃与范师道的唱和诗，是其殿中侍御史的写照（赵润金：《赵抃是开宋调诗人群之一》，《中国韵文学刊》2008 年第 3 期，第 47 页）。
② "名"，文渊阁《四库全书》影印本作"君"。
③ "应"，清康熙吕无隐钞本《宛丘先生文集》作"韵"。

附录（三） 宋代江浙诗歌特殊韵例韵谱

20. 邹浩七律《风起有感》"蒸邻因亲辛"（21—13979）

21. 邹浩七绝《世美寓展江作此简之》第 1 首"清滨人"（21—13993）

22. 邹浩七绝《邻家集射》"声孙原"（21—14001）

23. 邹浩七绝《闻仲弓得籍田令》"清巾人"（21—14002）

24. 邹浩七律《再用前韵答端夫见和》"星昏园门根"（21—14009）

25. 邹浩七律《留别元老》"平亲身真津"（21—14030）

26. 邹浩七绝《写黄庭》第 5 首"名宸春"（21—14036）

27. 邹浩七律《寄华光仁老》"僧人亲新滨"（21—14043）

28. 七绝《谢仁老寄所画李长者出》第 2 首"城身人"（21—14051）

29. 邹浩七绝《入湖南界》第 4 首"冰滨人"（21—14065）

30. 毛滂七古《上曾枢密》第 5 韵段"惊人春"（21—14097）

31. 葛胜仲七古《寄题吴江王文孺解元朦庵》第 3 韵段"窨准影"（24—15626）

32. 葛胜仲七律《章申公坟寺》"城新神麟滨"（24—15676）

33. 卢襄七律《过定林寺》"村昏论门藤"（24—16218）

34. 释守珣七绝《颂古四十首》第 11 首"灵尘春"（25—16488）

35. 朱淑真七律《问春古律》"情新人身春"（28—17951）

36. 释道川杂古《参玄歌》第 8 韵段"信阵应"（29—18443）

37. 沈与求七律《馆待接律少卿乐语口号》"卿人臣春宸"（29—18801）

38. 刘岑七古《忠节庙》"臣秦伦兴陵廷并京城瞑奔身绅军灵神巡旻真珉魂"（29—18882）

39. 王洋五古《食鲙》"珍亲贫鳞纷伸腥宾因唇辛秦新人"（30—18925）

40. 王洋七古《明妃曲》第 8 韵段"轻尘人"（30—18937）

41. 王洋七古《又题琳师房刘行简给事》第 3 韵段"尽峻劲"（30—18958）

42. 郑刚中七绝《梅花三绝》第 1 首"贞①尘贫"（30—19081）

---

① "贞"，文渊阁《四库全书》影印本作"真"。

43. 郑刚中七古《或问茉莉素馨孰优予曰》"人匀云贞①新尘清贫"（30—19120）

　　44. 郑刚中七绝《梅》"平新春"（30—19163）

　　45. 尚用之七绝《留题雉山》"诚身人"（30—19430）

　　46. 张九成七绝《论语绝句》第3首"形真人"（31—20017）

　　47. 张九成七绝《论语绝句》第78首"情亲人"（31—20025）

　　48. 张炜七绝《竹所》"青邻人"（32—20333）

　　49. 汤思退七绝《咏石僧》"僧春真"（34—21762）

　　50. 葛立方七律《月蚀》"蒸尘轮津臣"（34—21800）

　　51. 释师体七绝《颂古二十九首》第1首"称人尘"（35—22336）

　　52. 崔敦礼七古《泊福山港》"津尘轮情村亲灵"（38—23763）

　　53. 崔敦礼杂古《太白远游》第1韵段"行征纶膺邻榛春薪贞蟠"（38—23774）

　　54. 崔敦礼杂古《太白招魂》第11韵段"冥魂因"（38—23776）

　　55. 范成大七律《天平先陇道中时将赴新》"尘春生②身真"（41—25786）

　　56. 喻良能七古《次韵王龟龄③侍御不欺室》第1韵段"龄鳞臣"（43—26943）

　　57. 李洪七绝《登潇洒亭》"刑人真"（43—27188）

　　58. 李洪七绝《仁实分柑仲躬饷碧泉各》第2首"英真人"（43—27191）

　　59. 陈造七绝《次韵吴守四首》第1首"晴春巾"（45—28213）

　　60. 陈造七绝《次韵吴守四首》第3首"晴春巾"（45—28214）

　　61. 许及之七律《喜雪》第1首"声匀尘神旬"（46—28346）

　　62. 吕祖谦七绝《西兴道中二首》第1首"情粼旬"（47—29137）

　　63. 楼钥七古《读范吏部三高祠堂记》第5韵段"人名云"（47—29324）

　　64. 楼钥七律《南江酒家》"行人鳞新纶"（47—29429）

---

① "贞"字句"小蕊大花气淑贞"中"（淑）贞"，文渊阁《四库全书》影印本作"（氤）氲"。
② "生"，明弘治金兰馆铜活字本《石湖居士诗集》、清康熙黄昌衢藜照楼刻《范石湖诗集》均作"新"。
③ 王十朋（1112—1172），字龟龄，号梅溪，温州乐清人。（36—22584）

65. 楼钥七律《刘德修右史去国示所和》第 2 首 "明尘身臣人"（47—29441）

66. 滕岑七绝《游西湖五首》第 2 首 "明颦春"（47—29603）

67. 丁逢七律《后十日重游》"旬清辰人身"（48—29875）

68. 蔡戡七律《有感》第 1 首 "冥人神身真"（48—30065）

69. 蔡戡七绝《端约遗墨梅以诗谢之》第 2 首 "情真神"（48—30073）

70. 蔡戡七绝《送葛谦问》第 9 首 "声辛人"（48—30077）

71. 钱闻诗七律《云锦阁》"屏尘人新宾"（48—30120）

72. 张镃五古《杂兴》第 24 首 "尽悯困泯引忍影"（50—31526）

73. 张镃七古《千叶黄梅歌呈王梦得张》第 6 韵段 "城尘人"（50—31543）

74. 张镃七律《赠雁》"名亲人邻陈"（50—31590）

75. 张镃七绝《三月望日微雨汎舟西湖》第 2 首 "晴人银"（50—31652）

76. 张镃七绝《秋清》"清新人"（50—31664）

77. 周南七古《卓文君》第 5 韵段 "尽恨令"（52—32253）

78. 周南七律《送江陵牧次对贰卿》"声人频身人"（52—32260）

79. 周南七绝《横山寺楞伽塔诗》第 3 首 "城春人"（52—32265）

80. 赵汝谠七古《为赵振文赋马塍歌》第 1 韵段 "塍春人"（53—32984）

81. 刘宰七绝《仪真呈邻居同官》"晴君云"（53—33345）

82. 刘宰杂古《杀虎行谢宣兴赵大夫惠》第 8 韵段 "兴民芬"（53—33418）

83. 高翥七绝《菊花》第 3 首 "明春身"（55—34144）

84. 钱时七绝《岁二日吴说卿座中初见》"灯尘春"（55—34328）

85. 钱时七绝《张明发有问用前韵谢之》"灯尘春"（55—34328）

86. 钱时七绝《喜见家山答守之二首》第 1 首 "晴春人"（55—34329）

87. 钱时七绝《喜见家山答守之二首》第 2 首 "晴春人"（55—34329）

88. 钱时七绝《江岸群牛用前韵》"晴春人"（55—34329）

89. 钱时七绝《打滩》"晴春人"（55—34329）

90. 钱时七绝《谒谷》"晴春人"（55—34329）

91. 钱时七绝《哭顾平甫前韵》"晴春人"（55—34329）

92. 钱时七绝《比同诸友联辔湖边终日》第1首"晴春人"（55—34329）

93. 钱时七绝《比同诸友联辔湖边终日》第2首"晴春人"（55—34329）

94. 钱时七绝《晓雨》"晴春人"（55—34330）

95. 钱时七绝《乍晴前韵》"晴春人"（55—34330）

96. 钱时七绝《抛滩前韵》"晴春人"（55—34330）

97. 钱时七绝《晚泊白塔桥约幼望吉甫》"晴春人"（55—34330）

98. 钱时七绝《过九里湾二首》第2首"晴春人"（55—34330）

99. 钱时七古《赠墨工》第3韵段"圣尽信"（55—34344）

100. 钱时七绝《龟石》第1首"晴春人"（55—34352）

101. 钱时七绝《龟石》第2首"晴春人"（55—34352）

102. 钱时五律《新晴》"晴春身人"（55—34353）

103. 洪咨夔七绝《朝南以诗送巴石研屏香·香几》第2首"醒云熏"（55—34497）

104. 储泳五律《亭下》"清尘人春身"（57—35824）

105. 张侃七古《山中老人送蕙花山荷叶》第1韵段"滨巾尘平珍仁春兄新真"（59—37124）

106. 毛珝七律《谢胡默堂》"成身人茵神"（59—37482）

107. 毛珝七律《拄杖》"成身神春人"（59—37489）

108. 王柏七古《题东邨所藏宫锦图》第2韵段"衮境尽准本"（60—38017）

109. 王柏七律《孟冬朔旦修翁诞辰韦轩》"英珍春仁钧"（60—38025）

110. 王柏七律《送金华赵宰二首》第2首"英春神新人"（60—38029）

111. 王柏七绝《感旧三首》第3首"情珍人"（60—38044）

112. 王柏七绝《兰亭记》"亭真人"（60—38066）

113. 王柏七律《送赵素轩去婺守为本道》"型仁春神民"（60—

附录（三）　宋代江浙诗歌特殊韵例韵谱

38067）

114. 王柏七绝《题画梅》"情神春"（60—38070）

115. 王同祖七绝《时事感怀》第1首"膺尘人"（61—38138）

116. 王同祖七绝《秋日金陵制幕书事》第4首"情宾人"（61—38146）

117. 叶茵七绝《读骚》"醒滨人"（61—38226）

118. 叶茵七绝《橄榄》"青珍仁"（61—38227）

119. 叶茵七绝《石佛》"情真身"（61—38237）

120. 孙锐七绝《三高祠·甫里先生》"耕云军"（61—38498）

121. 赵孟坚七古《王翠岩写竹求诗》第1韵段"形真人"（61—38684）

122. 李曾伯七律《赠相士陈林过金陵》"兵屯陈人麟"（62—38741）

123. 李曾伯七律《偕张总干章帅机同游檀》第1首"亭陈尘新春"（62—39735）

124. 李曾伯七律《乙巳题制参萧应父袭芳亭》"亭门樽孙存"（62—38743）

125. 李曾伯七律《登四望亭观雪》"亭神春尘人"（62—38763）

126. 李曾伯七律《自和》"亭神春尘人"（62—38763）

127. 宋自逊七绝《蚊》"轻人身"（62—38830）

128. 释大观七绝《颂古十七首》第8首"精人身"（62—38953）

129. 施枢七律《读真西山奏疏》"凭亲薪伸人"（62—39098）

130. 施枢七绝《簪玉鸣》"铃闻云"（62—39102）

131. 施枢五律《登应天塔》"冥轮尘春身"（62—39118）

132. 潘玙五律《送吟卷还赵万里》"声身人春尘"（64—39929）

133. 贾似道七绝《论真白色》"银冰军"（64—39972）

134. 贾似道七绝《淡白》"银冰军"（64—39977）

135. 贾似道七绝《齐臀翅》"英文闻"（64—39978）

136. 贾似道七绝《斗法八条·惜才》"赢频身"（64—39983）

137. 顾逢五律《石湖山居》第1首"纷闻生君"（64—40024）

138. 方逢辰七律《挽宋尚书余公二首》第1首"声神人身臣"（66—41194）

139. 方逢辰七古《田父吟》第4韵段"升薪分"（66—41199）

305

140. 方逢辰五古《鸡雏吟》"仁根成能曾恩鸣亲惊身生真情人仁"（66—41200）

141. 何梦桂五古《赠天游子潘知非》"云芸溟伸人茞"（67—42138）

142. 何梦桂五古《诫子》第2韵段"新仁兢辰仍民人身春耘成"（67—42152）

143. 何梦桂杂古《有客曰孤梅访子于易庵》"君人根存闷昏清贞闻论"（67—42160）

144. 何梦桂七律《哭桥陵》"陵尘民麟人"（67—42172）

145. 何梦桂七律《挽阊门唐中斋》"陵孙存樽豚"（67—42183）

146. 何梦桂七绝《题川无竭寄傲窗二首》第1首"明陈人"（67—42194）

147. 何梦桂七绝《赠古歙汪恕斋》"精真人"（67—42196）

148. 何梦桂七绝《岳帅降笔命作画屏四景诗·钟吕二仙》第2首"灵身人"（67—42200）

149. 何梦桂七绝《梅友竹山居图诗》第1首"盟云君"（67—42210）

150. 方一夔五古《夜坐苦蚊》"昕蚊闻纹醺氛曛堨军磤纷裙䑛靷斤筋纁群薰云麕獯分芬荤焚倾勖勤文"（67—42231）

151. 方一夔七律《杂兴》第3首"刑尘新秦人"（67—42272）

152. 方一夔七律《杂兴》"荣陈春人尘"（67—42273）

153. 周密七律《读蔡絛杂书有感》"冯身亲春人"（67—42514）

154. 周密七绝《南郊庆成口号二十首》第12首"城云军"（67—42523）

155. 金履祥七律《挽徐居士二首》第1首"仍秦民春人"（68—42588）

156. 董嗣杲七律《天池寺》"真声轮尘人"（68—42655）

157. 董嗣杲七律《次韵重九》"身城巾人真"（68—42655）

158. 董嗣杲七律《壬戌元日二首》第1首"凝新春神尘"（68—42659）

159. 董嗣杲七律《山礬花》"明□春身尘"（68—42728）

160. 方逢振七古《送任隆吉作遂安教谕》第2韵段"窘愠紧令奋"（68—42812）

161. 徐钧七绝《三晋》"盟伦秦"（68—42828）

162. 徐钧七绝《吴起》"名闻文"（68—42830）
163. 徐钧七绝《廉颇》"成神臣"（68—42830）
164. 徐钧七绝《王昭君》"凭真人"（68—42834）
165. 徐钧七绝《张良》"惊秦人"（68—42834）
166. 徐钧七绝《岑彭》"兵神身"（68—42839）
167. 徐钧七绝《孔明》"兴勋分"（68—42846）
168. 徐钧七绝《谢玄》"兵存吞"（68—42849）
169. 徐钧七绝《炀帝》"城民秦"（68—42854）
170. 徐钧七绝《颜杲卿》"平尘臣"（68—42859）
171. 徐钧七绝《李光弼》"兴神亲"（68—42859）
172. 徐钧七绝《张巡》"城人新"（68—42859）
173. 徐钧七绝《张镐》"兵臣人"（68—42860）
174. 徐钧七绝《元结》"陵民滨"（68—42862）
175. 朱清七绝《严峙钓台》"人文清"（68—43139）
176. 释原妙杂古《偈颂六十七首》第26首"新精盆"（68—43163）
177. 柴元彪七绝《沤麻》"茵身征"（68—43194）
178. 黄庚七绝《春梦》"氲醒①云"（69—43605）
179. 于石七古《赠王法官》第4韵段"神臣仁灵"（70—44129）
180. 于石七律《春事》"青尘春人津"（70—44141）
181. 于石七律《春怀次韵》"明新人尘津"（70—44145）
182. 于石七绝《始皇》"经文焚"（70—44153）
183. 于石七绝《许劭》"评存言"（70—44153）
184. 缪鉴七绝《咏鸡》"鸣新人"（71—44619）
185. 缪鉴七绝《海棠》"醒尘真"（71—44619）
186. 张玉娘七绝《捣衣曲》"邻轻人"（71—44624）
187. 张玉娘七绝《题画·子猷》"频人清"（71—44632）

（三）等立通押：29例

1. 张耒杂古《叙雨》第4韵段"豚凭"（20—13048）
2. 谭知柔七绝《绝句》"人声"（27—17507）
3. 释法忠七绝《颂古五首》第2首"亲精"（28—18282）

---

① "醒"，文渊阁《四库全书》影印本作"醺"。

4. 王洋七古《路居士山水歌》第 1 韵段"昏明"(30—18936)

5. 释慧晖十言《偈颂三十首》第 13 首"恩晴"(33—20890)

6. 李衡杂古《功成亦赋短项翁诗复次》第 1 韵段"汾经"(33—21281)

7. 薛季宣杂古《箕子歌》第 1 韵段"享①邻"(46—28711)

8. 释道济四言《偈颂四首》第 3 首第 2 韵段"醒嗔"(50—31100)

9. 叶适杂古《梁父吟》第 6 韵段"民兵"(50—31217)

10. 叶适杂古《梁父吟》第 15 韵段"隐兴"(50—31218)

11. 张镃六言《净相兰若僧师雅持塑佛》第 2 首"成身"(50—31635)

12. 释如净杂古《偈颂三十八首》第 32 首第 1 韵段"信柄"(52—32367)

13. 许景迂七古《东湖生双莲花守者以为》第 3 韵段"成新"(53—33000)

14. 释普济七绝《偈颂六十五首》第 56 首"经人"(56—35159)

15. 释慧开七绝《偈颂八十七首》第 34 首"身清"(57—35661)

16. 王柏四言《畴依》第 7 首第 2 韵段"殷刑"(60—37994)

17. 王柏四言《畴依》第 8 首第 2 韵段"陈宁"(60—37994)

18. 王柏四言《畴依》第 20 首第 2 韵段"钧程"(60—37994)

19. 释可湘杂古《偈颂一百零九首》第 10 首"尘②净"(63—39302)

20. 何梦桂七古《赠地理钱季实》第 8 韵段"真人情精"(67—42162)

21. 周密七古《荒塚谣》第 2 韵段"行云"(67—42504)

22. 周密五律《春夜怀张去非》"更春情人"(67—42550)

23. 金履祥四言《华之高寿鲁斋先生七十》第 11 首"朋论"(68—42577)

24. 金履祥四言《郑北山之元孙扁其楼王》第 9 首"人英"(68—42578)

---

① 享"为"烹"的古字,清王念孙《读书杂志》(江苏古籍出版社 1985 年版,第 596 页):"'子路为享豚',念孙案:……'享'即今之'烹'字也。……后人误读为燕享之'享'。"

② "尘",《广韵》平声真韵直珍切,训"鹿行扬土也";《集韵》增收去声稕韵直刃切,训"土污也"。此诗"尘"取《集韵》去声读音。

25. 金履祥四言《郑北山之元孙扁其楼王》第 11 首"孙声"（68—42578）

26. 金履祥四言《郑北山之元孙扁其楼王》第 14 首"孙英"（68—42578）

27. 金履祥四言《送金簿解官归天台五首》第 4 首"乘盛莹韵俊迅鞚陨尽竟赠训"（68—42579）

28. 于石七古《赠王法官》第 8 韵段"平人"（70—44129）

29. 于石七古《祈雨》第 4 韵段"灵神"（70—44132）

二、真文—侵寻

共 159 例。

1. 释遵式五古《礼佛迴向偈》第 1 韵段"心尊"（2—1097）
2. 李若谷五律《寄嵩岳吉上人》"深偏身新宸"（2—1249）
3. 释智圆五古《酷热》第 1 韵段"人侵心"（3—1510）
4. 俞紫芝七律《旅中谕怀》"春阴心金深"（11—7375）
5. 范纯仁五律《寄伯康君实》"分深心寻斟"（11—7414）
6. 徐积七古《谢存中送四花并酒》第 2 韵段"檎匀痕"（11—7599）
7. 徐积七绝《送吕清叔》第 1 首"君深吟"（11—7655）
8. 徐积五律《送王潜圣》第 3 首"云林金深簪"（11—7657）
9. 徐积七绝《戏呈魏评事》第 3 首"深春人"（11—7671）
10. 徐积杂古《林殿院挽词》第 1 韵段"人身真民心"（11—7721）
11. 王令五排《别黄端微》"鳞岑音心林深"（12—8189）
12. 释道潜七律《夜泊淮上复寄逢原》"垠禁心沉林"（16—10736）
13. 释道潜七律《夏日龙井书事》第 1 首"阴身新民巾"（16—10743）
14. 释道潜七绝《岁寒亭》"纷阴心"（16—10747）
15. 释道潜七绝《送兰花与毛正仲运使》第 2 首"林闻氲"（16—10765）
16. 释道潜五古《无为堂》"心沉分襟薰今"（16—10775）
17. 释道潜七律《清明日湖上呈秦少章主簿》"氲深心阴沉"（16—10776）

18. 释道潜七律《沈道原养浩堂》"纷心襟吟音"（16—10783）
19. 释道潜五古《夏夜偶兴》"林音襟阴心沉今陈寻"（16—10785）
20. 释道潜五古《李荣期秀才杞菊轩》"品菌韵润近愠纫摈阵分困进蔺"（16—10808）
21. 释道潜五古《醉眠亭》"尽枕近窘泯寝轸"（16—10815）
22. 张耒五古《冬日放言二十一首》第9首"心深门寻"（20—13090）
23. 张耒七绝《奉符县北二十里林家庄》"身襟"（20—13265）
24. 张耒五古《晨起二首》第1首"深林琴心淫辰"（20—13311）
25. 毛滂七律《师文莫君以仆治东园甚》"论林深阴心"（21—14109）
26. 毛滂七律《次韵成允寒秀亭》"深纹云醺云"（21—14114）
27. 毛滂七律《定光梅开仆以病未能往》"村深琴阴吟"（21—14118）
28. 冯熙载七古《宣和七年十二月二十一》第19韵段"品韵仞"（24—16183）
29. 程俱七绝《太湖沿橄西原道即事三首》第1首"云阴深"（25—16358）
30. 李光七律《和睡起饮茶》"簪闻昏论樽"（25—16412）
31. 朱淑真七律《春阴古律二首》第1首"阴春茵颦人"（28—17950）
32. 朱淑真七绝《春归五首》第5首"阴新春"（28—17956）
33. 董贞元七绝《梅》"闻寻心"（28—18286）
34. 释明辩七绝《颂古三十二首》第19首"今轮门"（29—18486）
35. 贾安宅七绝《苔溪》"深浑门"（29—18889）
36. 李长民七绝《鹿苑寺一击轩二首》第1首"音闻君"（30—19438）
37. 释慧晖七绝《偈颂四十一首》第26首"辰金新"（33—20888）
38. 释慧晖七绝《颂古十九首》第12首"深勋人"（33—20898）
39. 吴芾七律《挈累来当涂闻已人境感》第1首"亲阴侵心斟"（35—21934）
40. 吴芾七律《挈累来当涂闻已人境感》第2首"亲阴侵心斟"（35—21934）
41. 吴芾七绝《游仙都观五首》第5首"今人真"（35—21977）
42. 释师一七绝《颂古十八首》第13首"亲筋深"（35—22238）
43. 释师一杂古《颂古一首》"心沉颟"（35—22238）

44. 王十朋七绝《琵琶亭》"深音巾"（36—22881）

45. 周麟之杂古《中原民谣·归德府》第6韵段"深军"（38—23561）

46. 马大同七绝《过九疑》第4首"闻森今"（38—24056）

47. 陆游五律《雨夜枕上作》"心魂温盆村"（40—25406）

48. 陆游五律《夜坐》"人斟林深"（40—25490）

49. 李洪七绝《智仲可化盗图》"邻深心"（43—27196）

50. 释崇岳杂古《偈颂一百二十三首》第74首"闻心"（45—27820）

51. 释崇岳七绝《示惠文伯宣义二偈》第1首"心人新"（45—27833）

52. 楼钥杂古《灵壁道傍怪石》第4韵段"运品恨"（47—29325）

53. 楼钥七绝《次韵蒋德言①游太白玉几》第1首"春临今"（47—29426）

54. 蔡戡五律《王季立安抚挽诗》第2首"宾滨人襟"（48—30050）

55. 蔡戡七绝《送葛谦问》第7首"心人鳞"（48—30077）

56. 杨简七绝《偶作》第2首"仁深心"（48—30083）

57. 杨简四言《代冯似宗寿楼文昌》第1首第2韵段"神申文仑音"（48—30091）

58. 释道济四言《为救一后生作》"嗔身亲临"（50—31103）

59. 许中应七律《涵碧亭》"巾临今心寻"（51—31980）

60. 周南五律《赋里人亭前三立石》"云心临任"（52—32255）

61. 周南七绝《咏梅》第4首"人寻音"（52—32263）

62. 戴复古七绝《清明感伤》"心林巾②"（54—33603）

63. 释文礼七绝《颂古五十三首》第20首"心忻人"（54—33692）

64. 钱时七古《机春歌》第1韵段"唇阴音"（55—34343）

65. 洪咨夔七律《春行》"春心深阴斟"（55—34554）

66. 戴栩七律《送庐陵胡季昭梦昱以上》"新贫人身深"（56—35118）

67. 释普济杂古《悦堂穆知阁写师顶相请赞》第2韵段"音嗔"

---

① 楼钥《蒋德言墓志铭》记载"四明蒋君德言"，具体见曾枣庄、刘琳《全宋文》（第266册，上海辞书出版社、安徽教育出版社2006年版，第36页），可见蒋德言为四明人。

② "巾"，汲古阁影宋钞《南宋六十家小集·石屏续集》作"襟"。

（56—35165）

68. 沈说七绝《纸衾三首》第 1 首 "砧匀云"（56—35186）

69. 释慧开七绝《无量寿佛赞》"斤音寻"（57—35666）

70. 释慧开七绝《颂古四十八首》第 15 首 "身深"（57—35678）

71. 释慧开七绝《颂古四十八首》第 47 首 "今人"（57—35683）

72. 释永颐七绝《观鸟鸢山下藤树》"林身人"（57—35985）

73. 吴惟信七绝《杜鹃》"尘深人"（59—37082）

74. 张侃杂古《陶梦得弼袖诗见访用元韵》第 2 韵段 "身心真" （59—37125）

75. 马光祖七绝《赠李瑞履》"心身春"（60—37935）

76. 王柏七律《新秋自警》"闻吟深心寻"（60—38031）

77. 王柏七绝《题山桥十首》第 9 首 "深尘人"（60—38040）

78. 王柏七绝《拜明招二先生墓有感》第 5 首 "心文君"（60—38041）

79. 王柏七绝《谢叶圣予送笋》"贫森阴"（60—38045）

80. 王柏七绝《叶西庐惠冬菊三绝》第 3 首 "深魂存"（60—38047）

81. 王柏七律《挽张佛子》第 2 首 "心存魂园孙"（60—38053）

82. 王柏七律《挽何南坡》第 1 首 "心陈春亲尘"（60—38054）

83. 王柏七律《挽何南坡》第 3 首 "分临深禁音"（60—38054）

84. 王柏七绝《赠寻贤赵相士》"神寻箴"（60—38066）

85. 王柏七绝《题花光梅十首·一枝横出》"吟人春"（60—38071）

86. 王琮七绝《舟过孤山》"坟深阴"（61—38135）

87. 宋伯仁七律《秋雨简刘主簿》"旬霪心吟斟"（61—38159）

88. 叶茵七律《北窗》"阴身人春尘"（61—38237）

89. 叶茵七绝《寄社友》"吟身贫"（61—38237）

90. 孙锐七古《湖中蚬蚌甚佳村妇调羹》第 2 韵段 "音斤"（61—38499）

91. 李曾伯七律《桂林宴交代董侍郎乐语口号》"臣心林阴吟"（62—38695）

92. 李曾伯七律《送交代董矩堂赴召》第 1 首 "纶心阴侵今"（62—38751）

93. 李曾伯七律《思归偶成》第 1 首 "津深心音林"（62—38772）

94. 李曾伯七律《思归偶成》第 2 首"津深心音林"（62—38772）

95. 李曾伯七绝《登定王台》第 1 首"春今林心金"（62—38786）

96. 俞桂七绝《惜春》"分云吟"（62—39040）

97. 俞桂七绝《采莲曲》"频沉深"（62—39051）

98. 俞桂七绝《秋夜》"尘心深"（62—39054）

99. 施枢七绝《雨后道间见红梅》"身阴深"（62—39113）

100. 施枢七绝《闻寺中晓鼓》"音闻云"（62—39115）

101. 释斯植杂古《寄衣曲》第 2 首第 2 韵段"深人"（63—39325）

102. 王偁七绝《寄玉洞》"人吟尘"（63—39357）

103. 张蕴七律《重游大涤洞天》"新深禽音阴"（63—39375）

104. 戴埴杂古《辇下曲》第 7 韵段"深春"（63—39390）

105. 陈仁玉七古《仙都山独峰大雪歌》第 5 韵段"金人"（63—39415）

106. 卫宗武五古《送人》"珍音人君陈滨"（63—39442）

107. 卫宗武杂古《莺花吟为良友作》第 5 韵段"禽纷群"（63—39448）

108. 卫宗武五律《过安吉县梅溪二首》第 2 首"村深林岑吟"（63—39462）

109. 卫宗武五律《和青溪山行》"寻新巾身尘"（63—39464）

110. 卫宗武七律《宣妙寺偶成》"岑门村坤昏"（63—39485）

111. 释文珦七绝《竹边》"身心林"（63—39686）

112. 薛嵎七绝《冬日野步》"春心吟"（63—39899）

113. 陈著七绝《绿阴》"阴尘春"（64—40132）

114. 陈景沂七绝《杨柳》第 2 首"尘阴音"（64—40390）

115. 方逢辰五古《猩猩歌》第 2 韵段"嗔亲秦人唇身均心"（66—41199）

116. 释如玘七绝《偈颂三十六首》第 29 首"春林身"（66—41217）

117. 吴大有七绝《杂诗》第 4 首"深门心"（66—41397）

118. 何梦桂杂古《蛟龙歌》第 2 韵段"嗔亲秦人唇身心"（67—42157）

119. 何梦桂七律《邑庠杏坛初成诸老倡和》"春心今琴深"（67—42166）

120. 何梦桂七律《招隐三首》第 1 首"簪新人宾轮"（67—42174）

121. 何梦桂七绝《达摩乘芦图》"深津人"（67—42202）
122. 何梦桂七绝《自述》"真深心"（67—42208）
123. 何梦桂七绝《送沙溪寓居何翔仲四首》第2首"云心襟"（67—42210）
124. 何梦桂七绝《自题画像》"心真人"（67—42213）
125. 方一夔七律《闵忠》"宸深襟琳心"（67—42271）
126. 方一夔七律《夜坐二首》第2首"蚊深心吟参"（67—42279）
127. 方一夔七律《挽尚书先生》"人音心林参"（67—42287）
128. 方一夔七绝《咏芭蕉》"真今心"（67—42308）
129. 周密七律《病中寄二隐》"亲深心侵吟"（67—42507）
130. 周密七律《二隐皆有和篇因再用韵》"亲深心侵吟"（67—42507）
131. 周密七古《程仪父求石鼓文作歌赠之》第4韵段"珍金寻"（67—42530）
132. 金履祥四言《北山之高寿北山何先生》第12首第2韵段"音文"（68—42576）
133. 金履祥五古《题钓台》第2韵段"人沉"（68—42580）
134. 董嗣杲七律《留江城》"身心深寻阴"（68—42661）
135. 董嗣杲七律《重荣桧》"身深心阴林"（68—42704）
136. 徐钧七绝《武帝》"心人秦"（68—42834）
137. 徐钧七绝《叔孙通》"闻寻今"（68—42836）
138. 徐钧七绝《张嘉贞》"深身臣"（68—42857）
139. 徐钧七绝《皇甫湜》"深钧人"（68—42862）
140. 徐钧七绝《啖助》"人深音"（68—42863）
141. 释原妙七绝《颂古三十一首》第16首"深门魂"（68—43170）
142. 七律《暮春》"沉新心金林"（68—43209）
143. 黄庚七律《寓浦东书怀》"春吟金心音"（69—43574）
144. 黄庚七律《谢章平远惠笔》"新金深心吟"（69—43581）
145. 黄庚七律《奉谢月山太守》"辰心临衿深"（69—43585）
146. 黄庚七绝《酒家》"林春人"（69—43596）
147. 黄庚七绝《林高士隐居》"深君云"（69—43603）
148. 黄庚七绝《山中秋思》"琴尘辰"（69—43607）
149. 戴表元五古《送袁季源之婺州因简范经历》"深蹲林阴心琴襟今

金任駸音欽浔森钦参淫吟沉簪禽喑"（69—43638）

150. 于石七古《对雪》第 4 韵段"阴春"（70—44135）

151. 于石七律《春晚》"尘阴吟深心"（70—44140）

152. 仇远七古《应平叔送牡丹》第 3 韵段"春尘林人"（70—44175）

153. 仇远五古《相随曲》第 1 韵段"伸心深"（70—44235）

154. 仇远七律《约山中友》"云岑深心寻"（70—44239）

155. 仇远七律《书与士瞻上人十首》第 8 首"巾簪心琴吟"（70—44250）

156. 白珽七律《游天竺后山》"深巾人春尘"（70—44275）

157. 缪鉴七律《白发》"阴人春嗔滨"（71—44620）

158. 陈深杂古《我思古人》第 2 韵段"尊存今"（71—44778）

159. 黄超然五古《鸱枭获腐鼠》"珍音心侵顰任寻"（71—44834）

三、庚青—侵寻

共 145 例。

1. 强至五排《长安二月二十二日雪十韵》"侵深清林音沉吟阴淫寻"（10—7040）

2. 徐积五古《大河上天章公顾子敦》第 12 韵段"禁性任甚"（11—7555）

3. 徐积七古《赠张敏叔》第 3 韵段"清冰琴"（11—7583）

4. 徐积四言《复古颂》第 19 韵段"更声今"（11—7636）

5. 徐积杂古《李阳冰篆》"经扃泓森枪霆成阴清溟营星衡庭楹音撑横平兵声情精鹏城廷轻淫冰盲惊盈名坑生"（11—7646）

6. 徐积七律《赠刘懋功》"深情清轻声"（11—7651）

7. 徐积七绝《送吕清叔》第 3 首"行金琴"（11—7655）

8. 徐积七律《送宫教郎朝奉》"名簪深衿心"（11—7670）

9. 徐积七绝《谢人惠梅花》"深灯胜"（11—7687）

10. 徐积七律《宿山馆》第 1 首"沉灯僧冰层"（11—7694）

11. 徐积七律《宿山馆》第 9 首"深灯僧冰层"（11—7695）

12. 徐积七绝《赠别仙》"金行名"（11—7700）

13. 徐积五古《哭张六》第 1 韵段"瞑噤硬"（11—7722）

14. 沈括七古《图画歌》第3韵段"等境并景品"（12—8015）
15. 王令杂古《倚楹操》第1首第2韵段"兄深淫心"（12—8068）
16. 王令五律《何处难忘酒十首》第2首"平生音①情"（12—8162）
17. 袁默杂古《石女冢》第1韵段"清情深"（12—8389）
18. 陈丕七律《南池》"亭泠清侵听"（14—9734）
19. 陈师道七古《送杜侍御纯陕西转运》第5韵段"迎瘖心"（19—12638）
20. 陈师道七绝《赠魏衍三首》第1首"林明鸣"（19—12677）
21. 陈师道五古《陈留市隐者》"耕羹醒名鸣情声生黔②"（19—12691）
22. 陈师道七律《答颜生见寄》"音更清评情"（19—12700）
23. 陈师道杂古《题画李白真》第7韵段"名金吟沉"（19—12738）
24. 张耒七绝《二绝句》第1首"晴深心"（20—13285）
25. 郑刚中七绝《海棠》"深屏醒"（30—19163）
26. 释道昌四言《颂古五十七首》第55首"金惊"（30—19362）
27. 张炜七律《谢友人惠笔》"名侵深金吟"（32—20331）
28. 释慧晖四言《偈颂三十首》第20首第2韵段"心情"（33—20891）
29. 钱端礼七律《咏般若台一首赠源□长□》"林鸣平清声"（36—22519）
30. 王十朋五绝《州宅杂咏·荔》"星心"（36—22844）
31. 钱氏七古《题壁》第12韵段"听音"（37—23092）
32. 崔敦礼杂古《太白远游》第10韵段"心溟征"（38—23775）
33. 陆游六言《舍北闲望作六字绝句》"兴林心"（40—24922）
34. 蔡戡七律《滕王阁》"城临心岑今"（48—30060）
35. 蔡戡七律《游金山》"轻临金心襟"（48—30070）
36. 袁燮七绝《闻莺》"鸣心音"（50—31010）

---

① 《全宋诗》以文渊阁《四库全书·广陵集》影印本为底本，北京图书馆所藏明抄本"音"作"声"。
② "黔"字句"飞走不同穴，孔突不暇黔"有异文。文渊阁《四库全书·后山集》影印本："圣有不暖席，接淅去齐行。"且出注："'孔突'字讹，'黔'复失韵，非是。"宋刻《后山诗注》、高丽活字本《后山诗注》校："一本作'圣有不暖席，接淅去齐行。'"

附录（三） 宋代江浙诗歌特殊韵例韵谱

37. 袁燮七绝《病起见梅花有感四首》第 4 首"心惊襟"（50—31015）
38. 许琮五律《连雨有感》第 1 首"寻声深临"（50—31184）
39. 许琮五律《连雨有感》第 2 首"深心吟声"（50—31185）
40. 孙元卿五古《与钱孝先游洞霄》第 1 首"声清阴旌争生征行"（50—31432）
41. 张镃七律《约周希稷游湖上园》"林城声笙行"（50—31600）
42. 张镃七绝《壬寅立春》第 1 首"霆晴耕"（50—31637）
43. 张镃七绝《清明日书亦菴壁二首》第 1 首"晴吟心"（50—31647）
44. 张镃七绝《池上》第 4 首"阴晴鸣"（50—31657）
45. 孙应时五律《道中寄同舍》第 2 首"声侵心音"（51—31757）
46. 许复道七绝《赵金氏墓》"今平京"（53—32974）
47. 戴复古七绝《初夏游张园》"深晴①金"（54—33600）
48. 苏洞七律《刘振之访别举似喜雨诗次韵》"阴青听亭萍"（54—33926）
49. 钱时七古《示橺默》第 2 首第 4 韵段"品瞑"（55—34346）
50. 袁甫四言《朝阳三章》第 3 首"明音生盈平"（57—35847）
51. 陈起七绝《束起》"经吟衾"（58—36764）
52. 陈起七古《对菊有怀东园》第 2 韵段"金餠清"（58—36772）
53. 陈起七绝《雪中三绝》第 2 首"盟禁音"（58—36775）
54. 陈起杂古《寿礼部乔文昌》第 7 韵段"清深"（58—36782）
55. 何基七绝《海棠》"深屏醒"（59—36841）
56. 唐士耻五绝《送杰老住仙游》第 6 首"亭心涔"（60—37834）
57. 王柏四言《畴依》第 6 首第 2 韵段"心铭"（60—37994）
58. 王柏四言《洌井》第 1 首"名沉明心"（60—37995）
59. 王柏七古《薰风歌代寿节斋》第 9 韵段"英斟明"（60—38016）
60. 王柏七律《春归》"心评情成明"（60—38021）
61. 王柏七律《和喜雨韵》"心星瓶青亭"（60—38026）
62. 王柏七律《夜坐呈外舅》第 2 首"营深心禁吟"（60—38028）

---

① 文渊阁《四库全书·石屏诗集》影印本"阴晴"作"晴阴"。

63. 王柏七绝《独坐看海棠二绝》第1首"形深心"（60—38039）

64. 王柏七绝《元正》第2首"情心箴"（60—38042）

65. 王柏王柏七绝《白荷花》"屏深心"（60—38046）

66. 王柏五古《怀古呈通守郑定斋》第1首"岑琴音声平"（60—38064）

67. 王柏七绝《题诸葛武侯画像》"情心深"（60—38065）

68. 王同祖七绝《太乙宫即事》第2首"亭林深"（61—38138）

69. 宋伯仁七绝《夏日》第1首"阴晴卿"（61—38156）

70. 叶茵五律《偶成》"阴生轻明耕"（61—38196）

71. 叶茵五排《鲈脍》"阴情明橙名鲩鲭盟轻羹鲸"（61—38205）

72. 叶茵七绝《琴堂》"平琴音"（61—38213）

73. 叶茵五绝《枕簟入林僻茶瓜留客迟》第4首"泠阴林"（61—38220）

74. 叶茵七律《题水竹弟寿山觉菴》"铭今心阴吟"（61—38226）

75. 叶茵七律《桂谢》"晴深金斟阴"（61—38237）

76. 叶茵五律《自适》"心名生声晴"（61—38244）

77. 叶茵五律《泊然亭》"营深吟阴心"（61—38246）

78. 李曾伯杂古《寿襄阃》第12韵段"兵惊侵"（62—38701）

79. 李曾伯七绝《访阆州读书岩》"林兄声"（62—38723）

80. 李曾伯七绝《宜兴山房十首》第7首"吟更声"（62—38726）

81. 李曾伯七绝《自和山房十咏》第7首"吟更声"（62—38726）

82. 李曾伯七律《五月闻蛩有感》"声吟心阴今"（62—38766）

83. 李曾伯七律《自和》"声吟心阴今"（62—38767）

84. 李曾伯七绝《湘潭道间农家》第1首"林荆生"（62—38775）

85. 王谌七绝《绝句》第3首"馨寻阴"（62—38817）

86. 宋自逊七古《照镜辞》第1韵段"明形心"（62—38831）

87. 宋自逊杂古《乌鹊引》"鸣心灵禽"（62—38832）

88. 俞桂七律《喜雨上别大参》"深生亭城平"（62—39048）

89. 施枢七绝《夜凉听雨》"深醒听"（62—39105）

90. 朱南杰五律《富民犯米四十字以喻之》"心庭亭刑铭"（63—39397）

91. 卫宗武五古《刘锦山自衡州归复书仍》第7韵段"心盟情"

（63—39441）

92. 卫宗武杂古《莺花吟为良友作》第 1 韵段"声鸣音"（63—39448）
93. 卫宗武五律《过墓邻僧寺》"情斟阴音吟"（63—39463）
94. 周无所住七绝《阳晶颂》"晶阴心"（63—39700）
95. 潘玙七律《山处》"心生清程枰"（64—39925）
96. 吕人龙七绝《宿建兴寺》"深生明"（64—39937）
97. 贾似道七绝《论淡黄色》"青针赢"（64—39973）
98. 贾似道七绝《论蝦青色》"青金丁"（64—39973）
99. 贾似道七绝《白麻头》"金针赢"（64—39973）
100. 贾似道七绝《紫青》"青青金"（64—39974）
101. 贾似道七绝《蟹青》"青金丁"（64—39975）
102. 贾似道七绝《青金翅》"金成金"（64—39975）
103. 贾似道七绝《紫黄》"金成沉"（64—39975）
104. 贾似道七绝《琵琶翅》第 1 首"青应金"（64—39978）
105. 贾似道七绝《琵琶翅》第 2 首"金明赢"（64—39978）
106. 贾似道七绝《青黄二色》第 2 首"明寻赢"（64—39979）
107. 贾似道七绝《三段锦》"金明名"（64—39980）
108. 顾逢五律《倚篷》"青吟深禽阴"（64—40015）
109. 顾逢七绝《杂兴》第 5 首"心经醒"（64—40034）
110. 赵卯发五绝《裂衣书诗寄弟》"深兵兄"（64—40429）
111. 刘黻五律《赋林氏集云庵》"深行侵心林"（65—40707）
112. 刘黻五律《和康节三诗·听琴》"琴声鸣惊情"（65—40711）
113. 方逢辰七绝《题柯峰谳掾钱君叔行敬》"钦刑醒"（66—41192）
114. 释如珙五绝《塔偈》"吟明经"（66—41235）
115. 何梦桂七律《山居》"亭阴心吟深"（67—42169）
116. 何梦桂七律《承书言别再寄》"心明名情荣"（67—42186）
117. 何梦桂七绝《赠毛道人》"经寻心"（67—42196）
118. 何梦桂七绝《送分水簿领高君》第 2 首"林亭青"（67—42205）
119. 何梦桂七律《挽山房先生》第 1 首"星襟心金深"（67—42214）
120. 方一夔七律《杂兴十首》第 5 首"金情氓名城"（67—42277）

121. 方一夔七律《杂兴十首》第 7 首"侵阴馨①心金"（67—42277）

122. 周密杂古《北山四时招隐辞》第 2 首"铿清寻稜岑吟嵘缨"（67—42498）

123. 周密七绝《静倚》"阴情声"（67—42503）

124. 周密五律《秋霖》"霖声生情"（67—42506）

125. 周密七律《挽雪林李和父二首》第 1 首"盟深吟音寻"（67—42542）

126. 金履祥七律《挽莲塘吴孺人》"城吟心深林"（68—42588）

127. 董嗣杲七律《翻经台》"林灵经青听"（68—42704）

128. 董嗣杲七律《石屋》"崟金深阴生②"（68—42708）

129. 董嗣杲七律《棣棠花》"英金深阴心"（68—42717）

130. 董嗣杲七律《豆花》"鸣心阴吟深"（68—42726）

131. 方逢振七律《挽谏坡居士》"衾称灯朋鹰"（68—42809）

132. 方逢振七古《送侄隆吉作遂安教谕》第 4 韵段"林情"（68—42812）

133. 徐钧七绝《文君》"青琴吟"（68—42837）

134. 徐钧七绝《夏侯胜》"阴廷经"（68—42837）

135. 徐钧七绝《韦贤子元成》"经深心"（68—42837）

136. 徐钧七绝《杨素》"名深心"（68—42855）

137. 杜子是五古《集元刺史句咏寒亭》"青清瀛生晴阴倾溟"（68—42868）

138. 释原妙杂古《偈颂六十七首》第 50 首"绫金入③寻林"（68—43165）

139. 释原妙七绝《示徒》第 1 首"心惺钉"（68—43173）

140. 释原妙杂古《示淳谦首座持钵》"室④睛营临"（68—43174）

141. 释原妙七绝《偈颂十二首》第 11 首"心惺钉"（68—43176）

142. 范晞文七绝《燕山闻鹃》"声心"（69　43277）

---

① 《全宋诗》以文渊阁《四库全书·富山懒稿》影印十卷本为底本。"馨"，旧抄《方时佐先生富山懒稿》十九卷本作"音"。
② "一心生"，文渊阁《四库全书·西湖百咏》影印本作"一生心"。
③ 入声缉韵"入"押入此韵。
④ 入声质韵"室"押入此韵。

143. 于石七律《读史》第 1 首"名寻琴今心"（70—44146）

144. 于石七律《徐子观生挽诗》"心轻名明盟"（70—44149）

145. 仇远七古《赠溧水杨老》第 3 韵段"卿林音"（70—44176）

四、真文—侵寻—庚青

共 41 例。

1. 徐积七古《赠倪敦复》"清名宾成情深轻吟"（11—7582）
2. 徐积杂古《戏答》第 2 首第 2 韵段"清明庭茎精津冰寻听声鸣生"（11—7602）
3. 王洋七古《听琴赠远师》第 1 韵段"音听神人春"（30—18947）
4. 楼钥七古《寄题高汝一少卿识山堂》第 2 韵段"城宾真新心"（47—29359）
5. 袁燮五古《与范总干》"境尹问敏隐牣谨省令尽馑请润枕品轸稳咏觐敬"（50—30988）
6. 张镃七古《钓台》第 7 韵段"樽魂荪璠奔屯纷冥林"（50—31680）
7. 钱时七古《渔浦夜雪怀季敭》第 1 韵段"阴陵云"（55—34346）
8. 释普济杂古《偈颂六十五首》第 8 首"门擒刑人"（56—35156）
9. 时少章七古《大节堂碑引》"民狞精津金膺婴灵稜城振群绅輣轰霆昏倾惊宾屏令今孙冥明林泠臣神森名"（60—37851）
10. 王柏五古《和立斋芙蓉观三十韵》"纭君尘庭征清仑新兴龄心枰泯真寻垠今勤闻明纶根沦评听襟论民"（60—37999）
11. 王柏五古《和立斋荔子楼韵》"薰情兄云新心襟亲岑音鳞林斟深"（60—38000）
12. 王柏七古《汪功父聘石友》第 2 韵段"痕云群情禽"（60—38011）
13. 王柏七古《题平心堂》第 2 韵段"心铭情平庭昆轻龄"（60—38017）
14. 王柏杂古《黄华歌》"春成人仁神纶晶精瀛新名声云椿茵情淳庭斟"（60—38031）
15. 王柏杂古《竹石屏歌谢遁泽》第 2 韵段"临屏心荧深门珍人孙根今盟林贞箴评称真瘖分精凝形存品层"（60—38031）

16. 王柏五古《挽曹叔献》"莙肩循营辛荣嫡心深存音春"（60—38048）

17. 王柏杂古《郑寺正挽辞》第1首"名声君缨深明"（60—38056）

18. 王柏杂古《挽蔡文叔》第2首"任寻登峋肫乘仁心分奔昏征吟"（60—38060）

19. 王柏五古《怀古呈通守郑定斋》第4首"寻琳浑陵心"（60—38064）

20. 王柏七古《乌伤行》"仁茔辛均名兢阴明兴程"（60—38067）

21. 李曾伯杂古《管顺甫以湘竹为青奴儿》"君箟闻巡滨荣痕矜斤人新云庭名身明尘金陈嗔檽真冰云卿盟神经民清綮吟"（62—38762）

22. 卫宗武五古《是岁之夏紫芝复生成丛》"灵生曾茎囷层金荥陈今呈身孙人英平云声荣纷"（63—39428）

23. 卫宗武七古《坟院新篁》第1首"冥成囷簪云腾冰青身声"（63—39453）

24. 卫宗武七古《坟院新篁》第2首"冥成囷簪云腾冰青身声"（63—39453）

25. 贾似道七绝《论龟鹤形》"琴鸣军"（64—39971）

26. 贾似道七绝《蝦青》"金银青"（64—39974）

27. 王执礼五古《湖山纪游》"城心荣晴舲氛青嵘醒深沉襟情缨欣嶒登门声鸣惊迎龄滕曾"（65—41070）

28. 何梦桂五古《赠唐乐天星翁》"人民身星金君贫形尘钧真纭"（67—42137）

29. 何梦桂五古《赠杨古澹》"星绳清心闻城"（67—42138）

30. 何梦桂杂古《知卢可菴教谕鼓歌》第7韵段"声音醒文"（67—42157）

31. 何梦桂五古《希有鸟吟》"仁根成能曾恩鸣亲惊身生真情人心"（67—42157）

32. 周密五古《伐木杂言》"人清藤阴任身斤心精"（67—42562）

33. 金履祥杂古《代张起岩和清塘诗》"云迎新贫籯经成荣闻声林心灵丁勋君"（68—42583）

34. 释原妙杂古《偈颂六十七首》第1首"心新今灵身"（68—43161）

35. 于石五古《寄意》"成人尘昏明新心"（70—44116）
36. 于石五古《述怀》"闻明身吟林心"（70—44116）
37. 于石五古《赠张君玉》"琴门灯行尘人营亲"（70—44119）
38. 于石五古《次张嘉父①闲居》"陵伦云情村贫朋门庭心明琴"（70—44121）
39. 于石五古《鹁鸪行》"鸣嗔分憎闻能群仁身龄荣生陈禽"（70—44121）
40. 于石五古《邻叟招饮》"门盆真邻亲頳亲文尘云孙分耘迎春耕烹营心"（70—44124）
41. 于石杂古《赠姚星士》"贫辰尘青鳞行轻寻精春营星文人"（70—44133）

五、寒先—监廉

共187例。

1. 徐积杂古《莫饮吴江水寄陈莹中》第3韵段"箭剑面"（11—7561）
2. 徐积七古《大松》第11韵段"凡间看"（11—7564）
3. 徐积七古《管春风》第3韵段"远浅点顿"（11—7568）
4. 徐积五古《感秋和张文潜②》第3首第1韵段"变怨燕恋念"（11—7575）
5. 徐积七古《代简呈通理察院》第2韵段"颔半懦"（11—7589）
6. 徐积四言《哀吟赠蔡子骧女》第8韵段"殓变"（11—7639）
7. 徐积七古《题寄亭》第6韵段"恬贤言然"（11—7642）
8. 徐积七律《寄吕帅》第4首"南间关山蛮"（11—7651）
9. 徐积七律《一生多恨瘦纤纤》"纤圆烟船川"（11—7686）
10. 徐积七绝《雪中书事》"簾天眠"（11—7712）
11. 王令五古《离高邮答谢朱元弼兼简》"泛唅滥擩槧叹③瞰槛憾鑑暂

---

① 张大亨，字嘉父，吴兴人，元丰八年（1085）进士。
② 张文潜即张耒（1054—1114），楚州淮阴人。
③ 《全宋诗》以文渊阁《四库全书·广陵集》影印本为底本。北京图书馆所藏明抄本"叹"作"欺"。

监颔缆儳"（12—8109）

12. 秦观杂古《曾子固哀词》第6韵段"敢翰"（18—12121）

13. 吴可七古《秘古堂诗》第2韵段"签然篇"（19—13016）

14. 张耒五古《西山寒溪》"间源莲寒攀斑欢弯繁坛观甘烦团餐斑颜关悭桓患鞍湾"（20—13059）

15. 张耒五古《摇落》"晏淡散恋见贱半患践怨"（20—13314）

16. 张耒五古《视盗之南山》"山沿环天泉悬颠寒叹攒穿烟拳艰闲餐甘鞍颜魂官"（20—13327）

17. 张耒五古《感春十三首》第1首"揽远短漫绽散烂"（20—13350）

18. 邹浩七古《王景亮携晁无咎清美堂》"年泉妍间橼镌天颠涟环然寒山编关兰前连鸾坚艰穿怜田殷钱酸班宽廉贤膻絃燃园传先缘猨眠烟单还援"（21—13921）

19. 滕茂实五古《临终诗》"官难关漫还骞迁垣残肝骊间安存贪颜奔言闻民论昏幡刊顽酸寒魂冤山"（22—14928）

20. 程俱五古《故人张达明澂饷舒术将》"甸面蠛剪产键软琭琭搴泫嵼典鲜莞腆遣点碗简挽婉散"（25—16316）

21. 释守珣七绝《颂古四十首》第35首"谈穿千"（25—16491）

22. 刘一止七绝《访梅》"南看寒"（25—16712）

23. 刘一止五律《沈夫人挽诗二首》第2首"阍悭攀班"（25—16722）

24. 刘一止四言《姜山静疑院铁磐老师通》第3韵段"犯贯"（25—16723）

25. 刘一止杂古《又自赞》第2韵段"安甘间"（25—16723）

26. 朱淑真七绝《春日杂书十首》第3首"寒添簾"（28—17954）

27. 释明辩杂古《颂古十六首》第4首"剑线练"（29—18482）

28. 释明辩七绝《颂古三十二首》第9首"漫谙寒"（29—18485）

29. 释明辩杂古《颂古三十二首》第16首"剑箭旋"（29—18486）

30. 陈东七绝《夜饮二绝》第2首"潜联[①]厌"（29—18750）

31. 沈与求七律《松架》"簷然筵跣眠"（29—18798）

32. 萧振五律《仙官峰》"岩寒官蟠干"（29—18916）

---

① 文渊阁《四库全书·少阳集》影印本"联"作"嫌"。

33. 王洋五古《观讲师有感》"间环鬟冠颜闲观端单澜缘弯谨禅烦髯潜安鳏兰关漫寰娴蛮艰删山"（30—18929）

34. 王洋七古《陈道士年十三骨气有异》第2韵段"三烂岚"（30—18948）

35. 王洋七律《观瑞香杏花二首·瑞香》"酣寒难残看"（30—19020）

36. 王洋七绝《问讯吉父六首》第4首"簪然天"（30—19031）

37. 郑刚中杂古《谢潘令卫惠松木》"颜环山叹丸宽谈悭还餐攀"（30—19047）

38. 李弥逊七绝《舟中风雨梅公择有不悦》"蓝般攒"（30—19320）

39. 楼璹五古《织图二十四首·三眠》"半暗短乱"（31—19598）

40. 释慧晖七绝《偈颂四十一首》第6首"前边蟾"（33—20887）

41. 释慧晖七绝《偈颂三十首》第10首"天山岩"（33—20890）

42. 仲并七古《陈行之得之因震泽旧居》第1韵段"岩山"（34—21535）

43. 葛立方七绝《闻歌二绝》第1首"寒簪南"（34—21801）

44. 葛立方七律《过九坡》"山岚三涵堪"（34—21811）

45. 葛立方杂古《横山堂三章》第1首第6韵段"岩间"（34—21825）

46. 陈棣七律《再次韵》第1首"谙残阑肝端"（35—22038）

47. 史浩五律《高宗圣神武文宪孝皇帝》第4首"关山潜间"（35—22168）

48. 叶衡七律《昆山吕正之三男子连中》"凡间艰攀山"（38—23805）

49. 范端杲七绝《秀野亭》"蓝端看"（38—24041）

50. 陆游杂古《长歌行》第1韵段"院夹①"（39—24518）

51. 马先觉七古《送昆山丞谢子潇解官还朝》"全然潜田天前先捐坚筵仙旋言贤泉痊钱"（45—27707）

52. 释崇岳杂古《偈颂一百二十三首》第18首"现断转片片赚"（45—27816）

53. 释崇岳五古《偈颂一百二十三首》第23首"剑线面便"（45—27816）

---

① 此韵段须校勘，具体详见"附录（四）《全宋诗》江浙诗歌校勘"。

54. 释崇岳五古《偈颂一百二十三首》第40首"剑焰片"（45—27817）

55. 霍篯七律《飞步亭》"岩间环颜闲"（46—28598）

56. 薛季宣七古《武陵行》第7韵段"散判间泛"（46—28704）

57. 赵公豫七律《玻璃泉》"山甘①干寒看"（46—28948）

58. 陈炳杂古《泛秋浦辞》第3韵段"鹍烟千佺寰蝉湍间寒南"（47—29132）

59. 吕祖谦七绝《晚望》"帆湾看"（47—29137）

60. 楼钥七律《送赵子固吏部帅合肥》第2首"惭凡山衔帆"（47—29433）

61. 蔡戡五古《同张叔囿顾致尧游金山》"山寰间顽闲南鬟艰干攀悭蛮澜寒难观阑端还颜"（48—30035）

62. 蔡戡七律《夜宿交石峡凌晨舟行适》"帆间山闲悭"（48—30067）

63. 蔡戡七律《东归喜而有作》"南还关间闲"（48—30067）

64. 蔡戡七绝《南岩》"岩间山"（48—30078）

65. 杨简杂古《慈溪金沙冈歌》第2韵段"然源传缠参前天"（48—30095）

66. 钱闻诗七绝《上霄峰》"凡间山"（48—30117）

67. 钱闻诗七绝《贞元杉》"杉间颜"（48—30119）

68. 胡朝颖七律《小金山》"涵间闲还山"（48—30353）

69. 钱大椿七律《春夜》"簾天烟鹃眠"（48—30356）

70. 马之纯七律《桂岭》"岩山间兰攀"（49—30969）

71. 马之纯七律《断碑》"南看官漫看"（49—30976）

72. 袁燮四言《丁未之冬营房告成有亭》第5韵段"芰安"（50—30986）

73. 释道济七绝《宿刘行首家作二首》第2首"关贪寒"（50—31101）

74. 释道济七绝《闻王妈妈家做小祥功德》第2首"缘凡还"（50—31104）

75. 张镃五古《呈尤侍郎陆礼部》"延烟燕躔前传贤颠缘然牵弦园船

---

① "甘"字句"（山下幽泉）沁齿甘"，《全宋诗》出注："原校：一作泻水干。"

边膻年轩眠忺篇便全镌偏肩泉煎宣"（50—31554）

76. 张镃七律《时贤有爵高名重而不自由》"恬天绵烟怜"（50—31610）

77. 张镃七律《题王恭父校书新辟书轩》"凡山间闲关"（50—31624）

78. 张镃五绝《桂隐纪咏·满霜亭》"帆山间"（50—31630）

79. 张镃六言《净相兰若僧师雅持塑佛》第1首"昙山"（50—31635）

80. 张镃七绝《陆严州赴召喜成三诗》第1首"骖干看"（50—31638）

81. 张镃七绝《送客至无相兰若归过慈》第8首"岩山闲"（50—31649）

82. 张镃七绝《四月上澣日同寮约游西》第7首"甗纤奁"（50—31652）

83. 张镃七绝《分韵赋散水花得盐字》第1首"鞭簾盐"（50—31668）

84. 张镃七绝《分韵赋散水花得盐字》第3首"鞭簾盐"（50—31668）

85. 徐侨七律《咏拳石菖蒲》"纤缠鲜娟前"（52—32820）

86. 释文礼七绝《送晦岩佛光法师归天竺》第2首"山三谈"（54—33700）

87. 释文礼七绝《佛光焰公首依于梁渚今》第1首"山三谈"（54—33700）

88. 苏泂七绝《高兄示夫妇观月诗和韵》"凡看寒"（54—33966）

89. 王遂七律《木犀答二吴书》第2首"探攀间闲山"（55—34280）

90. 王遂七律《敬亭山检受御书》"凡环间颜山"（55—34283）

91. 倪思七绝《游黄蘗山三首》第2首"杉天年"（55—34307）

92. 释普济七绝《颂古》"南端宽"（56—35170）

93. 释慧开五绝《偈颂八十七首》第10首"昙蓝间"（57—35659）

94. 释慧开三言《颂古四十八首》第11首"电剑"（57—35678）

95. 释慧开七绝《颂古四十八首》第17首"擔闲山"（57—35679）

96. 释智愚杂古《偈颂二十一首》第8首"炎参汉"（57—35962）

97. 释智愚杂古《偈颂二十一首》第20首"店边"（57—35963）

98. 释智愚四言《磻溪禅子请赞》"犯眼划板"（57—35967）

99. 唐士耻七古《题彭绍墨》"仙禅筵廉篇煎年"（60—37830）

100. 王柏五古《天基节雨有感》"欢潸宣颜原挛存干恩尊嫌全刊言贤天"（60—37997）

101. 王柏五古《寿潘介岩》"三宽䆄关覃看难安观偏山闲班端篇涵"（60—37997）

102. 王柏五古《小酌敬岩梅下和立斋韵》第1首"念片禅浅荐战远辨面案"（60—37998）

103. 王柏五古《小酌敬岩梅下和立斋韵》第2首"念片禅浅荐战远辨面案"（60—37998）

104. 王柏五古《书隐和韵谢再答之》"念片禅浅荐炭远辨面案"（60—37999）

105. 王柏七古《薰风歌代寿节斋》第3韵段"山言瞻"（60—38016）

106. 王柏七古《拍手行》"山官瘿悭残贪艰弹酸寒潸奸安端宽"（60—38018）

107. 王柏七律《题承庵二首》第1首"庵然娟眠连"（60—38029）

108. 王柏五古《题玉涧八景八首》第1首"浅敛"（60—38037）

109. 王柏杂古《李三朝奉哀词》"曼然欢颠阑殚严坚贤兰连仙怜渊端镌编搴泉"（60—38056）

110. 释普度杂古《偈颂一百二十三首》第27首"现剑噀卷面"（61—38504）

111. 释普度杂古《偈颂一百二十三首》第37首"凡寒盘"（61—38505）

112. 赵孟坚五古《上习庵陈先生》"源然全延难悬鲜肩观年安坚传弦天川贤边迁渊焉椽娟廉泉宣便牵蝉捐"（61—38661）

113. 赵孟坚五古《仲弟借书持要不谨护有》"编肝间签言颛编禅还颜完痊掀蝉坚妍仙悬存然焉筌鲜传天"（61—38662）

114. 赵孟坚五古《别赠陈新叔弟》"远辇衍焰见践蹇选閒晚倦叹掾眷醶莞腼栋善显典浅悍宪褊勉"（61—38666）

115. 李曾伯五古《乙酉夏咏月岩》"寰山岩寒蟠弯端环观颜鑱间团难看"（62—38704）

116. 释妙伦杂古《偈颂八十五首》第10首"添减边"（62—38897）

117. 释妙伦杂古《偈颂八十五首》第 39 首 "转面扇见验便片"
（62—38899）

118. 释妙伦杂古《真如靖老请赞》"面见验"（62—38908）

119. 施枢七绝《云根石》"间凡岩"（62—39123）

120. 张道洽七律《梅花七律》第 10 首 "寒南三谙庵"（62—39253）

121. 张道洽七律《梅花七律》第 11 首 "寒南三谙庵"（62—39253）

122. 张道洽七律《梅花七律》第 12 首 "寒南三谙庵"（62—39253）

123. 释斯植七绝《林间》"年簷簾"（63—39324）

124. 朱南杰七绝《横林遇雨》第 2 首 "帆单难"（63—39399）

125. 卫宗武五古《立春出郊风急有作》第 2 韵 "严纤权"（63—39420）

126. 卫宗武七律《寄贺陆翠庭迁居》"难谈含涵参"（63—39481）

127. 释文珦七古《宁退耕岩维石隆湖隐皆》第 1 韵段 "愿念辇"
（63—39566）

128. 释文珦五律《堪叹》"年添嫌鲇潜"（63—39623）

129. 释文珦五律《茅茨》第 2 首 "安潭贪甘谙"（63—39688）

130. 贾似道七绝《论枣核形》"尖砖千"（64—39970）

131. 贾似道七绝《论枣核形》"尖舡前"（64—39971）

132. 贾似道七绝《阔翅》"难凡班"（64—39981）

133. 贾似道七古《斗法八条·审势》"点变"（64—39983）

134. 陈著七绝《应百里李天益来求作奉·杨梅》"鲜甜篮"（64—40125）

135. 陈著七绝《为茂林老乘独舟四句》"帆间山"（64—40129）

136. 陈著七律《载酒过俞叔可运干夜话》"闲檐簾甜嫌"（64—40205）

137. 陈著杂古《前人载酒光风霁月□醉中》第 2 韵段 "便嫌甘"
（64—40297）

138. 陈著七古《送前人之董氏馆》第 6 韵段 "劝酽恋"（64—40297）

139. 陈著杂古《送邑宰丁溉之任满》第 3 韵段 "间山三"（64—40300）

140. 舒岳祥五古《十月五日风》"验槊艳店闪觇厌玷磹霰阽占桥歉剑

堑赡苦欠焰缆阇磡擔盐暂唅砭艳醉襜忝念"（65—40902）

141. 方逢辰七绝《赠风鉴曹老眼》"难戡南"（66—41192）

142. 释如珙杂古《偈颂三十六首》第 5 首"槃蓝"（66—41216）

143. 龚开四言《宋江三十六赞》第 33 首"全嫌"（66—41276）

144. 释行海七绝《回东州》"安惭南"（66—41368）

145. 葛起文五律《游黄山寺》"拈栏添髯"（67—42125）

146. 何梦桂五古《送淳安括田省委贾都事》第 1 韵段"鞳衫田鹡官天宣连山然川泉籄弹年繁钱宽蠲元埏廛偏"（67—42147）

147. 何梦桂七古《赠梅谷高士》第 1 韵段"昙禅仙玄"（67—42158）

148. 何梦桂七古《赠地理钱季实》第 12 韵段"谈间"（67—42162）

149. 何梦桂七律《上张察使老山》第 2 首"边黔餍阎瞻"（67—42168）

150. 何梦桂七律《道汾阳不及访逢原蒙寄》"占山关间攀"（67—42178）

151. 何梦桂五绝《到石宝岩下二绝》第 1 首"岩间关"（67—42193）

152. 何梦桂七绝《寄平江灵岩寺至道和尚》第 1 首"山擔难"（67—42197）

153. 何梦桂七绝《赠林龙岩二首》第 1 首"簾泉仙"（67—42201）

154. 方一夔七律《过粗岩先师墓》"嫌全年阡仙"（67—42289）

155. 方一夔七律《仁甫次弟余韵》"嫌全年阡仙"（67—42290）

156. 周密杂古《北山四时招隐辞》第 1 首"岩关栾岏餐蕃统①山"（67—42498）

157. 周密七绝《春寒》"蚕鹃绵"（67—42519）

158. 周密七绝《南郊庆成口号二十首》第 2 首"严虔钱"（67—42523）

159. 周密七绝《南郊庆成口号二十首》第 14 首"簾宣天"（67—42523）

---

① "统"字句："田歌起兮唰唎，殷社鼓兮统统。""统"，《广韵》上声敢韵都敢切，训"冕前垂也"。《说文》曰："冕冠塞耳者"；《集韵》上声感韵都感切，义训同《广韵》。很显然，"统"字诗中的意义与二部韵书的义训不符。不过，《增修互注礼部韵略》增收一义训："又击鼓声。《晋书》：统如打五鼓。"此义训恰与诗中的意义相吻合。还要指出的是，韵书所载"统"字读上声，而此诗的其他韵字读平声。

160. 周密七绝《宫词八首》第 8 首"簾添弦"（67—42535）

161. 周密七绝《梦觉》"砖簾鹃"（67—42539）

162. 金履祥四言《郑北山之元孙扁其楼王》第 5 首"川严"（68—42578）

163. 金履祥五古《远游篇寿立斋》"然川珊泉烟山参蜿宽间餐颜边天骎"（68—42580）

164. 金履祥五古《题钓台》第 3 韵段"山然拈"（68—42580）

165. 金履祥七律《代简汪明卿》"岩安难叹看"（68—42584）

166. 董嗣杲七古《留九宫山封道士饭因赠》第 2 韵段"盐仙年"（68—42633）

167. 董嗣杲五律《泊贵池驿》"擔船眠弦禅"（68—42642）

168. 董嗣杲七律《凌霄花》"纤年烟颠仙"（68—42726）

169. 钱选五古《题雪霁望牟山图》第 2 首"变俨碾燦"（68—42802）

170. 方逢振七古《翰林将指下学峡宾声叟》"盘眠鞭廉颠宣仙穿缠边前传鞭船然"（68—42811）

171. 方逢振杂古《示湖田菴僧》"川盘鼋泉田缘渊专蠲颠煎眠禅穿鞭前鬼①耕坚燃年天钱千贤"（68—42811）

172. 方逢振七古《送侄隆吉作遂安教谕》第 1 韵段"掾选县厌"（68—42811）

173. 徐钧七绝《贾复》"骖寒看"（68—42839）

174. 邵定翁杂古《插田》第 1 韵段"田漫三眠"（69—43306）

175. 邵定翁杂古《姑恶》第 2 韵段"严天言冤还怜渊前"（69—43307）

176. 汤炳龙杂古《题江贯道百牛图》第 5 韵段"愿厌面"（69—43452）

177. 林景熙七古《赠泰霞真士祈雨之验》第 12 韵段"旱坎"（69—43490）

178. 黄庚七律《棋声》"谈间残闲寒"（69—43570）

179. 于石五古《访叶灵渊》"巅宽川搴烟肩垣安田眠难椽欢言山簪湲桓寒"（70—44124）

---

① 此诗为句句韵，夹杂灰韵字"鬼"。

180. 于石七古《张德裕盘谷隐居》"山烟泉蟠仙喧簪缘然天巅宽川闲船边湾鲜田言编篇橡间绚眠"（70—44134）

181. 于石七律《西湖》"南年船天边"（70—44147）

182. 仇远七古《元夜叹》第1韵段"半烂玩炭暗旦办看案叹"（70—44174）

183. 仇远七古《送刘炼师归》第1韵段"南山颜"（70—44174）

184. 仇远七绝《正月辛酉大雪三首》第3首"嫌然绵"（70—44224）

185. 仇远七律《雨余》"檐烟仙田眠"（70—44240）

186. 仇远七绝《上巳感怀》"山三南"（70—44253）

187. 仇远七绝《题马秀卿郊墅》"还庵南"（70—44255）

六、寒先—江阳

共29例。

1. 徐积四言《送江倅》第1韵段"祥焉"（11—7614）
2. 张耒杂古《惠别》第10韵段"然航"（20—13047）
3. 崔敦礼杂古《太白招魂》第1韵段"间难山叹扬伤然旋"（38—23776）
4. 崔敦礼杂古《太白招魂》第10韵段"冈裳天旁光"（38—23776）
5. 崔敦礼杂古《华阳洞天》第2韵段"寒言难旁"（38—23778）
6. 陆游七绝《湖上作二首》第2首"望山悭"（40—25069）
7. 陆游七绝《初冬杂咏八首》第4首"浪天船"（41—25632）
8. 陈造杂古《行春辞三首》第2首"闲贤然安年觞繁甔"（45—28261）
9. 徐安国七绝《翠微亭》"顽寒香①"（46—28956）
10. 叶适七绝《陈待制挽诗》第2首"边茫②全"（50—31267）
11. 释如净杂古《偈颂十首》第2首第1韵段"相饭"（52—32368）
12. 释如净杂古《偈颂十首》第3首第1韵段"板俩眼"（52—

---

① 核对此诗出处《诗渊》（书目文献出版社1985年版，第四册，第3019页），无文字讹误。《全宋诗》注"香"字曰："疑当作'看'"。
② 《水心先生文集》（《四部丛刊》影印明正统十三年黎谅刻本）、《叶适集》（中华书局1961年版，第129页）"倒杯索赌计茫茫"中"茫茫"均作"茫然"。

32368）

13. 洪咨夔杂古《山中吟》"仙田元关幡裳端存腪官溇根真平①寒涓然"（55—34541）

14. 郑清之七律《郑德言暂馆于别墅》"翰光墙郎庄"（55—34648）

15. 史弥宁五绝《翟簿示似中秋高作命意》第4首"寒裳忘"（57—36043）

16. 释普度杂古《偈颂一百二十三首》第76首第1韵段"方眼"（61—38508）

17. 释普度杂古《偈颂一百二十三首》第100首"场仓凉方肠钱"（61—38510）

18. 释大观杂古《越王感应大士赞》"撞扬方量现黄"（62—38955）

19. 武衍七绝《长桥月夕》"浪团干"（62—38968）

20. 释斯植五律《金陵怀古》"望关山间还"（63—39321）

21. 卫宗武七古《自王园归约诸友山行》第4韵段"限眼赏"（63—39450）

22. 贾似道五绝《论项》第1首"班双"（64—39968）

23. 贾似道七绝《论蟑螂形》"螂长番"（64—39970）

24. 贾似道七绝《论油丹色》"丹霜常"（64—39973）

25. 贾似道七绝《纯白》"攒霜王"（64—39976）

26. 贾似道七绝《斗法八条·接力》"场关难"（64—39983）

27. 舒岳祥七绝《天门杂咏》"长仙年"（65—41034）

28. 释原妙杂古《观音大士赞》"上相现仰想"（68—43174）

29. 释原妙杂古《西隐接待师立山主请》第1韵段"面上"（68—43175）

七、江阳—监廉

共4例。（略。见正文）

---

① "平"，《广韵》有仙韵一读：房连切，训"《书传》云：平平，辨治也。"又，真文部韵字"根真"押入此韵段。

333

八、江阳—寒先—监廉

共 3 例。（略。见正文）

九、真文—东钟

共 7 例。（略。见正文）

十、真文—江阳

共 12 例。

1. 徐积杂古《富贵篇答李令》第 2 韵段"郎王军堂坊铿煌床行阳锵廊羊长觞吭冈鸯箱障香房扬凰翔鎗裳隍旁亡墙藏伤梁"（11—7583）
2. 徐积四言《送秦漕》第 3 韵段"闻方璋煌光疆忘忘人"（11—7604）
3. 沈辽杂古《圆明师为余鼓琴作昭君》第 2 韵段"忘论"（12—8328）
4. 秦观杂古《曾子固哀词》第 10 韵段"伤墙浆文"（18—12122）
5. 孙觌七绝《谢公惠梅花》"芳忘春"（26—17019）
6. 崔敦礼杂古《下水府》》第 6 韵段"祥狼光忘闻"（38—23779）
7. 喻良能七绝《齐山》"藏身人"（43—27033）
8. 钱时七绝《感蛙》"昏祥狂"（55—34321）
9. 钱时七绝《过九里湾二首》第 1 首"浪春人"（55—34330）
10. 孙锐三言《云长公赞》第 2 韵段"光云军"（61—38498）
11. 释普度杂古《偈颂一百二十三首》第 55 首"长量春"（61—38506）
12. 释文珦七古《过苕溪》第 2 韵段"浪人津"（63—39558）

十一、寒先—庚青

共 11 例。

1. 袁默杂古《钓鱼台》第 2 韵段 "年行"（12—8389）
2. 李弥逊七绝《六六轩》"间晴明"（30—19316）
3. 陆游七绝《对酒戏咏二首》第 1 首 "生眠边"（40—25290）
4. 戴敏七绝《赵十朋夫人挽章》"漫青经"（43—27069）
5. 戴复古七律《钟春伯园林》"兴山间闲攀"（54—33585）
6. 释文礼七绝《颂古五十三首》第 4 首 "生圆妍"（54—33690）
7. 释斯植七绝《边上》"关①生行"（63—39323）
8. 方逢辰七古《赠术士刘衡鉴》第 3 韵段 "言争衡"（66—41197）
9. 释行海七绝《碁》"难行争"（66—41364）
10. 释原妙五绝《偈颂六十七首》第 19 首 "生年"（68—43163）
11. 释原妙杂古《偈颂十二首》第 4 首第 1 韵段 "千生横"（68—43176）

十二、寒先—东钟

共 4 例。（略。见正文）

十三、侵寻—东钟

共 3 例。（略。见正文）

十四、侵寻—江阳

共 2 例。（略。见正文）

十五、监廉—庚青

共 1 例。（略。见正文）

---

① "关"，《南宋群贤小集》作 "城"。

十六、真文—庚青—江阳

共 1 例。（略。见正文）

十七、侵寻—庚青—江阳

共 2 例。（略。见正文）

十八、真文—庚青—东钟

共 1 例。（略。见正文）

十九、庚青—江阳

共 59 例，其中主从通押 53 例（庚青入江阳 34 例、江阳入庚青 19 例），等立通押 6 例。

（一）主从通押：庚青入江阳 34 例
1. 徐铉七律《和翰长闻西枢副翰邻居》"兴长觥梁乡"（1—125）
2. 秦观杂古《曾子固哀词》第 5 韵段"章冥昌"（18—12121）
3. 李光五古《客有见馈温剂云可壮元》"阳伤凉强羊香亡傍肠将裳霜央方梁张觥窗长忘狼唐盲①"（25—16393）
4. 王十朋七绝《林明仲自梅屿挈舟招丁·题宋庄》第 2 首"莹香庄"（36—22739）
5. 王十朋七绝《左原诗三十二首·障岩》"泠方狂"（36—22750）
6. 许及之五绝《白石榴》"鉼窗降"（46—28415）
7. 薛季宣五排《春雨》"强黄茫方虹常央羊"（46—28641）
8. 薛季宣四言《文王操》"王祥明"（46—28711）
9. 高似孙杂古《欸乃辞》第 2 韵段"梁网望缨"（51—31994）
10. 释普岩杂古《偈颂二十五首》第 21 首"生床凉香"（51—32104）

---

① "盲"，文渊阁《四库全书·庄简集》影印本作"盲"；清乾隆翰林院抄本作"育"。

附录（三） 宋代江浙诗歌特殊韵例韵谱

11. 释如净七绝《偈颂十首》第 7 首"棚强场"（52—32368）
12. 刘宰五律《碧云即事》"鸣长凉冈浪"（53—33370）
13. 钱时五古《游齐山仓使遣赠长歌和韵》"壮乡王往并状况相匠创诳上嶂量妄旷丧恙谤益访怅畅杖"（55—34341）
14. 戴栩七古《题顾恺之画洛神赋欧阳》第 5 韵段"更嫱扬"（56—35110）
15. 袁甫四言《番阳喜晴赠幕僚》"康惶汤襄阳当彰藏祥穰洋苍荒将香彊光伤庄氓狂臧殃忘防"（57—35848）
16. 陈起七律《翛然》"荣场光阳皇"（58—36765）
17. 陈起七律《同毛谊夫喻可中夜汛西湖》"盟光阳章舫"（58—36779）
18. 王柏五古《和立斋元日韵》"阳乡光英昌香常旁"（60—38034）
19. 释文珦七古《夏暑正隆望秋得雨因赋》"光强滂昌恒长凉香苍尝狼攘肠糠王良"（63—39563）
20. 贾似道七绝《青麻》"丁长常"（64—39975）
21. 贾似道七绝《浴雌》"铃伤光"（64—39982）
22. 陈著七绝《次韵梅山弟醉吟七首》第 3 首"生长香"（64—40128）
23. 陈著七律《戴时芳时可学子吴叔度》"坑偿香妆芒"（64—40234）
24. 陈著七古《和单君范①古意六首·牧》"长亨狂场狼"（64—40268）
25. 陈著五古《送竺甥秀》"乡娘常长当将骧场忘偿甿亡芳僵茫旁昌量光"（64—40271）
26. 陈著七古《癸末冬至后与妻对酌偶》第 2 韵段"生肠常"（64—40288）
27. 陈著杂古《剡县解雨五龙潭等处送》"粳苍祥滂凉香望忘将乡"（64—40316）
28. 舒岳祥七古《生日仲素惠羊酒作此奉谢》第 2 韵段"荒浆黄肠煌

---

① 戴表元《单君范墓志铭》（《剡源集》，《丛书集成初编》本，中华书局 1985 年版，第 240 页）："吾剡源有为明经之学单氏，讳庚金，字君范。君范初与余俱以词赋行州里间，有微名。"可知，单君范与戴表元为同乡，剡源（即今浙江奉化剡源）人。

争粮生襄扬"（65—40913）

29. 龚开杂古《仆为虚谷先生作玉豹马》第2韵段"光章长方明张肠"（66—41278）

30. 王应麟五古《鳌山》"撑扛方顽戕枪光良长襄殇苍霜冈裳伤"（66—41280）

31. 释行海七绝《悼许梅屋》"生肠阳"（66—41369）

32. 黄庚七绝《黄蜀葵画卷》"生阳香"（69—43605）

33. 戴表元杂古《又坐隐辞》"耕乡方烹皇狂茫强香"①（69—43660）

34. 牟大昌七绝《题帜》"昌祥氓"（70—43954）

（二）主从通押：江阳入庚青19例

1. 程俱五律《杂兴十首》第10首"长生争婴"（25—16236）

2. 张九成五古《勾漕送建茶》"坑生烹并城荣荆灵清楹京皇平"（31—19989）

3. 陆游五律《行后园》"桑声清情征"（39—24602）

4. 陆游五律《秋夜纪怀三首》第3首"苍清鸣成迎"（40—24945）

5. 徐照五律《净光山四咏呈水心先生·绝境亭》"望形青翎亭"（50—31385）

6. 孙应时杂古《唐侯仲友之守台为浮梁》第4首"平宁征经争疆"（51—31697）

7. 释如净七绝《化炭》"量坑嵘"（52—32378）

8. 郑清之七绝《家园即事十三首》第1首"凉生行"（55—34645）

9. 郑清之七律《晨兴散步》第1首"疆行横生更"（55—34671）

---

① 《全宋诗》句读："快马疾驰，不如徒步。多金善贾，不如躬耕。日食八珍，不如强饭。封侯万里，不如还乡。我观古来丈夫子，何用桑弧蓬矢射四方。苏秦生为六印役，主父死愿五鼎烹，不如诸葛草间谈管乐，陶潜醉里傲羲皇。南面之尊何如于据梧之贱，环辙之智无预于荷蓧之狂。高冈峻谷久亦变，青天白日昼夜行茫茫。胡为忧愁浪自苦，百年齿发谁得长坚强。不如掩关扫迹成坐隐，清斋永日一炉香。"按照上述句读，韵脚字为："步耕饭乡方皇狂茫强香"。鱼模部去声字"步"、寒先部上声字"饭"押入江阳部（含庚青部"耕"字），这种押韵很难成立。细味诗作，前四句均取"前四后四"句式，诗句节奏相对，可看成二句一联，成为一个韵句。因此，"步"、"饭"后的句号可改成分号，"步"、"饭"则不入韵。另外，从后面诗句的节奏来看，"苏秦生为六印役，主父死愿五鼎烹"句中"烹"字后逗号可改成句号，"烹"入韵。综上，前十二句句读如下："快马疾驰，不如徒步；多金善贾，不如躬耕。日食八珍，不如强饭；封侯万里，不如还乡。我观古来丈夫子，何用桑弧蓬矢射四方。苏秦生为六印役，主父死愿五鼎烹。"故韵字为"耕乡方烹皇狂茫强香"。

10. 戴栩七绝《上丞相寿》第 2 首"昌兵平"（56—35124）

11. 释普济七绝《颂古十一首》第 9 首"长生行"（56—35161）

12. 释智愚七绝《溥禅者西还》"香行耕"（57—35942）

13. 释元肇五律《寄远》"望生更成明"（59—36888）

14. 陈著七绝《咏不开牡丹》"阳生轻"（64—40108）

15. 舒岳祥七古《守岁行》第 1 韵段"成香鸣"（65—40915）

16. 舒岳祥杂古《罪言》第 4 韵段"攘盈生坑茫"（65—40921）

17. 释如珙五律《寄宝藏主》"明常宁青"（66—41232）

18. 释行海七绝《夜坐》"乡生更"（66—41368）

19. 董嗣杲七律《悬空草花》"擎成清溁楹"（68—42724）

（三）等立通押：6 例

1. 释明辩七绝《偈八首》第 4 首"争堂"（29—18481）

2. 郑刚中五古《函镜如书帙号曰观如编》第 1 韵段"影相"（30—19161）

3. 崔敦礼杂古《太白招魂》第 13 韵段"生乡"（38—23777）

4. 崔敦礼杂古《下水府》第 2 韵段"光灵"（38—23779）

5. 陈造七古《题吴子隆兼隐二首》第 2 首"箸长①"（45—28241）

6. 释如珙七绝《偈颂二十首》第 5 首"营量"（66—41229）

二十、东钟—江阳

共 18 例。

1. 释道昌杂古《颂古五十七首》第 32 首第 2 韵段"春床光"（30—19357）

2. 释了演四言《偈颂十一首》第 6 首"两桶"（31—20052）

3. 王十朋七绝《蜀先生》"双容龙"（36—22682）

4. 姜特立五古《黄正言为邑宰累罢郡送行》"同容公风从望中恭松蓬踪通"（38—24119）

5. 姜特立七绝《乙卯春自郡归赏牡丹适》第 2 首"浓忙妆"（38—24121）

---

① 文渊阁《四库全书·江湖长翁集》影印本"长"作"青"。

6. 薛季宣五律《诚台雪望怀子都五首》第3首"双窗江璁"（46—28633）

7. 薛季宣杂古《跋蜡虎图》"霜黄乡梁扬旁忙防吭长央亡肠从忘王踉惶翔望堂羊方常蟒偿戕方藏"（46—28692）

8. 薛季宣四言《麦秀歌》"宫埔通亡雍宗颙中霶"（46—28711）

9. 陈傅良杂古《题沈仲一所藏周氏群公》第3韵段"上重颂用"（47—29251）

10. 叶适七古《伟叔蔡兄来永嘉屡辱投赠》第2韵段"容堂行"（50—31216）

11. 释慧开杂古《月泉赵寺丞寿像赞》"宫样①空通风同"（57—35674）

12. 唐士耻五古《绿槐阴》第1韵段"踪双庞"（60—37829）

13. 叶茵五绝《水竹墅十咏·竹风水月》"藏中空"（61—38198）

14. 俞桂五律《寓归》"浪钟浓蛩蓉"（62—39055）

15. 释可湘杂古《偈颂一百零九首》第48首"赃踪风"（63—39305）

16. 贾似道七绝《红黄》"红黄张"（64—39975）

17. 金履祥四言《北山之高寿北山何先生》第3首"崇张"（68—42575）

18. 金履祥四言《北山之高寿北山何先生》第5首"乡宫"（68—42575）

二十一、东钟—庚青

共9例。（略。见正文）

二十二、阴声韵—阳声韵

共17例，其中支微—寒先6例，支微—监廉2例，皆来—寒先3例，支微—庚青3例，支微—真文2例，萧豪—东钟1例。此通押已分别出现于正文，现汇总。

---

① "样"，《广韵》去声漾韵余亮切，义训"式样"。此诗押入东钟部平声字。

（一）支微—寒先

1. 张耒杂古《叙雨》第 8 韵段"官飞"（20—13048）
2. 张耒七古《次韵君复七兄见赠》第 3 韵段"旦晚睡"（20—13145）
3. 崔敦礼杂古《太白远游》第 7 韵段"驰山"（38—23775）
4. 崔敦礼杂古《太白招魂》第 7 韵段"嵋连"（38—23776）
5. 叶适杂古《梁父吟》第 7 韵段"几免远"（50—31217）
6. 叶适杂古《梁父吟》第 10 韵段"畎米柀刈"（50—31217）

（二）支微—监廉

1. 释师体六言《偈颂十八首》第 9 首"憨壁①泥"（35—22331）
2. 释可湘杂古《偈颂一百零九首》第 42 首"髓焰"（63—39304）

（三）皆来—寒先（监廉）

1. 张耒七绝《雨霁》"还徊"（20—13278）
2. 陈著五律《挽陈菊坡枢密二首》第 2 首"开间关山"（64—40308）
3. 方逢振杂古《示湖田菴僧》"川盘龛②泉田缘渊专镯颠煎眠禅穿鞭前嵬耕坚燃年天钱千贤"（68—42811）

（四）支微—庚青

1. 秦观杂古《曾子固哀词》第 1 韵段"时升"（18—12121）
2. 秦观杂古《蔡氏哀词》第 1 韵段"英仪离持"（18—12122）
3. 胡融五古《登石台山与刘次皋李揆》"倪跻藜携梯梯牌驰琦漪湄箕基奇□姿窥嵬霏低魑题犀霓期畦声涯稽悽篱齐知栖祇蹊陲"（47—29119）

（五）支微—真文

1. 顾逢七绝《谢徐容斋送米》"尘春诗"（64—39998）
2. 金履祥四言《北山之高寿北山何先生》第 8 首第 1 韵段"隐只"（68—42576）

（六）萧豪—东钟

1. 释如珙六言《偈颂三十六首》第 6 首"浩孔"（66—41216）

---

① 质缉部韵字"壁"押入此韵段。
② 监廉部韵字"龛"押入此韵。

二十三、阳声韵—入声韵

共 28 例，其中真文—质缉 4 例，真文—月帖 2 例，侵寻—质缉 2 例，侵寻—铎觉 1 例，庚青—质缉 6 例，庚青—月帖 2 例，庚青—屋烛 1 例，寒先—质缉 1 例，寒先—月帖 2 例，寒先—铎觉 1 例，江阳—质缉 1 例，江阳—铎觉 1 例，庚青—侵寻—质缉 2 例，真文—庚青—侵寻—质缉 1 例，东钟—屋烛 1 例。此通押已分别出现于正文，现汇总。

（一）真文—质缉

1. 释了演杂古《偈颂十一首》第 7 首"云色"（31—20052）
2. 释昙玩杂古《偈二首》第 1 首第 3 韵段"分得"（32—20337）
3. 王柏杂古《挽蔡文叔》第 3 首"质窟息则得习迹惕国及尽一绋縶极"（60—38061）
4. 释普度杂古《偈颂一百二十三首》第 26 首"尺寸日"（61—38504）

（二）真文—月帖

1. 释智深杂古《偈》"灭橛尘缺鳖跌①拙"（35—22347）
2. 高似孙杂古《九怀·苍梧帝》第 1 韵段"君活"（51—31990）

（三）侵寻—质缉

1. 沈遘五古《漕舟》第 1 韵段"金极"（11—7523）
2. 孙应时五古《毗陵龚君以密见投古风》第 1 首"今音吟深林心沉瑟"（51—31703）

（四）侵寻—铎觉

1. 赵汝譡五古《夏日与客饮水云馆》"心今深阴吟酌禽簪"（53—32990）

（五）庚青—质缉

1. 薛季宣杂古《九奋·赋巴丘》第 1 韵段"嵘庭生晶翼行"（46—28721）
2. 释普度杂古《偈颂一百二十三首》第 17 首"得明力绩"（61—38503）

---

① 另外，鱼模部虞韵字"趺"押入此韵。"趺"字句："末后拘尸城畔，榔示双趺。"

3. 释大观杂古《芝岩禅师赞》"棘出横立羃藉"（62—38958）

4. 释文珦七古《蔷薇洞》"立名"（63—39685）

5. 释行巩四言《偈颂三首》第1首"清出"（65—41061）

6. 陆文圭七古《跋赵太祖与韩王蹴鞠太》第1韵段"星敌策"（71—44559）

（六）庚青—月帖

1. 释觉海五古《偈》"明歇悦"（16—10984）

2. 释大观杂古《渡芦达磨赞》"答合涉横匝"（62—38956）

（七）庚青—屋烛

1. 高似孙杂古《欸乃辞》第3韵段"醒渌"（51—31994）

（八）寒先—质缉

1. 蔡肇七古《江州》第3韵段"客眠"（20—13653）

（九）寒先—月帖

1. 徐积杂古《哭崔刑部》第1韵段"安诀"（11—7634）

2. 于石七古《次韵徐觉风铃》第7韵段"言月"（70—44130）

（十）寒先—铎觉

1. 戴复古杂古《寄赵鼎臣》第1韵段"阁殿县"（54—33473）

（十一）江阳—质缉

1. 释大观杂古《汉章云法师赞》"祥场立忘扬光章"（62—38957）

（十二）江阳—铎觉

1. 释普度杂古《偈颂一百二十三首》第9首"纲错药"（61—38503）

（十三）庚青—侵寻—质缉

1. 释原妙杂古《偈颂六十七首》第50首"绫金入寻林"（68—43165）

2. 释原妙杂古《示淳谦首座持钵》"室睛营临"（68—43174）

（十四）真文—庚青—侵寻—质缉

1. 汪元量杂古《夷山醉歌》第1首第5韵段"湿急入立黑陌沉北深辛白失策横夕"（70—44016）

（十五）东钟—屋烛

1. 王令杂古《梦蝗》第4韵段"目秃哭读梦"（12—8087）

三 入声韵

一、屋烛—铎觉

共28例，其中主从通押18例（铎觉入屋烛8例、屋烛入铎觉10例），等立通押10例。

（一）主从通押：铎觉入屋烛8例

1. 蒋堂五古《闵山》"续腹福肃录木竹谷玉族秃恶俗沐育縠黩麓酷复"（3—1706）

2. 张耒五古《寄答参寥五首》第5首"竹腹曲掬作①目欲独覆幅"（20—13102）

3. 陈傅良杂古《题沈仲一所藏周氏群公》第2韵段"木落熟读"（47—29251）

4. 翁卷七古《寄衣词》第2韵段"薄目玉"（50—31408）

5. 卫泾杂古《呈张德辉》"曲俗濯斛"（52—32799）

6. 毛珝七古《桧瀑》第1韵段"角屋续"（59—37480）

7. 舒岳祥五古《村庄麦饭韰笋有怀达善》"溽竹俗仆粥目足绿肉欲戮腹束辱录玉叔恶醁斛鹄墨国②鹄谷麓屋读毂轴"（65—40900）

8. 王景月七古《桃源行》第1韵段"漠足谷"（72—45688）

（二）主从通押：屋烛入铎觉10例

1. 王十朋七古《送子尚如浙西》"俗学琢鄂锷硌腹烛郝酢乐足索落恶洛托略作数"（36—22592）

2. 王十朋七古《梦龄九日有诗兼怀昌龄》第3韵段"乐束落"（36—22710）

---

① "作"字句"初若力不作"，清康熙吕无隐钞本《宛丘先生文集》作"苦力不足"，则韵字为"足"。

② 德韵"墨国"二字押入此韵段为通语音变。

·344·

3. 王十朋七古《喻叔奇惠川墨》"蜀恶玉渥幕橐索薄学怍乐阁作托寞酢"（36—22713）

4. 王十朋杂古《朴乡钓隐图》第3韵段"朴岳谷学乐觉"（36—22921）

5. 姜特立五古《赋汪先辈昆仲听雨轩》"蜀廓阁落泊约乐昨缚学错恶琢薄莫"（38—24079）

6. 姜特立五古《山园四咏·烟壑》"壑略著玉角漠屬鹤乐廓貌①"（38—24103）

7. 姜特立五古《中古》第2韵段"俗作卓"（38—24205）

8. 薛季宣杂古《谷里章》第11韵段"恶郭泊曲"（46—28706）

9. 楼钥七古《鲍清卿病目不赴竹院之》"获觉権虐约却昨握阁乐幕录壑鹤乐琢缚脚落恶寞作"（47—29329）

10. 刘黻五古《接家书》"邈迟②角雀玉乐数"（65—40679）

（三）等立通押：10例

1. 葛立方杂古《横山堂三章》第3首第2韵段"廓屋"（34—21825）

2. 王十朋七古《读东坡诗》第13韵段"玉学"（36—22856）

3. 喻良能杂古《予由中都还至暨阳道中》第4韵段"恶曲"（43—26938）

4. 薛季宣四言《诚台春色》第6韵段"落曲"（46—28615）

5. 薛季宣杂古《九奋·怨春风》第7韵段"绿错（46—28719）

6. 薛季宣杂古《九奋·赋巴丘》第2韵段"岳曲"（46—28721）

7. 薛季宣杂古《九奋·赋巴丘》第5韵段"角触"（46—28721）

8. 薛季宣杂古《九奋·行吟》第7韵段"浊足"（46—28722）

9. 陈亮杂古《谪仙歌》第9韵段"玉琢"（48—30362）

---

① 貌，《广韵》去、入二读：效韵莫教切，训"仪皃"；觉韵收其异体字"皃"，莫角切，训"人类状"。《集韵》亦去、入二读：效韵眉教切，训"《说文》：颂仪也"；觉韵墨角切，训"容也"。南宋浙江江山人毛晃、毛居正《增修互注礼部韵略》觉韵收"貌"字，墨角切，"描画人物类其状曰貌"，即描绘之义。虽然三部韵书均将"貌"字收于觉韵，但《广韵》、《集韵》视其为名词容貌之义，而《增修互注礼部韵略》则将其用为动词描绘义。此诗"貌"字句："此境真可画，此意终难貌。""貌"当取《增修互注礼部韵略》觉韵墨角切音义。《汉语大字典》"貌"字动词描绘义的读音取自明代《洪武正韵》末各切，明显晚出。

② "迟"字句："秋往冬又至，尔鸿胡来迟。""迟"，文渊阁《四库全书·蒙川遗稿》影印本阙，《全宋诗》据清丁丙跋明抄本补。

10. 叶适杂古《梁父吟》第 11 韵段 "虐粟"（50—31218）

二、屋烛—质缉

共 28 例，其中主从通押 26 例（质缉入屋烛 13 例、屋烛入质缉 13 例），等立通押 2 例。

（一）主从通押：质缉入屋烛 13 例

1. 林灵素七古《游天坛》"渎筑屋熟簇厮谷麓曲蜀木宿骨触目属六玉绿斛黩窟竹服轴郁鹄促"（24—15815）

2. 3. 程俱五古《晁无歝将之录示近诗有》第 1 首"墨①足玉辱福哭出筑秃粟绿独触"（25—16313）

4. 程俱五古《复次韵酬叶翰林见寄》"墨足玉辱福哭出筑秃粟绿独触"（25—16313）

5. 程俱五古《次韵寄谢公表韩公朝请》"墨足玉辱福哭出筑秃粟绿独触"（25—16314）

6. 程俱五古《次韵寄谢存之曾公学士》"墨足玉辱福哭出筑秃粟绿独触"（25—16314）

7. 朱淑真七古《代谢人见惠墨竹》第 1 韵段"俗竹肉力幅斛宿"（28—17999）

8. 宋之瑞七古《洪阳洞》第 1 韵段"窟足酷"（46—28602）

9. 释妙伦杂古《友方请赞》"酷直竹狱"（62—38910）

10. 舒岳祥五古《赠医博士范心斋》"毒粟录伏逐烛肉绿独椟瞩腹读涤黑②续"（65—40894）

11. 柴随亨七古《忆昔》第 3 韵段"曲足色"（65—41077）

12. 柴元彪杂古《击壤歌》第 7 韵段"粟粟烛犊酾"（68—43196）

13. 林景熙五古《哭薛榆淑同舍》"陆掬木服蹙淑宿竹斛卜录酷屋熟术玉速谷"（69—43520）

（二）主从通押：屋烛入质缉 13 例

1. 张耒杂古《逐蛇》第 5 韵段"集白卜戟克"（20—13050）

---

① 德韵"墨"押入此韵段为通语音变。
② 德韵"黑"押入此韵段为通语音变。

2. 张耒杂古《登高》第 3 韵段"宅翩赫翼北侧福挹"（20—13051）

3. 孙起卿五古《江篆墓碑》"获录识剔读刻埴覆白嫡入斯迫式戒极责适隙石席"（35—22076）

4. 楼钥五古《送郑惠叔司封江西提举》"极壁逼国服画泽㸌息侧掖色"（47—29330）

5. 释如静五古《南山律师赞》"足食色"（52—32376）

6. 戴复古杂古《嘉定甲戌孟秋二十有七》第 9 韵段"立粟卒"（54—33470）

7. 苏洞杂古《甘露歌上呈留守门下侍郎》第 2 韵段"德国极忒乌木益"[①]（54—33887）

8. 郑清之七古《乍晴观蜂房戏占》第 2 韵段"屋国力食"（55—34647）

9. 陈著五古《寿天宁寺主僧可举八十》"亿直脊一碧德息福秩色域"（64—40281）

10. 陈著杂古《送邑簿阮杏山解任》第 4 韵段"屋色国"（64—40303）

11. 周密杂古《沈仁可惠看灯蟹》第 1 韵段"目客磔"（67—42520）

12. 仇远五古《乙巳岁三月为溧阳校官》"积昔翩隔役易析菊"（70—44160）

13. 白珽七古《题松雪临郭河阳溪山渔》第 1 韵段"历碧目"（70—44273）

（三）等立通押：2 例

1. 高似孙杂古《小山丛桂》第 3 韵段"曲屼惚汹瑟日复郁毓伏"（51—31996）

2. 金履祥四言《华之高寿鲁斋先生七十》第 4 首"秩服"（68—42576）

三、铎觉—质缉

共 33 例，其中主从通押 29 例（铎觉入质缉 7 例、质缉入铎觉 22 例），等立通押 4 例。

[①] 此韵段须校勘，具体详见"附录（四）《全宋诗》江浙诗歌校勘"。

(一) 主从通押：铎觉入质缉 7 例

1. 华镇杂古《神功盛德诗·亨龙三章》第 1 首"作翼泽锡"（18—12288）
2. 楼璹五古《织图二十四首·翦帛》"尺帛惜著"（31—19601）
3. 戴栩七古《杨子京益壮楼》第 1 韵段"铄石泽"（56—35110）
4. 释智愚杂古《韩愈见大颠图赞》"笛雳却碧"（57—35968）
5. 张蕴五古《溪上》"适席白碧石索①寂奕惜"（63—39378）
6. 戴表元五古《邻峰》"白客薄炙迫掷瘠籍赤"（69—43646）
7. 戴表元杂古《骑马行答赠吴中张子潜》第 2 韵段"客托策"（69—43656）

(二) 主从通押：质缉入铎觉 22 例

1. 许景衡七古《铭刘安节墓》"璞琢格得朴廓泊乐"（23—15587）
2. 陆游七古《前有樽酒行二首》第 2 首第 2 韵段"乐朔贼作"（39—24485）
3. 释崇岳杂古《颂古二十五首》第 12 首"骨蕚铎"（45—27826）
4. 楼钥七古《秋雨兀坐王原庆携孙吉》第 1 韵段"角药落握斫铄嚼觉摘"（47—29364）
5. 杨简杂古《金明池》"略白琢乐乐寞觉著"②（48—30097）
6. 郑清之七古《糟蛰蚓送茸芷》"殻伯蠖缚恶落错虐薄斫学跃白"

---

① "索"字句"朋情慨离索"，"索"读铎韵苏各切，训"散也"。
② 诗作："燕语莺啼，杏坛春色。为甚无人领略，又添个山青水绿。是多多少少明明白白，对面不识。方且荡然放逸，不亦文辞雕琢。圣人道君子不必相与言，但示以礼乐，礼乐无言莫穿凿。一味融融，无穷静乐。步步行行皆妙用，言言句句俱寂寞。舜曰道心，明心即道。百姓日用，不知不觉。从学者再三勤勤有请，也只不可说著。"杨简往往"把诗歌当作阐发思想和学术的形式，完全不顾及诗歌自身的美质"（赵伟：《心海禅舟——宋明心学与禅学研究》，人民出版社 2008 年版，第 60 页），因此，如果按照诗歌一般的韵律：前后二句为一整句，第二句末字为韵脚字，可能导致不协。《全宋诗》编纂者基本按照上述诗歌的一般韵律来确认其韵字："色绿识琢凿乐寞道觉著"。10 个韵字中有 1 个阴声韵字（道）、9 个入声韵字，入声韵字涉及屋烛部、铎觉部、质缉部，这一韵例在宋代江浙文士用韵中似无二例。结合诗意，我们将此诗句读处理如下："燕语莺啼，杏坛春色。为甚无人领略。又添个山青水绿。是多多少少明明白白。对面不识，方且荡然放逸，不亦文辞雕琢。圣人道君子不必相与言，但示以礼乐。礼乐无言莫穿凿，一味融融，无穷静乐。步步行行皆妙用，言言句句俱寂寞。舜曰道心，明心即道，百姓日用，不知不觉。从学者再三勤勤有请，也只不可说著。""略白琢乐乐寞觉著"形成铎觉、质缉两部之间的押韵。

（55—34648）

7. 郑清之七古《再和且答索饮语》"觳伯蠖缚恶落错虐薄斫学跃白"（55—34648）

8. 释普度杂古《偈颂一百二十三首》第33首"著落酪卓啄鹖"（61—38505）

9. 释普度七古《偈颂一百二十三首》第81首"角索①落"（61—38509）

10. 卫宗武五古《送林松壑》"客壑著鹤"（63—39442）

11. 卫宗武七古《五云诗》第5韵段"作落宅"（63—39450）

12. 陈著杂古《赠医相者赵月堂》第5韵段"药脉索②"（64—40284）

13. 王子昭七古《咏练川》第5韵段"乐濯泽"（65—40864）

14. 舒岳祥五古《赠冯法师》"阁落鹤廓客郭作壑"（65—40903）

15. 方一夔五古《感兴二十七首》第11首"握角邈北鹜涿学榷璞"（67—42229）

16. 释原妙五古《偈颂六十七首》第56首"缚缚额"（68—43166）

17. 林景熙五古《李两山侍郎仲氏儒而医》"略瘼泽檗乐壑薄作漠托伯索鹤脉爵落药"（69—43510）

18. 戴表元五古《南岩留宿分韵落字》"客郭谑落铎瀹雀"（69—43647）

19. 戴表元杂古《石湖范至能尝作姑恶词》第2韵段"恶恶责乐"（69—43662）

20. 戴表元七古《孙使君飞蓬亭》第3韵段"乐恶客"（69—43665）

21. 戴表元七古《相逢行赠文伯纯同年》第2韵段"恶乐客"（69—43669）

22. 戴表元杂古《春溪恶寄孙常川》第1韵段"恶客却"（69—43669）

（三）等立通押：4例

1. 王令杂古《于忽操》第3首第2韵段"突缚"（12—8070）

2. 崔敦礼杂古《太白招魂》第22韵段"博栗"（38—23777）

3. 释崇岳四言《偈颂一百二十三首》第64首"白啄"（45—27819）

4. 释崇岳四言《临济赞》"岳贼"（45—27829）

---

①② "索"字句分别为"大悲千手难摸索""正恐我形难摸索"，"索"均读陌韵山戟切、麦韵山责切，训"求也"。

四、铎觉—月帖

共 10 例。（略。见正文）

五、质缉—月帖

共 108 例，其中主从通押 97 例（月帖入质缉 42 例、质缉入月帖 55 例），等立通押 11 例。

（一）主从通押：月帖入质缉 42 例

1. 杨蟠五古《初冬同晤贤二师登映发》"日出瑟没失佛述骨物末毕忽"（8—5038）

2. 陈辅杂古《悲昔游》第 2 韵段"切急迹"（10—6792）

3. 王令七古《吕氏假山》"突骨窟挟①"（12—8078）

4. 华镇四言《神功盛德诗》"皇猷四章"第 3 首"实翼达则"（18—12290）

5. 李弥逊五古《和何斯举戒食牛》"汁湿得急鸭羃赤白帻泣缺客集"（30—19232）

6. 释道昌杂古《颂古五十七首》第 32 首第 1 韵段"法物讷"（30—19357）

7. 释了演杂古《偈颂十一首》第 5 首"热直灸②壁极"（31—20052）

8. 王十朋五古《宿灵岩赠长老敏行》"室膝十绝日一密出佚笔"（36—22729）

9. 王十朋五古《天申节放生》"物术乙室一笔杀湿失缺隰邑逸活阔叶匹必吉蛭质日"（36—22948）

10. 林宪五古《台州郡治十二诗太守尤·乐山堂》"色翩折宅"（37—23098）

11. 陆游七古《题梁山军瑞丰亭》第 1 韵段"雪客白"（39—24302）

---

① "挟"字句"神颠鬼胁相撑挟"，明抄本《广陵集》作"神颠鬼胁相魁捘"。"捘"，《广韵》没韵陀骨切，属质缉部。
② 尤侯部有韵"灸"押入此韵段。

12. 陆游五古《初入西州境述怀》"极役席驿闑拆食力疫客得息泽迫决策"（39—24316）

13. 陆游七古《饮酒》第5韵段"蘖脉择"（39—24356）

14. 陆游七古《荞麦初熟刈者满野喜而》第1韵段"雪麦窄"（39—24681）

15. 陆游七古《屡雪二麦可望喜而作歌》第1韵段"雪麦陌责百"（39—24695）

16. 陆游七古《石洞饷酒》"迮色雪客热责"（39—24847）

17. 陆游七古《湖山寻梅二首》第1首第1韵段"白脉雪"（41—25643）

18. 范成大五古《不寐》"焉适黑甓极发职客力隔色白席夕域息"（41—25748）

19. 范成大杂古《万景楼》第3韵段"物笔发"（41—25921）

20. 喻良能五古《媿陶》"日秩折劾蛰迹櫾挟月息适"（43—26923）

21. 薛季宣四言《端午寒溪早出》"密出飔汩壹日室彻诘"（46—28708）

22. 薛季宣杂古《九奋·行吟》第5韵段"一物嫉歔绌"（46—28723）

23. 叶适五古《新移瑞香旧曾作文忘之》"得国百迫列昔脉惜厄客白"（50—31218）

24. 叶适七古《送戴汉老》第1韵段"宅窟绝"（50—31233）

25. 徐照七古《石屏歌为潘隐父作》第2韵段"骨窟抹"（50—31395）

26. 苏泂五古《鲁墟行》"日宅食活伯贼德得敌黳色厄击迹恻出一藉急易毕匹魄"（54—33877）

27. 薛师石杂古《寄题赵紫芝墓》第1韵段"别惚没"（56—34822）

28. 史弥宁七古《郡圃红白莲竞放斐然》第2韵段"抹色质"（57—36048）

29. 释普度杂古《偈颂一百二十三首》第101首"佛别立物"（61—38510）

30. 李曾伯五古《过新滩作出峡行》"入密出尺责佚律溢激席碧碛石

邑立滴息失疾涩夕剧一得直驿白哑色易日刻历埸吉浃力赤役实"（62—38790）

31. 王俦五古《夜对梅花示彦恭侄》第 2 首"集洁立益"（63—39356）

32. 陈淳祖五古《看云》"出日一术失说"（63—39405）

33. 何梦桂五古《次山房韵古意四首》第 1 首"绝末识昔沫惑德客"（67—42150）

34. 何梦桂五古《再和》第 1 首"绝末识昔沫惑德客"（67—42151）

35. 何梦桂五古《三用韵》第 1 首"绝末识昔沫惑德客"（67—42151）

36. 俞德邻五古《古意五首》第 3 首"隻织尺灭石"（67—42387）

37. 方逢振五古《悼亡秘书》"域德壁泄室绝立翼北革籍力"（68—42810）

38. 方凤七古《怀古题雪十首·苏武窖雪》第 1 韵段"国屈雪"（69—43342）

39. 方凤七古《怀古题雪十首·李伋郊雪》第 1 韵段"合立湿"（69—43342）

40. 汪元量七古《昝相公送锦被》"尺疋血缬迹滴石力碧益质失月绝"（70—44045）

41. 崔璆五古《今日一何好》"藉翼色伯虱臆碧石国月"（70—44467）

42. 宋无七古《战城南》第 1 韵段"窟没折裂食血级入泣"（71—44742）

（二）主从通押：质缉入月帖 55 例

1. 胡宿七古《谢御书飞白扇子歌》第 3 韵段"切节雪绝日札"（4—2055）

2. 强至七古《走笔送张伯起》"折结阕发日雪别"（10—6925）

3. 张耒杂古《登高》第 6 韵段"北杀息说别设绝悉一"（20—13052）

4. 释道川杂古《参玄歌》第 24 韵段"橃别蒴"（29—18443）

5. 王洋七古《借笠泽丛书于陈长卿以》第 3 韵段"绝月雪客热"（30—18945）

6. 余壹杂古《重修朝宗门楼集句呈王》第 6 韵段"客发彻"（33—21243）

7. 王十朋五古《观国朝故事》第 4 首"纳答屈折接妾"（36—22586）

8. 王十朋五古《毛虞卿见过》"节歇发泼列蕨觖设撷舌忽别"（36—22608）

9. 王十朋杂古《左原纪异》第 4 韵段"绝活出"（36—22658）

10. 王十朋杂古《左原纪异》第 9 韵段"绝屈洁"（36—22659）

11. 崔敦礼杂古《太白招魂》第 2 韵段"北涉鬣"（38—23776）

12. 姜特立五古《子陵》第 2 韵段"歇灭日"（38—24116）

13. 陆游七古《十月九日与客饮忽记去》第 1 韵段"侧雪月"（39—24338）

14. 陆游五古《剑客行》"铁灭月测责客雪血切裂阙屑"（39—24443）

15. 陆游七古《庚子正月十八日送梅》第 1 韵段"色雪绝"（39—24507）

16. 陆游七古《雨晴游香山》"雪绝裂烈隔厄折月"（39—24641）

17. 陆游七古《或以予辞酒为过复作长句》"白帻蘖舌责彻雪"（39—24651）

18. 陆游七古《春游》第 1 韵段"越陌绝节"（39—24814）

19. 陆游七古《梦范参政》"雪色别血隔穴杰裂"（40—24878）

20. 陆游七古《喜雨》第 1 韵段"雪热设啜麦"（40—24925）

21. 陆游七古《对酒怀丹阳成都故人》第 3 韵段"客杰发"（40—25060）

22. 陆游五古《读唐书忠义传》"节色决血"（40—25421）

23. 陆游七古《海棠歌》第 2 韵段"绝血色"（41—25583）

24. 陆游七古《稽山雪》"白雪绝折节杰灭烈"（41—25650）

25. 范成大七古《镇东行送汤丞相帅绍兴》第 3 韵段"国月阙"（41—25814）

26. 范成大七古《愚溪在零陵城对岸渡江》"月绝墨拙咽屑节轧"（41—25865）

27. 范成大七古《乾道癸巳腊后二日桂林》"说节泄热别裂嵲折阙凸洁灭悦绝蘖爕"（41—25868）

28. 释崇岳杂古《维摩赞》"拙拙骨"（45—27828）

29. 宋之瑞七古《洪阳洞》第 5 韵段"绝没辙"（46—28602）

30. 薛季宣五古《吴江放船至枫桥湾》"月出列别"（46—28618）

31. 周孚杂古《洪致远屡来问诗作长句》第4韵段"法活骨"（46—28737）

32. 蔡戡七古《和杨廷秀游蒲涧之什》第2韵段"裂窟雪"（48—30041）

33. 叶适杂古《登北务后江亭赠郭希吕》第2韵段"颊发亿"（50—31222）

34. 高似孙七古《后欸乃辞》第2韵段"立阔活"（51—31994）

35. 戴复古五古《大热五首》第1首"月热结泼食"（54—33457）

36. 戴复古杂古《嘉定甲戌孟秋二十有七日》第12韵段"悦说阔设策"（54—33470）

37. 袁甫七古《见牡丹呈诸友》第3韵段"隙月列"（57—35853）

38. 王柏杂古《挽蔡文叔》第1首"愍灭歇接哲陁脉辙竭烈结阕"（60—38060）

39. 释普度杂古《偈颂一百二十三首》第35首"洌雪接白"（61—38505）

40. 释普度杂古《日本琼林侍者请赞》"说铁黑灭"（61—38519）

41. 赵孟坚七古《送马上娇图与秋壑监丞》第1韵段"蹩业节叠色屑"（61—38673）

42. 李曾伯七古《记十五日夜星犯月》"月灭羯血阙烈北绝越惑设越业"（62—38793）

43. 卢方春五古《陟驼巘》"折洁说歇热结血舌出"（63—39383）

44. 卫宗武五古《所居遇雪》"灭结叠甗洁匝堞发刻压窠浃协喁月"（63—39434）

45. 陈著杂古《前纪时行》"歇白月泄节默说稷缺愍活雪"（64—40284）

46. 舒岳祥五古《往时予有湖湘之游同年》"别脱雪月裂泄夺灭穴出铁洁热"（65—40905）

47. 释如珙杂古《偈颂三十六首》第17首第1韵段"业业日"（66—41216）

48. 释如珙五古《拾得赞》"得月洁悦"（66—41226）

49. 方一夔杂古《大雪》"缬折灭血绝折鳖热歇白列说"（67—42261）

50. 方凤七古《鸿门谶同皋羽作》第3韵段"入裂血"（69—43336）

51. 方凤七古《题春寿堂》第 4 韵段 "悦室茁"（69—43343）
52. 梁栋五古《久雨有感二首》第 2 首 "拙雪骨恤"（69—43632）
53. 汪元量五古《蓑州道中》"雪血绝邑裂热"（70—44008）
54. 汪元量七古《浮丘道人招魂歌》第 3 首 "雪绝絯结铁裂诀骨咽血"（70—44041）
55. 汪元量七古《云安闻鹃》"雪得绝辍裂月"（70—44053）

（三）等立通押：11 例
1. 刘一止七古《水村二首示友人》第 2 首第 1 韵段 "客雪"（25—16687）
2. 释慧晖七古《偈颂四十一首》第 32 首 "月日"（33—20889）
3. 崔敦礼杂古《正曜》第 7 韵段 "接迹"（38—23778）
4. 陆游七古《建宁重五》第 3 韵段 "客绝"（39—24483）
5. 陆游五古《书逆旅壁》"屑客厄雪麦择色节裂掣"（40—24890）
6. 释崇岳杂古《颂古二十五首》第 6 首 "窟诀"（45—27826）
7. 释宗印七古《偈颂八首》第 4 首 "彻伯"（50—31098）
8. 王柏五古《和立斋踢月韵》第 1 韵段 "月客"（60—38003）
9. 释普度杂古《偈颂一百二十三首》第 39 首 "白热"（61—38505）
10. 舒岳祥七古《春雪》第 4 韵段 "雪骨"（65—40919）
11. 柴元彪五古《老农吟》第 1 韵段 "白甲"（68—43195）

六、屋烛—月帖

1 例。（略。见正文）

七、屋烛—质缉—月帖

1 例。（略。见正文）

八、铎觉—质缉—月帖

10 例。（略。见正文）

九、屋烛—铎觉—质缉—月帖

3例。(略。见正文)

附录（四） 《全宋诗》江浙诗歌校勘

一 韵字讹误

《全宋诗》江浙诗歌存在韵字上的讹误，如形讹等。古籍在传抄刻印的过程中，往往会发生鱼鲁亥豕之类的形近致误现象。讹字不仅有损诗义的表达，而且使韵律不畅。清代训诂大家王引之认为："经典之字，往往形近而误，仍之则义不可通，改之则怡然理顺。"① 如陈造五排《均州赠应守沈倅》"家嗟挝奢瓜蝦花麻鸦衙牙巴秅赊遐衺畲豝加槎衙华涯瑕芽斜车嘉纱夸"（45—28118），"衺"句："风声离夷裔，俗习堕奇衺。""衺"，《广韵》阳声东韵陟弓切，其余是阴声麻韵字。东韵与麻韵明显不协，且"奇衺"语义不明。查验文渊阁《四库全书》影印本，"衺"作"袤"。"袤"即"邪"，《集韵》为"邪"之异体。"袤"，《广韵》麻韵似嗟切，训"不正也"。《集韵》同。《周礼·天官·宫正》："去其淫怠与其奇袤之民。"东汉郑玄注："奇袤，谲觚非常。"② 用"袤"，韵律和谐，语义畅达。"袤"与"衺"字形相似而致讹。

二 标点讹误

（一）因标点错误而引起韵字混乱

在韵字的摘录、整理过程中，我们发现有些诗歌因标点错误而引起韵

---

① （清）王引之：《经义述闻》（卷三十二）（"通说下"之"形讹"条），江苏古籍出版社1985年版，第778页。
② （清）阮元校刻：《十三经注疏》，中华书局1980年版，第657页。

字混乱,主要表现两种情况,一是该断而未断,二是不能断而硬性断即割裂性句读。

1. 该断而未断

(1) 苏泂杂古《甘露歌上呈留守门下侍郎》:"太微渊默严不动,斗为其车运中央。四序回旋变造化,一杓直指无偏傍。柄臣比之号八柱,一柱难阙各有当。绍熙元年图旧德,更公玉麟使过国。屹然山立天子重,列作八柱扶天极。天极尊严物有道,不减不溢常不忒。均劳于外天阙柱,至今朝廷虚衮舃。皇皇辟君明如日,安用动威偃禾木。奉以甘露太和液,饮太液亲寿益公,虽老归致太平万物好。"(54—33887)

比较不同版本,此诗均无异文、讹文。除了后三句外,诗歌用韵有章可寻:前六句为一韵段"央傍当";中间十句为一韵段"德国极忒舃木",屋烛部"木"字押入质缉部。从现代标点看,后三句句末字"液公好"要么押入中间韵段,要么独立成韵。但是很显然,"液公好"分属入声、阳声、阴声三种不同韵部,不能整体押入中间韵段,同时它们也不能独立成韵。那么后三句是否为无韵句?当然有这种可能,不过仔细揣摩后三句的句意,发现其句读欠妥。结合句意,后三句可断为:"奉以甘露太和液,饮太液亲寿益。公虽老,归致太平万物好。""益"字处应断开,"公"应启下文,与"虽老"构成一单句,于"老"字处停顿。这样的话,"益"押入中间韵段,"老好"形成独立韵段。整首诗用韵如下:央傍当/德国极忒舃木益/老好。如此用韵,不仅韵律和谐,而且诗意清晰畅达。

(2) 洪咨夔杂古《治平寺清音堂》:"普门以眼听,观音以耳观。谓得观听真,竟被耳眼瞒。瞎却观音耳,聋却普门眼。万法本来空,蒙头都不管。君不见大藏五千四十八卷,第一句如是我闻无着处。"(55—34554)

前八句的韵脚字很明显,为两韵段:观瞒/眼管。但是后两句句末字"卷处"的用韵很难处理。如果将"卷"字押入前韵"眼管",而末句"处"字与"眼管"不能押韵。现在考虑"处"字的著录情况,经查南宋刻本、《四部丛刊》本《平斋集》均无异文。那么只能考虑现有句读的正确与否,从句意看,"卷"字处无需断句,而应在"第一句"后断句:"君不见大藏五千四十八卷第一句,如是我闻无着处。""句处"形成一个韵段。这样断句,不影响句意的表达,更重要的解决了后两句押韵的问题。

2. 不能断而硬性断

崔敦礼杂古《楚州龙庙迎享送神辞》第 2 首："辛楣兮药房，兰枻兮桂楹。翼翼兮新宫，穆将进兮芳馨。柏实兮松液，芝华兮若英。奠琼瓉兮清酤，玉俎侔兮嘉牲。雅声兮远姚，锵和平兮鼓钟纷。繁会兮竽笙，灵连蜷兮须摇。傧暗霭兮纷纭，洁我心兮恭事，灵欣欣兮燕宁。"（38—23780）

按照标点，韵段为"楹馨英牲纷摇宁"。其实"摇"字处属误断，"摇"非韵字。首先，阴声韵"摇"字无法与其他真文部、庚青部韵字相叶；其次，与之结构相似的相邻句子"雅声兮远姚，锵和平兮鼓钟纷"上句是 5 字，下句为 7 字，通常此句的结构也应是上句 5 字，下句 7 字，故"傧"字属上；况且"傧"字启下，句意不畅。"傧"，《广韵》真韵，与其他韵字相叶。

（二）偶句、奇句标点的误用

关于诗和韵文的句读问题，前人多有论及。元程端礼说："凡诗铭韵语，以韵为句，未至韵皆读。"① 郭绍虞先生把"句"分为"音句"和"义句"："所以古人论句以音节为主，我们称之为音句；现代人论句以意义完整为主，我们称之为义句。"② "汉语是有音句义句之分的。'关关雎鸠，在河之洲'，两个音句成为一个义句。这是在诗歌中适合应用的一种整齐的形式。"③ 王力（1989：9）在谈到七言诗的起源时曾说："七言诗的起源，似乎比五言诗更早，至少是和五言诗同时，这是颇可怪的一件事。其实这上头有一个很重要的问题，是必须分辨清楚的。原来韵文的要素不在于'句'，而在于'韵'。有了韵脚，韵文的节奏就算有了一个安顿；没有韵脚，虽然成句，诗的节奏还是没有完。依照这个说法，咱们研究诗句的时候，应该以有韵脚的为一句的终结，若依西洋诗式，就是一行的终结。"因此，一般说来，诗歌中凡是偶句韵字后，皆应为句；以现代通用的标点来说，即偶句韵字后应为句号或与之作用相当的标点符号（；、？、！等），但不能是逗号。凡是奇句韵字后，皆不应为句，奇句韵字后不应为句号或与之作用相当的标点符号（；、？、！等），只能是逗号（杜爱英，2000）。《全宋诗》江浙诗作有多处偶句韵字后未用句号、奇句韵字后

---

① （元）程端礼著、姜汉春校注：《程氏家塾读书分年日程》卷二，黄山书社 1992 年版，第 72 页。
② 郭绍虞：《汉语语法修辞新探》（上），商务印书馆 1979 年版，第 235 页。
③ 郭绍虞：《汉语语法修辞新探》（下），商务印书馆 1979 年版，第 590 页。

未用逗号者，尤以前者居多。举例如下：

孙觌五律《江上怀思永二首》第2首"船仙弦然"（26—16983），诗句："绝徼三叉路，连舻万斛船。一区江上宅，百榼酒中仙，有土能埋玉，无胶可续弦。""仙"字入韵，其后当用句号。

桑柘区七律《春日田园杂兴》"觑朓区芜湖"（71—44729），诗句："粟爵瓜官懒觊觎，生涯云水与烟朓。晚风一笛麦秧陇。春雨半锄桑柘区。""陇"字不入韵，且与后句句意分割，故"陇"字处当用逗号。

前文的韵谱内有一些韵字与标点的校勘。在这里，再增加若干典型的校勘实例。为避免重复，前文已经出现的校勘，一般不再在此出现。

三　韵字讹误举例

1. 徐铉七律《代书寄谈炼师》"云居文分群"（1—134），"居"与其他韵字不协。"居"字句："朱山松桂翠连云，中有清虚小隐居。"经核文渊阁《四库全书·骑省集》影印本"居"作"君"。

2. 钱惟演七律《休沐端居有怀希圣少卿》："只待觚稜照初旭，横经还集绛纱韩。"（2—1057）全诗韵字为"渐时规迟韩"。"韩"，《广韵》阳声寒韵胡安切，训"井垣也，亦国名，又姓"；"帏"，《广韵》阴声微韵雨非切，训"香囊也，一说单帐也"。根据上述诗句，可知"韩"应为"帏"字之误。"韩""帏"字形相似，抄录者易将"帏"抄成"韩"。胡宿七律《送吕解元江阴礼席》正用"帏"，其韵字为"眉飞归衣帏"，"帏"字句"画鸾交扇接香帏"。（4—2084）

3. 丁谓五绝《江陵》："渚宫形胜地，从古冠荆湖。依刘开幕府，吊屈俯沧浪。"（2—1147）"湖"与"浪"很难相协，颇为怀疑。查对其出处：宋王象之《舆地纪胜》卷65《荆湖北路·江陵府下》[①]，"荆湖"作"荆湘"。抄手将"（荆）湘"抄成形近词"（荆）湖"。"湘"与"浪"相押。

4. 丁谓五律《车》"僭轩辕言"（2—1157），"僭"字句："任重材惟美，多工制不僭。""僭"，《广韵》咸摄去声椷韵子念切，训"拟也，差也"；《集韵》增深摄平声侵韵，侵韵之义，分别音千寻切、咨林切、初簪

[①] 赵一生点校，《浙江文丛》本，浙江古籍出版社2012年版，第五册，第1691页。

切。从押韵看，似用《集韵》侵韵，而从诗意看，则似用《广韵》桥韵之义。这是一个矛盾。不妨换个角度，看看文字的校勘。经查此诗出处《诗渊》①，"僭"作"僣"。"僣"，《广韵》收为"愆"字的俗体。"愆"，《广韵》平声仙韵去乾切，训"过也"。"愆"与"轩辕言"三字同属寒先部，且词义亦合诗意。因此，基本确认，《全宋诗》"僭"为"僣"之讹。"僭"、"僣"字形相似。

5. 释智圆七绝《正月晦日作》"川边舟"（3—1543），"舟"字句："富贵在天谁肯信，临流争放送穷舟。"经查出处《闲居编》卷四十六②，无文字讹误。"舟"可能为"丹"之误。"舟"与"丹"字形相似，易混用。但是用"丹"，语意不明。另有一例，"舟"讹成"丹"。焦千之七古《谨次君倚舍人寄题惠山》"幽飔头瓯留鞘酬州搜忧求丹"（12—8063），"丹"字句："愿公早见疑蛇解，急诏当应易剡丹。""丹"当为"舟"之形讹。

6. 胡宿七律《送向馆使赴陕郊》"居渠鱼余军"（4—2089），"军"字句："政成期月须严召，行见追锋走传军。"从韵字多寡的角度看，"军"的讹误嫌疑较大，经核文渊阁《四库全书·文恭集》影印本，"军"作"车"。用"车"，则全为鱼模部韵字，用韵和谐；"传车"专指古代驿站的专用车辆，"严召"即君命征召。君命征召之下，当然只有"传车"最便捷，可见"传车"甚合文意。反之，用"传军"则文不达意。

7. 元绛七绝《谢京师故人》："丹荔黄甘北苑茶，劳君诱我向天涯。争如太液楼边看，池北池南总是春。"（7—4380）。此诗出自《王荆文公诗笺注》卷十三③，核对原文，"春"作"花"。

8. 沈遘五律《大行皇帝挽歌辞五首》第5首"错恩奔痕"（11—7528），"错"字句："西望陵台远，阴阴白日错。"经核文渊阁《四库全书》影印本《西溪集》"错"作"昏"。"昏"，《广韵》不收，《集韵》收为"昏"字的异体，魂韵呼昆切，训"日冥也"。

9. 丰稷五古《和运司园亭·雪峰楼》"端翰攒楼"（12—8378），

---

① 书目文献出版社1985年版，第二册，第1330页。
② 《续藏经》本，新文丰出版公司1994年版，第101册，第191页。
③ （宋）王安石撰，宋李璧注，巴蜀书社2002年版，第242页。

"楼"字句："只履西归客，应笑空倚楼。"此诗出自《全蜀艺文志》卷12①，经核对，"楼"作"栏"。

10. 华镇七古《道守董公重成寇公楼集》"溓秒穇邀纱莴夭衺瞭杳渺窕扰乌了皦绍少矫皎悄藐表小"（18—12309），"乌"字句："此瞻曾冠拱辰星，南飞却过随阳乌。""乌"为"鸟"之形讹。文渊阁《四库全书》影印本即作"鸟"。

11. 翟汝文七古《焦山寺》"输濡舒扶嘘裙鱼隅虚居胡炉珠"（24—16024），"裙"字句"洪涛溅雨吹裳裙"，核对其出处《诗渊》②，"裙"作"裾"。

12. 章宪五古《清閟亭》"世闷意易媚味"（28—18271），"闷"字句："体物语尤工，赋竹夸清闷。""闷"是阳声韵字，其他为阴声字。如果无字讹、异文等问题的话，确实是阳声韵与阴声韵相押的好例子。此诗出自范成大《吴郡志》卷18③，经核对原文，此诗句"闷"作"閟"。另外，其实从标题《清閟亭》看，亦应为"閟"字。"闷"与"閟"形体相近，易误。

13. 李弥逊七古《君用承事载酒筠溪上分》"曲玉足独洒腹束馥玉绿覆赎熟屋触竹"（30—19259）。此诗句句韵，但"洒"与其他韵字不协。"洒"，《广韵》上声马韵砂下切，训"洒水也"。结合"洒"字句"南邻新醅手自洒"及读音，"洒"可能为"漉"之讹，"漉"，《广韵》入声屋韵卢谷切，训"渗漉，又沥也"。用"漉"，韵律和谐，文意通畅。"洒"之繁体"灑"与"漉"字形相似。

14. 尚用之七古《和张洵蒙亭诗韵》"湘旁光苍塘香觞凉床辰琅芒方王茫良忘乡"（30—19429）。此诗为句句韵。"辰"字句："饮余相与坐方床，论文日暮兴何辰。"张洵是宋代浚仪（今河南开封）人，徽宗宣和间官广南西路提点刑狱，其有七古《蒙亭倡和长句》。尚用之此诗为次张洵《蒙亭倡和长句》之作。不过，尚氏此诗"辰"字误，当作"长"。张洵《蒙亭倡和长句》即为"长"（24—15759）。此诗出处元陈世隆《宋诗拾遗》卷七④作"长"。"长"误作"辰"系形讹，"辰"与"长"字繁体

---

① （明）杨慎编，刘琳、王晓波点校本，线装书局2003年版，第300页。
② 书目文献出版社1985年版，第五册，第3717页。
③ 《宋元方志丛刊》第1册，中华书局1990年版，第693页。
④ 《新世纪万有文库》本，辽宁教育出版社2000年版，第108页。

"長"形近。

15. 释慧晖七古《颂十六首》第 1 首："一片天光三五风，玉堰吹断岭头松。巍然山上澄湛下，忽尔云同霜月中。堆堆全体乾坤里，密密满心天地表。碌碌础础通天眼，骊珠击碎草芊忡。"（33—20892）

"风松中表忡"五字押韵。其中"风松中忡"属东钟部，而"表"属萧豪部小韵。经核《自得慧晖禅师语录》卷一①，无文字讹误。"表"疑为东钟部"衷"之讹。

16. 王珨《梦中作》："春罢鸡□□，□行犬吠难。溪深水马健，霜重橘奴肥。"（33—20913）

此诗出自宋洪迈《夷坚甲志》卷八②，原文"难"作"篱"。

17. 范浚七古《次韵侄端方过予偕行南》末句："明宵有月更相就，还看玉轮游舞雲。"（34—21489）其中"雲"当作"雩"。从韵字看，此句与前一句构成一韵段："趋余雲"，但"雲"不协，用"雩"则协韵。文渊阁《四库全书》影印本用"雩"。"雩"与"雲"形似。

18. 王十朋七绝《九日寄昌龄弟》第 14 首"贪人"（36—22632）。诗作："节物岂不好，吾家何太贪。一尊聊尔寄，重意媿先人。"此诗共 14 首，诗前序言："……因诵唐王维诗云：'遥知兄弟登高处，遍插茱萸少一人。'遂用其字为韵，作十四绝，并茱萸酒以寄之。"可知此首诗当用"人"字韵，而"贪"，《广韵》《集韵》皆覃韵他含切，且"贪"字于诗意不合。查文渊阁《四库全书·梅溪集》影印本、《王十朋全集》③"贪"均作"贫"。

19. 王十朋五古《黄牛庙》第 1 韵段"峡缺绝血烈楫合说别竭"（36—22872），"說"字句："白帝将何云，吾为究其說。""說"，《广韵》宥韵职救切，训"诅也"。除"說"字外，其余为月帖部韵字。此韵段可疑。经核文渊阁《四库全书》影印本、《王十朋全集》④，"說"均作"说"。"说"，《广韵》薛韵失热切，属宋代通语月帖部。

20. 王十朋七古《寄林黄中》第 1 韵段"□牛守"（36—22884），

---

① 蓝吉富：《禅宗全书·语录部七》，文殊文化有限公司第 1989 年版，第 113 页。
② 《丛书集成初编》本，中华书局 1985 年版，第 60 页；《宛委别藏》本，江苏古籍出版社 1988 年版，第 178 页。
③ 梅溪集重刊委员会编，上海古籍出版社 1998 年版，第 75 页。
④ 梅溪集重刊委员会编，上海古籍出版社 1998 年版，第 440 页。

"牛"字句:"郎星夜照贵池口,渐见祥光烛斗牛。""牛",《广韵》《集韵》皆平声尤韵,属尤侯部平声字;"口守"则为尤侯部上声字。文渊阁《四库全书·梅溪集》影印本与《王十朋全集》①"斗牛"作"牛斗"。"牛斗"常连用,指牛宿和斗宿。"斗宿"之"斗",《广韵》读上声厚韵当口切,属尤侯部上声字。综合句义和押韵,"斗牛"应为"牛斗"的颠倒。

21. 王十朋七古《诸公和诗复用前韵》"欧楼陬酬鸠州游眸头浮年忧"(36—22933),"年"字句为:"登临怀古甫白适,赋咏联珠产巩年。"其中"年"为阳声韵寒先部字,其余为阴声韵尤侯部字。虽然江浙诗中有阴声韵、阳声韵押韵现象,但一般要求其主元音相同或相近,而寒先部字与尤侯部字主元音相差甚远。此诗"前韵"之诗《重修北楼十一月望日与》用"牟"(36—22933),可知"年"乃"牟"之讹。

22. 王十朋五古《喻叔奇采坡诗一联云今》"老岛考道槁潦讨澡藻堡好灏夭浩早保宝葆皓早稻镐恼脑考抱捣造燥薨昊枣蠹祷磳草扫煴倒藁"(36—22935),"薨"字句:"食共朝齑辛,案对夜萤薨。""薨",《广韵》阳声韵呼肱切,死亡之义,于诗句音义均不合。其实"薨"为"藁"之形误,"藁",《广韵》平上两读,其中上声读音为苦浩切,训"干鱼……干也"。用"藁",文从字顺,韵律和谐。文渊阁《四库全书·梅溪集》影印本"薨"作"藁"。"薨"与"藁"形似。

23. 崔敦礼杂古《楚州龙庙迎享送神辞》第3首第2韵段"舞待"(38—23781)。"待"字句"群仙兮良待"有异文,影印文渊阁《四库全书·宫教集》"良待"作"启路"。"舞",《广韵》上声麌韵文甫切,属宋代通语鱼模部;"待",《广韵》上声海韵徒亥切,属宋代通语皆来部。据目前研究成果,宋代文士用韵中尚无鱼模、皆来二部混押的韵例。而"路",《广韵》去声暮韵洛故切,属宋代通语鱼模部。因此,从用韵的角度,当取"(启)路"为妥。

24. 陆游七古《丈人观》为句句韵,韵字"门云分垠君熏鞁獱坟纷曛勤斤筋狺芬醺文纷麏闻"(39—24373)。"麏",《广韵》阴声脂韵武悲切,属宋代通语支微部。而其他韵字属真文部。支微、真文两部韵字很难相叶。其实"麏"乃"麇"形讹。"麇",《广韵》阳声真韵居筠切,训

---

① 梅溪集重刊委员会编,上海古籍出版社1998年版,第458页。

"鹿属"。"麎"完全可与其他真文部韵字相叶。钱仲联校注《剑南诗稿校注》①"麎"作"麕"。

25. 陆游杂古《长歌行》:"燕燕尾涎涎,横穿乞巧楼。低入吹笙院,鸭鸭觜唼唼。朝浮杜若洲,暮宿芦花夾。……""楼"与"唼"、"夾"为韵,但是很难协韵。经综合考察,我们认为其句读、韵字均存讹误。先看句读讹误。此六句分别描述燕子、鸭子的生活习性,从诗意上看,"低入吹笙院"一句当写燕子低空飞旋。"鸭鸭觜唼唼"与"燕燕尾涎涎"对举,暗示"鸭鸭觜唼唼"句开启另述,其与下文二句一起主要状写鸭子朝暮活动地点。故前三句、后三句各为一完整意义句,"低入吹笙院"处应标注句号或分号,"鸭鸭觜唼唼"处应标注逗号。钱仲联《剑南诗稿校注》即如此句读:"燕燕尾涎涎,横穿乞巧楼,低入吹笙院。鸭鸭觜唼唼,朝浮杜若洲,暮宿芦花夾。"②接着看韵字讹误。按照上述句读,"院"与"夾"组成一韵段,但是"院夾"不协韵,"院",《广韵》线韵王眷切;"夾",《广韵》洽韵古洽切。"夾"为"夾"之讹。"夾",《广韵》琰韵失冉切,义训袭用《说文》训释"盗窃怀物"。"怀物"可引申出"港汊"、"江河支港可泊船的地方"(《汉语大词典》《汉语大字典》),诗句"芦花夾"即此义。"夾"与夾"形似,其"从二入与夾从人别"(《康熙字典》)。线韵属寒先部,琰韵属监廉部,宋代江浙文士用韵中寒先、监廉二部通押较多,陆游词即有2例:(1)《水龙吟·樽前花底寻春处》"减远畔转院断燕扇见"③。监廉部"减"字押入寒先部。(2)《齐天乐·角山钟晚关山路》"店占暗剑念遣酽艳厌点掩"④。寒先部"遣"押入监廉部。因此,此诗句韵字为"院夾",系寒先、监廉二部通押。钱仲联《剑南诗稿校注》认为"此诗首句与三句相叶,四句与六句相叶"⑤,即"涎院"、"唼夾"分别相叶。

26. 陆游五古《感兴》"名情生鲸行平并明声倾黼横"(39—24667),"黼"字句:"岂惟配诗书,自足齐謻黼。""黼",《广韵》麌韵扶雨切,

---

① 上海古籍出版社1985年版,第1册,第481页。
② 上海古籍出版社1985年版,第2册,第979页。
③ 唐圭璋编:《全宋词》,中华书局1965年版,第3册,第1586页。
④ 同上书,第1591页。
⑤ 上海古籍出版社1985年版,第2册,第980页。

训"《说文》鍑属"。文渊阁《四库全书》影印本、《剑南诗稿校注》① 作"䎵"。"䎵"，《广韵》耕韵户耕切，训"乐名"。如用"䎵"，语意顺畅，音律和协。

27. 陆游七律《立夏前二日作》"堂凉塲长房"（40—25119），"塲"字句："余春只有二三日，烂醉恨无千百塲。"从押韵、诗义两方面看，"塲"宜改为"場"（即"场"）②。

28. 陆游七绝《倚楼》"钓楼"（40—25178），诗句："暮云细细鳞千叠，新月纤纤玉一钓。""钓"为"钩"之形讹。文渊阁《四库全书》影印本、《剑南诗稿校注》③ 作"钩"。

29. 范成大七律《园林》"凉塲麻囊忙"（41—26034）。《全宋诗》以《四部丛刊》影印清康熙顾氏爱汝堂刊本为底本，"麻"字句："铁砚磨成双鬓雪，桑弧射得一绳麻。"康熙黄昌衢藜照楼刻《范石湖诗集》"麻"作"床"。

30. 范成大七律《予寓邑中与诸子讲学巨》"寒迁鲜年悠"（41—26058），"悠"字句："暴客更缘贫见外，时危身老亦悠悠。"此诗出自宋蒲积中《古今岁时杂咏》卷三八，经核文渊阁《四库全书》影印本，"（悠）悠"作"（悠）然"。虽然"（悠）悠"、"（悠）然"二词在句中皆可达意，但用"（悠）然"则韵律至谐，而"（悠）悠"却与"寒迁鲜年"不协。

31. 杨简七古《历代诗·商》第8韵段"主亡"（48—30098），诗句："六百余年三十主，周得天下商遂亡。"此诗共8韵段，除前四句构成第1韵段外，后14句为句句韵，每两句为一韵。故第17、18句"主亡"应入韵。但"主"为鱼模部上声字，"亡"为江阳部平声字，二者不能押韵。经核嘉靖刊本、《四明丛书》本《慈湖先生遗书》均无异文。"主"似为"王"之误，疑系传抄过程中的笔误。"王"与"亡"同属江阳部平声，二者韵律和谐。且用"王"字不影响句意。

32. 袁燮七古《送楼叔韶尉东阳三首》第1首"奇思暌知恃期"

---

① 上海古籍出版社1985年版，第3册，第1433页。
② "塲"、"場"二字的讨论可参下列文献：黄建宁：《说"疆塲"》，《语言研究》2004年第1期；董志翘：《梁〈高僧传〉"疆塲"例质疑》，《中国语文》2006年第6期；曾良：《"盼望"、"疆场"俗变探讨》，《中国语文》2008年第2期。
③ 上海古籍出版社1985年版，第6册，第2959页。

（50—30991），"恀"字句："刚强不可恀，柔弱难自恀。""恀"，《广韵》时止切，属鱼模部上声字；而其他韵字均为鱼模部平声字。《丛书集成初编》本《絜斋集》卷23①，"恀"作"持"。"持"与"恀"字形相似，还可能受到"自恃"的影响，故致讹。

33. 叶适杂古《梁父吟》第4韵段"知济告异喜"（50—31217）。"告"，属通语萧豪部，其余韵字属通语支微部。二者不叶，且宋代文士用韵未见此韵。"告"字句："泰山之椒既风雨又艰险兮，乃登封以类告。"《全宋诗》于"告"字后出注："（'类告'）校注本作'告类'。""校注本"指清光绪八年瑞安孙衣言校注本《水心先生文集》。同属支微部的"类"与其他韵字押韵和谐，诗意亦不受影响。

34. 张镃七古《山堂纪实》第1韵段"长上晁"（50—31560），"晁"字句："晨辉迳奔鸟声来，夕影屡逢蟾魄晁。"核文渊阁《四库全书·南湖集》影印本，"晁"作"晃"。

35. 张镃七古《杨秘监为余言初不识谭》第2韵段"回采开"（50—31561），"采"字句："更须绝处悟一回，方知迷梦唤醒采。"核文渊阁《四库全书·南湖集》影印本，"采"作"来"。

36. 张镃七律《山堂晚兴》"哗花沙卫嗟"（50—31595），"卫"字句："静眠宁羡蚁来梦，孤坐屡谙蜂报卫。"核文渊阁《四库全书·南湖集》影印本，"卫"作"衙"。"报衙"指古代官吏升堂治事之时，官衙鸣鼓示众，如宋卫泾《皇帝阁端午帖子》第3首："日毂过亭午，金徒缓报衙。"（52—32807）黄庚七绝《春寒》："春寒料峭透纱窗，睡起晴蜂恰报衙。"（69—43601）

相同的还有张镃七律《客至》"牙沙遮卫嗟"（50—31614），"卫"字句："妨寻蚁径看排阵，阻向蜂筒听报卫。""衙"与"卫"之繁体"衞"形近，故致讹。

37. 张镃七律《次韵酬郑唐老见寄》"风溶慷秾封"（50—31609），"慷"字句："山林有分吾当去，簪绂方兴子未慷。"查文渊阁《四库全书·南湖集》影印本，"慷"作"慵"。

38. 张镃七绝《池上次潘茂洪韵》"头愁桑"（50—31657），末二句："三十六陂焉用许，一航冲岸柳丝桑。"文渊阁《四库全书·南湖集》影

---

① 中华书局1985年版，第五册，第375页。

印本"桑"作"柔"。

39. 张镃七古《暂住新市行次谢村二首》第2首"多荷遇"（50—31676）。末二句："人语忽惊群鹜起，隔芦知是小船遇。"核明《永乐大典》卷3580①，"遇"作"过"。

40. 戴复古七绝《初夏游张园》"深晴金"（54—33600）。首二句："乳鸭池塘水浅深，熟梅天气半阴晴。"文渊阁《四库全书·石屏诗集》影印本"阴晴"作"晴阴"。

41. 张侃五古《秋日闲居十首》第7首"严签霭奁纤嫌栏廉"（59—37105），"栏"字句："幽幽牵牛开，碧色照疎栏。"文渊阁《四库全书·张氏拙轩集》影印本"栏"作"槛"。"槛"与"栏"的繁体"欄"字形相似。如用"槛"，此韵段则属监廉部内部押韵。

42. 张侃七古《群牛浴小港》第1韵段"湿人"（59—37124）。此诗为句句韵，前后两句为一韵。第2韵段为"游休"。首二句："群牛见水身半湿，水浅泥深踝全入。"从句意和用韵看，"人"当作"入"。文渊阁《四库全书·张氏拙轩集》影印本"人"作"入"。

与此相反，宋代江浙诗歌有将"人"讹成"入"的现象，如王十朋七律《送傅兴化》"亲新恂入邻"（36—22907），诗句"江海聊淹把麈手，庙堂应是荐贤入"的末字是"入"，而"入"字是入声字，不与其他阳声真文部的韵字相协。显然是形讹，应作"人"。用"（贤）人"，不但韵律和谐，而且文意也畅达。"文渊阁《四库全书·梅溪集》影印本"入"即作"人"。

43. 释妙伦杂古《偈颂二十二首》第21首"冷星生"，"冷"字句："雪山层层，雪涧冷冷。"（62—38907）"冷"，《广韵》上声梗韵鲁打切、鲁顶切，训"寒也"，其余韵字为平声字，"冷"字音义均与诗句不合。"冷"疑为"泠"之讹。泠"，《广韵》平声青韵郎丁切，训"清泠，水也"，如用"泠"，不但韵律和谐，而且文意也畅达。"冷"与"泠"形体相近。

44. 卫宗武五律《自雪和石山》"恋看寒端"（63—39466）。"恋"是去声字，其他三字读平声，此韵例特殊。现看诗句"扁舟泛清雪，游屐遍层峦"，末字似为"峦"，文渊阁《四库全书》影印本即"峦"，如此则韵

---

① 中华书局1986年版，第8册，第2086页。

谐且意顺。"恋""峦"形近易混。

45. 顾逢五律《题善权寺》"存门潭喧"（64—40037），"潭"字句："洞深云气冷，池浅鹿行潭。"查其出处明沈敕《荆溪外纪》卷三①，"潭"作"浑"。"浑"之繁体"渾"与"潭"字形相近。

46. 徐均七绝《阮籍》："身负经纶济世才，时乎多故最堪哀。覃思远害无他计，酣饮端为免祸谋。"（68—42847）此诗出自徐钧《史咏诗集》卷下，《全宋诗》以《宛委别藏》本为底本，而《续金华丛书》②本"谋"作"媒"。

47. 徐钧七绝《武帝》"余名除"（68—42852），"名"字句："东南离析仅遗余，枉受污名僭帝名。"此诗出自徐钧《史咏诗集》卷下，《全宋诗》以《宛委别藏》本为底本，而《续金华丛书》本"名"作"居"。

48. 张玉孃七律《梅花村》"株湖途鬓屠"（71—44641）。"鬓"，属宋代通语真文部，《广韵》去声震韵，音必刃切，训"颊上发也"；《集韵》去声稕韵，音必忉切，义训同《广韵》。而其他韵字属鱼模部。真文部去声韵字与鱼模部平声韵字相押，这一押韵实在少见。查对此诗出处《永乐大典》卷3580③，无异文。此诗共8句，每句7个字，其中第3、4句，对仗工整；第5、6句即"鬓"字句："影横乌帽月随步，香襟羔裘水在鬓。"其对仗基本工整，只是第六句"鬓"字声调不协。因此，从整首诗格律上看，此诗应为七言律诗，第6句"鬓"字疑为讹字，可能为鱼模部平声字"鬚"的误写。

四 标点讹误举例

（一）因标点错误而引起韵字混乱

1. 薛季宣杂古《九奋·赋八丘》末六句："阜堆骨兮名陵，风悲雨泣兮千龄万龄。象种繁兮蛇既毙，欲吞之兮谁能舍。鹿奔兮其复获，登蛇丘兮涕零零。"（46—28721）

按照标点，韵字为"陵龄舍零"，麻韵"舍"押入庚青部，此韵不合

---

① 《丛书集成续编》本，上海书店出版社1994年版，第148册，第197页；《四库全书存目丛书》本，齐鲁书社1997年版，第382册，第685页。
② 胡宗楙辑，1924年永康胡氏梦选廎刊本。
③ 中华书局1986年版，第8册，第2090页。

常规。这种断句不但使破坏韵律的和谐，而且句意不明。问题出在句读上。《全宋诗》将"舍鹿奔"这一结构割裂，应于"能"字后断句，"舍"字领下。"舍鹿奔"、"登蛇丘"同为述宾结构，"舍鹿奔兮其复获"与下文"登蛇丘兮涕零零"句式基本相同。因此，正确的韵字为"陵龄能零"，《全宋文》亦收录此诗，其句读如此①。

2. 薛季宣杂古《九奋·行吟》第 2 韵段"何形"（46—28722）。

诗句："舣渔舟而前致恭兮，问余以名何。徒摇尔精兮，燋然尔形。"第 1、3 韵段：石客/次字。我们认为"何徒"不能断为两句，"何"字当属下，句子为"何徒摇尔精兮"。"何"字前"名"字处断句为"问余以名"，从而构成第 2 韵段"名行"。

3. 楼钥杂古《七月上浣游裴园醉翁操》"茫苍顷光香凉杨双翔忘商觞央阳徉浪"（47—29406），前八句："茫茫，苍苍。青山，绕千顷。波光，新秋露风荷吹香。悠飔心地翛然，生清凉。"

按照《全宋诗》句读，庚青部"顷"与其他江阳部韵字相押。《醉翁操》又称《醉翁吟》或《醉翁引》，本是琴曲，灵感源自欧阳修的《醉翁亭记》，后成为词牌。其格律特别，句子长短参差错落。前八句描写了裴园仙境般的景色：一眼望去苍茫辽阔，但见青山绕水，水面波光闪闪。水边微凉的风吹着荷花，送来一阵幽香，好生清凉。据上，前八句句读需调整，具体如下："茫茫，苍苍。青山绕，千顷波光。新秋露风荷吹香，悠飔心地翛然，生清凉。""顷"不韵，此诗韵字为"茫苍光香凉杨双翔忘商觞央阳徉浪"。

4. 徐侨杂古《莺兮歌》："莺兮莺兮载好音，羽毛自珍兮藏山林。春出依柳兮秋隐林深，丘隅有木兮游知所止。睍睆求友兮期远匪比，出处有度兮观者为仪。温乎其声和兮，听者心夷。莺兮□其禽乎，其禽之君子欤。"（52—32810）

此诗句读有待商榷。按照上述标点，此诗有二个韵段："音林"、"止仪夷欤"，后一韵段含有平声（仪夷欤）、上声（止）的混押以及支微（止仪夷）、鱼模（欤）两部韵字的混押。一个韵段涉及两种特殊用韵。细味原文，我们发现这首诗歌的句读错误较多：（一）"温乎其声和兮，听者心夷。"这两句诗其实无需在"兮"字处断开。前文 6 句尤其是第 3 至

---

① 上海辞书出版社、安徽教育出版社 2006 年版，第 257 册，第 98 页。

第6句,结构与此两句相似,均含"兮"字,且"兮"字处未断开。因此,这两句在"兮"字处断开为自乱其例。(二)受古代诗歌两句一联基本格式的影响,出现前后两句为一联的简单机械式断句。如前三句应为一个韵段"音林深",第2句句末应标逗号,第3句应标句号。这样一来,后面句读就应订正。第4、5句构成一个韵段"止比",第4句句末应标逗号,第5句应标句号。第6、7、8句构成一个韵段"仪夷",第6句句末应标逗号。第9、10句构成一个韵段"乎欤"。重新句读如下:"莺兮莺兮载好音,羽毛自珍兮藏山林,春出依柳兮秋隐林深。丘隅有木兮游知所止,睍睆求友兮期远匪比。出处有度兮观者为仪,温乎其声和兮听者心夷。莺兮□其禽乎,其禽之君子欤。"

据上,此诗为句句韵,共4个韵段:音林深/止比/仪夷/乎欤。

5. 洪咨夔杂古《作茶行》前八句:"磨斲女娲补天不尽石,磅礴轮囷凝绀碧曰刳。扶桑挂日最上枝,婴㛋勃窣生纹漪。吴罡小君赠我杵,阿香藁砧授我斧。斧开苍璧粲磊磊,杵碎玄玑纷楚楚。"(55—34580)

依照句读,前8句似可分为2个韵段:刳漪/杵斧楚。如果"刳漪"韵段成立,则是支鱼通押的好韵例,"刳"为模韵,"漪"为支韵。但是第2、3句意义不明。整体把握前4句的句意和句读,我们发现前四句为对文,其句读如下:"磨斲女娲补天不尽石,磅礴轮囷凝绀碧。曰刳扶桑挂日最上枝,婴㛋勃窣生纹漪。"其中"磨斲女娲补天不尽石"与"曰刳扶桑挂日最上枝"构成对文,"磅礴轮囷凝绀碧"与"婴㛋勃窣生纹漪"构成对文。《全宋诗》只是简单地从字数上考虑前四句的句读,第1、2句为9字,第3、4句为7字,于是将"曰刳"二字属上,但是这种句读使得第2、3句意义晦涩。照上述分析,前四句为句句韵:石碧/枝漪。《中国茶文化大辞典》①引用此诗时,前四句即如此句读。

(二)偶句、奇句标点的误用

1. 偶句韵字后当用句号却用作逗号

(1)叶简杂古《占贮橘子》:"圆如珠,赤如丹,(。)倘能擘破分喫了,争不惭愧洞庭山。"(1—13)"丹"字处偶句位置,必入韵,其后应用句号。

(2)赵湘五律《官舍偶书》"居蔬庐书"(2—878),诗句:"孤烟寄

---

① 朱世英等著,汉语大词典出版社2002年版,第733页。

庭木,微雨长秋蔬,(。)宦薄惭骑马,山高梦结庐。""蔬"字居第二句句末,必入韵,其后宜用句号。

为简洁起见,下列韵例不出文字说明,仅在原逗号下用横线标注,其后括号内的句号则为正确标号。

(3)唐询五律《华亭十咏·吴王猎场》"戈罗多坡"(5—3451),诗句:"地变柔桑在,原荒蔓草多,(。)思人无复见,落日下山坡。"

(4)强至七律《观莲》"衣池垂姬知"(10—7002),诗句:"水仙也曝晚霞衣,万片鲜红照绿池,(。)花近酒杯逾酷烈,盖随舞袖忽欹垂。"

(5)强至七律《依韵奉和司徒侍中壬子》"年筵弦天船"(10—7026),诗句:"园林烂熳惊三月,樽俎徘徊恋二天,(。)迹近风花飘未定,且随珠履醉金船。"

(6)陈师道七律《题王平甫帖》"声成生倾鸣"(19—12737),诗句:"足知落笔千言疾,尚想挥毫一坐倾,(。)未信哲人穷五字,二难还复以诗鸣。"

(7)张耒七绝《迁居对雨有感》:"楚乡风物淡悠悠,独掩闲门客滞留,(。)尽日无言对秋雨,相敲蕉叶各吟秋。"(20—13256)

(8)孙觌五古《虎邱沼老豫章诗僧也与》"戍户句紵步助遇雾"(26—16988),诗句:"冥搜自天得,妙中有神助,(。)寅缘半日留,邂逅一笑遇。"

(9)孙觌七律《东坡先生与蒋魏公游最》第1首"州流侯羞留"(26—16989),诗句:"三世祖孙吴郡牧,两朝人物山亭侯,(。)颠印自快披云睹,衰陋空遗倚玉羞。"

(10)张纲七律《郑枢密生日五首》第4首"深临音霖心"(27—17885),诗句:"鸾台凤阁满春色,燕语莺啼俱好音,(。)骏极共歌申降岳,对扬真赖傅为霖。"

(11)张纲七律《晚兴二首次人韵》第1首"风鸿中丛虫"(27—17896),诗句:"书淫老去还知倦,酒圣秋来却喜中,(。)北伐会须空虎落,西边先欲靖蚕丛。"

(12)郑刚中七律《黄义卿知郡母夫人挽章》"肥衣归辉挥"(30—19148),诗句:"江鱼来处使君去,吊鹤飞时孤子归,(。)脂泽一奁留旧蒿,铭诗千古载余辉。"

(13)郑刚中七律《寒食杂兴二篇》第1首"几霏衣肥"(30—

附录（四）　《全宋诗》江浙诗歌校勘

19150），诗句："安居岂是安居地，木偶漂来且庶几，（。）日向柳边回晚照，雨随云去敛余霏。"

（14）李弥逊七律《笃庄李花正开雨不得往》"山攀顽悭闲"（30—19294），诗句："题诗过我工排闷，载酒留人肯破悭，（。）要及花时酬老大，笋舆从此不须闲。"

（15）李弥逊七律《岩起录示次韵张干佳什》"罗过何多跎"（30—19296），诗句："管子与予成莫逆，麴生邀我到无何，（。）老来鹤骨寒犹健，病起霜髭短更多。"

（16）李弥逊七律《鄱阳四望亭观雪》"冰英京明声"（30—19297），诗句："瘴海三年雨不冰，喜看万木变琼英，（。）眼中何处分银界，脚底从兹上玉京。"

（17）李弥逊七律《同苏阮二公晚春游西溪》第2首"言门村温论"（30—19309），诗句："唤客班荆杂乱言，雀罗成日罢张门，（。）自缘贫病无过辙，可是疏慵不出村。"

（18）李弥逊七律《过南泉长桥》"腰摇潮霄乔"（30—19333），诗句："矫矫长虹枕海腰，波臣守护敢倾摇，（。）东西地尽惟逢水，早晚人归不碍潮。"

（19）葛立方五律《大人筑室将毕道祖亦作》第3首"彊洋梁堂"（34—21795），诗句："君方林上坞，吾亦沼横洋，（。）凿翠辟窗户，入天棲栋梁。"

（20）葛立方七律《蒙恩除吏部侍郎子侄以》"花涯车华家"（34—21814），诗句："厚陵戎部尊荷橐，徽庙司成踵棣华，（。）无似鹈梁讥不称，且欣绂冕粗承家。"

（21）葛立方七律《次韵施予善谢茶》"英烹生精清"（34—21815），诗句："色方蒙岭虽微胜，品带沙溪未苦精，（。）客好窗晴聊小赋，跳珠急雨看泉清。"

（22）吴芾五古《和陶咏二疏韵》"去趣举傅路顾悟虑著"（35—21839），诗句："渊明作此诗，端欲迷者悟，（。）我观二疏高，岂无子孙虑。"

（23）吴芾七律《寄陈能之》"臣伸身民春"（35—21959），诗句："峨豸岂能忘去佞，凭熊聊复试临民，（。）颇思一见论心曲，同醉梅花烂漫春。"

（24）王十朋七古《送表叔贾元范赴省试》"髦曹蒿刀噉号豪鏖劳臊皋袍"（36—22595），诗句："河东先生才行高，昔游太学联氄髦，（。）雄文伟论万人敌，糠粃歆向奴刘曹。"

（25）王十朋五古《和韩秋怀十一首》第8首"轩奔言前餐编千酸眠年"（36—22669），诗句："中有倦游客，虚名厌驰奔。学为忠与孝，思践阳城言，（。）高秋赋归去，戏舞庭闱前。"

（26）王十朋七古《次韵梁尉秦碑古风》"碑驰知螭岐支欺涯时奇枝儿之麋司为皮离咨仪期疵颐辞嗤诗"（36—22725）。诗句："广文好奇穴探禹，梅仙喜事僧寻支，（。）我赞其行要亲睹，勿受世俗流传欺。"

（27）王十朋七律《游仙都》"都湖孤呼涂"（36—22757），诗句："洞接龙泓片云近，山分雁荡一峰孤，（。）香清天上碧华落，音好林间青鸟呼。"

（28）王十朋七绝《九日怀故乡》："天涯行客倍伤悲，鄂渚登高帽欲吹，（。）遥想弟兄行处乐，几人同把菊花枝。"（36—22807）

（29）王十朋七律《南楼》"分云军氛"（36—22879），诗句："江汉西来于此会，朝宗东去不须分，（。）银涛遥带岷峨雪，烟渚高连巫峡云。"

（30）王十朋五绝《黄鹤楼》："云锁吕公洞，月明黄鹤楼，（。）抱关非故卒，谁见羽衣游。"（36—22879）

（31）王十朋五绝《宣城道中闻雁》："蝉噪景如夏，鸟鸣山似春，（。）数声云外过，却是雁来宾。"（36—22886）

（32）王十朋七律《提舶送菊酒有诗次韵》"惊觥成英情"（36—22922），诗句："铃斋午睡梦魂惊，僮仆欢呼洗破觥，（。）酒是烂柯山下法，诗如蓝水坐间成。"

（33）陆游七律《渡浮桥至南台》"临寻心今阴"（39—24256），诗句："寺楼钟鼓催昏晓，墟落云烟自古今，（。）白发未除豪气在，醉吹横笛坐榕阴。"

（34）陆游七古《风雨中望峡口诸山奇甚》"穹容功中濛同风"（39—24294），诗句："太阴杀气横惨澹，元化变态含空濛，（。）正如奇材遇事见，平日乃与常人同。"

（35）陆游七古《岳池农家》第3韵段"时眉丝"（39—24303），诗句："谁言农家不入时，小姑画得城中眉，（。）一双素手无人识，空村相唤看缲丝。"

（36）陆游五古《次韵张季长题龙洞》"龙空封中宫珑通从雄公"（39—24307），"壮哉形胜区，有此蜿蜒宫，（。）雷霆自鞭辖，环玦亦璁珑。"

（37）陆游五古《拜张忠定公祠二十韵》"缘间挺旃肩天迁前残权全边蝉燕艰奸烟渧贤篇"（39—24319），诗句："晚策睦州功，上公珥金蝉，（。）势张不可御，北乡挑幽燕。"

（38）陆游七律《春晚书怀三首》第1首"红匆空中篷"（39—24322），诗句："病有药方传时后，懒无诗句付囊中，（。）归心日夜随江水，只欲东门觅短篷。"

（39）陆游七古《秋声》第2韵段"病兴劲"（39—24356），诗句："我亦奋迅起衰病，唾手便有擒胡兴，（。）弦开雁落诗亦成，笔力未饶弓力劲。"

（40）陆游七律《对食作》"端安宽单盘"（40—25384），诗句："乞浆得酒岂嫌薄，卖马僦船常觉宽，（。）少壮已辜三釜养，飘零敢道一袍单。"

（41）陆游七律《秋感》"中翁风功公"（40—25391），诗句："畏涂历尽百年中，老卧穷阎一秃翁，（。）衣杵凄凉常带月，井桐零落不禁风。"

（42）戴敏七绝《赵十朋夫人挽章》："缝掖先生游汗漫，夫人高节独青青，（。）临行抖擞空书筐，分付诸郎各一经。"（43—27069）

（43）元溥七绝《岁后书怀》："他乡故乡老若此，新岁旧岁穷依然，（。）烹茶但有二升水，沽酒初无三百钱。"（43—27070）

（44）李洪七古《隆兴改元初余为永嘉监》"然权坚前氊拳年妍泉贤鞭烟传颠仙"（43—27142），诗句："霓裳惊破西行蜀，妃子仓皇死马前。常山平原乃昆弟，屹立砥柱摧腥羶，（。）土门既失陷河朔，天津骂贼须发拳。"

（45）陈造七律《次韵胡元善》"轻平耕盟情"（45—28153），诗句："吏尘祇可黄粱梦，棋社聊寻白鹭盟，（。）犹计浮名孤乐事，风烟满眼得无情。"

（46）陈造七律《简章宰二首》第2首"庐蹰余虚书"（45—28171），诗句："百和风轻吹欲醉，万山岚凝对凭虚，（。）谭间定笑衰慵客，竹屋高春尚枕书。"

（47）陈造七律《约吕徐二友游净慈二首》第2首"营盟生清评"

(45—28178)，诗句："一笑成行不待营，可无条约谂同盟，（。）盘餐取饱真君事，杯酒邀欢太俗生。"

（48）许及之七律《闻砧》"清鸣声平檠"（46—28383），诗句："秋来风物自凄清，叶叶枝枝策策鸣，（。）近砌不堪催织语，远砧更送断肠声。"

（49）许及之七律《同寮约过包山因问讯玉》"山闲间还攀"（46—28387），诗句："传闻有约过包山，节遇天祺得暂闲，（。）便有啼莺迎柳外，不妨飞蝶导花间。"

（50）杨简七律《喜雪次陈书韵》"明平京声成"（48—30092），诗句："推户忽惊琼作地，登楼笑指玉为京。暂停枰上犹贤弈，来作弦间太古声，（。）甚念衣单尘甑者，毋令彼此有亏成。"

（51）钱闻诗五古《爱莲堂》"符娱徒俱吾儒愚迂无扶珠"（48—30119），诗句："彼此一是非，能问庄生无。坐看万朵红，翠盖争相扶，（。）晚凉微雨来，乱落明月珠。"

（52）叶适五律《周宗夷东山堂》"山闲还攀"（50—31249），诗句："偏怜东崦好，只对北堂闲。动石低簷住，流莺拂槛还，（。）仙关锁琼海，幽梦或时攀。"

（53）叶适五律《沈氏书堂》"存翻论根"（50—31251），诗句："应与石渠并，又疑金匮存，（。）晒书天象切，浴砚海光翻。"

（54）徐照五古《觅班竹作床》"踪龙蓬空宫"（50—31392），诗句："莫顾鬼物护，斤斧诛篝龙。不数汉水边，弃贼如草蓬，（。）杀青色玳瑁，六尺光照空。"

（55）洪咨夔五古《乍凉》"远晚反满暖惋短"（55—34575），诗句："一雨添一凉，秋近暑已远。菰荷响骚飒，忽其岁年晚，（。）悁悁我所思，室而偏其反。"

（56）释智愚七绝《礼明教大师塔》："道树将摧皇祐间，力扶危处几多难，（。）因思今日安然者，忍数空庭竹几竿。"（57—35936）

（57）释智愚七绝《生公讲台》："鳞皴瘦石笼寒藓，千石遗踪意转新，（。）纵使天花来堕席，何如缄口过残春。"（57—35972）

（58）释可湘七绝《颂古十四首》第9首"天肩竿"（63—39312），诗作："七处徵它天外天，毫光直射阿难肩，（。）瞿昙忒煞怜儿切，逼得鲇鱼上竹竿。"

（59）应节严七律《雁荡归兴》"攀还间闲悭"（63—39707），诗句："石坛胜地留仙住，玉府浮云伴客闲，（。）秀水名山观不尽，放吟骚客兴何悭。"

（60）舒岳祥七律《冬至前一日小史自溪上》"姝萸酥须粗"（65—40986），诗句："中有黄金白玉姝，莫欺红粒缀茱萸，（。）晓风吹面成冰脑，夜雪流脂结玉酥。"

（60）释如珙四言《颂古四十五首》第13首"音心"（66—41221），诗作："补陀岩上，白衣观音，（。）闻声悟道，见色明心。"

（62）释原妙杂古《偈颂十二首》第2首"折说彻竭澈屑"（68—43176），诗句："直须虚空粉碎，大海枯竭，（。）透顶透底，内外澄澈。"

（63）黄庚七律《次郑朴翁国正见寄》"迟衰期时诗"（69—43588），诗句："春风巷陌杨花后，故国江山杜宇时，（。）一种闲愁无着处，倚窗重读寄来诗。"

（64）赵友直七绝《渔》："垂竿终日坐苔矶，两岸芦花作雪飞，（。）鱼在深波刚不食，蓑披一片冻云归。"（70—43961）

（65）张玉娘五古《古别离》"道草杳浩好槁老"（71—44623），诗句："迢递山河长，缥缈音书杳，（。）愁结雨冥冥，情深天浩浩。"

（66）陈文增七律《春日田园杂兴》"风浓农封容"（71—44728），诗句："熙熙坱圠扇和风，簇簇人烟野意浓，（。）培溉桑麻沿汲路，经行荠麦省耕农。"

2. 奇句韵字后当用逗号却用作句号

（67）钱昭度七律《野墅夏晚》"腮材来杯归"（1—589），诗句："黄蜂衙退海潮上，白蚁战酣山雨来。睡思几家金带枕。酒香何处玉交杯。""枕"字属奇句位置，不入韵，故其后宜用逗号。

为表达简洁起见，下列韵例一般不作文字说明，仅在原句号下用横线标注，其后括号内的逗号则为正确标号。

（68）林逋五律《监郡太博惠酒及诗》"阴心侵森"（2—1207），诗句："况复对樽酒，百虑安能侵。何以比交情。（，）松桂寒萧森。"

（69）林逋七律《寿阳城南写望怀历阳故友》"溃勋云分群"（2—1228），诗句："楚山重叠矗淮濆，堪与王维立画勋。白鸟一行天在水。（，）绿芜千阵野平云。"

（70）释保暹五律《寄行肇上人》"峰钟慵蛩"（3—1448），诗句：

"来书度深雪,归梦断疏钟。开口与时避。(,)论心似我慵。"

(71)强至七排《送王夕拜移帅庆阳》"泥西蹄低齐携圭跻楼"(10—7048),诗句:"城堡此时归镇静,朝廷自昔重招携。坐收勋叶光彝鼎。(,)入拜恩私宠介圭。"

(72)徐积五古《谢玉师》第5韵段"何磨歌"(11—7608),末四句:"欲报将奈何,肉镌骨可磨。泣尽感恩泪。(,)慷慨成悲歌。"

(73)韦骧五排《寒雨夜会得歌字》"和多波歌磨何"(13—8474),诗句:"佳客来相遇,衔杯语论和。夜寒兼雨甚。(,)酒色向人多。泪烛摇红尊,风帷动翠波。"

(74)张耒七律《卧病月余呈子由二首》第1首"朝遥烧蕉消"(20—13200),诗句:"四禅未到风犹梗,九转无功火不烧。(,)学道若为调鹿马,是身不实似芭蕉。"

(75)孙觌五古《三衢教授陈德召宠贶新》第1首"津邻轮芹云"(26—16957,诗句:"伐树已扫迹,种花今问津。一筇随卧起。(,)四壁空无邻。"

(76)张纲七律《赴喜雪御筵归作》"催来开疊才"(27—17906),诗句:"春雪排筵晓漏催,玉人传诏下天来。香随日转蓬莱近。(,)花带春回锦绣开。"

(77)沈与求五律《得家书》"家花华瓜"(29—18786),前四句:"国步犹艰棘,不堪频问家。霜毛失翠葆。(,)蒿目乱玄花。"

(78)郑刚中七古《广南食槟榔先嚼蚬灰蒌》第1韵段"幢榔场方肠藏当霜殃黄尝堂光良"(30—19118),诗句:"吾邦合姓问名者,不许羔雁先登堂。盘奁封题裹文绣。(,)个数惟用多为光。"

(79)李弥逊五古《五石·碧涧》"倾声明缨"(30—19231),前四句:"苍崖高郁盘,下有千仞倾。当时捐珮侣。(,)寄此琤琮声。"

(80)邵彪五律《压云轩》"号涛毛劳"(31—19975),前四句:"绝顶地平易,轩窗风怒号。半空垂象纬。(,)四面涌波涛。"

(81)吴芾五古《和陶影答形》"拙绝悦别灭热竭劣"(35—22010),诗句:"人情苦好乖,会少常多别。而我独与君。(,)初不易生灭。相亲如一体,亦不畏寒热。"

(82)陈棣五律《春日杂兴五首》第1首"赊鸦花车"(35—22022),诗句:"春色遽如许,春愁一望赊。簾低宜著燕。(,)柳暗欲藏鸦。鸠妇

附录（四） 《全宋诗》江浙诗歌校勘

催疎雨，蜂臣趁落花。"

（83）史浩五律《次韵姚令威郎中从驾早行》第1首"犀低蹄鸡"（35—22138），诗句："修途随上下，软语杂高低。扈跸俱多士。（，）扬鞭过万蹄。"

（84）史浩五古《进明堂庆成诗》"辛禋宸新陈均神旻宸亲春垠臣人"（35—22140），诗句："宣室宜膺福，慈闱亟拱宸。簪花驰万骑。（，）归昨见双亲。"

（85）王十朋七律《再和二首》第1首"岚贪潭三含"（36—22624），末四句："观尽岂需穷莫四，悟来初不异前三。莫将七际观东际。（，）法界三千际际含。"

（86）王十朋七古《林知常惠白酒六尊仍示》"亩口友吼手斗后有厚九"（36—22628），诗句："百钱强就村媪醉，终夜蔬肠作雷吼。先生只把文字耕。（，）妙意能施杜康手。"

（87）王十朋五古《孟甲孟乙好蓄古钱因示》"古谱府睹宇取堵数五父"（36—22646），诗句："世人多好钱，今汝独好古。书中阅平准。（，）壁上按图谱。"

（88）王十朋杂古《左原纪异》第5韵段"丁声惊"（36—22658），诗句："彩棒来临驱五丁。（，）抉石求尸俄有声。头颅半露语未辩，人疑鬼物相视惊。"

（89）王十朋五律《度谢公岭》"中匆公翁"（36—22665），首二句："十年九行役。（，）屡经此山中。"

（90）王十朋七绝《禹庙》："越国遗民念帝功。（，）稽山庙貌胜卑宫。少陵莫叹丹青落，纸上丹青自不穷。"（36—22719）。

（91）王十朋七律《子应和诗再用前韵》"多何磨坡戈"（36—22773），前四句："江东腊雪为谁多，清逼官梅兴动何。堂坐玉芝劳想象。（，）句工冰柱老研磨。"

（92）王十朋五律《宿华容寺》"初庐书鱼"（36—22805），诗句："药痊明主疾，鼠福梵王庐。帝赐褒嘉礼。（，）神留吉利书。"

（93）王十朋七绝《买山》："书生为郡亦迂哉，剩买童山买木栽。但遣牛羊勿践履。（，）它年定出栋梁材。"（36—22825）

（94）王十朋七绝《甘露降于宅堂竹间凡半》第2首："竹间甘露日瀼瀼，饴蜜珠玑带细香。天闵夔民岁饥谨。（，）雨旸时若乃嘉祥。"（36—

22828）。

（95）王十朋五律《中元日得雨》"元烦言园"（36—22839），诗句："既贺庙苏槁，还欣暑涤烦。德知天地大。（,）功任鬼神言。"

（96）王十朋五律《入长溪境》"川天边泉"（36—22901），前四句："老矣倦游宦，入闽如山川。三山疑隔海。（,）九岭类钻天。"

（97）王十朋七律《次韵夔漕赵若拙见寄》第1首"乡敩汤昌堂"（36—22903），末四句："民虽屡试如冯翊，诏未能焚愧益昌。乞得祠宫养衰病。（,）梦中依旧坐黄堂。"

（98）王十朋七律《知宗游延福有诗见怀次》"干山关闲间"（36—22910），诗句："风伯如嫌俗驾至，禅房疑为病夫关。铃斋倦卧眼界寂。（,）诗社免陪心境闲。"

（99）王十朋五律《州宅即事》"芳香长乡"（36—22912），前四句："泉南古州宅，草木有遗芳。鹰爪冬犹绿。（,）阇提夜更香。"

（100）王十朋五古《知宗柑诗用韵颇险予既》"覃潭蓝涵谈男儋南含岚函曇糸聃三探甔蚕櫩楠湛魶苷蚶骖泔篸蟫痰庵"（36—22931）。诗句："新宜荐寝庙。（,）香可供瞿昙。夔子那能比，罗浮未许糁。"

（101）王十朋七绝《曹梦良教授寄柑一百颗》第2首："绝品知君尚未尝。（,）三山绛帐喜相将。冷官岂是淹贤地，尤物聊观十八娘。"（36—22936）

（102）李若川七古《蚕妇词》第3韵段"迟机衣"，诗句："看蚕新妇夜不眠，蚕老登山满家喜。阿姑嗔办缲车迟。（,）小姑已催修织机。"（37—23287）第2韵段为"起指喜"。

（103）陆游七律《新晴出门闲步》"晴行成耕羹"（40—25103），前四句："一夜风号作快晴。（,）披裘扶杖出门行。青山绕舍雪封尽，丹叶满街霜染成。"

（104）范成大五律《元日立春感叹有作二首》第1首"寒盘冠残"（41—26018），前四句："元日兼春日，霜寒又雪寒。併烦传菜手。（,）同捧颂椒盘。"

（105）喻良能五律《对镜芙蓉二岭相望仅三》"花家斜遮"（43—26952），诗句："险中多虎迹，平处少人家。曲六蛇行迥。（,）欹危鸟道斜。"

（106）喻良能五律《奉和赵大本教授何处春》第1首"家车花斜"

（43—26956），前四句："何处春深好，春深泮水家。不妨频折角。（,）宁复误随车。"

（107）楼钥五古《枢密府雪后作故韩氏子》"赋去府步寓许贮雨注吐布具暮语趣树数驻句"（47—29397），诗句："吾方谋乞身，信美难久驻。未能写成图。（,）聊用赋长句。"

（108）叶适五古《送林退思四川分司茶马》"名倾升情冰鸣争营轻行"（50—31227），末四句："感子奋衣去，客猛意自轻。笑我老何怯。（,）万里今横行。"

（109）苏洞五律《玉麟堂上偶成》"疎鱼初欤"（54—33918），首二句："雨燕飞仍集。（,）池荷密复疎。"

（110）储泳五律《思归》"晖归飞衣"（57—35824），诗句："客楼高处望，独立对斜晖。负郭有田在。（,）故山何日归。"

（111）史铸七绝《菊花》第4首"香阳囊"（57—35887），末二句："愈风明目须真物。（,）梦寐宜人入枕囊。"

（112）史铸七绝《残菊》"知吹诗"（57—35890），诗作："节去蜂愁蝶不知，冷香消尽晚风吹。碎金狼藉不堪摘。（,）空作主人惆怅诗。"

（113）史铸七绝《菊花五首》第5首"骚醪高"（57—35891），诗作："不是餐英泥楚骚，重阳菊蕊泛香醪。寻常不醉此时醉。（,）陶令抛官意独高。"

（114）史铸七绝《白菊》"匀珍"（57—35892），诗作："玉攒碎叶尘难染。（,）露湿香心粉自匀。一夜小园开似雪，清香自是药中珍。"

（115）释普度杂古《偈颂一百二十三首》第3首"亲嗔"，诗作："有主有宾，无疎无亲。直饶七佛到来。（,）各与三十挂杖，少喜多嗔。"（61—38502）

（116）释文珦五古《钓雪老渔》"叟首酒口"（63—39552），诗句："彼渔者何人，莫是沧浪叟。万顷自清心。（,）千山同白首。"

（117）陈著杂古《送洵之越》"同胸功叟翁忠童穷风逢中容从龙"（64—40296），"叟"字相关诗句："窆石亭空思禹迹，飞翼楼高忆蠡功。过司马寓第，如见涑水叟。入稽山书院，如见晦菴翁。"按照标点符号的提示，"叟"字应入韵。但是"叟"，《广韵》厚韵苏后切；而其余韵字属东钟部，二者不协。从诗义看，"叟"字处宜用分号或逗号。或者"第"、"院"字后均不停顿："过司马寓第如见涑水叟，入稽山书院如见晦菴翁。"总之,"叟"不入韵。

(118) 刘黻五律《和康节三诗·安分》"乡房凉长量"(65—40711),诗句:"所寓即为乡,萧萧竹护房。山中观造化。(,)世上任炎凉。"

(119) 舒岳祥五律《怅望雁山云》"云伸身春人"(65—40939),诗句:"怅望雁山云,柴门一欠伸。笭箵潭底影。(,)袯襫雨中身。"

(120) 戴表元五律《读阆风题林隐诗追和赠》"年田煎连"(69—43682),诗句:"山林一迹地,尘土二毛年。避世书为屋。(,)谋生药当田。"

五 存疑

1. 徐积七古《和鲁山感春二首》第1首:"君看纷纷能几时,一番情态随春尽。欢者常少戚者多,共君且趁春风歌。莫学时人种花草,不似山中松桂好。"(11—7585)第2首:"一笑一啼何日休,一荣一悴何时尽。樽中野酒亦无多,日伴吟翁慷慨歌。茅屋窗前棲乱草,胜却花间绣裀好。"经核文渊阁《四库全书》影印本《节孝集》,无文字讹误。

二首均为6句,后四句分别构成2韵段:多歌/草好。依此韵例,一二句似乎也应押韵,但是"时尽""休尽"均不协。

2. 王令四言《我策我马寄王介甫》第3首:"井则有泉,渴者俯之。燎之阳阳,寒者附之。君子则高,吾则仰之。"(12—8073)第1、2首为杂言古体诗,每首均三句,且均为句句韵。而"仰"与"俯""附"不协。

3. 陈公辅七绝《绝句三首》第2首"疏裙"(24—16170),诗作:"夹岸古榆清荫密,傍簪斜月冷光疏。晚凉一枕邯郸梦,半夜西风已满裙。"核对此诗出处《诗渊》①,无文字讹误。"裙"疑"裾"之误。

4. 葛立方五古《九效·君臣》:"……。有熊兮重华,风后兮皋繇。世卓兮眇眇,矩矱兮可寻。申椒兮杜蘅,揭车兮留夷。……"②(34—21824)

按照标点所示,其韵字为"繇寻夷",不协。此为第2韵段,第1、3

---

① 书目文献出版社1985年版,第六册,第3953页。
② 此诗亦见《全宋文》第201册,上海辞书出版社、安徽教育出版社2006年版,第22页。

韵段分别为：从宫/堂昌。经核《侍郎葛公归愚集》① 无异文。

5. 释道济杂古《雨伞》"栾穿手先天"（50—31104），"手"字句："四大假合，柄在人手。"核对出处《钱塘湖隐济颠禅师语录》②，无异文。"手"与其他韵字不协。

6. 徐侨《欲雨雪而晴》："云冻雨无脚，寒凝霜有毛。却能开霁色，爱日炫初晴。"（52—32823）"毛""晴"不协。此诗出自《毅斋诗集别录》，《全宋诗》的底本是《宛委别藏》本③，校之无误；而祖本（明正德本）此处却漶漫残缺④，不易识别。

7. 释慧开杂古《南剑州伏虎岩请师开山》"怪大寨鼓解"（57—35675），"鼓"字句："无端于微尘国里，转大法轮，击大法鼓。""鼓"与其他韵字不协。

8. 赵良坡《过叔祖崇栲翁别业》："别业开东野，萧然足卧云。涛声晴射雨，庭影夏呈秋。返照霞初幕，遥峰翠欲流。以斯清乐境，不信有瀛洲。"（68—42920）。此诗出自清代钱玫《历朝上虞诗集》（道光15年刻本）卷三。"云"与"秋流洲"不协。

9. 白珽四言《题郑子真画四季诗意》第1首："红杏绿杨，永昼野服。柴门散仙，莫道无人。知处东风，都在吟笺。"（70—44278）"服""人""笺"不协。

10. 白珽四言《题郑子真画四季诗意》第2首："莲叶吹香，澹澹扁舟。撑港斜斜，惊散一行。白鹭西风，卷起梨花。"（70—44279）"舟""行""花"不协。经核出处《湛渊集》，无文字讹误。

---

① 《丛书集成续编》本，新文丰出版公司1985年版，第129册，第28页。
② 《古本小说集成》本，上海古籍出版社1994年版，第123页。
③ （清）阮元辑，江苏古籍出版社1988年版，第102册，第39页。
④ 《宋集珍本丛刊》本，四川大学古籍研究所编纂，线装书局2004年版，第70册，第603页。

参考文献

白钟仁：《北宋李之仪诗词用韵研究》，刘晓南、张令吾：《宋辽金用韵研究》，香港文化教育出版有限公司2002年版。
白钟仁：《北宋山东诗文用韵研究》，博士学位论文，南京大学，2001年。
鲍明炜：《李白诗的韵系》，《南京大学学报》1957年第1期。
鲍明炜：《白居易元稹诗的韵系》，《南京大学学报》1981年第2期。
鲍明炜：《唐代诗文韵部研究》，江苏古籍出版社1990年版。
鲍明炜、王均：《南通地区方言研究》，江苏教育出版社2002年版。
北京大学古文献研究所：《全宋诗》，北京大学出版社1991—1998年版。
北京大学中国语言文学系语言学教研室：《汉语方音字汇》，语文出版社2008年版。
北京师范学院中文系方言调查组：《桐庐方言志》，语文出版社1992年版。
蔡嵘：《浙江乐清方言音系》，《方言》1999年第4期。
曹志耘：《严州方言研究》，《中国语学研究·开篇》单刊NO.7，东京好文1996年版。
曹志耘、秋谷裕幸、太田斋、赵日新：《吴语处衢方言研究》，《中国语学研究·开篇》单刊NO.12，东京好文2000年版。
曹志耘：《南部吴语语音研究》，商务印书馆2002年版。
曹志耘：《浙江省的汉语方言》，《方言》2006年第3期。
曹志耘：《吴语婺州方言研究》，商务印书馆2016年版。
常山县志编纂委员会：《常山县志》，浙江人民出版社1990年版。
陈昌仪：《赣方言概要》，江西教育出版社1991年版。
陈承融：《平阳方言记略》，《方言》1979年第1期。
陈海波、尉迟治平：《五代诗韵系略说》，《语言研究》1998年第1期。
陈立中：《湘语与吴语音韵比较研究》，中国社会科学出版社2004年版。

（宋）陈彭年等：《宋本广韵》，张氏泽存堂本，中国书店 1982 年版。

（元）陈世隆：《宋诗拾遗》，《新世纪万有文库》本，辽宁教育出版社 2000 年版。

陈新、张如安、叶石健等：《〈全宋诗〉订补》，大象出版社 2005 年版。

陈章太、李行健：《普通话基础方言基本词汇集》语音卷（下），语文出版社 1996 年版。

陈正祥：《中国文化地理》，生活·读书·新知三联书店 1983 年版。

陈忠敏：《汉语方言语音史研究与历史层次分析法》，中华书局 2013 年版。

程垂成：《从白居易讽喻诗的用韵看元和魂痕分用的现象》，《河北大学学报》（哲学社会科学版）1991 年第 2 期。

程民生：《宋代地域文化》，河南大学出版社 1997 年版。

程朝晖：《欧阳修诗词用韵研究》，《中国语文》1986 年第 4 期。

赤松祐子：《真诰诗文押韵中所见的吴语现象》，徐云扬：《吴语研究》，香港中文大学新亚书院 1995 年版。

储泰松：《施护译音研究》，《薪火编》，山西高校联合出版社 1996 年版。

储泰松：《唐代的秦音与吴音》，《古汉语研究》2001 年第 2 期。

储泰松：《唐五代关中方音研究》，安徽大学出版社 2005 年版。

淳安县志编纂委员会：《淳安县志》，汉语大词典出版社 1990 年版。

戴昭铭：《天台方言初探》，中国社会科学出版社 2003 年版。

丁邦新：《魏晋音韵研究》，中央研究院历史语言研究所专刊之六十五，台北中央研究院历史语言研究所 1975 年印行。

丁邦新：《丁邦新语言学论文集》，商务印书馆 1998 年版。

丁邦新：《一百年前的苏州话》，上海世纪出版集团、上海教育出版社 2003 年版。

丁邦新：《历史层次与方言研究》，上海世纪出版股份有限公司、上海教育出版社 2007 年版。

（宋）丁度等：《集韵》，上海古籍出版社影印述古堂影宋钞本 1985 年版。

丁锋：《〈博雅音〉音系研究》，北京大学出版社 1995 年版。

丁福保：《历代诗话续编》，中华书局 1983 年版。

丁启阵：《秦汉方言》，东方出版社 1991 年版。

丁治民：《辽韵考》，《古汉语研究》1999 年第 4 期。

丁治民：《金末道士侯善渊诗词用韵与晋南方言》，《古汉语研究》2002 年第3期。

丁治民：《〈全宋诗〉校勘举隅》，《古籍整理研究学刊》2004年第5期。

丁治民：《宋代川籍诗人用韵中的歌豪通押新证》，《语文研究》2005年第1期。

丁治民：《唐辽宋金北京地区韵部演变研究》，黄山书社2006年版。

丁治民：《宋代徽语考》，《古汉语研究》2007年第1期。

东阳市地方志编纂委员会：《东阳市志》，汉语大词典出版社1993年版。

董炳辉：《中古"涯"字韵属证》，《语文研究》1981年第2期。

杜爱英：《北宋江西诗人用韵研究》，博士学位论文，南京大学，1998A年。

杜爱英：《北宋诗僧德洪用韵考》，《山东师大学报》（社会科学版）1998B年第1期。

杜爱英：《〈汤显祖诗文集〉韵文的标点问题》，《古籍整理研究学刊》2000年第1期。

（清）杜文澜：《古谣谚》，中华书局1958年版。

（清）樊腾凤：《五方元音》，《续修四库全书》第260册，上海古籍出版社1995年版。

方松熹：《舟山方言研究》，社会科学文献出版社1993年版。

方松熹：《义乌方言研究》，《浙江海洋学院学报》1999年第2期。

方松熹：《义乌方言》，中国文联出版社2002年版。

冯蒸：《中古果假二摄合流性质考略》，《古汉语研究》1989年第4期。

冯蒸：《〈尔雅音图〉音注所反映的宋初四项韵母音变》，程湘清：《宋元明汉语研究》，山东教育出版社1992年版。

冯志白：《陆游诗的入声韵系》，《南开学报》1991年第1期。

冯志白：《陆游古体诗的用韵系统》，《语言研究》1994年增刊。

傅国通、蔡勇飞等：《吴语的分区（稿）》，《方言》1986年第1期。

葛毅卿：《隋唐音研究》，南京师范大学出版社2003年版。

耿振生：《明清等韵学通论》，语文出版社1992年版。

耿振生：《20世纪汉语音韵学方法论》，北京大学出版社2004年版。

耿振生：《诗词曲的格律和用韵》，大象出版社2009年版。

耿志坚：《中唐诗人用韵考》，《声韵论丛》第三辑，台湾学生书局1991年版。

耿志坚：《晚唐及唐末、五代僧侣诗用韵考》，《声韵论丛》第四辑，台湾学生书局 1992 年版。

古屋昭弘：《韵书中所见吴音的性质》，徐云扬：《吴语研究》，香港中文大学新亚书院 1995 年版。

顾黔：《通泰方言音韵研究》，南京大学出版社 2001 年版。

管锡华：《校勘学》，安徽教育出版社 1991 年版。

郭绍虞：《宋诗话辑佚》，中华书局 1980 年版。

国赫彤：《从白居易诗文用韵看浊上变去》，《语言研究》1994 年增刊。

国家图书馆善本金石组：《台州金石录》，北京图书馆出版社 2000 年版。

（金）韩道昭著，宁忌浮校订：《校订五音集韵》，中华书局 1992 年版。

何大安：《六朝吴语的层次》，中央研究院历史语言研究所集刊第 64 本第 4 分，台北中央研究院历史语言研究所 1993 年印行。

（清）何文焕：《历代诗话》，中华书局 1981 年版。

（宋）何薳著，张明华点校：《春渚纪闻》，中华书局 1983 年版。

（宋）洪迈：《容斋随笔》，上海古籍出版社 1996 年版。

侯精一：《现代汉语方言概论》，上海教育出版社 2002 年版。

胡明扬：《三百五十年前苏州一带吴语一斑——〈山歌〉和〈挂枝儿〉所见的吴语》，《语文研究》1981 年第 2 期。

胡明扬：《海盐方言志》，浙江人民出版社 1992 年版。

（清）胡鸣玉：《订讹杂录》，《丛书集成初编》本，中华书局 1985 年版。

胡运飙：《吴文英张炎等南宋浙江词人用韵考》，《西南师范大学学报》（人文社会科学版）1987 年第 4 期。

（宋）胡仔纂集，廖德明校点：《苕溪渔隐丛话》，人民文学出版社 1962 年版。

华学诚：《汉语方言学史及其研究论略》，《扬州大学学报》（人文社会科学版）2002 年第 1 期。

华学诚：《周秦汉方言研究史》，复旦大学出版社 2003 年版。

（元）黄公绍、熊忠著，宁忌浮整理：《古今韵会举要》，中华书局 2000 年版。

黄仁瑄：《〈四分律〉之玄应"音义"校勘举例》，《语文研究》2013 年第 3 期。

黄仁瑄：《慧琳〈一切经音义〉校勘十例》，《语言研究》2014 年第 3 期。

黄晓东：《浙江临海方言音系》，《方言》2007年第1期。
黄笑山：《〈切韵〉和中唐五代音位系统》，台北文津出版社1995年版。
江苏省地方志编纂委员会：《江苏省志·方言志》，南京大学出版社1998年版。
江苏省公安厅《江苏方言总汇》编写委员会：《江苏方言总汇》，中国文联出版公司1998年版。
江苏省和上海市方言调查指导组：《江苏省和上海市方言概况》，江苏人民出版社1960年版。
姜亮夫：《昭通方言疏证》，上海古籍出版社1988年版。
蒋冰冰：《吴语宣州片方言音韵研究》，华东师范大学出版社2003年版。
蒋冀骋：《近代汉语音韵研究》，湖南师范大学出版社1997年版。
蒋冀骋：《王梵志诗用韵考》，蒋冀骋：《敦煌文献研究》，湖南师范大学出版社2005年版。
蒋礼鸿：《敦煌变文字义通释》（增补定本），上海古籍出版社1997年版。
蒋绍愚：《近代汉语研究概况》，北京大学出版社1994年版。
金华市地方志编纂委员会：《金华市志》，浙江人民出版社1992年版。
金华县志编纂委员会：《金华县志》，浙江人民出版社1992年版。
金雪莱：《罗隐诗用韵研究》，《河南教育学院学报》（哲学社会科学版）2001年第1期。
金雪莱、黄笑山：《中古诗文用韵考研究方法的进展》，《语言研究》2006年第3期。
金有景：《关于浙江方言中咸山两摄三四等字的分别》，《语言研究》1982年第1期。
开化县志编纂委员会：《开化县志》，浙江人民出版社1988年版。
丽水地区地方志编纂委员会：《丽水地区志》，浙江人民出版社1993年版。
丽水市志编纂委员会：《丽水市志》，浙江人民出版社1994年版。
赖江基：《从白居易诗用韵看浊上变去》，《暨南学报》1982年第4期。
（明）兰廷秀：《韵略易通》，《续修四库全书》第259册，上海古籍出版社1995年版。
黎新第：《形声字读音类化现象探索》，中国音韵学研究会：《音韵学研究》第一辑，中华书局1984年版。
黎新第：《在辽代石刻韵文中见到的辽代汉语语音》，《古汉语研究》2009

年第1期。

黎新第:《敦煌写本别字异文所见庚青、东钟相混》,"第四届汉语历史音韵学高端论坛"会议论文,2012年。

李爱平:《金元山东词人用韵考》,《语言研究》1985年第2期。

李范文:《宋代西北方音》,中国社会科学出版社1994年版。

李军:《〈切字捷要〉研究》,中华书局2015A年版。

李军:《江西赣方言历史文献与历史方音研究》,商务印书馆2015B年版。

李蓝:《论"做"字的音》,《中国语文》2003年第2期。

李荣:《隋韵谱》,《中国语文》1961年第10—11期。

李荣:《语音演变规律的例外》,《中国语文》1965年第2期。

李荣:《温岭方言语音分析》,《中国语文》1966年第1期。

李荣:《音韵存稿》,商务印书馆1982年版。

李荣:《论李涪对〈切韵〉的批评及其相关问题》,《中国语文》1985年第1期。

李荣:《现代汉语方言大词典》(全6卷),江苏教育出版社2002年版。

李申:《徐州方言志》,语文出版社1985年版。

李文泽:《史炤〈资治通鉴释文〉与宋代四川方音》,《四川大学学报》(哲学社会科学版)2000年第4期。

李文泽:《宋代语言研究》,线装书局2001年版。

李无未:《音韵文献与音韵学史》,吉林文史出版社2005年版。

李无未、李红:《宋元吉安方音研究》,中华书局2008年版。

李新魁:《宋代汉语韵母系统研究》,《语言研究》1988年第1期。

李新魁:《近代汉语全浊音声母的演变》,李新魁:《李新魁自选集》,大象出版社1993年版。

(唐)李肇:《唐国史补》,上海古籍出版社1957年版。

廖珣英:《关汉卿戏曲的用韵》,《中国语文》1963年第4期。

廖珣英:《诸宫调的用韵》,《中国语文》1964年第1期。

临海市志编纂委员会:《临海县志》,浙江人民出版社1989年版。

林长伟:《陆游诗用韵中"浊上变去"的考察》,《福建师范大学学报》(哲学社会科学版)1992年第4期。

林晓晓:《吴语路桥方言的音韵特点》,《台州学院学报》2011年第1期。

林晓晓:《浙江台州路桥方言同音字汇》,《方言》2012年第2期。

林亦：《黄庭坚诗文用韵考》，《广西大学学报》1991年第4期。

林亦：《百年来的东南方言史研究》，南京大学出版社2004年版。

刘丹青：《南京话音档》，侯精一：《现代汉语方言音库》，上海教育出版社1997年版。

刘根辉、尉迟治平：《中唐诗韵系略说》，《语言研究》1999年第1期。

刘红花：《〈广韵〉所记方言词》，硕士学位论文，湖南师范大学，2002年。

刘君惠等：《扬雄〈方言〉研究》，巴蜀书社1992年版。

刘纶鑫：《浊上变去见于南宋考》，《中国语文》1997年第1期。

刘民钢：《上海话语音简史》，学林出版社2004年版。

刘青松：《宋元时入声韵尾的消变》，《广西师范大学学报》（哲学社会科学版）1998年第6期。

刘晓南：《宋代福建文士用韵中的阴入通押现象》，《语言研究》音韵学专辑，1998A年。

刘晓南：《南宋崇安二刘诗文用韵与闽北方言》，《中国语文》1998B年第3期。

刘晓南：《宋代闽音考》，岳麓书社1999年版。

刘晓南：《朱熹与闽方言》，《方言》2001A年第1期。

刘晓南：《宋代文士用韵与宋代通语及方言》，《古汉语研究》2001B年第1期。

刘晓南：《宋代福建文士用韵中的阴入通押现象》，刘晓南、张令吾：《宋辽金用韵研究》，香港文化教育出版社有限公司2002年版。

刘晓南：《中古以来的南北方言试说》，《湖南师范大学社会科学学报》2003年第4期。

刘晓南：《宋代四川诗人用韵及宋代通语音变若干问题》，《四川大学学报》（哲学社会科学版）2004年第6期。

刘晓南：《汉语历史方言语音研究的几个问题》，《励耘学刊》第1辑，学苑出版社2005年版。

刘晓南、罗雪梅：《宋代四川诗人阳声韵及异调通押中的方音现象》，《古汉语研究》2006年第3期。

刘晓南、罗雪梅：《宋代四川诗人阴声入声韵通押中的方音现象》，《古汉语研究》2007A年第3期。

刘晓南：《汉语音韵研究教程》，北京大学出版社 2007B 年版。

刘晓南：《宋代四川方音概貌及"闽蜀相近"现象》，《语文研究》2008 年第 2 期。

刘晓南：《毛氏父子吴音补正》，《山西大学学报》（哲学社会科学版）2009 年第 5 期。

刘晓南：《历史方音的文献研究方法论》，郭锡良、鲁国尧：《中国语言学》第 5 辑，北京大学出版社 2011 年版。

刘晓南：《宋代四川语音研究》，北京大学出版社 2012 年版。

刘晓南：《元祐新制与宋代叶韵》，《古汉语研究》2013 年第 4 期。

刘晓南：《〈诗集传〉叶音与宋代常用字音——叶音同于韵书考论之二》，《长江学术》2015 年第 1 期。

刘晓南：《程朱二氏"四声互用"说考源》，《古汉语研究》2016 年第 4 期。

龙游县志编纂委员会：《龙游县志》，中华书局 1991 年版。

鲁国尧：《宋代辛弃疾等山东词人用韵考》，《南京大学学报》（哲学社会科学版）1979 年第 2 期。

鲁国尧：《宋代苏轼等四川词人用韵考》，北京大学中文系《语言学论丛》编委会：《语言学论丛》第八辑，商务印书馆 1981 年版。

鲁国尧：《宋词阴入通叶现象的考察》，中国音韵学研究会：《音韵学研究》第二辑，中华书局 1986A 年版。

鲁国尧：《元遗山诗词用韵考》，《南京大学学报》（哲学社会科学版）1986B 年第 1 期。

鲁国尧：《〈南村辍耕录〉与元代吴方言》，《中国语言学报》编辑委员会：《中国语言学报》第 3 期，商务印书馆 1988 年版。

鲁国尧：《宋代福建词人用韵考》，吕叔湘等：《语言文字学术论文集》，知识出版社 1989 年版。

鲁国尧：《论宋词韵及其与金元词韵的比较》，《中国语言学报》编委会：《中国语言学报》第四期，商务印书馆 1991 年版。

鲁国尧：《宋元江西词人用韵研究》，胡竹安、杨耐思、蒋绍愚：《近代汉语研究》，商务印书馆 1992 年版。

鲁国尧：《〈卢宗迈切韵法〉述评》，鲁国尧：《鲁国尧自选集》，河南教育出版社 1994 年版。

鲁国尧:《"颜之推谜题"及其半解(上)》,《中国语文》2002年第6期。
鲁国尧:《泰州方音史和通泰方言史研究》,鲁国尧:《鲁国尧语言学论文集》,江苏教育出版社2003A年版。
鲁国尧:《客、赣、通泰方言源于南朝通语说》,鲁国尧:《鲁国尧语言学论文集》,江苏教育出版社2003B年版。
鲁国尧:《论汉语音韵学的研究方法和我的"结合论"》,《汉语学报》2007年第2期。
鲁国尧:《鲁国尧语言学文集:衰年变法丛稿》,上海古籍出版社2013年版。
(唐)陆德明:《经典释文》,中华书局1983年版。
(宋)陆游撰,李剑雄、刘德权点校:《老学庵笔记》,《唐宋史料笔记丛刊》本,中华书局1979年版。
(宋)陆游著,钱仲联校注:《剑南诗稿校注》,上海古籍出版社1985年版。
陆志韦:《记邵雍〈皇级经世〉的"天地语音"》,陆志韦:《陆志韦近代汉语音韵论集》,商务印书馆1988年版。
逯钦立:《先秦汉魏晋南北朝诗》,中华书局1983年版。
吕叔湘:《丹阳方言语音编》,语文出版社1993年版。
罗常培:《唐五代西北方音》,科学出版社1961年版。
罗常培、周祖谟:《汉魏晋南北朝韵部演变研究》(第一分册),中华书局2007年版。
罗德真:《王安石诗词用韵研究》,《南京师范大学学报》(社会科学版)1990年第3期。
罗杰瑞著:《汉语概说》,张惠英译,语文出版社1995年版。
罗立方:《陈子昂诗歌用韵考》,《四川师范学院学报》(哲学社会科学版)2002年第6期。
罗雪梅:《宋代四川诗人用韵研究》,硕士学位论文,湖南师范大学,2003年。
马重奇:《〈南音三籁〉曲韵研究》,《福建师范大学学报》(哲学社会科学版)1995年第1期。
马重奇:《明末上海松江韵母系统研究——晚明施绍莘南曲用韵研究》,《福建师范大学学报》(哲学社会科学版)1998年第3期。

马君花：《〈资治通鉴音注〉音系研究》，博士学位论文，首都师范大学，2008 年。

马宗霍：《音韵学通论》，上海商务印书馆铅印本 1931 年版。

（宋）毛晃增注，（宋）毛居正重增：《增修互注礼部韵略》，文渊阁《四库全书》影印本。

缪树晟：《四川方言词语汇释》，重庆出版社 1989 年版。

南京市地方志编纂委员会：《南京方言志》，南京出版社 1993 年版。

聂鸿音：《回鹘文〈玄奘传〉中的汉字古音》，《民族语文》1998 年第 6 期。

宁海县地方志编纂委员会：《宁海县志》，浙江人民出版社 1993 年版。

磐安县志编纂委员会：《磐安县志》，浙江人民出版社 1993 年版。

裴宰奭：《宋代绍兴词人用韵考》，《南京大学学报（哲学·人文科学·社会科学)》1996A 年第 1 期。

裴宰奭：《宋代临安词人用韵考》，博士学位论文，南京大学，1996B 年。

裴宰奭：《宋代入声字韵尾变迁研究》，《古汉语研究》2002 年第 4 期。

漆凡：《明代浙江诗人用韵研究》，硕士学位论文，广西师范大学，2006 年。

钱乃荣：《当代吴语研究》，上海教育出版社 1992 年版。

钱乃荣：《上海语言发展史》，上海人民出版社 2003 年版。

钱毅：《宋代潼川府路诗人用韵考》，硕士学位论文，湖南师范大学，2001 年。

钱毅：《〈全宋诗〉韵字、标点正误》，《中国韵文学刊》2005 年第 3 期。

钱毅：《宋代江浙诗韵研究》，博士学位论文，扬州大学，2008 年。

钱毅：《宋代江浙诗人用韵中支鱼通押现象考察》，《语文研究》2011 年第 4 期。

钱毅：《宋代江浙诗歌合韵谱》，西南交通大学出版社 2013 年版。

乔全生：《晋方言语音史研究》，中华书局 2008 年版。

青田县志编纂委员会：《青田县志》，浙江人民出版社 1990 年版。

庆元县志编纂委员会：《庆元县志》，浙江人民出版社 1996 年版。

秋谷裕幸、曹志耘：《浙江庆元方言音系》，《方言》1998 年第 1 期。

秋谷裕幸、赵日新等：《吴语江山广丰方言研究》，日本爱媛大学法文学部总合政策学科，2001 年。

秋谷裕幸、赵日新等：《吴语兰溪东阳方言调查报告》，日本学术振兴会平成13—15年度基盘研究（B）"历史文献データと野外调查データの综合を目指した汉语方言史研究（2）"，2002年。
衢州市志编纂委员会：《衢州市志》，浙江人民出版社1994年版。
任中敏著，张之为、戴伟华校理：《唐声诗》，凤凰出版社2013年版。
（明）沈敕：《荆溪外纪》，《丛书集成续编》本，上海书店出版社1994年版。
沈澍农：《中医古籍用字研究》，学苑出版社2007年版。
施燕薇：《丽水城关方言特点释要》，硕士学位论文，浙江大学，2012年。
《诗渊》，书目文献出版社1985年版。
石汝杰：《明清吴语和现代方言研究》，上海辞书出版社2006年版。
[美]史皓元、石汝杰、顾黔：《江淮官话与吴语边界的方言地理学研究》，上海世纪出版股份有限公司、上海教育出版社2006年版。
（宋）释惠洪：《冷斋夜话》，中华书局1988年版。
（辽）释行均：《龙龛手镜》，中华书局1985年版。
（汉）司马迁：《史记》，中华书局1959年版。
四川大学方言调查工作组：《四川方言音系》，《四川大学学报》（社会科学版）专号，1960年。
松阳县志编纂委员会：《松阳县志》，浙江人民出版社1996年版。
遂昌县志编纂委员会：《遂昌县志》，浙江人民出版社1996年版。
孙伯君：《12世纪河西方音的通摄阳声韵》，《中国语文》2012年第2期。
孙捷、尉迟治平：《盛唐诗韵系略说》，《语言研究》2001年第3期。
（宋）孙奕：《履斋示儿编》，《丛书集成初编》本，中华书局1985年版。
台州地区地方志编纂委员会：《台州地区志》，浙江人民出版社1995年版。
泰顺县志编纂委员会：《泰顺县志》，浙江人民出版社1998年版。
唐圭璋：《全宋词》，中华书局1965年版。
唐作藩：《寒山子诗韵（附拾得诗韵）》，北京大学中文系汉语教研室、语言学教研室：《语言学论丛》第五辑，商务印书馆1963年版。
唐作藩：《苏轼诗韵考》，唐作藩：《汉语史学习与研究》，商务印书馆2001年版。
唐作藩：《音韵学教程》，北京大学出版社2002年版。
汤珍珠、陈忠敏：《嘉定方言研究》，社会科学文献出版社1993年版。

（明）陶宗仪：《说郛三种》，上海古籍出版社1988年版。

田范芬：《宋代荆湖南路诗人用韵考》，硕士学位论文，湖南师范大学，2000年。

（元）脱脱等：《宋史》，中华书局1977年版。

王恩保：《吴淑〈事类赋〉用韵研究》，《古汉语研究》1997年第3期。

王福堂：《汉语方言语音的演变和层次》，语文出版社1999年版。

王福堂：《绍兴方言研究》，语文出版社2015年版。

王军虎：《晋陕甘方言的"支微入鱼"现象和唐五代西北方音》，《中国语文》2004年第3期。

王力：《汉语史稿》，中华书局1980A年版。

王力：《南北朝诗人用韵考》，王力：《龙虫并雕斋文集》第1册，中华书局1980B年版。

王力：《朱翱反切考》，王力：《龙虫并雕斋文集》第3册，中华书局1982年版。

王力：《汉语语音史》，中国社会科学出版社1985年版。

王力：《汉语诗律学》，《王力文集》第14卷，山东教育出版社1989年版。

王力：《诗经韵读　楚辞韵读》，中国人民大学出版社2004年版。

（宋）王令著，沈文倬校点：《王令集》，上海古籍出版社2011年版。

（宋）王楙撰，郑明、王义耀校点：《野客丛书》，上海古籍出版社1991年版。

王森、赵则玲：《奉化方言同音字汇》，《台州学院学报》2009年第2期。

王为民：《"支微入鱼"的演变模式及其在晋方言中的表现》，《语言科学》2011年第6期。

王文胜：《吴语处州方言的地理比较》，浙江大学出版社2012年版。

王文胜：《吴语处州方言的历史比较》，中国社会科学出版社2015年版。

王显：《古韵阳部到汉代所起的变化》，中国音韵学研究会：《音韵学研究》第一辑，中华书局1984年版。

（宋）王象之编著，赵一生点校：《舆地纪胜》，浙江古籍出版社2012年版。

（清）王引之：《经义述闻》，江苏古籍出版社1985年版。

汪平：《苏州方言语音研究》，华中理工大学出版社1996年版。

魏建功：《辽陵石刻哀册文中之入声韵》，魏建功：《魏建功文集》第3卷，江苏教育出版社 2001 年版。

魏慧斌：《宋代江浙词人用韵考》，《湛江师范学院学报》（哲学社会科学版）2006 年第 4 期。

魏慧斌：《宋词用韵研究》，陕西人民出版社 2009 年版。

温端政：《苍南方言志》，语文出版社 1991 年版。

温州市志编纂委员会：《温州市志》，中华书局 1998 年版。

文成县地方志编纂委员会：《文成县志》，中华书局 1996 年版。

吴松弟：《中国人口史·辽宋金时期》，葛剑雄主编：《中国人口史》第 3 卷，复旦大学出版社 2000 年版。

（宋）吴棫：《韵补》，影印辽宁省图书馆藏宋刻本，中华书局 1987 年版。

武义县志编纂委员会：《武义县志》，浙江人民出版社 1990 年版。

萧山县志编纂委员会：《萧山县志》，浙江人民出版社 1987 年版。

谢洁瑕：《宋代中原语音研究》，博士学位论文，南京大学，2005A 年。

谢洁瑕：《宋代苏州诗人李弥逊用韵考》，《语言研究》2005B 年第 3 期。

谢洁瑕：《〈全宋诗〉校勘订误献疑》，《中国韵文学刊》2007 年第 2 期。

辛世彪：《东南方言声调比较研究》，上海世纪出版集团、上海教育出版社 2004 年版。

徐朝东：《从韵脚字谈〈全宋诗〉的校勘问题（四则）》，《古籍整理研究学刊》2002 年第 5 期。

徐朝东：《敦煌韵文中阴入相混现象之考察》，《语言科学》2011 年第 4 期。

徐健：《〈刘知远诸宫调残卷〉用韵考》，《古汉语研究》1997 年第 2 期。

徐时仪：《语言研究与古典文献整理考辨》，《文献》2013 年第 5 期。

徐通锵：《历史语言学》，商务印书馆 199 年版。

徐越：《浙北杭嘉湖方言语音研究》，中国社会科学出版社 2007 年版。

徐越：《杭州方言与宋室南迁》，杭州出版社 2013 年版。

许宝华、汤珍珠：《上海市区方言志》，上海教育出版社 1988 年版。

荀春荣：《韩愈的诗歌用韵》，北京大学中文系《语言学论丛》编委会：《语言学论丛》第 9 辑，商务印书馆 1982 年版。

荀春荣：《柳宗元诗文用韵》，《社会科学战线》1992 年第 4 期。

颜逸明：《平阳县和泰顺县的方言情况》，《方言》1981 年第 1 期。

颜逸明：《吴语概说》，华东师范大学出版社 1994 年版。

颜逸明：《浙南瓯语》，华东师范大学出版社 2000 年版。
杨耐思：《〈中原音韵〉两韵并收字读音考》，杨耐思：《近代汉语音论》，商务印书馆 1997 年版。
杨耐思：《近代汉语-m 的转化》，北京大学中文系《语言学论丛》编委会：《语言学论丛》第 7 辑，商务印书馆 1981 年版。
杨时逢：《四川方言调查报告》（上、下册），中央研究院历史语言研究所专刊之八十二，台北中央研究院历史语言研究所 1984 年印行。
杨树达：《古书句读释例》，中华书局 2003 年版。
（宋）叶梦得：《避暑录话》，《丛书集成初编》本，中华书局 1985 年版。
叶祥苓：《苏州方言志》，江苏教育出版社 1988 年版。
（明）解缙等：《永乐大典》，中华书局 1986 年版。
（清）永瑢等：《四库全书总目》（全二册），中华书局 1965 年版。
游汝杰：《明成化本南戏〈白兔记〉中的吴语成分》，《杭州师范学院学报》1998 年第 5 期。
余廼永：《新校互注宋本广韵》（增订本），上海辞书出版社 2000 年版。
袁家骅等：《汉语方言概要》（第二版），语文出版社 2001 年版。
袁庆述：《"凹"字方言白读考》，《方言》2005 年第 2 期。
（明）乐韶凤等：《洪武正韵》，文渊阁《四库全书》影印本。
《韵镜》，古籍出版社 1955 年版。
曾枣庄、刘琳：《全宋文》，上海辞书出版社、安徽教育出版社 2006 年版。
章江艳：《〈全宋诗〉南宋江西诗人用韵研究》，硕士学位论文，南昌大学，2012 年。
张光宇：《吴闽方言关系试论》，《中国语文》1993 年第 3 期。
张光宇：《吴语在历史上的扩散运动》，《中国语文》1994 年第 6 期。
张光宇：《论闽方言的形成》，《中国语文》1996 年第 1 期。
张鸿魁：《王梵志诗用韵研究》，程湘清：《隋唐五代汉语研究》，山东教育出版社 1992 年版。
张洁：《萧山方言同音字汇》，《方言》1997 年第 2 期。
张金泉：《敦煌曲子词用韵考》，中国音韵学研究会：《音韵学研究》第二辑，中华书局 1986 年版。
张令吾：《北宋诗人徐积用韵研究》，《古汉语研究》1998A 年第 1 期。
张令吾：《宋代江浙诗人用韵考》，博士学位论文，南京大学，1998B 年。

张令吾：《北宋张耒古体诗用韵考》，《语言研究》2004A 年第 2 期。
张令吾：《北宋张耒近体诗用韵考》，《湛江师范学院学报》（哲学社会科学）2004B 年第 5 期。
张如安、傅璇琮：《求真务实严格律己——从关于〈全宋诗〉的订补谈起》，《文学遗产》2003 年第 5 期。
张世禄：《杜甫诗的韵系》，《中央大学文史哲季刊》1944 年第 2 卷第 1 期。
张世禄：《杜甫与诗韵》，张世禄：《张世禄语言学论文集》，学林出版社 1984 年版。
张相：《诗词曲语辞汇释》，中华书局 1953 年版。
张永恺：《瑞安方言读音字典》，上海社会科学院出版社 2004 年版。
张涌泉：《敦煌写本书写特例发微》，张涌泉：《旧学新知》，浙江大学出版社 1999 年版。
张涌泉：《敦煌写本重文号研究》，《文史》2010 年第 1 期。
（明）张自烈编，（清）廖文英续：《正字通》，上海古籍出版社 1996 年版。
赵蓉、尉迟治平：《晚唐诗韵系略说》，《语言研究》1999 年第 2 期。
赵元任：《现代吴语的研究》，科学出版社 1956 年版。
赵则玲、大西博子：《萧山方言的若干内部差异》，《方言》1999 年第 1 期。
赵则玲、陶寰：《兰溪方言语音的主要特点》，《浙江师大学报》（社会科学版）1999 年第 6 期。
赵则玲、郑张尚芳：《浙江景宁畲话的语音特点》，《民族语文》2002 年第 6 期。
赵则玲：《浙江兰溪方言音系》，《宁波大学学报》（人文科学版）2003 年第 4 期。
赵则玲：《浙江临安方言语音特点及其内部差异》，《浙江学刊》2013 年第 1 期。
赵则玲：《浙江宁海方言音系》，《湖州师范学院学报》2015 年第 9 期。
赵振铎：《唐人笔记里面的方俗读音》，四川大学汉语史研究所：《汉语史研究集刊》第 2 辑，巴蜀书社 2000 年版。
郑伟：《吴方言比较韵母研究》，商务印书馆 2013 年版。

郑张尚芳：《温州音系》，《中国语文》1964年第1期。
郑张尚芳：《温州方言歌韵读音的分化和历史层次》，《语言研究》1983年第2期。
郑张尚芳：《温州方言志》，中华书局2008年版。
中国社会科学院语言研究所、澳大利亚人文科学院：《中国语言地图集》，香港朗文出版（远东）有限公司1987年版。
中国社会科学院语言研究所：《方言调查字表》，商务印书馆1981年版。
中华书局编辑部：《宋元方志丛刊》，中华书局1990年版。
钟明立：《寒山诗歌用韵研究》，《华南师范大学学报》（社会科学版）2003年第2期。
钟明立：《普通话"打"字的读音探源》，《中国语文》2007年第5期。
（宋）周必大：《二老堂诗话》，《丛书集成初编》本，中华书局1985年版。
（元）周德清著，陆志韦校：《中原音韵》，影印讷庵本，中华书局1987年版。
周典富：《〈宋史〉点校商兑》，《古汉语研究》2014年第1期。
周法高：《玄应反切考》，中央研究院历史语言研究所集刊第20本（上册），台北中央研究院历史语言研究所1948年印行。
周振鹤、游汝杰：《方言与中国文化》（第2版），上海人民出版社2006年版。
周祖谟：《宋代汴洛语音考》，周祖谟：《问学集》，中华书局1966A年版。
周祖谟：《宋代方音》，周祖谟：《问学集》，中华书局1966B年版。
周祖谟：《唐五代韵书集存》（全二册），中华书局1983年版。
周祖谟：《论裴务齐正字本〈刊谬补缺切韵〉》，北京语言学会：《罗常培纪念论文集》，商务印书馆1984年版。
周祖谟：《变文的押韵与唐代语音》，吕叔湘等：《语言文字学术论文集》，知识出版社1989年版。
周祖谟：《敦煌变文与唐代语音》，周祖谟：《周祖谟学术论著自选集》，北京师范学院出版社1993A年版。
周祖谟：《宋代汴洛音与〈广韵〉》，周祖谟：《周祖谟学术论著自选集》，北京师范学院出版社1993B年版。
周祖谟：《魏晋南北朝韵部之演变》，台北东大图书股份有限公司1996

年版。

周祖谟：《魏晋宋时期诗文韵部的演变》，周祖谟：《周祖谟语言学论文集》，商务印书馆2001年版。

周祖谟：《〈广韵〉校本》（全二册），中华书局2004年版。

（宋）朱熹：《诗集传》，上海古籍出版社1958年版。

（宋）朱熹撰，朱杰人、严佐之、刘永济主编：《朱子全书》，上海古籍出版社、安徽教育出版社2002年版。

朱晓龙：《北宋中原韵辙考——一次数理统计的研究》，语文出版社1989年版。

竺家宁：《论皇极经世书声音唱和图之韵母系统》，竺家宁：《近代音论集》，台湾学生书局1994年版。

综合索引

（按音序排列）

B

北部吴语 9, 63, 92, 111, 129, 132, 134, 139, 152, 170, 187, 188, 197, 202, 204, 205, 216, 223, 224, 228, 229, 232, 233

鼻化 82, 150 - 153, 157, 159, 160, 167, 172, 176, 185, 188, 201, 202, 225 - 227, 239

闭口 118, 148, 153 - 156, 158, 160, 225, 237

C

曹志耘 14, 25, 63, 72, 139, 172, 202

词韵 2, 14, 19, 25, 44, 45, 47, 64, 81, 85, 96, 119, 132, 134, 150, 158, 166, 171, 182, 234 - 240

侈音 148, 153, 157, 160, 161, 237

出韵 18, 20 - 23

处衢 25, 111, 112, 119, 120, 129, 132, 149, 152, 164, 168, 204, 206 - 209, 212 - 214, 216, 226, 229, 230, 232

穿鼻 148 - 151, 153 - 158, 160 - 162, 167, 177, 236

淳安 111, 112, 119 - 121, 129, 131, 132, 144, 149, 152, 154, 155, 160, 162 - 165, 169, 170, 172, 178, 187, 188, 209, 211 - 214, 216, 225, 228 - 233, 244, 260, 262, 278, 297, 330

唇音 46, 47, 52 - 54, 106, 120, 137, 138, 141, 179, 180, 227, 242

D

等立通押 126, 147, 151, 163, 175, 179, 182, 184, 204, 207, 209, 213, 214, 223, 236, 268, 280, 281, 283, 288, 290, 291, 307, 336, 339, 344 - 347, 349, 350, 355

抵腭 118, 148 - 151, 153 - 157, 160 - 162, 225, 236, 237

东钟 21, 54, 55, 61, 98, 99, 147 - 149, 161, 162, 165 - 170, 173, 175 - 181, 191, 193, 196, 197, 220, 226 -

228，230，238，239，242，334－336，339－343，363，381

铎觉　21，22，73，74，99，192，194，196－198，200，203－205，208－214，219，220，229，240，242，342－344，347－349，355

E

二重证据法　101

F

方音　1，2，4，9－11，13，14，19，54，55，57，63，64，70－72，75，76，82，88，92，101－105，114，115，117，118，122，124－130，132，134，135，137，140，141，145，146，151，156，162，164，166，167，171－173，176－180，190，205，221－227，229－240，243，244

方音特征　125，222，223，230，231，233－235，244

G

歌戈　20，60，69，71，74，75，77－81，89，102，104，105，119－123，135－137，144，222－224，230，234－236，242，243，264，268，270，281，282，290

庚青　2，13，20－22，54，55，61，97，98，147－157，160－162，165，166，168－173，178－181，188－190，

192－200，203，210，220，225－230，236－239，242，291，299，315，321，334－336，338，340－343，359，369，370

广韵　1，3，12，13，17－27，42，45，55，57，58，64－66，68，71，77－102，104－107，109，110，127，128，131，133，135，136，138，139，141，143，144，148，156，162，165－167，175，182－184，187，189，190，192，193，206，212，224，242，274，287，288，297，308，330，333，340，345，350，357，359－369，381

H

寒先　20，21，61，93－95，148，149，153－158，160，165－167，181－183，185－188，192，195－197，199，200，220，225－228，230，237－239，242，323，332－335，338，340－343，361，364，365

合口　26，27，41，42，44，45，54，55，72，73，106，113，114，121，125，126，129－132，139，158，163，166，179，180，185，188，189，221，223，226－228，235，236，241，242，283

洪音　73，104，124，126，133，134，188，215，283

J

集韵　19，24，64－66，71，77－81，

83-100, 104, 107, 109, 110, 127, 136, 138, 139, 143, 175, 182, 187, 206, 288, 297, 308, 330, 345, 357, 360, 361, 363, 364, 369

监廉 20-22, 61, 92, 93, 95, 148, 149, 153-160, 168, 169, 181, 183-186, 188, 220, 225-228, 230, 237-239, 242-244, 323, 333, 335, 340, 341, 365, 368

江淮官话 9, 26, 102, 103, 105, 111, 114, 115, 117, 122, 124, 125, 150-152, 154-158, 162, 164, 172, 180, 185, 208, 211, 215, 216, 222, 225, 226, 228, 229, 232, 233, 237, 238, 244

江阳 2, 13, 21, 22, 61, 95, 96, 147-149, 157-164, 167-173, 175-178, 181, 192, 196-198, 200, 210, 220, 225-227, 230, 237, 238, 242, 332-336, 338, 339, 342, 343, 366, 370

江浙 2-4, 6, 7, 9-15, 17, 19-27, 41-47, 52-56, 58, 60, 62-64, 66, 69-83, 85, 86, 89, 91-97, 100-103, 105, 106, 111, 113-122, 125-138, 141, 144, 146, 148-150, 152, 153, 156, 157, 160-162, 165, 166, 169-173, 175, 177, 178, 180-182, 184-186, 189-192, 197, 201-208, 210, 213, 214, 220-235, 237-245, 256, 264, 275, 281, 293, 325, 347, 348, 357, 359, 364, 365, 368

校勘 14, 15, 19, 64, 65, 80, 84, 106, 108, 110, 183, 293, 325, 347, 357, 360, 361

皆来 20, 24-38, 41-46, 57, 60, 69, 73, 75, 86, 88, 89, 123-126, 129-132, 142, 181, 186-188, 223, 228, 230, 235, 236, 239, 241, 242, 283-285, 340, 341, 364

借韵 18, 20-23, 131, 137, 159, 164, 166, 167, 175-177, 179

K

开口 12, 27, 54, 71-73, 105, 113, 114, 123-126, 129, 131, 132, 137, 139, 140, 145, 158, 163, 164, 166, 179, 185, 188, 190, 223, 224, 226-228, 236, 242, 284, 378

L

历史比较法 101, 229, 244
历史文献考证法 101, 229, 244
刘晓南 2, 4, 14, 16, 18-20, 24-26, 42, 46, 47, 55, 59, 63, 64, 70, 73, 74, 76, 80, 81, 85, 88, 92, 94-96, 101, 103-105, 119, 122, 126, 128, 129, 132, 135, 137, 140, 141, 147, 148, 156, 158, 159, 162, 164-168, 171, 175, 176, 178, 180, 188, 190, 221, 222, 228, 233-241

鲁国尧 2, 4, 8, 14, 19, 24, 25, 42, 47, 59, 63, 77, 85, 92, 96, 101, 103, 117, 119, 122, 128, 132, 134, 145, 156, 158, 166, 170, 171, 178, 221, 224, 232-238, 240

罗常培 14，47，55，103，153，167，168，175，190

M

麻车 20，24－26，60，69，73，80－82，89，102，123－126，141，144－146，222－225，230，234，235，242，264，272，283，290

N

南部吴语 9，14，25，63，72，92，111，125，128，134，139，160，167，172，197，202，204，205，218，223，224，226，229

O

瓯江 111，112，120，122，129，132，149，152，204，206，207，209，212－216，229，230，232，244

P

平声 12，25，41，42，58，70，71，77，79，83，84，87－99，107，110，123，136，138－140，143，166，175，182，184，203，229，294，297，308，330，340，360，361，364，366－370

Q

侵寻 21，22，61，93，148，149，153－157，160，167－169，192－194，196－200，225，226，230，236，237，242，309，315，321，335，336，341－343

钱乃荣 9，14，72，145，146，153，225，228

去声 12，13，20，25，41，42，58－60，62，69－72，78，81，87－91，94－96，98－100，107，110，135，136，138，139，143，164，175，184，297，308，338，340，360，364，368，369

全宋诗 3，10，13－16，64，84，86，88，100，106－109，111，136，146，154，161，174，184，189，194，206，256，272，286，293，316，319，323，325，326，332，338，345，347，348，357，359，361，366，367，369－371，383

全浊上声 58－63

R

入声 1，16，55，58，63－66，68－79，83，87，90－92，99，100，110，123，129，135，141，183，184，192，195－199，201－205，207，210，213，216，220，221，228－230，240，242－244，264，268，276，287，291，320，341，343，348，358，362，368

S

上声 12，13，20，27，41，42，54，

58－63，69－73，79，81，83－88，91－93，95－97，99，107，110，123，129，136，139，141，182－184，192，330，338，362，364，366－368，370

诗歌　1－3，10，13－18，20，23－25，27，42，44，46，47，52，55，58，59，62，64，66，69－77，80，81，83，90，97，100，101，104，106，109，111，120，122，134，136，140，144，148，150，156－159，162，165，169，171，180，185，197，201－204，206，207，222，224，230，233，234，242，243，245，256－264，293，325，347，348，357－359，368，370，371

诗韵　1，2，15，17，19，20，23，25，26，44，45，47，53，54，56，58，60，62，64，69，77－83，85，86，89，91－97，100－103，105－107，110，111，117－120，125－130，132－137，140，141，144，146，147，150，156，158，161－164，166，168，169，171，172，175，181，184－186，188，189，192，203，205，221，222，229，236－240，242－244，281，360，362，370

实际语音　1－3，13，18，20，24－27，82，83，99，101，107，124，127，145，147，182，185，188，224，234，240，242

宋代　1－4，6，7，10－15，17－20，23－27，41，42，45－47，53－60，62－64，66，69－82，85，86，88－90，92－96，101－103，105，106，110，111，114，115，117－119，122，124－130，132－135，137，138，140，141，

143－150，156，158－163，167－172，176－182，184－186，188－190，192，193，197，201－207，221－245，256，264，275，277，281，283，348，362－365，367－369

T

台州　72，89，102，111，112，119，120，129，132，144－146，149，152，165，170，176－178，183，185，189，206－208，212－216，224，225，227，229，230，232，244，252，258，260－262，350

太湖　8，89，105，111，112，119，120，129，132，149，152，164，165，170，204，206－209，211－216，229，230，232，233，244，279，294，310

泰如　111，112，117，120，124，149，151，154，155，157，159，164，170，209，216，225，228

特殊韵例　4，101，102，222，230，243，244

特殊韵字　19

通押　16，18－21，23，58，60，63－66，69－76，94，100，102－108，110－112，117－120，122，123，125，126，129，132－141，144，146－173，175－189，191－216，218－230，232，234－240，243，244，264，268，272，277，280－285，288－291，299，307，336，338－340，342，344－350，352，355，365，371

通语　2－4，10，12，14，17，18，

20 – 23, 25, 26, 41, 42, 47, 57, 71, 73 – 77, 81 – 83, 89, 95, 101, 110, 111, 117, 124 – 126, 137, 140, 147, 148, 156, 157, 160, 179, 180, 184, 187, 189, 193, 205, 221, 227, 229, 240, 242, 243, 264, 277, 283, 344, 346, 363, 364, 367, 369

通语音变 17, 23, 26, 42, 76, 110, 125, 179, 180, 205, 221, 227, 229, 242, 344, 346

W

屋烛 16, 21, 22, 55 – 57, 64, 66, 70, 73, 74, 84, 192, 193, 195 – 197, 200, 203 – 208, 218 – 220, 228, 229, 240, 242, 342 – 344, 346, 348, 355, 358

吴语 2, 7 – 12, 14, 25, 63, 72, 82, 86, 89, 92, 102, 103, 105, 111, 113, 114, 116 – 118, 121, 122, 124 – 130, 132, 134, 137, 139, 141, 145, 146, 152, 157, 160, 164, 165, 167, 170, 172, 180, 184, 185, 187, 188, 197, 201, 202, 204, 205, 208, 211, 213 – 216, 218, 220 – 230, 232, 233, 235, 236, 238, 240, 241, 244

婺州 56, 111, 112, 119, 120, 129, 131, 132, 149, 152, 163, 167, 168, 178, 191, 204 – 208, 215, 216, 226, 230, 232, 233, 250, 258 – 260, 262, 279, 314

X

细音 73, 106, 126, 128, 133 – 135, 188, 215, 240, 283

萧豪 20, 21, 61, 69, 90, 104, 105, 132 – 134, 181, 191, 192, 222, 223, 228, 230, 236, 242, 268, 288, 289, 340, 341, 363, 367

徐州 5, 26, 91, 120, 129 – 131, 149, 150, 154, 155, 179, 225, 231, 232, 244, 245

Y

严州 111, 121, 149, 152, 162 – 165, 169, 172, 211, 214 – 216, 229, 259, 278, 327

异音 148, 149, 153, 154, 160, 161, 236, 237

扬淮 26, 111, 112, 114, 115, 117, 119, 120, 129, 130, 132, 134, 149, 151, 154, 155, 157, 159, 164, 170, 185, 197, 201, 209, 215, 216, 225, 228

阳入同变 202, 228

阳声 77, 81, 82, 92, 147 – 149, 153, 160, 169, 181, 187, 192, 195 – 199, 201 – 203, 220, 225, 227 – 229, 237, 242, 243, 264, 291, 340, 341, 357, 358, 360, 362, 364, 368

阴入通押 20, 58, 63, 76, 117, 122, 129, 136, 141, 222, 223, 243

阴声 58, 63 – 66, 68 – 78, 81, 82, 87, 90, 100, 102, 110, 117, 122, 153, 181, 187, 201, 202, 222, 225, 227, 228, 239, 242, 243, 264, 287, 291, 340, 348, 357 – 360, 362, 364

尤侯　20，21，23，46，47，49－54，57，61，68，69，71，72，74，76，91，92，106，132－134，137－141，146，147，223－225，230，236，242，243，288－290，350，364

鱼模　18，20，27，46，47，49－54，57，60，64，69－76，78，83，85，86，91，92，104－108，110－123，137－141，143，193，222－224，230，235，242，243，268，272，279，281，282，290，338，342，361，364，366，367，369，370

语音格局　148

月帖　21，22，70，72，74，100，192，193，195，197，199，200，203，211－220，228，229，240，242，341－343，349，350，352，355，363

韵部　1－3，13，14，17－24，47，56，60，61，64，69－74，77，100，101，108，119，123，147－149，153，154，156，189，197－201，220，221，225，229，230，235，240，242－244，358

韵段　14，16，18，19，22，55，56，60，64－72，74，81，82，84－88，91－93，96，97，99，100，102，104－108，110，112，114，117－124，126，127，129－131，133，135，136，138，140－147，150－152，154，155，157－159，161，163－168，170，174－179，181，182，184，187－189，191，193－200，203，205，206，209，211，212，215，216，219，223，225，237，238，264－326，328－355，358，359，363－368，370，371，374，375，378－380，382

韵例　4，17，18，23，27，55，64，71－76，92，101－103，105，108，115，117－119，122，123，129，130，132，134，135，143，146，147，150－154，156，168，173，175，178，179，189，193，197－200，204，207，209，212，213，222，225，227，230，236，238，243，244，264，348，364，368，371，372，377，382

韵谱　102，264，360

韵摄　148，197，202，221

Z

真文　21，22，61，93，94，143，148－157，160－164，169，181，191－193，196－199，203，220，225，226，228－230，236－238，242，291，299，309，321，333－336，340－343，359，364，368，369

支微　18，20，21，24，26－38，41－46，61，64，69，71－75，85－87，100，105－108，110－115，117－119，126－132，135－137，143－147，181－185，188－191，222－225，227，228，230，235，236，239，241－243，268，272，277，279，281－285，290，340，341，364，367，370

质缉　21，22，57，65，69－71，73，74，183，192－200，203，205－211，214－220，229，240，242，341－343，346－348，350，352，355，358

赵元任　14，63，185，220，227，239

· 407 ·

中原官话　26，149，150，154，155，225，230，232，244

中原音韵　19，24，25，42－45，54，57，63，64，69－75，77－81，85，86，89－91，94－96，123，129，135，141，183，184，243

周祖谟　1，2，4，13，14，23，24，27，46，47，58，63，80，82，96，100，103，129，153，167，168，175，179，183，190，223，234

主从通押　126，132－134，139，147，170，180，204，206，207，209，213－215，227，268，272，281－285，288，289，291，299，336，338，344，346－348，350，352

浊上变去　58－60，62，63，243

后 记

古代诗文用韵是汉语语音史的重要研究内容之一。就宋代而言，诗文用韵研究一直得到学者的广泛关注。因此，我积极投身到宋代诗文用韵研究当中，先后对宋代潼川府路诗歌用韵、宋代江浙诗歌用韵进行了探讨。本书考察的就是宋代江浙诗歌用韵，主要对宋代江浙诗歌用韵中的通语音变、特殊韵例及其反映的语音进行了分析，并运用"历史文献考证法"与"历史比较法"相结合的方法，归纳出宋代江浙方音特征20条。限于自己的学力，本书还很粗糙，尽是贻笑大方，敬请各位专家、同仁批评指正。

本书从选题写作到完善修订，历经十五载。在撰写的过程中，我战战兢兢，如履薄冰，对自己的学识能力总是心存疑虑，好在恩师钱宗武、刘晓南两位先生一直激励我，鞭策我，于是硬着头皮，鼓足勇气，坚持到现在。本书付梓之际，两位恩师又特赐序言以资鼓励，西汉扬雄曰："务学不如务求师。师者，人之模范也。"诚哉，斯言！两位恩师的言传身教，让我受益终身！师恩，难以言表；师恩，一辈子！

蔡梦麒、程邦雄、储泰松、顾黔、黄笑山、蒋冀骋、黎新第、李无未、李运富、鲁国尧、马重奇、乔全生、唐贤清、杨军、曾晓渝、张树铮、郑贤章等先生一直真诚关怀、密切关注我的学术成长，为我的学术研究解疑释惑，指点迷津。

在丁治民、徐朝东两位教授的大力推荐下，本书有幸入选第八批《中国社会科学博士后文库》，并获"优秀博士后学术成果"。

本书的出版得到了中国社会科学出版社宋燕鹏先生的大力支持，他为本书付出了大量的心血！

在此，谨向各位先生表示衷心的感谢！

2011年，我以宋代江浙诗歌用韵为主体内容，成功申报了国家社科基金项目"宋代江浙吴音研究"，2017年顺利结项并获"优秀"等级；2012

年，成功申报了中国博士后科学基金特别资助项目"吴语语音发展史"，本书即上述两个项目的主要成果。在此基础上，拓展研究范围，将研究视线转向全宋文的用韵，2018年获批国家社科基金项目"全宋文用韵及其与全宋诗词用韵的比较研究"。

本书是湖南省"双一流"建设平台（湖南省应用特色学科"中国语言文学"、湖南省一流专业"汉语言文学"）和邵阳学院科研平台（社科研究基地、科研创新团队）的建设成果。

本书一些章节的主体内容曾以单篇论文在《中国语文》《古汉语研究》《汉语学报》《语文研究》《语言研究》等期刊发表。

在此，谨向全国哲学社会科学工作办公室、全国博士后管委会办公室、中国博士后科学基金会、中国社会科学出版社、《中国语文》《古汉语研究》等学术期刊致以诚挚的谢意！

古代诗文用韵研究内容丰富，意义重大，前景广阔。这些年来，我虽然作了一些工作，但是由于生性愚钝，才疏学浅，以致收获微薄；不过，"既然选择了远方，便只顾风雨兼程。"我会坚定地走下去。

钱　毅

2019年6月18日于魏源故里

第八批《中国社会科学博士后文库》专家推荐表 1

《中国社会科学博士后文库》由中国社会科学院与全国博士后管理委员会共同设立，旨在集中推出选题立意高、成果质量高、真正反映当前我国哲学社会科学领域博士后研究最高学术水准的创新成果，充分发挥哲学社会科学优秀博士后科研成果和优秀博士后人才的引领示范作用，让《文库》著作真正成为时代的符号、学术的标杆、人才的导向。

推荐专家姓名	丁治民	电　话	
专业技术职务	教授	研究专长	汉语音韵学
工作单位	上海大学文学院	行政职务	
推荐成果名称	宋代江浙诗韵研究		
成果作者姓名	钱毅		

（对书稿的学术创新、理论价值、现实意义、政治理论倾向及是否具有出版价值等方面做出全面评价，并指出其不足之处）

　　作者运用新"二重证据法"对宋代江浙诗人83965首诗歌的韵脚进行研究，其工作量大，分析细致，结论可靠。其主要观点有二：

　　一、宋代江浙诗歌用韵的韵部系统为18部，反映了宋代江浙诗歌用韵与宋代通语韵部系统是一致的。这进一步验证了前修时贤对宋词、诗、文不同材料用韵系统的均为18部的定论。

　　二、该书依据宋代江浙诗韵中特殊韵例不平衡性分布的特点来拟测不同地域间的语言差异，即对宋代江浙方音分区进行研究。宋代江浙方音大致分三部分：徐州。淮安、扬州。南通、苏州、杭州、宁波、淳安；天台、黄岩；金华、处州、衢州；温州、永嘉。徐州，今属中原官话区。淮安、扬州，今属江淮官话区。南通、苏州、杭州、宁波、淳安，今属吴语太湖片；天台、黄岩，今属吴语台州片；金华、处州、衢州，今属吴语处衢片；温州、永嘉，今属吴语瓯江片。这种方言格局与今江浙方言格局基本一致，这充分说明了现代江浙方言格局在宋代已基本定型。

　　该书的出版定会推动汉语语音史、方音史的研究进一步深入。

签字：丁治民

2018年12月1日

说明：该推荐表须由具有正高级专业技术职务的同行专家填写，并由推荐人亲自签字，一旦推荐，须承担个人信誉责任。如推荐书稿入选《文库》，推荐专家姓名及推荐意见将印入著作。

第八批《中国社会科学博士后文库》专家推荐表2

《中国社会科学博士后文库》由中国社会科学院与全国博士后管理委员会共同设立，旨在集中推出选题立意高、成果质量高、真正反映当前我国哲学社会科学领域博士后研究最高学术水准的创新成果，充分发挥哲学社会科学优秀博士后科研成果和优秀博士后人才的引领示范作用，让《文库》著作真正成为时代的符号、学术的标杆、人才的导向。

推荐专家姓名	徐朝东	电话	
专业技术职务	教授	研究专长	汉语音韵学
工作单位	北京语言大学人文社科学部	行政职务	
推荐成果名称	宋代江浙诗韵研究		
成果作者姓名	钱毅		

（对书稿的学术创新、理论价值、现实意义、政治理论倾向及是否具有出版价值等方面做出全面评价，并指出其不足之处）

　　《宋代江浙诗韵研究》以宋代江浙1999家诗人的83965首诗歌为研究对象，探讨了宋代江浙诗韵：归纳出宋代江浙诗人用韵的韵部系统为18部，分析佳韵系、夬韵押入麻车部等重要的通语音变现象；考察江浙诗人用韵中的许多特殊韵字；从阴声韵通押、阳声韵通押、阴声韵与阳声韵通押、阴声韵与阳声韵通押、阳声韵与入声韵通押、入声韵通押等方面详尽分析宋代江浙诗韵中的特殊韵例；运用新"二重证据法"，利用大量唐宋笔记、文集等历史文献与丰富的现代方音资料，来分析宋代江浙诗人用韵中特殊韵例的语音性质，揭示出宋代江浙诗韵中的方音现象。

　　古代诗文是汉语方言史研究的重要材料，《宋代江浙诗韵研究》通过宋代江浙诗歌的用韵来考察宋代江浙语音，这对汉语语音史、吴语方音史都具有重要的意义。书稿材料扎实，论证较为详尽，不过有些论断还可深入探讨，如个别特殊韵例的语音性质判断仍可进一步充实。

　　我郑重推荐此书稿申报《中国社会科学博士后文库》。

签字：徐朝东

2018年12月8日

说明：该推荐表须由具有正高级专业技术职务的同行专家填写，并由推荐人亲自签字，一旦推荐，须承担个人信誉责任。如推荐书稿入选《文库》，推荐专家姓名及推荐意见将印入著作。